COLLECTION FOLIO

LES ROUGON-MACQUART

HISTOIRE NATURELLE ET SOCIALE
D'UNE FAMILLE SOUS LE SECOND EMPIRE

Émile Zola

La Bête humaine

Préface
de Gilles Deleuze

Édition présentée,
établie et annotée
par Henri Mitterand
Professeur à
l'Université de la Sorbonne nouvelle

Gallimard

ZOLA ET LA FÊLURE

C'est dans La Bête humaine *qu'apparaît le texte célèbre :* « La famille n'était guère d'aplomb, beaucoup avaient une fêlure. Lui, à certaines heures, la sentait bien, cette fêlure héréditaire; non pas qu'il fût d'une santé mauvaise, car l'appréhension et la honte de ses crises l'avaient seules maigri autrefois; mais c'étaient, dans son être, de subites pertes d'équilibre, comme des cassures, des trous par lesquels son moi lui échappait, au milieu d'une sorte de grande fumée qui déformait tout... » *Zola lance un grand thème, qui sera repris sous d'autres formes et avec d'autres moyens par la littérature moderne, et toujours dans un rapport privilégié avec l'alcoolisme : le thème de la fêlure (Fitzgerald, Malcolm Lowry).*

Il est très important que Jacques Lantier, le héros de La Bête humaine, *soit vigoureux, sain, de bonne santé. C'est que la fêlure ne désigne pas un chemin par lequel passeraient des éléments morbides ancestraux, marquant le corps. Il arrive bien à Zola de s'exprimer ainsi, mais par commodité. Et il en est réellement ainsi pour certains personnages, les malingres, les nerveux, mais précisément ce ne sont pas eux qui portent la fêlure, ou ce n'est pas par là seulement qu'ils la portent. L'hérédité n'est pas ce qui passe par la fêlure, elle est la fêlure elle-même : la cassure ou le trou, imperceptibles. En son vrai sens, la fêlure n'est pas un passage*

*pour une hérédité morbide ; à elle seule, elle est toute
l'hérédité et tout le morbide. Elle ne transmet rien sauf
elle-même, d'un corps sain à un autre corps sain des*
Rougon-Macquart. *Tout repose sur le paradoxe de cette
hérédité confondue avec son véhicule ou son moyen, de
ce transmis confondu avec sa transmission, ou de cette
transmission qui ne transmet pas autre chose qu'elle-
même : la fêlure cérébrale dans un corps vigoureux, la
crevasse de la pensée. Sauf accidents que nous allons
voir, le soma est vigoureux, sain. Mais le germen est la
fêlure, rien d'autre que la fêlure. A ces conditions,
celle-ci prend l'aspect d'un destin épique, passant d'une
histoire ou d'un corps à l'autre, formant le fil rouge des*
Rougon-Macquart.

*Qu'est-ce qui se distribue autour de la fêlure, qu'est-
ce qui fourmille sur ses bords? Ce que Zola appelle les
tempéraments, les instincts, « les gros appétits ». Mais
le tempérament ou l'instinct ne désigne pas une entité
psychophysiologique. C'est une notion beaucoup plus
riche et concrète, une notion de roman. Les instincts
désignent en général des conditions de vie et de survie,
des conditions de conservation d'un genre de vie
déterminé dans un milieu historique et social (ici, le
second Empire). C'est pourquoi les bourgeois de Zola
peuvent aisément nommer vertus leurs vices et leurs
lâchetés, leurs ignominies ; c'est pourquoi inversement
les pauvres sont souvent réduits à des « instincts »
comme l'alcoolisme, exprimant leurs conditions historiques de vie, leur seule manière de supporter une vie
historiquement déterminée. Toujours le « naturalisme » de Zola est historique et social. L'instinct,
l'appétit, a donc des figures diverses. Tantôt il exprime
la manière dont le corps se conserve dans un milieu
favorable donné ; en ce sens il est lui-même vigueur et
santé. Tantôt il exprime le genre de vie qu'un corps
invente pour tourner à son profit les données du milieu,
quitte à détruire les autres corps ; en ce sens il est*

puissance ambiguë. Tantôt il exprime le genre de vie sans lequel un corps ne supporterait pas son existence historiquement déterminée dans un milieu défavorable, quitte à se détruire lui-même; en ce sens l'alcoolisme, les perversions, les maladies, même la sénilité sont des instincts. L'instinct tend à conserver, en tant qu'il exprime toujours l'effort de perpétuer un mode de vie; mais ce mode, et l'instinct lui-même, peuvent être destructeurs non moins que conservateurs au sens étroit du mot. L'instinct manifeste la dégénérescence, la précipitation de la maladie, la perte de santé non moins que la santé même. Sous toutes ses formes l'instinct ne se confond jamais avec la fêlure, mais entretient avec elle des rapports étroits variables : tantôt il la recouvre ou la recolle tant bien que mal, et pour un temps plus ou moins long, grâce à la santé du corps; tantôt il l'élargit, lui donne une autre orientation qui fait éclater les morceaux, provoquant l'accident dans la décrépitude du corps. C'est dans L'Assommoir *par exemple, chez Gervaise, que l'instinct alcoolique vient doubler la fêlure comme tare originelle. (Nous laissons pour le moment de côté la question de savoir s'il y a des instincts évolutifs ou idéaux, capables enfin de transformer la fêlure.)*

A travers la fêlure, l'instinct cherche l'objet qui lui correspond dans les circonstances historiques et sociales de son genre de vie : le vin, l'argent, le pouvoir, la femme... Un des types féminins préférés de Zola, c'est la nerveuse, écrasée par l'abondance de ses cheveux noirs, passive, non révélée à elle-même, et qui se déchaînera dans la rencontre (telle était déjà Thérèse dans Thérèse Raquin, *avant la série des* Rougon, *mais aussi Séverine, dans* La Bête humaine*). Terrible, la rencontre entre les nerfs et le sang, entre un tempérament nerveux et un tempérament sanguin, qui reproduit l'origine des Rougon. La rencontre fait résonner la fêlure. C'est que les personnages qui ne*

sont pas de la famille Rougon, ainsi Séverine, interviennent à la fois comme objets auxquels se fixe l'instinct d'un Rougon, mais aussi comme êtres pourvus eux-
mêmes d'instincts et de tempérament, et enfin comme
complices ou ennemis témoignant pour leur compte
d'une fêlure secrète qui vient rejoindre l'autre. La
fêlure-araignée : tout culmine, dans la famille Rougon-
Macquart, avec Nana, saine et bonne fille dans le fond,
dans son corps vigoureux, mais qui se fait objet pour
fasciner les autres et communiquer sa fêlure ou révéler
celle des autres — immonde germen. D'où aussi le rôle
privilégié de l'alcool : c'est à la faveur de cet « objet »
que l'instinct opère sa jonction la plus profonde avec la
fêlure même.

La rencontre de l'instinct et de l'objet forme une idée
fixe, non pas un sentiment. Si Zola romancier intervient dans ses romans, c'est d'abord pour dire aux
lecteurs : attention, ne croyez pas qu'il s'agisse de
sentiments. Célèbre est l'insistance avec laquelle Zola,
tant dans La Bête humaine que dans Thérèse Raquin,
explique que les criminels n'ont pas de remords. Et les
amants n'ont pas davantage d'amour — sauf lorsque
l'instinct a su vraiment « recoller », devenir évolutif. Il
ne s'agit pas d'amour, il ne s'agit pas de remords, etc.,
mais de torsions, de craquements, ou au contraire
d'accalmies, d'apaisements, dans des rapports entre
tempéraments toujours tendus par-dessus la fêlure.
Zola excelle dans la description d'un calme bref avant
la grande décomposition (« c'était certain maintenant,
il y avait une désorganisation progressive, comme une
infiltration du crime... »). Cette dénégation du sentiment au profit de l'idée fixe a évidemment plusieurs
raisons chez Zola. On invoquera d'abord la mode du
temps, l'importance du schéma physiologique. La
« physiologie » depuis Balzac jouait le rôle littéraire
aujourd'hui dévolu à la psychanalyse (physiologie d'un
pays, d'une profession, etc.). Plus encore, il est vrai

que depuis Flaubert le sentiment est inséparable d'un échec, d'une faillite ou d'une mystification ; et ce que le roman raconte, c'est l'impuissance d'un personnage à constituer une vie intérieure. En ce sens le naturalisme a introduit dans le roman trois types de personnages, l'homme de la faillite intérieure ou le raté, l'homme des vies artificielles ou le pervers, l'homme des sensations rudimentaires et des idées fixes ou la bête. Mais chez Zola, si la rencontre de l'instinct et de son objet n'arrive pas à former un sentiment, c'est toujours parce qu'elle se fait par-dessus la fêlure, d'un bord à l'autre. C'est à cause de l'existence de la fêlure, le grand Vide intérieur. Tout le naturalisme acquiert alors une nouvelle dimension.

*

Il y a donc chez Zola deux cycles inégaux coexistants, interférant l'un avec l'autre : la petite et la grande hérédité, *une petite hérédité historique et une grande hérédité épique, une hérédité somatique et une hérédité germinale, une hérédité des instincts et une hérédité de la fêlure. Si forte et constante que soit la jonction entre les deux, elles ne se confondent pas. La petite hérédité est celle des instincts, au sens où les conditions et genres de vie des ancêtres ou des parents peuvent s'enraciner chez le descendant et agir en lui comme une nature, parfois à des générations de distance : par exemple un fond de santé se retrouve, ou bien la dégradation alcoolique passe d'un corps à l'autre, les synthèses instinct-objet se transmettent en même temps que les modes de vie se reconstituent. Quels que soient les sauts qu'elle opère, cette hérédité des instincts transmet quelque chose de bien déterminé ; et ce qu'elle transmet, elle le « reproduit », elle est hérédité du Même. Il n'en est pas du tout ainsi de l'autre hérédité, celle de la fêlure ; car, nous l'avons vu,*

*la fêlure ne transmet rien d'autre que soi. Elle n'est pas
liée à tel ou tel instinct, à une détermination organique
interne, et pas davantage à tel événement extérieur qui
fixerait un objet. Elle transcende les genres de vie,
aussi va-t-elle de façon continue, imperceptible et
silencieuse, faisant toute l'unité des* Rougon-Macquart. *La fêlure ne transmet que la fêlure. Ce qu'elle
transmet ne se laisse pas déterminer comme ceci ou
cela, mais est forcément vague et diffus. Ne transmet-
tant qu'elle-même, elle ne reproduit pas ce qu'elle
transmet, elle ne reproduit pas un « même », elle ne
reproduit rien, se contente d'avancer en silence, de
suivre les lignes de moindre résistance, toujours obli-
quant, prête à changer de direction, variant sa toile,
perpétuellement hérédité de l'Autre.*

*On a souvent marqué l'inspiration scientifique de
Zola. Mais sur quoi porte cette inspiration, venue de la
médecine de son temps? Elle porte précisément sur la
distinction de deux hérédités, distinction qui s'élaborait
dans la pensée médicale contemporaine : une hérédité
dite homologue et bien déterminée, et une hérédité dite
« dissimilaire ou de transformation », à caractère diffus,
définissant une « famille neuropathologique »* [1]. *Or
l'intérêt d'une telle distinction est qu'elle se substitue*

---

1. Dans un article sur *Freud et la science*, Jacques Nassif
analyse brièvement cette conception de l'hérédité dissimilaire, telle
qu'on la trouve par exemple chez Charcot. Elle ouvre la voie à une
reconnaissance de l'action des événements extérieurs. « Il est clair
que le terme de *famille* est pris ici en ses deux acceptions : celle du
modèle de classement et celle du lien de parenté. D'une part les
maladies du système nerveux constituent une seule famille, d'autre
part cette famille est indissolublement unie par les lois de
l'hérédité. Celles-ci permettent d'expliquer que ce ne soit pas une
même maladie qui soit électivement transmise, mais seulement une
disposition névropathique diffuse qui, par la suite et en fonction
de facteurs non héréditaires, pourra se spécialiser en une maladie
distincte » (*Cahiers pour l'analyse*, n° 9, 1968). Évidemment, la
famille Rougon-Macquart a déjà ces deux sens.

tout à fait à la dualité de l'héréditaire et de l'acquis, ou même rend cette dualité impossible. En effet, la petite hérédité homologue des instincts peut fort bien transmettre des caractères acquis : c'est même inévitable pour autant que la formation de l'instinct n'est pas séparable de conditions historiques et sociales. Quant à la grande hérédité dissimilaire de la fêlure, elle a avec l'acquis un rapport tout autre, mais non moins essentiel : il s'agit cette fois d'une potentialité diffuse qui ne s'actualiserait pas si un acquis transmissible, de caractère interne et externe, ne lui donnait telle ou telle détermination. En d'autres termes, s'il est vrai que les instincts ne se forment et ne trouvent leur objet qu'au bord de la fêlure, la fêlure inversement ne poursuit son chemin, n'étend sa toile, ne change de direction, ne s'actualise dans chaque corps qu'en rapport avec les instincts qui lui ouvrent la voie, tantôt la recollant un peu, tantôt l'allongeant ou la creusant, jusqu'au craquement final, là encore assuré par le travail des instincts. La corrélation est donc constante entre les deux ordres, et atteint son plus haut point quand l'instinct est devenu alcoolique, et la fêlure définitive cassure. Les deux ordres s'épousent étroitement, anneau dans un plus grand anneau, mais jamais ne se confondent.

Or, s'il est juste de marquer l'influence des théories scientifiques et médicales sur Zola, combien il serait injuste de ne pas souligner la transformation qu'il leur fait subir, la manière dont il recrée la conception des deux hérédités, la puissance poétique qu'il donne à cette conception pour en faire la structure nouvelle du « roman familial ». Le roman alors intègre deux éléments de fond, qui lui étaient jusqu'alors étrangers : le Drame, avec l'hérédité historique des instincts, l'Épos, avec l'hérédité épique de la fêlure. Dans leurs interférences les deux forment le rythme de l'œuvre, c'est-à-dire assurent la répartition du silence et des

*bruits. Ce sont les instincts, les « gros appétits » des
personnages qui remplissent les romans de Zola de
leurs bruits, formant une prodigieuse rumeur. Mais le
silence qui va d'un roman à l'autre, et sous chaque
roman, appartient essentiellement à la fêlure : sous le
bruit des instincts, la fêlure se poursuit et se transmet
silencieusement.*

*Ce que la fêlure désigne, ou plutôt ce qu'elle est, ce
vide, c'est la Mort, l'Instinct de mort. Les instincts ont
beau parler, faire du bruit, grouiller, ils ne peuvent pas
recouvrir ce silence plus profond, ni cacher ce dont ils
sortent et dans quoi ils rentrent : l'instinct de la mort,
qui n'est pas un instinct parmi les autres, mais la
fêlure en personne, autour de laquelle tous les instincts
fourmillent. Dans son hommage à Zola, à la fois
profond et réticent, Céline trouvait des accents freu-
diens pour marquer cette présence universelle de
l'Instinct de mort silencieux, sous les instincts
bruyants : « Le sadisme unanime actuel procède avant
tout d'un désir de néant profondément installé dans
l'homme et surtout dans la masse des hommes, une
sorte d'impatience amoureuse, à peu près irrésistible,
unanime, pour la mort...* Nos mots vont jusqu'aux
instincts et les touchent parfois, mais, en même
temps, nous avons appris que là s'arrêtait, et pour
toujours, notre pouvoir... *Dans le jeu de l'homme
l'Instinct de mort, l'instinct silencieux, est décidément
bien placé, peut-être, à côté de l'égoïsme [2]. » Mais
quoi qu'en pense Céline, c'était déjà cela, la découverte
de Zola : comment les gros appétits gravitent autour
de l'instinct de mort, comment ils fourmillent par une
fêlure qui est celle de l'instinct de mort, comment la
mort surgit sous toutes les idées fixes, comment*

2. Allocution prononcée à Médan le 1er octobre 1933, repro-
duite dans *Marianne* le 4 octobre 1933. Reprise dans les *Cahiers
Céline*, n° 1, p. 73-83, Gallimard, 1976.

l'instinct de mort se fait reconnaître sous tous les instincts, comment il constitue à lui seul la grande hérédité, la fêlure. Nos mots ne vont que jusqu'aux instincts, mais c'est de l'autre instance, de l'Instinct de mort, qu'ils reçoivent leur sens et leur non-sens, et leurs combinaisons. Sous toutes les histoires des instincts, l'épos de la mort. On dirait d'abord que les instincts recouvrent la mort et la font reculer; mais c'est provisoire, et même leur bruit s'alimente à la mort. Comme il est dit dans La Bête humaine *à propos de Roubaud, « et dans la nuit trouble de sa chair, au fond de son désir souillé qui saignait, brusquement se dressa la nécessité de la mort ». Et Misard a comme idée fixe la découverte des économies de sa femme, mais ne peut poursuivre son idée qu'à travers l'assassinat de la femme et la démolition de la maison, dans un combat tête à tête silencieux.*

*

L'essentiel de La Bête humaine, *c'est l'instinct de mort dans le personnage principal, la fêlure cérébrale de Jacques Lantier, mécanicien de locomotive. Jeune homme, il pressent si bien la manière dont l'instinct de mort se déguise sous tous les appétits, l'Idée de mort sous toutes les idées fixes, la grande hérédité sous la petite, qu'il se tient à l'écart : d'abord des femmes, mais aussi du vin, de l'argent, des ambitions qu'il pourrait avoir légitimement. Il a renoncé aux instincts; son seul objet, c'est la machine. Ce qu'il sait, c'est que la fêlure introduit la mort dans tous les instincts, poursuit son travail en eux, par eux; et que, à l'origine ou au bout de tout instinct, il s'agit de tuer, et peut-être aussi d'être tué. Mais, ce silence que Lantier fait en lui, pour l'opposer au silence plus profond de la fêlure, se trouve tout d'un coup rompu : Lantier a vu dans un éclair un meurtre commis dans un train qui passait, et il a vu la victime jetée sur la voie; il a deviné les assassins, Roubaud et sa femme, Séverine. Et en même temps qu'il se met à aimer Séverine, et qu'il retrouve le domaine de l'instinct, c'est la mort qui déborde en lui, puisque cet amour est venu de la mort et doit y retourner.*

A partir du crime commis par les Roubaud se développe tout un système d'identifications et de répétitions, qui forme le rythme du livre. D'abord Lantier s'identifie immédiatement au criminel : « l'autre, l'homme entrevu le couteau au poing, avait osé! Ah, n'être pas lâche, se satisfaire enfin, enfoncer le couteau! Lui que l'envie en torturait depuis dix ans! » Roubaud de son côté a tué le président par jalousie, ayant compris que celui-ci avait violé Séverine enfant, et lui avait fait épouser une femme souillée. Mais, après le crime, il s'identifie d'une certaine manière au président : à son tour il donne à Lantier sa femme, souillée et criminelle. Et si Lantier se met à aimer Séverine, c'est parce qu'elle a participé au crime : elle « était comme le rêve de sa chair ». Alors se produit la triple accalmie : accalmie de torpeur dans le ménage Roubaud; accalmie de Séverine, qui retrouve son innocence dans son amour pour Lantier; surtout accalmie de Lantier, qui retrouve avec Séverine la sphère des instincts, et qui imagine avoir comblé la fêlure : jamais, croit-il, il ne désirera la tuer, elle qui a tué (« la possession de celle-ci était d'un charme puissant, elle l'avait guéri »). Mais déjà une triple désorganisation succède à l'accalmie, sur des cadences inégales. Roubaud, depuis le crime, substitue l'alcool à Séverine, comme objet de son instinct. Séverine a trouvé un amour instinctif qui lui rend l'innocence; mais elle ne peut pas s'empêcher d'y mêler le besoin d'un aveu explicite, à son amant qui a pourtant tout deviné. Et, dans une scène où Séverine a attendu Lantier, exactement comme Roubaud avant le crime, avait attendu Séverine, elle dit tout à l'amant, elle détaille l'aveu, précipitant son désir dans le souvenir de la mort (« *le frisson du désir se perdait dans cet autre frisson de mort, revenu en elle* »). Libre, elle avoue le crime à Lantier, tout comme, contrainte, elle avait avoué à Roubaud ses relations avec le président, qui provoquèrent le crime. Et cette image de mort qu'elle a levée, elle ne peut plus la conjurer, la détourner qu'en la projetant sur Roubaud, en poussant Lantier à tuer Roubaud (Lantier « *se vit le couteau au poing, frappant à la gorge Roubaud, comme celui-ci avait frappé le président...* »).

Quant à Lantier, l'aveu de Séverine ne lui a rien appris, mais le terrifie. Elle n'aurait pas dû parler. La femme qu'il aimait, et qui lui était « sacrée » parce qu'elle enveloppait en elle l'image de mort, a perdu son pouvoir en avouant, en désignant une autre victime possible. Lantier n'arrive pas à tuer Roubaud. Il sait qu'il ne pourra tuer que l'objet de son instinct. Cette situation paradoxale, où tout le monde autour de lui tue (Roubaud, Séverine, Misard, Flore) pour des raisons tirées d'autres instincts, mais où Lantier n'arrive pas à tuer, lui qui porte pourtant le pur instinct de mort — ne peut être dénouée que par le meurtre de Séverine. Lantier apprend que la voix des instincts l'avait trompé ; que son amour « instinctif » pour Séverine n'avait qu'en apparence comblé la fêlure ; que le bruit des instincts n'avait que pour un moment recouvert l'Instinct de mort silencieux. Et que c'est Séverine qu'il faut tuer, pour que la petite hérédité retrouve la grande, et que tous les instincts rentrent dans la fêlure : « *l'avoir comme la terre, morte* » ; « *le même coup que pour le président, à la même place, avec la même rage... et les deux meurtres s'étaient rejoints, l'un n'était-il pas la logique de l'autre ?* » Séverine sent autour d'elle un danger, elle l'interprète comme une « barre », un barrage, entre elle et Lantier, *dû à l'existence de Roubaud. Ce n'est pourtant pas une barre entre eux deux, mais seulement la fêlure-araignée dans le cerveau de Lantier, le travail silencieux. Et Lantier n'aura pas de remords, après le meurtre de Séverine : toujours cette santé, ce corps sain, « jamais il ne s'était mieux porté, sans remords, l'air soulagé, dans une grande paix heureuse », « la mémoire abolie, les organes dans un état d'équilibre, de santé parfaite ». Mais, précisément, cette santé est encore plus dérisoire que si le corps était tombé malade, miné par l'alcool ou par un autre instinct. Tout ce corps paisible, ce corps de santé, n'est plus qu'un terrain riche pour la fêlure, un aliment pour l'araignée. Il aura besoin de tuer d'autres femmes. Avec toute sa santé, « c'était fini de vivre, il n'y avait plus devant lui que cette nuit profonde, d'un désespoir sans bornes, où il fuyait ». Et quand son ancien ami, Pecqueux, tente de le faire tomber du train, même la protestation de son corps, ses réflexes, son instinct de conservation, sa lutte contre Pecqueux, sont une réaction dérisoire, qui offre Lantier au grand Instinct encore plus nettement que s'il se suicidait, et l'entraîne avec Pecqueux dans une mort commune.*

*

La force de Zola est dans toutes ces scènes en écho, avec changement de partenaires. Mais qu'est-ce qui assure la distribution des scènes, la répartition des personnages et cette logique de l'Instinct? A coup sûr, le train. Le roman s'ouvre sur une sorte de ballet des machines dans la gare. Surtout la brève vision de l'assassinat du président est précédée, pour Lantier, scandée et suivie par les trains qui passent, assumant des fonctions diverses (ch. II). Le train apparaît d'abord comme ce qui défile, spectacle mobile réunissant toute la terre, et des gens de toute origine et de

tout pays : cependant déjà spectacle pour une mou-
rante, pour la garde-barrière immobile assassinée
lentement par son mari. Un second train surgit, cette
fois comme formant un corps géant, mais aussi comme
traçant une fêlure dans ce corps, communiquant cette
fêlure à la terre et aux maisons — et sur « les deux
bords... l'éternelle passion et l'éternel crime ». Un
troisième et un quatrième trains font voir les éléments
de la voie, tranchées profondes, remblais-barricades,
tunnels. Un cinquième, avec ses feux et ses yeux-
lanternes, porte le crime en lui, puisque les Roubaud y
assassinent. Enfin un sixième train réunit les forces de
l'inconscient, de l'indifférence et de la menace, frôlant
sur un bord la tête de l'assassiné, et sur l'autre bord le
corps du voyeur, pur Instinct de mort aveugle et sourd.
Si bruyant que soit le train, il est sourd, et par là
silence.

Nous savons bien aujourd'hui que le génie des
naturalistes est cinématographique. Ils inventaient une
matière nouvelle, en dehors de cet art, avant cet art. Ils
inventaient une matière cinématographique, et par elle
transformaient profondément le roman. Ce sont de
grandes scènes de cinéma. Soit une scène de Maupas-
sant comme celle de Une vie : *trompé par sa femme, le*
géant Fourville, au sein de la tempête, se glisse boueux
jusqu'à la cabane ambulante des amants, ferme la
porte et, s'accrochant aux brancards, secoue la cabane
comme une niche, s'attelle et tire, et entraîne tout vers
la pente rapide (et « ils criaient là-dedans! »). Ce
n'est pas du roman, ce n'est certainement pas du
théâtre, mais un peu de cinéma à l'état pur. Les
héritiers du naturalisme ne sont pas les médiocres
disciples de Maupassant ou de Zola, mais la grande
période du roman américain, et avec elle le cinéma, en
des sens très différents, par exemple Griffith, Stro-
heim, Buñuel, Renoir. A la fois cela a servi et desservi
Zola. Il y a tant de précinéma dans son œuvre qu'il

*suffit au besoin d'un médiocre metteur en scène pour
« appliquer » le roman : pas du tout des Stroheim, des
Buñuel ou des Renoir. Quand Renoir en revanche se
confronte avec* La Bête humaine, *c'est une œuvre très
belle où le cinéma trouve son autonomie. Il est vrai que
Renoir est plus proche des violences à la Maupassant
que de celles de Zola. Et l'on peut comprendre toutes
les modifications apportées par Renoir, notamment
dans le tempérament de Lantier et les épisodes de la fin
— toutes sauf une : pourquoi Renoir a-t-il évité la
vision de Lantier sur la voie, vision instantanée,
indéterminée, d'autant plus rigoureuse avec cette indé-
termination, du meurtre dans le train qui passe à toute
vitesse ? pourquoi a-t-il substitué à cette scène un
Lantier qui est lui-même dans le train, et qui voit
seulement passer dans le couloir le couple assassin,
donc un Lantier qui conclut que les Roubaud sont
coupables, au lieu de le savoir « instinctivement », par
cette vision à la fois certaine et indéterminée ? On peut
penser que Hitchcock, si peu « naturaliste », n'aurait
pas évité une telle scène.*

*La vraie signification du train apparaît avec la
locomotive que Lantier conduit, la Lison. Au début,
elle a remplacé pour lui tous les objets d'instinct
auxquels il renonçait. Et elle est présentée comme
ayant elle-même un instinct, un tempérament, « un
trop grand besoin de graissage : les cylindres surtout
dévoraient des quantités de graisse déraisonnables, une
faim continue, une vraie débauche ». Or, n'en est-il pas
pour la locomotive comme pour l'humanité, où la
rumeur des instincts renvoie à une fêlure secrète, au
point que c'est elle la Bête humaine ? Dans le chapitre
du voyage en pleine neige, elle s'engage sur la voie
comme dans une fêlure étroite où elle ne peut plus
avancer. Et, quand elle en sort, c'est elle qui est fêlée,
« touchée quelque part d'un coup mortel ». Le voyage
a creusé cette fêlure que l'instinct, l'appétit de graisse,*

cachait. Au-delà de l'instinct perdu, se révèle de plus en plus la machine comme image de mort, comme pur Instinct de mort. Et quand Flore provoque le déraillement, on ne sait plus très bien si c'est la machine qui est assassinée ou si c'est elle qui tue. Et, dans la dernière scène du roman, la nouvelle machine, sans conducteur, entraîne vers la mort des soldats ivres qui chantent.

La locomotive n'est pas un objet, mais évidemment un symbole épique, grand Phantasme comme il y en a toujours chez Zola, et qui réfléchit tous les thèmes et les situations du livre. Dans tous les romans des Rougon-Macquart, *il y a un énorme objet phantasmé qui est aussi bien le lieu, le témoin et l'agent. On a souvent souligné le caractère épique du génie de Zola, visible dans la structure de l'œuvre, dans cette succession de plans qui, chacun, épuisent un thème. On le comprend d'autant mieux si l'on compare* La Bête humaine *avec* Thérèse Raquin, *roman antérieur à la série des* Rougon-Macquart. *Les deux se ressemblent beaucoup : par l'assassinat qui unit le couple, par le cheminement de la mort et le processus de désorganisation, par la ressemblance de Thérèse et de Séverine, par l'absence de remords ou la dénégation d'intériorité. Mais,* Thérèse Raquin, *c'est la version tragique, tandis que* La Bête humaine *est la version épique. Dans* Thérèse Raquin, *ce qui occupe véritablement la scène c'est l'instinct, le tempérament, l'opposition des deux tempéraments de Thérèse et de Laurent ; et s'il y a une transcendance, c'est seulement celle d'un juge ou d'un témoin inexorable qui symbolise le destin tragique. C'est pourquoi le rôle du symbole ou du dieu tragique est tenu par la vieille madame Raquin, la mère de l'assassiné, muette et paralysée, assistant à la décomposition des amants. Le* drama, *l'aventure des instincts, ne se réfléchit que dans un* logos *représenté par la mutité de la vieille, par son expressive fixité. Dans les soins que Laurent lui impose, dans les déclarations théâtrales que Thérèse lui fait, il y a une intensité tragique rarement égalée. Mais, précisément, c'est seulement la préfiguration tragique de* La Bête humaine ; *Zola, dans* Thérèse Raquin, *ne dispose pas encore de sa méthode épique qui anime l'entreprise des* Rougon-Macquart.

Car, l'essentiel de l'épopée, c'est un double registre où les dieux, activement, jouent à leur manière et sur un autre plan l'aventure des hommes et de leurs instincts. Le drama, *alors, se réfléchit dans un* épos, *la petite généalogie dans une grande généalogie, la petite hérédité dans une grande hérédité,* la *petite manœuvre dans une* grande manœuvre. *En découlent toutes sortes de conséquences : le caractère païen de l'épopée, l'opposition du destin épique et du destin tragique, l'espace ouvert de l'épopée contre l'espace fermé de la tragédie, et surtout la différence du symbole dans l'épique et le tragique. Dans* La Bête humaine, *ce n'est plus simplement un témoin ni un juge, c'est un agent, et un lieu, le train, qui joue le rôle du symbole par rapport à l'histoire, opérant la grande manœuvre. Aussi trace-t-il un espace ouvert à l'échelle d'une nation et d'une civilisation, contrairement à l'espace fermé de* Thérèse Raquin, *seulement dominé par le regard de la vieille.* « Il défilait tant d'hommes et de femmes, dans le coup de tempête des trains,... bien sûr que la terre entière passait par là,... l'éclair les emportait, elle n'était pas bien sûre de les avoir vus. » *Le double registre, dans* La Bête humaine, *ce sont les instincts bruyants, et la fêlure, l'Instinct de mort silencieux. Si bien que tout ce qui se passe se passe à deux niveaux, de l'amour et de la mort, du soma et du germen, des deux hérédités. L'histoire est doublée d'un* épos. *Les instincts ou les tempéraments n'occupent plus la place essentielle. Les instincts grouillent autour du train et dans le train, mais le train lui-même est la représentation épique de*

l'Instinct de mort. La civilisation est évaluée de deux
points, du point de vue des instincts qu'elle détermine,
du point de vue de la fêlure qui la détermine elle-même.

Dans le monde qui lui était contemporain, Zola
découvre la possibilité de restaurer l'épique. La saleté
comme élément de sa littérature, « la littérature
putride », c'est l'histoire de l'instinct sur ce fond de
mort. La fêlure est le dieu épique pour l'histoire des
instincts, la condition qui rend possible une histoire des
instincts. Pour répondre à ceux qui l'accusent d'exagération, l'écrivain n'a pas de logos, mais seulement un
épos, qui dit qu'on n'ira jamais trop loin dans la
description de la décomposition, puisqu'il faut aller
jusqu'où va la fêlure. En allant au plus loin, l'Instinct
de mort se retournera-t-il contre lui-même ? Peut-être
la fêlure a-t-elle de quoi se surpasser dans la direction
qu'elle crée, elle qui n'est comblée qu'en apparence et
pour un instant par les gros appétits ? Et puisqu'elle
absorbe tous les instincts, peut-être aussi peut-elle
opérer la transmutation des instincts, en retournant la
mort contre elle-même. Faire des instincts qui seraient
évolutifs, au lieu d'être alcooliques, érotiques ou
financiers, conservateurs ou destructeurs ? On a souvent remarqué l'optimisme final de Zola, et les romans
roses parmi les noirs. Mais on les interprète très mal
en invoquant une alternance ; en fait, la littérature
optimiste de Zola n'est pas autre chose que sa
littérature putride. C'est dans un même mouvement,
qui est celui de l'épique, que les plus bas instincts se
réfléchissent dans le terrible Instinct de mort, mais
aussi que l'Instinct de mort se réfléchit dans un espace
ouvert, et peut-être contre lui-même. L'optimisme
socialiste de Zola veut dire que, par la fêlure, c'est déjà
le prolétariat qui passe. Le train comme symbole
épique, avec les instincts qu'il transporte et l'Instinct
de mort qu'il représente, est toujours doué d'un avenir.
Et les dernières phrases de La Bête humaine sont

encore un chant pour l'avenir lorsque, Pecqueux et Lantier jetés hors du train, la machine aveugle et sourde entraîne à la mort des soldats « hébétés de fatigue, et ivres, qui chantaient ». Comme si la fêlure ne traversait et n'aliénait la pensée que pour être aussi la possibilité de la pensée, ce à partir de quoi la pensée se développe et se recouvre. Elle est l'obstacle à la pensée, mais aussi la demeure et la puissance de la pensée, le lieu et l'agent. Le dernier roman de la série, Le Docteur Pascal, *indique ce point final épique du retournement de la mort contre soi, de la transmutation des instincts et de l'idéalisation de la fêlure, dans l'élément pur de la pensée « scientifique » et « progressiste » où brûle l'arbre généalogique des* Rougon-Macquart.

Gilles Deleuze.

La Bête humaine

En entrant dans la chambre, Roubaud posa sur la table le pain d'une livre, le pâté et la bouteille de vin blanc. Mais, le matin, avant de descendre à son poste, la mère Victoire avait dû couvrir le feu de son poêle, d'un tel poussier, que la chaleur était suffocante. Et le sous-chef de gare, ayant ouvert une fenêtre, s'y accouda.

C'était impasse d'Amsterdam, dans la dernière maison de droite, une haute maison où la Compagnie de l'Ouest logeait certains de ses employés. La fenêtre, au cinquième, à l'angle du toit mansardé qui faisait retour, donnait sur la gare, cette tranchée large trouant le quartier de l'Europe, tout un déroulement brusque de l'horizon, que semblait agrandir encore, cet après-midi-là, un ciel gris du milieu de février, d'un gris humide et tiède, traversé de soleil.

En face, sous ce poudroiement de rayons, les maisons de la rue de Rome se brouillaient, s'effaçaient, légères. A gauche, les marquises des halles couvertes ouvraient leurs porches géants, aux vitrages enfumés, celle des grandes lignes, immense, où l'œil plongeait, et que les bâtiments de la poste et de la bouillotterie séparaient des autres, plus petites, celles d'Argenteuil, de Versailles et de la Ceinture ; tandis que le pont de l'Europe, à droite, coupait de

son étoile de fer la tranchée, que l'on voyait
reparaître et filer au-delà, jusqu'au tunnel des Batignolles. Et, en bas de la fenêtre même, occupant tout
le vaste champ, les trois doubles voies qui sortaient
du pont, se ramifiaient, s'ecartaient en un éventail
dont les branches de métal, multipliées, innom-
brables, allaient se perdre sous les marquises. Les
trois postes d'aiguilleur, en avant des arches, montraient leurs petits jardins nus. Dans l'effacement
confus des wagons et des machines encombrant les
rails, un grand signal rouge tachait le jour pâle.

Pendant un instant, Roubaud s'intéressa, compa-
rant, songeant à sa gare du Havre. Chaque fois qu'il
venait de la sorte passer un jour à Paris, et qu'il
descendait chez la mère Victoire, le métier le reprenait. Sous la marquise des grandes lignes, l'arrivée
d'un train de Mantes avait animé les quais; et il
suivit des yeux la machine de manœuvre, une petite
machine-tender, aux trois roues basses et couplées,
qui commençait le débranchement du train, alerte
besogneuse, emmenant, refoulant les wagons sur les
voies de remisage. Une autre machine, puissante
celle-là, une machine d'express, aux deux grandes
roues dévorantes, stationnait seule, lâchait par sa
cheminée une grosse fumée noire, montant droit, très
lente dans l'air calme. Mais toute son attention fut
prise par le train de trois heures vingt-cinq, à
destination de Caen, empli déjà de ses voyageurs, et
qui attendait sa machine. Il n'apercevait pas celle-ci,
arrêtée au-delà du pont de l'Europe; il l'entendait
seulement demander la voie, à légers coups de sifflet
pressés, en personne que l'impatience gagne. Un
ordre fut crié, elle répondit par un coup bref qu'elle
avait compris. Puis, avant la mise en marche, il y eut
un silence, les purgeurs furent ouverts, la vapeur
siffla au ras du sol, en un jet assourdissant. Et il vit alors
déborder du pont cette blancheur qui foisonnait,

tourbillonnante comme un duvet de neige, envolée à travers les charpentes de fer. Tout un coin de l'espace en était blanchi, tandis que les fumées accrues de l'autre machine élargissaient leur voile noir. Derrière, s'étouffaient des sons prolongés de trompe, des cris de commandement, des secousses de plaques tournantes. Une déchirure se produisit, il distingua, au fond, un train de Versailles et un train d'Auteuil, l'un montant, l'autre descendant, qui se croisaient.

Comme Roubaud allait quitter la fenêtre, une voix qui prononçait son nom, le fit se pencher. Et il reconnut, au-dessous, sur la terrasse du quatrième, un jeune homme d'une trentaine d'années, Henri Dauvergne, conducteur chef, qui habitait là en compagnie de son père, chef adjoint des grandes lignes, et de ses sœurs, Claire et Sophie, deux blondes de dix-huit et vingt ans, adorables, menant le ménage avec les six mille francs des deux hommes, au milieu d'un continuel éclat de gaieté. On entendait l'aînée rire, pendant que la cadette chantait, et qu'une cage, pleine d'oiseaux des îles, rivalisait de roulades.

« Tiens! monsieur Roubaud, vous êtes donc à Paris?... Ah! oui, pour votre affaire avec le sous-préfet! »

De nouveau accoudé, le sous-chef de gare expliqua qu'il avait dû quitter Le Havre, le matin même, par l'express de six heures quarante. Un ordre du chef de l'exploitation l'appelait à Paris, on venait de le sermonner d'importance. Heureux encore de n'y avoir pas laissé sa place.

« Et madame? » demanda Henri.

Madame avait voulu venir, elle aussi, pour des emplettes. Son mari l'attendait là, dans cette chambre dont la mère Victoire leur remettait la clef, à chacun de leurs voyages, et où ils aimaient déjeuner, tranquilles et seuls, pendant que la brave femme était retenue en bas, à son poste de la

salubrité. Ce jour-là, ils avaient mangé un petit pain
à Mantes, voulant se débarrasser de leurs courses
d'abord. Mais trois heures étaient sonnées, il mourait
de faim.

Henri, pour être aimable, posa encore une question :

« Et vous couchez à Paris? »

Non, non! ils retournaient tous deux au Havre le
soir, par l'express de six heures trente. Ah bien! oui,
des vacances! On ne vous dérangeait que pour vous
flanquer votre paquet, et tout de suite à la niche!

Un moment, les deux employés se regardèrent, en
hochant la tête. Mais ils ne s'entendaient plus, un
piano endiablé venait d'éclater en notes sonores. Les
deux sœurs devaient taper dessus ensemble, riant plus
haut, excitant les oiseaux des îles. Alors, le jeune
homme, qui s'égayait à son tour, salua, rentra dans
l'appartement; et le sous-chef, seul, demeura un
instant les yeux sur la terrasse, d'où montait toute
cette gaieté de jeunesse. Puis, les regards levés, il
aperçut la machine qui avait fermé ses purgeurs, et
que l'aiguilleur envoyait sur le train de Caen. Les
derniers floconnements de vapeur blanche se perdaient, parmi les gros tourbillons de fumée noire,
salissant le ciel. Et il rentra, lui aussi, dans la
chambre.

Devant le coucou qui marquait trois heures vingt,
Roubaud eut un geste désespéré. A quoi diable
Séverine pouvait-elle s'attarder ainsi? Elle n'en sortait plus, lorsqu'elle était dans un magasin. Pour
tromper la faim qui lui labourait l'estomac, il eut
l'idée de mettre la table. La vaste pièce, à deux
fenêtres, lui était familière, servant à la fois de
chambre à coucher, de salle à manger et de cuisine,
avec ses meubles de noyer, son lit drapé de cotonnade rouge, son buffet à dressoir, sa table ronde, son
armoire normande. Il prit, dans le buffet, des

serviettes, des assiettes, des fourchettes et des couteaux, deux verres. Tout cela était d'une propreté extrême, et il s'amusait à ces soins de ménage, comme s'il eût joué à la dînette, heureux de la blancheur du linge, très amoureux de sa femme, riant lui-même du bon rire frais dont elle allait éclater, en ouvrant la porte. Mais, lorsqu'il eut posé le pâté sur une assiette, et placé, à côté, la bouteille de vin blanc, il s'inquiéta, chercha des yeux. Puis, vivement, il tira de ses poches deux paquets oubliés, une petite boîte de sardines et du fromage de gruyère.

La demie sonna. Roubaud marchait de long en large, tournant, au moindre bruit, l'oreille vers l'escalier. Dans son attente désœuvrée, en passant devant la glace, il s'arrêta, se regarda. Il ne vieillissait point, la quarantaine approchait, sans que le roux ardent de ses cheveux frisés eût pâli. Sa barbe, qu'il portait entière, restait drue, elle aussi, d'un blond de soleil. Et, de taille moyenne, mais d'une extraordinaire vigueur, il se plaisait à sa personne, satisfait de sa tête un peu plate, au front bas, à la nuque épaisse, de sa face ronde et sanguine, éclairée de deux gros yeux vifs. Ses sourcils se rejoignaient, embroussaillant son front de la barre des jaloux. Comme il avait épousé une femme plus jeune que lui de quinze années, ces coups d'œil fréquents, donnés aux glaces, le rassuraient.

Il y eut un bruit de pas, Roubaud courut entrebâiller la porte. Mais c'était une marchande de journaux de la gare, qui rentrait chez elle, à côté. Il revint, s'intéressa à une boîte de coquillages, sur le buffet. Il la connaissait bien, cette boîte, un cadeau de Séverine à la mère Victoire, sa nourrice. Et ce petit objet avait suffi, toute l'histoire de son mariage se déroulait. Déjà trois ans bientôt. Né dans le Midi, à Plassans, d'un père charretier, sorti du service avec les galons de sergent major, longtemps facteur mixte à la gare

de Mantes, il était passé facteur chef à celle de
Barentin ; et c'était là qu'il l'avait connue, sa chère
femme, lorsqu'elle venait de Doinville, prendre le
train, en compagnie de mademoiselle Berthe, la fille
du président Grandmorin. Séverine Aubry n'était
que la cadette d'un jardinier, mort au service des
Grandmorin ; mais le président, son parrain et son
tuteur, la gâtait tellement, faisant d'elle la compagne
de sa fille, les envoyant toutes deux au même
pensionnat de Rouen, et elle-même avait une telle
distinction native, que longtemps Roubaud s'était
contenté de la désirer de loin, avec la passion d'un
ouvrier dégrossi pour un bijou délicat, qu'il jugeait
précieux. Là était l'unique roman de son existence. Il
l'aurait épousée sans un sou, pour la joie de l'avoir,
et quand il s'était enhardi enfin, la réalisation avait
dépassé le rêve : outre Séverine et une dot de dix
mille francs, le président, aujourd'hui en retraite,
membre du conseil d'administration de la Compagnie de l'Ouest, lui avait donné sa protection. Dès le
lendemain du mariage, il était passé sous-chef à la
gare du Havre. Il avait sans doute pour lui ses notes
de bon employé, solide à son poste, ponctuel,
honnête, d'un esprit borné, mais très droit, toutes
sortes de qualités excellentes qui pouvaient expliquer
l'accueil prompt fait à sa demande et la rapidité de
son avancement. Il préférait croire qu'il devait tout à
sa femme. Il l'adorait [1].

Lorsqu'il eut ouvert la boîte de sardines, Roubaud
perdit décidément patience. Le rendez-vous était
pour trois heures. Où pouvait-elle être ? Elle ne lui
conterait pas que l'achat d'une paire de bottines et de
six chemises demandait la journée. Et, comme il
passait de nouveau devant la glace, il s'aperçut, les
sourcils hérissés, le front coupé d'une ligne dure.
Jamais au Havre il ne la soupçonnait. A Paris, il
s'imaginait toutes sortes de dangers, des ruses, des

fautes. Un flot de sang montait à son crâne, ses poings d'ancien homme d'équipe se serraient, comme au temps où il poussait des wagons. Il redevenait la brute inconsciente de sa force, il l'aurait broyée, dans un élan de fureur aveugle.

Séverine poussa la porte, parut toute fraîche, toute joyeuse.

« C'est moi... Hein? tu as dû croire que j'étais perdue. »

Dans l'éclat de ses vingt-cinq ans, elle semblait grande, mince et très souple, grasse pourtant avec de petits os. Elle n'était point jolie d'abord, la face longue, la bouche forte, éclairée de dents admirables. Mais, à la regarder, elle séduisait par le charme, l'étrangeté de ses larges yeux bleus, sous son épaisse chevelure noire.

Et, comme son mari, sans répondre, continuait à l'examiner, du regard trouble et vacillant qu'elle connaissait bien, elle ajouta :

« Oh! j'ai couru... Imagine-toi, impossible d'avoir un omnibus. Alors, ne voulant pas dépenser l'argent d'une voiture, j'ai couru... Regarde comme j'ai chaud.

— Voyons, dit-il violemment, tu ne me feras pas croire que tu viens du Bon Marché. »

Mais, tout de suite, avec une gentillesse d'enfant, elle se jeta à son cou, en lui posant, sur la bouche, sa jolie petite main potelée :

« Vilain, vilain, tais-toi!... Tu sais bien que je t'aime. »

Une telle sincérité sortait de toute sa personne, il la sentait restée si candide, si droite, qu'il la serra éperdument dans ses bras. Toujours ses soupçons finissaient ainsi. Elle, s'abandonnait, aimant à se faire cajoler. Il la couvrait de baisers, qu'elle ne rendait pas; et c'était même là son inquiétude obscure, cette grande enfant passive, d'une affection filiale, où l'amante ne s'éveillait point.

« Alors, tu as dévalisé le Bon Marché?

— Oh! oui. Je vais te conter... Mais, auparavant, mangeons. Ce que j'ai faim!... Ah! écoute, j'ai un petit cadeau. Dis : Mon petit cadeau. »

Elle lui riait dans le visage, de tout près. Elle avait fourré sa main droite dans sa poche, où elle tenait un objet, qu'elle ne sortait pas.

« Dis vite : Mon petit cadeau. »

Lui, riait aussi, en bon homme. Il se décida.

« Mon petit cadeau. »

C'était un couteau qu'elle venait de lui acheter, pour en remplacer un qu'il avait perdu et qu'il pleurait, depuis quinze jours. Il s'exclamait, le trouvait superbe, ce beau couteau neuf, avec son manche en ivoire et sa lame luisante. Tout de suite, il allait s'en servir. Elle était ravie de sa joie; et, en plaisantant, elle se fit donner un sou, pour que leur amitié ne fût pas coupée.

« Mangeons, mangeons, répéta-t-elle. Non, non! je t'en prie, ne ferme pas encore. J'ai si chaud! »

Elle l'avait rejoint à la fenêtre, elle demeura là quelques secondes, appuyée à son épaule, regardant le vaste champ de la gare. Pour le moment, les fumées s'en étaient allées, le disque cuivré du soleil descendait dans la brume, derrière les maisons de la rue de Rome. En bas, une machine de manœuvre amenait, tout formé, le train de Mantes, qui devait partir à quatre heures vingt-cinq. Elle le refoula le long du quai, sous la marquise, fut dételée. Au fond, dans le hangar de la Ceinture, les chocs de tampons annonçaient l'attelage imprévu de voitures qu'on ajoutait. Et, seule, au milieu des rails, avec son mécanicien et son chauffeur, noirs de la poussière du voyage, une lourde machine de train omnibus restait immobile, comme lasse et essoufflée, sans autre vapeur qu'un mince filet sortant d'une soupape. Elle attendait qu'on lui ouvrît la voie, pour retourner au dépôt des Batignolles. Un signal rouge claqua, s'effaça. Elle partit.

« Sont-elles gaies, ces petites Dauvergne! dit Roubaud en quittant la fenêtre. Les entends-tu taper sur leur piano?... Tout à l'heure, j'ai vu Henri, qui m'a dit de te présenter ses hommages.

— A table, à table! » cria Séverine.

Et elle se jeta sur les sardines, elle dévora. Ah! le petit pain de Mantes était loin! Cela la grisait, quand elle venait à Paris. Elle était toute vibrante du bonheur d'avoir couru les trottoirs, elle gardait une fièvre de ses achats au Bon Marché. En un coup, chaque printemps, elle y dépensait ses économies de l'hiver, préférant tout y acheter, disant qu'elle y économisait son voyage. Aussi, sans perdre une bouchée, ne tarissait-elle pas. Un peu confuse, rougissante, elle finit par lâcher le total de la somme qu'elle avait dépensée, plus de trois cents francs.

« Fichtre! dit Roubaud saisi, tu te mets bien, toi, pour la femme d'un sous-chef!... Mais tu n'avais à prendre que six chemises et une paire de bottines?

— Oh! mon ami, des occasions uniques!... Une petite soie à rayures délicieuses! un chapeau d'un goût, un rêve! des jupons tout faits, avec des volants brodés! Et tout ça pour rien, j'aurais payé le double au Havre... On va m'expédier, tu verras! »

Il avait pris le parti de rire, tant elle était jolie, dans sa joie, avec son air de confusion suppliante. Et puis, c'était si charmant, cette dînette improvisée, au fond de cette chambre où ils étaient seuls, bien mieux qu'au restaurant. Elle, qui d'ordinaire buvait de l'eau, se laissait aller, vidait son verre de vin blanc, sans savoir. La boîte de sardines était finie, ils entamèrent le pâté avec le beau couteau neuf. Ce fut un triomphe, tellement il coupait bien.

« Et toi, voyons, ton affaire? demanda-t-elle. Tu me fais bavarder, tu ne me dis pas comment ça s'est terminé, pour le sous-préfet. »

Alors, il conta en détail la façon dont le chef de l'exploitation l'avait reçu. Oh! un lavage de tête en règle! Il s'était défendu, avait dit la vraie vérité, comment ce petit crevé de sous-préfet s'était obstiné à monter avec son chien dans une voiture de première, lorsqu'il y avait une voiture de seconde, réservée pour les chasseurs et leurs bêtes, et la querelle qui s'en était suivie, et les mots qu'on avait échangés[2]. En somme, le chef lui donnait raison d'avoir voulu faire respecter la consigne; mais le terrible était la parole qu'il avouait lui-même : « Vous ne serez pas toujours les maîtres! » On le soupçonnait d'être républicain. Les discussions qui venaient de marquer l'ouverture de la session de 1869, et la peur sourde des prochaines élections générales rendaient le gouvernement ombrageux. Aussi l'aurait-on certainement déplacé, sans la bonne recommandation du président Grandmorin. Encore avait-il dû signer la lettre d'excuse, conseillée et rédigée par ce dernier.

Séverine l'interrompit, criant :

« Hein? ai-je eu raison de lui écrire et de lui faire une visite avec toi, ce matin, avant que tu ailles recevoir ton savon... Je savais bien qu'il nous tirerait d'affaire.

— Oui, il t'aime beaucoup, reprit Roubaud, et il a le bras long, dans la Compagnie... Vois donc un peu à quoi ça sert, d'être un bon employé. Ah! on ne m'a point ménagé les éloges : pas beaucoup d'initiative, mais de la conduite, de l'obéissance, du courage, enfin tout! Eh bien! ma chère, si tu n'avais pas été ma femme, et si Grandmorin n'avait pas plaidé ma cause, par amitié pour toi, j'étais fichu, on m'envoyait en pénitence, au fond de quelque petite station. »

Elle regardait fixement le vide, elle murmura, comme se parlant à elle-même :

« Oh! certainement, c'est un homme qui a le bras long. »

Il y eut un silence, et elle restait les yeux élargis, perdus au loin, cessant de manger. Sans doute elle évoquait les jours de son enfance, là-bas, au château de Doinville, à quatre lieues de Rouen. Jamais elle n'avait connu sa mère. Quand son père, le jardinier Aubry, était mort, elle entrait dans sa treizième année ; et c'était à cette époque que le président, déjà veuf, l'avait gardée près de sa fille Berthe, sous la surveillance de sa sœur, madame Bonnehon, la femme d'un manufacturier, également veuve, à qui le château appartenait aujourd'hui. Berthe, son aînée de deux ans, mariée six mois après elle, avait épousé M. de Lachesnaye, conseiller à la cour de Rouen, un petit homme sec et jaune. L'année précédente, le président était encore à la tête de cette cour, dans son pays, lorsqu'il avait pris sa retraite, après une carrière magnifique. Né en 1804, substitut à Digne au lendemain de 1830, puis à Fontainebleau, puis à Paris, ensuite procureur à Troyes, avocat général à Rennes, enfin premier président à Rouen. Riche à plusieurs millions, il faisait partie du conseil général depuis 1855, on l'avait nommé commandeur de la Légion d'honneur, le jour même de sa retraite [3]. Et, du plus loin qu'elle se souvenait, elle le revoyait tel qu'il était encore, trapu et solide, blanc de bonne heure, d'un blanc doré d'ancien blond, les cheveux en brosse, le collier de barbe coupé ras, sans moustaches, avec une face carrée que les yeux d'un bleu dur et le nez gros rendaient sévère. Il avait l'abord rude, il faisait tout trembler autour de lui.

Roubaud dut élever la voix, répétant à deux
reprises :

« Eh bien! à quoi donc penses-tu? »

Elle tressaillit, eut un petit frisson, comme surprise
et secouée de peur.

« Mais à rien.

— Tu ne manges plus, tu n'as donc plus faim?

— Oh! si... Tu vas voir. »

Séverine, ayant vidé son verre de vin blanc, acheva
la tranche de pâté qu'elle avait dans son assiette.
Mais il y eut une alerte : ils avaient fini le pain d'une
livre, pas une bouchée ne restait pour manger le
fromage. Ce furent des cris, puis des rires, lorsque,
bousculant tout, ils découvrirent, au fond du buffet
de la mère Victoire, un bout de pain rassis. Bien que
la fenêtre fût ouverte, il continuait de faire chaud, et
la jeune femme, qui avait le poêle derrière elle, ne se
rafraîchissait guère, plus rose et plus excitée par
l'imprévu de ce déjeuner bavard, dans cette chambre.
A propos de la mère Victoire, Roubaud en était
revenu à Grandmorin : encore une, celle-là, qui lui
devait une belle chandelle! Fille séduite dont l'enfant
était mort, nourrice de Séverine qui venait de coûter
la vie à sa mère, plus tard femme d'un chauffeur de
la Compagnie, elle vivait mal, à Paris, d'un peu de
couture, son mari mangeant tout, lorsque la rencontre de sa fille de lait avait renoué les liens
d'autrefois, en faisant d'elle aussi une protégée du
président; et, aujourd'hui, il lui avait obtenu un
poste à la salubrité, la garde des cabinets de luxe, le
côté des dames, ce qu'il y a de meilleur. La
Compagnie ne lui donnait que cent francs par an,
mais elle s'en faisait près de quatorze cents, avec la
recette, sans compter le logement, cette chambre, où
elle était même chauffée. Enfin, une situation bien
agréable. Et Roubaud calculait que, si Pecqueux, le
mari, avait apporté ses deux mille huit cents francs

de chauffeur, tant pour les primes que pour le fixe, au lieu de nocer aux deux bouts de la ligne, le ménage aurait réuni plus de quatre mille francs, le double de ce que lui, sous-chef de gare, gagnait au Havre.

« Sans doute, conclut-il, toutes les femmes ne voudraient pas tenir les cabinets. Mais il n'y a pas de sot métier. »

Cependant, leur grosse faim s'était apaisée, et ils ne mangeaient plus que d'un air alangui, coupant le fromage par petits morceaux, pour faire durer le régal. Leurs paroles aussi se faisaient lentes.

« A propos, cria-t-il, j'ai oublié de te demander... Pourquoi as-tu donc refusé au président d'aller passer deux ou trois jours à Doinville? »

Son esprit, dans le bien-être de la digestion, venait de refaire leur visite du matin, tout près de la gare, à l'hôtel de la rue du Rocher; et il s'était revu dans le grand cabinet sévère, il entendait encore le président leur dire qu'il partait le lendemain pour Doinville. Puis, comme cédant à une idée soudaine, il leur avait offert de prendre le soir même, avec eux, l'express de six heures trente, et d'emmener ensuite sa filleule là-bas, chez sa sœur, qui la réclamait depuis longtemps. Mais la jeune femme avait allégué toutes sortes de raisons, qui l'empêchaient, disait-elle.

« Tu sais, moi, continua Roubaud, je ne voyais pas de mal à ce petit voyage. Tu aurais pu y rester jusqu'à jeudi, je me serais arrangé... N'est-ce pas? dans notre position, nous avons besoin d'eux. Ce n'est guère adroit, de refuser leurs politesses; d'autant plus que ton refus a eu l'air de lui causer une vraie peine... Aussi n'ai-je cessé de te pousser à accepter, que lorsque tu m'as tiré par mon paletot. Alors, j'ai dit comme toi, mais sans comprendre.. Hein! pourquoi n'as-tu pas voulu? »

Il commence avoir le soupçon (suspicion)

Séverine, les regards vacillants, eut un geste d'impatience.

« Est-ce que je puis te laisser tout seul?

— Ce n'est pas une raison... Depuis notre mariage, en trois ans, tu es bien allée deux fois à Doinville, passer ainsi une semaine. Rien ne t'empêchait d'y retourner une troisième. »

La gêne de la jeune femme croissait, elle avait détourné la tête.

« Enfin, ça ne me disait pas. Tu ne vas pas me forcer à des choses qui me déplaisent. »

Roubaud ouvrit les bras, comme pour déclarer qu'il ne la forçait à rien. Pourtant, il reprit :

« Tiens! tu me caches quelque chose... La dernière fois, est-ce que madame Bonnehon t'aurait mal reçue? »

Oh! non, madame Bonnehon l'avait toujours très bien accueillie. Elle était si agréable, grande, forte, avec de magnifiques cheveux blonds, belle encore malgré ses cinquante-cinq ans! Depuis son veuvage, et même du vivant de son mari, on racontait qu'elle avait eu souvent le cœur occupé. On l'adorait à Doinville, elle faisait du château un lieu de délices, toute la société de Rouen y venait en visite, surtout la magistrature. C'était dans la magistrature que madame Bonnehon avait eu beaucoup d'amis.

« Alors, avoue-le, ce sont les Lachesnaye qui t'ont battu froid. »

Sans doute, depuis son mariage avec M. de Lachesnaye, Berthe avait cessé d'être pour elle ce qu'elle était autrefois. Elle ne devenait guère bonne, cette pauvre Berthe, si insignifiante, avec son nez rouge. A Rouen, les dames vantaient beaucoup sa distinction. Aussi un mari comme le sien, laid, dur, avare, semblait-il plutôt fait pour déteindre sur sa femme et la rendre mauvaise. Mais non, Berthe s'était montrée convenable à l'égard de son ancienne camarade, celle-ci n'avait aucun reproche précis à lui adresser.

« C'est donc le président qui te déplaît, là-bas? »

Séverine, qui, jusque-là, répondait lentement, d'une voix égale, fut reprise d'impatience.

« Lui, quelle idée! »

Et elle continua, en petites phrases nerveuses. On le voyait seulement à peine. Il s'était réservé, dans le parc, un pavillon, dont la porte donnait sur une ruelle déserte. Il sortait, il rentrait, sans qu'on le sût. Jamais sa sœur, du reste, ne connaissait au juste le jour de son arrivée. Il prenait une voiture à Barentin, se faisait conduire de nuit à Doinville, vivait des journées dans son pavillon, ignoré de tous. Ah! ce n'était pas lui qui vous gênait, là-bas.

« Je t'en parle, parce que tu m'as raconté vingt fois que, dans ton enfance, il te faisait une peur bleue.

— Oh! une peur bleue! tu exagères, comme toujours... Bien sûr qu'il ne riait guère. Il vous regardait si fixement, de ses gros yeux, qu'on baissait la tête tout de suite. J'ai vu des gens se troubler, ne pas pouvoir lui adresser un mot, tellement il leur en imposait, avec son grand renom de sévérité et de sagesse... Mais, moi, il ne m'a jamais grondée, j'ai toujours senti qu'il avait un faible pour moi... »

De nouveau, sa voix se ralentissait, ses yeux se perdaient au loin.

« Je me souviens... Quand j'étais gamine et que je jouais avec des amies, dans les allées, s'il venait à paraître, toutes se cachaient, même sa fille Berthe, qui tremblait sans cesse d'être en faute. Moi, je l'attendais, tranquille. Il passait, et en me voyant là, souriante, le museau levé, il me donnait une petite tape sur la joue... Plus tard, à seize ans, lorsque Berthe avait une faveur à obtenir de lui, c'était toujours moi qu'elle chargeait de la demande. Je

parlais, je ne baissais pas les regards, et je sentais les
siens qui m'entraient sous la peau. Mais je m'en
moquais bien, j'étais si certaine qu'il accorderait tout
ce que je voudrais!... Ah! oui, je me souviens, je me
souviens! Là-bas, il n'y a pas un taillis du parc, pas
un corridor, pas une chambre du château, que je ne
puisse évoquer en fermant les yeux. »

Elle se tut, les paupières closes; et, sur son visage
chaud et gonflé, semblait passer le frisson de ces
choses d'autrefois, les choses qu'elle ne disait point.
Un instant elle demeura ainsi, avec un petit battement des lèvres, comme un tic involontaire qui lui
tirait douloureusement un coin de la bouche.

« Il a été certainement très bon pour toi, reprit
Roubaud, qui venait d'allumer sa pipe. Non seulement il t'a fait élever comme une demoiselle, mais il a
très sagement administré tes quatre sous, et il a
arrondi la somme, lors de notre mariage... Sans
compter qu'il doit te laisser quelque chose, il l'a dit
devant moi.

— Oui, murmura Séverine, cette maison de la
Croix-de-Maufras [4], cette propriété que le chemin de
fer a coupée. On y allait parfois passer huit jours...
Oh! je n'y compte guère, les Lachesnaye doivent le
travailler pour qu'il ne me laisse rien. Et puis, j'aime
mieux rien, rien! »

Elle avait prononcé ces dernières paroles d'une
voix si vive, qu'il s'en étonna, retirant sa pipe de la
bouche, la regardant de ses yeux arrondis.

« Es-tu drôle! On assure que le président a des
millions, quel mal y aurait-il à ce qu'il mît sa filleule
dans son testament? Personne n'en serait surpris, et
ça arrangerait joliment nos affaires. »

Puis, une idée qui lui traversa le cerveau, le fit rire.

« Tu n'as peut-être pas peur de passer pour sa
fille?... Car, tu sais, le président, malgré son air glacé,
on en chuchote de raides sur son compte. Il paraît

que, du vivant même de sa femme, toutes les bonnes y passaient. Enfin, un gaillard qui, aujourd'hui encore, vous trousse une femme... Mon Dieu! va, quand tu serais sa fille! »

Séverine s'était levée, violente, le visage en flamme, avec le vacillement effrayé de son regard bleu, sous la masse lourde de ses cheveux noirs.

« Sa fille, sa fille!... Je ne veux pas que tu plaisantes avec ça, entends-tu! Est-ce que je puis être sa fille? est-ce que je lui ressemble?... Et en voilà assez, parlons d'autre chose. Je ne veux pas aller à Doinville, parce que je ne veux pas, parce que je préfère rentrer avec toi au Havre. »

Il hocha la tête, il l'apaisa du geste. Bon, bon! du moment que ça lui donnait sur les nerfs. Il souriait, jamais il ne l'avait vue si nerveuse. Le vin blanc sans doute. Désireux de se faire pardonner, il reprit le couteau, s'extasiant encore, l'essuyant avec soin; et, pour montrer qu'il coupait comme un rasoir, il s'en taillait les ongles.

« Déjà quatre heures un quart, murmura Séverine, debout devant le coucou. J'ai encore quelques courses... Il faut songer à notre train. »

Mais, comme pour achever de se calmer, avant de mettre un peu d'ordre dans la chambre, elle retourna s'accouder à la fenêtre. Lui, alors, lâchant le couteau, lâchant sa pipe, quitta la table à son tour, s'approcha d'elle, la prit par-derrière, entre ses bras, doucement. Et il la tenait enlacée ainsi, il avait posé le menton sur son épaule, appuyé la tête contre la sienne. Ni l'un ni l'autre ne bougeait plus, ils regardaient.

Sous eux, toujours, les petites machines de manœuvre allaient et venaient sans repos; et on les entendait à peine s'activer, comme des ménagères vives et prudentes, les roues assourdies, le sifflet discret. Une d'elles passa, disparut sous le pont de l'Europe, emmenant au remisage les voitures d'un

train de Trouville, qu'on débranchait. Et, là-bas, au-
delà du pont, elle frôla une machine venue seule du
Dépôt, en promeneuse solitaire, avec ses cuivres et
ses aciers luisants, fraîche et gaillarde pour le voyage.
Celle-ci s'était arrêtée, demandant de deux coups
brefs la voie à l'aiguilleur, qui, presque immédiatement, l'envoya sur son train, tout formé, à quai sous
la marquise des grandes lignes. C'était le train de
quatre heures vingt-cinq, pour Dieppe [5]. Un flot de
voyageurs se pressait, on entendait le roulement des
chariots chargés de bagages, des hommes poussaient
une à une les bouillottes dans les voitures. Mais la
machine et son tender avaient abordé le fourgon de
tête, d'un choc sourd, et l'on vit le chef d'équipe
serrer lui-même la vis de la barre d'attelage. Le ciel
s'était assombri vers les Batignolles ; une cendre
crépusculaire, noyant les façades, semblait tomber
déjà sur l'éventail élargi des voies ; tandis que, dans
cet effacement, au lointain, se croisaient sans cesse
les départs et les arrivées de la banlieue et de la
Ceinture. Par-delà les nappes sombres des grandes
halles couvertes, sur Paris obscurci, des fumées
rousses, déchiquetées, s'envolaient.

« Non, non, laisse-moi », murmura Séverine.

Peu à peu, sans une parole, il l'avait enveloppée
d'une caresse plus étroite, excité par la tiédeur de ce
corps jeune, qu'il tenait ainsi à pleins bras. Elle le
grisait de son odeur, elle achevait d'affoler son désir,
en cambrant les reins pour se dégager. D'une
secousse, il l'enleva de la fenêtre, dont il referma les
vitres du coude. Sa bouche avait rencontré la sienne,
il lui écrasait les lèvres, il l'emportait vers le lit.

« Non, non, nous ne sommes pas chez nous,
répéta-t-elle. Je t'en prie, pas dans cette chambre ! »

Elle-même était comme grise, étourdie de nourriture et de vin, encore vibrante de sa course fiévreuse
à travers Paris. Cette pièce trop chauffée, cette table

où traînait la débandade du couvert, l'imprévu du
voyage qui tournait en partie fine, tout lui allumait le
sang, la soulevait d'un frisson. Et pourtant elle se
refusait, elle résistait, arc-boutée contre le bois du lit,
dans une révolte effrayée, dont elle n'aurait pu dire la
cause.

« Non, non, je ne veux pas. »

Lui, le sang à la peau, retenait ses grosses mains
brutales. Il tremblait, il l'aurait brisée.

« Bête, est-ce qu'on saura? Nous retaperons le
lit. »

D'habitude, elle s'abandonnait avec une docilité
complaisante, chez eux, au Havre, après le déjeuner,
lorsqu'il était de service de nuit. Cela semblait sans
plaisir pour elle, mais elle y montrait une mollesse
heureuse, un affectueux consentement de son plaisir
à lui. Et ce qui, en ce moment, le rendait fou, c'était
de la sentir comme jamais il ne l'avait eue, ardente,
frémissante de passion sensuelle. Le noir reflet de sa
chevelure assombrissait ses calmes yeux de pervenche, sa bouche forte saignait dans le doux ovale
de son visage. Il y avait là une femme qu'il ne
connaissait point. Pourquoi se refusait-elle?

« Dis, pourquoi? Nous avons le temps. »

Alors, dans une angoisse inexplicable, dans un
débat où elle ne paraissait pas juger les choses
nettement, comme si elle se fût ignorée elle aussi, elle
eut un cri de douleur vraie, qui le fit se tenir
tranquille.

« Non, non, je t'en supplie, laisse-moi!... Je ne sais
pas, ça m'étrangle, rien que l'idée, en ce moment...
Ça ne serait pas bien. »

Tous deux étaient tombés assis au bord du lit. Il se
passa la main sur la face, comme pour s'en ôter la
cuisson qui le brûlait. En le voyant redevenu sage,
elle, gentille, se pencha, lui posa un gros baiser sur la
joue, voulant lui montrer qu'elle l'aimait bien tout de

même. Un instant, ils restèrent de la sorte, sans
parler, à se remettre. Il lui avait repris la main
gauche et jouait avec une vieille bague d'or, un
serpent d'or à petite tête de rubis, qu'elle portait au
même doigt que son alliance. Toujours il la lui avait
connue là.

« Mon petit serpent, dit Séverine d'une voix
involontaire de rêve, croyant qu'il regardait la bague
et éprouvant l'impérieux besoin de parler. C'est à la
Croix-de-Maufras, qu'il m'en a fait cadeau, pour mes
seize ans. »

Roubaud leva la tête, surpris.

« Qui donc? le président? »

Lorsque les yeux de son mari s'étaient posés sur les
siens, elle avait eu une brusque secousse de réveil.
Elle sentit un petit froid glacer ses joues. Elle voulut
répondre, et ne trouva rien, étranglée par la sorte de
paralysie qui la prenait.

« Mais, continua-t-il, tu m'as toujours dit que
c'était ta mère qui te l'avait laissée, cette bague. »

Encore à cette seconde, elle pouvait rattraper la
phrase, lâchée dans un oubli de tout. Il lui aurait
suffi de rire, de jouer l'étourdie. Mais elle s'entêta, ne
se possédant plus, inconsciente.

« Jamais, mon chéri, je ne t'ai dit que ma mère
m'avait laissé cette bague. »

Du coup, Roubaud la dévisagea, pâlissant lui
aussi.

« Comment? tu ne m'as jamais dit ça? Tu me l'as
dit vingt fois!... Il n'y a pas de mal à ce que le
président t'ait donné une bague. Il t'a donné bien
autre chose... Mais pourquoi me l'avoir caché?
pourquoi avoir menti, en parlant de ta mère?

— Je n'ai pas parlé de ma mère, mon chéri, tu te
trompes. »

C'était imbécile, cette obstination. Elle voyait
qu'elle se perdait, qu'il lisait clairement sous sa peau,

et elle aurait voulu revenir, ravaler ses paroles; mais
il n'était plus temps, elle sentait ses traits se décompo-
ser, l'aveu sortir malgré elle de toute sa personne. Le
froid de ses joues avait envahi sa face entière, un tic
nerveux tirait ses lèvres. Et lui, effrayant, redevenu
subitement rouge, à croire que le sang allait faire
éclater ses veines, lui avait saisi les poignets, la
regardait de tout près, afin de mieux suivre, dans
l'effarement épouvanté de ses yeux, ce qu'elle ne
disait pas tout haut.

« Nom de Dieu! bégaya-t-il, nom de Dieu! »

Elle eut peur, baissa le visage pour le cacher sous
son bras, devinant le coup de poing. Un fait, petit,
misérable, insignifiant, l'oubli d'un mensonge à
propos de cette bague, venait d'amener l'évidence, en
quelques paroles échangées. Et il avait suffi d'une
minute. Il la jeta d'une secousse en travers du lit, il
tapa sur elle des deux poings, au hasard. En trois
ans, il ne lui avait pas donné une chiquenaude, et il la
massacrait, aveugle, ivre, dans un emportement de
brute, de l'homme aux grosses mains, qui, autrefois,
avait poussé des wagons.

« Nom de Dieu de garce! tu as couché avec!...
couché avec!... couché avec! »

Il s'enrageait à ces mots répétés, il abattait les
poings, chaque fois qu'il les prononçait, comme pour
les lui faire entrer dans la chair.

« Le reste d'un vieux, nom de Dieu de garce!...
couché avec!... couché avec! »

Sa voix s'étranglait d'une telle colère, qu'elle
sifflait et ne sortait plus. Alors, seulement, il entendit
que, mollissante sous les coups, elle disait non. Elle
ne trouvait pas d'autre défense, elle niait pour qu'il
ne la tuât pas. Et ce cri, cet entêtement dans le
mensonge, acheva de le rendre fou.

« Avoue que tu as couché avec.

— Non! non! »

Il l'avait reprise, il la soutenait dans ses bras, l'empêchant de retomber la face contre la couverture, en pauvre être qui se cache. Il la forçait à le regarder.

« Avoue que tu as couché avec. »

Mais, se laissant glisser, elle s'échappa, elle voulut courir vers la porte. D'un bond, il fut de nouveau sur elle, le poing en l'air; et, furieusement, d'un seul coup, près de la table, il l'abattit. Il s'était jeté à son côté, il l'avait empoignée par les cheveux, pour la clouer au sol. Un instant, ils restèrent ainsi par terre, face à face, sans bouger. Et, dans l'effrayant silence, on entendit monter les chants et les rires des demoiselles Dauvergne, dont le piano faisait rage, heureusement, en dessous, étouffant les bruits de lutte. C'était Claire qui chantait des rondes de petites filles, tandis que Sophie l'accompagnait, à tour de bras.

« Avoue que tu as couché avec. »

Elle n'osa plus dire non, elle ne répondit point.

« Avoue que tu as couché avec, nom de Dieu! ou je t'éventre! »

Il l'aurait tuée, elle le lisait nettement dans son regard. En tombant, elle avait aperçu le couteau, ouvert sur la table; et elle revoyait l'éclair de la lame, elle crut qu'il allongeait le bras. Une lâcheté l'envahit, un abandon d'elle-même et de tout, un besoin d'en finir.

« Eh bien! oui, c'est vrai, laisse-moi m'en aller. »

Alors, ce fut abominable. Cet aveu qu'il exigeait si violemment, venait de l'atteindre en pleine figure, comme une chose impossible, monstrueuse. Il semblait que jamais il n'aurait supposé une infamie pareille. Il lui empoigna la tête, il la cogna contre un pied de la table. Elle se débattait, et il la tira par les cheveux, au travers de la pièce, bousculant les chaises. Chaque fois qu'elle faisait un effort pour se redresser, il la rejetait sur le carreau d'un coup de poing. Et cela haletant, les dents serrées, un acharnement sauvage et imbécile. La table, poussée, faillit renverser le poêle. Des cheveux et du sang restèrent à un angle du buffet. Quand ils reprirent haleine, hébétés, gonflés de cette horreur, las de frapper et d'être frappée, ils étaient revenus près du lit, elle toujours par terre, vautrée, lui accroupi, la tenant encore aux épaules. Et ils soufflèrent. En bas, la musique continuait, les rires s'envolaient, très sonores et très jeunes.

D'une secousse, Roubaud remonta Séverine, l'adossa contre le bois du lit. Puis, demeurant à genoux, pesant sur elle, il put parler enfin. Il ne la battait plus, il la torturait de ses questions, du besoin inextinguible qu'il avait de savoir.

« Ainsi, tu as couché avec, garce!... Répète, répète que tu as couché avec ce vieux... Et à quel âge, hein? toute petite, toute petite, n'est-ce pas? »

Brusquement, elle venait d'éclater en larmes, ses sanglots l'empêchaient de répondre.

« Nom de Dieu! veux-tu me dire!... Hein? tu n'avais pas dix ans, que tu l'amusais, ce vieux? C'est pour ça qu'il t'élevait à la becquée, c'est pour sa cochonnerie, dis-le donc, nom de Dieu! ou je recommence! »

Elle pleurait, elle ne pouvait prononcer un mot, et il leva la main, il l'étourdit d'une nouvelle claque. A trois reprises, comme il n'obtenait pas davantage de réponse, il la gifla, répétant sa question.

« A quel âge, dis-le donc, garce! dis-le donc? »

Pourquoi lutter? Son être fuyait sous elle. Il lui aurait sorti le cœur, de ses doigts gourds d'ancien ouvrier. Et l'interrogatoire continua, elle disait tout, dans un tel anéantissement de honte et de peur, que ses phrases, soufflées très bas, s'entendaient à peine. Et lui, mordu de sa jalousie atroce, s'enrageait à la souffrance dont le déchiraient les tableaux évoqués :

il n'en savait jamais assez, il l'obligeait à revenir sur les détails, à préciser les faits. L'oreille aux lèvres de la misérable, il agonisait de cette confession, avec la continuelle menace de son poing levé, prêt à cogner encore, si elle s'arrêtait.

De nouveau, tout le passé, à Doinville, défila, l'enfance, la jeunesse. Était-ce au fond des massifs du grand parc? était-ce dans le détour perdu de quelque corridor du château? Déjà le président songeait donc à elle, lorsqu'il l'avait gardée, à la mort de son jardinier, et fait élever avec sa fille? Cela, pour sûr, avait commencé, les jours où les autres gamines s'enfuyaient, au milieu de leurs jeux, s'il venait à paraître, tandis qu'elle, souriante, le museau en l'air, attendait qu'il lui donnât en passant une petite tape sur la joue. Et, plus tard, si elle osait lui parler en face, si elle obtenait tout de lui, n'était-ce pas qu'elle se sentait maîtresse, alors qu'il l'achetait par ses complaisances de trousseur de bonnes, si digne et si sévère aux autres? Ah! la sale chose, ce vieux se faisant baisoter comme un grand-père, regardant pousser cette fillette, la tâtant, l'entamant un peu à chaque heure, sans avoir la patience d'attendre qu'elle fût mûre!

Roubaud haletait.

« Enfin, à quel âge... répète à quel âge?

— Seize ans et demi.

— Tu mens! »

Mentir, mon Dieu! pourquoi? Elle eut un haussement d'épaules plein d'un abandon et d'une lassitude immenses.

« Et, la première fois, où ça s'est-il passé?

— A la Croix-de-Maufras. »

Il hésita une seconde, ses lèvres s'agitaient, une lueur jaune troublait ses yeux.

« Et, je veux que tu me dises, qu'est-ce qu'il t'a fait? »

Elle resta muette. Puis, comme il brandissait le poing :

« Tu ne me croirais pas.

— Dis toujours... Il n'a pu rien faire, hein? »

D'un signe de tête, elle répondit. C'était bien cela. Et, alors, il s'acharna sur la scène, il voulut la connaître jusqu'au bout, il descendit aux mots crus, aux interrogations immondes. Elle ne desserrait plus les dents, elle continuait à dire oui, à dire non, d'un signe. Peut-être ça les soulagerait-il l'un et l'autre, quand elle aurait avoué. Mais lui souffrait davantage de ces détails, qu'elle croyait être une atténuation. Des rapports normaux, complets, l'auraient hanté d'une vision moins torturante. Cette débauche pourrissait tout, enfonçait et retournait au fond de sa chair les lames empoisonnées de sa jalousie. Maintenant, c'était fini, il ne vivrait plus, il évoquerait toujours l'exécrable image.

Un sanglot déchira sa gorge.

« Ah! nom de Dieu... ah! nom de Dieu!... ça ne peut pas être, non, non! c'est trop, ça ne peut pas être! »

Puis, tout d'un coup, il la secoua.

« Mais nom de Dieu de garce! pourquoi m'as-tu épousé?... Sais-tu que c'est ignoble de m'avoir trompé ainsi? Il y a des voleuses, en prison, qui n'en ont pas tant sur la conscience... Tu me méprisais donc, tu ne m'aimais donc pas?... Hein! pourquoi m'as-tu épousé? »

Elle eut un geste vague. Est-ce qu'elle savait au juste, à présent? En l'épousant, elle était heureuse, espérant en finir avec l'autre. Il y a tant de choses qu'on ne voudrait pas faire et qu'on fait, parce qu'elles sont encore les plus sages. Non, elle ne l'aimait pas; et ce qu'elle évitait de lui dire, c'était que, sans cette histoire, jamais elle n'aurait consenti à être sa femme.

« Lui, n'est-ce pas? désirait te caser. Il a trouvé une bonne bête... Hein? il désirait te caser pour que ça continue. Et vous avez continué, hein? à tes deux voyages, là-bas. C'est pour ça qu'il t'emmenait? »

D'un signe, elle avoua de nouveau.

« Et c'est pour ça encore qu'il t'invitait, cette fois?... Jusqu'à la fin, alors, ça aurait recommencé, ces ordures! Et, si je ne n'étrangle pas, ça recommencera! »

Ses mains convulsées s'avançaient pour la reprendre à la gorge. Mais, ce coup-ci, elle se révolta.

« Voyons, tu es injuste. Puisque c'est moi qui ai refusé d'y aller. Tu m'y envoyais, j'ai dû me fâcher, rappelle-toi... Tu vois bien que je ne voulais plus. C'était fini. Jamais, jamais plus, je n'aurais voulu. »

Il sentit qu'elle disait la vérité, et il n'en eut aucun soulagement. L'affreuse douleur, le fer qui lui restait en pleine poitrine, c'était l'irréparable, ce qui avait eu lieu entre elle et cet homme. Il ne souffrait horriblement que de son impuissance à faire que cela ne fût pas. Sans la lâcher encore, il s'était rapproché de son visage, il semblait fasciné, attiré là, comme pour retrouver, dans le sang de ses petites veines bleues, tout ce qu'elle lui avouait. Et il murmura, obsédé, halluciné :

« A la Croix-de-Maufras, dans la chambre rouge... Je la connais, la fenêtre donne sur le chemin de fer, le lit est en face. Et c'est là, dans cette chambre... Je comprends qu'il parle de te laisser la maison. Tu l'as bien gagnée. Il pouvait veiller sur tes sous et te doter, ça valait ça... Un juge, un homme riche à millions, si respecté, si instruit, si haut! Vrai, la tête vous tourne... Et, dis donc, s'il était ton père? »

Séverine, d'un effort, se mit debout. Elle l'avait repoussé, avec une vigueur extraordinaire, pour sa faiblesse de pauvre être vaincu. Violente, elle protestait.

« Non, non, pas ça! Tout ce que tu voudras, pour le reste. Bats-moi, tue-moi... Mais ne dis pas ça, tu mens! »

Roubaud lui avait gardé une main dans les siennes.

« Est-ce que tu en sais quelque chose? C'est bien parce que tu en doutes toi-même, que ça te soulève ainsi. »

Et, comme elle dégageait sa main, il sentit la bague, le petit serpent d'or à tête de rubis, oublié à son doigt. Il l'en arracha, le pila du talon sur le carreau, dans un nouvel accès de rage. Puis, il marcha d'un bout de la pièce à l'autre, muet, éperdu. Elle, tombée assise au bord du lit, le regardait de ses grands yeux fixes. Et le terrible silence dura.

La fureur de Roubaud ne se calmait point. Dès qu'elle semblait se dissiper un peu, elle revenait aussitôt, comme l'ivresse, par grandes ondes redoublées, qui l'emportaient dans leur vertige. Il ne se possédait plus, battait le vide, jeté à toutes les sautes du vent de violence dont il était flagellé, retombant à l'unique besoin d'apaiser la bête hurlante au fond de lui. C'était un besoin physique, immédiat, comme une faim de vengeance, qui lui tordait le corps et qui ne lui laisserait plus aucun repos, tant qu'il ne l'aurait pas satisfaite.

Sans s'arrêter, il se tapa les tempes de ses deux poings, il bégaya d'une voix d'angoisse :

« Qu'est-ce que je vais faire? »

Cette femme, puisqu'il ne l'avait pas tuée tout de suite, il ne la tuerait pas maintenant. Sa lâcheté de la laisser vivre exaspérait sa colère, car c'était lâche, c'était parce qu'il tenait encore à sa peau de garce, qu'il ne l'avait pas étranglée. Il ne pouvait pourtant la garder ainsi. Alors, il allait donc la chasser, la mettre à la rue, pour ne jamais la revoir? Et un nouveau flot de souffrance l'emportait, une exécrable nausée le submergeait tout entier, lorsqu'il sentait qu'il ne ferait pas même ça. Quoi, enfin? Il ne restait qu'à accepter l'abomination et qu'à remmener cette femme au Havre, à continuer la tranquille vie avec elle, comme si de rien n'était. Non! non! la mort plutôt, la mort pour tous les deux, à l'instant! Une telle détresse le souleva, qu'il cria plus haut, égaré :

« Qu'est-ce que je vais faire? »

Du lit où elle restait assise, Séverine le suivait toujours de ses grands yeux. Dans la calme affection de camarade qu'elle avait eue pour lui, il l'apitoyait déjà, par la douleur démesurée où elle le voyait. Les gros mots, les coups, elle les aurait excusés, si cet emportement fou lui avait laissé moins de surprise, une surprise dont elle ne revenait pas encore. Elle, passive, docile, qui toute jeune s'était pliée aux désirs d'un vieillard, qui plus tard avait laissé faire son mariage, simplement désireuse d'arranger les choses, n'arrivait pas à comprendre un tel éclat de jalousie, pour des fautes anciennes, dont elle se repentait ; et, sans vice, la chair mal éveillée encore, dans sa demi-inconscience de fille douce, chaste malgré tout, elle regardait son mari, aller, venir, tourner furieusement, comme elle aurait regardé un loup, un être d'une autre espèce. Qu'avait-il donc en lui? Il y en avait tant sans colère! Ce qui l'épouvantait, c'était de sentir l'animal, soupçonné par elle depuis trois ans, à des grognements sourds, aujourd'hui déchaîné, enragé, prêt à mordre. Que lui dire, pour empêcher un malheur?

A chaque retour, il se retrouvait près du lit, devant elle. Et elle l'attendait au passage, elle osa lui parler.

« Mon ami, écoute... »

Mais il ne l'entendait pas, il repartait à l'autre bout de la pièce, ainsi qu'une paille battue d'un orage.

« Qu'est-ce que je vais faire? Qu'est-ce que je vais faire? »

Enfin, elle lui saisit le poignet, elle le retint une minute.

« Mon ami, voyons, puisque c'est moi qui ai refusé d'y aller... Je n'y serais jamais plus allée, jamais! jamais! C'est toi que j'aime. »

Et elle se faisait caressante, l'attirant, levant ses lèvres pour qu'il les baisât. Mais, tombé près d'elle, il la repoussa, dans un mouvement d'horreur.

« Ah! garce, tu voudrais maintenant... Tout à l'heure, tu n'as pas voulu, tu n'avais pas envie de moi... Et, maintenant, tu voudrais, pour me reprendre, hein? Lorsqu'on tient un homme par là, on le tient solidement... Mais ça me brûlerait, d'aller avec toi, oui! je sens bien que ça me brûlerait le sang d'un poison. »

Il frissonnait. L'idée de la posséder, cette image de leurs deux corps s'abattant sur le lit, venait de le traverser d'une flamme. Et, dans la nuit trouble de sa chair, au fond de son désir souillé qui saignait, brusquement se dressa la nécessité de la mort.

« Pour que je ne crève pas d'aller encore avec toi, vois-tu, il faut avant ça que je crève l'autre... Il faut que je le crève, que je le crève! »

Sa voix montait, il répéta le mot debout, grandi, comme si ce mot, en lui apportant une résolution, l'avait calmé. Il ne parla plus, il marcha lentement jusqu'à la table, y regarda le couteau, dont la lame, grande ouverte, luisait. D'un geste machinal, il le ferma, le mit dans sa poche. Et, les mains ballantes, les regards au loin, il restait à la même place, il songeait. Des obstacles coupaient son front de deux grandes rides. Pour trouver, il retourna ouvrir la fenêtre, il s'y planta, le visage dans le petit air froid du crépuscule. Derrière lui, sa femme s'était levee, reprise de peur; et, n'osant le questionner, tâchant de deviner ce qui se passait au fond de ce crâne dur, elle attendait, debout elle aussi, en face du large ciel.

Sous la nuit commençante, les maisons lointaines se découpaient en noir, le vaste champ de la gare s'emplissait d'une brume violâtre. Du côté des Batignolles surtout, la tranchée profonde était comme noyée d'une cendre, où commençaient à s'effacer les charpentes du pont de l'Europe. Vers Paris, un dernier reflet de jour pâlissait les vitres des grandes halles couvertes, tandis que, dessous, les ténèbres amassées pleuvaient. Des étincelles brillèrent, on allumait les becs de gaz, le long des quais. Une grosse clarté blanche était là, la lanterne de la machine du train de Dieppe, bondé de voyageurs, les portières déjà closes, et qui attendait pour partir l'ordre du sous-chef de service. Des embarras s'étaient produits, le signal rouge de l'aiguilleur fermait la voie, pendant qu'une petite machine venait reprendre des voitures, qu'une manœuvre mal exécutée avait laissées en route. Sans cesse, des trains filaient dans l'ombre croissante, parmi l'inextricable lacis des rails, au milieu des files de wagons immobiles, stationnant sur les voies d'attente. Il en partit un pour Argenteuil, un autre pour Saint-Germain; il en arriva un de Cherbourg, très long. Les signaux se multipliaient, les coups de sifflet, les sons de trompe; de toutes parts, un à un, apparaissaient des feux, rouges, verts, jaunes, blancs; c'était une confusion, à cette heure trouble de l'entre chien et loup, et il semblait que tout allait se briser, et tout passait, se frôlait, se dégageait, du même mouvement doux et rampant, vague au fond du crépuscule. Mais le feu rouge de l'aiguilleur s'effaça, le train de Dieppe siffla, se mit en marche. Du ciel pâle, commençaient à voler de rares gouttes de pluie. La nuit allait être très humide.

Quand Roubaud se retourna, il avait la face épaisse et têtue, comme envahie d'ombre par cette nuit qui tombait. Il était décidé, son plan était fait.

Dans le jour mourant, il regarda l'heure au coucou, il dit tout haut :

« Cinq heures vingt. »

Et il s'étonnait : une heure, une heure à peine, pour tant de choses! Il aurait cru que tous deux se dévoraient là depuis des semaines.

« Cinq heures vingt, nous avons le temps. »

Séverine, qui n'osait l'interroger, le suivait toujours de ses regards anxieux. Elle le vit fureter dans l'armoire, en tirer du papier, une petite bouteille d'encre, une plume.

« Tiens! tu vas écrire.

— A qui donc?

— A lui... Assieds-toi. »

Et, comme elle s'écartait instinctivement de la chaise, sans savoir encore ce qu'il allait exiger, il la ramena, l'assit devant la table, d'une telle pesée, qu'elle y resta.

« Écris... " Partez ce soir par l'express de six heures trente et ne vous montrez qu'à Rouen. " »

Elle tenait la plume, mais sa main tremblait, sa peur s'augmentait de tout l'inconnu que creusaient devant elle ces deux simples lignes. Aussi s'enhardit-elle jusqu'à lever la tête, suppliante.

« Mon ami, que vas-tu faire?... Je t'en prie, explique-moi... » Il répéta de sa voix haute, inexorable :

« Écris, écris. »

Puis, les yeux dans les siens, sans colère, sans gros mots, mais avec une obstination dont elle sentait le poids l'écraser, l'anéantir :

« Ce que je vais faire, tu le verras bien... Et, entends-tu, ce que je vais faire, je veux que tu le fasses avec moi... Comme ça, nous resterons ensemble, il y aura quelque chose de solide entre nous. »

Il l'épouvantait, elle eut un recul encore.

« Non, non, je veux savoir... Je n'écrirai pas avant de savoir. »

Alors, cessant de parler, il lui prit la main, une petite main frêle d'enfant, la serra dans sa poigne de fer, d'une pression continue d'étau, jusqu'à la broyer. C'était sa volonté qu'il lui entrait ainsi dans la chair, avec la douleur. Elle jeta un cri, et tout se brisait en elle, tout se livrait. L'ignorante qu'elle était restée, dans sa douceur passive, ne pouvait qu'obéir. Instrument d'amour, instrument de mort.

« Écris, écris. »

Et elle écrivit, de sa pauvre main douloureuse, péniblement.

« C'est bon, tu es gentille, dit-il, quand il eut la lettre. A présent, range un peu ici, apprête tout... Je reviendrai te prendre. »

Il était très calme. Il refit le nœud de sa cravate devant la glace, mit son chapeau, puis s'en alla. Elle l'entendit qui fermait la porte, à double tour, et qui emportait la clef. La nuit croissait de plus en plus. Un instant, elle resta assise, l'oreille tendue à tous les bruits du dehors. Chez la voisine, la marchande de journaux, il y avait une plainte continue, assourdie : sans doute un petit chien oublié. En bas, chez les Dauvergne, le piano se taisait. C'était maintenant un tapage gai de casseroles et de vaisselle, les deux ménagères s'occupant au fond de leur cuisine, Claire à soigner un ragoût de mouton, Sophie à éplucher une salade. Et elle, anéantie, les écoutait rire, dans la détresse affreuse de cette nuit qui tombait.

Dès six heures un quart, la machine de l'express du Havre, débouchant du pont de l'Europe, fut envoyée sur son train, et attelée. A cause d'un encombrement, on n'avait pu loger ce train sous la marquise des grandes lignes. Il attendait au plein air, contre le quai qui se prolongeait en une sorte de jetée étroite, dans les ténèbres d'un ciel d'encre, où la file des quelques becs de gaz, plantés le long du trottoir, n'alignait que des étoiles fumeuses. Une averse venait de cesser, il en restait un souffle d'une humidité glaciale, épandu par ce vaste espace découvert, qu'une brume reculait jusqu'aux petites lueurs pâlies des façades de la rue de Rome. Cela était immense et triste, noyé d'eau, çà et là piqué d'un feu sanglant, confusément peuplé de masses opaques, les machines et les wagons solitaires, les tronçons de trains dormant sur les voies de garage; et, du fond de ce lac d'ombre, des bruits arrivaient, des respirations géantes, haletantes de fièvre, des coups de sifflet pareils à des cris aigus de femmes qu'on violente, des trompes lointaines sonnant, lamentables, au milieu du grondement des rues voisines. Il y eut des ordres à voix haute, pour qu'on ajoutât une voiture. Immobile, la machine de l'express perdait par une soupape un grand jet de vapeur qui montait dans tout ce noir, où elle s'effilochait en petites fumées, semant de larmes blanches le deuil sans bornes tendu au ciel.

A six heures vingt, Roubaud et Séverine parurent. Elle venait de rendre la clef à la mère Victoire, en passant devant les cabinets, près des salles d'attente; et il la poussait, de l'air pressé d'un mari que sa femme attarde, lui impatient et brusque, le chapeau en arrière, elle sa voilette serrée au visage, hésitante, comme brisée de fatigue. Un flot de voyageurs suivait le quai, ils s'y mêlèrent, longèrent la file des wagons, cherchant du regard un compartiment de première vide. Le trottoir s'animait, des facteurs roulaient au fourgon de tête les chariots de bagages, un surveillant s'occupait de caser une famille nombreuse, le sous-chef de service donnait un coup d'œil aux attelages, sa lanterne-signal à la main, pour voir s'ils étaient bien faits, serrés à bloc. Et Roubaud avait enfin trouvé un compartiment vide, dans lequel il allait faire monter Séverine, lorsqu'il fut aperçu par le chef de gare, M. Vandorpe, qui se promenait là, en compagnie de son chef adjoint des grandes lignes, M. Dauvergne, tous les deux les mains derrière le dos, suivant la manœuvre, pour la voiture qu'on ajoutait. Il y eut des saluts, il fallut s'arrêter et causer.

D'abord, on parla de cette histoire du sous-préfet, qui s'était terminée à la satisfaction de tout le monde. Ensuite, il fut question d'un accident arrivé le matin au Havre, et que le télégraphe avait transmis : une machine, la Lison, qui, le jeudi et le samedi, faisait le service de l'express de six heures trente, avait eu sa bielle cassée, juste comme le train entrait en gare ; et la réparation devait immobiliser là-bas, pendant deux jours, le mécanicien, Jacques Lantier, un pays de Roubaud, et son chauffeur, Pecqueux, l'homme de la mère Victoire. Debout devant la portière du compartiment, Séverine attendait, sans monter encore ; tandis que son mari affectait avec ces messieurs une grande liberté d'esprit, haussant la voix, riant. Mais il y eut un choc, le train recula de quelques mètres : c'était la machine qui refoulait les premiers wagons sur celui qu'on venait d'ajouter, le 293, pour avoir un coupé réservé. Et le fils Dauvergne, Henri, qui accompagnait le train en qualité de conducteur-chef, ayant reconnu Séverine sous sa voilette, l'avait empêchée d'être heurtée par la portière grande ouverte, en l'écartant d'un geste prompt ; puis, s'excusant, souriant, très aimable, il lui expliqua que le coupé était pour un des administrateurs de la Compagnie, qui venait d'en faire la demande, une demi-heure avant le départ du train. Elle eut un petit rire nerveux, sans cause, et il courut à son service, il la quitta enchanté, car il s'était dit souvent qu'elle ferait une maîtresse bien agréable.

L'horloge marquait six heures vingt-sept. Encore trois minutes. Brusquement, Roubaud, qui guettait au loin les portes des salles d'attente, tout en causant avec le chef de gare, quitta celui-ci, pour revenir près de Séverine. Mais le wagon avait marché, ils durent rejoindre le compartiment vide, à quelques pas; et, tournant le dos, il bousculait sa femme, il la fit monter d'un effort du poignet, tandis que, dans sa docilité anxieuse, elle regardait instinctivement en arrière, pour savoir. C'était un voyageur attardé qui arrivait, n'ayant à la main qu'une couverture, le collet de son gros paletot bleu relevé et si ample, le bord de son chapeau rond si bas sur les sourcils, qu'on ne distinguait de la face, aux clartés vacillantes du gaz, qu'un peu de barbe blanche. Pourtant, M. Vandorpe et M. Dauvergne s'étaient avancés, malgré le désir évident que le voyageur avait de n'être pas vu. Ils le suivirent, il ne les salua que trois wagons plus loin, devant le coupé réservé, où il monta en hâte. C'était lui. Séverine, tremblante, s'était laissée tomber sur la banquette. Son mari lui broyait le bras d'une étreinte, comme une prise dernière de possession, exultant, maintenant qu'il était certain de faire la chose.

Dans une minute, la demie sonnerait. Un marchand s'entêtait à offrir les journaux du soir, des voyageurs se promenaient encore sur le quai, finissant une cigarette. Mais tous montèrent : on entendait venir, des deux bouts du train, les surveillants fermant les portières. Et Roubaud, qui avait eu la surprise désagréable d'apercevoir, dans ce compartiment qu'il croyait vide, une forme sombre occupant un coin, une femme en deuil sans doute, muette, immobile, ne put retenir une exclamation de véritable colère, lorsque la portière fut rouverte et qu'un surveillant jeta un couple, un gros homme, une grosse femme, qui s'échouèrent, étouffant. On allait partir. La pluie, très fine, avait repris, noyant le vaste champ ténébreux, que sans cesse traversaient des

trains, dont on distinguait seulement les vitres
éclairées, une file de petites fenêtres mouvantes. Des
feux verts s'étaient allumés, quelques lanternes dansaient au ras du sol. Et rien autre, rien qu'une
immensité noire, où seules apparaissaient les marquises des grandes lignes, pâlies d'un faible reflet de
gaz. Tout avait sombré, les bruits eux-mêmes s'assourdissaient, il n'y avait plus que le tonnerre de la
machine, ouvrant ses purgeurs, lâchant des flots
tourbillonnants de vapeur blanche. Une nuée montait, déroulant comme un linceul d'apparition, et
dans laquelle passaient de grandes fumées noires,
venues on ne savait d'où. Le ciel en fut obscurci
encore, un nuage de suie s'envolait sur le Paris
nocturne, incendié de son brasier[6].

Alors, le sous-chef de service leva sa lanterne, pour
que le mécanicien demandât la voie. Il y eut deux
coups de sifflet, et là-bas, près du poste de l'aiguilleur, le feu rouge s'effaça, fut remplacé par un feu
blanc. Debout à la porte du fourgon, le conducteur-
chef attendait l'ordre du départ, qu'il transmit. Le
mécanicien siffla encore, longuement, ouvrit son
régulateur, démarrant la machine. On partait.
D'abord, le mouvement fut insensible, puis le train
roula. Il fila sous le pont de l'Europe, s'enfonça vers
le tunnel des Batignolles. On ne voyait de lui,
saignant comme des blessures ouvertes, que les trois
feux de l'arrière, le triangle rouge. Quelques secondes
encore, on put le suivre, dans le frisson noir de la
nuit. Maintenant, il fuyait, et rien ne devait plus
arrêter ce train lancé à toute vapeur. Il disparut.

II

A la Croix-de-Maufras, dans un jardin que le
chemin de fer a coupé, la maison est posée de biais, si
près de la voie, que tous les trains qui passent
l'ébranlent ; et un voyage suffit pour l'emporter dans
sa mémoire, le monde entier filant à grande vitesse la
sait à cette place, sans rien connaître d'elle, toujours
close, laissée comme en détresse, avec ses volets gris
que verdissent les coups de pluie de l'ouest. C'est le
désert, elle semble accroître encore la solitude de ce
coin perdu, qu'une lieue à la ronde sépare de toute
âme.

Seule, la maison du garde-barrière est là, au coin
de la route qui traverse la ligne et qui se rend à
Doinville, distant de cinq kilomètres. Basse, les murs
lézardés, les tuiles de la toiture mangées de mousse,
elle s'écrase d'un air abandonné de pauvre, au milieu
du jardin qui l'entoure, un jardin planté de légumes,
fermé d'une haie vive, et dans lequel se dresse un
grand puits, aussi haut que la maison. Le passage à
niveau se trouve entre les stations de Malaunay et de
Barentin, juste au milieu, à quatre kilomètres de
chacune d'elles [7]. Il est d'ailleurs très peu fréquenté,
la vieille barrière à demi pourrie ne roule guère que
pour les fardiers des carrières de Bécourt, dans la
forêt, à une demi-lieue. On ne saurait imaginer un
trou plus reculé, plus séparé des vivants, car le long

tunnel, du côté de Malaunay, coupe tout chemin, et
l'on ne communique avec Barentin que par un sentier
mal entretenu longeant la ligne. Aussi les visiteurs
sont-ils rares.

Ce soir-là, à la tombée du jour, par un temps gris
très doux, un voyageur, qui venait de quitter à
Barentin un train du Havre, suivait d'un pas allongé
le sentier de la Croix-de-Maufras. Le pays n'est
qu'une suite ininterrompue de vallons et de côtes,
une sorte de moutonnement du sol, que le chemin de
fer traverse, alternativement, sur des remblais et dans
des tranchées. Aux deux bords de la voie, ces
accidents de terrain continuels, les montées et les
descentes, achèvent de rendre les routes difficiles. La
sensation de grande solitude en est augmentée ; les
terrains, maigres, blanchâtres, restent incultes ; des
arbres couronnent les mamelons de petits bois, tandis
que, le long des vallées étroites, coulent des ruisseaux, ombragés de saules. D'autres bosses crayeuses
sont absolument nues, les coteaux se succèdent,
stériles, dans un silence et un abandon de mort. Et le
voyageur, jeune, vigoureux, hâtait le pas, comme
pour échapper à la tristesse de ce crépuscule si doux
sur cette terre désolée [8].

Dans le jardin du garde-barrière, une fille tirait de
l'eau au puits, une grande fille de dix-huit ans,
blonde, forte, à la bouche épaisse, aux grands yeux
verdâtres, au front bas, sous de lourds cheveux. Elle
n'était point jolie, elle avait les hanches solides et les
bras durs d'un garçon. Dès qu'elle aperçut le
voyageur, descendant le sentier, elle lâcha le seau,
elle accourut se mettre devant la porte à claire-voie,
qui fermait la haie vive.

« Tiens ! Jacques ! » cria-t-elle.

Lui, avait levé la tête. Il venait d'avoir vingt-six
ans, également de grande taille, très brun, beau
garçon au visage rond et régulier, mais que gâtaient

des mâchoires trop fortes[9]. Ses cheveux, plantés drus, frisaient, ainsi que ses moustaches, si épaisses, si noires, qu'elles augmentaient la pâleur de son teint. On aurait dit un monsieur, à sa peau fine, bien rasée sur les joues, si l'on n'eût pas trouvé d'autre part l'empreinte indélébile du métier, les graisses qui jaunissaient déjà ses mains de mécanicien, des mains pourtant restées petites et souples.

« Bonsoir, Flore », dit-il simplement.

Mais ses yeux, qu'il avait larges et noirs, semés de points d'or, s'étaient comme troublés d'une fumée rousse, qui les pâlissait. Les paupières battirent, les yeux se détournèrent, dans une gêne subite, un malaise allant jusqu'à la souffrance. Et tout le corps lui-même avait eu un instinctif mouvement de recul.

Elle, immobile, les regards posés droit sur lui, s'était aperçue de ce tressaillement involontaire, qu'il tâchait de maîtriser, chaque fois qu'il abordait une femme. Elle semblait en rester toute sérieuse et triste. Puis, désireux de cacher son embarras, comme il lui demandait si sa mère était à la maison, bien qu'il sût celle-ci souffrante, incapable de sortir, elle ne répondit que d'un signe de tête, elle s'écarta pour qu'il pût entrer sans la toucher, et retourna au puits, sans un mot, la taille droite et fière.

Jacques, de son pas rapide, traversa l'étroit jardin et entra dans la maison. Là, au milieu de la première pièce, une vaste cuisine où l'on mangeait et où l'on vivait, tante Phasie, ainsi qu'il la nommait depuis l'enfance, était seule, assise près de la table, sur une chaise de paille, les jambes enveloppées d'un vieux châle. C'était une cousine de son père, une Lantier, qui lui avait servi de marraine, et qui, à l'âge de six ans, l'avait pris chez elle, quand, son père et sa mère disparus, envolés à Paris, il était resté à Plassans, où il avait suivi plus tard les cours de l'École des arts et métiers. Il lui en gardait une vive reconnaissance, il disait que c'était à elle qu'il le devait, s'il avait fait son chemin. Lorsqu'il était devenu mécanicien de première classe à la Compagnie de l'Ouest, après deux années passées au chemin de fer d'Orléans, il y avait trouvé sa marraine, remariée à un garde-barrière du nom de Misard, exilée avec les deux filles de son premier mariage, dans ce trou perdu de la Croix-de-Maufras. Aujourd'hui, bien qu'âgée de quarante-cinq ans à peine, la belle tante Phasie d'autrefois, si grande, si forte, en paraissait soixante, amaigrie et jaunie, secouée de continuels frissons.

Elle eut un cri de joie.

« Comment, c'est toi, Jacques!... Ah! mon grand garçon, quelle surprise! »

Il la baisa sur les joues, il lui expliqua qu'il venait d'avoir brusquement deux jours de congé forcé : la Lison, sa machine, en arrivant le matin au Havre, avait eu sa bielle rompue, et comme la réparation ne pouvait être terminée avant vingt-quatre heures, il ne reprendrait son service que le lendemain soir, pour l'express de six heures quarante. Alors, il avait voulu l'embrasser. Il coucherait, il ne repartirait de Barentin que par le train de sept heures vingt-six du matin. Et il gardait entre les siennes ses pauvres mains fondues, il lui disait combien sa dernière lettre l'avait inquiété.

— Ah! oui, mon garçon, ça ne va plus, ça ne va plus du tout... Que tu es gentil d'avoir deviné mon désir de te voir! Mais je sais à quel point tu es tenu, je n'osais pas te demander de venir. Enfin, te voilà, et j'en ai si gros, si gros sur le cœur!

Elle s'interrompit, pour jeter craintivement un regard par la fenêtre. Sous le jour finissant, de l'autre côté de la voie, on apercevait son mari, Misard, dans un poste de cantonnement, une de ces cabanes de planches, établies tous les cinq ou six kilomètres et reliées par des appareils télégraphiques, afin d'assu-

rer la bonne circulation des trains. Tandis que sa
femme, et plus tard Flore, était chargée de la barrière
du passage à niveau, on avait fait de Misard un
stationnaire.

Comme s'il avait pu l'entendre, elle baissa la voix,
dans un frisson.

« Je crois bien qu'il m'empoisonne! »

Jacques eut un sursaut de surprise à cette confidence, et ses yeux, en se tournant eux aussi vers la
fenêtre, furent de nouveau ternis par ce trouble
singulier, cette petite fumée rousse qui en pâlissait
l'éclat noir, diamanté d'or.

« Oh! tante Phasie, quelle idée! murmura-t-il. Il a
l'air si doux et si faible. »

Un train allant vers le Havre venait de passer, et
Misard était sorti de son poste, pour fermer la voie
derrière lui. Pendant qu'il remontait le levier, mettant
au rouge le signal, Jacques le regardait. Un petit
homme malingre, les cheveux et la barbe rares,
décolorés, la figure creusée et pauvre. Avec cela,
silencieux, effacé, sans colère, d'une politesse obsé-
quieuse devant les chefs. Mais il était rentré dans la
cabane de planches pour inscrire sur son garde-temps
l'heure du passage, et pour pousser les deux boutons
électriques, l'un qui rendait la voie libre au poste
précédent, l'autre qui annonçait le train au poste
suivant.

« Ah! tu ne le connais pas, reprit tante Phasie. Je
te dis qu'il doit me faire prendre quelque saleté...
Moi qui étais si forte, qui l'aurais mangé, et c'est lui,
ce bout d'homme, ce rien du tout, qui me mange! »

Elle s'enfiévrait d'une rancune sourde et peureuse,
elle vidait son cœur, ravie de tenir enfin quelqu'un
qui l'écoutait. Où avait-elle eu la tête de se remarier
avec un sournois pareil, et sans le sou, et avare, elle
plus âgée de cinq ans, ayant deux filles, l'une de six
ans, l'autre de huit ans déjà? Voici dix années bientôt

qu'elle avait fait ce beau coup, et pas une heure ne s'était écoulée sans qu'elle en eût le repentir : une existence de misère, un exil dans ce coin glacé du Nord, où elle grelottait, un ennui à périr, de n'avoir jamais personne à qui causer, pas même une voisine. Lui, était un ancien poseur de la voie, qui, maintenant, gagnait douze cents francs comme stationnaire; elle, dès le début, avait eu cinquante francs pour la barrière, dont Flore aujourd'hui se trouvait chargée; et là étaient le présent et l'avenir, aucun autre espoir, la certitude de vivre et de crever dans ce trou, à mille lieues des vivants. Ce qu'elle ne racontait pas, c'étaient les consolations qu'elle avait encore, avant de tomber malade, lorsque son mari travaillait au ballast, et qu'elle demeurait seule à garder la barrière avec ses filles; car elle possédait alors, de Rouen au Havre, sur toute la ligne, une telle réputation de belle femme, que les inspecteurs de la voie la visitaient au passage; même il y avait eu des rivalités, les piqueurs [10] d'un autre service étaient toujours en tournée, à redoubler de surveillance. Le mari n'était pas une gêne, déférent avec tout le monde, se glissant par les portes, partant, revenant sans rien voir. Mais ces distractions avaient cessé, et elle restait là, les semaines, les mois, sur cette chaise, dans cette solitude, à sentir son corps s'en aller un peu plus, d'heure en heure.

« Je te dis, répéta-t-elle pour conclure, que c'est lui qui s'est mis après moi, et qu'il m'achèvera, tout petit qu'il est. »

Une sonnerie brusque lui fit jeter au-dehors le même regard inquiet. C'était le poste précédent qui annonçait à Misard un train allant sur Paris; et l'aiguille de l'appareil de cantonnement, posé devant la vitre, s'était inclinée dans le sens de la direction. Il arrêta la sonnerie, il sortit pour signaler le train par deux sons de trompe. Flore, à ce moment, vint pousser la barrière; puis, elle se planta, tenant tout droit le drapeau, dans son fourreau de cuir. On entendit le train, un express, caché par une courbe, s'approcher avec un grondement qui grandissait. Il passa comme en un coup de foudre, ébranlant, menaçant d'emporter la maison basse, au milieu d'un vent de tempête. Déjà Flore s'en retournait à ses légumes; tandis que Misard, après avoir fermé la voie montante derrière le train, allait rouvrir la voie descendante, en abattant le levier pour effacer le signal rouge; car une nouvelle sonnerie, accompagnée du relèvement de l'autre aiguille, venait de l'avertir que le train, passé cinq minutes plus tôt, avait franchi le poste suivant. Il rentra, prévint les deux postes, inscrivit le passage, puis attendit. Besogne toujours la même, qu'il faisait pendant douze heures, vivant là, mangeant là, sans lire trois lignes d'un journal, sans paraître même avoir une pensée, sous son crâne oblique.

Jacques, qui, autrefois, plaisantait sa marraine sur les ravages qu'elle faisait parmi les inspecteurs de la voie, ne put s'empêcher de sourire, en disant :

« Peut-être bien qu'il est jaloux. »

Mais Phasie eut un haussement d'épaules plein de pitié, pendant qu'un rire montait également, irrésistible, à ses pauvres yeux pâlis.

« Ah! mon garçon, qu'est-ce que tu dis là?... Lui, jaloux! Il s'en est toujours fichu, du moment que ça ne lui sortait rien de la poche. »

Puis, reprise de son frisson :

« Non, non, il n'y tenait guère, à ça. Il ne tient qu'à l'argent... Ce qui nous a fâchés, vois-tu, c'est que je n'ai pas voulu lui donner les mille francs de papa, l'année dernière, quand j'ai hérité. Alors, ainsi qu'il m'en menaçait, ça m'a porté malheur, je suis tombée malade... Et le mal ne m'a plus quittée depuis cette époque, oui! juste depuis cette époque. »

Le jeune homme comprit, et comme il croyait à des idées noires de femme souffrante, il essaya encore de la dissuader. Mais elle s'entêtait d'un branle de la tête, en personne dont la conviction est faite. Aussi finit-il par dire :

« Eh bien! rien n'est plus simple, si vous désirez que ça finisse... Donnez-lui vos mille francs. »

Un effort extraordinaire la mit debout. Et, ressuscitée, violente :

« Mes mille francs, jamais! J'aime mieux crever... Ah! ils sont cachés, bien cachés, va! On peut retourner la maison, je défie qu'on les trouve... Et il l'a assez retournée, lui, le malin! Je l'ai entendu, la nuit, qui tapait dans tous les murs. Cherche, cherche! Rien que le plaisir de voir son nez s'allonger, ça me suffirait pour prendre patience... Faudra savoir qui lâchera le premier, de lui ou de moi. Je me méfie, je n'avale plus rien de ce qu'il touche. Et si je claquais, eh bien! il ne les aurait tout de même pas, mes mille francs! Je préférerais les laisser à la terre. »

Elle retomba sur la chaise, épuisée, secouée par un nouveau son de trompe. C'était Misard, au seuil du poste de cantonnement, qui, cette fois, signalait un train allant au Havre. Malgré l'obstination où elle s'enfermait, de ne pas donner l'héritage, elle avait de lui une peur secrète, grandissante, la peur du colosse devant l'insecte dont il se sent mangé. Et le train annoncé, l'omnibus parti de Paris à midi quarante-cinq, venait au loin, d'un roulement sourd. On l'entendit sortir du tunnel, souffler plus haut dans la campagne. Puis, il passa, dans le tonnerre de ses roues et la masse de ses wagons, d'une force invincible d'ouragan.

Jacques, les yeux levés vers la fenêtre, avait regardé défiler les petites vitres carrées, où apparaissaient des profils de voyageurs. Il voulut détourner les idées noires de Phasie, il reprit en plaisantant :

« Marraine, vous vous plaignez de ne jamais voir un chat, dans votre trou... Mais en voilà, du monde ! »

Elle ne comprit pas d'abord, étonnée.

« Où ça, du monde ?... Ah ! oui, ces gens qui passent. La belle avance ! on ne les connaît pas, on ne peut pas causer. »

Il continuait de rire.

« Moi, vous me connaissez bien, vous me voyez passer souvent.

— Toi, c'est vrai, je te connais, et je sais l'heure de ton train, et je te guette, sur ta machine. Seulement, tu files, tu files ! Hier, tu as fait comme ça de la main. Je ne peux seulement pas répondre... Non, non, ce n'est pas une manière de voir le monde. »

Pourtant, cette idée du flot de foule que les trains montants et descendants charriaient quotidiennement devant elle, au milieu du grand silence de sa solitude, la laissait pensive, les regards sur la voie, où tombait la nuit. Quand elle était valide, qu'elle allait et venait, se plantant devant la barrière, le drapeau au poing, elle ne songeait jamais à ces choses. Mais des rêveries confuses, à peine formulées, lui embarbouillaient la tête, depuis qu'elle demeurait les journées sur cette chaise, n'ayant à réfléchir à rien qu'à sa lutte sourde avec son homme. Cela lui semblait drôle, de vivre perdue au fond de ce désert, sans une âme à qui se confier, lorsque, de jour et de nuit, continuellement, il défilait tant d'hommes et de femmes, dans le coup de tempête des trains, secouant la maison, fuyant à toute vapeur. Bien sûr que la terre entière passait là, pas des Français seulement, des étrangers aussi, des gens venus des contrées les plus lointaines, puisque personne maintenant ne pouvait rester chez soi, et que tous les peuples, comme on disait, n'en feraient bientôt plus qu'un seul. Ça, c'était le progrès, tous frères, roulant tous ensemble, là-bas, vers un pays de cocagne. Elle essayait de les compter, en moyenne, à tant par wagon : il y en avait trop, elle n'y parvenait pas. Souvent, elle croyait reconnaître des visages, celui d'un monsieur à barbe blonde, un Anglais sans doute, qui faisait chaque semaine le voyage de Paris, celui d'une petite dame brune, passant régulièrement le mercredi et le samedi. Mais l'éclair les emportait, elle n'était pas bien sûre de les avoir vus, toutes les faces se noyaient, se confondaient, comme semblables, disparaissant les unes dans les autres. Le torrent coulait, en ne laissant rien de lui. Et ce qui la rendait triste, c'était, sous ce roulement continu, sous tant de bien-être et tant d'argent promenés, de sentir que cette foule toujours si haletante ignorait qu'elle fût là, en danger de mort, à ce point que, si son homme l'achevait un soir, les trains continueraient à se croiser près de son cadavre, sans se douter seulement du crime, au fond de la maison solitaire.

Phasie était restée les yeux sur la fenêtre, et elle résuma ce qu'elle éprouvait trop vaguement pour l'expliquer tout au long.

« Ah! c'est une belle invention, il n'y a pas à dire. On va vite, on est plus savant... Mais les bêtes sauvages restent des bêtes sauvages, et on aura beau inventer des mécaniques meilleures encore, il y aura quand même des bêtes sauvages dessous. »

Jacques de nouveau hocha la tête, pour dire qu'il pensait comme elle. Depuis un instant, il regardait Flore qui rouvrait la barrière, devant une voiture de carrier, chargée de deux blocs de pierre énormes. La route desservait uniquement les carrières de Bécourt, si bien que, la nuit, la barrière était cadenassée, et qu'il était très rare qu'on fît relever la jeune fille. En voyant celle-ci causer familièrement avec le carrier, un petit jeune homme brun, il s'écria :

« Tiens! Cabuche est donc malade, que son cousin

Louis conduit ses chevaux?... Ce pauvre Cabuche, le voyez-vous souvent, marraine? »

Elle leva les mains, sans répondre, en poussant un gros soupir. C'était tout un drame, à l'automne dernier, qui n'avait pas été fait pour la remettre : sa fille Louisette, la cadette, placée comme femme de chambre chez madame Bonnehon, à Doinville, s'était sauvée un soir, affolée, meurtrie, pour aller mourir chez son bon ami Cabuche, dans la maison que celui-ci habitait en pleine forêt. Des histoires avaient couru, qui accusaient de violence le président Grandmorin; mais on n'osait pas les répéter tout haut. La mère elle-même, bien que sachant à quoi s'en tenir, n'aimait point revenir sur ce sujet. Pourtant, elle finit par dire :

« Non, il n'entre plus, il devient un vrai loup... Cette pauvre Louisette, qui était si mignonne, si blanche, si douce! Elle m'aimait bien, elle m'aurait soignée, elle! tandis que Flore, mon Dieu! je ne m'en plains pas, mais elle a pour sûr quelque chose de dérangé, toujours à n'en faire qu'à sa tête, disparue pendant des heures, et fière, et violente!... Tout ça est triste, bien triste. »

En écoutant, Jacques continuait à suivre des yeux le fardier, qui, maintenant, traversait la voie. Mais les roues s'embarrassèrent dans les rails, il fallut que le conducteur fît claquer son fouet, tandis que Flore elle-même criait, excitant les chevaux.

« Fichtre! déclara le jeune homme, il ne faudrait pas qu'un train arrive... Il y en aurait une, de marmelade!

— Oh! pas de danger, reprit tante Phasie. Flore est drôle des fois, mais elle connaît son affaire, elle ouvre l'œil... Dieu merci, voici cinq ans que nous n'avons pas eu d'accident. Autrefois, un homme a été coupé. Nous autres, nous n'avons encore eu qu'une vache, qui a manqué de faire dérailler un train. Ah!

la pauvre bête! on a retrouvé le corps ici et la tête là-bas, près du tunnel... Avec Flore, on peut dormir sur ses deux oreilles. »

Le fardier était passé, on entendait s'éloigner les secousses profondes des roues dans les ornières. Alors, elle revint à sa préoccupation constante, à l'idée de la santé, chez les autres autant que chez elle.

« Et toi, ça va-t-il tout à fait bien, maintenant? Tu te rappelles, chez nous, les choses dont tu souffrais, et auxquelles le docteur ne comprenait rien? »

Il eut son vacillement inquiet du regard.

« Je me porte très bien, marraine.

— Vrai! tout a disparu, cette douleur qui te trouait le crâne, derrière les oreilles, et les coups de fièvre brusques, et ces accès de tristesse qui te faisaient te cacher comme une bête, au fond d'un trou? »

A mesure qu'elle parlait, il se troublait davantage, pris d'un tel malaise, qu'il finit par l'interrompre, d'une voix brève.

« Je vous assure que je me porte très bien... Je n'ai plus rien, plus rien du tout.

— Allons, tant mieux, mon garçon!... Ce n'est point parce que tu aurais du mal, que ça me guérirait le mien. Et puis, c'est de ton âge, d'avoir de la santé. Ah! la santé. il n'y a rien de si bon... Tu es tout de même très gentil, d'être venu me voir, quand tu aurais pu aller t'amuser ailleurs. N'est-ce pas? Tu vas dîner avec nous, et tu coucheras là-haut dans le grenier, à côté de la chambre de Flore. »

Mais, encore une fois, un son de trompe lui coupa la parole. La nuit était tombée, et tous deux, en se tournant vers la fenêtre, ne distinguèrent plus que confusément Misard causant avec un autre homme. Six heures venaient de sonner, il remettait le service à son remplaçant, le stationnaire de nuit. Il allait être libre enfin, après ses douze heures passées dans cette

cabane, meublée seulement d'une petite table, sous la
planchette des appareils, d'un tabouret et d'un poêle,
dont la chaleur trop forte l'obligeait à tenir presque
constamment la porte ouverte.

« Ah! le voici, il va rentrer », murmura tante
Phasie, reprise de sa peur.

Le train annoncé arrivait, très lourd, très long,
avec son grondement de plus en plus haut. Et le
jeune homme dut se pencher pour se faire entendre
de la malade, ému de l'état misérable où il la voyait
se mettre, désireux de la soulager.

« Écoutez, marraine, s'il a vraiment de mauvaises
idées, peut-être que ça l'arrêterait, de savoir que je
m'en mêle... Vous feriez bien de me confier vos mille
francs. »

Elle eut une dernière révolte.

« Mes mille francs! pas plus à toi qu'à lui!... Je te
dis que j'aime mieux crever! »

A ce moment, le train passait, dans sa violence
d'orage, comme s'il eût tout balayé devant lui. La
maison en trembla, enveloppée d'un coup de vent. Ce
train-là, qui allait au Havre, était très chargé, car il y
avait une fête pour le lendemain dimanche, le
lancement d'un navire. Malgré la vitesse, par les
vitres éclairées des portières, on avait eu la vision des
compartiments pleins, les files de têtes rangées,
serrées, chacune avec son profil. Elles se succédaient,
disparaissaient. Que de monde! Encore la foule, la
foule sans fin, au milieu du roulement des wagons,
du sifflement des machines, du tintement du télégraphe, de la sonnerie des cloches! C'était comme un
grand corps, un être géant couché en travers de la
terre, la tête à Paris, les vertèbres tout le long de la
ligne, les membres s'élargissant avec les embranchements, les pieds et les mains au Havre et dans les
autres villes d'arrivée. Et ça passait, ça passait,
mécanique, triomphal, allant à l'avenir avec une

rectitude mathématique, dans l'ignorance volontaire
de ce qu'il restait de l'homme, aux deux bords, caché
et toujours vivace, l'éternelle passion et l'éternel
crime.

Ce fut Flore qui rentra la première. Elle alluma la
lampe, une petite lampe à pétrole, sans abat-jour, et
mit la table. Pas un mot n'était échangé, à peine
glissa-t-elle un regard vers Jacques, qui se détournait,
debout devant la fenêtre. Sur le poêle, une soupe aux
choux se tenait chaude. Elle la servait, lorsque
Misard parut à son tour. Il ne témoigna aucune
surprise de trouver là le jeune homme. Peut-être
l'avait-il vu arriver, mais il ne le questionna pas, sans
curiosité. Un serrement de main, trois paroles brèves,
rien de plus. Jacques dut répéter, de lui-même,
l'histoire de la bielle rompue, son idée de venir
embrasser sa marraine et de coucher. Doucement,
Misard se contentait de branler la tête, comme s'il
trouvait cela très bien, et l'on s'assit, l'on mangea
sans hâte, d'abord en silence. Phasie, qui, depuis le
matin, n'avait pas quitté des yeux la marmite où
bouillait la soupe aux choux, en accepta une assiette.
Mais son homme s'étant levé pour lui donner son
eau ferrée, oubliée par Flore, une carafe où trempaient des clous, elle n'y toucha pas. Lui, humble,
chétif, toussant d'une petite toux mauvaise, n'avait
point l'air de remarquer les regards anxieux dont elle
suivait ses moindres mouvements. Comme elle
demandait du sel, dont il n'y avait pas sur la table, il
lui dit qu'elle se repentirait d'en manger tant, que
c'était ça qui la rendait malade; et il se releva pour
en prendre, en apporta dans une cuiller une pincée,
qu'elle accepta sans défiance, le sel purifiant tout,
disait-elle. Alors, on causa du temps vraiment tiède
qu'il faisait depuis quelques jours, d'un déraillement
qui s'était produit à Maromme. Jacques finissait par
croire que sa marraine avait des cauchemars tout

éveillée, car lui ne surprenait rien, chez ce bout d'homme si complaisant, aux yeux vagues. On s'attarda plus d'une heure. Deux fois, au signal de la trompe, Flore avait disparu un instant. Les trains passaient, secouaient les verres sur la table; mais aucun des convives n'y faisait même attention.

Un nouveau son de trompe se fit entendre, et, cette fois, Flore, qui venait d'ôter le couvert, ne reparut pas. Elle laissait sa mère et les deux hommes attablés devant une bouteille d'eau-de-vie de cidre. Tous trois restèrent là une demi-heure encore. Puis, Misard, qui, depuis un instant, avait arrêté ses yeux fureteurs sur un angle de la pièce, prit sa casquette et sortit, avec un simple bonsoir. Il braconnait dans les petits ruisseaux voisins, où il y avait des anguilles superbes, et jamais il ne se couchait, sans être allé visiter ses lignes de fond.

Dès qu'il ne fut plus là, Phasie regarda fixement son filleul.

« Hein, crois-tu? L'as-tu vu fouiller du regard là-bas, dans ce coin?... C'est que l'idée lui est venue que je pouvais avoir caché mon magot derrière le pot à beurre... Ah! je le connais, je suis sûre que, cette nuit, il ira déranger le pot, pour voir. »

Mais des sueurs la prenaient, un tremblement agitait ses membres.

« Regarde, ça y est encore, va! Il m'aura droguée, j'ai la bouche amère comme si j'avais avalé des vieux sous. Dieu sait pourtant si j'ai rien pris de sa main! C'est à se ficher à l'eau... Ce soir, je n'en peux plus, vaut mieux que je me couche. Alors, adieu, mon garçon, parce que, si tu pars à sept heures vingt-six, ce sera trop bonne heure pour moi. Et reviens, n'est-ce pas? Et espérons que j'y serai toujours. »

Il dut l'aider à rentrer dans la chambre, où elle se coucha et s'endormit, accablée. Resté seul, il hésita, se demandant s'il ne devait pas monter s'étendre, lui

aussi, sur le coin qui l'attendait au grenier. Mais il
n'était que huit heures moins dix, il avait le temps de
dormir. Et il sortit à son tour, laissant brûler la petite
lampe à pétrole, dans la maison vide et ensommeil-
lée, ébranlée de temps à autre par le tonnerre
brusque d'un train.

Dehors, Jacques fut surpris de la douceur de l'air.
Sans doute, il allait pleuvoir encore. Dans le ciel, une
nuée laiteuse, uniforme, s'était épandue, et la pleine
lune, qu'on ne voyait pas, noyée derrière, éclairait
toute la voûte d'un reflet rougeâtre. Aussi distin-
guait-il nettement la campagne, dont les terres autour
de lui, les coteaux, les arbres se détachaient en noir,
sous cette lumière égale et morte, d'une paix de
veilleuse. Il fit le tour du petit potager. Puis, il songea
à marcher du côté de Doinville, la route par là
montant moins rudement. Mais la vue de la maison
solitaire, plantée de biais à l'autre bord de la ligne,
l'ayant attiré, il traversa la voie en passant par le
portillon, car la barrière était déjà fermée pour la
nuit. Cette maison, il la connaissait bien, il la
regardait à chacun de ses voyages, dans le branle
grondant de sa machine. Elle le hantait sans qu'il sût
pourquoi, avec la sensation confuse qu'elle importait
à son existence. Chaque fois, il éprouvait, d'abord
comme une peur de ne plus la retrouver là, ensuite
comme un malaise à constater qu'elle y était toujours. Jamais il n'en avait vu ouvertes ni les portes ni
les fenêtres. Tout ce qu'on lui avait appris d'elle,
c'était qu'elle appartenait au président Grandmorin;
et, ce soir-là, un désir irrésistible le prenait de tourner
autour, pour en savoir davantage.

Longtemps, Jacques resta planté sur la route, en
face de la grille. Il se reculait, se haussait, tâchant de
se rendre compte. Le chemin de fer, en coupant le
jardin, n'avait d'ailleurs laissé devant le perron qu'un
étroit parterre, clos de murs; tandis que, derrière,

s'étendait un assez vaste terrain, entouré simplement d'une haie vive. La maison était d'une tristesse lugubre, en sa détresse, sous le rouge reflet de cette nuit fumeuse ; et il allait s'éloigner, avec un frisson à fleur de peau, lorsqu'il remarqua un trou dans la haie. L'idée que ce serait lâche de ne pas entrer, le fit passer par le trou. Son cœur battait. Mais, tout de suite, comme il longeait une petite serre en ruines, la vue d'une ombre, accroupie à la porte, l'arrêta.

« Comment, c'est toi ? s'écria-t-il étonné, en reconnaissant Flore. Qu'est-ce que tu fais donc ? »

Elle aussi avait eu une secousse de surprise. Puis, tranquillement :

« Tu vois bien, je prends des cordes... Ils ont laissé là un tas de cordes qui pourrissent, sans servir à personne. Alors, moi, comme j'en ai toujours besoin, je viens en prendre. »

En effet, une paire de forts ciseaux à la main, assise par terre, elle démêlait les bouts de corde, coupait les nœuds, quand ils résistaient.

« Le propriétaire ne vient donc plus ? » demanda le jeune homme.

Elle se mit à rire.

« Oh ! depuis l'affaire de Louisette, il n'y a pas de danger que le président risque le bout de son nez à la Croix-de-Maufras. Va, je puis lui prendre ses cordes. »

Il se tut un instant, l'air troublé par le souvenir de l'aventure tragique qu'elle évoquait.

« Et toi, tu crois ce que Louisette a raconté, tu crois qu'il a voulu l'avoir, et que c'est en se débattant qu'elle s'est blessée ? »

Cessant de rire, brusquement violente, elle cria :

« Jamais Louisette n'a menti, ni Cabuche non plus... C'est mon ami, Cabuche.

— Ton amoureux peut-être, à cette heure ?

— Lui ! ah bien, il faudrait être une fameuse

cateau!... Non, non! c'est mon ami, je n'ai pas
d'amoureux, moi! je n'en veux pas avoir. »

Elle avait relevé sa tête puissante, dont l'épaisse
toison blonde frisait très bas sur le front; et, de tout son
être solide et souple, montait une sauvage énergie de
volonté. Déjà une légende se formait sur elle, dans le
pays. On contait des histoires, des sauvetages : une
charrette retirée d'une secousse, au passage d'un
train; un wagon, qui descendait tout seul la pente de
Barentin, arrêté ainsi qu'une bête furieuse, galopant
à la rencontre d'un express. Et ces preuves de force
étonnaient, la faisaient désirer des hommes, d'autant
plus qu'on l'avait crue facile d'abord, toujours à
battre les champs dès qu'elle était libre, cherchant les
coins perdus, se couchant au fond des trous, les yeux
en l'air, muette, immobile. Mais les premiers qui
s'étaient risqués n'avaient pas eu envie de recommencer l'aventure. Comme elle aimait à se baigner
pendant des heures, nue dans un ruisseau voisin, des
gamins de son âge étaient allés faire la partie de la
regarder; et elle en avait empoigné un, sans même
prendre la peine de remettre sa chemise, et elle l'avait
arrangé si bien, que personne ne la guettait plus.
Enfin, le bruit se répandait de son histoire avec un
aiguilleur de l'embranchement de Dieppe, à l'autre
bout du tunnel : un nommé Ozil, un garçon d'une
trentaine d'années, très honnête, qu'elle semblait
avoir encouragé un instant, et qui, ayant essayé de la
prendre, s'imaginant un soir qu'elle se livrait, avait
failli être tué par elle d'un coup de bâton. Elle était
vierge et guerrière, dédaigneuse du mâle, ce qui
finissait par convaincre les gens qu'elle avait pour sûr
la tête dérangée.

En l'entendant déclarer qu'elle ne voulait pas
d'amoureux, Jacques continua de plaisanter.

« Alors, ça ne va pas, ton mariage avec Ozil? Je

m'étais laissé dire que, tous les jours, tu filais le rejoindre par le tunnel. »

Elle haussa les épaules.

« Ah! ouitche! mon mariage... Ça m'amuse, le tunnel. Deux kilomètres et demi à galoper dans le noir, avec l'idée qu'on peut être coupé par un train, si l'on n'ouvre pas l'œil. Faut les entendre, les trains, ronfler là-dessous!... Mais il m'a ennuyée, Ozil. Ce n'est pas encore celui-là que je veux.

— Tu en veux donc un autre?

— Ah! je ne sais pas... Ah! ma foi, non! »

Un rire l'avait reprise, tandis qu'une pointe d'embarras la faisait se remettre à un nœud des cordes, dont elle ne pouvait venir à bout. Puis, sans relever la tête, comme très absorbée par sa besogne :

— Et toi, tu n'en as pas, d'amoureuse? »

A son tour, Jacques redevint sérieux. Ses yeux se détournèrent, vacillèrent en se fixant au loin, dans la nuit. Il répondit d'une voix brève :

« Non.

— C'est ça, continua-t-elle, on m'a bien conté que tu abominais les femmes. Et puis, ce n'est pas d'hier que je te connais, jamais tu ne nous adresserais quelque chose d'aimable... Pourquoi, dis? »

Il se taisait, elle se décida à lâcher le nœud et à le regarder.

« Est-ce donc que tu n'aimes que ta machine? On en plaisante, tu sais. On prétend que tu es toujours à la frotter, à la faire reluire, comme si tu n'avais des caresses que pour elle... Moi, je te dis ça, parce que je suis ton amie. »

Lui aussi, maintenant, la regardait, à la pâle clarté du ciel fumeux. Et il se souvenait d'elle, quand elle était petite, violente et volontaire déjà, mais lui sautant au cou dès qu'il arrivait, prise d'une passion de fillette sauvage. Ensuite, l'ayant souvent perdue de vue, il l'avait chaque fois retrouvée grandie, l'accueil-

lant du même saut à ses épaules, le gênant de plus en
plus par la flamme de ses grands yeux clairs. A cette
heure, elle était femme, superbe, désirable, et elle
l'aimait sans doute, de très loin, du fond même de sa
jeunesse. Son cœur se mit à battre, il eut la sensation
soudaine d'être celui qu'elle attendait. Un grand
trouble montait à son crâne avec le sang de ses
veines, son premier mouvement fut de fuir, dans
l'angoisse qui l'envahissait. Toujours le désir l'avait
rendu fou, il voyait rouge.

« Qu'est-ce que tu fais là, debout? reprit-elle.
Assieds-toi donc! »

De nouveau, il hésitait. Puis, les jambes subitement
très lasses, vaincu par le besoin de tenter l'amour
encore, il se laissa tomber près d'elle, sur le tas de
cordes. Il ne parlait plus, la gorge sèche. C'était elle,
maintenant, la fière, la silencieuse, qui bavardait à
perdre haleine, très gaie, s'étourdissant elle-même.

« Vois-tu, le tort de maman, ça a été d'épouser
Misard. Ça lui jouera un mauvais tour... Moi, je
m'en fiche, parce qu'on a assez de ses affaires, n'est-
ce pas? Et puis, maman m'envoie coucher, dès que je
veux intervenir... Alors, qu'elle se débrouille! Je vis
dehors, moi. Je songe à des choses, pour plus tard...
Ah! tu sais, je t'avais vu passer, ce matin, sur ta
machine, tiens! de ces broussailles, là-bas, où j'étais
assise. Mais toi, tu ne regardes jamais... Et je te les
dirai, à toi, les choses auxquelles je songe, mais pas
maintenant, plus tard, quand nous serons tout à fait
bons amis. »

Elle avait laissé glisser les ciseaux, et lui, toujours
muet, s'était emparé de ses deux mains. Ravie, elle
les lui abandonnait. Pourtant, lorsqu'il les porta à ses
lèvres brûlantes, elle eut un sursaut effaré de vierge.
La guerrière se réveillait, cabrée, batailleuse, à cette
première approche du mâle.

« Non, non! laisse-moi, je ne veux pas... Tiens-toi

tranquille, nous causerons... Ça ne pense qu'à ça, les hommes. Ah! si je te répétais ce que Louisette m'a raconté, le jour où elle est morte, chez Cabuche... D'ailleurs, j'en savais déjà sur le président, parce que j'avais vu des saletés, ici, lorsqu'il venait avec des jeunes filles... Il y en a une que personne ne soupçonne, une qu'il a mariée... »

Lui, ne l'écoutait pas, ne l'entendait pas. Il l'avait saisie d'une étreinte brutale, et il écrasait sa bouche sur la sienne. Elle eut un léger cri, une plainte plutôt, si profonde, si douce, où éclatait l'aveu de sa tendresse longtemps cachée. Mais elle luttait toujours, se refusait quand même, par un instinct de combat. Elle le souhaitait et elle se disputait à lui, avec le besoin d'être conquise. Sans parole, poitrine contre poitrine, tous deux s'essoufflaient à qui renverserait l'autre. Un instant, elle sembla devoir être la plus forte, elle l'aurait peut-être jeté sous elle, tant il s'énervait, s'il ne l'avait pas empoignée à la gorge. Le corsage fut arraché, les deux seins jaillirent, durs et gonflés de la bataille, d'une blancheur de lait, dans l'ombre claire. Et elle s'abattit sur le dos, elle se donnait, vaincue.

Alors, lui, haletant, s'arrêta, la regarda, au lieu de la posséder. Une fureur semblait le prendre, une férocité qui le faisait chercher des yeux, autour de lui, une arme, une pierre, quelque chose enfin pour la tuer. Ses regards rencontrèrent les ciseaux, luisant parmi les bouts de corde; et il les ramassa d'un bond, et il les aurait enfoncés dans cette gorge nue, entre les deux seins blancs, aux fleurs roses. Mais un grand froid le dégrisait, il les rejeta, il s'enfuit, éperdu; tandis qu'elle, les paupières closes, croyait qu'il la refusait à son tour, parce qu'elle lui avait résisté.

Jacques fuyait dans la nuit mélancolique. Il monta au galop le sentier d'une côte, retomba au fond d'un étroit vallon. Des cailloux roulant sous ses pas

l'effrayèrent, il se lança à gauche parmi des broussailles, fit un crochet qui le ramena à droite, sur un
plateau vide. Brusquement, il dévala, il buta contre la
haie du chemin de fer : un train arrivait, grondant,
flambant ; et il ne comprit pas d'abord, terrifié. Ah !
oui, tout ce monde qui passait, le continuel flot,
tandis que lui agonisait là ! Il repartit, grimpa,
descendit encore. Toujours maintenant il rencontrait
la voie, au fond des tranchées profondes qui creusaient des abîmes, sur des remblais qui fermaient
l'horizon de barricades géantes. Ce pays désert,
coupé de monticules, était comme un labyrinthe sans
issue, où tournait sa folie, dans la morne désolation
des terrains incultes. Et, depuis de longues minutes, il
battait les pentes, lorsqu'il aperçut devant lui l'ouverture ronde, la gueule noire du tunnel. Un train
montant s'y engouffrait, hurlant et sifflant, laissant,
disparu, bu par la terre, une longue secousse dont le
sol tremblait.

Alors, Jacques, les jambes brisées, tomba au bord
de la ligne, et il éclata en sanglots convulsifs, vautré
sur le ventre, la face enfoncée dans l'herbe. Mon
Dieu ! il était donc revenu, ce mal abominable dont il
se croyait guéri ? Voilà qu'il avait voulu la tuer, cette
fille ! Tuer une femme, tuer une femme ! cela sonnait
à ses oreilles, du fond de sa jeunesse, avec la fièvre
grandissante, affolante du désir. Comme les autres,
sous l'éveil de la puberté, rêvent d'en posséder une,
lui s'était enragé à l'idée d'en tuer une. Car il ne
pouvait se mentir, il avait bien pris les ciseaux pour
les lui planter dans la chair, dès qu'il l'avait vue, cette
chair, cette gorge, chaude et blanche. Et ce n'était
point parce qu'elle résistait, non ! c'était pour le
plaisir, parce qu'il en avait une envie, une envie telle,
que, s'il ne s'était pas cramponné aux herbes, il serait
retourné là-bas, en galopant, pour l'égorger. Elle,
mon Dieu ! cette Flore qu'il avait vue grandir, cette

enfant sauvage dont il venait de se sentir aimé si profondément! Ses doigts tordus entrèrent dans la terre, ses sanglots lui déchirèrent la gorge, dans un râle d'effroyable désespoir.

Pourtant, il s'efforçait de se calmer, il aurait voulu comprendre. Qu'avait-il donc de différent, lorsqu'il se comparait aux autres? Là-bas, à Plassans, dans sa jeunesse, souvent déjà il s'était questionné. Sa mère Gervaise, il est vrai, l'avait eu très jeune, à quinze ans et demi; mais il n'arrivait que le second, elle entrait à peine dans sa quatorzième année, lorsqu'elle était accouchée du premier, Claude; et aucun de ses deux frères, ni Claude, ni Étienne, né plus tard, ne semblait souffrir d'une mère si enfant et d'un père gamin comme elle, ce beau Lantier, dont le mauvais cœur devait coûter à Gervaise tant de larmes. Peut-être aussi ses frères avaient-ils chacun son mal, qu'ils n'avouaient pas, l'aîné surtout qui se dévorait à vouloir être peintre, si rageusement, qu'on le disait à moitié fou de son génie. La famille n'était guère d'aplomb, beaucoup avaient une fêlure. Lui, à certaines heures, la sentait bien, cette fêlure héréditaire; non pas qu'il fût d'une santé mauvaise, car l'appréhension et la honte de ses crises l'avaient seules maigri autrefois; mais c'étaient, dans son être, de subites pertes d'équilibre, comme des cassures, des trous par lesquels son moi lui échappait, au milieu d'une sorte de grande fumée qui déformait tout. Il ne s'appartenait plus, il obéissait à ses muscles, à la bête enragée. Pourtant, il ne buvait pas, il se refusait même un petit verre d'eau-de-vie, ayant remarqué que la moindre goutte d'alcool le rendait fou. Et il en venait à penser qu'il payait pour les autres, les pères, les grands-pères, qui avaient bu, les générations d'ivrognes dont il était le sang gâté, un lent empoisonnement, une sauvagerie qui le ramenait avec les loups mangeurs de femmes, au fond des bois.

Jacques s'était relevé sur un coude, réfléchissant, regardant l'entrée noire du tunnel; et un nouveau sanglot courut de ses reins à sa nuque, il retomba, il roula sa tête par terre, criant de douleur. Cette fille, cette fille qu'il avait voulu tuer! Cela revenait en lui, aigu, affreux, comme si les ciseaux eussent pénétré dans sa propre chair. Aucun raisonnement ne l'apaisait: il avait voulu la tuer, il la tuerait, si elle était encore là, dégrafée, la gorge nue. Il se rappelait bien, il était âgé de seize ans à peine, la première fois, lorsque le mal l'avait pris, un soir qu'il jouait avec une gamine, la fillette d'une parente, sa cadette de deux ans: elle était tombée, il avait vu ses jambes, et il s'était rué. L'année suivante, il se souvenait d'avoir aiguisé un couteau pour l'enfoncer dans le cou d'une autre, une petite blonde, qu'il voyait chaque matin passer devant sa porte. Celle-ci avait un cou très gras, très rose, où il choisissait déjà la place, un signe brun, sous l'oreille. Puis, c'en étaient d'autres, d'autres encore, un défilé de cauchemar, toutes celles qu'il avait effleurées de son désir brusque de meurtre, les femmes coudoyées dans la rue, les femmes qu'une rencontre faisait ses voisines, une surtout, une nouvelle mariée, assise près de lui au théâtre, qui riait très fort, et qu'il avait dû fuir, au milieu d'un acte, pour ne pas l'éventrer. Puisqu'il ne les connaissait pas, quelle fureur pouvait-il avoir contre elles? Car, chaque fois, c'était comme une soudaine crise de rage aveugle, une soif toujours renaissante de venger des offenses très anciennes, dont il aurait perdu l'exacte mémoire. Cela venait-il donc de si loin, du mal que les femmes avaient fait à sa race, de la rancune amassée de mâle en mâle, depuis la première tromperie au fond des cavernes [11]? Et il sentait aussi, dans son accès, une nécessité de bataille pour conquérir la femelle et la dompter, le besoin perverti de la jeter morte sur son dos, ainsi qu'une proie qu'on arrache aux autres, à jamais. Son crâne éclatait sous l'effort, il n'arrivait pas à se répondre, trop ignorant, pensait-il, le cerveau trop sourd, dans cette angoisse d'un homme poussé à des actes où sa volonté n'était pour rien, et dont la cause en lui avait disparu.

Un train, de nouveau, passa avec l'éclair de ses feux, s'abîma en coup de foudre qui gronde et s'éteint, au fond du tunnel ; et Jacques, comme si cette foule anonyme, indifférente et pressée, avait pu l'entendre, s'était redressé, refoulant ses sanglots, prenant une attitude d'innocent. Que de fois, à la suite d'un de ses accès, il avait eu ainsi des sursauts de coupable, au moindre bruit ! Il ne vivait tranquille, heureux, détaché du monde, que sur sa machine. Quand elle l'emportait, dans la trépidation de ses roues, à grande vitesse, quand il avait la main sur le volant du changement de marche, pris tout entier par la surveillance de la voie, guettant les signaux, il ne pensait plus, il respirait largement l'air pur qui soufflait toujours en tempête. Et c'était pour cela qu'il aimait si fort sa machine, à l'égal d'une maîtresse apaisante, dont il n'attendait que du bonheur. Au sortir de l'école des Arts et Métiers, malgré sa vive intelligence, il avait choisi ce métier de mécanicien, pour la solitude et l'étourdissement où il y vivait, sans ambition d'ailleurs, arrivé en quatre ans au poste de mécanicien de première classe, gagnant déjà deux mille huit cents francs, ce qui, avec ses primes de chauffage et de graissage, le mettait à plus de quatre mille, mais ne rêvant rien au-delà. Il voyait ses camarades de troisième classe et de deuxième, ceux que formait la Compagnie, les ouvriers ajusteurs qu'elle prenait pour en faire des élèves, il les voyait presque tous épouser des ouvrières, des femmes effacées qu'on apercevait seulement parfois à l'heure du départ, lorsqu'elles apportaient les petits paniers de provisions ; tandis que les camarades ambitieux,

surtout ceux qui sortaient d'une école, attendaient
d'être chefs de dépôt pour se marier, dans l'espoir de
trouver une bourgeoise, une dame à chapeau [12]! Lui,
fuyait les femmes, que lui importait? Jamais il ne se
marierait, il n'avait d'autre avenir que de rouler seul,
rouler encore et encore, sans repos. Aussi tous ses
chefs le donnaient-ils comme un mécanicien hors
ligne, ne buvant pas, ne courant pas, plaisanté
seulement par les camarades noceurs sur son excès de
bonne conduite, et inquiétant sourdement les autres,
lorsqu'il tombait à ses tristesses, muet, les yeux pâlis,
la face terreuse. Dans sa petite chambre de la rue
Cardinet, d'où l'on voyait le dépôt des Batignolles,
auquel appartenait sa machine, que d'heures il se
souvenait d'avoir passées, toutes ses heures libres,
enfermé comme un moine au fond de sa cellule,
usant la révolte de ses désirs à force de sommeil,
dormant sur le ventre!

D'un effort, Jacques tenta de se lever. Que faisait-il
là, dans l'herbe, par cette nuit tiède et brumeuse
d'hiver? La campagne restait noyée d'ombre, il n'y
avait de lumière qu'au ciel, le fin brouillard, l'immense coupole de verre dépoli, que la lune, cachée
derrière, éclairait d'un pâle reflet jaune; et l'horizon
noir dormait, d'une immobilité de mort. Allons! il
devait être près de neuf heures, le mieux était de
rentrer et de se coucher. Mais, dans son engourdissement, il se vit de retour chez les Misard, montant
l'escalier du grenier, s'allongeant sur le foin, contre la
chambre de Flore, une simple cloison de planches.
Elle serait là, il l'entendrait respirer; même il savait
qu'elle ne fermait jamais sa porte, il pourrait la
rejoindre. Et son grand frisson le reprit, l'image
évoquée de cette fille dévêtue, les membres abandonnés et chauds de sommeil, le secoua une fois encore
d'un sanglot dont la violence le rabattit sur le sol. Il
avait voulu la tuer, voulu la tuer, mon Dieu! Il

étouffait, il agonisait à l'idée qu'il irait la tuer dans
son lit, tout à l'heure, s'il rentrait. Il aurait beau
n'avoir pas d'arme, s'envelopper la tête de ses deux
bras, pour s'anéantir : il sentait que le mâle, en
dehors de sa volonté, pousserait la porte, étranglerait
la fille, sous le coup de fouet de l'instinct du rapt et
par le besoin de venger l'ancienne injure. Non, non!
plutôt passer la nuit à battre la campagne, que de
retourner là-bas! Il s'était relevé d'un bond, il se remit
à fuir.

Alors, de nouveau, pendant une demi-heure, il
galopa au travers de la campagne noire, comme si la
meute déchaînée des épouvantes l'avait poursuivi de
ses abois. Il monta des côtes, il dévala dans des
gorges étroites. Coup sur coup, deux ruisseaux se
présentèrent : il les franchit, se mouilla jusqu'aux
hanches. Un buisson qui lui barrait la route, l'exaspérait. Son unique pensée était d'aller tout droit, plus
loin, toujours plus loin, pour se fuir, pour fuir
l'autre, la bête enragée qu'il sentait en lui. Mais il
l'emportait, elle galopait aussi fort. Depuis sept mois
qu'il croyait l'avoir chassée, il se reprenait à l'existence de tout le monde; et, maintenant, c'était à
recommencer, il lui faudrait encore se battre, pour
qu'elle ne sautât pas sur la première femme coudoyée
par hasard. Le grand silence pourtant, la vaste
solitude l'apaisaient un peu, lui faisaient rêver une
vie muette et déserte comme ce pays désolé, où il
marcherait toujours, sans jamais rencontrer une âme.
Il devait tourner à son insu, car il revint, de l'autre
côté, buter contre la voie, après avoir décrit un large
demi-cercle, parmi des pentes, hérissées de broussailles, au-dessus du tunnel. Il recula, avec l'inquiète
colère de retomber sur des vivants. Puis, ayant voulu
couper, derrière un monticule, il se perdit, se
retrouva devant la haie du chemin de fer, juste à la
sortie du souterrain, en face du pré où il avait

sangloté tout à l'heure. Et, vaincu, il restait immobile, lorsque le tonnerre d'un train sortant des
profondeurs de la terre, léger encore, grandissant de
seconde en seconde, l'arrêta. C'était l'express du
Havre, parti de Paris à six heures trente, et qui
passait là, à neuf heures vingt-cinq : un train que, de
deux jours en deux jours, il conduisait.

Jacques vit d'abord la gueule noire du tunnel
s'éclairer, ainsi que la bouche d'un four, où des
fagots s'embrasent. Puis, dans le fracas qu'elle
apportait, ce fut la machine qui en jaillit, avec
l'éblouissement de son gros œil rond, la lanterne
d'avant, dont l'incendie troua la campagne, allumant
au loin les rails d'une double ligne de flamme. Mais
c'était une apparition en coup de foudre : tout de
suite les wagons se succédèrent, les petites vitres
carrées des portières, violemment éclairées, firent
défiler les compartiments pleins de voyageurs, dans
un tel vertige de vitesse, que l'œil doutait ensuite des
images entrevues. Et Jacques, très distinctement, à ce
quart précis de seconde, aperçut, par les glaces
flambantes d'un coupé, un homme qui en tenait un
autre renversé sur la banquette et qui lui plantait un
couteau dans la gorge, tandis qu'une masse noire,
peut-être une troisième personne, peut-être un
écroulement de bagages, pesait de tout son poids sur
les jambes convulsives de l'assassiné. Déjà, le train
fuyait, se perdait vers la Croix-de-Maufras, en ne
montrant plus de lui, dans les ténèbres, que les trois
feux de l'arrière, le triangle rouge.

Cloué sur place, le jeune homme suivait des yeux le
train, dont le grondement s'éteignait, au fond de la
grande paix morte de la campagne. Avait-il bien vu ?
Et il hésitait maintenant, il n'osait plus affirmer la
réalité de cette vision, apportée et emportée dans un
éclair. Pas un seul trait des deux acteurs du drame ne
lui était resté vivace. La masse brune devait être une

le scène
du meurtre

couverture de voyage, tombée en travers du corps de la victime. Pourtant, il avait cru d'abord distinguer, sous un déroulement d'épais cheveux, un fin profil pâle. Mais tout se confondait, s'évaporait, comme en un rêve. Un instant, le profil, évoqué, reparut; puis, il s'effaça définitivement. Ce n'était sans doute qu'une imagination. Et tout cela le glaçait, lui semblait si extraordinaire, qu'il finissait par admettre une hallucination, née de l'affreuse crise qu'il venait de traverser.

Pendant près d'une heure encore, Jacques marcha, la tête alourdie de songeries confuses. Il était brisé, une détente se produisait, un grand froid intérieur avait emporté sa fièvre. Sans l'avoir décidé, il finit par revenir vers la Croix-de-Maufras. Puis, lorsqu'il se retrouva devant la maison du garde-barrière, il se dit qu'il n'entrerait pas, qu'il dormirait sous le petit hangar, scellé à l'un des pignons. Mais une raie de lumière passait sous la porte, et il poussa cette porte machinalement. Un spectacle inattendu l'arrêta sur le seuil.

Misard, dans le coin, avait dérangé le pot à beurre; et, à quatre pattes par terre, une lanterne allumée posée près de lui, il sondait le mur à légers coups de poing, il cherchait. Le bruit de la porte le fit se redresser. Du reste, il ne se troubla pas le moins du monde, il dit simplement, d'un air naturel :

« C'est des allumettes qui sont tombées. »

Et, quand il eut remis en place le pot à beurre, il ajouta :

« Je suis venu prendre ma lanterne, parce que, tout à l'heure, en rentrant, j'ai aperçu un individu étalé sur la voie... Je crois bien qu'il est mort. »

Jacques, saisi d'abord à la pensée qu'il surprenait Misard en train de chercher le magot de tante Phasie, ce qui changeait en brusque certitude son doute au sujet des accusations de cette dernière, fut ensuite si violemment remué par cette nouvelle de la découverte d'un cadavre, qu'il en oublia l'autre drame, celui qui se jouait là, dans cette petite maison perdue. La scène du coupé, la vision si brève d'un homme égorgeant un homme, venait de renaître, à la lueur du même éclair.

« Un homme sur la voie, où donc? » demanda-t-il, pâlissant.

Misard allait raconter qu'il rapportait deux anguilles, décrochées de ses lignes de fond, et qu'il avait avant tout galopé jusque chez lui, pour les cacher. Mais quel besoin de se confier à ce garçon? Il n'eut qu'un geste vague, en répondant :

« Là-bas, comme qui dirait à cinq cents mètres... Faut voir clair, pour savoir. »

A ce moment, Jacques entendit, au-dessus de sa tête, un choc assourdi. Il était si anxieux, qu'il en sursauta.

« C'est rien, reprit le père, c'est Flore qui remue. »

Et le jeune homme, en effet, reconnut le bruit de deux pieds nus sur le carreau. Elle avait dû l'attendre, elle venait écouter, par sa porte entrouverte.

« Je vous accompagne, reprit-il. Et vous êtes sûr qu'il est mort?

— Dame! ça m'a semblé. Avec la lanterne, on verra bien.

— Enfin, qu'est-ce que vous en dites? Un accident, n'est-ce pas?

— Ça se peut. Quelque gaillard qui se sera fait couper, ou peut-être bien un voyageur qui aura sauté d'un wagon. »

Jacques frémissait.

« Venez vite! venez vite! »

Jamais une telle fièvre de voir, de savoir, ne l'avait agité. Dehors, tandis que son compagnon, sans émotion aucune, suivait la voie, balançant la lanterne, dont le rond de clarté suivait doucement les

rails, lui courait en avant, s'irritait de cette lenteur.
C'était comme un désir physique, ce feu intérieur qui
précipite la marche des amants, aux heures de
rendez-vous. Il avait peur de ce qui l'attendait là-bas,
et il y volait, de tous les muscles de ses membres.
Quand il arriva, quand il faillit se cogner dans un tas
noir, allongé près de la voie descendante, il resta
planté, parcouru des talons à la nuque d'une
secousse. Et son angoisse de ne rien distinguer
nettement, se tourna en jurons contre l'autre, qui
s'attardait, à plus de trente pas en arrière.

« Mais, nom de Dieu! arrivez donc! s'il vivait
encore, on pourrait le secourir. »

Misard se dandina, s'avança, avec son flegme.
Puis, lorsqu'il eut promené la lanterne au-dessus du
corps :

« Ah! ouitche! il a son compte. »

L'individu, culbutant sans doute d'un wagon, était
tombé sur le ventre, la face contre le sol, à cinquante
centimètres au plus des rails. On ne voyait, de sa tête,
qu'une couronne épaisse de cheveux blancs. Ses
jambes se trouvaient écartées. De ses bras, le droit
gisait comme arraché, tandis que le gauche était
replié sous la poitrine. Il était très bien vêtu, un
ample paletot de drap bleu, des bottines élégantes, du
linge fin. Le corps ne portait aucune trace d'écrasement, beaucoup de sang avait seulement coulé de la
gorge et tachait le col de la chemise.

« Un bourgeois à qui on a fait son affaire, reprit
tranquillement Misard, après quelques secondes
d'examen silencieux. »

Puis, se tournant vers Jacques, immobile, béant :

« Faut pas toucher, c'est défendu... Vous allez
rester là, à le garder, vous, pendant que moi, je vais
courir à Barentin prévenir le chef de gare. »

Il leva sa lanterne, consulta un poteau kilomé-
trique.

« Bon ! juste au poteau 153. »

Et, posant la lanterne par terre, près du corps, il s'éloigna de son pas traînard.

Jacques, resté seul, ne bougeait pas, regardait toujours cette masse inerte, effondrée, que la clarté vague, au ras du sol, laissait confuse. Et, en lui, l'agitation qui avait précipité sa marche, l'horrible attrait qui le retenait là, aboutissait à cette pensée aiguë, jaillissante de tout son être : l'autre, l'homme entrevu le couteau au poing, avait osé ! l'autre était allé jusqu'au bout de son désir, l'autre avait tué ! Ah ! n'être pas lâche, se satisfaire enfin, enfoncer le couteau ! Lui que l'envie en torturait depuis dix ans ! Il y avait, dans sa fièvre, un mépris de lui-même et de l'admiration pour l'autre, et surtout le besoin de voir ça, la soif inextinguible de se rassasier les yeux de cette loque humaine, du pantin cassé, de la chiffe molle, qu'un coup de couteau faisait d'une créature. Ce qu'il rêvait, l'autre l'avait réalisé, et c'était ça. S'il tuait, il y aurait ça par terre. Son cœur battait à se rompre, son prurit de meurtre s'exaspérait comme une concupiscence, au spectacle de ce mort tragique. Il fit un pas, s'approcha davantage, ainsi qu'un enfant nerveux qui se familiarise avec la peur. Oui ! il oserait, il oserait à son tour !

Mais un grondement, derrière son dos, le força à sauter de côté. Un train arrivait, qu'il n'avait pas même entendu, au fond de sa contemplation. Il allait être broyé, l'haleine chaude, le souffle formidable de la machine venait seul de l'avertir. Le train passa, dans son ouragan de bruit, de fumée et de flamme. Il y avait beaucoup de monde encore, le flot des voyageurs continuait vers Le Havre, pour la fête du lendemain. Un enfant s'écrasait le nez contre une vitre, regardant la campagne noire ; des profils d'hommes se dessinèrent, tandis qu'une jeune femme, baissant une glace, jetait un papier taché de beurre et

de sucre. Déjà le train joyeux filait au loin, dans
l'insouciance de ce cadavre que ses roues avaient
frôlé. Et le corps gisait toujours sur la face, éclairé
vaguement par la lanterne, au milieu de la mélancolique paix de la nuit.

Alors, Jacques fut pris du désir de voir la blessure,
pendant qu'il était seul. Une inquiétude l'arrêtait,
l'idée que, s'il touchait à la tête, on s'en apercevrait
peut-être. Il avait calculé que Misard ne pouvait
guère être de retour, avec le chef de gare, avant trois
quarts d'heure. Et il laissait passer les minutes, il
songeait à ce Misard, à ce chétif, si lent, si calme, qui
osait lui aussi, tuant le plus tranquillement du
monde, à coups de drogue. C'était donc bien facile
de tuer? Tout le monde tuait. Il se rapprocha. L'idée
de voir la blessure le piquait d'un aiguillon si vif, que
sa chair en brûlait. Voir comment c'était fait et ce qui
avait coulé, voir le trou rouge! En replaçant la tête
soigneusement, on ne saurait rien. Mais il y avait une
autre peur, inavouée, au fond de son hésitation, la
peur même du sang. Toujours et en tout, chez lui,
l'épouvante s'était éveillée avec le désir. Encore un
quart d'heure à être seul, et il allait se décider
pourtant, lorsqu'un petit bruit, à son côté, le fit
tressaillir.

C'était Flore, debout, regardant comme lui. Elle
avait la curiosité des accidents : dès qu'on annonçait
une bête broyée, un homme coupé par un train, on
était sûr de la faire accourir. Elle venait de se
rhabiller, elle voulait voir le mort. Et, après le
premier coup d'œil, elle n'hésita pas, elle. Se baissant,
soulevant la lanterne d'une main, de l'autre elle prit
la tête, la renversa.

« Méfie-toi, c'est défendu », murmura Jacques.

Mais elle haussa les épaules. Et la tête apparaissait,
dans la clarté jaune, une tête de vieillard, au grand
nez, aux yeux bleus d'ancien blond, largement

ouverts. Sous le menton, la blessure bâillait, affreuse,
une entaille profonde qui avait coupé le cou, une
plaie labourée, comme si le couteau s'était retourné
en fouillant. Du sang inondait tout le côté droit de la
poitrine. A gauche, à la boutonnière du paletot, une
rosette de commandeur semblait un caillot rouge,
égaré là.

Flore avait eu un léger cri de surprise.

« Tiens ! le vieux ! »

Jacques, penché comme elle, s'avançait, mêlait ses
cheveux aux siens, pour mieux voir ; et il étouffait, il
se gorgeait du spectacle. Inconsciemment, il répéta :

« Le vieux... le vieux...

— Oui, le vieux Grandmorin... Le président. »

Un moment encore, elle examina cette face pâle, à
la bouche tordue, aux grands yeux d'épouvante. Puis,
elle lâcha la tête que la rigidité cadavérique commençait à glacer, et qui retomba contre le sol, refermant
la blessure.

« Fini de rire avec les filles ! reprit-elle plus bas.
C'est à cause d'une, pour sûr... Ah ! ma pauvre
Louisette, ah ! le cochon, c'est bien fait ! »

Et un long silence régna. Flore, qui avait reposé la
lanterne, attendait, en jetant sur Jacques de lents
regards ; tandis que celui-ci, séparé d'elle par le corps,
n'avait plus bougé, comme perdu, anéanti dans ce
qu'il venait de voir. Il devait être près de onze heures.
Un embarras, après la scène de la soirée, l'empêchait
de parler la première. Mais un bruit de voix se fit
entendre, c'était son père qui ramenait le chef de
gare ; et, ne voulant pas être vue, elle se décida.

« Tu ne rentres pas te coucher ? »

Il tressaillit, un débat parut l'agiter un instant.
Puis, dans un effort, dans un recul désespéré :

« Non, non ! »

Elle n'eut pas un geste, mais la ligne tombante de
ses bras de forte fille exprima beaucoup de chagrin.

Comme pour se faire pardonner sa résistance de tout à l'heure, elle se montra très humble, elle dit encore :

« Alors, tu ne rentreras pas, je ne te reverrai pas ?

— Non, non ! »

Les voix approchaient, et sans chercher à lui serrer la main, puisqu'il semblait mettre exprès ce cadavre entre eux, sans même lui jeter l'adieu familier de leur camaraderie d'enfance, elle s'éloigna, se perdit dans les ténèbres, le souffle rauque, comme si elle étouffait des sanglots.

Tout de suite, le chef de gare fut là, avec Misard et deux hommes d'équipe. Lui aussi constata l'identité : c'était bien le président Grandmorin, qu'il connaissait, pour le voir descendre à sa station, chaque fois que celui-ci se rendait chez sa sœur, madame Bonnehon, à Doinville. Le corps pouvait rester à la place où il était tombé, il le fit seulement couvrir d'un manteau, que l'un des hommes apporta. Un employé avait pris, à Barentin, le train de onze heures, pour prévenir le procureur impérial de Rouen. Mais il ne fallait pas compter sur ce dernier avant cinq ou six heures du matin, car il aurait à amener le juge d'instruction, le greffier du tribunal et un médecin. Aussi le chef de gare organisa-t-il un service de garde, près du mort : pendant toute la nuit, on se relaierait, un homme serait constamment là, à veiller avec la lanterne [13].

Et Jacques, avant de se décider à aller s'étendre sous quelque hangar de la station de Barentin, d'où il ne devait repartir pour Le Havre qu'à sept heures vingt, demeura longtemps encore, immobile, obsédé. Puis, l'idée du juge d'instruction qu'on attendait le troubla, comme s'il s'était senti complice. Dirait-il ce qu'il avait vu, au passage de l'express ? Il résolut d'abord de parler, puisque lui n'avait en somme rien à craindre. Son devoir, d'ailleurs, n'était pas douteux. Mais, ensuite, il se demanda à quoi bon : il n'apporterait pas un seul fait décisif, il n'oserait affirmer aucun détail précis sur l'assassin. Ce serait imbécile de se mettre là-dedans, de perdre son temps et de s'émotionner, sans profit pour personne. Non, non, il ne parlerait pas! Et il s'en alla enfin, et il se retourna deux fois, pour la voir la bosse noire que le corps faisait sur le sol, dans le rond jaune de la lanterne. Un froid plus vif tombait du ciel fumeux, sur la désolation de ce désert, aux coteaux arides. Des trains encore étaient passés, un autre arrivait, pour Paris, très long. Tous se croisaient, dans leur inexorable puissance mécanique, filaient à leur but lointain, à l'avenir, en frôlant, sans y prendre garde, la tête coupée à demi de cet homme, qu'un autre homme avait égorgé.

III

Le lendemain, un dimanche, cinq heures du matin venaient de sonner à tous les clochers du Havre, lorsque Roubaud descendit sous la marquise de la gare, pour prendre son service. Il faisait encore nuit noire ; mais le vent, qui soufflait de la mer, avait grandi et poussait les brumes, noyant les coteaux dont les hauteurs s'étendent de Sainte-Adresse au fort de Tourneville ; tandis que, vers l'ouest, au-dessus du large, une éclaircie se montrait, un pan de ciel, où brillaient les dernières étoiles. Sous la marquise, les becs de gaz brûlaient toujours, pâlis par le froid humide de l'heure matinale ; et il y avait là le premier train de Montivilliers [14], que formaient des hommes d'équipe, aux ordres du sous-chef de nuit. Les portes des salles n'étaient pas ouvertes, les quais s'étendaient déserts, dans ce réveil engourdi de la gare.

Comme il sortait de chez lui, en haut, au-dessus des salles d'attente, Roubaud avait trouvé la femme du caissier, madame Lebleu, immobile au milieu du couloir central, sur lequel donnaient les logements des employés. Depuis des semaines, cette dame se relevait la nuit, pour guetter mademoiselle Guichon, la buraliste, qu'elle soupçonnait d'une intrigue avec le chef de gare, M. Dabadie. D'ailleurs, elle n'avait jamais surpris la moindre chose, pas une ombre, pas

un souffle. Et, ce matin-là encore, elle était vite
rentrée chez elle, ne rapportant que l'étonnement
d'avoir aperçu, chez les Roubaud, pendant les trois
secondes mises par le mari à ouvrir et à refermer la
porte, la femme debout dans la salle à manger, la
belle Séverine déjà vêtue, peignée, chaussée, elle qui
d'habitude traînait au lit jusqu'à neuf heures. Aussi,
madame Lebleu avait-elle réveillé Lebleu, pour lui
apprendre ce fait extraordinaire. La veille, ils ne
s'étaient pas couchés avant l'arrivée de l'express de
Paris, à onze heures cinq [15], brûlant de savoir ce
qu'il advenait de l'histoire du sous-préfet. Mais ils
n'avaient rien pu lire dans l'attitude des Roubaud,
qui étaient revenus avec leur figure de tous les jours;
et, vainement, jusqu'à minuit, ils avaient tendu
l'oreille : aucun bruit ne sortait de chez leurs voisins,
ceux-ci devaient s'être endormis tout de suite, d'un
profond sommeil. Certainement, leur voyage n'avait
pas eu un bon résultat, sans quoi Séverine n'aurait
pas été levée à une pareille heure. Le caissier ayant
demandé quelle mine elle faisait, sa femme s'était
efforcée de la dépeindre : très raide, très pâle, avec ses
grands yeux bleus, si clairs sous ses cheveux noirs; et
pas un mouvement, l'air d'une somnambule. Enfin,
on saurait bien à quoi s'en tenir, dans la journée.

En bas, Roubaud trouva son collègue Moulin, qui
avait fait le service de nuit. Et il prit le service, tandis
que Moulin causait, se promenait quelques minutes
encore, tout en le mettant au courant des menus faits
arrivés depuis la veille : des rôdeurs avaient été
surpris, au moment de s'introduire dans la salle de
consigne; trois hommes d'équipe s'étaient fait répri-
mander pour indiscipline; un crochet d'attelage
venait de se rompre, pendant qu'on formait le train
de Montivilliers. Silencieux, Roubaud écoutait, d'un
visage calme; et il était seulement un peu blême, sans
doute un reste de fatigue, que ses yeux battus

accusaient aussi. Cependant, son collègue avait cessé de parler, qu'il semblait l'interroger encore, comme s'il se fût attendu à d'autres événements. Mais c'était bien tout, il baissa la tête, regarda un instant la terre.

En marchant le long du quai, les deux hommes étaient arrivés au bout de la halle couverte, à l'endroit où, sur la droite, se trouvait une remise, dans laquelle stationnaient les wagons de roulement, ceux qui, arrivés la veille, servaient à former les trains du lendemain. Et il avait relevé le front, ses regards s'étaient fixés sur une voiture de première classe, pourvue d'un coupé, le numéro 293, qu'un bec de gaz justement éclairait d'une lueur vacillante, lorsque l'autre s'écria :

« Ah! j'oubliais... »

La face pâlie de Roubaud se colora, et il ne put retenir un léger mouvement.

« J'oubliais, répéta Moulin. Il ne faut pas que cette voiture parte, ne la faites pas mettre ce matin dans l'express de six heures quarante. »

Il y eut un court silence, avant que Roubaud demandât, d'une voix très naturelle :

« Tiens! pourquoi donc?

— Parce qu'il y a un coupé retenu pour l'express de ce soir. On n'est pas sûr qu'il en vienne dans la journée, autant garder celui-là. »

Il le regardait toujours fixement, il répondit :

« Sans doute. »

Mais une autre pensée l'absorbait, il s'emporta tout d'un coup.

« C'est dégoûtant! Voyez-moi comme ces bougres-là nettoient! Cette voiture semble avoir de la poussière de huit jours.

— Ah! reprit Moulin, quand les trains arrivent passé onze heures, il n'y a pas de danger que les hommes donnent un coup de torchon... Ça va bien encore, lorsqu'ils consentent à faire la visite. L'autre soir, ils ont oublié sur une banquette un voyageur endormi, qui ne s'est réveillé que le lendemain matin. »

Puis, étouffant un bâillement, il dit qu'il montait se coucher. Et, comme il s'en allait, une brusque curiosité le ramena.

« A propos, votre affaire avec le sous-préfet, c'est fini, n'est-ce pas ?

— Oui, oui, un très bon voyage, je suis content.

— Allons, tant mieux... Et rappelez-vous que le 293 ne part pas. »

Quand Roubaud se trouva seul sur le quai, il revint lentement vers le train de Montivilliers, qui attendait. Les portes des salles furent ouvertes, des voyageurs parurent, quelques chasseurs avec leurs chiens, deux ou trois familles de boutiquiers profitant du dimanche, peu de monde en somme. Mais, ce train-là parti, le premier de la journée, il n'eut pas de temps à perdre, il dut immédiatement faire former l'omnibus de cinq heures quarante-cinq, un train pour Rouen et Paris. A cette heure matinale, le personnel étant peu nombreux, la besogne du sous-chef de service se compliquait de toutes sortes de soins. Lorsqu'il eut surveillé la manœuvre, chaque voiture prise au remisage, mise sur le chariot que des hommes poussaient et amenaient sous la marquise, il dut courir à la salle de départ, donner un coup d'œil à la distribution des billets et à l'enregistrement des bagages. Une querelle éclatait entre des soldats et un employé, qui nécessita son intervention. Pendant une demi-heure, parmi les courants d'air glacé, au milieu du public grelottant, les yeux gros encore de sommeil, dans cette mauvaise humeur d'une bousculade en pleines ténèbres, il se multiplia, n'eut pas une pensée à lui. Puis, le départ de l'omnibus ayant déblayé la gare, il se hâta de se rendre au poste de l'aiguilleur, s'assurer que tout allait bien de ce côté,

car un autre train arrivait, le direct de Paris, qui avait
du retard. Il revint assister au débarquement, attendit
que le flot des voyageurs eût rendu les billets et se fût
empilé dans les voitures des hôtels, qui, en ce temps-
là, entraient attendre sous la marquise, séparées de la
voie par une simple palissade. Et, alors seulement, il
put souffler un instant, dans la gare redevenue
déserte et silencieuse [16].

Six heures sonnaient. Roubaud sortit de la halle
couverte, d'un pas de promenade ; et, dehors, ayant
devant lui l'espace, il leva la tête, il respira, en voyant
que l'aube se levait enfin. Le vent du large avait
achevé de balayer les brumes, c'était le clair matin
d'un beau jour. Il regarda vers le nord la côte
d'Ingouville, jusqu'aux arbres du cimetière, se détacher d'un trait violacé sur le ciel pâlissant ; ensuite, se
tournant vers le midi et l'ouest, il remarqua, au-
dessus de la mer, un dernier vol de légères nuées
blanches, qui nageaient lentement en escadre ; tandis
que l'est tout entier, la trouée immense de l'embouchure de la Seine, commençait à s'embraser du lever
prochain de l'astre. D'un geste machinal, il venait
d'ôter sa casquette brodée d'argent, comme pour
rafraîchir son front dans l'air vif et pur. Cet horizon
accoutumé, le vaste déroulement plat des dépendances de la gare, à gauche l'arrivage, puis le Dépôt
des machines, à droite l'expédition, toute une ville,
semblait l'apaiser, le rendre au calme de sa besogne
quotidienne, éternellement la même. Par-dessus le
mur de la rue Charles-Laffitte, des cheminées d'usine
fumaient, on apercevait les énormes tas de charbon
des entrepôts, qui longent le bassin Vauban. Et une
rumeur montait déjà des autres bassins. Les coups de
sifflet des trains de marchandises, le réveil et l'odeur
du flot apportés dans le vent, le firent songer à la fête
du jour, à ce navire qu'on allait lancer et autour
duquel la foule s'écraserait [17].

Comme Roubaud rentrait sous la halle couverte, il trouva l'équipe qui commençait à former l'express de six heures quarante ; et il crut que les hommes mettaient le 293 sur le chariot, tout l'apaisement de la fraîche matinée s'en alla dans un éclat subit de colère.

« Nom de Dieu ! pas cette voiture-là ! Laissez-la donc tranquille ! Elle ne part que ce soir. »

Le chef de l'équipe lui expliquait qu'on poussait simplement la voiture, pour en prendre une autre, qui était derrière. Mais il n'entendait pas, assourdi par son emportement, hors de toute proportion.

« Bougres de maladroits, quand on vous dit de ne pas y toucher ! »

Lorsqu'il eut compris enfin, il resta furieux, tomba sur les incommodités de la gare, où l'on ne pouvait seulement retourner un wagon. En effet, la gare, bâtie une des premières de la ligne, était insuffisante, indigne du Havre, avec sa remise en vieille charpente, sa marquise de bois et de zinc, au vitrage étroit, ses bâtiments nus et tristes, lézardés de toutes parts.

« C'est une honte, je ne sais pas comment la Compagnie n'a pas encore flanqué ça par terre. »

Les hommes de l'équipe le regardaient, surpris de l'entendre parler librement, lui d'une discipline si correcte d'habitude. Il s'en aperçut, s'arrêta tout d'un coup. Et, silencieux, raidi, il continua de surveiller la manœuvre. Un pli de mécontentement coupait son front bas, tandis que sa face ronde et colorée, hérissée de barbe rousse, prenait une tension profonde de volonté.

Dès lors, Roubaud eut tout son sang-froid. Il s'occupa activement de l'express, contrôla chaque détail. Des attelages lui ayant paru mal faits, il exigea qu'on les serrât sous ses yeux. Une mère et ses deux filles, que fréquentait sa femme, voulurent qu'il les installât dans le compartiment des dames seules.

Puis, avant de siffler pour donner le signal du départ, il s'assura encore de la bonne ordonnance du train ; et il le regarda longuement s'éloigner, de ce coup d'œil clair des hommes dont une minute de distraction peut coûter des vies humaines. Tout de suite, d'ailleurs, il dut traverser la voie pour recevoir un train de Rouen, qui entrait en gare. Justement, il s'y trouvait un employé des postes, avec lequel, chaque jour, il échangeait les nouvelles. C'était, dans sa matinée si occupée, un court repos, près d'un quart d'heure, pendant lequel il pouvait respirer, aucun service immédiat ne le réclamant. Et, ce matin-là, comme d'habitude, il roula une cigarette, il causa très gaiement[18]. Le jour avait grandi, on venait d'éteindre les becs de gaz, sous la marquise. Elle était si pauvrement vitrée, qu'une ombre grise y régnait encore ; mais, au-delà, le vaste pan de ciel sur lequel elle ouvrait, flambait déjà d'un incendie de rayons ; tandis que l'horizon entier devenait rose, d'une netteté vive de détails, dans cet air pur d'un beau matin d'hiver.

A huit heures, M. Dabadie, le chef de gare, descendait d'habitude, et le sous-chef allait au rapport. C'était un bel homme, très brun, bien tenu, ayant les allures d'un grand commerçant tout à ses affaires. Du reste, il se désintéressait volontiers de la gare des voyageurs, il se consacrait surtout au mouvement des bassins, au transit énorme des marchandises, en continuelles relations avec le haut commerce du Havre et du monde entier. Ce jour-là, il était en retard ; et, deux fois déjà, Roubaud avait poussé la porte du bureau, sans l'y trouver. Sur la table, le courrier n'était pas même ouvert. Les yeux du sous-chef venaient de tomber, parmi les lettres, sur une dépêche. Puis, comme si une fascination le retenait là, il n'avait plus quitté la porte, se retournant malgré lui, jetant vers la table de courts regards.

Enfin, à huit heures dix, M. Dabadie parut. Roubaud, qui s'était assis, se taisait, pour lui permettre d'ouvrir la dépêche. Mais le chef ne se hâtait point, voulait se montrer aimable avec son subordonné qu'il estimait.

« Et, naturellement, à Paris, tout a bien marché?

— Oui, Monsieur, je vous remercie. »

Il avait fini par ouvrir la dépêche; et il ne la lisait pas, il souriait toujours à l'autre, dont la voix s'était assourdie, sous le violent effort qu'il faisait pour maîtriser un tic nerveux qui lui convulsait le menton.

« Nous sommes très heureux de vous garder ici.

— Et moi, Monsieur, je suis bien content de rester avec vous. »

Alors, comme M. Dabadie se décidait à parcourir la dépêche, Roubaud, dont une légère sueur mouillait la face, le regarda. Mais l'émotion à laquelle il s'attendait, ne se produisait point; le chef achevait tranquillement la lecture du télégramme, qu'il rejeta sur son bureau : sans doute un simple détail de service. Et tout de suite il continua d'ouvrir son courrier, pendant que, selon l'habitude de chaque matin, le sous-chef faisait son rapport verbal, sur les événements de la nuit et de la matinée. Seulement, ce matin-là, Roubaud, hésitant, dut chercher, avant de se rappeler ce que lui avait dit son collègue, au sujet des rôdeurs surpris dans la salle de consigne. Quelques paroles furent encore échangées, et le chef le congédiait d'un geste, lorsque les deux chefs adjoints, celui des bassins et celui de la petite vitesse, entrèrent, venant eux aussi au rapport. Ils apportaient une nouvelle dépêche, qu'un employé venait de leur remettre, sur le quai.

« Vous pouvez vous retirer », dit M. Dabadie, en voyant que Roubaud s'arrêtait à la porte.

Mais celui-ci attendait, les yeux ronds et fixes; et il ne s'en alla que lorsque le petit papier fut retombé

sur la table, écarté du même geste indifférent. Un
instant, il erra sous la marquise, perplexe, étourdi.
L'horloge marquait huit heures trente-cinq, il n'avait
plus de départ avant l'omnibus de neuf heures
cinquante. D'ordinaire, il employait cette heure de
répit à faire une tournée dans la gare. Il marcha
pendant quelques minutes, sans savoir où ses pieds le
conduisaient. Puis, comme il levait la tête et qu'il se
retrouvait devant la voiture 293, il fit un brusque
crochet, il s'éloigna vers le Dépôt des machines, bien
qu'il n'eût rien à voir de ce côté. Le soleil maintenant
montait à l'horizon, une poussière d'or pleuvait dans
l'air pâle. Et il ne jouissait plus de la belle matinée, il
pressait le pas, l'air très affairé, tâchant de tuer
l'obsession de son attente.

Une voix, tout d'un coup, l'arrêta.

« Monsieur Roubaud, bonjour!... Vous avez vu
ma femme? »

C'était Pecqueux, le chauffeur, un grand gaillard
de quarante-trois ans, maigre avec de gros os, la face
cuite par le feu et par la fumée. Ses yeux gris sous le
front bas, sa bouche large dans une mâchoire
saillante, riaient d'un continuel rire de noceur.

« Comment! c'est vous? dit Roubaud en s'arrêtant, étonné. Ah! oui, l'accident arrivé à la machine,
j'oubliais... Et vous ne repartez que ce soir? Un
congé de vingt-quatre heures, bonne affaire, hein?

— Bonne affaire! » répéta l'autre, gris encore
d'une noce faite la veille.

D'un village près de Rouen, il était entré tout
jeune dans la Compagnie, comme ouvrier ajusteur.
Puis, à trente ans, s'ennuyant à l'atelier, il avait
voulu être chauffeur, pour devenir mécanicien; et
c'était alors qu'il avait épousé Victoire, du même
village que lui. Mais les années s'écoulaient, il restait
chauffeur, jamais maintenant il ne passerait mécanicien, sans conduite, sans bonne tenue, ivrogne,

coureur de femmes. Vingt fois, on l'aurait congédié, s'il n'avait pas eu la protection du président Grand-morin, et si l'on ne s'était habitué à ses vices, qu'il rachetait par sa belle humeur et par son expérience de vieil ouvrier. Il ne devenait vraiment à craindre que lorsqu'il était ivre, car il se changeait alors en vraie brute, capable d'un mauvais coup.

« Et ma femme, vous l'avez vue? demanda-t-il de nouveau, la bouche fendue par son large rire.

— Certes, oui, nous l'avons vue, répondit le sous-chef. Nous avons même déjeuné dans votre chambre... Ah! une brave femme que vous avez là, Pecqueux. Et vous avez bien tort de ne pas lui être fidèle. »

Il rigola plus violemment.

« Oh! si l'on peut dire! Mais c'est elle qui veut que je m'amuse! »

C'était vrai. Victoire, son aînée de deux ans, devenue énorme et difficile à remuer, glissait des pièces de cent sous dans ses poches, afin qu'il prît du plaisir dehors. Jamais elle n'avait beaucoup souffert de ses infidélités, du continuel guilledou qu'il courait, par un besoin de nature; et maintenant l'existence était réglée, il avait deux femmes, une à chaque bout de la ligne, sa femme à Paris pour les nuits qu'il y couchait, et une autre au Havre pour les heures d'attente qu'il y passait, entre deux trains. Très économe, vivant chichement elle-même, Victoire, qui savait tout et qui le traitait maternellement, répétait volontiers qu'elle ne voulait pas le laisser en affront avec l'autre, là-bas. Même, à chaque départ, elle veillait sur son linge, car il lui aurait été très sensible que l'autre l'accusât de ne pas tenir leur homme proprement.

« N'importe, reprit Roubaud, ce n'est guère gentil. Ma femme, qui adore sa nourrice, veut vous gron-der. »

Mais il se tut, en voyant sortir d'un hangar, contre lequel ils se trouvaient, une grande femme sèche, Philomène Sauvagnat, la sœur du chef de dépôt, l'épouse supplémentaire que Pecqueux avait au Havre, depuis un an. Tous deux devaient être à causer sous le hangar, lorsque lui s'était avancé, pour appeler le sous-chef. Elle, encore jeune malgré ses trente-deux ans, haute, anguleuse, la poitrine plate, la chair brûlée de continuels désirs, avait la tête longue, aux yeux flambants, d'une cavale maigre et hennissante. On l'accusait de boire. Tous les hommes de la gare avaient défilé chez elle, dans la petite maison que son frère occupait près du Dépôt des machines, et qu'elle tenait fort salement. Ce frère, auvergnat, têtu, très sévère sur la discipline, très estimé de ses chefs, avait eu les plus gros ennuis à son sujet, jusqu'au point d'être menacé de renvoi; et, si maintenant on la tolérait à cause de lui, il ne s'obstinait lui-même à la garder que par esprit de famille; ce qui ne l'empêchait pas, lorsqu'il la surprenait avec un homme, de la rouer de coups, si rudement, qu'il la laissait sur le carreau, morte. Il y avait eu, entre elle et Pecqueux, une vraie rencontre : elle, assouvie enfin, aux bras de ce grand diable rigoleur; lui, changé de sa femme trop grasse, heureux de celle-ci trop maigre, répétant par farce qu'il n'avait plus besoin de chercher ailleurs. Et Séverine seule, qui croyait devoir cela à Victoire, s'était brouillée avec Philomène, qu'elle évitait déjà le plus possible, par une fierté de nature, et qu'elle avait cessé de saluer.

« Eh bien! dit Philomène insolemment, à tout à l'heure, Pecqueux. Je m'en vas, puisque monsieur Roubaud a de la morale à te faire, de la part de sa femme. »

Lui, bon garçon, riait toujours.

« Reste donc, il plaisante.

— Non, non! Faut que j'aille porter deux œufs de mes poules, que j'ai promis à madame Lebleu. »

Elle avait lancé ce nom exprès, connaissant la rivalité sourde entre la femme du caissier, et la femme du sous-chef, affectant d'être au mieux avec la première, pour faire enrager l'autre. Mais elle resta pourtant, tout d'un coup intéressée, lorsqu'elle entendit le chauffeur demander des nouvelles de l'affaire du sous-préfet.

« C'est arrangé, vous êtes content, n'est-ce pas? monsieur Roubaud.

— Très content. »

Pecqueux cligna les yeux d'un air malin.

« Oh! vous n'aviez pas à être inquiet, parce que, lorsqu'on a un gros bonnet dans sa manche... Hein? vous savez qui je veux dire. Ma femme aussi lui a bien de la reconnaissance. »

Le sous-chef interrompit cette allusion au président Grandmorin, en répétant d'une voix brusque :

« Et alors vous ne partez que ce soir?

— Oui, la Lison va être réparée, on finit d'ajuster la bielle... Et j'attends mon mécanicien, qui s'est donné de l'air, lui. Vous le connaissez, Jacques Lantier? Il est de votre pays. »

Un instant, Roubaud resta sans répondre, absent, l'esprit perdu. Puis, avec un sursaut de réveil :

« Hein? Jacques Lantier, le mécanicien... Certainement, je le connais. Oh! vous savez, bonjour, bonsoir. C'est ici que nous nous sommes rencontrés, car il est mon cadet, et je ne l'avais jamais vu, là-bas, à Plassans... L'automne dernier, il a rendu un petit service à ma femme, une commission qu'il a faite pour elle, chez des cousines, à Dieppe... Un garçon capable, à ce qu'on dit. »

Il parlait au hasard, d'abondance. Soudain, il s'éloigna.

« Au revoir, Pecqueux... J'ai à donner un coup d'œil de ce côté. »

Alors, seulement, Philomène s'en alla, de son pas allongé de cavale ; tandis que Pecqueux, immobile, les mains dans les poches, riant d'aise à la fainéantise de cette gaie matinée, s'étonnait que le sous-chef, après s'être contenté de faire le tour du hangar, s'en retournait rapidement. Ce n'était pas long à donner, son coup d'œil. Qu'est-ce qu'il pouvait bien être venu moucharder ?

Comme Roubaud rentrait sous la marquise, neuf heures allaient sonner. Il marcha jusqu'au fond, près des messageries, regarda, sans paraître trouver ce qu'il cherchait ; puis, il revint, du même pas d'impatience. Successivement, il interrogea des yeux les bureaux des différents services. A cette heure, la gare était calme, déserte ; et il s'y agitait seul, l'air de plus en plus énervé de cette paix, dans ce tourment de l'homme, menacé d'une catastrophe, qui finit par souhaiter ardemment qu'elle éclate. Son sang-froid était à bout, il ne pouvait tenir en place. Maintenant, ses yeux ne quittaient plus l'horloge. Neuf heures, neuf heures cinq. D'ordinaire, il ne remontait chez lui qu'à dix heures, après le départ du train de neuf heures cinquante, pour déjeuner. Et, tout d'un coup, il remonta, à la pensée de Séverine, qui, elle aussi, là-haut, devait attendre.

Dans le couloir, à cette minute précise, madame Lebleu ouvrait à Philomène, venue en voisine, décoiffée, et tenant deux œufs. Elles restèrent, il fallut bien que Roubaud rentrât chez lui, sous leurs yeux braqués. Il avait sa clef, il se hâta. Tout de même, dans le va-et-vient rapide de la porte, elles aperçurent Séverine, assise sur une chaise de la salle à manger, les mains oisives, le profil pâle, immobile. Et, attirant Philomène, s'enfermant à son tour, madame Lebleu raconta qu'elle l'avait déjà vue de la sorte, le matin : sans doute l'histoire du sous-préfet qui tournait mal. Mais non, Philomène expliqua qu'elle accourait, parce qu'elle avait des nouvelles ; et elle répéta ce qu'elle venait d'entendre dire au sous-chef lui-même. Alors, les deux femmes se perdirent en conjectures. C'étaient ainsi, à chacune de leurs rencontres, des commérages sans fin.

« On leur a lavé la tête, ma petite, j'en mettrais ma main au feu... Pour sûr, ils branlent dans le manche.

— Ah ! ma bonne dame, si l'on pouvait donc nous en débarrasser ! »

La rivalité, de plus en plus envenimée entre les Lebleu et les Roubaud, était simplement née d'une question de logement. Tout le premier étage, au-dessus des salles d'attente, servait à loger les employés ; et le couloir central, un vrai couloir d'hôtel, peint en jaune, éclairé par le haut, séparait l'étage en deux, alignant les portes brunes à droite et à gauche. Seulement, les logements de droite avaient des fenêtres qui donnaient sur la cour du départ, plantée de vieux ormes, par-dessus lesquels se déroulait l'admirable vue de la côte d'Ingouville ; tandis que les logements de gauche, aux fenêtres cintrées, écrasées, s'ouvraient directement sur la marquise de la gare, dont la pente haute, le faîtage de zinc et de vitres sales barraient l'horizon. Rien n'était plus gai que les uns, avec la continuelle animation de la cour, la verdure des arbres, la vaste campagne ; et il y avait de quoi mourir d'ennui dans les autres, où l'on voyait à peine clair, le ciel muré comme en prison. Sur le devant, habitaient le chef de gare, le sous-chef Moulin et les Lebleu ; sur le derrière, les Roubaud, ainsi que la buraliste, mademoiselle Guichon, sans compter trois pièces, qui étaient réservées aux inspecteurs de passage. Or, il était notoire que les deux sous-chefs avaient toujours logé côte à côte. Si les Lebleu étaient là, cela venait d'une complaisance de l'ancien sous-chef, remplacé par Roubaud, qui, veuf, sans enfants, avait voulu être agréable à madame Lebleu, en lui cédant son logement. Mais est-ce que ce logement n'aurait pas dû faire retour aux Roubaud? Est-ce que cela était juste, de les reléguer sur le derrière, quand ils avaient le droit d'être sur le devant? Tant que les deux ménages avaient vécu en bon accord, Séverine s'était effacée devant sa voisine, plus âgée qu'elle de vingt ans, mal portante avec ça, si énorme qu'elle étouffait sans cesse. Et la guerre n'était vraiment déclarée que depuis le jour où Philomène avait fâché les deux femmes, par d'abominables bavardages.

« Vous savez, reprit celle-ci, qu'ils sont bien capables d'avoir profité de leur voyage à Paris, pour demander votre expulsion... On m'a affirmé qu'ils ont écrit au directeur une longue lettre où ils font valoir leur droit. »

Madame Lebleu suffoquait.

« Les misérables!... Et je suis bien sûre qu'ils travaillent pour mettre la buraliste avec eux; car voici quinze jours qu'elle me salue à peine, celle-là... Encore quelque chose de propre! Aussi, je la guette... »

Elle baissa la voix pour affirmer que mademoiselle Guichon, chaque nuit, devait aller retrouver le chef de gare. Leurs deux portes se faisaient face. C'était M. Dabadie, veuf, père d'une grande fille toujours en pension, qui avait amené là cette blonde de trente ans, déjà fanée, silencieuse et mince, d'une souplesse de couleuvre. Elle avait dû être vaguement institutrice. Et impossible de la surprendre, tellement elle se glissait sans bruit, à travers les fentes les plus étroites. Par elle-même, elle ne comptait guère. Mais, si elle couchait avec le chef de gare, elle prenait une importance décisive, et le triomphe était de la tenir, en possédant son secret.

« Oh! je finirai par savoir, continua madame Lebleu. Je ne veux pas me laisser manger... Nous
sommes ici, nous y resterons. Les braves gens sont
pour nous, n'est-ce pas? ma petite. »

Toute la gare, en effet, se passionnait, dans cette
guerre des deux logements. Le couloir surtout en
était ravagé. Il n'y avait guère que l'autre sous-chef,
Moulin, qui se désintéressât, satisfait d'être sur le
devant, marié à une petite femme timide et frêle,
qu'on ne voyait jamais et qui lui donnait un enfant
tous les vingt mois.

« Enfin, conclut Philomène, s'ils branlent dans le
manche, ce n'est pas encore de ce coup qu'ils
resteront sur le carreau... Méfiez-vous, car ils
connaissent du monde qui a le bras long. »

Elle tenait toujours ses deux œufs, elle les offrit :
des œufs du matin, qu'elle venait de ramasser sous
ses poules. Et la vieille dame se confondait en
remerciements.

« Que vous êtes gentille! Vous me gâtez... Venez
donc causer plus souvent. Vous savez que mon mari
est toujours à sa caisse; et moi je m'ennuie tant,
clouée ici, à cause de mes jambes! Qu'est-ce que je
deviendrais, si ces misérables me prenaient ma vue? »

Puis, comme elle l'accompagnait et qu'elle rouvrait
la porte, elle posa un doigt sur ses lèvres.

« Chut! écoutons. »

Toutes deux, debout dans le couloir, restèrent cinq
grandes minutes debout, sans un geste, en retenant
leur souffle. Elles penchaient la tête, tendaient
l'oreille vers la salle à manger des Roubaud. Mais
pas un bruit n'en sortait, il régnait là un silence de
mort. Et, de peur d'être surprises, elles se séparèrent
enfin, en se saluant une dernière fois de la tête, sans
une parole. L'une s'en alla sur la pointe des pieds,
l'autre referma sa porte si doucement, qu'on n'entendit pas le pêne glisser dans la gâche.

A neuf heures vingt, Roubaud était de nouveau en bas, sous la marquise. Il surveillait la formation de l'omnibus de neuf heures cinquante ; et, malgré l'effort de sa volonté, il gesticulait davantage, il piétinait, tournait sans cesse la tête pour inspecter le quai du regard, d'un bout à l'autre. Rien n'arrivait, ses mains en tremblaient.

Puis, brusquement, comme il fouillait encore la gare, d'un coup d'œil en arrière, il entendit près de lui la voix d'un employé du télégraphe, disant, essoufflée :

« Monsieur Roubaud, vous ne savez pas où sont monsieur le chef de gare et monsieur le commissaire de surveillance... J'ai là des dépêches pour eux, et voici dix minutes que je cours... »

Il s'était retourné, dans un tel raidissement de tout son être, que pas un muscle de son visage ne bougea. Ses yeux se fixèrent sur les deux dépêches que tenait l'employé. Cette fois, à l'émotion de celui-ci, il en avait la certitude, c'était enfin la catastrophe.

« Monsieur Dabadie a passé là tout à l'heure », dit-il tranquillement.

Et jamais il ne s'était senti si froid, d'intelligence si nette, tout entier bandé à la défense. Maintenant, il était sûr de lui.

« Tenez ! reprit-il, le voici qui arrive, monsieur Dabadie. »

En effet, le chef de gare revenait de la petite vitesse. Dès qu'il eut parcouru la dépêche, il s'exclama.

« Il y a eu un assassinat sur la ligne... C'est l'inspecteur de Rouen qui me télégraphie.

— Comment ? demanda Roubaud, un assassinat parmi notre personnel ?

- Non, non, sur un voyageur, dans un coupé... Le corps a été jeté, presque au sortir du tunnel de

Malaunay, au poteau 153... Et la victime est un de nos administrateurs, le président Grandmorin. »

A son tour, le sous-chef s'exclamait.

« Le président ! ah ! ma pauvre femme va-t-elle être chagrine ! »

Le cri était si juste, si apitoyé, que M. Dabadie s'y arrêta un instant.

« C'est vrai, vous le connaissiez, un si brave homme, n'est-ce pas ? »

Puis, revenant à l'autre télégramme, adressé au commissaire de surveillance :

« Ça doit être du juge d'instruction, sans doute pour quelque formalité... Et il n'est que neuf heures vingt-cinq, monsieur Cauche n'est pas encore là, naturellement... Qu'on aille vite au café du Commerce, sur le cours Napoléon. On l'y trouvera à coup sûr. »

Cinq minutes plus tard, M. Cauche arrivait, ramené par un homme d'équipe. Ancien officier, considérant son emploi comme une retraite, il ne paraissait jamais à la gare avant dix heures, y flânait un moment, et retournait au café. Ce drame, tombé entre deux parties de piquet, l'avait d'abord étonné, car les affaires qui passaient par ses mains étaient d'ordinaire peu graves. Mais la dépêche venait bien du juge d'instruction de Rouen ; et, si elle arrivait douze heures après la découverte du cadavre, c'était que ce juge avait d'abord télégraphié à Paris, au chef de gare, pour savoir dans quelles conditions la victime était partie ; puis, renseigné sur le numéro du train et sur celui de la voiture, il avait alors seulement envoyé, au commissaire de surveillance, l'ordre de visiter le coupé qui se trouvait dans la voiture 293, si cette voiture était encore au Havre. Tout de suite, la mauvaise humeur que M. Cauche montrait, d'avoir été dérangé inutilement sans doute, disparut et fit place à une attitude d'extrême importance, proportionnée à la gravité exceptionnelle que prenait l'affaire [19].

« Mais, s'écria-t-il, subitement inquiet, avec la peur de voir l'enquête lui échapper, la voiture ne doit plus être ici, elle a dû repartir ce matin. »

Ce fut Roubaud qui le rassura, de son air calme.

« Non, non, faites excuse... Il y avait un coupé retenu pour ce soir, la voiture est là, sous la remise. »

Et il marcha le premier, le commissaire et le chef de gare le suivirent. Cependant, la nouvelle devait se répandre, car les hommes d'équipe, sournoisement, quittaient la besogne, suivaient eux aussi ; tandis que, sur les portes des divers services, des employés se montraient, finissaient par s'approcher, un à un. Bientôt, il y eut là un rassemblement.

Comme on arrivait devant la voiture, M. Dabadie fit tout haut une réflexion :

« Pourtant, hier soir, la visite a eu lieu. S'il était resté des traces, on les aurait signalées au rapport.

— Nous allons bien voir », dit M. Cauche.

Il ouvrit la portière, il monta dans le coupé. Et, à l'instant même, il se récria, s'oubliant, jurant.

« Ah ! nom de Dieu ! on dirait qu'on a saigné un cochon ! »

Un petit souffle d'épouvante courut parmi les assistants, des têtes s'allongèrent ; et M. Dabadie, un des premiers, voulut voir, se haussa sur le marche-pied ; pendant que, derrière lui, Roubaud, pour faire comme les autres, tendait aussi le cou.

A l'intérieur, le coupé ne montrait aucun désordre. Les glaces étaient restées fermées, tout semblait en place. Seulement, une odeur affreuse s'échappait de la portière ouverte ; et là, au milieu d'un des coussins, une mare de sang noir s'était coagulée, une mare si profonde, si large, qu'un ruisseau en avait jailli comme d'une source, s'épanchant sur le tapis. Des caillots demeuraient accrochés au drap. Et rien autre, rien que ce sang nauséabond.

M. Dabadie s'emporta.

« Où sont les hommes qui ont fait la visite, hier soir? Qu'on me les amène! »

Ils étaient justement là, ils s'avancèrent, balbutièrent des excuses : la nuit, est-ce qu'on pouvait se rendre compte? et, cependant, ils passaient bien leurs mains partout. La veille, ils juraient n'avoir rien senti.

Cependant, M. Cauche, resté debout dans le wagon, prenait des notes au crayon, pour son rapport. Il appela Roubaud, qu'il fréquentait volontiers, tous deux fumant des cigarettes, le long du quai, aux heures de flâne.

« Monsieur Roubaud, montez donc, vous m'aiderez. »

Et, quand le sous-chef eut enjambé le sang du tapis, pour ne pas marcher dedans :

« Regardez sous l'autre coussin, voir si rien n'y a glissé. »

Il souleva le coussin, il chercha, les mains prudentes, les regards simplement curieux.

« Il n'y a rien. »

Mais une tache, sur le drap capitonné du dossier, attira son attention; et il la signala au commissaire. N'était-ce pas l'empreinte sanglante d'un doigt? Non, on finit par tomber d'accord que c'était une éclaboussure. Le flot de monde s'était rapproché, pour suivre cet examen, flairant le crime, se pressant derrière le chef de gare, qu'une répugnance d'homme délicat avait retenu sur le marchepied.

Soudain, celui-ci fit une réflexion.

« Dites donc, monsieur Roubaud, vous étiez dans le train... N'est-ce pas? vous êtes bien rentré par l'express, hier soir... Vous pourriez peut-être nous donner des renseignements, vous! »

— Tiens! c'est vrai, s'écria le commissaire. Est-ce que vous avez remarqué quelque chose? »

Pendant trois ou quatre secondes, Roubaud demeura muet. Il était baissé à ce moment, examinant le tapis. Mais il se releva presque tout de suite, en répondant de sa voix naturelle, un peu grosse.

« Certainement, certainement, je vais vous dire... Ma femme était avec moi. Si ce que je sais doit figurer au rapport, j'aimerais bien qu'elle descendît, pour contrôler mes souvenirs par les siens. »

Cela parut très raisonnable à M. Cauche, et Pecqueux, qui venait d'arriver, offrit d'aller chercher madame Roubaud. Il partit à grandes enjambées, il y eut un moment d'attente. Philomène, accourue avec le chauffeur, l'avait suivi des yeux, irritée de ce qu'il se chargeait de cette commission. Mais, ayant aperçu madame Lebleu, qui se hâtait, de toute la vitesse de ses pauvres jambes enflées, elle se précipita, l'aida; et les deux femmes levèrent les mains au ciel, poussèrent des exclamations, passionnées par la découverte d'un si abominable crime. Bien qu'on ne sût encore absolument rien, déjà des versions circulaient, autour d'elles, dans l'effarement des gestes et des visages. Dominant le bourdonnement des voix, Philomène elle-même, qui ne tenait le fait de personne, affirmait sur sa parole d'honneur que madame Roubaud avait vu l'assassin. Et le silence se fit, lorsque Pecqueux reparut, accompagné de cette dernière.

« Voyez-la donc! murmura madame Lebleu. Si l'on dirait la femme d'un sous-chef, avec son air de princesse! Ce matin, avant le jour, elle était déjà ainsi, peignée et corsetée comme si elle allait en visite. »

Ce fut à petits pas réguliers que Séverine s'avança. Il y avait tout un long bout du quai à suivre, sous les yeux qui la regardaient venir; et elle ne faiblissait

pas, elle appuyait simplement son mouchoir sur ses
paupières, dans la grosse douleur qu'elle venait
d'éprouver, en apprenant le nom de la victime. Vêtue
d'une robe de laine noire, très élégante, elle semblait
porter le deuil de son protecteur. Ses lourds cheveux
sombres luisaient au soleil, car elle n'avait pas même
pris le temps de se couvrir la tête, malgré le froid. Ses
yeux bleus si doux, pleins d'angoisse et noyés de
larmes, la rendaient très touchante.

« Bien sûr qu'elle a raison de pleurer, dit à demi-
voix Philomène. Les voilà fichus, maintenant qu'on a
tué leur bon Dieu. »

Lorsque Séverine fut là, au milieu de tout ce
monde, devant la portière ouverte du coupé,
M. Cauche et Roubaud en descendirent; et, tout de
suite, ce dernier commença à dire ce qu'il savait.

« N'est-ce pas? ma chère, hier matin, dès notre
arrivée à Paris, nous sommes allés voir monsieur Grandmorin... Il pouvait être onze heures un
quart, n'est-ce pas? »

Il la regardait fixement, elle répéta d'une voix
docile :

« Oui, onze heures un quart. »

Mais ses yeux s'étaient arrêtés sur le coussin noir
de sang, elle eut un spasme, des sanglots profonds
jaillirent de sa gorge. Et le chef de gare, ému,
empressé, intervint :

« Madame, si vous ne pouviez supporter ce
spectacle... Nous comprenons très bien votre douleur...

— Oh! simplement deux mots, interrompit le
commissaire. Nous ferons ensuite reconduire
madame chez elle. »

Roubaud se hâta de continuer :

« C'est alors, après avoir causé de différentes
choses, que monsieur Grandmorin nous annonça
qu'il devait partir le lendemain, pour aller à Doin-

ville, chez sa sœur... Je le vois encore assis à son bureau. Moi, j'étais ici ; ma femme était là... N'est-ce pas, ma chère, il nous a dit qu'il partirait le lendemain ?

— Oui, le lendemain. »

M. Cauche, qui continuait à prendre au crayon des notes rapides, leva la tête.

« Comment, le lendemain ? mais puisqu'il est parti le soir !

— Attendez donc ! répliqua le sous-chef. Même, quand il sut que nous repartions le soir, il eut un instant l'idée de prendre l'express avec nous, si ma femme voulait bien le suivre jusqu'à Doinville, où elle passerait quelques jours chez sa sœur, comme cela était arrivé déjà. Mais ma femme, qui avait beaucoup à faire ici, a refusé... N'est-ce pas, tu as refusé ?

— J'ai refusé. oui.

— Et voilà, il a été très gentil... Il s'était occupé de moi, il nous a accompagnés jusqu'à la porte de son cabinet... N'est-ce pas, ma chère ?

— Oui, jusqu'à la porte.

— Le soir, nous sommes partis... Avant de nous installer dans notre compartiment, j'ai causé avec monsieur Vandorpe, le chef de gare. Et je n'ai rien vu du tout. J'étais très ennuyé, parce que je nous croyais seuls, et qu'il y avait, dans un coin, une dame que je n'avais pas remarquée ; d'autant plus que deux autres personnes, un ménage, sont encore montées au dernier moment... Jusqu'à Rouen non plus, rien de particulier, je n'ai rien vu... Aussi, à Rouen, comme nous étions descendus pour nous dégourdir les jambes, quelle n'a pas été notre surprise, d'apercevoir, à trois ou quatre voitures de la nôtre, M. Grandmorin, debout à la portière d'un coupé ! " Comment, monsieur le Président, vous êtes parti ? Ah bien ! nous ne nous doutions guère de voyager

avec vous! '' Et il nous a expliqué qu'il avait reçu
une dépêche... On a sifflé, nous sommes remontés
vite dans notre compartiment, où, par parenthèse,
nous n'avons retrouvé personne, tous nos compa-
gnons de route s'étant arrêtés à Rouen, ce qui ne
nous a pas fait de peine... Et voilà! c'est bien tout,
ma chère, n'est-ce pas?

— Oui, c'est bien tout. »

Ce récit, si simple qu'il fût, avait fortement
impressionné l'auditoire. Tous attendaient de comprendre, la face béante. Le commissaire, cessant
d'écrire, exprima la surprise générale, en demandant :

« Et vous êtes sûr qu'il n'y avait personne dans le
coupé, avec monsieur Grandmorin?

— Oh! ça, absolument sûr. »

Un frémissement courut. Ce mystère qui se posait,
soufflait de la peur, un petit froid que chacun sentit
passer sur sa nuque. Si le voyageur était seul, par qui
avait-il pu être assassiné et jeté du coupé, à trois
lieues de là, avant un nouvel arrêt du train?

Dans le silence, on entendit la voix mauvaise de
Philomène :

« C'est drôle tout de même. »

En se sentant dévisagé, Roubaud la regarda, avec
un hochement du menton, comme pour dire qu'il
trouvait ça drôle, lui aussi. Près d'elle, il aperçut
Pecqueux et madame Lebleu, qui hochaient également la tête, Les yeux de tous s'étaient tournés de
son côté, on attendait autre chose, on cherchait sur
sa personne un détail oublié, qui éclaircirait l'affaire.
Il n'y avait aucune accusation, dans ces regards
ardemment curieux; et il croyait pourtant voir
poindre le soupçon vague, ce doute que le plus petit
fait parfois change en certitude.

« Extraordinaire, murmura M. Cauche.

— Tout à fait extraordinaire », répéta M. Dabadie.

Alors, Roubaud se décida :

« Ce dont je suis encore bien sûr, c'est que l'express qui va, d'un trait, de Rouen à Barentin, a marché à sa vitesse réglementaire, sans que j'aie remarqué rien d'anormal... Je le dis, parce que, justement, nous trouvant seuls, j'avais baissé la glace, pour fumer une cigarette ; et je jetais des coups d'œil au-dehors, je me rendais parfaitement compte de tous les bruits du train... Même, à Barentin, ayant reconnu sur le quai monsieur Bessière, le chef de gare, mon successeur, je l'ai appelé, et nous avons échangé trois paroles, tandis que, monté sur le marchepied, il me serrait la main... N'est-ce pas ? ma chère, on peut l'interroger, monsieur Bessière le dira. »

Séverine, toujours immobile et pâle, son fin visage noyé de chagrin, confirma une fois de plus la déclaration de son mari.

« Il le dira, oui. »

Dès ce moment, toute accusation devenait impossible, si les Roubaud, remontés à Rouen, dans leur compartiment, y avaient été salués, à Barentin, par un ami. L'ombre de soupçon que le sous-chef croyait avoir vue passer dans les yeux, s'en était allée ; et l'étonnement de chacun grandissait. L'affaire prenait une tournure de plus en plus mystérieuse.

« Voyons, dit le commissaire, êtes-vous bien certain que personne, à Rouen, n'a pu monter dans le coupé, après que vous avez eu quitté monsieur Grandmorin ? »

Évidemment, Roubaud n'avait pas prévu cette question car, pour la première fois, il se troubla, n'ayant sans doute plus la réponse préparée d'avance. Il regarda sa femme, hésitant.

« Oh ! non, je ne crois pas... On fermait les portières, on sifflait, nous avons eu bien juste le temps de regagner notre voiture... Et puis, le coupé était réservé, personne ne pouvait monter, il me semble... »

Mais les yeux bleus de sa femme s'élargissaient, devenaient si grands, qu'il s'effraya d'être affirmatif.

« Après tout, je ne sais pas... Oui, peut-être quelqu'un a pu monter... Il y avait une vraie bousculade... »

Et, à mesure qu'il parlait, sa voix se refaisait nette, toute cette histoire nouvelle naissait, s'affirmait.

« Vous savez, à cause des fêtes du Havre, la foule était énorme... Nous avons été obligés de défendre notre compartiment contre des voyageurs de deuxième et même de troisième classe... Avec ça, la gare est très mal éclairée, on ne voyait rien, on se poussait, on criait, dans la cohue du départ... Ma foi! oui, il est très possible que, ne sachant comment se caser, ou même profitant de l'encombrement, quelqu'un se soit introduit de force dans le coupé, à la dernière seconde. »

Et, s'interrompant :

« Hein? ma chère, c'est ce qui a dû arriver. »

Séverine, l'air brisé, son mouchoir sur ses yeux meurtris, répéta :

« C'est ce qui est arrivé, certainement. »

Dès lors, la piste était donnée ; et, sans se prononcer, le commissaire de surveillance et le chef de gare échangèrent un regard, d'un air entendu. Un long mouvement avait agité la foule, qui sentait que l'enquête était finie, et qu'un besoin de commentaires tourmentait : tout de suite des suppositions circulèrent, chacun avait une histoire. Depuis un instant, le service de la gare se trouvait comme suspendu, le personnel entier était là, obsédé par ce drame; et ce fut une surprise que de voir entrer sous la marquise le train de neuf heures trente-huit. On courut, les portières s'ouvrirent, le flot des voyageurs s'écoula. Presque tous les curieux, d'ailleurs, étaient restés autour du commissaire, qui, par un scrupule d'homme méthodique, visitait une dernière fois le coupé ensanglanté.

Pecqueux, gesticulant entre madame Lebleu et Philomène, aperçut à ce moment son mécanicien, Jacques Lantier, qui venait de descendre du train et qui, immobile, regardait de loin le rassemblement. Il l'appela violemment de la main. Jacques ne bougeait pas. Enfin, il se décida, d'une marche lente.

« Quoi donc? » demanda-t-il à son chauffeur.

Il savait bien, il n'écouta que d'une oreille distraite la nouvelle de l'assassinat et les suppositions que l'on faisait. Ce qui le surprenait, le remuait étrangement, c'était de tomber au milieu de cette enquête, de retrouver ce coupé, entrevu dans les ténèbres, lancé à toute vitesse. Il allongea le cou, regarda la mare de sang caillé sur le coussin; et il revoyait la scène du meurtre, il revoyait surtout le cadavre, étendu en travers de la voie, là-bas, avec sa gorge ouverte. Puis, comme il détournait les yeux, il remarqua les Roubaud, pendant que Pecqueux continuait à lui raconter l'histoire, de quelle façon ces derniers étaient mêlés à l'affaire, leur départ de Paris dans le même train que la victime, les dernières paroles qu'ils avaient échangées ensemble, à Rouen. L'homme, il le connaissait, pour lui serrer la main, parfois, depuis qu'il faisait le service de l'express; la femme, il l'avait entrevue de loin en loin, il s'était écarté d'elle comme des autres, dans sa peur maladive. Mais, à cette minute, ainsi pleurante et pâle, avec la douceur effarée de ses yeux bleus sous l'écrasement noir de sa chevelure, elle le frappa. Il ne la quittait plus du regard, et il eut une absence, il se demanda, étourdi, pourquoi les Roubaud et lui étaient là, comment les faits avaient pu les réunir devant cette voiture du crime, eux de retour de Paris la veille, lui revenu de Barentin à l'instant même.

« Oh! je sais, je sais, dit-il tout haut, interrompant le chauffeur. J'étais justement là-bas, à la sortie du tunnel, cette nuit, et j'ai bien cru voir quelque chose, au moment où le train a passé. »

Ce fut une grosse émotion, tous l'entourèrent. Et lui, le premier, avait frémi, étonné, bouleversé de ce qu'il venait de dire. Pourquoi avait-il parlé, après s'être promis si formellement de se taire? Tant de bonnes raisons lui conseillaient le silence! Et les mots étaient inconsciemment sortis de ses lèvres, tandis qu'il regardait cette femme. Elle avait brusquement écarté son mouchoir, pour fixer sur lui ses yeux en larmes, qui s'agrandissaient encore.

Mais le commissaire s'était vivement approché.

« Quoi? qu'avez-vous vu? »

Et Jacques, sous le regard immobile de Séverine, dit ce qu'il avait vu : le coupé éclairé, passant dans la nuit, à toute vapeur, et les profils fuyants des deux hommes, l'un renversé, l'autre le couteau au poing. Près de sa femme, Roubaud écoutait, en fixant sur lui ses gros yeux vifs.

« Alors, demanda le commissaire, vous reconnaî-triez l'assassin?

— Oh! ça, non, je ne crois pas.

— Portait-il un paletot ou une blouse?

— Je ne pourrais rien affirmer. Songez donc, un train qui devait marcher à une vitesse de quatre-vingts kilomètres! »

Séverine, en dehors de sa volonté, échangea un coup d'œil avec Roubaud, qui eut la force de dire :

« En effet, il faudrait avoir de bons yeux.

— N'importe, conclut M. Cauche, voilà une dépo-sition importante. Le juge d'instruction vous aidera à voir clair dans tout ça... Monsieur Lantier et mon-sieur Roubaud, donnez-moi vos noms bien exacts, pour les citations. »

C'était fini, le groupe des curieux se dissipa peu à

peu, le service de la gare reprit son activité. Roubaud surtout dut courir s'occuper de l'omnibus de neuf heures cinquante, dans lequel des voyageurs montaient déjà. Il avait donné à Jacques une poignée de main, plus vigoureuse que de coutume ; et celui-ci, resté seul avec Séverine, derrière madame Lebleu, Pecqueux et Philomène, qui s'en allaient en chuchotant, s'était cru forcé d'accompagner la jeune femme sous la marquise, jusqu'à l'escalier des employés, ne trouvant rien à lui dire, retenu pourtant près d'elle, comme si un lien venait de se nouer entre eux. Maintenant, la gaieté du jour avait grandi, le soleil clair montait vainqueur des brumes matinales, dans la grande limpidité bleue du ciel ; pendant que le vent de mer, prenant de la force avec la marée montante, apportait sa fraîcheur salée. Et, comme il la quittait enfin, il rencontra de nouveau ses larges yeux, dont la douceur terrifiée et suppliante l'avait si profondément remué.

Mais il y eut un léger coup de sifflet. C'était Roubaud qui donnait le signal du départ. La machine répondit par un sifflement prolongé, et le train de neuf heures cinquante s'ébranla, roula plus vite, disparut au loin, dans la poussière d'or du soleil.

IV

Ce jour-là, dans la seconde semaine de mars, M. Denizet, le juge d'instruction, avait mandé de nouveau à son cabinet, au Palais de Justice de Rouen, certains témoins importants de l'affaire Grandmorin.

Depuis trois semaines, cette affaire faisait un bruit énorme. Elle avait bouleversé Rouen, elle passionnait Paris, et les journaux de l'opposition, dans la violente campagne qu'ils menaient contre l'Empire, venaient de la prendre comme machine de guerre. L'approche des élections générales, dont la préoccupation dominait toute la politique, enfiévrait la lutte. Il y avait eu, à la Chambre, des séances très orageuses : celle où l'on avait disputé âprement la validation des pouvoirs de deux députés attachés à la personne de l'Empereur ; celle encore où l'on s'était acharné contre la gestion financière du préfet de la Seine, en réclamant l'élection d'un conseil municipal[20]. Et l'affaire Grandmorin arrivait à point pour continuer l'agitation, les histoires les plus extraordinaires circulaient, les journaux s'emplissaient chaque matin de nouvelles hypothèses, injurieuses pour le gouvernement. D'une part, on laissait entendre que la victime, un familier des Tuileries, ancien magistrat, commandeur de la Légion d'honneur, riche à millions, était adonné aux pires débauches ; de l'autre, l'instruction n'ayant pas abouti jusque-là, on commençait à accuser la police et la magistrature de complaisance, on plaisantait sur cet assassin légendaire, resté introuvable. S'il y avait beaucoup de vérité dans ces attaques, elles n'en étaient que plus dures à supporter.

Aussi, M. Denizet sentait-il bien toute la lourde responsabilité qui pesait sur lui. Il se passionnait, lui aussi, d'autant plus qu'il avait de l'ambition et qu'il attendait ardemment une affaire de cette importance, pour mettre en lumière les hautes qualités de perspicacité et d'énergie qu'il s'accordait. Fils d'un gros éleveur normand, il avait fait son droit à Caen et n'était entré qu'assez tard dans la magistrature, où son origine paysanne, aggravée par une faillite de son père, avait rendu son avancement difficile. Substitut à Bernay, à Dieppe, au Havre, il avait mis dix ans pour devenir procureur impérial à Pont-Audemer. Puis, envoyé à Rouen comme substitut, il y était juge d'instruction depuis dix-huit mois, à cinquante ans passés [21]. Sans fortune, ravagé de besoins que ne pouvaient contenter ses maigres appointements, il vivait dans cette dépendance de la magistrature mal payée, acceptée seulement des médiocres, et où les intelligents se dévorent, en attendant de se vendre. Lui, était d'une intelligence très vive, très déliée, honnête même, ayant l'amour de son métier, grisé de sa toute-puissance, qui le faisait, dans son cabinet de juge, maître absolu de la liberté des autres. Son intérêt seul corrigeait sa passion, il avait un si cuisant désir d'être décoré et de passer à Paris, qu'après s'être laissé emporter, au premier jour de l'instruction, par son amour de la vérité, il avançait maintenant avec une extrême prudence, en devinant de toutes parts des fondrières, dans lesquelles son avenir pouvait sombrer.

Il faut dire que M. Denizet était prévenu, car, dès

le commencement de son enquête, un ami lui avait conseillé de se rendre à Paris, au ministère de la Justice. Là, il avait longuement causé avec le secrétaire général, M. Camy-Lamotte, personnage considérable, ayant la haute main sur le personnel, chargé des nominations, en continuel rapport avec les Tuileries. C'était un bel homme, parti comme lui substitut, mais que ses relations et sa femme avaient fait nommer député et grand officier de la Légion d'honneur. L'affaire lui était arrivée naturellement entre les mains, le procureur impérial de Rouen, inquiet de ce drame louche où un ancien magistrat se trouvait être la victime, ayant pris la précaution d'en référer au ministre, qui s'était déchargé à son tour sur son secrétaire général. Et, ici, il y avait eu une rencontre : M. Camy-Lamotte était justement un ancien condisciple du président Grandmorin, plus jeune de quelques années, resté avec lui sur un pied d'amitié si étroite, qu'il le connaissait à fond, jusque dans ses vices. Aussi parlait-il de la mort tragique de son ami avec une affliction profonde, et il n'avait entretenu M. Denizet que de son désir ardent d'atteindre le coupable. Mais il ne cachait pas que les Tuileries se désolaient de tout ce bruit disproportionné, il s'était permis de lui recommander beaucoup de tact. En somme, le juge avait compris qu'il ferait bien de ne pas se hâter, de ne rien risquer sans approbation préalable. Même il était revenu à Rouen avec la certitude que, de son côté, le secrétaire général avait lancé des agents, désireux d'instruire l'affaire, lui aussi. On voulait connaître la vérité, pour la cacher mieux, s'il était nécessaire.

Cependant, des jours se passèrent, et M. Denizet, malgré son effort de patience, s'irritait des plaisanteries de la presse. Puis, le policier reparaissait, le nez au vent, comme un bon chien. Il était emporté par le besoin de trouver la vraie piste, par la gloire d'être le

premier à l'avoir flairée, quitte à l'abandonner, si on
lui en donnait l'ordre. Et, tout en attendant du
ministère une lettre, un conseil, un simple signe, qui
tardait à venir, il s'était remis activement à son
instruction. Sur deux ou trois arrestations déjà faites,
aucune n'avait pu être maintenue. Mais, brusquement, l'ouverture du testament du président Grandmorin réveilla en lui un soupçon, dont il s'était senti
effleuré dès les premières heures : la culpabilité
possible des Roubaud. Ce testament, encombré de
legs étranges, en contenait un par lequel Séverine
était instituée légataire de la maison située au lieu-dit
la Croix-de-Maufras. Dès lors, le mobile du meurtre,
vainement cherché jusque-là, était trouvé : les Roubaud, connaissant le legs, avaient pu assassiner leur
bienfaiteur pour entrer en jouissance immédiate. Cela
le hantait d'autant plus, que M. Camy-Lamotte avait
parlé singulièrement de madame Roubaud, comme
l'ayant connue autrefois chez le président, lorsqu'elle
était jeune fille. Seulement, que d'invraisemblances,
que d'impossibilités matérielles et morales! Depuis
qu'il dirigeait ses recherches dans ce sens, il butait à
chaque pas contre des faits qui déroutaient sa
conception d'une enquête judiciaire classiquement
menée. Rien ne s'éclairait, la grande clarté centrale,
la cause première, illuminant tout, manquait.

Une autre piste existait bien, que M. Denizet
n'avait pas perdue de vue, la piste fournie par
Roubaud lui-même, celle de l'homme qui, grâce à la
bousculade du départ, pouvait être monté dans le
coupé. C'était le fameux assassin introuvable, légendaire, dont tous les journaux de l'opposition rica-
naient. L'effort de l'instruction avait d'abord porté sur
le signalement de cet homme, à Rouen d'où il était
parti, à Barentin où il devait être descendu; mais il
n'en était rien résulté de précis, certains témoins
niaient même la possibilité du coupé réservé pris

d'assaut, d'autres donnaient les renseignements les plus contradictoires. Et la piste ne semblait devoir mener à rien de bon, lorsque le juge, en interrogeant le garde-barrière Misard, tomba sans le vouloir sur la dramatique aventure de Cabuche et de Louisette, cette enfant qui, violentée par le président, serait allée mourir chez son bon ami. Ce fut pour lui le coup de foudre, d'un bloc l'acte d'accusation classique se formula dans sa tête. Tout s'y trouvait, des menaces de mort proférées par le carrier contre la victime, des antécédents déplorables, un alibi invoqué maladroitement, impossible à prouver. En secret, dans une minute d'inspiration énergique, il avait fait, la veille, enlever Cabuche de la petite maison qu'il occupait au fond des bois, sorte de tanière perdue, où l'on avait trouvé un pantalon taché de sang. Et, tout en se défendant encore contre la conviction qui l'envahissait, tout en se promettant de ne pas lâcher l'hypothèse des Roubaud, il exultait, à l'idée que lui seul avait eu le nez assez fin pour découvrir l'assassin véritable. C'était dans le but de se faire une certitude qu'il avait mandé, ce jour-là, à son cabinet, plusieurs des témoins déjà entendus, au lendemain du crime.

Le cabinet du juge d'instruction se trouvait, du côté de la rue Jeanne-d'Arc, dans le vieux bâtiment délabré, collé au flanc de l'ancien palais des ducs de Normandie, transformé aujourd'hui en Palais de Justice, qu'il déshonorait. Cette grande pièce triste, située au rez-de-chaussée, était éclairée d'un jour si blafard, qu'il fallait y allumer une lampe, dès trois heures, en hiver. Tendue d'un ancien papier vert décoloré, elle avait pour tout ameublement deux fauteuils, quatre chaises, le bureau du juge, la petite table du greffier ; et, sur la cheminée froide, deux coupes de bronze flanquaient une pendule de marbre noir. Derrière le bureau, une porte conduisait à une seconde pièce, dans laquelle le juge cachait parfois les personnes qu'il voulait garder à sa disposition ; tandis que la porte d'entrée s'ouvrait directement sur le large couloir, garni de banquettes, où attendaient les témoins.

Dès une heure et demie, bien que la citation ne fût que pour deux heures, les Roubaud étaient là. Ils arrivaient du Havre, ils avaient à peine pris le temps de déjeuner, dans un petit restaurant de la Grande-Rue. Tous les deux vêtus de noir, lui en redingote, elle en robe de soie, comme une dame, gardaient la gravité un peu lasse et chagrine d'un ménage qui a perdu un parent. Elle s'était assise sur une banquette, immobile, sans une parole, pendant que, resté debout, les mains derrière le dos, il se promenait à pas lents devant elle. Mais, à chaque retour, leurs regards se rencontraient, et leur anxiété cachée passait alors, ainsi qu'une ombre, sur leurs faces muettes. Bien qu'il les eût comblés de joie, le legs de la Croix-de-Maufras venait de raviver leurs craintes ; car la famille du président, sa fille surtout, outrée des donations étranges, si nombreuses qu'elles atteignaient la moitié de la fortune totale, parlait d'attaquer le testament ; et madame de Lachesnaye, poussée par son mari, se montrait particulièrement dure contre son ancienne amie Séverine, qu'elle chargeait des soupçons les plus graves. D'autre part, la pensée d'une preuve, à laquelle Roubaud n'avait pas songé d'abord, le hantait maintenant d'une peur continue : la lettre qu'il avait fait écrire à sa femme afin de décider Grandmorin à partir, cette lettre qu'on allait retrouver, si celui-ci ne l'avait pas détruite, et dont on pouvait reconnaître l'écriture. Heureusement, les jours passaient, rien ne s'était encore produit, la lettre devait avoir été déchirée. Chaque citation nouvelle, au cabinet du juge d'instruction, n'en demeurait pas moins, pour le ménage, une cause de

sueurs froides, sous leur correcte attitude d'héritiers
et de témoins.

Deux heures sonnèrent, Jacques parut à son tour.
Lui, arrivait de Paris. Tout de suite, Roubaud
s'avança, la main tendue, très expansif.

« Ah! vous aussi, on vous a dérangé... Hein! est-ce
ennuyeux, cette triste affaire qui n'en finit pas! »

Jacques, en apercevant Séverine, toujours assise,
immobile, venait de s'arrêter net. Depuis trois
semaines, tous les deux jours, à chacun de ses
voyages au Havre, le sous-chef le comblait de
prévenances. Même, une fois, il avait dû accepter à
déjeuner. Et, près de la jeune femme, il s'était senti
frémir de son frisson, dans un trouble croissant.
Allait-il donc la vouloir aussi, celle-là? Son cœur
battait, ses mains brûlaient, à voir seulement la ligne
blanche du cou, autour de l'échancrure du corsage.
Aussi était-il désormais fermement résolu à la fuir.

« Et, reprit Roubaud, que dit-on de l'affaire, à
Paris? Rien de nouveau, n'est-ce pas? Voyez-vous,
on ne sait rien, on ne saura jamais rien... Venez donc
dire bonjour à ma femme. »

Il l'entraîna, il fallut que Jacques s'approchât,
saluât Séverine, gênée, souriante de son air d'enfant
peureux. Il s'efforçait de causer de choses indiffé-
rentes, sous les regards du mari et de la femme qui ne
le quittaient pas, comme s'ils avaient tâché de lire,
au-delà même de sa pensée, dans les songeries vagues
où lui-même hésitait à descendre. Pourquoi était-il si
froid? Pourquoi semblait-il chercher à les éviter? Est-
ce que ses souvenirs se réveillaient, est-ce que c'était
pour les confronter avec lui qu'on les avait rappelés?
Cet unique témoin qu'ils redoutaient, ils auraient
voulu le conquérir, se l'attacher par des liens d'une
fraternité si étroite, qu'il ne trouvât plus le courage
de parler contre eux.

Ce fut le sous-chef, torturé, qui revint à l'affaire.

« Alors, vous ne vous doutez pas pour quelle raison on nous cite? Hein! peut-être y a-t-il du nouveau? »

Jacques eut un geste d'indifférence.

« Un bruit circulait tout à l'heure, à la gare, lorsque je suis arrivé. On parlait d'une arrestation. »

Les Roubaud s'étonnèrent, très agités, très perplexes. Comment, une arrestation? Personne ne leur en avait soufflé mot! Une arrestation faite, ou une arrestation à faire? Ils l'accablaient de questions, mais il n'en savait pas davantage.

A ce moment, dans le couloir, un bruit de pas éveilla l'attention de Séverine.

« Voici Berthe et son mari », murmura-t-elle.

C'étaient, en effet, les Lachesnaye. Ils passèrent très raides devant les Roubaud, la jeune femme n'eut pas même un regard pour son ancienne camarade. Et un huissier les introduisit tout de suite dans le cabinet du juge d'instruction.

« Ah bien! Il faut nous armer de patience, dit Roubaud. Nous sommes là pour deux bonnes heures... Asseyez-vous donc! »

Lui-même venait de se placer à gauche de Séverine, et de la main il invitait Jacques à se mettre de l'autre côté, près d'elle. Celui-ci resta debout un instant encore. Puis, comme elle le regardait de son air doux et craintif, il se laissa aller sur la banquette. Elle était très frêle entre eux, il la sentait d'une tendresse soumise; et la tiédeur légère qui émanait de cette femme, pendant leur longue attente, l'engourdissait lentement, tout entier.

Dans le cabinet de M. Denizet, les interrogatoires allaient commencer. Déjà l'instruction avait fourni la matière d'un dossier énorme, plusieurs liasses de papiers, revêtues de chemises bleues. On s'était efforcé de suivre la victime depuis son départ de Paris. M. Vandorpe, le chef de gare, avait déposé sur

le départ de l'express de six heures trente, la voiture 293 ajoutée au dernier moment, les quelques
paroles échangées avec Roubaud, monté dans son
compartiment un peu avant l'arrivée du président
Grandmorin, enfin l'installation de celui-ci dans son
coupé, où il était certainement seul. Puis, le conducteur du train, Henri Dauvergne, interrogé sur ce qui
s'était passé à Rouen, pendant l'arrêt de dix minutes,
n'avait pu rien affirmer. Il avait vu les Roubaud
causant, devant le coupé, et il croyait bien qu'ils
étaient retournés dans leur compartiment, dont un
surveillant aurait refermé la portière; mais cela
restait vague, au milieu des poussées de la foule et
des demi-ténèbres de la gare. Quant à se prononcer si
un homme, le fameux assassin introuvable, avait pu
se jeter dans le coupé, au moment de la mise en
marche, il croyait l'aventure peu vraisemblable, tout
en en admettant la possibilité; car elle s'était, à sa
connaissance, déjà produite deux fois. D'autres
employés du personnel de Rouen, questionnés aussi
sur les mêmes points, au lieu d'apporter quelque
lumière, n'avaient guère qu'embrouillé les choses, par
leurs réponses contradictoires. Cependant un fait
prouvé, c'était la poignée de main donnée par
Roubaud, de l'intérieur du wagon, au chef de gare de
Barentin, monté sur le marchepied : ce chef de gare,
M. Bessière, l'avait formellement reconnu comme
exact, et il avait ajouté que son collègue était seul
avec sa femme, qui, couchée à demi, paraissait
dormir tranquillement. D'autre part, on était allé
jusqu'à rechercher les voyageurs, partis de Paris dans
le même compartiment que les Roubaud. La grosse
dame et le gros monsieur, arrivés tard, à la dernière
minute, des bourgeois de Petit-Couronne, avaient
déclaré que, s'étant assoupis tout de suite, ils ne
pouvaient rien dire; et quant à la femme noire,
muette en son coin, elle s'était dissipée comme une

ombre, il avait été absolument impossible de la
retrouver. Enfin, c'était d'autres témoins encore, le
fretin, ceux qui avaient servi à établir l'identité des
voyageurs descendus ce soir-là à Barentin, l'homme
devant s'être arrêté là : on avait compté les billets, on
était arrivé à connaître tous les voyageurs, sauf un,
justement un grand gaillard, la tête enveloppée d'un
mouchoir bleu, que les uns disaient vêtu d'un paletot
et les autres d'une blouse. Rien que sur cet homme,
disparu, évanoui ainsi qu'un rêve, il y avait au
dossier trois cents dix pièces, d'une confusion telle,
que chaque témoignage y était démenti par un autre.

Et le dossier se compliquait encore des pièces
judiciaires : le procès-verbal de constat rédigé par le
greffier que le procureur impérial et le juge d'instruction avaient emmené sur le théâtre du crime, toute
une volumineuse description de l'endroit de la voie
ferrée où la victime gisait, de la position du corps, du
costume, des objets trouvés dans les poches, ayant
permis d'établir l'identité ; le procès-verbal du médecin, amené également, une pièce où, en termes
scientifiques, était longuement décrite la plaie de la
gorge, l'unique plaie, une affreuse entaille faite avec
un instrument tranchant, un couteau sans doute ;
d'autres procès-verbaux encore, d'autres documents
sur le transport du cadavre à l'hôpital de Rouen, sur
le temps qu'il y était resté, avant que sa décomposition remarquablement prompte eût forcé l'autorité à
le rendre à la famille. Mais, de ce nouvel amas de
paperasses, demeuraient seulement deux ou trois
points importants. D'abord, dans les poches, on
n'avait retrouvé ni la montre, ni un petit portefeuille,
où devaient être dix billets de mille francs, somme
due par le président Grandmorin à sa sœur,
madame Bonnehon, et que celle-ci attendait. Il aurait
donc semblé que le crime avait eu le vol pour mobile,
si d'autre part une bague, ornée d'un gros brillant,

n'était restée au doigt. De là encore toute une série d'hypothèses. On n'avait malheureusement pas les numéros des billets de banque; mais la montre était connue, une montre très forte, à remontoir, portant sur le boîtier les deux initiales entrelacées du président et dans l'intérieur un chiffre de fabrication, le numéro 2516. Enfin, l'arme, le couteau dont l'assassin s'était servi, avait donné lieu à des recherches considérables, le long de la voie, parmi les broussailles environnantes, partout où il aurait pu être jeté; mais elles étaient demeurées inutiles, l'assassin devait avoir caché le couteau, dans le même trou que les billets et la montre. On avait seulement ramassé, à une centaine de mètres avant la station de Barentin, la couverture de voyage de la victime, abandonnée là, comme un objet compromettant; et elle figurait parmi les pièces à conviction.

Lorsque les Lachesnaye entrèrent, M. Denizet, debout devant son bureau, relisait un des premiers interrogatoires, que son greffier venait de chercher dans le dossier. C'était un homme petit et assez fort, entièrement rasé, grisonnant déjà. Les joues épaisses, le menton carré, le nez large, avaient une immobilité blême, qu'augmentaient encore les paupières lourdes, retombant à demi sur de gros yeux clairs. Mais toute la sagacité, toute l'adresse qu'il croyait avoir, s'était réfugiée dans la bouche, une de ces bouches de comédien jouant leurs sentiments à la ville, d'une mobilité extrême, et qui s'amincissait, dans les minutes où il devenait très fin. La finesse le perdait le plus souvent, il était trop perspicace, il rusait trop avec la vérité simple et bonne, d'après un idéal de métier, s'étant fait de sa fonction un type d'anatomiste moral, doué de seconde vue, extrêmement spirituel. D'ailleurs, il n'était pas non plus un sot.

Tout de suite, il se montra aimable pour madame de Lachesnaye, car il y avait encore en lui un

magistrat mondain, fréquentant la société de Rouen
et des environs.

« Madame, veuillez vous asseoir. »

Et il avança lui-même un siège à la jeune femme,
une blonde chétive, l'air désagréable et laide, dans ses
vêtements de deuil. Mais il fut simplement poli, de
mine un peu rogue même, pour M. de Lachesnaye,
blond lui aussi et malingre; car ce petit homme,
conseiller à la cour dès l'âge de trente-six ans, décoré,
grâce à l'influence de son beau-père et aux services
que son père, également magistrat, avait rendus
autrefois dans les commissions mixtes, représentait à
ses yeux la magistrature de faveur, la magistrature
riche, les médiocres qui s'installaient, certains d'un
chemin rapide par leur parenté et leur fortune, tandis
que lui, pauvre, sans protection, se trouvait réduit à
tendre l'éternelle échine du solliciteur, sous la pierre
sans cesse retombante de l'avancement. Aussi n'était-
il pas fâché de lui faire sentir, dans ce cabinet, sa
toute-puissance, l'absolu pouvoir qu'il avait sur la
liberté de tous, au point de changer d'un mot un
témoin en prévenu, et de procéder à son arrestation
immédiate, si la fantaisie l'en prenait.

« Madame, continua-t-il, vous me pardonnerez
d'avoir encore à vous torturer avec cette douloureuse
histoire. Je sais que vous souhaitez aussi vivement
que nous de voir la clarté se faire et le coupable
expier son crime. »

D'un signe, il prévint le greffier, un grand garçon
jaune, à la figure osseuse, et l'interrogatoire commença.

Mais, dès les premières questions posées à sa
femme, M. de Lachesnaye, qui s'était assis, voyant
qu'on ne l'en priait pas, s'efforça de se substituer à
elle. Il en vint à exhaler toute son amertume contre le
testament de son beau-père. Comprenait-on cela? Des
legs si nombreux, si importants, qu'ils atteignaient

presque la moitié de la fortune, une fortune de trois millions sept cent mille francs! Et à des personnes qu'on ne connaissait pas pour la plupart, à des femmes de toutes les classes! Il y avait jusqu'à une petite marchande de violettes, installée sous une porte de la rue du Rocher. C'était inacceptable, il attendait que l'instruction criminelle fût finie, pour voir s'il n'y aurait pas moyen de faire casser ce testament immoral.

Pendant qu'il se désolait ainsi, les dents serrées, montrant le sot qu'il était, le provincial à passions têtues, enfoncé dans l'avarice, M. Denizet le regardait de ses gros yeux clairs, à demi cachés, et sa bouche fine exprimait un dédain jaloux, pour cet impuissant que deux millions ne satisfaisaient pas, et qu'il verrait sans doute un jour sous la pourpre suprême, grâce à tout cet argent.

« Je crois, Monsieur, que vous auriez tort, dit-il enfin. Le testament ne pourrait être attaqué que si le total des legs dépassait la moitié de la fortune, et ce n'est pas le cas. »

Puis, se tournant vers son greffier :

« Dites donc, Laurent, vous n'écrivez pas tout ceci, je pense. »

D'un faible sourire, celui-ci le rassura, en homme qui savait comprendre.

« Mais, enfin, reprit M. de Lachesnaye plus aigrement, on ne s'imagine pas, j'espère, que je vais laisser la Croix-de-Maufras à ces Roubaud. Un cadeau pareil à la fille d'un domestique! Et pourquoi, à quel titre? Puis, s'il est prouvé qu'ils ont trempé dans le crime... »

M. Denizet revint à l'affaire.

« Vraiment, le croyez-vous?

— Dame! s'ils avaient connaissance du testament, leur intérêt à la mort de notre pauvre père est démontré... Remarquez, en outre, qu'ils ont été les derniers à causer avec lui... Enfin, tout cela semble bien louche. »

Impatienté, dérangé dans sa nouvelle hypothèse, le juge se tourna vers Berthe.

« Et vous, Madame, pensez-vous votre ancienne amie capable d'un tel crime? »

Avant de répondre, elle regarda son mari. En quelques mois de ménage, leur mauvaise grâce, leur sécheresse à tous deux s'étaient communiquées et exagérées. Ils se gâtaient ensemble, c'était lui qui l'avait jetée sur Séverine, au point que, pour ravoir la maison, elle l'aurait fait arrêter sur l'heure.

« Mon Dieu! Monsieur, finit-elle par dire, la personne dont vous parlez avait de très mauvais instincts, étant petite.

— Quoi donc? L'accusez-vous de s'être mal conduite, à Doinville?

— Oh! non, Monsieur, mon père ne l'aurait pas gardée. »

Dans ce cri, se révoltait la pruderie de la bourgeoise honnête, qui n'aurait jamais une faute à se reprocher, et qui mettait sa gloire à être une des vertus les plus incontestables de Rouen, saluée et reçue partout.

« Seulement, continua-t-elle, quand il y a des habitudes de légèreté et de dissipation... Enfin, Monsieur, bien des choses que je n'aurais pas crues possibles, me paraissent certaines aujourd'hui. »

De nouveau, M. Denizet eut un mouvement d'impatience. Il n'était plus du tout sur cette piste, et quiconque y demeurait devenait son adversaire, lui semblait s'attaquer à la sûreté de son intelligence.

« Voyons, pourtant, il faut raisonner, s'écria-t-il. Des gens comme les Roubaud ne tuent pas un homme comme votre père, pour hériter plus vite; ou, tout au moins, il y aurait des indices de leur hâte, je trouverais ailleurs des traces de cette âpreté à posséder et à jouir. Non, le mobile ne suffit point, il faudrait en découvrir un autre, et il n'y a rien, vous n'apportez rien vous-mêmes... Puis, rétablissez les faits, ne constatez-vous pas des impossibilités matérielles? Personne n'a vu les Roubaud monter dans le coupé, un employé croit même pouvoir affirmer qu'ils sont retournés dans leur compartiment. Et, puisqu'ils y étaient pour sûr à Barentin, il serait nécessaire d'admettre un va-et-vient de leur wagon à celui du président, dont les séparaient trois autres voitures, cela pendant les quelques minutes du trajet, lorsque le train était lancé à toute vitesse. Est-ce vraisemblable? J'ai questionné des mécaniciens, des conducteurs. Tous m'ont dit qu'une grande habitude seule pouvait donner assez de sang-froid et d'énergie... La femme n'en aurait pas été en tout cas, le mari se serait risqué sans elle; et pour quoi faire, pour tuer un protecteur qui venait de les tirer d'un embarras grave? Non, non, décidément! L'hypothèse ne tient pas debout, il faut chercher ailleurs... Ah! un homme qui serait monté à Rouen et descendu à la première station, qui aurait récemment prononcé des menaces de mort contre la victime... »

Dans sa passion, il arrivait à son système nouveau, il allait trop en dire, lorsque la porte, en s'entrouvrant, laissa passer la tête de l'huissier. Mais, avant que celui-ci eût prononcé un mot, une main gantée acheva d'ouvrir la porte toute grande; et une dame blonde entra, vêtue d'un deuil très élégant, encore belle à cinquante ans passés, d'une beauté opulente et forte de déesse vieillie.

« C'est moi, mon cher juge. Je suis en retard, et vous m'excuserez, n'est-ce pas? Les chemins sont impraticables, les trois lieues de Doinville à Rouen en faisaient bien six aujourd'hui. »

Galamment, M. Denizet s'était levé.

« Votre santé est bonne, Madame, depuis dimanche dernier?

— Très bonne... Et vous, mon cher juge, vous êtes-vous remis de la peur que mon cocher vous a faite? Ce garçon m'a raconté qu'il avait failli verser en vous ramenant, à deux kilomètres à peine du château.

— Oh! une simple secousse, je ne m'en souvenais déjà plus... Asseyez-vous donc, et comme je le disais tout à l'heure à madame de Lachesnaye, pardonnez-moi de réveiller votre douleur, avec cette épouvantable affaire.

— Mon Dieu! puisqu'il le faut... Bonjour, Berthe! bonjour, Lachesnaye! »

C'était madame Bonnehon, la sœur de la victime. Elle avait embrassé sa nièce et serré la main du mari. Veuve depuis l'âge de trente ans, d'un manufacturier qui lui avait apporté une grosse fortune, déjà fort riche par elle-même, ayant eu dans le partage avec son frère le domaine de Doinville, elle avait mené une existence aimable, toute pleine, disait-on, de coups de cœur, mais si correcte et si franche d'apparence, qu'elle était restée l'arbitre de la société rouennaise. Par occasion et par goût, elle avait aimé dans la magistrature, recevant au château, depuis vingt-cinq ans, le monde judiciaire, tout ce monde du Palais que ses voitures amenaient de Rouen et y ramenaient, dans une continuelle fête. Aujourd'hui, elle n'était point calmée encore, on lui prêtait une tendresse maternelle pour un jeune substitut, le fils d'un conseiller à la cour, M. Chaumette : elle travaillait à l'avancement du fils, elle comblait le père d'invitations et de prévenances. Et elle avait gardé aussi un bon ami des temps anciens, un conseiller également, un célibataire, M. Desbazeilles, la gloire littéraire de la cour de Rouen, dont on citait des sonnets finement tournés. Pendant des années, il

avait eu sa chambre à Doinville. Maintenant, bien
qu'il eût dépassé la soixantaine, il y venait dîner
toujours, en vieux camarade, auquel ses rhumatismes
ne permettaient plus que le souvenir. Elle conservait
ainsi sa royauté par sa bonne grâce, malgré la
vieillesse menaçante, et personne ne songeait à la lui
disputer, elle n'avait senti une rivale que pendant le
dernier hiver, chez madame Leboucq, la femme d'un
conseiller encore, une grande brune de trente-
quatre ans, vraiment très bien, où la magistrature
commençait à aller beaucoup. Cela, dans son enjoue-
ment habituel, lui donnait une pointe de mélancolie.

« Alors, Madame, si vous le permettez, reprit
M. Denizet, je vais vous poser quelques questions. »

L'interrogatoire des Lachesnaye était terminé,
mais il ne les congédiait pas : son cabinet si morne, si
froid, tournait au salon mondain. Le greffier, flegmatique, se prépara de nouveau à écrire.

« Un témoin a parlé d'une dépêche que votre frère
aurait reçue, l'appelant tout de suite à Doinville...
Nous n'avons pas trouvé trace de cette dépêche. Lui
auriez-vous écrit, vous, Madame ? »

Madame Bonnehon, très à l'aise, souriante, se mit à
répondre sur le ton d'une amicale causerie.

« Je n'ai pas écrit à mon frère, je l'attendais, je
savais qu'il devait venir, mais sans qu'une date fût
fixée. D'habitude, il tombait de la sorte, et presque
toujours par un train de nuit. Comme il habitait un
pavillon isolé dans le parc, ouvrant sur une ruelle
déserte, nous ne l'entendions même pas arriver. Il
louait à Barentin une voiture, il ne se montrait que le
lendemain, fort tard parfois dans la journée, ainsi
qu'un voisin en visite, installé chez lui depuis
longtemps... Si, cette fois-là, je l'attendais, c'était
qu'il devait m'apporter une somme de dix mille
francs, un règlement de compte entre nous. Il avait
certainement les dix mille francs sur lui. C'est

pourquoi j'ai toujours cru qu'on l'avait tué pour
le voler, simplement. »

Le juge laissa régner un court silence; puis, la
regardant en face :

« Qu'est-ce que vous pensez de madame Roubaud
et de son mari? »

Elle eut un vif mouvement de protestation.

« Ah! non, mon cher monsieur Denizet, vous
n'allez pas encore vous égarer sur le compte de ces
braves gens... Séverine était une bonne petite fille,
très douce, très docile même, et délicieuse avec ça, ce
qui ne gâte rien. Je pense, puisque vous tenez à ce
que je le répète, qu'elle et son mari sont incapables
d'une mauvaise action. »

Il l'approuvait de la tête, il triomphait, en jetant un
coup d'œil vers madame de Lachesnaye. Celle-ci,
piquée, se permit d'intervenir.

« Ma tante, je vous trouve bien facile. »

Alors, madame Bonnehon se soulagea, avec son
franc-parler ordinaire.

« Laisse donc, Berthe, nous ne nous entendrons
jamais là-dessus... Elle était gaie, elle aimait à rire, et
elle avait bien raison... Je sais parfaitement ce que
ton mari et toi vous pensez. Mais, en vérité, il faut
que l'intérêt vous trouble la tête, pour que vous vous
étonniez si fort de ce legs de la Croix-de-Maufras,
fait par ton père à la bonne Séverine... Il l'avait
élevée, il l'avait dotée, il était tout naturel qu'il la mît
sur son testament. Ne la considérait-il pas un peu
comme sa fille, voyons!... Ah! ma chère, l'argent
compte pour si peu de chose dans le bonheur! »

Elle, en effet, ayant toujours été très riche, se
montrait d'un désintéressement absolu. Même, par un
raffinement de belle femme adorée, elle affectait de
mettre l'unique raison de vivre dans la beauté et dans
l'amour.

« C'est Roubaud qui a parlé de la dépêche, fit

remarquer sèchement M. de Lachesnaye. S'il n'y a pas eu de dépêche, le président n'a pas pu lui dire qu'il en avait reçu une. Pourquoi Roubaud a-t-il menti?

— Mais, s'écria M. Denizet, se passionnant, le président peut très bien avoir inventé lui-même cette dépêche, pour expliquer son départ subit aux Roubaud. Selon leur propre témoignage, il ne devait partir que le lendemain; et, comme il se trouvait dans le même train qu'eux, il avait besoin d'une raison quelconque, s'il ne voulait pas leur apprendre la raison vraie, que nous ignorons tous, d'ailleurs... Cela n'a pas d'importance, cela ne mène à rien. »

Un nouveau silence se fit. Quand le juge continua, il était très calme, il se montra plein de précautions.

« A présent, Madame, j'aborde un sujet particulièrement délicat, et je vous prie d'excuser la nature de mes questions. Personne plus que moi ne respecte la mémoire de votre frère... Des bruits couraient, n'est-ce pas? On lui donnait des maîtresses. »

Madame Bonnehon s'était remise à sourire, avec son infinie tolérance.

« Oh! cher Monsieur, à son âge!... Mon frère a été veuf de bonne heure, je ne me suis jamais cru le droit de trouver mauvais ce que lui-même trouvait bon. Il a donc vécu à sa guise, sans que je me mêle en rien de son existence. Ce que je sais, c'est qu'il gardait son rang, et qu'il est resté jusqu'au bout un homme du meilleur monde. »

Berthe, suffoquée que, devant elle, on parlât des maîtresses de son père, avait baissé les yeux; pendant que son mari, aussi gêné qu'elle, était allé se planter devant la fenêtre, tournant le dos.

« Pardonnez-moi, si j'insiste, dit M. Denizet. N'y a-t-il pas eu une histoire, avec une jeune femme de chambre, chez vous?

— Ah! oui, Louisette... Mais, cher Monsieur,

c'était une petite vicieuse qui, à quatorze ans, avait
des rapports avec un repris de justice. On a voulu
exploiter sa mort contre mon frère. C'est une
indignité, je vais vous raconter ça. »

Sans doute elle était de bonne foi. Bien qu'elle sût
à quoi s'en tenir sur les mœurs du président, et que sa
mort tragique ne l'eût pas surprise, elle sentait le
besoin de défendre la haute situation de la famille.
D'ailleurs, dans cette malheureuse histoire de Louisette, si elle le croyait très capable d'avoir voulu la
petite, elle était convaincue également de la débauche
précoce de celle-ci.

« Imaginez-vous une gamine, oh! si petite, si
délicate, blonde et rose comme un petit ange, et
douce avec ça, d'une douceur de sainte nitouche à lui
donner le bon Dieu sans confession... Eh bien! elle
n'avait pas quatorze ans qu'elle était la bonne amie
d'une sorte de brute, un carrier du nom de Cabuche,
qui venait de faire cinq ans de prison, pour avoir tué
un homme dans un cabaret. Ce garçon vivait à l'état
sauvage, sur la lisière de la forêt de Bécourt, où son
père, mort de chagrin, lui avait laissé une masure
faite de troncs d'arbres et de terre. Il s'entêtait à y
exploiter un coin des carrières abandonnées, qui
autrefois, je crois bien, ont fourni la moitié des
pierres dont Rouen est bâti. Et c'était au fond de ce
terrier que la petite allait retrouver son loup-garou,
dont tout le pays avait une si grosse peur, qu'il vivait
absolument seul, comme un pestiféré. Souvent, on les
rencontrait ensemble, rôdant par les bois, se tenant
par la main, elle si mignonne, lui énorme et bestial.
Enfin, une débauche à ne pas croire... Naturellement,
je n'ai connu ces choses que plus tard. J'avais pris
Louisette chez moi presque par charité, pour faire
une bonne œuvre. Sa famille, ces Misard, que je
savais pauvres, s'étaient bien gardés de me dire qu'ils
avaient roué de coups l'enfant, sans pouvoir l'empê-

cher de courir chez son Cabuche, dès qu'une porte restait ouverte... Et c'est alors que l'accident est arrivé. Mon frère, à Doinville, n'avait pas de serviteurs à lui. Louisette et une autre femme faisaient le ménage du pavillon écarté qu'il occupait. Un matin qu'elle s'y était rendue seule, elle disparut. Pour moi, elle préméditait sa fuite depuis longtemps, peut-être son amant l'attendait-il et l'avait-il emmenée... Mais l'épouvantable, ce fut que, cinq jours après, le bruit de la mort de Louisette courait, avec des détails sur un viol, tenté par mon frère, dans des circonstances si monstrueuses, que l'enfant, affolée, était allée chez Cabuche, disait-on, mourir d'une fièvre cérébrale. Que s'était-il passé? Tant de versions ont circulé, qu'il est difficile de le dire. Je crois pour ma part que Louisette, morte réellement d'une mauvaise fièvre, car un médecin l'a constaté, a succombé à quelque imprudence, des nuits à la belle étoile, des vagabondages dans les marais... N'est-ce pas? mon cher Monsieur, vous ne voyez pas mon frère supplicier cette gamine. C'est odieux, c'est impossible. »

Pendant ce récit, M. Denizet avait écouté attentivement, sans approuver ni désapprouver. Et madame Bonnehon eut un léger embarras à finir; puis, se décidant :

« Mon Dieu! je ne dis point que mon frère n'ait pas voulu plaisanter avec elle. Il aimait la jeunesse, il était très gai, sous son apparence rigide. Enfin, mettons qu'il l'ait embrassée. »

Sur ce mot, il y eut une révolte pudique des Lachesnaye.

« Oh! ma tante, ma tante! »

Mais elle haussa les épaules : pourquoi mentir à la justice?

« Il l'a embrassée, chatouillée peut-être. Il n'y a pas de crime là-dedans... Et ce qui me fait admettre cela, c'est que l'invention ne vient pas du carrier. Louisette doit être la menteuse, la vicieuse qui a grossi les choses pour se faire peut-être garder par son amant, de façon que celui-ci, une brute, je vous l'ai dit, a fini de bonne foi par s'imaginer qu'on lui avait tué sa maîtresse... Il était réellement fou de rage, il répétait dans tous les cabarets que, si le président lui tombait sous les mains, il le saignerait comme un cochon... »

Le juge, silencieux jusque-là, l'interrompit vivement.

« Il a dit cela, des témoins pourront-ils l'affirmer?

— Oh! cher Monsieur, vous en trouverez tant que vous voudrez... Enfin, une bien triste affaire, nous avons eu beaucoup d'ennuis. Heureusement que la situation de mon frère le mettait au-dessus de tout soupçon. »

Mme Bonnehon venait de comprendre quelle piste nouvelle suivait M. Denizet; et elle en était assez inquiète, elle préféra ne pas s'engager davantage, en le questionnant à son tour. Il s'était levé, il dit qu'il ne voulait pas abuser plus longtemps de la douloureuse complaisance de la famille. Sur son ordre, le greffier lut les interrogatoires, avant de les faire signer aux témoins. Ils étaient d'une correction parfaite, ces interrogatoires, si bien épluchés des mots inutiles et compromettants, que Mme Bonnehon, la plume à la main, eut un coup d'œil de surprise bienveillante sur ce Laurent, blême, osseux, qu'elle n'avait pas regardé encore.

Puis, comme le juge l'accompagnait, ainsi que son neveu et sa nièce, jusqu'à la porte, elle lui serra les mains.

« A bientôt, n'est ce pas? Vous savez qu'on vous attend toujours à Doinville... Et merci, vous êtes un de mes derniers fidèles. »

Son sourire s'était voilé de mélancolie, tandis que

sa nièce, sèche, sortie la première, n'avait eu qu'une légère salutation.

Quand il fut seul, M. Denizet respira une minute. Il s'était arrêté, debout, réfléchissant. Pour lui, l'affaire devenait claire, il y avait eu certainement violence de la part de Grandmorin, dont la réputation était connue. Cela rendait l'instruction délicate, il se promettait de redoubler de prudence, jusqu'à ce que les avis qu'il attendait du ministère fussent arrivés. Mais il n'en triomphait pas moins. Enfin, il tenait le coupable.

Lorsqu'il eut repris sa place, devant le bureau, il sonna l'huissier.

« Faites entrer le sieur Jacques Lantier. »

Sur la banquette du couloir, les Roubaud attendaient toujours, avec leurs visages fermés, comme ensommeillés de patience, qu'un tic nerveux, parfois, remuait. Et la voix de l'huissier, appelant Jacques, sembla les réveiller, dans un léger tressaillement. Ils le suivirent de leurs yeux élargis, ils le regardèrent disparaître chez le juge. Puis, ils retombèrent à leur attente, pâlis encore, silencieux.

Toute cette affaire, depuis trois semaines, hantait Jacques d'un malaise, comme si elle avait pu finir par tourner contre lui. Cela était déraisonnable, car il n'avait rien à se reprocher, pas même d'avoir gardé le silence ; et, pourtant, il n'entrait chez le juge qu'avec le petit frisson du coupable, qui craint de voir son crime découvert ; et il se défendait contre les questions, il se surveillait, de peur d'en trop dire. Lui aussi aurait pu tuer : cela ne se lisait-il pas dans ses yeux ? Rien ne lui était plus désagréable que ces citations en justice, il en éprouvait une sorte de colère, ayant hâte, disait-il, qu'on ne le tourmentât plus, avec des histoires qui ne le regardaient pas.

D'ailleurs, ce jour-là, M. Denizet n'insista que sur le signalement de l'assassin. Jacques, étant l'unique témoin qui eût entrevu ce dernier, pouvait seul donner des renseignements précis. Mais il ne sortait pas de sa première déposition, il répétait que la scène du meurtre était restée pour lui la vision d'une seconde à peine, une image si rapide, qu'elle demeurait comme sans forme, abstraite, dans son souvenir. Ce n'était qu'un homme en égorgeant un autre, et rien de plus. Pendant une demi-heure, le juge, avec une obstination lente, le harcela, lui posa la même question sous tous les sens imaginables : était-il grand, était-il petit? avait-il de la barbe, avait-il des cheveux longs ou courts? quelle sorte de vêtements portait-il? à quelle classe paraissait-il appartenir? Et Jacques, troublé, ne faisait toujours que des réponses vagues.

« Enfin, demanda brusquement M. Denizet en le regardant dans les yeux, si on vous le montrait, le reconnaîtriez-vous? »

Il eut un léger battement de paupières, envahi d'une angoisse sous ce regard qui fouillait son crâne. Sa conscience s'interrogea tout haut.

« Le reconnaître... oui... peut-être. »

Mais déjà son étrange peur d'une complicité inconsciente le rejetait dans son système évasif.

« Non pourtant, je ne pense pas, jamais je n'oserais affirmer. Songez· donc! Une vitesse de quatre-vingts kilomètres à l'heure! »

D'un geste de découragement, le juge allait le faire passer dans la pièce voisine, pour le garder à sa disposition, lorsqu'il se ravisa.

« Restez, asseyez-vous. »

Et, sonnant de nouveau l'huissier :

« Introduisez monsieur et madame Roubaud. »

Dès la porte, en apercevant Jacques, leurs yeux se ternirent d'un vacillement d'inquiétude. Avait-il parlé? le gardait-on pour le confronter avec eux? Toute leur assurance s'en allait, de le sentir là; et ce fut la voix un peu sourde qu'ils répondirent d'abord. Mais le juge avait simplement repris leur premier interrogatoire, ils n'eurent qu'à répéter les mêmes phrases, presque identiques, pendant qu'il les écoutait, la tête basse, sans même les regarder.

Puis, tout d'un coup, il se tourna vers Séverine.

« Madame, vous avez dit au commissaire de surveillance, dont j'ai là le procès-verbal, que, pour vous, un homme était monté à Rouen, dans le coupé, comme le train se mettait en marche. »

Elle resta saisie. Pourquoi rappelait-il cela? était-ce un piège? allait-il, en rapprochant ses déclarations, la faire se démentir elle-même? Aussi, d'un coup d'œil, consulta-t-elle son mari, qui intervint prudemment.

« Je ne crois pas, Monsieur, que ma femme se soit montrée si affirmative.

— Pardon... Comme vous émettiez la possibilité du fait, Madame a dit : " C'est certainement ce qui est arrivé"... Eh bien, Madame, je désire savoir si vous aviez des motifs particuliers pour parler ainsi. »

Elle acheva de se troubler, convaincue que, si elle ne se méfiait pas, il allait, de réponse en réponse, la mener à des aveux. Pourtant, elle ne pouvait garder le silence.

« Oh! non, Monsieur, aucun motif... J'ai dû dire ça à titre de simple raisonnement, parce qu'en effet il est difficile de s'expliquer les choses d'une autre façon. »

— Alors, vous n'avez pas vu l'homme, vous ne pouvez rien nous apprendre sur lui?

— Non, non, Monsieur, rien! »

M. Denizet sembla abandonner ce point de l'instruction. Mais il y revint tout de suite avec Roubaud.

« Et vous, comment se fait-il que vous n'ayez pas vu l'homme, s'il est réellement monté, car il résulte de votre déposition même que vous causiez encore avec la victime, lorsqu'on a sifflé pour le départ ? »

Cette insistance finissait par terrifier le sous-chef de gare, dans l'anxiété où il était de savoir quel parti il devait prendre, lâcher l'invention de l'homme, ou s'y entêter. Si l'on avait des preuves contre lui, l'hypothèse de l'assassin inconnu n'était guère soutenable et pouvait même aggraver son cas. Il attendait de comprendre, il répondit par des explications confuses, longuement.

« Il est vraiment fâcheux, reprit M. Denizet, que vos souvenirs soient restés si peu clairs, car vous nous aideriez à mettre fin aux soupçons qui se sont égarés sur diverses personnes. »

Cela parut si direct à Roubaud, qu'il éprouva un irrésistible besoin de s'innocenter. Il se vit découvert, son parti fut pris tout de suite.

« Il y a là un tel cas de conscience ! On hésite, vous comprenez, rien n'est plus naturel. Quand je vous avouerais que je crois bien l'avoir vu, l'homme... »

Le juge eut un geste de triomphe, croyant devoir ce commencement de franchise à son habileté. Il disait connaître par expérience l'étrange peine que certains témoins ont à confesser ce qu'ils savent ; et, ceux-là, il se flattait de les accoucher malgré eux.

« Parlez donc... Comment est-il ? petit, grand, de votre taille à peu près ?

— Oh ! non, non, beaucoup plus grand... Du moins, j'en ai eu la sensation, car c'est une simple sensation, un individu que je suis presque sûr d'avoir frôlé, en courant pour retourner à mon wagon.

— Attendez », dit M. Denizet.

Et, se tournant vers Jacques, il lui demanda :

« L'homme que vous avez entrevu, le couteau au poing, était-il plus grand que monsieur Roubaud ? »

Le mécanicien qui s'impatientait, car il commençait à craindre de ne pouvoir prendre le train de cinq heures, leva les yeux, examina Roubaud; et il semblait ne jamais l'avoir regardé, il s'étonnait de le trouver court, puissant, avec un profil singulier, vu ailleurs, rêvé peut-être.

« Non, murmura-t-il, pas plus grand, à peu près de la même taille. »

Mais le sous-chef de gare protestait avec vivacité.

« Oh! beaucoup plus grand, de toute la tête au moins. »

Jacques restait les yeux largement ouverts sur lui; et, sous ce regard, où il lisait une surprise croissante, il s'agitait, comme pour échapper à sa propre ressemblance; tandis que sa femme, elle aussi, suivait, glacée, le travail sourd de mémoire, exprimé par le visage du jeune homme. Clairement, celui-ci s'était étonné d'abord de certaines analogies entre Roubaud et l'assassin; ensuite, il venait d'avoir la certitude brusque que Roubaud était l'assassin, ainsi que le bruit en avait couru; puis, maintenant, il semblait tout à l'émotion de cette découverte, la face béante, sans qu'il fût possible de savoir ce qu'il allait faire, sans qu'il le sût lui-même. S'il parlait, le ménage était perdu. Les yeux de Roubaud avaient rencontré les siens, tous deux se regardaient jusqu'à l'âme. Il y eut un silence.

« Alors, vous n'êtes pas d'accord, reprit M. Denizet. Si vous l'avez vu plus petit, vous, c'est sans doute qu'il était courbé, dans la lutte avec sa victime. »

Lui aussi regardait les deux hommes. Il n'avait pas songé à utiliser ainsi cette confrontation; mais, par instinct de métier, il sentit, à cette minute, que la vérité passait dans l'air. Sa confiance en la piste Cabuche en fut même ébranlée. Est-ce que les Lachesnaye auraient eu raison? Est-ce que les coupables, contre toute vraisemblance, seraient cet employé honnête et sa jeune femme, si douce?

« L'homme avait-il sa barbe entière, comme vous? » demanda-t-il à Roubaud.

Ce dernier eut la force de répondre, sans que sa voix tremblât :

« Sa barbe entière, non, non! Pas de barbe du tout, je crois. »

Jacques comprit que la même question allait lui être posée. Que dirait-il? car, il aurait bien juré, lui, que l'homme portait toute sa barbe. En somme, ces gens ne l'intéressaient point, pourquoi ne pas dire la vérité? Mais, comme il détournait ses yeux du mari, il rencontra le regard de la femme; et il lut, dans ce regard, une supplication si ardente, un don si entier de toute la personne, qu'il en fut bouleversé. Son frisson ancien le reprenait : l'aimait-il donc, était-ce donc celle-là qu'il pourrait aimer, comme on aime d'amour, sans un monstrueux désir de destruction? Et, à ce moment, par un singulier contrecoup de son trouble, il lui sembla que sa mémoire s'obscurcissait, il ne retrouvait plus l'assassin dans Roubaud. La vision redevenait vague, un doute le prenait, à ce point qu'il se serait mortellement repenti d'avoir parlé.

M. Denizet posait la question :

« L'homme avait-il sa barbe entière, comme monsieur Roubaud? »

Et il répondit de bonne foi :

« Monsieur, en vérité, je ne puis pas dire. Encore un coup, cela a été trop rapide. Je ne sais rien, je ne veux rien affirmer. »

Mais M. Denizet s'entêta, car il désirait en finir avec le soupçon sur le sous-chef. Il poussa celui-ci, il poussa le mécanicien, arriva à obtenir du premier un signalement complet de l'assassin, grand, fort, sans barbe, vêtu d'une blouse, en tout le contraire de son propre signalement; tandis qu'il ne tirait plus du second que des monosyllabes évasifs, qui donnaient de la force aux affirmations de l'autre. Et le juge en revenait à sa conviction première : il était sur la bonne piste, le portrait que le témoin faisait de l'assassin se trouvait être si exact, que chaque trait nouveau ajoutait à la certitude. C'était ce ménage, soupçonné injustement, qui, par sa déposition accablante, ferait tomber la tête du coupable.

« Entrez là, dit-il aux Roubaud et à Jacques, en les faisant passer dans la pièce voisine, quand ils eurent signé leurs interrogatoires. Attendez que je vous appelle. »

Immédiatement, il donna l'ordre qu'on amenât le prisonnier ; et il était si heureux, qu'il poussa, avec son greffier, la belle humeur jusqu'à dire :

« Laurent, nous le tenons. »

Mais la porte s'était ouverte, deux gendarmes avaient paru, conduisant un grand garçon de vingt-cinq à trente ans. Ils se retirèrent sur un signe du juge, et Cabuche resta seul au milieu du cabinet, ahuri, avec un hérissement fauve de bête traquée. C'était un gaillard, au cou puissant, aux poings énormes, blond, très blanc de peau, la barbe rare, à peine un duvet doré qui frisait, soyeux. La face massive, le front bas disaient la violence de l'être borné, tout à la sensation immédiate ; mais il y avait comme un besoin de soumission tendre, dans la bouche large et dans le nez carré de bon chien. Saisi brutalement au fond de son trou, de grand matin, arraché à sa forêt, exaspéré des accusations qu'il ne comprenait pas, il avait déjà, avec son effarement et sa blouse déchirée, l'air louche du prévenu, cet air de bandit sournois que la prison donne au plus honnête homme. La nuit tombait, la pièce était noire, et il se renfonçait dans l'ombre, lorsque l'huissier apporta une grosse lampe, au globe nu, dont la vive lumière lui éclaira le visage. Alors, découvert, il demeura immobile.

Tout de suite, M. Denizet avait fixé sur lui ses gros yeux clairs, aux paupières lourdes. Et il ne parlait pas, c'était l'engagement muet, l'essai premier de sa puissance, avant la guerre de sauvage, guerre de ruses, de pièges, de tortures morales. Cet homme était le coupable, tout devenait licite contre lui, il n'avait plus que le droit d'avouer son crime.

L'interrogatoire commença, très lent.

« Savez-vous de quel crime vous êtes accusé? »

Cabuche, la voix empâtée de colère impuissante, grogna :

« On ne me l'a pas dit, mais je m'en doute bien. On en a assez causé!

— Vous connaissiez monsieur Grandmorin?

— Oui, oui, je le connaissais, trop!

— Une fille Louisette, votre maîtresse, est entrée comme femme de chambre, chez madame Bonnehon. »

Un sursaut de rage emporta le carrier. Dans la colère, il voyait rouge.

« Nom de Dieu! ceux qui disent ça sont de sacrés menteurs. Louisette n'était pas ma maîtresse. »

Curieusement, le juge l'avait regardé se fâcher. Et, faisant faire un crochet à l'interrogatoire :

« Vous êtes très violent, vous avez été condamné à cinq ans de prison pour avoir tué un homme, dans une querelle. »

Cabuche baissa la tête. C'était sa honte, cette condamnation. Il murmura :

« Il avait tapé le premier... Je n'ai fait que quatre ans, on m'a gracié d'un an.

— Alors, reprit M. Denizet, vous prétendez que la fille Louisette n'était pas votre maîtresse? »

De nouveau, il serra les poings. Puis, d'une voix basse, entrecoupée :

« Comprenez donc, elle était gamine, pas quatorze ans encore, quand je suis revenu de là-bas... Alors, tout le monde me fuyait, on m'aurait jeté des pierres. Et elle, dans la forêt où je la rencontrais toujours, elle s'approchait, elle causait, elle était gentille, oh! gentille... Nous sommes donc devenus amis comme ça. Nous nous tenions par la main, en nous promenant. C'était si bon, si bon, dans ce temps-là!... Bien sûr qu'elle grandissait et que je songeais à elle. Je ne peux pas dire le contraire, j'étais comme un fou, tant je l'aimais. Elle m'aimait très fort aussi, et ça aurait fini par arriver, ce que vous dites, quand on l'a séparée de moi, en la mettant à Doinville, chez cette dame... Puis, un soir, en rentrant de la carrière, je l'ai trouvée devant ma porte, à moitié folle, si abîmée, qu'elle brûlait de fièvre. Elle n'avait pas osé rentrer chez ses parents, elle venait mourir chez moi... Ah! nom de Dieu, le cochon! j'aurais dû courir le saigner tout de suite! »

Le juge pinçait ses lèvres fines, étonné de l'accent sincère de cet homme. Décidément, il fallait jouer serré, il avait affaire à plus forte partie qu'il n'avait cru.

« Oui, je sais l'histoire épouvantable que vous et cette fille avez inventée. Remarquez seulement que toute la vie de monsieur Grandmorin le mettait au-dessus de vos accusations. »

Éperdu, les yeux ronds, les mains tremblantes, le carrier bégayait :

« Quoi? qu'est-ce que nous avons inventé?... C'est les autres qui mentent, et c'est nous qu'on accuse de menteries!

— Mais oui, ne faites pas l'innocent... J'ai déjà interrogé Misard, l'homme qui a épousé la mère de votre maîtresse. Je le confronterai avec vous, s'il est nécessaire. Vous verrez ce qu'il pense de votre histoire, lui... Et prenez bien garde à vos réponses. Nous avons des témoins, nous savons tout, vous feriez mieux de dire la vérité. »

C'était son ordinaire tactique d'intimidation, même lorsqu'il ne savait rien et qu'il n'avait pas de témoins.

« Ainsi nierez-vous que, publiquement, vous avez crié partout que vous saigneriez monsieur Grandmorin?

— Ah! ça, oui, je l'ai dit. Et je le disais de bon cœur, allez! car la main me démangeait bougrement! »

Une surprise arrêta net M. Denizet, qui s'attendait à un système de complète dénégation. Comment! le prévenu avouait les menaces. Quelle ruse cela cachait-il? Craignant d'être allé trop vite en besogne, il se recueillit un instant, puis le dévisagea, en lui posant cette question brusque :

« Qu'avez-vous fait pendant la nuit du 14 au 15 février?

— Je me suis couché à la nuit, vers six heures... J'étais un peu souffrant, et mon cousin Louis m'a même rendu le service de conduire une charge de pierres à Doinville.

— Oui, on a vu votre cousin, avec la voiture, traverser la voie, au passage à niveau. Mais votre cousin, interrogé, n'a pu répondre qu'une chose : c'est que vous l'avez quitté vers midi et qu'il ne vous a plus revu... Prouvez-moi que vous étiez couché à six heures.

— Voyons, c'est bête, je ne peux pas prouver ça. J'habite une maison toute seule, à la lisière de la forêt... J'y étais, je le dis, et c'est tout. »

Alors, M. Denizet se décida à frapper le grand coup de l'affirmation qui s'impose. Sa face s'immobilisait dans une tension de volonté, tandis que sa bouche jouait la scène.

« Je vais vous le dire, moi, ce que vous avez fait, le 14 février au soir... A trois heures, vous avez pris, à Barentin, le train pour Rouen, dans un but que l'instruction n'a pu encore établir. Vous deviez

revenir par le train de Paris qui s'arrête à Rouen à
neuf heures trois; et vous étiez sur le quai, au milieu
de la foule, lorsque vous avez aperçu monsieur
Grandmorin, dans son coupé. Remarquez que j'ad-
mets très bien qu'il n'y a pas eu guet-apens, que
l'idée du crime vous est venue seulement alors...
Vous êtes monté grâce à la bousculade, vous avez
attendu d'être sous le tunnel de Malaunay; mais vous
avez mal calculé le temps, car le train sortait du
tunnel, lorsque vous avez fait le coup... Et vous avez
jeté le cadavre, et vous êtes descendu à Barentin,
après vous être débarrassé aussi de la couverture de
voyage... Voilà ce que vous avez fait. »

Il épiait les moindres ondes sur la face rose de
Cabuche, et il s'irrita, lorsque celui-ci, très attentif
d'abord, finit par éclater d'un bon rire.

« Qu'est-ce que vous racontez là?... Si j'avais fait
le coup, je le dirais. »

Puis, tranquillement :

« Je ne l'ai pas fait, mais j'aurais dû le faire. Nom
de Dieu! oui, je le regrette. »

Et M. Denizet ne put en tirer autre chose.
Vainement, il reprit ses questions, revint dix fois sur
les mêmes points, par des tactiques différentes. Non!
toujours non! ce n'était pas lui. Il haussait les
épaules, trouvait ça bête. En l'arrêtant, on avait
fouillé la masure, sans découvrir ni l'arme, ni les dix
billets de banque, ni la montre; mais on avait saisi un
pantalon taché de quelques gouttelettes de sang,
preuve accablante. De nouveau, il s'était mis à rire :
encore une belle histoire, un lapin, pris au collet, qui
lui avait saigné sur les jambes! Et, dans son idée fixe
du crime, c'était le juge qui perdait pied, par trop de
finesse professionnelle, compliquant, allant au-delà
de la vérité simple. Cet homme borné, incapable de
lutter de ruse, d'une force invincible quand il disait
non, toujours non, le jetait peu à peu hors de lui; car

il ne l'admettait que coupable, chaque dénégation nouvelle l'outrait davantage, comme un entêtement dans la sauvagerie et le mensonge. Il le forcerait bien à se couper.

« Alors, vous niez?

— Bien sûr, puisque ce n'est pas moi... Si c'était moi, ah! j'en serais trop fier, je le dirais. »

D'un brusque mouvement, M. Denizet se leva, alla lui-même ouvrir la porte de la petite pièce voisine. Et, lorsqu'il eut rappelé Jacques :

« Reconnaissez-vous cet homme?

— Je le connais, répondit le mécanicien surpris. Je l'ai vu autrefois, chez les Misard.

— Non, non... Le reconnaissez-vous pour l'homme du wagon, l'assassin? »

Du coup, Jacques redevint circonspect. D'ailleurs, il ne le reconnaissait pas. L'autre lui avait semblé plus court, plus noir. Il allait le déclarer, lorsqu'il trouva que c'était trop s'avancer encore. Et il resta évasif.

« Je ne sais pas, je ne peux pas dire... Je vous assure, Monsieur, que je ne peux pas dire. »

M. Denizet, sans attendre, appela les Roubaud à leur tour. Et il leur posa la question :

« Reconnaissez-vous cet homme? »

Cabuche souriait toujours. Il ne s'étonna pas, il adressa un petit signe de tête à Séverine, qu'il avait connue jeune fille, quand elle habitait la Croix-de-Maufras. Mais elle et son mari venaient d'avoir un saisissement, en le voyant là. Ils comprenaient : c'était l'homme arrêté dont leur avait parlé Jacques, le prévenu qui avait motivé leur nouvel interrogatoire. Et Roubaud était stupéfié, effrayé de la ressemblance de ce garçon avec l'assassin imaginaire, dont il avait inventé le signalement, le contraire du sien. Cela se trouvait être purement fortuit, il en restait si troublé, qu'il hésitait à répondre.

« Voyons, le reconnaissez-vous ?

— Mon Dieu ! monsieur le juge, je vous le répète, ç'a été une sensation simplement, un individu qui m'a frôlé... Sans doute, celui-ci est grand comme l'autre, et il est blond, et il n'a pas de barbe...

— Enfin, le reconnaissez-vous ? »

Le sous-chef, oppressé, était tout tremblant d'une sourde lutte intérieure. L'instinct de la conservation l'emporta.

« Je ne peux pas affirmer. Mais il y a de ça, beaucoup de ça, pour sûr. »

Cette fois, Cabuche commença à jurer. A la fin, on l'embêtait, avec ces histoires. Puisque ce n'était pas lui, il voulait partir. Et, sous le flot de sang qui lui montait au crâne, il tapa des poings, il devint si terrible, que les gendarmes, rappelés, l'emmenèrent. Mais, en face de cette violence, de ce saut de la bête attaquée qui se jette en avant, M. Denizet triomphait. Maintenant, sa conviction était faite, et il le laissa voir.

« Avez-vous remarqué ses yeux ? Moi, c'est aux yeux que je les reconnais... Ah ! son compte est bon, il est à nous ! »

Les Roubaud, immobiles, se regardèrent. Alors, quoi ? c'était fini, ils étaient sauvés, puisque la justice tenait le coupable. Ils restaient un peu étourdis, la conscience douloureuse, du rôle que les faits venaient de les forcer à jouer. Mais une joie les inondait, emportait leurs scrupules, et ils souriaient à Jacques, ils attendaient, allégés, ayant soif de grand air, que le juge les congédiât tous les trois, lorsque l'huissier apporta une lettre à ce dernier.

Vivement, M. Denizet s'était remis à son bureau, pour la lire avec attention, oubliant les trois témoins. C'était la lettre du ministère, les avis qu'il aurait dû avoir la patience d'attendre, avant de pousser de nouveau l'instruction. Et ce qu'il lisait devait rabattre de son triomphe, car son visage peu à peu se glaçait, reprenait sa morne immobilité. A un moment, il leva la tête, jeta un coup d'œil oblique sur les Roubaud, comme si leur souvenir lui fût revenu, à une des phrases. Ceux-ci, perdant leur courte joie, retombés à leur malaise, se sentaient repris. Pourquoi donc les avait-il regardés? Avait-on, à Paris, retrouvé les trois lignes d'écriture, ce billet maladroit dont la peur les hantait? Séverine connaissait bien M. Camy-Lamotte, pour l'avoir souvent vu chez le président, et elle savait qu'il était chargé de mettre en ordre les papiers du mort. Un regret cuisant torturait Roubaud, celui de ne s'être pas avisé d'envoyer à Paris sa femme, qui aurait fait des visites utiles, qui se serait tout au moins assuré la protection du secrétaire général, dans le cas où la Compagnie, ennuyée des mauvais bruits, songerait à le destituer. Et tous deux ne quittaient plus du regard le juge, sentant leur inquiétude croître à mesure qu'ils le voyaient s'assombrir, visiblement déconcerté par cette lettre, qui dérangeait toute sa bonne besogne de la journée.

Enfin, M. Denizet lâcha la lettre, et il demeura un moment absorbé, les yeux ouverts sur les Roubaud et sur Jacques. Puis, se résignant, se parlant haut à lui-même:

« Eh bien! on verra, on reprendra tout ça... Vous pouvez vous retirer. »

Mais, comme les trois sortaient, il ne put résister au besoin de savoir, d'éclaircir le point grave qui détruisait son nouveau système, bien qu'on lui recommandât de ne plus rien faire, sans une entente préalable.

« Non, vous, restez un instant, j'ai encore une question à vous poser. »

Dans le couloir, les Roubaud s'arrêtèrent. Les portes étaient ouvertes, et ils ne pouvaient partir: quelque chose les retenait là, l'angoisse de ce qui se passait dans le cabinet du juge, l'impossibilité physique de s'en aller, tant qu'ils n'apprendraient pas de Jacques la question qu'on lui posait encore. Ils revinrent, ils piétinèrent, les jambes cassées. Et ils se retrouvèrent côte à côte sur la banquette, où ils avaient attendu des heures déjà, ils s'y alourdirent, silencieux.

Lorsque le mécanicien reparut, Roubaud se leva, péniblement.

« Nous vous attendions, nous retournerons à la gare ensemble... Eh bien? »

Mais Jacques détournait la tête, embarrassé, comme s'il voulait éviter le regard de Séverine, fixé sur lui.

« Il ne sait plus, il patauge, dit-il enfin. Voilà, maintenant, qu'il m'a demandé s'ils n'étaient pas deux à faire le coup. Et, comme j'ai parlé, au Havre, d'une masse noire pesant sur les jambes du vieux, il m'a questionné là-dessus... Lui semble croire que ce n'était que la couverture. Alors, il a envoyé chercher la couverture, et il a fallu me prononcer... Mon Dieu! oui, c'était la couverture, peut-être. »

Les Roubaud frémissaient. On était sur leur trace, un mot de ce garçon pouvait les perdre. Il savait sûrement, il finirait par causer. Et tous trois, la femme entre les deux hommes, quittaient en silence le Palais de Justice, lorsque le sous-chef reprit, dans la rue :

« A propos, camarade, ma femme va être forcée d'aller passer un jour à Paris, pour des affaires. Vous serez bien gentil de la piloter, si elle a besoin de quelqu'un. »

V

A onze heures quinze, l'heure précise, le poste du
pont de l'Europe signala, des deux sons de trompe
réglementaires, l'express du Havre, qui débouchait
du tunnel des Batignolles ; et bientôt les plaques
tournantes furent secouées, le train entra en gare
avec un bref coup de sifflet, grinçant sur les freins,
fumant, ruisselant, trempé par une pluie battante
dont le déluge ne cessait pas depuis Rouen.

Les hommes d'équipe n'avaient pas encore tourné
les loquets des portières, qu'une d'elles s'ouvrit et
que Séverine sauta vivement sur le quai, avant l'arrêt.
Son wagon se trouvait en queue, elle dut se hâter
pour arriver à la machine, au milieu du flot brusque
des voyageurs, descendus des compartiments, dans
un embarras d'enfants et de paquets. Jacques était là,
debout sur la plate-forme, attendant pour rentrer au
dépôt ; tandis que Pecqueux, avec un linge, essuyait
des cuivres.

« Alors, c'est entendu, dit-elle, haussée sur la
pointe des pieds. Je serai rue Cardinet à trois heures,
et vous aurez l'obligeance de me présenter à votre
chef, pour que je le remercie. »

C'était le prétexte imaginé par Roubaud, un
remerciement au chef du dépôt des Batignolles, à la
suite d'un vague service rendu. De cette façon, elle se
trouverait confiée à la bonne amitié du mécanicien,
elle pourrait resserrer les liens davantage, agir sur lui.

Mais Jacques, noir de charbon, trempé d'eau, épuisé d'avoir lutté contre la pluie et le vent, la regardait de ses yeux durs, sans répondre. Il n'avait pu refuser au mari, en partant du Havre; et cette idée de se trouver seul avec elle, le bouleversait, car il sentait bien qu'il la désirait maintenant.

« N'est-ce pas? reprit-elle souriante, avec son doux regard caressant, malgré la surprise et la petite répugnance qu'elle éprouvait à le trouver si sale, reconnaissable à peine, n'est-ce pas? je compte sur vous. »

Comme elle s'était haussée encore, appuyant sa main gantée sur une poignée de fer, Pecqueux, obligeamment, la prévint.

« Prenez garde, vous allez vous salir. »

Alors, Jacques dut répondre. Il le fit d'un ton bourru.

« Oui, rue Cardinet... A moins que cette sacrée pluie n'achève de me fondre. Quel chien de temps! »

Elle fut touchée de l'état minable où il était, elle ajouta, comme s'il avait souffert uniquement pour elle :

« Oh! êtes-vous fait, et quand j'étais si bien, moi!... Vous savez que j'ai pensé à vous, ça me désespérait, ce déluge... Moi qui étais si contente, à l'idée que vous m'ameniez ce matin, et que vous me remmèneriez ce soir, par l'express! »

Mais cette familiarité gentille, si tendre, ne semblait que le troubler davantage. Il parut soulagé, quand une voix cria : « En arrière! » D'une main prompte, il tira la tige du sifflet, tandis que le chauffeur, du geste, écartait la jeune femme.

« A trois heures!

— Oui, à trois heures! »

Et, pendant que la machine se remettait en marche, Séverine quitta le quai, la dernière. Dehors, dans la rue d'Amsterdam, comme elle allait ouvrir

son parapluie, elle fut contente de voir qu'il ne
pleuvait plus. Elle descendit jusqu'à la place du
Havre, se consulta un instant, décida enfin qu'elle
ferait mieux de déjeuner tout de suite. Il était onze
heures vingt-cinq, elle entra dans un bouillon, au
coin de la rue Saint-Lazare, où elle commanda des
œufs sur le plat et une côtelette. Puis, tout en
mangeant très lentement, elle retomba dans les
réflexions qui la hantaient depuis des semaines, la
face pâle et brouillée, n'ayant plus son docile sourire
de séduction.

C'était la veille, deux jours après leur interrogatoire à Rouen, que Roubaud, jugeant dangereux
d'attendre, avait résolu de l'envoyer faire une visite à
M. Camy-Lamotte, non pas au ministère, mais chez
lui, rue du Rocher, où il occupait un hôtel, voisin
justement de l'hôtel Grandmorin. Elle savait qu'elle
l'y trouverait à une heure, et elle ne se pressait pas,
elle préparait ce qu'elle dirait, tâchait de prévoir ce
qu'il répondrait, pour ne se troubler de rien. La
veille, une nouvelle cause d'inquiétude venait de
hâter son voyage : ils avaient appris, par les commérages de la gare, que madame Lebleu et Philomène
racontaient partout comme quoi la Compagnie allait
renvoyer Roubaud, jugé compromettant ; et le pis
était que M. Dabadie, directement interrogé, n'avait
pas dit non, ce qui donnait beaucoup de poids à la
nouvelle. Il devenait dès lors urgent qu'elle courût à
Paris plaider leur cause et surtout demander la
protection du puissant personnage, comme autrefois
celle du président. Mais, sous cette demande, qui
servirait tout au moins à expliquer la visite, il y avait
un motif plus impérieux, un besoin cuisant et
insatiable de savoir, ce besoin qui pousse le criminel
à se livrer plutôt que d'ignorer. L'incertitude les
tuait, maintenant qu'ils se sentaient découverts,
depuis que Jacques leur avait dit le soupçon où

l'accusation semblait être d'un second assassin. Ils
s'épuisaient à des conjectures, la lettre trouvée, les
faits rétablis ; ils s'attendaient d'heure en heure à des
perquisitions, à une arrestation ; et leur supplice
s'aggravait tellement, les moindres faits autour d'eux
prenaient des airs de si inquiétante menace, qu'ils
finissaient par préférer la catastrophe à ces continuelles alarmes. Avoir une certitude, et ne plus
souffrir.

Séverine acheva sa côtelette, si absorbée, qu'elle se
réveilla comme en sursaut, étonnée du lieu où elle se
trouvait. Tout lui devenait amer, les morceaux ne
passaient pas, et elle n'eut pas même le cœur de
prendre du café. Mais elle avait eu beau manger avec
lenteur, il était à peine midi un quart, lorsqu'elle
sortit du restaurant. Encore trois quarts d'heure à
tuer ! Elle qui adorait Paris, qui aimait tant à en
courir le pavé, librement, les rares fois où elle y
venait, elle s'y sentait perdue, peureuse, dans une
impatience d'en finir et de se cacher. Les trottoirs
séchaient déjà, un vent tiède achevait de balayer les
nuages. Elle descendit la rue Tronchet, se trouva au
marché aux fleurs de la Madeleine, un de ces
marchés de mars, si fleuris de primevères et d'azalées,
dans les jours pâles de l'hiver finissant. Pendant une
demi-heure, elle marcha au milieu de ce printemps
hâtif, reprise par des songeries vagues, pensant à
Jacques comme à un ennemi, qu'elle devait désarmer.
Il lui semblait que sa visite rue du Rocher était faite,
que tout allait bien de ce côté, qu'il lui restait
seulement à obtenir le silence de ce garçon ; et c'était
une entreprise compliquée, où elle se perdait, la tête
travaillée de plans romanesques. Mais cela était sans
fatigue, sans effroi, d'une douceur berçante. Puis,
brusquement, elle vit l'heure, à l'horloge d'un kios-
que : une heure dix. Sa course n'était pas faite, elle

retombait durement dans l'angoisse du réel, elle se hâta de remonter vers la rue du Rocher.

L'hôtel de M. Camy-Lamotte se trouvait au coin de cette rue et de la rue de Naples ; et Séverine dut passer devant l'hôtel Grandmorin, muet, vide, les persiennes closes. Elle leva les yeux, elle pressa le pas. Le souvenir de sa dernière visite lui était revenu, cette grande maison se dressait, terrible. Et, comme, à quelque distance, elle se retournait d'un mouvement instinctif, regardant en arrière, ainsi qu'une personne poursuivie par la voix haute d'une foule, elle aperçut, sur le trottoir d'en face, le juge d'instruction de Rouen, M. Denizet, qui montait aussi la rue. Elle en resta saisie. L'avait-il remarquée, jetant un coup d'œil à la maison ? Mais il marchait tranquillement, elle se laissa devancer, le suivit dans un grand trouble. Et, de nouveau, elle reçut un coup au cœur, lorsqu'elle le vit sonner, au coin de la rue de Naples, chez M. Camy-Lamotte.

Une terreur l'avait prise. Jamais elle n'oserait entrer maintenant. Elle s'en retourna, enfila la rue d'Edimbourg, descendit jusqu'au pont de l'Europe. Là seulement, elle se crut à l'abri. Et, ne sachant plus où aller ni que faire, éperdue, elle se tint immobile contre une des balustrades, regardant au-dessous d'elle, à travers les charpentes métalliques, le vaste champ de la gare, où des trains évoluaient, continuellement. Elle les suivait de ses yeux effarés, elle pensait que, sûrement, le juge était là pour l'affaire, et que les deux hommes causaient d'elle, que son sort se décidait, à la minute même. Alors, envahie d'un désespoir, l'envie la tourmenta, plutôt que de retourner rue du Rocher, de se jeter tout de suite sous un train. Il en sortait justement un de la marquise des grandes lignes, qu'elle regardait venir, et qui passa sous elle, en soufflant jusqu'à sa face un tiède tourbillon de vapeur blanche. Puis, l'inutilité sotte de

son voyage, l'angoisse affreuse qu'elle remporterait,
si elle n'avait pas l'énergie d'aller chercher une
certitude, se présentèrent à son esprit avec tant de
force, qu'elle se donna cinq minutes pour retrouver
son courage. Des machines sifflaient, elle en suivait
une, petite, débranchant un train de banlieue ; et, ses
regards s'étant levés vers la gauche, elle reconnut, au-
dessus de la cour des messageries, tout en haut de la
maison de l'impasse d'Amsterdam, la fenêtre de la
mère Victoire, cette fenêtre où elle se revoyait
accoudée avec son mari, avant l'abominable scène
qui avait causé leur malheur. Cela évoqua le danger
de sa situation, dans un élancement de souffrance si
aigu, qu'elle se sentit prête soudain à tout affronter,
pour en finir. Des sons de trompe, des grondements
prolongés l'assourdissaient, tandis que d'épaisses
fumées barraient l'horizon, envolées sur le grand ciel
clair de Paris. Et elle reprit le chemin de la rue du
Rocher, allant là comme on se suicide, précipitant sa
marche, dans la crainte brusque de n'y plus trouver
personne.

Lorsque Séverine eut tiré le bouton du timbre, une
nouvelle terreur la glaça. Mais, déjà, un valet la
faisait asseoir dans une antichambre, après avoir pris
son nom. Et, par les portes doucement entrebâillées,
elle entendit très distinctement la conversation vive
de deux voix. Le silence était retombé, profond,
absolu. Elle ne distinguait plus que le battement
sourd de ses tempes, elle se disait que le juge était
encore en conférence, qu'on allait la faire attendre
longtemps sans doute ; et cette attente lui devenait
intolérable. Puis, tout d'un coup, elle eut une
surprise : le valet l'appelait et l'introduisait. Certainement, le juge n'était pas sorti. Elle le devinait là,
caché derrière une porte.

C'était un grand cabinet de travail, avec des
meubles noirs, garni d'un tapis épais, de portières

lourdes, si sévère et si clos, que pas un bruit du
dehors n'y pénétrait. Pourtant, il y avait des fleurs,
des roses pâles, dans une corbeille de bronze. Et cela
indiquait comme une grâce cachée, un goût de la vie
aimable, derrière cette sévérité. Le maître de la
maison était debout, très correctement serré dans sa
redingote, sévère lui aussi, avec sa figure mince, que
ses favoris grisonnants élargissaient un peu, mais
d'une élégance d'ancien beau, resté svelte, d'une
distinction que l'on sentait souriante, sous la raideur
voulue de la tenue officielle. Dans le demi-jour de la
pièce, il avait l'air très grand.

Séverine, en entrant, fut oppressée par l'air tiède,
étouffé sous les tentures; et elle ne vit que M. Camy-
Lamotte, qui la regardait s'approcher. Il ne fit pas un
geste pour l'inviter à s'asseoir, il mit une affectation à
ne pas ouvrir la bouche le premier, attendant qu'elle
expliquât le motif de sa visite. Cela prolongea le
silence; et, par l'effet d'une réaction violente, elle se
trouva subitement maîtresse d'elle-même dans le
péril, très calme, très prudente.

« Monsieur, dit-elle, vous m'excuserez, si j'ai la
hardiesse de venir me rappeler à votre bienveillance.
Vous savez la perte irréparable que j'ai faite, et dans
l'abandon où je me trouve maintenant, j'ai osé
songer à vous pour nous défendre, pour nous
continuer un peu de la protection de votre ami, de
mon protecteur si regretté. »

M. Camy-Lamotte ne put alors que la faire
asseoir, d'un geste, car cela était dit sur un ton parfait,
sans exagération d'humilité ni de chagrin, avec un art
inné de l'hypocrisie féminine. Mais il ne parlait
toujours pas, il s'était assis lui-même, attendant
encore. Elle continua, voyant qu'elle devait préciser.

« Je me permets de rafraîchir vos souvenirs, en
vous rappelant que j'ai eu l'honneur de vous voir à
Doinville. Ah! c'était un heureux temps pour moi!...

Aujourd'hui, les jours mauvais sont arrivés, et je n'ai que vous, Monsieur, je vous implore au nom de celui que nous avons perdu. Vous qui l'avez aimé, achevez sa bonne œuvre, remplacez-le auprès de moi. »

Il l'écoutait, il la regardait, et tous ses soupçons étaient ébranlés, tellement elle lui semblait naturelle, charmante dans ses regrets et dans ses supplications. Le billet découvert par lui, au milieu des papiers de Grandmorin, ces deux lignes non signées, lui avait paru ne pouvoir être que d'elle, dont il savait les complaisances pour le président ; et, tout à l'heure, l'annonce seule de sa visite avait achevé de le convaincre. Il ne venait d'interrompre son entretien avec le juge que pour confirmer sa certitude. Mais comment la croire coupable, à la voir de la sorte, si paisible et si douce ?

Il voulut en avoir l'intelligence nette. Et, tout en gardant son air de sévérité :

« Expliquez-vous, Madame... Je me souviens parfaitement, je ne demande pas mieux que de vous être utile, si rien ne s'y oppose. »

Alors, très nettement, Séverine conta comme quoi son mari était menacé d'une destitution. On le jalousait beaucoup, à cause de son mérite et de la haute protection qui, jusque-là, l'avait couvert. Maintenant qu'on le croyait sans défense, on espérait triompher, on redoublait d'efforts. Elle ne nommait personne, du reste ; elle parlait en termes mesurés, malgré l'imminence du péril. Pour qu'elle se fût ainsi décidée à faire le voyage de Paris, il fallait qu'elle fût bien convaincue de la nécessité d'agir au plus vite. Peut-être le lendemain ne serait-il plus temps : c'était immédiatement qu'elle réclamait aide et secours. Tout cela avec une telle abondance de faits logiques et de bonnes raisons, qu'il semblait en vérité impossible qu'elle se fût dérangée dans un autre but.

M. Camy-Lamotte étudiait jusqu'aux petits battements imperceptibles de ses lèvres ; et il porta le premier coup :

« Mais enfin pourquoi la Compagnie congédierait-elle votre mari ? Elle n'a rien de grave à lui reprocher. »

Elle aussi ne le quittait pas du regard, épiant les moindres plis de son visage, se demandant s'il avait trouvé la lettre ; et, malgré l'innocence de la question, ce fut brusquement une conviction, chez elle, que la lettre était là, dans un meuble de ce cabinet : il savait, car il lui tendait un piège, désirant voir si elle oserait parler des vraies raisons du renvoi. D'ailleurs, il avait trop accentué le ton, et elle s'était sentie fouillée jusqu'à l'âme par ses yeux pâles d'homme fatigué.

Bravement, elle marcha au péril.

« Mon Dieu ! Monsieur, c'est bien monstrueux, mais on nous a soupçonnés d'avoir tué notre bienfaiteur, à cause de ce malheureux testament. Nous n'avons pas eu de peine à démontrer notre innocence. Seulement, il reste toujours quelque chose de ces accusations abominables, et la Compagnie craint sans doute le scandale. »

Il fut de nouveau surpris, démonté, par cette franchise, surtout par la sincérité de l'accent. En outre, l'ayant jugée, au premier coup d'œil, d'une figure médiocre, il commençait à la trouver extrêmement séduisante, avec la soumission complaisante de ses yeux bleus, sous l'énergie noire de sa chevelure. Et il songeait à son ami Grandmorin, saisi d'une jalouse admiration : comment diable ce gaillard-là, son aîné de dix ans, avait-il eu jusqu'à sa mort des créatures pareilles, lorsque lui devait renoncer déjà à ces joujoux, pour ne pas y perdre le reste de ses moelles ? Elle était vraiment très charmante, très fine, et il laissait percer le sourire de l'amateur aujourd'hui désintéressé, sous son grand air froid de fonctionnaire, ayant sur les bras une affaire si fâcheuse.

Mais Séverine, par une bravade de femme qui sent sa force, eut le tort d'ajouter :

« Des gens comme nous ne tuent pas pour de l'argent. Il aurait fallu un autre motif, et il n'y en avait pas, de motif. »

Il la regarda, vit trembler les coins de sa bouche. C'était elle. Dès lors, sa conviction fut absolue. Et elle-même comprit immédiatement qu'elle s'était livrée, à la façon dont il avait cessé de sourire, le menton nerveusement pincé. Elle en éprouva une défaillance, comme si tout son être l'abandonnait. Pourtant, elle restait le buste droit sur sa chaise, elle entendait sa voix continuer à causer du même ton égal, disant les mots qu'il fallait dire. La conversation se poursuivait, mais désormais ils n'avaient plus rien à s'apprendre ; et, sous les paroles quelconques, tous deux ne parlaient plus que des choses qu'ils ne disaient point. Il avait la lettre, c'était elle qui l'avait écrite. Cela sortait même de leurs silences.

« Madame, reprit-il enfin, je ne refuse pas d'intervenir près de la Compagnie, si vraiment vous êtes digne d'intérêt. J'attends justement ce soir le chef de l'exploitation, pour une autre affaire... Seulement, j'aurais besoin de quelques notes. Tenez! écrivez-moi le nom, l'âge, les états de service de votre mari, enfin tout ce qui peut me mettre au courant de votre situation.»

Et il poussa devant elle un petit guéridon, en cessant de la regarder, pour ne point l'effrayer trop. Elle avait frémi : il voulait une page de son écriture, afin de la comparer à la lettre. Un instant, elle chercha désespérément un prétexte, résolue à ne pas écrire. Puis, elle réfléchit : à quoi bon? puisqu'il savait. On aurait toujours quelques lignes d'elle. Sans aucun trouble apparent, de l'air le plus simple du monde, elle écrivit ce qu'il demandait ; tandis que, debout derrière elle, il reconnaissait parfaitement l'écriture, plus haute, moins tremblée que celle du billet. Et il finissait par la trouver très brave, cette petite femme fluette ; il souriait de nouveau, maintenant qu'elle ne pouvait le voir, de son sourire d'homme que le charme seul touchait encore, dans son insouciance expérimentée de toutes choses. Au fond, rien ne valait la fatigue d'être juste. Il veillait uniquement au décor du régime qu'il servait.

« Eh bien ! Madame, remettez-moi cela, je m'informerai, j'agirai pour le mieux.

— Je vous suis très reconnaissante, Monsieur... Alors, vous obtiendrez le maintien de mon mari, je puis considérer l'affaire comme arrangée ?

— Ah ! par exemple non ! je ne m'engage à rien... Il faut que je voie, que je réfléchisse. »

En effet, il était hésitant, il ne savait quel parti il allait prendre à l'égard du ménage. Et elle n'avait plus qu'une angoisse, depuis qu'elle se sentait à sa merci : cette hésitation, l'alternative d'être sauvée ou perdue par lui, sans pouvoir deviner les raisons qui le décideraient.

« Oh ! Monsieur, songez à notre tourment. Vous ne me laisserez pas partir, avant de m'avoir donné une certitude.

— Mon Dieu ! si, Madame. Je n'y puis rien. Attendez. »

Il la poussait vers la porte. Elle s'en allait, désespérée, bouleversée, sur le point de tout avouer à voix haute, dans un besoin immédiat de le forcer à dire nettement ce qu'il comptait faire d'eux. Pour rester une minute encore, espérant trouver un détour, elle s'écria :

« J'oubliais, je désirais vous demander un conseil, à propos de ce malheureux testament... Pensez-vous que nous devions refuser le legs ?

— La loi est pour vous, répondit-il prudemment. C'est chose d'appréciation et de circonstance. »

Elle était sur le seuil, elle tenta un dernier effort.

« Monsieur, je vous en supplie, ne me laissez pas partir ainsi, dites-moi si je dois espérer. »

D'un geste d'abandon, elle lui avait pris la main. Il se dégagea. Mais elle le regardait avec de beaux yeux, si ardents de prière, qu'il en fut remué.

« Eh bien! revenez à cinq heures. Peut-être aurai-je quelque chose à vous dire. »

Elle partit, elle quitta l'hôtel, plus angoissée encore qu'elle n'y était venue. La situation s'était précisée, et son sort demeurait en suspens, sous la menace d'une arrestation peut-être immédiate. Comment vivre jusqu'à cinq heures? La pensée de Jacques, qu'elle avait oublié, se réveilla en elle tout d'un coup : encore un qui pouvait la perdre, si on l'arrêtait! Bien qu'il fût à peine deux heures et demie, elle se hâta de monter la rue du Rocher, vers la rue Cardinet.

M. Camy-Lamotte, resté seul, s'était arrêté devant son bureau. Familier des Tuileries, où sa fonction de secrétaire général du ministère de la Justice le faisait mander presque journellement, tout aussi puissant que le ministre, employé même à des besognes plus intimes, il savait combien cette affaire Grandmorin irritait et inquiétait, en haut lieu. Les journaux de l'opposition continuaient à mener une campagne bruyante, les uns accusant la police d'être tellement occupée à la surveillance politique qu'elle n'avait plus le temps d'arrêter les assassins, les autres fouillant la vie du président, donnant à entendre qu'il était de la cour, où régnait la plus basse débauche ; et cette campagne devenait vraiment désastreuse, à mesure que les élections approchaient. Aussi avait-on exprimé au secrétaire général le désir formel d'en finir au plus vite, n'importe comment. Le ministre s'étant déchargé sur lui de cette affaire délicate, il se trouvait être l'unique maître de la décision à prendre, sous sa responsabilité, il est vrai : ce qui méritait examen, car il ne doutait pas de payer pour tout le monde, s'il se montrait maladroit.

Toujours songeur, M. Camy-Lamotte alla ouvrir la porte de la pièce voisine, où M. Denizet attendait. Et celui-ci, qui avait écouté, s'écria, en rentrant :

« Je vous le disais bien, on a eu tort de soupçonner ces gens-là... Cette femme ne songe évidemment qu'à sauver son mari d'un renvoi possible. Elle n'a pas eu une parole suspecte. »

Le secrétaire général ne répondit pas tout de suite. Absorbé, ses regards sur le juge, dont la face lourde, aux minces lèvres, le frappait, il pensait maintenant à cette magistrature, qu'il avait en la main comme chef occulte du personnel, et il s'étonnait qu'elle fût encore si digne dans sa pauvreté, si intelligente dans son engourdissement professionnel. Mais celui-ci, vraiment, si fin qu'il se crût, avec ses yeux voilés d'épaisses paupières, avait la passion tenace, quand il croyait tenir la vérité.

« Alors, reprit M. Camy-Lamotte, vous persistez à voir le coupable dans ce Cabuche ? »

M. Denizet eut un sursaut d'étonnement.

« Oh ! certes !... Tout l'accable. Je vous ai énuméré les preuves, elles sont, j'oserai dire, classiques, car pas une ne manque... J'ai bien cherché s'il y avait un complice, une femme dans le coupé, ainsi que vous me le faisiez entendre. Cela semblait s'accorder avec la déposition d'un mécanicien, un homme qui a entrevu la scène du meurtre ; mais, habilement interrogé par moi, cet homme n'a pas persisté dans sa déclaration première, et il a même reconnu la couverture de voyage, comme étant la masse noire dont il avait parlé... Oh ! oui, certes, Cabuche est le coupable, d'autant plus que, si nous ne l'avons pas, nous n'avons personne. »

Jusque-là, le secrétaire général avait attendu, pour lui donner connaissance de la preuve écrite qu'il possédait; et, maintenant que sa conviction était faite, il se hâtait moins encore d'établir la vérité. A quoi bon ruiner la piste fausse de l'instruction, si la vraie piste devait conduire à des embarras plus grands? Tout cela était à examiner d'abord.

« Mon Dieu! reprit-il avec son sourire d'homme fatigué, je veux bien admettre que vous soyez dans le vrai... Je vous ai seulement fait venir pour étudier avec vous certains points graves. Cette affaire est exceptionnelle, et la voici devenue toute politique: vous le sentez, n'est-ce pas? Nous allons donc nous trouver peut-être forcés d'agir en hommes de gouvernement... Voyons, en toute franchise, d'après vos interrogatoires, cette fille, la maîtresse de ce Cabuche, a été violentée, hein? »

Le juge eut sa moue d'homme fin, tandis que ses yeux disparaissaient à demi derrière ses paupières.

« Dame! je crois que le président l'avait mise en un vilain état, et cela ressortira sûrement du procès... Ajoutez que, si la défense est confiée à un avocat de l'opposition, on peut s'attendre à un déballage d'histoires fâcheuses, car ce ne sont pas ces histoires qui manquent, là-bas, dans notre pays. »

Ce Denizet n'était pas si bête, quand il n'obéissait plus à la routine du métier, trônant dans l'absolu de sa perspicacité et de sa toute-puissance. Il avait compris pourquoi on le mandait, non au ministère de la Justice, mais au domicile particulier du secrétaire général.

« Enfin, conclut-il, voyant que ce dernier ne bronchait pas, nous aurons une affaire assez mal-propre. »

M. Camy-Lamotte se contenta de hocher la tête. Il était en train de calculer les résultats de l'autre procès, celui des Roubaud. A coup sûr, si le mari passait aux assises, il dirait tout, sa femme débauchée elle aussi, lorsqu'elle était jeune fille, et l'adultère ensuite, et la rage jalouse qui devait l'avoir poussé au meurtre ; sans compter qu'il ne s'agissait plus d'une domestique et d'un repris de justice, que cet employé, marié à cette jolie femme, allait mettre en cause tout un coin de la bourgeoisie et du monde des chemins de fer. Puis, savait-on jamais sur quoi l'on marchait, avec un homme comme le président ? Peut-être tomberait-on dans des abominations imprévues. Non, décidément, l'affaire des Roubaud, des vrais coupables, était plus sale encore. C'était chose résolue, il l'écartait, absolument. A en retenir une, il aurait penché pour que l'on gardât l'affaire de l'innocent Cabuche.

« Je me rends à votre système, dit-il enfin à M. Denizet. Il y a, en effet, de fortes présomptions contre le carrier, s'il avait à exercer une vengeance légitime... Mais que tout cela est triste, mon Dieu ! et que de boue il faudrait remuer !... Je sais bien que la justice doit rester indifférente aux conséquences, et que, planant au-dessus des intérêts... »

Il n'acheva pas, termina du geste, pendant que le juge, silencieux à son tour, attendait d'un air morne les ordres qu'il sentait venir. Du moment où l'on acceptait sa vérité à lui, cette création de son intelligence, il était prêt à faire aux nécessités gouvernementales le sacrifice de l'idée de justice. Mais le secrétaire, malgré son habituelle adresse en ces sortes de transactions, se hâta un peu, parla trop vite, en maître obéi.

« Enfin, on désire un non-lieu... Arrangez les choses pour que l'affaire soit classée.

— Pardon, Monsieur, déclara M. Denizet, je ne suis plus le maître de l'affaire, elle dépend de ma conscience. »

Tout de suite, M. Camy-Lamotte sourit, redevenant correct, avec cet air désabusé et poli qui semblait se moquer du monde.

« Sans doute. Aussi est-ce à votre conscience que je m'adresse. Je vous laisse prendre la décision qu'elle vous dictera, certain que vous pèserez équitablement le pour et le contre, en vue du triomphe des saines doctrines et de la morale publique... Vous savez, mieux que moi, qu'il est parfois héroïque d'accepter un mal, si l'on ne veut pas tomber dans un pire... Enfin, on ne fait appel en vous qu'au bon citoyen, à l'honnête homme. Personne ne songe à peser sur votre indépendance, et c'est pourquoi je répète que vous êtes le maître absolu de l'affaire, comme du reste l'a voulu la loi. »

Jaloux de ce pouvoir illimité, surtout lorsqu'il était près d'en user mal, le juge accueillait chacune de ces phrases d'un hochement de tête satisfait.

« D'ailleurs, continua l'autre, avec un redoublement de bonne grâce dont l'exagération devenait ironique, nous savons à qui nous nous adressons. Voici longtemps que nous suivons vos efforts, et je puis me permettre de vous dire que nous vous appellerions dès maintenant à Paris, s'il y avait une vacance. »

M. Denizet eut un mouvement. Quoi donc? S'il rendait le service demandé, on n'allait pas combler sa grande ambition, son rêve d'un siège à Paris. Mais, déjà, M. Camy-Lamotte ajoutait, ayant compris :

« Votre place y est marquée, c'est une question de temps... Seulement, puisque j'ai commencé à être indiscret, je suis heureux de vous annoncer que vous êtes porté pour la croix, au 15 août prochain. »

Un instant, le juge se consulta. Il aurait préféré l'avancement, car il calculait qu'il y avait au bout une augmentation d'environ cent soixante-six francs par mois; et, dans la misère décente où il vivait, c'était plus de bien-être, sa garde-robe renouvelée, sa bonne Mélanie mieux nourrie, moins acariâtre. Mais la croix, pourtant, était bonne à prendre. Puis, il avait une promesse. Et lui qui ne se serait pas vendu, nourri dans la tradition de cette magistrature honnête et médiocre, il cédait tout de suite à une simple espérance, à l'engagement vague que l'administration prenait de le favoriser. La fonction judiciaire n'était plus qu'un métier comme un autre, et il traînait le boulet de l'avancement, en solliciteur affamé, toujours prêt à plier sous les ordres du pouvoir.

« Je suis très touché, murmura-t-il, veuillez le dire à monsieur le Ministre. »

Il s'était levé, sentant que, maintenant, tout ce qu'ils pourraient ajouter l'un et l'autre les gênerait.

« Alors, conclut-il, les yeux éteints, la face morte, je vais achever mon enquête, en tenant compte de vos scrupules. Naturellement, si nous n'avons pas des faits absolument prouvés contre ce Cabuche, il vaudra mieux ne pas risquer le scandale inutile d'un procès... On le relâchera, on continuera de le surveiller. »

Le secrétaire général, sur le seuil, acheva de se montrer tout à fait aimable.

« Monsieur Denizet, nous nous en remettons complètement à votre grand tact et à votre haute honnêteté[22]! »

Lorsqu'il se retrouva seul, M. Camy-Lamotte eut la curiosité, inutile maintenant d'ailleurs, de comparer la page écrite par Séverine, avec le billet sans signature, qu'il avait découvert dans les papiers du président Grandmorin. La ressemblance était complète. Il replia la lettre, la serra soigneusement, car, s'il n'en avait soufflé mot au juge d'instruction, il jugeait qu'une arme pareille était bonne à garder. Et, comme le profil de cette petite femme, si frêle et si forte dans sa résistance nerveuse, s'évoquait ·devant lui, il eut son haussement d'épaules indulgent et railleur. Ah! ces créatures, quand elles veulent!

Séverine, à trois heures moins vingt, s'était trouvée

en avance, rue Cardinet, au rendez-vous qu'elle avait
donné à Jacques. Il habitait là, tout en haut d'une
grande maison, une étroite chambre, où il ne montait
guère que le soir pour se coucher ; et encore
découchait-il deux fois par semaine, les deux nuits
qu'il passait au Havre, entre l'express du soir et
l'express du matin. Ce jour-là pourtant, trempé
d'eau, brisé de fatigue, il était rentré se jeter sur son
lit. De sorte que Séverine l'aurait peut-être attendu
vainement, si la querelle d'un ménage voisin, un mari
qui assommait sa femme, hurlante, ne l'avait réveillé.
Il s'était débarbouillé et vêtu de fort méchante
humeur, l'ayant reconnue en bas, sur le trottoir, en
regardant par la fenêtre de sa mansarde.

« Enfin, c'est vous ! s'écria-t-elle, quand elle le vit
déboucher de la porte cochère. Je craignais d'avoir
mal compris... Vous m'aviez bien dit au coin de la
rue Saussure... »

Et, sans attendre sa réponse, levant les yeux sur la
maison :

« C'est donc là que vous demeurez ? »

Il avait, sans le lui dire, fixé ainsi le rendez-vous
devant sa porte, parce que le dépôt, où ils devaient
aller ensemble, se trouvait presque en face. Mais sa
question le gêna, il s'imagina qu'elle allait pousser la
bonne camaraderie jusqu'à lui demander de voir sa
chambre. Celle-ci était si sommairement meublée et
si en désordre, qu'il en avait honte.

« Oh ! je ne demeure pas, je perche, répondit-il.
Dépêchons-nous, je crains que le chef ne soit déjà
sorti. »

En effet, lorsqu'ils se présentèrent à la petite
maison que ce dernier occupait, derrière le dépôt,
dans l'enceinte de la gare, ils ne le trouvèrent pas ; et,
inutilement, ils allèrent de hangar en hangar : partout
on leur dit de revenir vers quatre heures et demie,

s'ils voulaient être certains de le rencontrer, aux ateliers de réparation.

« C'est bien, nous reviendrons », déclara Séverine.

Puis, quand elle fut de nouveau dehors, seule en compagnie de Jacques :

« Si vous êtes libre, ça ne vous fait rien que je reste à attendre avec vous ? »

Il ne pouvait refuser, et d'ailleurs, malgré l'inquiétude sourde qu'elle lui causait, elle exerçait sur lui un charme grandissant et si fort, que la maussaderie volontaire où il s'était promis de s'enfermer, s'en allait à ses doux regards. Celle-là, avec sa longue figure tendre et peureuse, devait aimer comme un chien fidèle, qu'on n'a pas même le courage de battre.

« Sans doute, je ne vous quitte pas, répondit-il d'un ton moins brusque. Seulement, nous avons plus d'une heure à perdre... Voulez-vous entrer dans un café ? »

Elle lui souriait, heureuse de le sentir enfin cordial. Vivement, elle se récria.

« Oh ! non, non, je ne veux pas m'enfermer... J'aime mieux marcher à votre bras, dans les rues, où vous voudrez. »

Et elle lui prit le bras d'elle-même, gentiment. Maintenant qu'il n'était plus noir du voyage, elle le trouvait distingué, avec sa mise d'employé à l'aise, son air bourgeois, que relevait une sorte de fierté libre, l'habitude du grand air et du danger bravé chaque jour. Jamais elle n'avait si bien remarqué qu'il était beau garçon, le visage rond et régulier, les moustaches très brunes sur la peau blanche ; et, seuls, ses yeux fuyants, ses yeux semés de points d'or, qui se détournaient d'elle, continuaient à la mettre en défiance. S'il évitait de la regarder en face, était-ce donc qu'il ne voulait pas s'engager, rester maître d'agir à sa guise, même contre elle ? Dès ce moment, dans l'incertitude où elle était encore, reprise d'un frisson, chaque fois qu'elle songeait à ce cabinet de la rue du Rocher où sa vie se décidait, elle n'eut plus qu'un but, sentir à elle, tout à elle, l'homme qui lui donnait le bras, obtenir que, lorsqu'elle levait la tête, il laissât ses yeux dans les siens, profondément. Alors, il lui appartiendrait. Elle ne l'aimait point, elle ne pensait pas même à cela. Simplement, elle s'efforçait de faire de lui sa chose, pour n'avoir plus à le craindre.

Quelques minutes, ils marchèrent sans parler, dans le continuel flot de passants qui encombre ce quartier populeux. Parfois, ils étaient forcés de descendre du trottoir ; et ils traversaient la chaussée, au milieu des voitures. Puis, ils se trouvèrent devant le square des Batignolles, presque désert à cette époque de l'année. Le ciel pourtant, lavé par le déluge du matin, était d'un bleu très doux ; et, sous le tiède soleil de mars, les lilas bourgeonnaient.

« Entrons-nous ? demanda Séverine. Tout ce monde m'étourdit. »

De lui-même, Jacques allait entrer, inconscient du besoin de l'avoir plus à lui, loin de la foule.

« Là ou ailleurs, dit-il. Entrons. »

Lentement, ils continuèrent de marcher le long des pelouses, entre les arbres sans feuilles. Quelques femmes promenaient des enfants au maillot, et il y avait des passants qui traversaient le jardin pour couper au plus court, hâtant le pas. Ils enjambèrent la rivière, montèrent parmi les rochers ; puis, ils revenaient, désœuvrés, lorsqu'ils passèrent parmi des touffes de sapins, dont les feuillages persistants luisaient au soleil, d'un vert sombre. Et, un banc se trouvant là, dans ce coin solitaire, caché aux regards, ils s'assirent, sans même se consulter cette fois, comme amenés à cette place par une entente.

« Il fait beau tout de même, aujourd'hui, dit-elle après un silence.

— Oui, répondit-il, le soleil a reparu. »

Mais leur pensée n'était point à cela. Lui, qui fuyait les femmes, venait de songer aux événements qui l'avaient rapproché de celle-ci. Elle était là, elle le touchait, elle menaçait d'envahir son existence, et il en éprouvait une continuelle surprise. Depuis le dernier interrogatoire, à Rouen, il n'en doutait plus, cette femme était complice, dans le meurtre de la Croix-de-Maufras. Comment? à la suite de quelles circonstances? poussée par quelle passion ou quel intérêt? Il s'était posé ces questions, sans pouvoir clairement les résoudre. Pourtant, il avait fini par arranger une histoire : le mari intéressé, violent, ayant hâte d'entrer en possession du legs; peut-être la peur que le testament ne fût changé à leur désavantage; peut-être le calcul d'attacher sa femme à lui, par un lien sanglant. Et il s'en tenait à cette histoire, dont les coins obscurs l'attiraient, l'intéressaient, sans qu'il cherchât à les éclaircir. L'idée que son devoir serait de tout dire à la justice l'avait hanté aussi. Même c'était cette idée qui le préoccupait, depuis qu'il se trouvait assis sur ce banc, près d'elle, si près, qu'il sentait contre sa hanche la tiédeur de la sienne.

« En mars, reprit-il, c'est étonnant, de pouvoir ainsi rester dehors, comme en été.

— Oh! dit-elle, dès que le soleil monte, ça se sent bien. »

Et, de son côté, elle réfléchissait qu'il aurait fallu vraiment que ce garçon fût bête, pour ne pas les avoir devinés coupables. Ils s'étaient trop jetés à sa tête, elle continuait à se serrer trop contre lui, en ce moment même. Aussi, dans le silence coupé de paroles vides, suivait-elle les réflexions qu'il faisait. Leurs yeux s'étant rencontrés, elle venait de lire qu'il en arrivait à se demander si ce n'était pas elle qu'il avait vue, pesant de tout son poids sur les jambes de la victime, ainsi qu'une masse noire. Que faire, que dire, pour le lier d'un lien indestructible?

« Ce matin, ajouta-t-elle, il faisait très froid au Havre.

— Sans compter, dit-il, toute l'eau que nous avons reçue. »

Et, à cet instant, Séverine eut une brusque inspiration. Elle ne raisonna pas, ne discuta pas : cela lui arrivait, comme une impulsion instinctive, des profondeurs obscures de son intelligence et de son cœur; car, si elle avait discuté, elle n'aurait rien dit. Mais elle sentait que cela était très bien, et qu'en parlant, elle le conquérait.

Doucement, elle lui prit la main, elle le regarda. Les touffes d'arbres verts les cachaient aux passants des rues voisines; ils n'entendaient qu'un lointain roulement de voitures, assourdi dans cette solitude ensoleillée du square; tandis que, seul, au détour de l'allée, un enfant était là, jouant en silence à emplir de sable un petit seau, avec une pelle. Et, sans transition, de toute son âme, à demi-voix :

« Vous me croyez coupable? »

Il frémit légèrement, il arrêta ses yeux dans les siens.

« Oui », répondit-il, de la même voix basse et émue.

Alors, elle serra sa main qu'elle avait gardée, d'une étreinte plus étroite; et elle ne continua pas tout de suite, elle sentait leur fièvre se confondre.

« Vous vous trompez, je ne suis pas coupable. »

Et elle disait cela, non pour le convaincre, lui, mais uniquement pour l'avertir qu'elle devait être innocente, aux yeux des autres. C'était l'aveu de la femme qui dit non, dans le désir que ce soit non, quand même et toujours.

« Je ne suis pas coupable... Vous ne me ferez plus la peine de croire que je suis coupable. »

Et elle était très heureuse, en voyant qu'il laissait ses yeux dans les siens, profondément. Sans doute, ce qu'elle venait de faire là, c'était le don de sa personne; car elle se livrait, et plus tard, s'il la réclamait, elle ne pourrait se refuser. Mais le lien était noué entre eux, indissoluble : elle le défiait bien de parler maintenant, il était à elle comme elle était à lui. L'aveu les avait unis.

« Vous ne me ferez plus de peine, vous me croyez?

— Oui, je vous crois », répondit-il en souriant.

Pourquoi l'aurait-il forcée à causer brutalement de cette chose affreuse? Plus tard, elle lui conterait tout, si elle en éprouvait le besoin. Cette façon de se tranquilliser, en se confessant à lui, sans rien dire, le touchait beaucoup, ainsi qu'une marque d'infinie tendresse. Elle était si confiante, si fragile, avec ses doux yeux de pervenche! Elle lui apparaissait si femme, toute à l'homme, toujours prête à le subir, pour être heureuse! Et, surtout, ce qui le ravissait, tandis que leurs mains restaient jointes et que leurs regards ne se quittaient plus, c'était de ne pas retrouver en lui son malaise, cet effrayant frisson qui l'agitait, près d'une femme, à l'idée de la possession. Les autres, il n'avait pu toucher à leur chair, sans éprouver le désir d'y mordre, dans une abominable faim d'égorgement. Pourrait-il donc l'aimer, celle-là, et ne point la tuer?

« Vous savez bien que je suis votre ami et que vous n'avez rien à craindre de moi, murmura-t-il à son oreille. Je ne veux pas connaître vos affaires, ce sera comme il vous plaira... Vous m'entendez? Disposez entièrement de ma personne. »

Il s'était approché si près de son visage, qu'il sentait son haleine chaude dans ses moustaches. Le matin encore, il en aurait tremblé, sous la peur sauvage d'une crise. Que se passait-il, pour qu'il lui restât à peine un frémissement, avec la lassitude heureuse des convalescences? Cette idée qu'elle avait tué, devenue une certitude, la lui montrait différente, grandie, à part. Peut-être bien n'avait-elle pas aidé seulement, mais frappé. Il en fut convaincu, sans preuve aucune. Et, dès lors, elle sembla lui être sacrée, en dehors de tout raisonnement, dans l'inconscience du désir effrayé qu'elle lui inspirait.

Tous les deux à présent causaient avec gaieté, en couple de rencontre, chez qui l'amour commence.

« Vous devriez me donner votre autre main, pour que je la réchauffe.

— Oh! non, pas ici. On nous verrait.

— Qui donc? puisque nous sommes seuls... Et d'ailleurs, il n'y aurait pas grand mal. Les enfants ne se font pas comme ça.

— Je l'espère bien. »

Elle riait franchement, dans la joie d'être sauvée. Elle ne l'aimait pas, ce garçon; elle croyait en être bien sûre; et, si elle s'était promise, elle rêvait déjà au moyen de ne pas payer. Il avait l'air gentil, il ne la tourmenterait pas, tout s'arrangeait très bien.

« C'est entendu, nous sommes camarades, sans que les autres, ni même mon mari, aient rien à y voir... Maintenant, lâchez-moi la main, et ne me regardez plus comme ça, parce que vous allez vous user les yeux. »

Mais il gardait ses doigts délicats entre les siens. Très bas, il bégaya :

« Vous savez que je vous aime. »

Vivement, elle s'était dégagée, d'une légère secousse. Et, debout devant le banc, où il restait assis :

« En voilà une folie, par exemple! Soyez convenable, on vient. »

En effet, une nourrice arrivait, avec son poupon

endormi entre les bras. Puis, une jeune fille passa, très affairée. Le soleil baissait, se noyait à l'horizon, dans des vapeurs violâtres, et les rayons s'en allaient des pelouses, mourant en poussière d'or, à la pointe verte des sapins. Il y eut comme un arrêt subit dans le roulement continu des voitures. On entendit sonner cinq heures, à une horloge voisine.

« Ah! mon Dieu! s'écria Séverine, cinq heures, et j'ai rendez-vous rue du Rocher! »

Sa joie tombait, elle retrouvait l'angoisse de l'inconnu qui l'attendait, là-bas, en se souvenant qu'elle n'était pas sauvée encore. Elle devint toute pâle, les lèvres tremblantes.

« Mais le chef du dépôt que vous aviez à voir? dit Jacques, qui s'était levé du banc pour la reprendre à son bras.

— Tant pis! je le verrai une autre fois... Écoutez, mon ami, je n'ai plus besoin de vous, laissez-moi vite faire ma course. Et merci encore, merci de tout mon cœur. »

Elle lui serrait les mains, elle se hâtait.

« A tout à l'heure, au train.

— Oui, à tout à l'heure. »

Déjà, elle s'éloignait d'un pas rapide, elle disparaissait entre les massifs du square; tandis que lui, lentement, se dirigeait vers la rue Cardinet.

M. Camy-Lamotte venait d'avoir, chez lui, une longue conférence avec le chef de l'exploitation de la Compagnie de l'Ouest. Mandé sous le prétexte d'une autre affaire, celui-ci avait fini par confesser combien ce procès Grandmorin ennuyait la Compagnie. Il y avait d'abord les plaintes des journaux, au sujet du peu de sécurité pour les voyageurs, dans les voitures de première classe. Puis, tout le personnel se trouvait mêlé à l'aventure, plusieurs employés étaient soupçonnés, sans compter ce Roubaud, le plus compromis, qu'on pouvait arrêter d'un moment à l'autre.

Enfin, les bruits de vilaines mœurs qui couraient sur le président, membre du conseil d'administration, semblaient rejaillir sur ce conseil tout entier. Et c'était ainsi que le crime présumé d'un petit sous-chef de gare, quelque histoire louche, basse et malpropre, remontait au travers des rouages compliqués, ébranlait cette machine énorme d'une exploitation de voie ferrée, en détraquait jusqu'à l'administration supérieure. La secousse allait même plus haut, gagnait le ministère, menaçait l'État, dans le malaise politique du moment : heure critique, grand corps social dont la moindre fièvre hâtait la décomposition. Aussi, lorsque M. Camy-Lamotte avait su de son interlocuteur que la Compagnie, le matin, avait résolu le renvoi de Roubaud, s'était-il vivement élevé contre cette mesure. Non! non! rien ne serait plus maladroit, cela redoublerait le tapage dans la presse, si elle s'avisait de poser le sous-chef en victime politique. Tout craquerait de plus belle, de bas en haut, et Dieu savait à quelles découvertes désagréables on arriverait pour les uns et pour les autres! Le scandale avait trop duré, il fallait au plus tôt faire le silence. Et le chef de l'exploitation, convaincu, s'était engagé à maintenir Roubaud, à ne pas même le déplacer du Havre. On verrait bien qu'il n'y avait pas de malhonnêtes gens dans tout cela. C'était fini, l'affaire serait classée.

Lorsque Séverine, essoufflée, le cœur battant à grands coups, se retrouva dans le sévère cabinet de la rue du Rocher, devant M. Camy-Lamotte, celui-ci la contempla un instant en silence, intéressé par l'extraordinaire effort qu'elle faisait pour paraître calme. Décidément, elle lui était sympathique, cette criminelle délicate, aux yeux de pervenche.

« Eh bien! Madame... »

Et il s'arrêta pour jouir de son anxiété quelques secondes encore. Mais elle avait un regard si pro fond, il la sentait élancée toute vers lui, dans un tel besoin de savoir, qu'il fut pitoyable.

« Eh bien! Madame, j'ai vu le chef de l'exploitation, j'ai obtenu que votre mari ne fût pas congédié... L'affaire est arrangée. »

Alors, elle défaillit, sous le flot de joie trop vive qui l'inonda. Ses yeux s'étaient emplis de larmes, et elle ne disait rien, elle souriait.

Il répéta, en insistant sur la phrase, pour lui donner toute sa signification :

« L'affaire est arrangée... Vous pouvez rentrer tranquille au Havre. »

Elle entendait bien : il voulait dire qu'on ne les arrêterait pas, qu'on leur faisait grâce. Ce n'était pas seulement l'emploi maintenu, c'était l'effroyable drame oublié, enterré. D'un mouvement de caresse instinctive, comme une jolie bête domestique qui remercie et flatte, elle se pencha sur ses mains, les baisa, les garda appuyées contre ses joues. Et, cette fois, il ne les avait pas retirées, très ému lui-même du charme tendre de cette gratitude.

« Seulement, reprit-il en tâchant de redevenir sévère, souvenez-vous et conduisez-vous bien.

— Oh! Monsieur! »

Mais il désirait les garder à sa merci, la femme et l'homme. Il fit allusion à la lettre.

« Souvenez-vous que le dossier reste là, et qu'à la moindre faute, tout peut être repris... Surtout, recommandez à votre mari de ne plus s'occuper de politique. Sur ce chapitre, nous serions impitoyables. Je sais qu'il s'est déjà compromis, on m'a parlé d'une querelle fâcheuse avec le sous-préfet : enfin, il passe pour républicain, c'est détestable... N'est-ce pas? Qu'il soit sage, ou nous le supprimerons, simplement. »

Elle était debout, ayant hâte maintenant d'être

dehors, pour donner de l'espace à la joie qui la suffoquait.

« Monsieur, nous vous obéirons, nous serons ce qu'il vous plaira. N'importe quand, n'importe où, vous n'aurez qu'à commander : je vous appartiens. »

Il s'était remis à sourire, de son air las, avec la pointe de dédain d'un homme qui avait longuement bu au néant de toutes choses.

« Oh! je n'abuserai pas, Madame, je n'abuse plus. »

Et lui-même ouvrit la porte du cabinet. Sur le palier, elle se retourna deux fois, avec son visage rayonnant, qui le remerciait encore.

Dans la rue du Rocher, Séverine marcha follement. Elle s'aperçut qu'elle remontait la rue, sans raison; et elle redescendit la pente, traversant la chaussée pour rien, au risque de se faire écraser. C'était un besoin de mouvement, de gestes, de cris. Déjà, elle comprenait pourquoi on leur faisait grâce, et elle se surprit à se dire :

« Parbleu! ils ont peur, il n'y a pas de danger qu'ils remuent ces choses-là, j'ai été bien bête de me torturer. C'est évident... Ah! quelle chance! sauvée, sauvée pour tout de bon, cette fois!... Et n'importe, je vais effrayer mon mari, afin qu'il se tienne tranquille... Sauvée, sauvée, quelle chance! »

Comme elle débouchait dans la rue Saint-Lazare, elle vit, à l'horloge d'un bijoutier, qu'il était six heures moins vingt.

« Tiens! je vais me payer un bon dîner, j'ai le temps. »

En face de la gare, elle choisit le restaurant le plus luxueux; et, installée seule à une petite table bien blanche, contre la glace sans tain de la devanture, très amusée par le mouvement de la rue, elle se commanda un dîner fin, des huîtres, des filets de sole, une aile de poulet rôti... C'était bien le moins qu'elle se rattrapât de son mauvais déjeuner. Elle dévora, trouva exquis le pain de gruau, se fit encore faire une friandise, des beignets soufflés. Puis, son café bu, elle se pressa, car elle n'avait plus que quelques minutes pour prendre l'express.

Jacques, en la quittant, après être allé chez lui remettre ses vêtements de travail, s'était rendu tout de suite au dépôt, où il n'arrivait d'ordinaire qu'une demi-heure avant le départ de sa machine. Il avait fini par se reposer sur Pecqueux des soins de visite, bien que le chauffeur fût ivre deux fois sur trois. Mais, ce jour-là, dans l'émotion tendre où il était, un scrupule inconscient venait de l'envahir, il voulait s'assurer par lui-même du bon fonctionnement de toutes les pièces; d'autant plus que, le matin, en venant du Havre, il croyait s'être aperçu d'une dépense de force plus grande pour un travail moindre.

Dans le vaste hangar fermé, noir de charbon, et que de hautes fenêtres poussiéreuses éclairaient, parmi les autres machines au repos, celle de Jacques se trouvait déjà en tête d'une voie, destinée à partir la première. Un chauffeur du dépôt venait de charger le foyer, des escarbilles rouges tombaient dessous, dans la fosse à piquer le feu. C'était une de ces machines d'express, à deux essieux couplés, d'une élégance fine et géante, avec ses grandes roues légères réunies par des bras d'acier, son poitrail large, ses reins allongés et puissants, toute cette logique et toute cette certitude qui font la beauté souveraine des êtres de métal, la précision dans la force. Ainsi que les autres machines de la Compagnie de l'Ouest, en dehors du numéro qui la désignait, elle portait le nom d'une gare, celui de Lison, une station du Cotentin. Mais Jacques, par tendresse, en avait fait un nom de femme, la Lison, comme il disait, avec une douceur caressante.

Et, c'était vrai, il l'aimait d'amour, sa machine, depuis quatre ans qu'il la conduisait. Il en avait mené d'autres, des dociles et des rétives, des courageuses et des fainéantes ; il n'ignorait point que chacune avait son caractère, que beaucoup ne valaient pas grand-chose, comme on dit des femmes de chair et d'os ; de sorte que, s'il l'aimait celle-là, c'était en vérité qu'elle avait des qualités rares de brave femme [23]. Elle était douce, obéissante, facile au démarrage, d'une marche régulière et continue, grâce à sa bonne vaporisation. On prétendait bien que, si elle démarrait avec tant d'aisance, cela provenait de l'excellent bandage des roues et surtout du réglage parfait des tiroirs ; de même que, si elle vaporisait beaucoup avec peu de combustible, on mettait cela sur le compte de la qualité du cuivre des tubes et de la disposition heureuse de la chaudière. Mais lui savait qu'il y avait autre chose, car d'autres machines, identiquement construites, montées avec le même soin, ne montraient aucune de ses qualités. Il y avait l'âme, le mystère de la fabrication, ce quelque chose que le hasard du martelage ajoute au métal, que le tour de main de l'ouvrier monteur donne aux pièces : la personnalité de la machine, la vie.

Il l'aimait donc en mâle reconnaissant, la Lison, qui partait et s'arrêtait vite, ainsi qu'une cavale vigoureuse et docile ; il l'aimait parce que, en dehors des appointements fixes, elle lui gagnait des sous, grâce aux primes de chauffage. Elle vaporisait si bien, qu'elle faisait en effet de grosses économies de charbon. Et il n'avait qu'un reproche à lui adresser, un trop grand besoin de graissage : les cylindres surtout dévoraient des quantités de graisse déraisonnables, une faim continue, une vraie débauche. Vainement, il avait tâché de la modérer. Mais elle s'essoufflait aussitôt, il fallait ça à son tempérament. Il s'était résigné à lui tolérer cette passion gloutonne, de même qu'on ferme les yeux sur un vice, chez les personnes qui sont, d'autre part, pétries de qualités ; et il se contentait de dire, avec son chauffeur, en manière de plaisanterie, qu'elle avait, à l'exemple des belles femmes, le besoin d'être graissée trop souvent.

Pendant que le foyer ronflait et que la Lison peu à peu entrait en pression, Jacques tournait autour d'elle, l'inspectant dans chacune de ses pièces, tâchant de découvrir pourquoi, le matin, elle lui avait mangé plus de graisse que de coutume. Et il ne trouvait rien, elle était luisante et propre, d'une de ces propretés gaies qui annoncent les bons soins tendres d'un mécanicien. Sans cesse, on le voyait l'essuyer, l'astiquer ; à l'arrivée surtout, de même qu'on bouchonne les bêtes fumantes d'une longue course, il la frottait vigoureusement, il profitait de ce qu'elle était chaude pour la mieux nettoyer des taches et des bavures. Il ne la bousculait jamais non plus, lui gardait une marche régulière, évitant de se mettre en retard, ce qui nécessite ensuite des sauts de vitesse fâcheux. Aussi tous deux avaient-ils fait toujours si bon ménage, que, pas une fois, en quatre années, il ne s'était plaint d'elle, sur le registre du dépôt, où les mécaniciens inscrivent leurs demandes de réparations, les mauvais mécaniciens, paresseux ou ivrognes, sans cesse en querelle avec leurs machines. Mais, vraiment, ce jour-là, il avait sur le cœur sa débauche de graisse ; et c'était autre chose aussi, quelque chose de vague et de profond, qu'il n'avait pas éprouvé encore, une inquiétude, une défiance à son égard, comme s'il doutait d'elle et qu'il eût voulu s'assurer qu'elle n'allait pas se mal conduire en route.

Cependant, Pecqueux n'était point là, et Jacques s'emporta, lorsqu'il parut enfin, la langue pâteuse, à la suite d'un déjeuner, fait avec un ami. D'habitude, les deux hommes s'entendaient très bien, dans ce long compagnonnage qui les promenait d'un bout a

l'autre de la ligne, secoués côte à côte, silencieux,
unis par la même besogne et les mêmes dangers. Bien
qu'il fût son cadet de plus de dix ans, le mécanicien
se montrait paternel pour son chauffeur, couvrait ses
vices, le laissait dormir une heure, lorsqu'il était trop
ivre ; et celui-ci lui rendait cette complaisance en un
dévouement de bon chien, excellent ouvrier d'ailleurs, rompu au métier, en dehors de son ivrognerie.
Il faut dire que lui aussi aimait la Lison, ce qui
suffisait pour la bonne entente. Eux deux et la
machine, ils faisaient un vrai ménage à trois, sans
jamais une dispute. Aussi Pecqueux, interloqué d'être
si mal reçu, regarda-t-il Jacques avec un redoublement de surprise, lorsqu'il l'entendit grogner ses
doutes contre elle.

« Quoi donc ? mais elle va comme une fée !

— Non, non, je ne suis pas tranquille. »

Et, malgré le bon état de chaque pièce, il continuait à hocher la tête. Il fit jouer les manettes,
s'assura du fonctionnement de la soupape. Il monta
sur le tablier, alla emplir lui-même les godets
graisseurs des cylindres ; pendant que le chauffeur
essuyait le dôme, où restaient de légères traces de
rouille. La tringle de la sablière marchait bien, tout
aurait dû le rassurer. C'était que, dans son cœur, la
Lison ne se trouvait plus seule. Une autre tendresse y
grandissait, cette créature mince, si fragile, qu'il
revoyait toujours près de lui, sur le banc du square,
avec sa faiblesse câline, qui avait besoin d'être aimée
et protégée. Jamais, quand une cause involontaire
l'avait mis en retard, qu'il lançait sa machine à une
vitesse de quatre-vingts kilomètres, jamais il n'avait
songé aux dangers que pouvaient courir les voyageurs. Et voilà que la seule idée de reconduire au
Havre cette femme presque détestée le matin, amenée
avec ennui, le travaillait d'une inquiétude, de la
crainte d'un accident, où il se l'imaginait blessée par

sa faute, mourante entre ses bras. Dès maintenant, il avait charge d'amour. La Lison, soupçonnée, ferait bien de se conduire correctement, si elle voulait garder son renom de bonne marcheuse.

Six heures sonnèrent, Jacques et Pecqueux montèrent sur le petit pont de tôle qui reliait le tender à la machine ; et, le dernier ayant ouvert le purgeur sur un signe de son chef, un tourbillon de vapeur blanche emplit le hangar noir. Puis, obéissant à la manette du régulateur, lentement tournée par le mécanicien, la Lison démarra, sortit du dépôt, siffla pour se faire ouvrir la voie. Presque tout de suite, elle put s'engager dans le tunnel des Batignolles. Mais, au pont de l'Europe, il lui fallut attendre ; et il n'était que l'heure réglementaire, lorsque l'aiguilleur l'envoya sur l'express de six heures trente, auquel deux hommes d'équipe l'attelèrent solidement.

On allait partir, il n'y avait plus que cinq minutes, et Jacques se penchait, surpris de ne pas voir Séverine au milieu de la bousculade des voyageurs. Il était bien certain qu'elle ne monterait pas, sans être d'abord venue jusqu'à lui. Enfin, elle parut, en retard, courant presque. Et, en effet, elle longea tout le train, ne s'arrêta qu'à la machine, le teint animé, exultante de joie.

Ses petits pieds se haussèrent, sa face se leva, rieuse.

« Ne vous inquiétez pas, me voici. »

Lui, également, se mit à rire, heureux qu'elle fût là.

« Bon, bon ! ça va bien. »

Mais elle se haussa encore, reprit à voix plus basse :

« Mon ami, je suis contente, très contente... Une grande chance qui m'arrive... Tout ce que je désirais. »

Et il comprit parfaitement, il en éprouva un gros plaisir. Puis, comme elle repartait en courant, elle se retourna pour ajouter, par plaisanterie :

« Dites donc, maintenant, n'allez pas me casser les os. »

Il se récria, d'une voix gaie :

« Oh! par exemple! n'ayez pas peur! »

Mais les portières battaient, Séverine n'eut que le temps de monter; et Jacques, au signal du conducteur chef, siffla, puis ouvrit le régulateur. On partit. C'était le même départ que celui du train tragique de février, à la même heure, au milieu des mêmes activités de la gare, dans les mêmes bruits, les mêmes fumées. Seulement, il faisait jour encore, un crépuscule clair, d'une douceur infinie. La tête à la portière, Séverine regardait.

Et, sur la Lison, Jacques, monté à droite, chaudement vêtu d'un pantalon et d'un bourgeron de laine, portant des lunettes à œillères de drap, attachées derrière la tête, sous sa casquette, ne quittait plus la voie des yeux, se penchait à toute seconde, en dehors de la vitre de l'abri, pour mieux voir. Rudement secoué par la trépidation, n'en ayant pas même conscience, il avait la main droite sur le volant du changement de marche, comme un pilote sur la roue du gouvernail; il le manœuvrait d'un mouvement insensible et continu, modérant, accélérant la vitesse; et, de la main gauche, il ne cessait de tirer la tringle du sifflet, car la sortie de Paris est difficile, pleine d'embûches. Il sifflait aux passages à niveau, aux gares, aux tunnels, aux grandes courbes. Un signal rouge s'étant montré, au loin, dans le jour tombant il demanda longuement la voie, passa comme un tonnerre[24]. A peine, de temps à autre, jetait-il un coup d'œil sur le manomètre, tournant le petit volant de l'injecteur, dès que la pression atteignait dix kilogrammes. Et c'était sur la voie toujours, en avant, que revenait son regard, tout à la surveillance des moindres particularités, dans une attention telle, qu'il ne voyait rien autre, qu'il ne sentait même pas le vent souffler en tempête. Le manomètre baissa, il ouvrit la porte du foyer, en haussant la crémaillère ; et Pecqueux, habitué au geste, comprit, cassa à coups de marteau du charbon, qu'il étala avec la pelle, en une couche bien égale, sur toute la largeur de la grille. Une chaleur ardente leur brûlait les jambes à tous deux ; puis, la porte refermée, de nouveau le courant d'air glacé souffla.

La nuit tombait, Jacques redoublait de prudence. Il avait rarement senti la Lison si obéissante ; il la possédait, la chevauchait à sa guise, avec l'absolue volonté du maître ; et, pourtant, il ne se relâchait pas de sa sévérité, la traitait en bête domptée, dont il faut se méfier toujours. Là, derrière son dos, dans le train lancé à grande vitesse, il voyait une figure fine, s'abandonnant à lui, confiante, souriante. Il en avait un léger frisson, il serrait d'une poigne plus rude le volant du changement de marche, il perçait les ténèbres croissantes d'un regard fixe, en quête de feux rouges. Après les embranchements d'Asnières et de Colombes, il avait respiré un peu. Jusqu'à Mantes, tout allait bien, la voie était un véritable palier, où le train roulait à l'aise. Après Mantes, il dut pousser la Lison, pour qu'elle montât une rampe assez forte, presque d'une demi-lieue. Puis, sans la ralentir, il la lança sur la pente douce du tunnel de Rolleboise, deux kilomètres et demi de tunnel, qu'elle franchit en trois minutes à peine. Il n'y avait plus qu'un autre tunnel, celui de Roule, près de Gaillon, avant la gare de Sotteville, une gare redoutée, que la complication des voies, les continuelles manœuvres, l'encombrement constant, rendent très périlleuse. Toutes les forces de son être étaient dans ses yeux qui veillaient, dans sa main qui conduisait ; et la Lison, sifflante et fumante, traversa Sotteville à toute vapeur, ne s'arrêta qu'à Rouen, d'où elle repartit, calmée un peu, montant avec plus de lenteur la rampe qui va jusqu'à Malaunay.

La lune s'était levée, très claire, d'une lumière blanche, qui permettait à Jacques de distinguer les moindres buissons, et jusqu'aux pierres des chemins, dans leur fuite rapide. Comme, à la sortie du tunnel de Malaunay, il jetait à droite un coup d'œil, inquiet de l'ombre portée d'un grand arbre, barrant la voie, il reconnut le coin reculé, le champ de broussailles, d'où il avait vu le meurtre. Le pays, désert et farouche, défilait avec ses continuelles côtes, ses creux noirs de petits bois, sa désolation ravagée. Ensuite, ce fut, à la Croix-de-Maufras, sous la lune immobile, la brusque vision de la maison plantée de biais, dans son abandon et sa détresse, les volets éternellement clos, d'une mélancolie affreuse. Et, sans savoir pourquoi, cette fois encore, plus que les précédentes, Jacques eut le cœur serré, comme s'il passait devant son malheur.

Mais, tout de suite, ses yeux emportèrent une autre image. Près de la maison des Misard, contre la barrière du passage à niveau, Flore était là, debout. Maintenant, à chaque voyage, il la voyait à cette place, l'attendant, le guettant. Elle ne remua pas, elle tourna simplement la tête, pour le suivre plus longtemps, dans l'éclair qui l'emportait. Sa haute silhouette se détachait en noir sur la lumière blanche, ses cheveux d'or s'allumaient seuls, à l'or pâle de l'astre.

Et Jacques, ayant poussé la Lison pour lui faire franchir la rampe de Motteville, la laissa souffler un peu le long du plateau de Bolbec, puis la lança enfin, de Saint-Romain à Harfleur, sur la plus forte pente de la ligne, trois lieues que les machines dévorent d'un galop de bêtes folles, sentant l'écurie. Et il était brisé de fatigue, au Havre, lorsque, sous la marquise,

pleine du vacarme et de la fumée de l'arrivée,
Séverine, avant de remonter chez elle, accourut lui
dire, de son air gai et tendre :

« Merci, à demain. »

VI

Un mois se passa, et un grand calme s'était fait de
nouveau dans le logement que les Roubaud occupaient au premier étage de la gare, au-dessus des
salles d'attente. Chez eux, chez leurs voisins de
couloir, parmi ce petit monde d'employés, soumis à
une existence d'horloge par l'uniforme retour des
heures réglementaires, la vie s'était remise à couler,
monotone. Et il semblait que rien ne se fût passé de
violent ni d'anormal.

La bruyante et scandaleuse affaire Grandmorin,
tout doucement, s'oubliait, allait être classée, par
l'impuissance où paraissait être la justice de découvrir le coupable. Après une prévention d'une quin-
zaine de jours encore, le juge d'instruction Denizet
avait rendu une ordonnance de non-lieu, à l'égard de
Cabuche, motivée sur ce qu'il n'existait pas contre lui
de charges suffisantes; et une légende de police était
en train de se former, romanesque : celle d'un assassin
inconnu, insaisissable, un aventurier du crime, présent partout à la fois, que l'on chargeait de tous les
meurtres et qui se dissipait en fumée, à la seule
apparition des agents. A peine quelques plaisanteries
reparaissaient-elles de loin en loin sur ce légendaire
assassin, dans la presse de l'opposition, enfiévrée par
l'approche des élections générales. La pression du

pouvoir, les violences des préfets lui fournissaient quotidiennement d'autres sujets d'articles indignés ; si bien que, les journaux ne s'occupant plus de l'affaire, elle était sortie de la curiosité passionnée de la foule. On n'en causait même plus.

Ce qui avait achevé de ramener le calme chez les Roubaud, c'était l'heureuse façon dont venait de s'aplanir l'autre difficulté, celle que menaçait de soulever le testament du président Grandmorin. Sur les conseils de madame Bonnehon, les Lachesnaye avaient enfin consenti à ne pas attaquer ce testament, dans la crainte de réveiller le scandale, très incertains aussi du résultat d'un procès. Et, mis en possession de leur legs, les Roubaud se trouvaient, depuis une semaine, propriétaires de la Croix-de-Maufras, la maison et le jardin, évalués à une quarantaine de mille francs. Tout de suite, ils avaient décidé de la vendre, cette maison de débauche et de sang, qui les hantait ainsi qu'un cauchemar, où ils n'auraient point osé dormir, dans l'épouvante des spectres du passé ; et de la vendre en bloc, avec les meubles, telle qu'elle était, sans la réparer ni même en enlever la poussière. Mais, comme, à des enchères publiques, elle aurait trop perdu, les acheteurs étant rares qui consentiraient à se retirer dans cette solitude, ils avaient résolu d'attendre un amateur, ils s'étaient contentés d'accrocher à la façade un immense écriteau, aisément lisible des continuels trains qui passaient. Cet appel en grosses lettres, cette désolation à vendre, ajoutait à la tristesse des volets clos et du jardin envahi par les ronces. Roubaud ayant absolument refusé d'y aller, même en passant, prendre certaines dispositions nécessaires, Séverine s'y était rendue un après-midi ; et elle avait laissé les clefs aux Misard, en les chargeant de montrer la propriété, si des acquéreurs se présentaient. On aurait pu s'y installer en deux heures, car il y avait jusqu'à du linge dans les armoires.

Et, rien dès lors n'inquiétant plus les Roubaud, ils laissaient donc couler chaque journée dans l'attente assoupie du lendemain. La maison finirait par se vendre, ils en placeraient l'argent, tout marcherait très bien. Ils l'oubliaient d'ailleurs, ils vivaient comme s'ils ne devaient jamais sortir des trois pièces qu'ils occupaient : la salle à manger, dont la porte s'ouvrait directement sur le couloir ; la chambre à coucher, assez vaste, à droite ; la cuisine, toute petite et sans air, à gauche. Même, devant leurs fenêtres, la marquise de la gare, cette pente de zinc qui leur barrait la vue, ainsi qu'un mur de prison, au lieu de les exaspérer comme autrefois, semblait les tranquilliser, augmentait la sensation d'infini repos, de paix réconfortante où ils s'endormaient. Au moins, on n'était pas vu des voisins, on n'avait pas toujours devant soi des yeux d'espions à fouiller chez vous ; et ils ne se plaignaient plus, le printemps étant venu, que de la chaleur étouffante, des reflets aveuglants du zinc, chauffé par les premiers soleils. Après la secousse effroyable, qui, pendant près de deux mois, les avait fait vivre dans un continuel frisson, ils jouissaient béatement de cette réaction de torpeur envahissante. Ils demandaient à ne plus bouger, heureux d'être, simplement, sans trembler ni souffrir. Jamais Roubaud ne s'était montré un employé si exact, si consciencieux : la semaine de jour, descendu sur le quai à cinq heures du matin, il ne remontait déjeuner qu'à dix, redescendait à onze, allait jusqu'à cinq heures du soir, onze heures pleines de service ; la semaine de nuit, pris de cinq heures du soir à cinq heures du matin, il n'avait même point le court repos d'un repas fait chez lui, car il soupait dans son bureau ; et il portait cette dure servitude avec une sorte de satisfaction, il semblait s'y complaire.

descendant aux détails, voulant tout voir, tout faire, comme s'il avait trouvé un oubli à cette fatigue, un recommencement de vie équilibrée, normale. De son côté, Séverine, presque toujours seule, qui était veuve une semaine sur deux, qui l'autre semaine ne le voyait qu'au déjeuner et au dîner, paraissait prise d'une fièvre de bonne ménagère. D'habitude, elle s'asseyait, brodait, détestant de toucher au ménage, qu'une vieille femme, la mère Simon, venait faire, de neuf heures à midi. Mais, depuis qu'elle se retrouvait tranquille chez elle, certaine d'y rester, des idées de nettoyage, d'arrangement, l'occupaient. Elle ne reprenait sa chaise qu'après avoir fureté partout. Du reste, tous deux dormaient d'un bon sommeil. Dans leurs rares tête-à-tête, aux repas, ainsi que les nuits où ils couchaient ensemble, jamais ils ne reparlaient de l'affaire ; et ils devaient croire que c'était chose finie, enterrée.

Pour Séverine, surtout, l'existence redevint ainsi très douce. Ses paresses la reprirent, elle abandonna de nouveau le ménage à la mère Simon, en demoiselle faite seulement pour les fins travaux d'aiguille. Elle avait commencé une œuvre interminable, tout un couvre-pied brodé, qui menaçait de l'occuper sa vie entière. Elle se levait assez tard, heureuse de rester seule au lit, bercée par les départs et les arrivées de trains, qui marquaient pour elle la marche des heures, exactement, ainsi qu'une horloge. Dans les premiers temps de son mariage, ces bruits violents de la gare, coups de sifflet, chocs de plaques tournantes, roulements de foudre, ces trépidations brusques, pareilles à des tremblements de terre, qui la secouaient avec les meubles, l'avaient affolée. Puis, peu à peu, l'habitude était venue, la gare sonore et frissonnante entrait dans sa vie ; et, maintenant, elle s'y plaisait, son calme était fait de cette agitation et de ce vacarme. Jusqu'au déjeuner, elle voyageait d'une pièce dans l'autre, causait avec la femme de ménage, les mains inertes. Puis, elle passait les longs après-midi, assise devant la fenêtre de la salle à manger, son ouvrage le plus souvent tombé sur les genoux, heureuse de ne rien faire. Les semaines où son mari remontait se coucher au petit jour, elle l'entendait ronfler jusqu'au soir: et, du reste, c'était devenu pour elle les bonnes semaines, celles qu'elle vivait comme autrefois, avant d'être mariée, tenant toute la largeur du lit, se récréant ensuite à son gré, libre de sa journée entière. Elle ne sortait presque jamais, elle n'apercevait du Havre que les fumées des usines voisines, dont les gros tourbillons noirs tachaient le ciel, au-dessus du faîtage de zinc, qui coupait l'horizon, à quelques mètres de ses yeux. La ville était là, derrière cet éternel mur; elle la sentait toujours présente, son ennui de ne pas la voir avait à la longue pris de la douceur: cinq ou six pots de giroflées et de verveines, qu'elle cultivait dans le chéneau de la marquise, lui faisaient un petit jardin, fleurissant sa solitude. Parfois, elle parlait d'elle comme d'une recluse, au fond d'un bois. Seul, à ses moments de flâne, Roubaud enjambait la fenêtre, puis, filant le long du chéneau, il allait jusqu'au bout, montait la pente de zinc, s'asseyait en haut du pignon, au-dessus du cours Napoléon; et là, enfin, il fumait sa pipe, en plein ciel, dominant la ville étalée à ses pieds, les bassins plantés de la haute futaie des mâts, la mer immense, d'un vert pâle, à l'infini.

Il semblait que la même somnolence eût gagné les autres ménages d'employés, voisins des Roubaud. Ce couloir, où soufflait d'ordinaire un si terrible vent de commérages, s'endormait lui aussi. Quand Philomène rendait visite à madame Lebleu, c'était à peine si l'on entendait le léger murmure de leurs voix. Surprises toutes deux de voir comment tournaient les choses, elles ne parlaient plus du sous-chef qu'avec

une commisération dédaigneuse : bien sûr que, pour
lui conserver sa place, son épouse était allée en faire
de belles, à Paris ; enfin, un homme taré maintenant,
qui ne se laverait pas de certains soupçons. Et,
comme la femme du caissier avait la conviction que
désormais ses voisins n'étaient point de force à lui
reprendre le logement, elle leur témoignait simplement beaucoup de mépris, passant très raide, ne
saluant pas ; si bien qu'elle indisposa même Philomène, qui vint de moins en moins : elle la trouvait
trop fière, ne s'amusait plus. Pourtant, madame
Lebleu, pour s'occuper, continuait à guetter l'intrigue
de mademoiselle Guichon avec le chef de gare,
M. Dabadie, sans jamais les surprendre, d'ailleurs.
Dans le couloir, il n'y avait plus que le frôlement
imperceptible de ses pantoufles de feutre. Tout
s'étant ainsi ensommeillé de proche en proche, un
mois se passa, de paix souveraine, comme ces grands
sommeils qui suivent les grandes catastrophes.

Mais, chez les Roubaud, un point restait, douloureux, inquiétant, un point du parquet de la salle à
manger, où leurs yeux ne pouvaient se porter par
hasard, sans qu'un malaise, de nouveau, les troublât.
C'était, à gauche de la fenêtre, la frise de chêne qu'ils
avaient déplacée, puis remise, pour cacher dessous la
montre et les dix mille francs, pris sur le corps de
Grandmorin, sans compter environ trois cents francs
en or, dans un porte-monnaie. Cette montre et cet
argent, Roubaud ne les avait enlevés des poches que
pour faire croire au vol. Il n'était pas un voleur, il
serait mort de faim à côté, comme il le disait, plutôt
que de profiter d'un centime ou de vendre la montre.
L'argent de ce vieux, qui avait sali sa femme, dont il
avait fait justice, cet argent taché de boue et de sang,
non ! non ! ce n'était pas de l'argent assez propre,
pour qu'un honnête homme y touchât. Et il ne
songeait même point à la maison de la Croix-de-

Maufras, dont il acceptait le cadeau : seul, le fait de
la victime fouillée, de ces billets emportés dans
l'abomination du meurtre, le révoltait, soulevait sa
conscience, d'un mouvement de recul et de peur.
Cependant, la volonté ne lui était pas venue de les
brûler, puis d'aller un soir jeter la montre et le porte-
monnaie à la mer. Si la simple prudence le lui
conseillait, un instinct sourd protestait en lui contre
cette destruction. Il avait un respect inconscient,
jamais il ne se serait résigné à anéantir une telle
somme. D'abord, la première nuit, il l'avait enfouie
sous son oreiller, ne jugeant aucun coin assez sûr.
Les jours suivants, il s'était ingénié à découvrir des
cachettes, il en changeait chaque matin, agité au
moindre bruit, dans la crainte d'une perquisition
judiciaire. Jamais il n'avait fait une pareille dépense
d'imagination. Puis, à bout de ruses, las de trembler,
il avait eu un jour la paresse de reprendre l'argent et
la montre, cachés la veille sous la frise ; et, maintenant, pour rien au monde, il n'aurait fouillé là :
c'était comme un charnier, un trou d'épouvante et de
mort, où des spectres l'attendaient. Il évitait même,
en marchant, de poser les pieds sur cette feuille du
parquet ; car la sensation lui en était désagréable, il
s'imaginait en recevoir dans les jambes un léger choc.
Séverine, l'après-midi, lorsqu'elle s'asseyait devant la
fenêtre, reculait sa chaise, pour n'être pas juste au-
dessus du cadavre, qu'ils gardaient ainsi dans leur
plancher. Ils n'en parlaient pas entre eux, s'efforçaient de croire qu'ils s'y accoutumeraient, finissaient
par s'irriter de le retrouver, de le sentir à chaque
heure, de plus en plus importun, sous leurs semelles.
Et ce malaise était d'autant plus singulier, qu'ils ne
souffraient nullement du couteau, le beau couteau
neuf acheté par la femme, et que le mari avait planté
dans la gorge de l'amant. Simplement lavé, il traînait

au fond d'un tiroir, il servait parfois à la mère
Simon, pour couper le pain.

D'ailleurs, dans cette paix où il vivait, Roubaud
venait d'introduire une autre cause de trouble, peu à
peu grandissante, en forçant Jacques à les fréquenter.
Le roulement de son service ramenait le mécanicien
au Havre trois fois par semaine : le lundi, de dix
heures trente-cinq du matin à six heures vingt du
soir ; le jeudi et le samedi, de onze heures cinq du soir
à six heures quarante du matin. Et, le premier lundi,
après le voyage de Séverine, le sous-chef s'était
acharné.

« Voyons, camarade, vous ne pouvez pas refuser
de manger un morceau avec nous... Que diable! vous
avez été très gentil pour ma femme, je vous dois bien
un remerciement. »

Deux fois en un mois, Jacques avait ainsi accepté à
déjeuner. Il semblait que Roubaud, gêné des grands
silences qui se faisaient maintenant, quand il mangeait avec sa femme, éprouvât un soulagement, dès
qu'il pouvait mettre un convive entre eux. Tout de
suite, il retrouvait des histoires, il causait et plaisantait.

« Revenez donc le plus souvent possible! Vous
voyez bien que vous ne nous gênez pas. »

Un soir, un jeudi, comme Jacques, débarbouillé,
allait se mettre au lit, il avait rencontré le sous-chef
flânant autour du dépôt ; et, malgré l'heure tardive,
ce dernier, ennuyé de rentrer seul, s'était fait accompagner jusqu'à la gare, puis avait entraîné le jeune
homme chez lui. Séverine, levée encore, lisait. On
avait pris un petit verre, on avait même joué aux
cartes jusqu'à minuit passé.

Et, désormais, les déjeuners du lundi, les petites
soirées du jeudi et du samedi tournaient à l'habitude.
C'était Roubaud lui-même, lorsque le camarade
manquait un jour, qui le guettait pour le ramener, en

lui reprochant sa négligence. Il s'assombrissait de plus en plus, il n'était vraiment gai qu'avec son nouvel ami. Ce garçon qui l'avait si cruellement inquiété d'abord, qui aurait dû maintenant lui être en exécration, comme le témoin, l'évocation vivante des choses affreuses qu'il voulait oublier, lui était au contraire devenu nécessaire, peut-être justement parce qu'il savait et qu'il n'avait point parlé. Cela restait entre eux, ainsi qu'un lien très fort, une complicité. Souvent, le sous-chef regardait l'autre d'un air d'intelligence, lui serrait la main avec un subit emportement, dont la violence dépassait la simple expression de leur camaraderie.

Mais surtout Jacques, dans le ménage, demeurait une distraction. Séverine, elle aussi, l'accueillait gaiement, poussait un léger cri, dès son entrée, en femme qu'un plaisir réveille. Elle lâchait tout, sa broderie, son livre, s'échappait, en paroles et en rires, de la grise somnolence où elle passait les journées.

« Ah! que c'est gentil d'être venu! J'ai entendu l'express, j'ai pensé à vous. »

Quand il déjeunait, c'était fête. Elle connaissait déjà ses goûts, sortait elle-même pour lui avoir des œufs frais : tout cela très gentiment, en bonne ménagère qui reçoit l'ami de la maison, sans qu'il pût y voir encore autre chose que l'envie d'être aimable et le besoin de se distraire.

« Vous savez, lundi, revenez! il y aura de la crème. »

Seulement, lorsque, au bout d'un mois, il fut là, installé, la séparation s'aggrava entre les Roubaud. La femme, de plus en plus, se plaisait au lit toute seule, s'arrangeait pour s'y rencontrer le moins possible avec son mari; et ce dernier, si ardent, si brutal aux premiers temps du mariage, ne faisait rien pour l'y retenir. Il l'avait aimée sans délicatesse, elle s'y était résignée avec sa soumission de femme complaisante, pensant que les choses devaient être ainsi, n'y goûtant du reste aucun plaisir. Mais, depuis le crime, cela, sans qu'elle sût pourquoi, lui répugnait beaucoup. Elle en était énervée, effrayée. Un soir, comme la bougie n'était pas éteinte, elle cria : sur elle, dans cette face rouge, convulsée, elle avait cru revoir la face de l'assassin ; et, dès lors, elle trembla chaque fois, elle eut l'horrible sensation du meurtre, comme s'il l'eût renversée, un couteau au poing. C'était fou, mais son cœur battait d'épouvante. De moins en moins, d'ailleurs, il abusait d'elle, la sentant trop rétive pour s'y plaire. Une fatigue, une indifférence, ce que l'âge amène, il semblait que la crise affreuse, le sang répandu, l'eût produit entre eux. Les nuits où ils ne pouvaient éviter le lit commun, ils se tenaient aux deux bords. Et Jacques, certainement, aidait à consommer ce divorce, en les tirant par sa présence de l'obsession où ils étaient d'eux-mêmes. Il les délivrait l'un de l'autre.

Roubaud, cependant, vivait sans remords. Il avait eu seulement peur des suites, avant que l'affaire fût classée ; et sa grande inquiétude était surtout de perdre sa place. A cette heure, il ne regrettait rien. Peut-être, pourtant, s'il avait dû recommencer l'affaire, n'y aurait-il point mêlé sa femme ; car les femmes s'effarent tout de suite, la sienne lui échappait, parce qu'il lui avait mis aux épaules un poids trop lourd. Il serait resté le maître, en ne descendant pas avec elle jusqu'à la camaraderie terrifiée et querelleuse du crime. Mais les choses étaient ainsi, il fallait s'y accommoder ; d'autant plus qu'il devait faire un véritable effort pour se replacer dans l'état d'esprit où il était, lorsque, après l'aveu, il avait jugé le meurtre nécessaire à sa vie. S'il n'avait pas tué l'homme, il lui semblait alors qu'il n'aurait pas pu vivre. Aujourd'hui que sa flamme jalouse était morte, qu'il n'en retrouvait pas l'intolérable brûlure, envahi d'un engourdissement, comme si le sang de son cœur se fût épaissi de tout le sang versé, cette nécessité du meurtre ne lui apparaissait plus si évidente. Il en arrivait à se demander si cela valait vraiment la peine de tuer. Ce n'était, d'ailleurs, pas même un repentir, une désillusion au plus, l'idée qu'on fait souvent des choses inavouables pour être heureux, sans le devenir davantage. Lui, si bavard, tombait à de longs silences, à des réflexions confuses, d'où il sortait plus sombre. Tous les jours, à présent, pour éviter après les repas de rester face à face avec sa femme, il montait sur la marquise, allait s'asseoir en haut du pignon ; et, dans les souffles du large, bercé de vagues rêveries, il fumait des pipes, en regardant, par-dessus la ville, les paquebots se perdre à l'horizon, vers les mers lointaines.

Un soir, Roubaud eut un réveil de sa jalousie farouche d'autrefois. Comme il était allé chercher Jacques au dépôt, et qu'il le ramenait prendre chez lui un petit verre, il rencontra, descendant l'escalier, Henri Dauvergne, le conducteur-chef. Celui-ci parut troublé, expliqua qu'il venait de voir madame Roubaud, pour une commission dont l'avaient chargé ses sœurs. La vérité était que, depuis quelque temps, il poursuivait Séverine, dans l'espoir de la vaincre.

Dès la porte, le sous-chef apostropha violemment sa femme.

« Qu'est-il encore monté faire, celui-là ? Tu sais qu'il m'embête !

— Mais, mon ami, c'est pour un dessin de broderie...

— De la broderie, on lui en fichera ! Est-ce que tu me crois assez bête pour ne pas comprendre ce qu'il vient chercher ici ?... Et toi, prends garde ! »

Il marchait sur elle, les poings serrés, et elle reculait, toute blanche, étonnée de l'éclat de cet emportement, dans la calme indifférence où ils vivaient l'un et l'autre. Mais il s'apaisait déjà, il s'adressait à son compagnon.

« C'est vrai, des gaillards qui tombent dans un ménage, avec l'air de croire que la femme va tout de suite se jeter à leur tête, et que le mari, très honoré, fermera les yeux! Moi, ça me fait bouillir le sang... Voyez-vous, dans un cas pareil, j'étranglerais ma femme, oh! du coup! Et que ce petit monsieur n'y revienne pas, ou je lui règle son affaire... N'est-ce pas? C'est dégoûtant. »

Jacques, très gêné de la scène, ne savait quelle contenance tenir. Était-ce pour lui, cette exagération de colère? le mari voulait-il lui donner un avertissement? Il se rassura, lorsque ce dernier reprit d'une voix gaie :

« Grande bête, je sais bien que tu le flanquerais toi-même à la porte... Va, donne-nous des verres, trinque avec nous. »

Il tapait sur l'épaule de Jacques, et Séverine, remise elle aussi, souriait aux deux hommes. Puis, ils burent ensemble, ils passèrent une heure très douce.

Ce fut ainsi que Roubaud rapprocha sa femme et le camarade, d'un air de bonne amitié, sans paraître songer aux suites possibles. Cette question de la jalousie devint justement la cause d'une intimité plus étroite, de toute une tendresse secrète, resserrée de confidences, entre Jacques et Séverine; car celui-ci, l'ayant revue, le surlendemain, la plaignit d'avoir été si brutalement traitée; tandis qu'elle, les yeux noyés, confessait, par le débordement involontaire de ses plaintes, combien peu elle avait trouvé de bonheur dans son ménage. Dès ce moment, ils eurent un sujet de conversation à eux seuls, une complicité d'amitié, où ils finissaient par s'entendre sur un signe. A chaque visite, il l'interrogeait d'un regard, pour savoir si elle n'avait eu aucun sujet nouveau de tristesse. Elle répondait de même, d'un simple

mouvement des paupières. Puis, leurs mains se
cherchèrent derrière le dos du mari, s'enhardirent, ils
correspondirent par de longues pressions, en se
disant, du bout de leurs doigts tièdes, l'intérêt
croissant qu'ils prenaient aux moindres petits faits de
leur existence. Rarement, ils avaient la fortune de se
rencontrer une minute, en dehors de la présence de
Roubaud. Toujours ils le retrouvaient là, entre eux,
dans cette salle à manger mélancolique ; et ils ne
faisaient rien pour lui échapper, n'ayant pas même la
pensée de se donner un rendez-vous, au fond de
quelque coin reculé de la gare. C'était, jusque-là, une
affection véritable, un entraînement de sympathie
vive, qu'il gênait à peine, puisqu'un regard, un
serrement de main, leur suffisait encore pour se
comprendre.

La première fois que Jacques chuchota à l'oreille
de Séverine qu'il l'attendrait le jeudi suivant, à
minuit, derrière le dépôt, elle se révolta, elle retira sa
main violemment. C'était sa semaine de liberté, celle
du service de nuit. Mais un grand trouble l'avait
prise, à la pensée de sortir de chez elle, d'aller
retrouver ce garçon si loin, à travers les ténèbres de
la gare. Elle éprouvait une confusion qu'elle n'avait
jamais eue, la peur des vierges ignorantes dont le
cœur bat ; et elle ne céda point tout de suite, il dut la
prier pendant près de quinze jours, avant qu'elle
consentît, malgré l'ardent désir où elle était elle-
même de cette promenade nocturne. Juin commençait, les soirées devenaient brûlantes, à peine rafraî-
chies par la brise de mer. Trois fois déjà, il l'avait
attendue, espérant toujours qu'elle le rejoindrait,
malgré son refus. Ce soir-là, elle avait dit non
encore ; mais la nuit était sans lune, une nuit de ciel
couvert, où pas une étoile ne luisait, sous la brume
ardente qui assourdissait le ciel. Et, comme il était
debout, dans l'ombre, il la vit enfin venir, vêtue de

noir, d'un pas muet. Il faisait si sombre, qu'elle l'aurait frôlé sans le reconnaître, s'il ne l'avait arrêtée dans ses bras, en lui donnant un baiser. Elle eut un léger cri, frissonnante. Puis, rieuse, elle laissa ses lèvres sur les siennes. Seulement, ce fut tout, jamais elle n'accepta de s'asseoir, sous un des hangars qui les entouraient. Ils marchèrent, ils causèrent à voix très basse, serrés l'un contre l'autre. Il y avait là un vaste espace occupé par le dépôt et ses dépendances, tout le terrain compris entre la rue Verte et la rue François-Mazeline, qui coupent chacune la ligne d'un passage à niveau : sorte d'immense terrain vague, encombré de voies de garage, de réservoirs, de prises d'eau, de constructions de toutes sortes, les deux grandes remises pour les machines, la petite maison des Sauvagnat entourée d'un potager large comme la main, les masures où étaient installés les ateliers de réparation, le corps de garde où dormaient les mécaniciens et les chauffeurs ; et rien n'était plus facile que de se dissimuler, de se perdre ainsi qu'au fond d'un bois, parmi ces ruelles désertes, aux inextricables détours. Pendant une heure, ils y goûtèrent une solitude délicieuse, à soulager leurs cœurs des paroles amies, amassées depuis si longtemps ; car elle ne voulait entendre parler que d'affection, elle lui avait tout de suite déclaré qu'elle ne serait jamais à lui, que cela serait trop vilain de salir cette pure amitié dont elle était si fière, ayant le besoin de s'estimer. Puis, il l'accompagna jusqu'à la rue Verte, leurs bouches se rejoignirent, en un baiser profond. Et elle rentra.

A cette même heure, dans le bureau des sous-chefs, Roubaud commençait à sommeiller, au fond du vieux fauteuil de cuir, d'où il se levait vingt fois par nuit, les membres rompus. Jusqu'à neuf heures, il avait à recevoir et à expédier les trains du soir. Le train de marée l'occupait particulièrement : c'étaient

les manœuvres, les attelages, les feuilles d'expédition
à surveiller de près. Puis, lorsque l'express de Paris
était arrivé et débranché, il soupait seul dans le
bureau, sur un coin de table, avec un morceau de
viande froide, descendu de chez lui, entre deux
tranches de pain. Le dernier train, un omnibus de
Rouen, entrait en gare à minuit et demi. Et les quais
déserts tombaient à un grand silence, on ne laissait
allumés que de rares becs de gaz, la gare entière
s'endormait, dans ce frissonnement des demi-
ténèbres. De tout le personnel, il ne restait que deux
surveillants et quatre ou cinq hommes d'équipe, sous
les ordres du sous-chef. Encore ronflaient-ils à poings
fermés, sur les planches du corps de garde; tandis
que Roubaud, forcé de les réveiller à la moindre
alerte, ne sommeillait que l'oreille aux aguets. De
peur que la fatigue ne l'assommât, vers le jour, il
réglait son réveille-matin à cinq heures, heure à
laquelle il devait être debout, pour recevoir le
premier train de Paris. Mais, parfois, depuis quelque
temps surtout, il ne pouvait dormir, pris d'insomnie,
se retournant dans son fauteuil. Alors, il sortait,
faisait une ronde, poussait jusqu'au poste de l'aiguilleur, où il causait un instant. Le vaste ciel noir, la
paix souveraine de la nuit finissaient par calmer sa
fièvre. A la suite d'une lutte avec des maraudeurs, on
l'avait armé d'un revolver, qu'il portait tout chargé
dans sa poche. Et, jusqu'à l'aube souvent, il se
promenait ainsi, s'arrêtant dès qu'il croyait voir
remuer la nuit, reprenant sa marche avec le vague
regret de n'avoir pas à faire le coup de feu, soulagé
lorsque le ciel blanchissait et tirait de l'ombre le
grand fantôme pâle de la gare. Maintenant que le
jour se levait dès trois heures, il rentrait se jeter dans
son fauteuil, où il dormait d'un sommeil de plomb,
jusqu'à ce que son réveille-matin le mît debout
effaré [25].

Tous les quinze jours, le jeudi et le samedi, Séverine rejoignait Jacques ; et, une nuit, comme elle lui parlait du revolver dont son mari était armé, ils s'en inquiétèrent. Jamais, à la vérité, Roubaud n'allait jusqu'au dépôt. Cela n'en donna pas moins à leurs promenades une apparence de danger, qui en doublait le charme. Ils avaient surtout trouvé un coin adorable : c'était, derrière la maison des Sauvagnat, une sorte d'allée, entre des tas énormes de charbon de terre, qui en faisaient la rue solitaire d'une ville étrange, aux grands palais carrés de marbre noir. On s'y trouvait absolument caché, et il y avait, au bout, une petite remise à outils, dans laquelle un empilement de sacs vides aurait fait une couche très molle. Mais, un samedi qu'une averse brusque les forçait à s'y réfugier, elle s'était obstinée à rester debout, n'abandonnant toujours que ses lèvres, dans des baisers sans fin. Elle ne mettait pas là sa pudeur, elle donnait à boire son souffle, goulûment, comme par amitié. Et, lorsque, brûlant de cette flamme, il tentait de la prendre, elle se défendait, elle pleurait, en répétant chaque fois les mêmes raisons. Pourquoi voulait-il lui faire tant de peine ? Cela lui semblait si tendre, de s'aimer, sans toute cette saleté du sexe ! Souillée à seize ans par la débauche de ce vieux dont le spectre sanglant la hantait, violentée plus tard par les appétits brutaux de son mari, elle avait gardé une candeur d'enfant, une virginité, toute la honte charmante de la passion qui s'ignore. Ce qui la ravissait, chez Jacques, c'était sa douceur, son obéissance à ne pas égarer ses mains sur elle, dès qu'elle les prenait simplement entre les siennes, si faibles. Pour la première fois, elle aimait, et elle ne se livrait point, parce que, justement, cela lui aurait gâté son amour, d'être tout de suite à celui-ci, de la même façon qu'elle avait appartenu aux deux autres. Son désir inconscient était de prolonger à jamais cette sensation si délicieuse, de redevenir toute jeune, avant la souillure, d'avoir un bon ami, ainsi qu'on en a à quinze ans, et qu'on embrasse à pleine bouche, derrière les portes. Lui, en dehors des instants de fièvre, n'avait point d'exigence, se prêtait à ce bonheur voluptueusement différé. Ainsi qu'elle, il semblait retourner à l'enfance, commençant l'amour, qui, jusque-là, était resté pour lui une épouvante. S'il se montrait docile, retirant ses mains, dès qu'elle les écartait, c'était qu'une peur sourde demeurait au fond de sa tendresse, un grand trouble, où il craignait de confondre le désir avec son ancien besoin de meurtre. Celle-ci, qui avait tué, était comme le rêve de sa chair. Sa guérison, chaque jour, lui paraissait plus certaine, puisqu'il l'avait tenue des heures à son cou, que sa bouche, sur la sienne, buvait son âme, sans que sa furieuse envie se réveillât d'en être le maître en l'égorgeant. Mais il n'osait toujours pas ; et cela était si bon d'attendre, de laisser à leur amour même le soin de les unir, quand la minute viendrait, dans l'évanouissement de leur volonté, aux bras l'un de l'autre. Ainsi, les rendez-vous heureux se succédaient, ils ne se lassaient pas de se retrouver pour un moment, de marcher ensemble par les ténèbres, entre les grands tas de charbon qui assombrissaient la nuit, autour d'eux.

Une nuit de juillet, Jacques, pour arriver au Havre à onze heures cinq, l'heure réglementaire, dut pousser la Lison, comme si la chaleur étouffante l'eût rendue paresseuse. Depuis Rouen, sur sa gauche, un orage l'accompagnait, suivant la vallée de la Seine, avec de larges éclairs éblouissants ; et, de temps à autre, il se retournait, pris d'inquiétude, car Séverine, ce soir-là, devait venir le rejoindre. Sa peur était que cet orage, s'il éclatait trop tôt, ne l'empêchât de sortir. Aussi, lorsqu'il eut réussi à entrer en gare, avant la pluie.

s'impatienta-t-il contre les voyageurs, qui n'en finissaient point de débarrasser les wagons.

Roubaud était là, sur le quai, cloué pour la nuit.

« Diable! dit-il en riant, vous êtes bien pressé
d'aller vous coucher... Dormez bien.

— Merci. »

Et Jacques, après avoir refoulé le train, siffla et se
rendit au dépôt. Les vantaux de l'immense porte
étaient ouverts, la Lison s'engouffra sous le hangar
fermé, une sorte de galerie à deux voies, longue
environ de soixante-dix mètres, et qui pouvait conte-
nir six machines. Il y faisait très sombre, quatre becs
de gaz éclairaient à peine les ténèbres, qu'ils semblaient accroître de grandes ombres mouvantes; et
seuls, par moments, les larges éclairs enflammaient le
vitrage du toit et les hautes fenêtres, à droite et à
gauche : on distinguait alors, comme dans une
flambée d'incendie, les murs lézardés, les charpentes
noires de charbon, toute la misère caduque de cette
bâtisse, devenue insuffisante. Deux machines étaient
déjà là, froides, endormies.

Tout de suite, Pecqueux se mit à éteindre le foyer.
Il tisonnait violemment, et des braises, s'échappant
du cendrier, tombaient dessous, dans la fosse.

« J'ai trop faim, je vas casser une croûte, dit-il.
Est-ce que vous en êtes? »

Jacques ne répondit pas. Malgré sa hâte, il ne
voulait pas quitter la Lison, avant que les feux
fussent renversés et la chaudière vidée. C'était un
scrupule, une habitude de bon mécanicien, dont il ne
se départait jamais. Lorsqu'il avait le temps, il ne
s'en allait même qu'après l'avoir visitée, essuyée, avec
le soin qu'on met à panser une bête favorite.

L'eau coula dans la fosse, à gros bouillons, et il dit
seulement alors :

« Dépêchons, dépêchons. »

Un formidable coup de tonnerre lui coupa la

parole. Cette fois, les hautes fenêtres, sur le ciel en flamme, s'étaient détachées si nettement, qu'on aurait pu en compter les vitres cassées, très nombreuses. A gauche, le long des étaux, qui servaient pour les réparations, une feuille de tôle, laissée debout, résonna avec la vibration persistante d'une cloche. Toute l'antique charpente du comble avait craqué.

« Bougre! » dit simplement le chauffeur.

Le mécanicien eut un geste de désespoir. C'était fini, d'autant plus que, maintenant, une pluie diluvienne s'abattait sur le hangar. Le roulement de l'averse menaçait de crever le vitrage du toit. Là-haut, également, des carreaux devaient être brisés, car il pleuvait sur la Lison, de grosses gouttes, en paquets. Un vent furieux entrait par les portes laissées ouvertes, on aurait dit que la carcasse de la vieille bâtisse allait être emportée.

Pecqueux achevait d'accommoder la machine.

« Voilà! on verra clair demain... Pas besoin de lui faire davantage la toilette... »

Et, revenant à son idée :

« Faut manger... Il pleut trop, pour aller se coller sur sa paillasse. »

La cantine, en effet, se trouvait là, contre le dépôt même; tandis que la Compagnie avait dû louer une maison, rue François-Mazeline, où étaient installés des lits pour les mécaniciens et les chauffeurs qui passaient la nuit au Havre. Par un tel déluge, on aurait eu le temps d'être trempé jusqu'aux os.

Jacques dut se décider à suivre Pecqueux, qui avait pris le petit panier de son chef, comme pour lui éviter le soin de le porter. Il savait que ce panier contenait encore deux tranches de veau froid, du pain, une bouteille entamée à peine; et c'était ce qui lui donnait faim, simplement. La pluie redoublait, un coup de tonnerre encore venait d'ébranler le hangar. Quand les deux hommes s'en allèrent, à gauche, par la petite porte qui conduisait à la cantine, la Lison se refroidissait déjà. Elle s'endormit, abandonnée, dans les ténèbres que les violents éclairs illuminaient, sous les grosses gouttes qui trempaient ses reins. Près d'elle, une prise d'eau, mal fermée, ruisselait et entretenait une mare, coulant entre ses roues, dans la fosse.

Mais, avant d'entrer à la cantine, Jacques voulut se débarbouiller. Il y avait toujours là, dans une pièce, de l'eau chaude, avec des baquets. Il tira un savon de son panier, il se décrassa les mains et la face, noires du voyage ; et, comme il avait la précaution, recommandée aux mécaniciens, d'emporter un vêtement de rechange, il put se changer des pieds à la tête, ainsi qu'il le faisait du reste, par coquetterie, chaque soir de rendez-vous, en arrivant au Havre. Déjà, Pecqueux attendait dans la cantine, ne s'étant lavé que le bout du nez et le bout des doigts.

Cette cantine consistait simplement en une petite salle nue, peinte en jaune, où il n'y avait qu'un fourneau pour faire chauffer les aliments, et qu'une table, scellée au sol, recouverte d'une feuille de zinc, en guise de nappe. Deux bancs complétaient le mobilier. Les hommes devaient apporter leur nourriture, et mangeaient sur du papier, avec la pointe de leur couteau. Une large fenêtre éclairait la pièce.

« En voilà une sale pluie ! » cria Jacques en se plantant à la fenêtre.

Pecqueux s'était assis sur un banc, devant la table.

« Vous ne mangez pas, alors ?

— Non, mon vieux, finissez mon pain et ma viande si le cœur vous en dit... Je n'ai pas faim. »

L'autre, sans se faire prier, se jeta sur le veau, acheva la bouteille. Souvent, il avait de pareilles aubaines, car son chef était petit mangeur ; et il l'aimait davantage, dans son dévouement de chien, pour toutes les miettes qu'il ramassait ainsi derrière lui. La bouche pleine, il reprit, après un silence :

« La pluie, qu'est-ce que ça fiche, puisque nous voilà garés? C'est vrai que, si ça continue, moi je vous lâche, je vas à côté. »

Il se mit à rire, car il ne se cachait pas, il avait dû lui confier sa liaison avec Philomène Sauvagnat, pour qu'il ne s'étonnât point de le voir découcher si souvent, les nuits où il allait la retrouver. Comme elle occupait, chez son frère, une pièce du rez-de-chaussée, près de la cuisine, il n'avait qu'à taper au volet : elle ouvrait, il entrait d'une enjambée, simplement. C'était par là, disait-on, que toutes les équipes de la gare avaient sauté. Mais, maintenant, elle s'en tenait au chauffeur, qui suffisait, semblait-il.

« Nom de Dieu de nom de Dieu! » jura sourdement Jacques, en voyant le déluge reprendre avec plus de violence, après une accalmie.

Pecqueux, qui tenait au bout de son couteau la dernière bouchée de viande, eut de nouveau un rire bon enfant.

« Dites, c'est donc que vous aviez de l'occupation, ce soir? Hein! à nous deux, on ne peut guère nous reprocher d'user les matelas, là-bas, rue François-Mazeline. »

Vivement, Jacques quitta la fenêtre.

« Pourquoi ça?

— Dame, vous voilà comme moi, depuis ce printemps, à n'y rentrer qu'à des deux ou trois heures du matin. »

Il devait savoir quelque chose, peut-être avait-il surpris un rendez-vous. Dans chaque dortoir, les lits allaient par couple, celui du chauffeur près de celui du mécanicien; car on resserrait le plus possible l'existence de ces deux hommes, destinés à une entente de travail si étroite. Aussi n'était-il pas

étonnant que celui-ci s'aperçût de la conduite irrégulière de son chef, très rangé jusque-là.

« J'ai des maux de tête, dit le mécanicien au
hasard. Ça me fait du bien, de marcher la nuit. »

Mais déjà le chauffeur se récriait.

« Oh! vous savez, vous êtes bien libre... Ce que
j'en dis, c'est pour la farce... Même que, si vous aviez
de l'ennui un jour, faut pas se gêner de vous adresser
à moi; parce que je suis bon là, pour tout ce que
vous voudrez. »

Sans s'expliquer plus clairement, il se permit de lui
prendre la main, la serra à l'écraser, dans le don
entier de sa personne. Puis, il froissa et jeta le papier
gras qui avait enveloppé la viande, remit la bouteille
vide dans le panier, fit ce petit ménage en serviteur
soigneux, habitué au balai et à l'éponge. Et, comme
la pluie s'entêtait, bien que les coups de tonnerre
eussent cessé :

« Alors, je file, je vous laisse à vos affaires.

— Oh! dit Jacques, puisque ça continue, je vais
aller m'étendre sur le lit de camp. »

C'était, à côté du dépôt, une salle avec des matelas,
protégés par des housses de toile, où les hommes
venaient se reposer tout vêtus, lorsqu'ils n'avaient à
attendre, au Havre, que trois ou quatre heures. En
effet, dès qu'il eut vu disparaître le chauffeur dans le
ruissellement, vers la maison des Sauvagnat, il se
risqua à son tour, courut au corps de garde. Mais il
ne se coucha pas, se tint sur le seuil de la porte
grande ouverte, étouffé par l'épaisse chaleur qui
régnait là. Dans le fond, un mécanicien, allongé sur
le dos, ronflait, la bouche élargie.

Quelques minutes encore se passèrent, et Jacques
ne pouvait se résigner à perdre son espoir. Dans son
exaspération contre ce déluge imbécile, grandissait
une folle envie d'aller quand même au rendez-vous,
d'avoir au moins la joie d'y être, lui, s'il ne comptait

plus y trouver Séverine. C'était un élancement de tout son corps, il finit par sortir sous l'averse, il arriva à leur coin préféré, suivit l'allée noire que formaient les tas de charbon. Et, comme les grosses gouttes, cinglant de face, l'aveuglaient, il poussa jusqu'à la remise aux outils, où, une fois déjà, il s'était abrité avec elle. Il lui semblait qu'il y serait moins seul.

Jacques entrait dans l'obscurité profonde de ce réduit, lorsque deux bras légers l'enveloppèrent, et des lèvres chaudes se posèrent sur ses lèvres. Séverine était là.

« Mon Dieu! vous étiez venue?

— Oui, j'ai vu monter l'orage, je suis accourue ici, avant la pluie... Comme vous avez tardé! »

Elle soupirait d'une voix défaillante, jamais il ne l'avait eue si abandonnée à son cou. Elle glissa, elle se trouva assise sur les sacs vides, sur cette couche molle qui occupait tout un angle. Et lui, tombé près d'elle, sans que leurs bras se fussent dénoués, sentait ses jambes en travers des siennes. Ils ne pouvaient se voir, leurs haleines les enveloppaient comme d'un vertige, dans l'anéantissement de tout ce qui les entourait.

Mais, sous l'ardent appel de leur baiser, le tutoiement était monté à leur bouche, comme le sang mêlé de leurs cœurs.

« Tu m'attendais...

— Oh! je t'attendais, je t'attendais... »

Et, tout de suite, dès la première minute, presque sans paroles, ce fut elle qui l'attira d'une secousse, qui le força à la prendre. Elle n'avait point prévu cela. Quand il était arrivé, elle ne comptait même plus qu'elle le verrait; et elle venait d'être emportée dans la joie inespérée de le tenir, dans un brusque et irrésistible besoin d'être à lui, sans calcul ni raisonnement. Cela était parce que cela devait être. La pluie redoublait sur le toit de la remise, le dernier train de Paris qui entrait en gare passa, grondant et sifflant, ébranlant le sol.

Lorsque Jacques se releva, il écouta avec surprise le roulement de l'averse. Où était-il donc? Et, comme il retrouvait par terre, sous sa main, le manche d'un marteau qu'il avait senti en s'asseyant, il fut inondé de félicité. Alors, c'était fait? Il avait possédé Séverine et il n'avait pas pris ce marteau pour lui casser le crâne. Elle était à lui sans bataille, sans cette envie instinctive de la jeter sur son dos, morte, ainsi qu'une proie qu'on arrache aux autres. Il ne sentait plus sa soif de venger des offenses très anciennes dont il aurait perdu l'exacte mémoire, cette rancune amassée de mâle en mâle, depuis la première tromperie au fond des cavernes. Non, la possession de celle-ci était d'un charme puissant, elle l'avait guéri, parce qu'il la voyait autre, violente dans sa faiblesse, couverte du sang d'un homme qui lui faisait comme une cuirasse d'horreur. Elle le dominait, lui qui n'avait point osé. Et ce fut avec une reconnaissance attendrie, un désir de se fondre en elle, qu'il la reprit dans ses bras.

Séverine, elle aussi, s'abandonnait, bien heureuse, délivrée d'une lutte dont elle ne comprenait plus la raison. Pourquoi s'était-elle donc refusée si long-temps? Elle s'était promise, elle aurait dû se donner, puisqu'elle ne devait y avoir que plaisir et douceur. Maintenant, elle comprenait bien qu'elle en avait toujours eu l'envie, même lorsqu'il lui semblait si bon d'attendre. Son cœur, son corps ne vivaient que d'un besoin d'amour absolu, continu, et c'était une cruauté affreuse, ces événements qui la jetaient, effarée, à toutes ces abominations. Jusque-là, l'existence avait abusé d'elle, dans la boue, dans le sang, avec une violence telle, que ses beaux yeux bleus, restés naïfs, en gardaient un élargissement de terreur, sous son casque tragique de cheveux noirs. Elle était restée vierge malgré tout, elle venait de se donner pour la première fois, à ce garçon, qu'elle adorait, dans le désir de disparaître en lui, d'être sa servante. Elle lui appartenait, il pouvait disposer d'elle, à son caprice.

« Oh! mon chéri, prends-moi, garde-moi, je ne veux que ce que tu veux.

— Non, non! chérie, c'est toi la maîtresse, je ne suis là que pour t'aimer et t'obéir. »

Des heures se passèrent. La pluie avait cessé depuis longtemps, un grand silence enveloppait la gare, que troublait seule une voix lointaine, indistincte, montant de la mer. Ils étaient encore aux bras l'un de l'autre, lorsqu'un coup de feu les mit debout, frémissants. Le jour allait paraître, une tache pâle blanchissait le ciel, au-dessus de l'embouchure de la Seine. Qu'était-ce donc que ce coup de feu? Leur imprudence, cette folie de s'être ainsi attardés, leur montrait, dans une brusque imagination, le mari les poursuivant à coups de revolver.

« Ne sors pas! Attends, je vais voir. »

Jacques, prudemment, s'était avancé jusqu'à la porte. Et là, dans l'ombre épaisse encore, il entendit approcher un galop d'hommes, il reconnut la voix de Roubaud, qui poussait les surveillants, en leur criant que les maraudeurs étaient trois, qu'il les avait parfaitement vus volant du charbon. Depuis quelques semaines surtout, pas de nuit ne se passait sans qu'il eût de la sorte des hallucinations de brigands imaginaires. Cette fois, sous l'empire d'une frayeur soudaine, il avait tiré au hasard, dans les ténèbres.

« Vite, vite! ne restons pas là, murmura le jeune homme. Ils vont visiter la remise... Sauve-toi! »

D'un grand élan, ils s'étaient repris, s'étouffant à pleins bras, à pleines lèvres. Puis, Séverine, légère, fila le long du dépôt, protégée par le vaste mur; tandis que lui, doucement, se dissimulait au milieu des tas de charbon. Et il était temps, en vérité, car Roubaud voulait en effet visiter la remise. Il jurait que les maraudeurs devaient y être. Les lanternes des surveillants dansaient au ras du sol. Il y eut une querelle. Tous finirent par reprendre le chemin de la gare, irrités de cette poursuite inutile.

Et, comme Jacques, rassuré, se décidait à aller enfin se coucher rue François-Mazeline, il fut surpris de se heurter presque dans Pecqueux, qui achevait de rattacher ses vêtements, avec de sourds jurons.

« Quoi donc, mon vieux?

— Ah! nom de Dieu! ne m'en parlez pas! Ce sont ces imbéciles qui ont réveillé Sauvagnat. Il m'a entendu avec sa sœur, il est descendu en chemise, et je me suis dépêché de sauter par la fenêtre... Tenez! écoutez un peu. »

Des cris, des sanglots de femme qu'on corrige s'élevaient, pendant qu'une grosse voix d'homme grondait des injures.

« Hein? ça y est, il lui allonge sa raclée. Elle a beau avoir trente-deux ans, il lui donne le fouet comme à une petite fille, quand il la surprend... Ah! tant pis, je ne m'en mêle pas : c'est son frère!

— Mais, dit Jacques, je croyais qu'il vous tolérait, vous, qu'il ne se fâchait que lorsqu'il la trouvait avec un autre.

— Oh! on ne sait jamais. Des fois, il fait semblant de ne pas me voir. Puis, vous entendez, des fois, il cogne... Ça ne l'empêche pas d'aimer sa sœur, il préférerait tout lâcher que de se séparer d'elle. Seulement, il veut de la conduite... Nom de Dieu! je crois qu'elle a son compte, aujourd'hui. »

Les cris cessaient, dans de grands soupirs de plainte, et les deux hommes s'éloignèrent. Dix minutes plus tard, ils dormaient profondément, côte a côte, au fond du petit dortoir badigeonné de jaune, meublé simplement de quatre chaises et d'une table, où il y avait une seule cuvette en zinc.

Alors, chaque nuit de rendez-vous, Jacques et Séverine goûtèrent de grandes félicités. Ils n'eurent pas toujours, autour d'eux, cette protection de la tempête. Des cieux étoilés, des lunes éclatantes, les gênèrent; mais, à ces rendez-vous-là, ils filaient dans les raies d'ombre, ils cherchaient les coins d'obscurité, où il était si bon de se serrer l'un contre l'autre. Et il y eut ainsi, en août et en septembre, des nuits adorables, d'une telle douceur, qu'ils se seraient laissé surprendre par le soleil, alanguis, si le réveil de la gare, de lointains souffles de machine, ne les avaient séparés. Même les premiers froids d'octobre ne leur déplurent pas. Elle venait plus couverte, enveloppée d'un grand manteau, dans lequel lui-même disparaissait à moitié. Puis, ils se barricadaient au fond de la remise aux outils, qu'il avait trouvé le moyen de fermer à l'intérieur, à l'aide d'une barre de fer. Ils y étaient comme chez eux, les ouragans de novembre, les coups de vent pouvaient arracher les ardoises des toitures, sans même leur effleurer la nuque. Cependant, lui, depuis le premier soir, avait une envie, celle de la posséder chez elle, dans cet étroit logement, où elle lui semblait autre, plus désirable, avec son calme souriant de bourgeoise honnête; et elle s'y était toujours refusée, moins par crainte de l'espionnage du couloir, que dans un scrupule dernier de vertu, réservant le lit conjugal. Mais, un lundi, en plein jour, comme il devait déjeuner là et que le mari tardait à monter, retenu par le chef de gare, il plaisanta, la porta sur ce lit, dans une folie de témérité dont ils riaient tous les deux; si bien qu'ils s'y oublièrent. Dès lors, elle ne résista plus, il monta la rejoindre, après minuit sonné, les jeudis et les samedis. Cela était horriblement dangereux : ils n'osaient bouger, à cause des voisins ; ils y éprouvèrent un redoublement de tendresse, des jouissances nouvelles. Souvent, un caprice de courses nocturnes, un besoin de fuir en bêtes échappées, les ramenait au-dehors, dans la solitude noire des nuits glacées. En décembre, par une gelée terrible, ils s'y aimèrent.

Depuis quatre mois déjà, Jacques et Séverine vivaient ainsi, d'une passion croissante. Ils étaient véritablement neufs tous les deux, dans l'enfance de leur cœur, cette innocence étonnée du premier amour, ravie des moindres caresses. En eux, continuait le combat de soumission, à qui se sacrifierait davantage. Lui, n'en doutait plus, avait trouvé la guérison de son affreux mal héréditaire ; car, depuis qu'il la possédait, la pensée du meurtre ne l'avait plus troublé. Était-ce donc que la possession physique contentait ce besoin de mort ? Posséder, tuer, cela s'équivalait-il, dans le fond sombre de la bête humaine ? Il ne raisonnait pas, trop ignorant, n'essayait pas d'entrouvrir la porte d'épouvante. Parfois, entre ses bras, il retrouvait la brusque mémoire de ce qu'elle avait fait, de cet assassinat, avoué du regard seul, sur le banc du square des Batignolles ; et il n'éprouvait même pas l'envie d'en connaître les détails. Elle, au contraire, semblait de plus en plus tourmentée du besoin de tout dire. Lorsqu'elle le serrait d'une étreinte, il sentait bien qu'elle était gonflée et haletante de son secret, qu'elle ne voulait ainsi entrer en lui que pour se soulager de la chose dont elle étouffait. C'était un grand frisson qui lui partait des reins, qui soulevait sa gorge d'amoureuse, dans le flot confus de soupirs montant à ses lèvres. La voix expirante, au milieu d'un spasme, n'allait-elle point parler ? Mais, vite, d'un baiser, il fermait sa bouche, y scellait l'aveu, saisi d'une inquiétude. Pourquoi mettre cet inconnu entre eux ? Pouvait-on affirmer que cela ne changerait rien à leur bonheur? Il flairait un danger, un frémissement le reprenait, à l'idée de remuer avec elle ces histoires de sang. Et elle le devinait sans doute, elle redevenait, contre lui, caressante et docile, en créature d'amour, uniquement faite pour aimer et être aimée. Une folie de possession alors les emportait, ils demeuraient parfois évanouis aux bras l'un de l'autre.

Roubaud, depuis l'été, s'était encore épaissi, et à mesure que sa femme retournait à la gaieté, à la fraîcheur de ses vingt ans, lui vieillissait, semblait plus sombre. En quatre mois, comme elle le disait, il avait beaucoup changé. Il donnait toujours de cordiales poignées de main à Jacques, l'invitait, n'était heureux que lorsqu'il l'avait à sa table. Seulement, cette distraction ne lui suffisait plus, il sortait souvent, dès la dernière bouchée, laissait parfois le camarade avec sa femme, sous le prétexte qu'il étouffait et qu'il avait besoin d'aller prendre l'air. La vérité était que, maintenant, il fréquentait un petit café du cours Napoléon, où il retrouvait M. Cauche, le commissaire de surveillance. Il buvait peu, des petits verres de rhum; mais un goût du jeu lui était venu, qui tournait à la passion. Il ne se ranimait, n'oubliait tout que les cartes à la main, enfoncé dans des parties de piquet interminables. M. Cauche, un effréné joueur, avait décidé qu'on intéresserait les parties; on en était venu à jouer cent sous; et, dès lors, Roubaud, étonné de ne pas se connaître, avait brûlé de la rage du gain, cette fièvre chaude de l'argent gagné, qui ravage un homme jusqu'à lui faire risquer sa situation, sa vie, dans un coup de dés. Jusque-là, son service n'en avait pas souffert: il s'échappait dès qu'il était libre, ne rentrait qu'à des deux ou trois heures du matin, les nuits où il ne veillait pas. Sa femme ne s'en plaignait point, elle lui reprochait uniquement de rentrer plus maussade; car il avait une déveine extraordinaire, il finissait par s'endetter.

Un soir, une première querelle éclata entre Séverine et Roubaud. Sans le haïr encore, elle en arrivait à le supporter difficilement, car elle le sentait peser sur sa vie, elle aurait été si légère, si heureuse, s'il ne l'avait pas accablée de sa présence! Du reste, elle n'éprouvait aucun remords à le tromper : n'était-ce pas sa faute, ne l'avait-il pas presque poussée à la chute? Dans leur lente désunion, pour guérir de ce malaise qui les désorganisait, chacun d'eux se consolait, s'égayait à sa guise. Puisqu'il avait le jeu, elle pouvait bien avoir un amant. Mais, ce qui la fâchait surtout, ce qu'elle n'acceptait pas sans révolte, c'était la gêne où la mettaient ses pertes continuelles. Depuis que les pièces de cent sous du ménage filaient au café du cours Napoléon, elle ne savait parfois comment payer sa blanchisseuse. Toutes sortes de douceurs, de petits objets de toilette, lui manquaient. Et, ce soir-là, ce fut justement à propos de l'achat nécessaire d'une paire de bottines, qu'ils en vinrent à se quereller. Lui, sur le point de sortir, ne trouvant pas de couteau de table pour se couper un morceau de pain, avait pris le grand couteau, l'arme, qui traînait dans un tiroir du buffet. Elle le regardait, tandis qu'il refusait les quinze francs des bottines, ne les ayant pas, ne sachant où les prendre; elle répétait sa demande, obstinément, le forçait à répéter son refus, peu à peu exaspéré; mais, tout d'un coup, elle lui montra du doigt l'endroit du parquet où dormaient des spectres, elle lui dit qu'il y en avait là, de l'argent, et qu'elle en voulait. Il devint très pâle, il lâcha le couteau, qui retomba dans le tiroir. Un instant, elle crut qu'il allait la battre, car il s'était approché, bégayant que cet argent-là pouvait bien pourrir, qu'il se trancherait la main plutôt que de le reprendre; et il serrait les poings, il menaçait de l'assommer, si elle s'avisait, pendant son absence, de soulever la frise, pour voler seulement un centime. Jamais, jamais! C'était mort et enterré! Mais elle, d'ailleurs, avait blêmi également, défaillante à la pensée de fouiller là. La misère pouvait venir, tous deux crèveraient de faim à côté. En effet, ils n'en parlèrent plus, même les jours de grande gêne. Quand ils posaient le pied à cette place, la sensation de brûlure avait grandi, si intolérable, qu'ils finissaient par faire un détour.

Alors, d'autres disputes se produisirent, au sujet de la Croix-de-Maufras. Pourquoi ne vendaient-ils pas la maison? Et ils s'accusaient mutuellement de ne rien faire de ce qu'il aurait fallu, pour hâter cette vente. Lui, violemment, refusait toujours de s'en occuper; tandis qu'elle, les rares fois où elle écrivait à Misard, n'en obtenait que des réponses vagues : aucun acquéreur ne se présentait, les fruits avaient coulé, les légumes ne poussaient pas, faute d'arrosage. Peu à peu, le grand calme où était tombé le ménage, après la crise, se troublait ainsi, semblait emporté par un recommencement terrible de fièvre. Tous les germes de malaise, l'argent caché, l'amant introduit, s'étaient développés, les séparaient maintenant, les irritaient l'un contre l'autre. Et, dans cette agitation croissante, la vie allait devenir un enfer.

D'ailleurs, comme par un contrecoup fatal, tout se gâtait de même autour des Roubaud. Une nouvelle bourrasque de commérages et de discussions soufflait dans le couloir. Philomène venait de rompre violemment avec madame Lebleu, à la suite d'une calomnie de cette dernière qui l'accusait de lui avoir vendu une poule morte de maladie. Mais la vraie raison de la rupture était dans un rapprochement de Philomène et de Séverine. Pecqueux ayant, une nuit, reconnu celle-ci au bras de Jacques, elle avait fait taire ses scrupules d'autrefois, elle s'était montrée aimable pour la maîtresse du chauffeur ; et Philomène, très flattée de cette liaison avec une dame qui était la beauté et la distinction sans conteste de la gare, venait de se retourner contre la femme du caissier, cette vieille gueuse, disait-elle, capable de faire battre les montagnes. Elle lui donnait tous les torts, elle criait partout, à cette heure, que le logement sur la rue appartenait aux Roubaud, que c'était une abomination de ne pas le leur rendre. Les choses commençaient donc à tourner très mal pour madame Lebleu, d'autant plus que son acharnement à guetter mademoiselle Guichon, afin de la surprendre avec le chef de gare, menaçait aussi de lui causer des ennuis sérieux : elle ne les surprenait toujours pas, mais elle avait le tort de se laisser surprendre, elle, l'oreille tendue, collée aux portes ; si bien que M. Dabadie, exaspéré d'être ainsi espionné, avait dit au sous-chef Moulin que, si Roubaud réclamait encore le logement, il était prêt à contresigner la lettre. Et Moulin, peu bavard d'habitude, ayant répété cela, on avait failli se battre de porte en porte, d'un bout du couloir à l'autre, tellement les passions s'étaient rallumées.

Au milieu de ces secousses croissantes, Séverine n'avait qu'un bon jour, le vendredi. Depuis octobre, elle avait eu la tranquille audace d'inventer un prétexte, le premier venu, une douleur au genou, qui nécessitait les soins d'un spécialiste ; et, chaque vendredi, elle partait par l'express de six heures quarante du matin, que conduisait Jacques, elle passait la journée avec lui à Paris, puis revenait par l'express de six heures trente. D'abord, elle s'était cru obligée de donner à son mari des nouvelles de son genou : il allait mieux, il allait plus mal ; ensuite, voyant qu'il ne l'écoutait même pas, elle avait carrément cessé de lui en parler. Et, parfois, elle le regardait, elle se demandait s'il savait. Comment ce jaloux féroce, cet homme qui avait tué, aveuglé de sang, dans une rage imbécile, en arrivait-il à lui tolérer un amant? Elle ne pouvait le croire, elle pensait simplement qu'il devenait stupide.

Dans les premiers jours de décembre, par une nuit glaciale, Séverine attendit son mari très tard. Le lendemain, un vendredi, avant l'aube, elle devait prendre l'express; et, ces soirs-là, elle faisait d'habitude une toilette soigneuse, préparait ses vêtements, pour être tout de suite habillée, au saut du lit. Enfin, elle se coucha, finit par s'endormir, vers une heure. Roubaud n'était pas rentré. Déjà deux fois, il n'avait reparu qu'au petit jour, tout à sa passion grandissante, ne pouvant plus s'arracher du café, dont une petite salle, au fond, se changeait peu à peu en un véritable tripot : on y jouait maintenant de grosses sommes, à l'écarté. Heureuse du reste de coucher seule, bercée par l'attente de sa bonne journée du lendemain, la jeune femme dormait profondément, dans la chaleur douce des couvertures.

Mais trois heures allaient sonner, lorsqu'un bruit singulier l'éveilla. D'abord, elle ne put comprendre, crut rêver, se rendormit. C'étaient des pesées sourdes, des craquements de bois, comme si l'on avait voulu forcer une porte. Un éclat, une déchirure plus violente, la mit sur son séant. Et une peur la bouleversa : quelqu'un, à coup sûr, faisait sauter la serrure du couloir. Pendant une minute, elle n'osa bouger, écoutant, les oreilles bourdonnantes. Puis, elle eut le courage de se lever, pour voir ; elle marcha sans bruit, pieds nus, elle entrouvrit la porte de sa chambre doucement, saisie d'un tel froid, qu'elle en était toute pâle et amincie encore, sous sa chemise ; et le spectacle qu'elle aperçut, dans la salle à manger, la cloua de surprise et d'effroi.

Par terre, Roubaud, vautré sur le ventre, soulevé sur les coudes, venait d'arracher la frise, à l'aide d'un ciseau. Une bougie, posée près de lui, l'éclairait, en projetant son ombre enorme jusqu'au plafond. Et, à cette minute, le visage penché au-dessus du trou qui creusait le parquet d'une fente noire, il regardait, les yeux élargis. Le sang violaçait ses joues, il avait sa face d'assassin. Brutalement, il plongea la main, ne trouva rien, dans le frisson qui l'agitait, dut approcher la bougie. Au fond, apparurent le porte-monnaie, les billets, la montre.

Séverine eut un cri involontaire, et Roubaud, terrifié, se retourna. Un moment, il ne la reconnut pas, crut sans doute à un spectre, en la voyant toute blanche, avec ses regards d'épouvante.

« Qu'est-ce que tu fais donc? » demanda-t-elle.

Alors, comprenant, évitant de répondre, il ne lâcha qu'un grognement sourd. Il la regardait, gêné par sa présence, désireux de la renvoyer au lit. Mais pas une parole raisonnable ne lui venait, il la trouvait simplement à gifler, ainsi grelottante, toute nue.

« N'est-ce pas? continua-t-elle, tu me refuses des bottines, et tu prends l'argent pour toi, parce que tu as perdu. »

Cela, du coup, l'enragea. Est-ce qu'elle allait lui gâter la vie encore, se mettre en travers de son plaisir, cette femme qu'il ne désirait plus, dont la possession n'était plus qu'une secousse désagréable? Puisqu'il s'amusait ailleurs, il n'avait aucun besoin d'elle. De nouveau, il fouilla, ne prit que le porte-monnaie, contenant les trois cents francs d'or. Et, lorsque, du talon, il eut remis la frise en place, il vint lui jeter au visage, les dents serrées :

« Tu m'embêtes, je fais ce que je veux. Est-ce que je te demande, moi, ce que tu vas faire, tout à l'heure, à Paris? »

Puis, avec un furieux haussement d'épaules, il retourna au café, en laissant la bougie par terre.

Séverine la ramassa, alla se remettre au lit, glacée jusqu'au cœur; et elle la garda allumée, ne pouvant se rendormir, attendant l'heure de l'express, peu à peu brûlante, les yeux grands ouverts. C'était certain maintenant, il y avait eu une désorganisation progressive, comme une infiltration du crime, qui décomposait cet homme, et qui avait pourri tout lien, entre eux. Roubaud savait.

VII

Ce vendredi-là, les voyageurs qui devaient, au
Havre, prendre l'express de six heures quarante,
eurent à leur réveil un cri de surprise : la neige
tombait depuis minuit, en flocons si drus, si gros,
qu'il y en avait dans les rues une couche de trente
centimètres.

Déjà, sous la halle couverte, la Lison soufflait,
fumante, attelée à un train de sept wagons, trois de
deuxième classe et quatre de première. Lorsque, vers
cinq heures et demie, Jacques et Pecqueux étaient
arrivés au dépôt, pour la visite, ils avaient eu un
grognement d'inquiétude, devant cette neige entêtée,
dont crevait le ciel noir. Et, maintenant, à leur poste,
ils attendaient le coup de sifflet, les yeux au loin, au-
delà du porche béant de la marquise, regardant la
tombée muette et sans fin des flocons rayer les
ténèbres d'un frisson livide.

Le mécanicien murmura :

« Le diable m'emporte si l'on voit un signal !

— Encore si l'on peut passer ! » dit le chauffeur.

Roubaud était sur le quai, avec sa lanterne, rentré
à la minute précise pour prendre son service. Par
instants, ses paupières meurtries se fermaient de
fatigue, sans qu'il cessât sa surveillance. Jacques lui
ayant demandé s'il ne savait rien de l'état de la voie,
il venait de s'approcher et de lui serrer la main, en

répondant qu'il n'avait pas de dépêche encore ; et, comme Séverine descendait, enveloppée d'un grand manteau, il la conduisit lui-même à un compartiment de première classe, où il l'installa. Sans doute avait-il surpris le regard de tendresse inquiète, échangé entre les deux amants ; mais il ne se soucia seulement pas de dire à sa femme qu'il était imprudent de partir par un temps pareil, et qu'elle ferait mieux de remettre son voyage.

Des voyageurs arrivèrent, emmitouflés, chargés de valises, toute une bousculade dans le froid terrible du matin. La neige des chaussures ne se fondait même pas ; et les portières se refermaient aussitôt, chacun se barricadait, le quai restait désert, mal éclairé par les lueurs louches de quelques becs de gaz ; tandis que le fanal de la machine, accroché à la base de la cheminée, flambait seul, comme un œil géant, élargissant au loin, dans l'obscurité, sa nappe d'incendie.

Mais Roubaud éleva sa lanterne, donnant le signal. Le conducteur-chef siffla, et Jacques répondit, après avoir ouvert le régulateur et mis en avant le petit volant du changement de marche. On partait. Pendant une minute encore, le sous-chef suivit tranquillement du regard le train qui s'éloignait sous la tempête.

« Et attention ! dit Jacques à Pecqueux. Pas de farce, aujourd'hui ! »

Il avait bien remarqué que son compagnon semblait, lui aussi, tomber de lassitude : le résultat, sûrement, de quelque noce de la veille.

« Oh ! pas de danger, pas de danger ! » bégaya le chauffeur.

Tout de suite, dès la sortie de la halle couverte, les deux hommes étaient entrés dans la neige. Le vent soufflait de l'est, la machine avait ainsi le vent debout, fouettée de face par les rafales ; et, derrière l'abri, ils n'en souffrirent pas trop d'abord, vêtus de grosses laines, les yeux protégés par des lunettes. Mais, dans la nuit, la lumière éclatante du fanal était comme mangée par ces épaisseurs blafardes qui tombaient. Au lieu de s'éclairer à deux ou trois cents mètres, la voie apparaissait sous une sorte de brouillard laiteux, où les choses ne surgissaient que très rapprochées, ainsi que du fond d'un rêve Et, selon sa crainte, ce qui porta l'inquiétude du mécanicien à son comble, ce fut de constater, dès le feu du premier poste de cantonnement, qu'il ne verrait certainement pas, à la distance réglementaire, les signaux rouges, fermant la voie. Dès lors, il avança avec une extrême prudence, sans pouvoir cependant ralentir la vitesse, car le vent lui opposait une résistance énorme, et tout retard serait devenu un danger aussi grand.

Jusqu'à la station d'Harfleur, la Lison fila d'une bonne marche continue. La couche de neige tombée ne préoccupait pas encore Jacques, car il y en avait au plus soixante centimètres, et le chasse-neige en déblayait aisément un mètre. Il était tout au souci de garder sa vitesse, sachant bien que la vraie qualité d'un mécanicien, après la tempérance et l'amour de sa machine, consistait à marcher d'une façon régulière, sans secousse, à la plus haute pression possible Même, son unique défaut était là, dans un entêtement à ne pas s'arrêter, désobéissant aux signaux, croyant toujours qu'il aurait le temps de dompter la Lison : aussi, parfois, allait-il trop loin, écrasait les pétards, « les cors au pied », comme on dit, ce qui lui avait valu deux fois des mises à pied de huit jours. Mais, en ce moment, dans le grand danger où il se sentait, la pensée que Séverine était là, qu'il avait charge de cette chère existence, décuplait la force de sa volonté, tendue toute là-bas, jusqu'à Paris, le long de cette double ligne de fer, au milieu des obstacles qu'il devait franchir.

Et, debout sur la plaque de tôle qui reliait la machine au tender, dans les continuels cahots de la trépidation, Jacques, malgré la neige, se penchait à droite, pour mieux voir. Par la vitre de l'abri, brouillée d'eau, il ne distinguait rien; et il restait la face sous les rafales, la peau flagellée de milliers d'aiguilles, pincée d'un tel froid, qu'il y sentait comme des coupures de rasoir. De temps à autre, il se retirait, pour reprendre haleine; il ôtait ses lunettes, les essuyait; puis, il revenait à son poste d'observation, en plein ouragan, les yeux fixes, dans l'attente des feux rouges, si absorbé en son vouloir, qu'à deux reprises il eut l'hallucination de brusques étincelles sanglantes, tachant le rideau pâle qui tremblait devant lui.

Mais, tout d'un coup, dans les ténèbres, une sensation l'avertit que son chauffeur n'était plus là. Seule, une petite lanterne éclairait le niveau d'eau, pour que nulle lumière n'aveuglât le mécanicien; et, sur le cadran du manomètre, dont l'émail semblait garder une lueur propre, il avait vu que l'aiguille bleue, tremblante, baissait rapidement. C'était le feu qui tombait. Le chauffeur venait de s'étaler sur le coffre, vaincu par le sommeil.

« Sacré noceur! » cria Jacques, furieux, le secouant.

Pecqueux se releva, s'excusa, d'un grognement inintelligible. Il tenait à peine debout; mais la force de l'habitude le remit tout de suite à son feu, le marteau en main, cassant le charbon, l'étalant sur la grille avec la pelle, en une couche bien égale; puis, il donna un coup de balai. Et, pendant que la porte du foyer était restée ouverte, un reflet de fournaise, en arrière sur le train, comme une queue flamboyante de comète, avait incendié la neige, pleuvant au travers, en larges gouttes d'or.

Après Harfleur, commença la grande rampe de

trois lieues qui va jusqu'à Saint-Romain, la plus forte de toute la ligne. Aussi le mécanicien se remit-il à la manœuvre, très attentif, s'attendant à un fort coup de collier, pour monter cette côte, déjà rude par les beaux temps. La main sur le volant du changement de marche, il regardait fuir les poteaux télégraphiques, tâchant de se rendre compte de la vitesse. Celle-ci diminuait beaucoup, la Lison s'essoufflait, tandis qu'on devinait le frottement des chasse-neige, à une résistance croissante. Du bout du pied, il rouvrit la porte; et le chauffeur, ensommeillé, comprit, poussa le feu encore, afin d'augmenter la pression. Maintenant, la porte rougissait, éclairait leurs jambes à tous deux d'une lueur violette. Mais ils n'en sentaient pas l'ardente chaleur, dans le courant d'air glacé qui les enveloppait. Sur un geste de son chef, le chauffeur venait aussi de lever la tige du cendrier, ce qui activait le tirage. Rapidement, l'aiguille du manomètre était remontée à dix atmosphères, la Lison donnait toute la force dont elle était capable. Même, un instant, voyant le niveau d'eau baisser, le mécanicien dut faire mouvoir le petit volant de l'injecteur, bien que cela diminuât la pression. Elle se releva d'ailleurs, la machine ronflait, crachait, comme une bête qu'on surmène, avec des sursauts, des coups de reins, où l'on aurait cru entendre craquer ses membres. Et il la rudoyait, en femme vieillie et moins forte, n'ayant plus pour elle la même tendresse qu'autrefois.

« Jamais elle ne montera, la fainéante! » dit-il, les dents serrées, lui qui ne parlait pas en route.

Pecqueux, étonné, dans sa somnolence, le regarda. Qu'avait-il donc maintenant contre la Lison? Est-ce qu'elle n'était pas toujours la brave machine obéissante, d'un démarrage si aisé, que c'était un plaisir de la mettre en route, et d'une si bonne vaporisation, qu'elle épargnait son dixième de charbon, de Paris au

Havre? Quand une machine avait des tiroirs comme les siens, d'un réglage parfait, coupant à miracle la vapeur, on pouvait lui tolérer toutes les imperfections, comme qui dirait à une ménagère quinteuse, ayant pour elle la conduite et l'économie. Sans doute qu'elle dépensait trop de graisse. Et puis, après? On la graissait, voilà tout!

Justement, Jacques répétait, exaspéré :

« Jamais elle ne montera, si on ne la graisse pas. »

Et, ce qu'il n'avait pas fait trois fois dans sa vie, il prit la burette, pour la graisser en marche. Enjambant la rampe, il monta sur le tablier, qu'il suivit tout le long de la chaudière. Mais c'était une manœuvre des plus périlleuses : ses pieds glissaient sur l'étroite bande de fer, mouillée par la neige; et il était aveuglé, et le vent terrible menaçait de le balayer comme une paille. La Lison, avec cet homme accroché à son flanc, continuait sa course haletante, dans la nuit, parmi l'immense couche blanche, où elle s'ouvrait profondément un sillon. Elle le secouait, l'emportait. Parvenu à la traverse d'avant, il s'accroupit devant le godet graisseur du cylindre de droite, il eut toutes les peines du monde à l'emplir, en se tenant d'une main à la tringle. Puis, il lui fallut faire le tour, ainsi qu'un insecte rampant, pour aller graisser le cylindre de gauche. Et, quand il revint, exténué, il était tout pâle, ayant senti passer la mort.

« Sale rosse! » murmura-t-il.

Saisi de cette violence inaccoutumée à l'égard de leur Lison, Pecqueux ne put s'empêcher de dire, en hasardant une fois de plus son habituelle plaisanterie :

« Fallait m'y laisser aller : ça me connaît, moi, de graisser les dames. »

Réveillé un peu, il s'était remis, lui aussi, à son poste, surveillant le côté gauche de la ligne. D'ordinaire, il avait de bons yeux, meilleurs que ceux de

son chef. Mais, dans cette tourmente, tout avait
disparu, à peine pouvaient-ils, eux pourtant à qui
chaque kilomètre de la route était si familier
reconnaître les lieux qu'ils traversaient. la voie
sombrait sous la neige, les haies, les maisons elles-
mêmes semblaient s'engloutir, ce n'était plus qu'une
plaine rase et sans fin, un chaos de blancheurs
vagues, où la Lison paraissait galoper a sa guise.
prise de folie. Et jamais les deux hommes n'avaient
senti si étroitement le lien de fraternité qui les
unissait, sur cette machine en marche, lâchée à
travers tous les périls, où ils se trouvaient plus seuls,
plus abandonnés du monde, que dans une chambre
close, avec l'aggravante, l'écrasante responsabilité
des vies humaines qu'ils traînaient derrière eux.

Aussi Jacques, que la plaisanterie de Pecqueux
avait achevé d'irriter, finit-il par en sourire, retenant
la colère qui l'emportait. Ce n'était, certes, pas le
moment de se quereller. La neige redoublait, le
rideau s'épaississait à l'horizon. On continuait de
monter, lorsque le chauffeur, à son tour, crut voir
étinceler un feu rouge, au loin. D'un mot, il avertit
son chef. Mais déjà il ne le retrouvait plus, ses yeux
avaient rêvé, comme il disait parfois. Et le mécanicien, qui n'avait rien vu, restait le cœur battant,
troublé par cette hallucination d'un autre, perdant
confiance en lui-même. Ce qu'il s'imaginait distinguer, au-delà du pullulement pâle des flocons,
c'étaient d'immenses formes noires, des masses considérables, comme des morceaux géants de la nuit, qui
semblaient se déplacer et venir au-devant de la
machine. Étaient-ce donc des coteaux éboulés, des
montagnes barrant la voie. où allait se briser le train?
Alors. pris de peur, il tira la tringle du sifflet
longuement. désespérément. et cette lamentation
traînait, lugubre. au travers de la tempête. Puis, il fut
tout étonné d'avoir sifflé à propos, car le train

traversait à grande vitesse la gare de Saint-Romain, dont il se croyait éloigné de deux kilomètres.

Cependant, la Lison, qui avait franchi la terrible rampe, se mit à rouler plus à l'aise, et Jacques put respirer un moment. De Saint-Romain à Bolbec, la ligne monte d'une façon insensible, tout irait bien sans doute jusqu'à l'autre bout du plateau. Quand il fut à Beuzeville, pendant l'arrêt de trois minutes, il n'en appela pas moins le chef de gare qu'il aperçut sur le quai, tenant à lui dire ses craintes, en face de cette neige dont la couche augmentait toujours : jamais il n'arriverait à Rouen, le mieux serait de doubler l'attelage, en ajoutant une seconde machine, tandis qu'on se trouvait à un dépôt, où des machines à disposition étaient toujours prêtes. Mais le chef de gare répondit qu'il n'avait pas d'ordre et qu'il ne croyait pas devoir prendre cette mesure sur lui. Tout ce qu'il offrit, ce fut de donner cinq ou six pelles de bois, pour déblayer les rails, en cas de besoin. Et Pecqueux prit les pelles, qu'il rangea dans un coin du tender.

Sur le plateau, en effet, la Lison continua sa marche avec une bonne vitesse, sans trop de peine. Elle se lassait pourtant. A toute minute, le mécanicien devait faire son geste, ouvrir la porte du foyer, pour que le chauffeur mît du charbon ; et, chaque fois, au-dessus du train morne, noir dans tout ce blanc, recouvert d'un linceul, flambait l'éblouissante queue de comète, trouant la nuit. Il était sept heures trois quarts, le jour naissait ; mais, à peine en distinguait-on la pâleur au ciel, dans l'immense tourbillon blanchâtre qui emplissait l'espace, d'un bout de l'horizon à l'autre. Cette clarté louche, où rien ne se distinguait encore, inquiétait davantage les deux hommes, qui, les yeux pleins de larmes, malgré leurs lunettes, s'efforçaient de voir au loin. Sans lâcher le volant du changement de marche, le mécanicien ne quittait plus la tringle du sifflet, sifflant d'une façon presque continue, par prudence, d'un sifflement de détresse qui pleurait au fond de ce désert de neige.

On traversa Bolbec, puis Yvetot, sans encombre. Mais, à Motteville, Jacques, de nouveau, interpella le sous-chef, qui ne put lui donner des renseignements précis sur l'état de la voie. Aucun train n'était encore venu, une dépêche annonçait simplement que l'omnibus de Paris se trouvait bloqué à Rouen, en sûreté. Et la Lison repartit, descendant de son allure alourdie et lasse les trois lieues de pente douce qui vont à Barentin. Maintenant, le jour se levait, très pâle; et il semblait que cette lueur livide vînt de la neige elle-même. Elle tombait plus dense, ainsi qu'une chute d'aube brouillée et froide, noyant la terre des débris du ciel. Avec le jour grandissant, le vent redoublait de violence, les flocons étaient chassés comme des balles, il fallait qu'à chaque instant le chauffeur prît sa pelle, pour déblayer le charbon, au fond du tender, entre les parois du récipient d'eau. A droite et à gauche, la campagne apparaissait, à ce point méconnaissable, que les deux hommes avaient la sensation de fuir dans un rêve : les vastes champs plats, les gras pâturages clos de haies vives, les cours plantées de pommiers, n'étaient plus qu'une mer blanche, à peine renflée de courtes vagues, une immensité blême et tremblante, où tout défaillait, dans cette blancheur. Et le mécanicien, debout, la face coupée par les rafales, la main sur le volant, commençait à souffrir terriblement du froid.

Enfin, à l'arrêt de Barentin, le chef de gare, M. Bessière, s'approcha lui-même de la machine, pour prévenir Jacques qu'on signalait des quantités considérables de neige, du côté de la Croix-de-Maufras.

« Je crois qu'on peut encore passer, ajouta-t-il.
Mais vous aurez de la peine. »

Alors, le jeune homme s'emporta.

« Tonnerre de Dieu! Je l'ai bien dit, à Beuzeville!
Qu'est-ce que ça pouvait leur faire, de doubler
l'attelage?... Ah! nous allons être gentils! »

Le conducteur-chef venait de descendre de son
fourgon, et lui aussi se fâchait. Il était gelé dans sa
vigie, il déclarait qu'il était incapable de distinguer
un signal d'un poteau télégraphique. Un vrai voyage
à tâtons, dans tout ce blanc!

« Enfin, vous voilà prévenus », reprit M. Bessière.

Cependant, les voyageurs s'étonnaient déjà de cet
arrêt prolongé, au milieu du grand silence de la
station ensevelie, sans un cri d'employé, sans un
battement de portière. Quelques glaces furent baissées, des têtes apparurent : une dame très forte, avec
deux jeunes filles blondes, charmantes, ses filles sans
doute, toutes trois Anglaises à coup sûr; et, plus loin,
une jeune femme brune, très jolie, qu'un monsieur
âgé forçait à rentrer; tandis que deux hommes, un
jeune, un vieux, causaient d'une voiture à l'autre, le
buste à moitié sorti des portières. Mais, comme
Jacques jetait un coup d'œil en arrière, il n'aperçut
que Séverine, penchée elle aussi, regardant de son
côté, d'un air anxieux. Ah! la chère créature, qu'elle
devait être inquiète, et quel crève-cœur il éprouvait, à
la savoir là, si près et loin de lui, dans ce danger! Il
aurait donné tout son sang pour être à Paris déjà, et
l'y déposer saine et sauve.

« Allons, partez, conclut le chef de gare. Il est
inutile d'effrayer le monde. »

Lui-même avait donné le signal. Remonté dans son
fourgon, le conducteur-chef siffla; et, une fois
encore, la Lison démarra, après avoir répondu, d'un
long cri de plainte.

Tout de suite, Jacques sentit que l'état de la voie

changeait. Ce n'était plus la plaine, le déroulement à l'infini de l'épais tapis de neige, où la machine filait comme un paquebot, laissant un sillage. On entrait dans le pays tourmenté, les côtes et les vallons dont la houle énorme allait jusqu'à Malaunay, bossuant le sol; et la neige s'était amassée là d'une façon irrégulière, la voie se trouvait déblayée par places, tandis que des masses considérables avaient bouché certains passages. Le vent, qui balayait les remblais, comblait au contraire les tranchées. C'était ainsi une continuelle succession d'obstacles à franchir, des bouts de voie libre que barraient de véritables remparts. Il faisait plein jour maintenant, et la contrée dévastée, ces gorges étroites, ces pentes raides, prenaient, sous leur couche de neige, la désolation d'un océan de glace, immobilisé dans la tourmente.

Jamais encore Jacques ne s'était senti pénétrer d'un tel froid. Sous les mille aiguilles de la neige, son visage lui semblait en sang; et il n'avait plus conscience de ses mains, paralysées par l'onglée, devenues si insensibles, qu'il frémit en s'apercevant qu'il perdait, entre ses doigts, la sensation du petit volant du changement de marche. Quand il levait le coude, pour tirer la tringle du sifflet, son bras pesait à son épaule comme un bras de mort. Il n'aurait pu dire si ses jambes le portaient, dans les secousses continues de la trépidation, qui lui arrachaient les entrailles. Une immense fatigue l'avait envahi, avec ce froid, dont le gel gagnait son crâne, et sa peur était de n'être plus, de ne plus savoir s'il conduisait, car il ne tournait déjà le volant que d'un geste machinal, il regardait, hébété, le manomètre descendre. Toutes les histoires connues d'hallucinations lui traversaient la tête. N'était-ce pas un arbre abattu, là-bas, en travers de la voie? N'avait-il pas aperçu un drapeau rouge flottant au-dessus de ce buisson? Des pétards, à

chaque minute, n'éclataient-ils pas, dans le grondement des roues? Il n'aurait pu le dire, il se répétait
qu'il devrait arrêter, et il n'en trouvait pas la volonté
nette. Pendant quelques minutes, cette crise le tor-
tura; puis, brusquement, la vue de Pecqueux,
retombé endormi sur le coffre, terrassé par cet
accablement du froid dont lui-même souffrait, le jeta
dans une colère telle, qu'il en fut comme réchauffé.

« Ah! nom de Dieu de salop! »

Et lui, si doux d'ordinaire aux vices de cet ivrogne,
le réveilla à coups de pied, tapa jusqu'à ce qu'il fût
debout. L'autre, engourdi, se contenta de grogner, en
reprenant sa pelle.

« Bon, bon! on y va! »

Quand le foyer fut chargé, la pression remonta; et
il était temps, la Lison venait de s'engager au fond
d'une tranchée, où elle avait à fendre une épaisseur
de plus d'un mètre. Elle avançait dans un effort
extrême, dont elle tremblait toute. Un instant, elle
s'épuisa, il sembla qu'elle allait s'immobiliser, ainsi
qu'un navire qui a touché un banc de sable. Ce qui la
chargeait, c'était la neige dont une couche pesante
avait peu à peu couvert la toiture des wagons. Ils
filaient ainsi, noirs dans le sillage blanc, avec ce drap
blanc tendu sur eux; et elle-même n'avait que des
bordures d'hermine, habillant ses reins sombres, où
les flocons fondaient et ruisselaient en pluie. Une fois
de plus, malgré le poids, elle se dégagea, elle passa.
Le long d'une large courbe, sur un remblai, on put
suivre encore le train, qui s'avançait à l'aise, pareil à
un ruban d'ombre, perdu au milieu d'un pays des
légendes, éclatant de blancheur.

Mais, plus loin, les tranchées recommençaient, et
Jacques, et Pecqueux, qui avaient senti toucher la
Lison, se raidirent contre le froid, debout à ce poste
que, même mourants, ils ne pouvaient déserter. De
nouveau, la machine perdait de sa vitesse. Elle s'était

engagée entre deux talus, et l'arrêt se produisit
lentement, sans secousse. Il sembla qu'elle s'engluait,
prise par toutes ses roues, de plus en plus serrée, hors
d'haleine. Elle ne bougea plus. C'était fait, la neige la
tenait, impuissante.

« Ça y est, gronda Jacques. Tonnerre de Dieu! »

Quelques secondes encore, il resta à son poste, la
main sur le volant, ouvrant tout, pour voir si
l'obstacle ne céderait pas. Puis, entendant la Lison
cracher et s'essouffler en vain, il ferma le régulateur,
il jura plus fort, furieux.

Le conducteur-chef s'était penché à la porte de son
fourgon, et Pecqueux s'étant montré, lui cria à son
tour :

« Ça y est, nous sommes collés! »

Vivement, le conducteur sauta dans la neige, dont
il avait jusqu'aux genoux. Il s'approcha, les trois
hommes tinrent conseil.

« Nous ne pouvons qu'essayer de déblayer, finit
par dire le mécanicien. Heureusement, nous avons
des pelles. Appelez votre conducteur d'arrière, et à
nous quatre nous finirons bien par dégager les
roues [26]. »

On fit signe au conducteur d'arrière, qui, lui aussi,
était descendu du fourgon. Il arriva à grand-peine,
noyé par instants. Mais cet arrêt en pleine campagne,
au milieu de cette solitude blanche, ce bruit clair des
voix discutant ce qu'il y avait à faire, cet employé
sautant le long du train, à pénibles enjambées,
avaient inquiété les voyageurs. Des glaces se bais-
sèrent. On criait, on questionnait, toute une confusion, vague encore et grandissante.

« Où sommes-nous?... Pourquoi a-t-on arrêté?...
Qu'y a-t-il donc?... Mon Dieu! est-ce un malheur? »

Le conducteur sentit la nécessité de rassurer le
monde. Justement, comme il s'avançait, la dame
anglaise, dont l'épaisse face rouge s'encadrait des

deux charmants visages de ses filles, lui demanda avec un fort accent .

« Monsieur, ce n'est pas dangereux ?

— Non, non, Madame, répondit-il. Un peu de neige simplement. On repart tout de suite. »

Et la glace se releva, au milieu du frais gazouillis des jeunes filles, cette musique des syllabes anglaises, si vives sur des lèvres roses. Toutes deux riaient, très amusées

Mais, plus loin, le monsieur âgé appelait le conducteur, tandis que sa jeune femme risquait derrière lui sa jolie tête brune.

« Comment n'a-t-on pas pris des précautions ? C'est insupportable... Je rentre de Londres, mes affaires m'appellent à Paris ce matin, et je vous préviens que je rendrai la Compagnie responsable de tout retard.

— Monsieur, ne put que répéter l'employé, on va repartir dans trois minutes. »

Le froid était terrible, la neige entrait, et les têtes disparurent, les glaces se relevèrent. Mais, au fond des voitures closes, une agitation persistait, une anxiété, dont on sentait le sourd bourdonnement. Seules, deux glaces restaient baissées ; et, accoudés, à trois compartiments de distance, deux voyageurs causaient, un Américain d'une quarantaine d'années, un jeune homme habitant Le Havre, très intéressés l'un et l'autre par le travail de déblaiement.

« En Amérique, Monsieur, tout le monde descend et prend des pelles.

— Oh ! ce n'est rien, j'ai été déjà bloqué deux fois, l'année dernière. Mes occupations m'appellent toutes les semaines à Paris.

— Et moi toutes les trois semaines environ, Monsieur.

— Comment, de New York ?

Oui, Monsieur, de New York. »

Jacques menait le travail. Ayant aperçu Séverine à une portière du premier wagon, où elle se mettait toujours pour être plus près de lui, il l'avait suppliée du regard ; et, comprenant, elle s'était retirée, pour ne pas rester à ce vent glacial qui lui brûlait la figure. Lui, dès lors, songeant à elle, avait travaillé de grand cœur. Mais il remarquait que la cause de l'arrêt, l'empâtement dans la neige, ne provenait pas des roues : celles-ci coupaient les couches les plus épaisses ; c'était le cendrier, placé entre elles, qui faisait obstacle, roulant la neige, la durcissant en paquets énormes. Et une idée lui vint.

« Il faut dévisser le cendrier. »

D'abord, le conducteur-chef s'y opposa. Le mécanicien était sous ses ordres, il ne voulait pas l'autoriser à toucher à la machine. Puis, il se laissa convaincre.

« Vous en prenez la responsabilité, c'est bon ! »

Seulement, ce fut une dure besogne. Allongés sous la machine, le dos dans la neige qui fondait, Jacques et Pecqueux durent travailler pendant près d'une demi-heure. Heureusement que, dans le coffre a outils, ils avaient des tournevis de rechange. Enfin, au risque de se brûler et de s'écraser vingt fois, ils parvinrent à détacher le cendrier. Mais ils ne l'avaient pas encore, il s'agissait de le sortir de là-dessous. D'un poids énorme, il s'embarrassait dans les roues et les cylindres. Pourtant, à quatre, ils le tirèrent, le traînèrent en dehors de la voie, jusqu'au talus.

« Maintenant, achevons de déblayer », dit le conducteur.

Depuis près d'une heure, le train était en détresse, et l'angoisse des voyageurs avait grandi. A chaque minute, une glace se baissait, une voix demandait pourquoi l'on ne partait pas. C'était la panique, des

cris, des larmes, dans une crise montante d'affolement.

« Non, non, c'est assez déblayé, déclara Jacques.
Montez, je me charge du reste. »

Il était de nouveau à son poste, avec Pecqueux,
et lorsque les deux conducteurs eurent regagné leurs
fourgons, il tourna lui-même le robinet du purgeur.
Le jet de vapeur brûlante, assourdi, acheva de fondre
les paquets qui adhéraient encore aux rails. Puis, la
main au volant, il fit machine arrière. Lentement, il
recula d'environ trois cents mètres, pour prendre du
champ. Et, ayant poussé au feu, dépassant même la
pression permise, il revint contre le mur qui barrait la
voie, il y jeta la Lison, de toute sa masse, de tout le
poids du train qu'elle traînait. Elle eut un han!
terrible de bûcheron qui enfonce la cognée, sa forte
charpente de fer et de fonte en craqua. Mais elle ne
put passer encore, elle s'était arrêtée, fumante, toute
vibrante du choc. Alors, à deux autres reprises, il dut
recommencer la manœuvre, recula, fonça sur la
neige, pour l'emporter; et, chaque fois, la Lison,
raidissant les reins, buta du poitrail, avec son souffle
enragé de géante. Enfin, elle parut reprendre haleine,
elle banda ses muscles de métal en un suprême effort,
et elle passa, et lourdement le train la suivit, entre les
deux murs de la neige éventrée. Elle était libre.

« Bonne bête tout de même! » grogna Pecqueux.

Jacques, aveuglé, ôta ses lunettes, les essuya. Son
cœur battait à grands coups, il ne sentait plus le
froid. Mais, brusquement, la pensée lui vint d'une
tranchée profonde, qui se trouvait à trois cents
mètres environ de la Croix-de-Maufras : elle s'ouvrait dans la direction du vent, la neige devait s'y être
accumulée en quantité considérable; et, tout de suite,
il eut la certitude que c'était là l'écueil marqué où il
naufragerait. Il se pencha. Au loin, après une
dernière courbe, la tranchée lui apparut, en ligne

droite, ainsi qu'une longue fosse, comblée de neige. Il faisait plein jour, la blancheur était sans bornes et éclatante, sous la tombée continue des flocons.

Cependant, la Lison filait à une vitesse moyenne, n'ayant plus rencontré d'obstacle. On avait, par précaution, laissé allumés les feux d'avant et d'arrière ; et le fanal blanc, à la base de la cheminée, luisait dans le jour, comme un œil vivant de cyclope. Elle roulait, elle approchait de la tranchée, avec cet œil largement ouvert. Alors, il sembla qu'elle se mît à souffler d'un petit souffle court, ainsi qu'un cheval qui a peur. De profonds tressaillements la secouaient, elle se cabrait, ne continuait sa marche que sous la main volontaire du mécanicien. D'un geste, celui-ci avait ouvert la porte du foyer, pour que le chauffeur activât le feu. Et, maintenant, ce n'était plus une queue d'astre incendiant la nuit, c'était un panache de fumée noire, épaisse, qui salissait le grand frisson pâle du ciel.

La Lison avançait. Enfin, il lui fallut entrer dans la tranchée. A droite et à gauche, les talus étaient noyés, et l'on ne distinguait plus rien de la voie, au fond. C'était comme un creux de torrent, où la neige dormait, à pleins bords. Elle s'y engagea, roula pendant une cinquantaine de mètres, d'une haleine éperdue, de plus en plus lente. La neige qu'elle repoussait, faisait une barre devant elle, bouillonnait et montait, en un flot révolté qui menaçait de l'engloutir. Un instant, elle parut débordée, vaincue. Mais, d'un dernier coup de reins, elle se délivra, avança de trente mètres encore. C'était la fin, la secousse de l'agonie : des paquets de neige retombaient, recouvraient les roues, toutes les pièces du mécanisme étaient envahies, liées une à une par des chaînes de glace. Et la Lison s'arrêta définitivement, expirante, dans le grand froid. Son souffle s'éteignit, elle était immobile, et morte.

« Là, nous y sommes, dit Jacques. Je m'y attendais. »

Tout de suite, il voulut faire machine arrière, pour
tenter de nouveau la manœuvre. Mais, cette fois, la
Lison ne bougea pas. Elle refusait de reculer comme
d'avancer, elle était bloquée de toutes parts, collée au
sol, inerte, sourde. Derrière elle, le train, lui aussi,
semblait mort, enfoncé dans l'épaisse couche jusqu'aux portières. La neige ne cessait pas, tombait
plus drue, par longues rafales. Et c'était un enlise-
ment, où machine et voitures allaient disparaître,
déjà recouvertes à moitié, sous le silence frissonnant
de cette solitude blanche. Plus rien ne bougeait, la
neige filait son linceul.

« Eh bien! ça recommence? demanda le conducteur-chef, en se penchant en dehors du fourgon.

— Foutus! » cria simplement Pecqueux.

Cette fois, en effet, la position devenait critique. Le
conducteur d'arrière courut poser les pétards qui
devaient protéger le train, en queue; tandis que le
mécanicien sifflait éperdument, à coups pressés, le
sifflet haletant et lugubre de la détresse. Mais la neige
assourdissait l'air, le son se perdait, ne devait pas
même arriver à Barentin. Que faire? Ils n'étaient que
quatre, jamais ils ne déblaieraient de pareils amas. Il
aurait fallu toute une équipe. La nécessité s'imposait
de courir chercher du secours. Et le pis était que la
panique se déclarait de nouveau parmi les voyageurs.

Une portière s'ouvrit, la jolie dame brune sauta,
affolée, croyant à un accident. Son mari, le négociant
âgé, qui la suivit, criait :

« J'écrirai au ministre, c'est une indignité! »

Des pleurs de femmes, des voix furieuses
d'hommes sortaient des voitures, dont les glaces se
baissaient violemment. Et il n'y avait que les deux
petites Anglaises qui s'égayaient, l'air tranquille,
souriantes. Comme le conducteur-chef tâchait de

rassurer tout le monde, la cadette lui demanda, en français, avec un léger zézaiement britannique :

« Alors, Monsieur, c'est ici qu'on s'arrête? »

Plusieurs hommes étaient descendus, malgré l'épaisse couche où l'on enfonçait jusqu'au ventre. L'Américain se retrouva ainsi avec le jeune homme du Havre, tous deux s'étant avancés vers la machine, pour voir. Ils hochèrent la tête.

« Nous en avons pour quatre ou cinq heures, avant qu'on la débarbouille de là-dedans.

— Au moins, et encore faudrait-il une vingtaine d'ouvriers. »

Jacques venait de décider le conducteur-chef à envoyer le conducteur d'arrière à Barentin, pour demander du secours. Ni lui, ni Pecqueux, ne pouvaient quitter la machine.

L'employé s'éloigna, on le perdit bientôt de vue, au bout de la tranchée. Il avait quatre kilomètres à faire, il ne serait pas de retour avant deux heures peut-être. Et Jacques, désespéré, lâcha un instant son poste, courut à la première voiture, où il apercevait Séverine, qui avait baissé la glace.

« N'ayez pas peur, dit-il rapidement. Vous ne craignez rien. »

Elle répondit de même, sans le tutoyer, de crainte d'être entendue :

« Je n'ai pas peur. Seulement, j'ai été bien inquiète, à cause de vous »

Et cela était d'une douceur telle, qu'ils furent consolés et qu'ils se sourirent. Mais, comme Jacques se retournait, il eut une surprise, à voir, le long du talus, Flore, puis Misard, suivi de deux autres hommes, qu'il ne reconnut pas d'abord. Eux avaient entendu le sifflet de détresse, et Misard, qui n'était pas de service, accourait, avec les deux camarades, auxquels il offrait justement le vin blanc, le carrier

Cabuche que la neige faisait chômer, et l'aiguilleur
Ozil, venu de Malaunay par le tunnel, pour faire sa
cour à Flore, qu'il poursuivait toujours, malgré le
mauvais accueil. Elle, curieusement, en grande fille
vagabonde, brave et forte comme un garçon, les
accompagnait Et, pour elle, pour son père, c'était un
événement considérable, une extraordinaire aventure,
ce train s'arrêtant ainsi à leur porte. Depuis cinq
années qu'ils habitaient là, à chaque heure de jour et
de nuit, par les beaux temps, par les orages, que de
trains ils avaient vus passer, dans le coup de vent de
leur vitesse! Tous semblaient emportés par ce vent
qui les apportait, jamais un seul n'avait même ralenti
sa marche, ils les regardaient fuir, se perdre, disparaître, avant d'avoir rien pu savoir d'eux. Le monde
entier défilait, la foule humaine charriée à toute
vapeur, sans qu'ils en connussent autre chose que des
visages entrevus dans un éclair, des visages qu'ils ne
devaient jamais revoir, parfois des visages qui leur
devenaient familiers, à force de les retrouver à jours
fixes, et qui pour eux restaient sans noms. Et voilà
que, dans la neige, un train débarquait à leur porte :
l'ordre naturel était perverti, ils dévisageaient ce
monde inconnu qu'un accident jetait sur la voie, ils le
contemplaient avec des yeux ronds de sauvages,
accourus sur une côte où des Européens naufrage-
raient. Ces portières ouvertes montrant des femmes
enveloppées de fourrures, ces hommes descendus en
paletots épais, tout ce luxe confortable, échoué parmi
cette mer de glace, les immobilisaient d'étonnement.

Mais Flore avait reconnu Séverine. Elle, qui
guettait chaque fois le train de Jacques, s'était
aperçue, depuis quelques semaines, de la présence de
cette femme, dans l'express du vendredi matin ;
d'autant plus que celle-ci, lorsqu'elle approchait du
passage à niveau, mettait la tête à la portière, pour
donner un coup d'œil à sa propriété de la Croix-de-

Maufras. Les yeux de Flore noircirent, en la voyant causer à demi-voix, avec le mécanicien.

« Ah! madame Roubaud! s'écria Misard, qui venait aussi de la reconnaître, et qui prit immédiatement son air obséquieux. En voilà une mauvaise chance!... Mais vous n'allez pas rester là, il faut descendre chez nous. »

Jacques, après avoir serré la main du garde-barrière, appuya son offre.

« Il a raison... On en a peut-être pour des heures, vous auriez le temps de mourir de froid. »

Séverine refusait, bien couverte, disait-elle. Puis, les trois cents mètres dans la neige l'effrayaient un peu. Alors, s'approchant, Flore, qui la regardait de ses grands yeux fixes, dit enfin :

« Venez, Madame, je vous porterai. »

Et, avant que celle-ci eût accepté, elle l'avait saisie dans ses bras vigoureux de garçon, elle la soulevait ainsi qu'un petit enfant. Ensuite, elle la déposa de l'autre côté de la voie, à une place déjà foulée, où les pieds n'enfonçaient plus. Des voyageurs s'étaient mis à rire, émerveillés. Quelle gaillarde! Si l'on en avait eu une douzaine comme ça, le déblaiement n'aurait pas demandé deux heures.

Cependant, la proposition de Misard, cette maison de garde-barrière, où l'on pouvait se réfugier, trouver du feu, peut-être du pain et du vin, courait d'une voiture à une autre. La panique s'était calmée, lorsqu'on avait compris qu'on ne courait aucun danger immédiat; seulement, la situation n'en restait pas moins lamentable : les bouillottes se refroidissaient, il était neuf heures, on allait souffrir de la faim et de la soif, pour peu que les secours se fissent attendre. Et cela pouvait s'éterniser, qui savait si l'on ne coucherait pas là? Deux camps se formèrent : ceux qui, de désespoir, ne voulaient pas quitter les wagons, et qui s'y installaient comme pour y mourir,

enveloppés dans leurs couvertures, allongés rageuse
ment sur les banquettes; et ceux qui préféraient
risquer la course à travers la neige, espérant trouver
mieux là-bas, désireux surtout d'échapper au cauchemar de ce train échoué, mort de froid. Tout un
groupe se forma, le négociant âgé et sa jeune femme,
la dame anglaise avec ses deux filles, le jeune homme
du Havre, l'Américain, une douzaine d'autres, prêts
à se mettre en marche.

Jacques, à voix basse, avait décidé Séverine, en
jurant d'aller lui donner des nouvelles, s'il pouvait
s'échapper. Et, comme Flore les regardait toujours
de ses yeux sombres, il lui parla doucement, en vieil
ami :

« Eh bien! c'est entendu, tu vas conduire ces
dames et ces messieurs... Moi, je garde Misard, avec
les autres. Nous allons nous y mettre, nous ferons ce
que nous pourrons, en attendant. »

Tout de suite, en effet, Cabuche, Ozil, Misard
avaient pris des pelles, pour se joindre à Pecqueux et
au conducteur-chef, qui attaquaient déjà la neige. La
petite équipe s'efforçait de dégager la machine,
fouillant sous les roues, rejetant les pelletées contre le
talus. Personne n'ouvrait plus la bouche, on n'entendait que cet enragement silencieux, dans le morne
étouffement de la campagne blanche. Et, lorsque la
petite troupe des voyageurs s'éloigna, elle eut un
dernier regard vers le train, qui restait seul, ne
montrant plus qu'une mince ligne noire, sous
l'épaisse couche qui l'écrasait. On avait refermé les
portières, relevé les glaces. La neige tombait toujours, l'ensevelissait lentement, sûrement, avec une
obstination muette.

Flore avait voulu reprendre Séverine dans ses bras.
Mais celle-ci s'y était refusée, tenant à marcher
comme les autres. Les trois cents mètres furent très
pénibles à franchir : dans la tranchée surtout, on

enfonçait jusqu'aux hanches ; et, à deux reprises, il fallut opérer le sauvetage de la grosse dame anglaise, submergée à demi. Ses filles riaient toujours, enchantées. La jeune femme du vieux monsieur, ayant glissé, dut accepter la main du jeune homme du Havre ; tandis que son mari déblatérait contre la France, avec l'Américain. Lorsqu'on fut sorti de la tranchée, la marche devint plus commode ; mais on suivait un remblai, la petite troupe s'avança sur une ligne, battue par le vent, en évitant soigneusement les bords, vagues et dangereux sous la neige. Enfin, l'on arriva, et Flore installa les voyageurs dans la cuisine, où elle ne put même leur donner un siège à chacun, car ils étaient bien une vingtaine encombrant la pièce, assez vaste heureusement. Tout ce qu'elle inventa, ce fut d'aller chercher des planches et d'établir deux bancs, à l'aide des chaises qu'elle avait. Elle jeta ensuite une bourrée dans l'âtre, puis elle eut un geste, comme pour dire qu'on ne devait point lui en demander davantage. Elle n'avait pas prononcé une parole, elle demeura debout, à regarder ce monde de ses larges yeux verdâtres, avec son air farouche et hardi de grande sauvagesse blonde. Deux visages seulement lui étaient connus, pour les avoir souvent remarqués aux portières, depuis des mois : celui de l'Américain et celui du jeune homme du Havre ; et elle les examinait, ainsi qu'on étudie l'insecte bourdonnant, posé enfin, qu'on ne pouvait suivre dans son vol. Ils lui semblaient singuliers, elle ne se les était pas précisément imaginés ainsi, sans rien savoir d'eux d'ailleurs, au-delà de leurs traits. Quant aux autres gens, ils lui paraissaient être d'une race différente, des habitants d'une terre inconnue, tombés du ciel, apportant chez elle, au fond de sa cuisine, des vêtements, des mœurs, des idées, qu'elle n'aurait jamais cru y voir. La dame anglaise confiait à la jeune femme du négociant qu'elle allait rejoindre aux Indes son fils aîné, haut fonctionnaire; et celle-ci plaisantait de sa mauvaise chance, pour la première fois qu'elle avait eu le caprice d'accompagner à Londres son mari, qui s'y rendait deux fois l'an. Tous se lamentaient, à l'idée d'être bloqués dans ce désert : il faudrait manger, il faudrait se coucher, comment ferait-on, mon Dieu! Et Flore, qui les écoutait immobile, ayant rencontré le regard de Séverine, assise sur une chaise, devant le feu, lui fit un signe, pour la faire passer dans la chambre, à côté.

« Maman, annonça-t-elle en y entrant, c'est Mme Roubaud... Tu n'as rien à lui dire? »

Phasie était couchée, la face jaunie, les jambes envahies par l'enflure, si malade, qu'elle ne quittait plus le lit depuis quinze jours; et, dans la chambre pauvre, où un poêle de fonte entretenait une chaleur étouffante, elle passait les heures à rouler l'idée fixe de son entêtement, n'ayant d'autre distraction que la secousse des trains, à toute vitesse.

« Ah! Mme Roubaud, murmura-t-elle, bon, bon! »

Flore lui conta l'accident, lui parla de ce monde qu'elle avait amené et qui était là. Mais tout cela ne la touchait plus.

« Bon, bon! » répétait-elle, de la même voix lasse.

Pourtant, elle se souvint, elle leva un instant la tête, pour dire :

« Si madame veut aller voir sa maison, tu sais que les clefs sont accrochées près de l'armoire. »

Mais Séverine refusait. Un frisson l'avait prise, à la pensée de rentrer à la Croix-de-Maufras, par cette neige, sous ce jour livide. Non, non, elle n'avait rien à y voir, elle préférait rester là, à attendre, chaudement.

« Asseyez-vous donc, Madame, reprit Flore. Il fait encore meilleur ici qu'à côté. Et puis, nous ne trouverons jamais assez de pain pour tous ces gens;

tandis que, si vous avez faim, il y en aura toujours un morceau pour vous. »

Elle avait avancé une chaise, elle continuait à se montrer prévenante, en faisant un visible effort pour corriger sa rudesse ordinaire. Mais ses yeux ne quittaient pas la jeune femme, comme si elle voulait lire en elle, se faire une certitude sur une question qu'elle se posait depuis quelque temps ; et, sous son empressement, il y avait ce besoin de l'approcher, de la dévisager, de la toucher, afin de savoir.

Séverine remercia, s'installa près du poêle, préférant, en effet, être seule avec la malade, dans cette chambre, où elle espérait que Jacques trouverait le moyen de la rejoindre. Deux heures se passèrent, elle cédait à la grosse chaleur, et s'endormait, après avoir causé du pays, lorsque Flore, appelée à chaque instant dans la cuisine, rouvrit la porte, en disant, de sa voix dure :

« Entre, puisqu'elle est par ici ! »

C'était Jacques, qui s'échappait, pour apporter de bonnes nouvelles. L'homme, envoyé à Barentin, venait de ramener toute une équipe, une trentaine de soldats que l'administration avait dirigés sur les points menacés, en prévision des accidents ; et tous étaient à l'œuvre, avec des pioches et des pelles. Seulement, ce serait long, on ne repartirait peut-être pas avant la nuit.

« Enfin, vous n'êtes pas trop mal, prenez patience, ajouta-t-il. N'est-ce pas, tante Phasie, vous n'allez pas laisser Mme Roubaud mourir de faim ? »

Phasie, à la vue de son grand garçon, comme elle le nommait, s'était péniblement mise sur son séant, et elle le regardait, elle l'écoutait parler, ranimée, heureuse. Quand il se fut approché de son lit :

« Bien sûr, bien sûr ! déclara-t-elle. Ah ! mon grand garçon, te voilà ! C'est toi qui t'es fait prendre par la neige !... Et cette bête qui ne me prévient pas ! »

Elle se tourna vers sa fille, elle l'apostropha :

« Sois polie au moins, va retrouver ces messieurs et ces dames, occupe-toi d'eux pour qu'ils ne disent pas à l'administration que nous sommes des sauvages. »

Flore était restée plantée entre Jacques et Séverine. Un instant, elle parut hésiter, se demandant si elle n'allait pas s'entêter là, malgré sa mère. Mais elle ne verrait rien, la présence de celle-ci empêcherait les deux autres de se trahir ; et elle sortit, sans une parole, en les enveloppant d'un long regard.

« Comment ! tante Phasie, reprit Jacques d'un air chagrin, vous voilà tout à fait au lit, c'est donc sérieux ? »

Elle l'attira, le força même à s'asseoir sur le bord du matelas, et sans plus se soucier de la jeune femme, qui s'était écartée par discrétion, elle se soulagea, à voix très basse.

« Oh ! oui, sérieux ! c'est miracle si tu me retrouves en vie... Je n'ai pas voulu t'écrire, parce que ces choses-là, ça ne s'écrit pas... J'ai failli y passer ; mais, maintenant, ça va déjà mieux, et je crois bien que j'en réchapperai, cette fois-ci encore. »

Il l'examinait, effrayé des progrès du mal, ne retrouvant plus rien en elle de la belle et saine créature d'autrefois.

« Alors, toujours vos crampes et vos vertiges, ma pauvre tante Phasie. »

Mais elle lui serrait la main à la briser, elle continua, en baissant la voix davantage :

« Imagine-toi que je l'ai surpris... Tu sais que j'en donnais ma langue aux chiens, de ne pas savoir dans quoi il pouvait bien me flanquer sa drogue. Je ne buvais, je ne mangeais rien de ce qu'il touchait et tout de même, chaque soir, j'avais le ventre en feu. Eh bien ! il me la collait dans le sel, sa drogue ! Un soir, je l'ai vu... Moi qui en mettais sur tout, des quantités, pour purifier! »

Jacques, depuis que la possession de Séverine semblait l'avoir guéri, songeait parfois à cette histoire d'empoisonnement, lent et obstiné, comme on songe à un cauchemar, avec des doutes. Il serra tendrement à son tour les mains de la malade, il voulut la calmer.

« Voyons, est-ce possible, tout ça?... Pour dire des choses pareilles, il faut être vraiment bien sûr... Et puis, ça traîne trop! Allez, c'est plutôt une maladie à laquelle les médecins ne comprennent rien.

— Une maladie, reprit-elle en ricanant, une maladie qu'il m'a fichue dans la peau, oui!... Pour les médecins, tu as raison : il en est venu deux qui n'ont rien compris, et qui ne sont pas seulement tombés d'accord. Je ne veux pas qu'un seul de ces oiseaux remette les pieds ici... Entends-tu, il me collait ça dans le sel. Puisque je te jure que je l'ai vu! C'est pour mes mille francs, les mille francs que papa m'a laissés. Il se dit que, lorsqu'il m'aura détruite, il les trouvera bien. Ça, je l'en défie : ils sont dans un endroit où personne ne les découvrira, jamais, jamais!... Je puis m'en aller, je suis tranquille, personne ne les aura jamais, mes mille francs!

— Mais, tante Phasie, moi, à votre place, j'enverrais chercher les gendarmes, si j'étais si certain que ça. »

Elle eut un geste de répugnance.

« Oh! non, pas les gendarmes... Ça ne regarde que nous, cette affaire; c'est entre lui et moi. Je sais qu'il veut me manger, et moi je ne veux pas qu'il me mange, naturellement. Alors, n'est-ce pas? je n'ai qu'à me défendre, à ne pas être aussi bête que je l'ai été, avec son sel... Hein? qui le croirait? Un avorton pareil, un bout d'homme qu'on mettrait dans sa poche, ça finirait par venir à bout d'une grosse

femme comme moi, si on le laissait faire, avec ses
dents de rat ! »

Un petit frisson l'avait prise. Elle respira péniblement avant d'achever.

« N'importe, ce ne sera pas pour ce coup-ci. Je
vais mieux, je serai sur mes pattes avant quinze
jours... Et, cette fois, il faudra qu'il soit bien malin
pour me repincer. Ah! oui, je suis curieuse de voir ça.
S'il trouve le moyen de me redonner de sa drogue,
c'est que, décidément, il est le plus fort, et alors, tant
pis ! je claquerai... Qu'on ne s'en mêle pas ! »

Jacques pensait que la maladie lui hantait le
cerveau de ces imaginations noires; et, pour la
distraire, il tâchait de plaisanter, lorsqu'elle se mit à
trembler sous la couverture.

« Le voici, souffla-t-elle. Je le sens, quand il
approche. »

En effet, quelques secondes après, Misard entra.
Elle était devenue livide, en proie à cette terreur
involontaire des colosses devant l'insecte qui les
ronge; car, dans son obstination à se défendre seule,
elle avait de lui une épouvante croissante, qu'elle
n'avouait pas. Misard, d'ailleurs, qui, dès la porte,
les avait enveloppés, elle et le mécanicien, d'un vif
regard, ne parut même pas ensuite les avoir vus, côte
à côte; et, les yeux ternes, la bouche mince, avec son
air doux d'homme chétif, il se confondait déjà en
prévenances devant Séverine.

« J'ai pensé que Madame voudrait peut-être profiter de l'occasion pour donner un coup d'œil à sa
propriété. Alors, je me suis échappé un instant... Si
Madame désire que je l'accompagne. »

Et, comme la jeune femme refusait de nouveau, il
continua d'une voix dolente :

« Madame a peut-être été étonnée, à cause des
fruits... Ils étaient tous véreux, et ça ne valait
vraiment pas l'emballage... Avec ça, il est venu un

coup de vent qui a fait bien du mal... Ah! c'est triste que Madame ne puisse pas vendre! Il s'est présenté un monsieur qui a demandé des réparations... Enfin, je suis à la disposition de Madame, et Madame peut compter que je la remplace ici comme un autre elle-même. »

Puis, il voulut absolument lui servir du pain et des poires, des poires de son jardin à lui, et qui, celles-là, n'étaient pas véreuses. Elle accepta.

En traversant la cuisine, Misard avait annoncé aux voyageurs que le travail de déblaiement marchait, mais qu'il y en avait encore pour quatre ou cinq heures. Midi était sonné, et ce fut une nouvelle lamentation, car il commençait à faire grand-faim. Flore, justement, déclarait qu'elle n'aurait pas de pain pour tout le monde. Elle avait bien du vin, elle était remontée de la cave avec dix litres, qu'elle venait d'aligner sur la table. Seulement, les verres manquaient aussi : il fallait boire par groupe, la dame anglaise avec ses deux filles, le vieux monsieur avec sa jeune femme. Celle-ci, d'ailleurs, trouvait dans le jeune homme du Havre, un serviteur zélé, inventif, qui veillait sur son bien-être. Il disparut, revint avec des pommes et un pain, découvert au fond du bûcher. Flore se fâchait, disait que c'était du pain pour sa mère malade. Mais, déjà, il le coupait, le distribuait aux dames, en commençant par la jeune femme, qui lui souriait, flattée. Son mari ne décolérait pas, ne s'occupait même plus d'elle, en train d'exalter avec l'Américain les mœurs commerciales de New York. Jamais les jeunes Anglaises n'avaient croqué des pommes de si bon cœur. Leur mère, très lasse, sommeillait à demi. Il y avait, par terre, devant l'âtre, deux dames assises, vaincues par l'attente. Des hommes, qui étaient sortis fumer devant la maison, pour tuer un quart d'heure, rentraient gelés, frissonnants. Peu à peu, le malaise grandissait, la faim mal

satisfaite, la fatigue doublée par la gêne et l'impatience. Cela tournait au campement de naufragés, à
la désolation d'une bande de civilisés jetée par un
coup de mer dans une île déserte.

Et, comme les allées et venues de Misard laissaient
la porte ouverte, tante Phasie, de son lit de malade,
regardait. C'était donc là ce monde, qu'elle aussi
voyait passer dans un coup de foudre, depuis un an
bientôt qu'elle se traînait de son matelas à sa chaise.
Elle ne pouvait même plus que rarement aller sur le
quai, elle vivait ses jours et ses nuits, seule, clouée là,
les yeux sur la fenêtre, sans autre compagnie que ces
trains qui filaient si vite. Toujours elle s'était plainte
de ce pays de loups, où l'on n'avait jamais une visite ;
et voilà qu'une vraie troupe débarquait de l'inconnu.
Dire que, là-dedans, parmi ces gens pressés de courir
à leurs affaires, pas un ne se doutait de la chose, de
cette saleté qu'on lui avait mise dans son sel ! Elle
l'avait sur le cœur, cette invention-là, elle se demandait s'il était Dieu permis d'avoir tant de coquinerie
sournoise, sans que personne s'en aperçût. Enfin, il
passait pourtant assez de foule devant chez eux, des
milliers et des milliers de gens ; mais tout ça galopait,
pas un qui se serait imaginé que, dans cette petite
maison basse, on tuait à son aise, sans faire de bruit.
Et tante Phasie les regardait les uns après les autres,
ces gens tombés de la lune, en réfléchissant que,
lorsqu'on est si occupé, il n'était pas étonnant de
marcher dans des choses malpropres et de n'en rien
savoir.

« Est-ce que vous retournez là-bas ? demanda
Misard à Jacques.

— Oui, oui, répondit ce dernier, je vous suis. »

Misard s'en alla, en refermant la porte. Et Phasie,
retenant le jeune homme par la main, lui dit encore à
l'oreille :

« Si je claque, tu verras sa tête, lorsqu'il ne

trouvera pas le magot... C'est ça qui m'amuse, quand j'y songe. Je m'en irai contente tout de même.

— Et alors, tante Phasie, ce sera perdu pour tout le monde? Vous ne le laisserez donc pas à votre fille?

— A Flore! pour qu'il lui prenne! Ah bien, non!... Pas même à toi, mon grand garçon, parce que tu es trop bête aussi : il en aurait quelque chose... A personne, à la terre où j'irai le rejoindre! »

Elle s'épuisait, et Jacques la recoucha, la calma, en l'embrassant, en lui promettant de venir la revoir bientôt. Puis, comme elle semblait s'assoupir, il passa derrière Séverine, toujours assise près du poêle; il leva un doigt, souriant, pour lui recommander d'être prudente; et, d'un joli mouvement silencieux, elle renversa la tête, offrant ses lèvres, et lui se pencha, colla sa bouche à la sienne, en un baiser profond et discret. Leurs yeux s'étaient fermés, ils buvaient leur souffle. Mais, quand ils les rouvrirent, éperdus, Flore, qui avait ouvert la porte, était là, debout devant eux, les regardant.

« Madame n'a plus besoin de pain? » demanda-t-elle d'une voix rauque.

Séverine, confuse, très ennuyée, balbutia de vagues paroles :

« Non, non, merci. »

Un instant, Jacques fixa sur Flore des yeux de flamme. Il hésitait, ses lèvres tremblaient, comme s'il voulait parler; puis, avec un grand geste furieux qui la menaçait, il préféra partir. Derrière lui, la porte battit rudement.

Flore était restée debout, avec sa haute taille de vierge guerrière, coiffée de son lourd casque de cheveux blonds. Son angoisse, chaque vendredi, à voir cette dame dans le train qu'il conduisait, ne l'avait donc pas trompée. La certitude qu'elle cherchait depuis qu'elle les tenait là, ensemble, elle l'avait enfin, absolue. Jamais l'homme qu'elle aimait, ne l'aimerait : c'était cette femme mince, cette rien du tout, qu'il avait choisie. Et son regret de s'être refusée, la nuit où il avait tenté brutalement de la prendre, s'irritait encore, si douloureux, qu'elle en aurait sangloté ; car, dans son raisonnement simple, ce serait elle qu'il embrasserait maintenant, si elle s'était donnée à lui avant l'autre. Où le trouver seul, à cette heure, pour se jeter à son cou, en criant : « Prends-moi, j'ai été bête, parce que je ne savais pas! » Mais, dans son impuissance, une rage montait en elle contre la créature frêle qui était là, gênée, balbutiante. D'une étreinte de ses durs bras de lutteuse, elle pouvait l'étouffer, ainsi qu'un petit oiseau. Pourquoi donc n'osait-elle pas? Elle jurait de se venger pourtant, sachant des choses sur cette rivale, qui l'auraient fait mettre en prison, elle qu'on laissait libre, comme toutes les gueuses vendues à des vieux, puissants et riches. Et, torturée de jalousie, gonflée de colère, elle se mit à enlever le reste du pain et des poires, avec ses grands gestes de belle fille sauvage.

« Puisque Madame n'en veut pas, je vais donner ça aux autres. »

Trois heures sonnèrent, puis quatre heures. Le temps traînait, démesuré, dans un écrasement de lassitude et d'irritation grandissantes. Voici la nuit qui revenait, livide sur la vaste campagne blanche ; et, de dix minutes en dix minutes, les hommes qui sortaient pour regarder de loin où en était le travail, rentraient dire que la machine ne semblait toujours pas dégagée. Les deux petites Anglaises elles-mêmes en arrivaient à pleurer d'énervement. Dans un coin, la jolie femme brune s'était endormie contre l'épaule du jeune homme du Havre, ce que le vieux mari ne voyait même pas, au milieu de l'abandon général, emportant les convenances. La pièce se refroidissait, on grelottait sans même songer à remettre du bois au feu, si bien que l'Américain s'en alla, trouvant qu'il serait mieux allongé sur la banquette d'une voiture. C'était maintenant l'idée, le regret de tous : on aurait dû rester là-bas, on ne se serait pas au moins dévoré, dans l'ignorance de ce qui se passait. Il fallut retenir la dame anglaise, qui parlait, elle aussi, de regagner son compartiment et de s'y coucher. Quand on eut planté une chandelle sur un coin de la table, pour éclairer le monde, au fond de cette cuisine noire, le découragement fut immense, tout sombra dans un morne désespoir.

Là-bas, cependant, le déblaiement s'achevait ; et, tandis que l'équipe de soldats, qui avait dégagé la machine, balayait la voie devant elle, le mécanicien et le chauffeur venaient de remonter à leur poste.

Jacques, en voyant que la neige cessait enfin, reprenait confiance. L'aiguilleur Ozil lui avait affirmé qu'au-delà du tunnel, du côté de Malaunay, les quantités tombées étaient bien moins considérables. De nouveau, il le questionna :

« Vous êtes venu à pied par le tunnel, vous avez pu y entrer et en sortir librement ?

— Quand je vous le dis ! Vous passerez, j'en réponds. »

Cabuche, qui avait travaillé avec une ardeur de bon géant, se reculait déjà, de son air timide et farouche, que ses derniers démêlés avec la justice n'avaient fait qu'accroître ; et il fallut que Jacques l'appelât.

« Dites donc, camarade, passez-nous les pelles qui sont à nous, là, contre le talus. En cas de besoin, nous les retrouverions. »

Et, lorsque le carrier lui eut rendu ce dernier service, il lui donna une vigoureuse poignée de main, pour lui montrer qu'il l'estimait malgré tout, l'ayant vu au travail.

« Vous êtes un brave homme, vous ! »

Cette marque d'amitié émut Cabuche d'une extra-ordinaire façon.

« Merci », dit-il simplement, en étranglant des larmes.

Misard, qui s'était remis avec lui, après l'avoir chargé devant le juge d'instruction, approuva de la tête, les lèvres pincées d'un mince sourire. Depuis longtemps, il ne travaillait plus, les mains dans les poches, enveloppant le train d'un regard jaune, ayant l'air d'attendre, pour voir, sous les roues, s'il ne ramasserait pas des objets perdus.

Enfin, le conducteur-chef venait de décider avec Jacques qu'on pouvait essayer de repartir, lorsque Pecqueux, redescendu sur la voie, appela le mécanicien.

« Voyez donc. Il y a un cylindre qui a reçu une tape. »

Jacques s'approcha, se baissa à son tour. Déjà, il avait constaté, en examinant avec soin la Lison, qu'elle était blessée là. En déblayant, on s'était aperçu que des traverses de chêne, laissées le long du talus par des cantonniers, avaient glissé, barrant les rails, sous l'action de la neige et du vent ; et même l'arrêt, en partie, devait provenir de cet obstacle, car la machine avait buté contre les traverses. On voyait l'éraflure sur la boîte du cylindre, dans lequel le piston paraissait légèrement faussé. Mais c'était tout le mal apparent ; ce qui avait rassuré le mécanicien d'abord. Peut-être existait-il de graves désordres intérieurs, rien n'est plus délicat que le mécanisme compliqué des tiroirs, où bat le cœur, l'âme vivante. Il remonta, siffla, ouvrit le régulateur, pour tâter les articulations de la Lison. Elle fut longue à s'ébranler, comme une personne meurtrie par une chute, qui ne retrouve plus ses membres. Enfin, avec un souffle pénible, elle démarra, fit quelques tours de roue, étourdie encore, pesante. Ça irait, elle pourrait marcher. ferait le voyage. Seulement, il hocha la tête, car lui qui la connaissait à fond, venait de la sentir singulière sous sa main. changée, vieillie, touchée quelque part d'un coup mortel. C'était dans cette neige qu'elle devait avoir pris ça, un coup au cœur, un froid de mort, ainsi que ces femmes jeunes, solidement bâties, qui s'en vont de la poitrine, pour être rentrées un soir de bal, sous une pluie glacée.

De nouveau, Jacques siffla, après que Pecqueux eut ouvert le purgeur. Les deux conducteurs étaient à leur poste. Misard, Ozil et Cabuche montèrent sur le marchepied du fourgon de tête. Et, doucement, le train sortit de la tranchée, entre les soldats armés de leurs pelles, qui s'étaient rangés à droite et à gauche, le long du talus. Puis, il s'arrêta devant la maison du garde-barrière, pour prendre les voyageurs.

Flore était là, dehors. Ozil et Cabuche la rejoignirent, se tinrent près d'elle; tandis que Misard s'empressait maintenant, saluait les dames et les messieurs qui sortaient de chez lui, ramassait des pièces blanches. Enfin, c'était donc la délivrance! Mais on avait trop attendu, tout ce monde grelottait de froid, de faim et d'épuisement. La dame anglaise emporta ses deux filles à moitié endormies, le jeune homme du Havre monta dans le même compartiment que la jolie femme brune, très languissante, en se mettant à la disposition du mari. Et l'on eût dit, dans le gâchis de la neige piétinée, l'embarquement d'une troupe en déroute, se bousculant, s'abandonnant, ayant perdu jusqu'à l'instinct de la propreté. Un instant, à la fenêtre de la chambre, derrière les vitres, apparut tante Phasie. que la curiosité avait jetée bas de son matelas, et qui s'était traînée, pour voir. Ses grands yeux caves de malade regardaient cette foule inconnue. ces passants du monde en marche, qu'elle ne reverrait jamais, apportés par la tempête et remportés par elle.

Mais Séverine était sortie la dernière. Elle tourna la tête, elle sourit à Jacques, qui se penchait pour la suivre jusqu'à sa voiture. Et Flore, qui les attendait, blêmit encore, à cet échange tranquille de leur tendresse. D'un mouvement brusque, elle se rapprocha d'Ozil, qu'elle avait repoussé jusque-là, comme si, maintenant, dans sa haine, elle sentait le besoin d'un homme.

Le conducteur-chef donna le signal, la Lison répondit, d'un sifflement plaintif, et Jacques, cette fois, démarra pour ne plus s'arrêter qu'à Rouen. Il était six heures, la nuit achevait de tomber du ciel noir sur la campagne blanche; mais un reflet pâle, d'une mélancolie affreuse, demeurait au ras de la terre, éclairant la désolation de ce pays ravagé. Et, là, dans cette lueur louche, la maison de la Croix-de-Maufras se dressait de biais, plus délabrée et toute noire au milieu de la neige, avec son écriteau : « A vendre », cloué sur sa façade close.

VIII

A Paris, le train n'entra en gare qu'à dix heures quarante du soir. Il y avait eu un arrêt de vingt minutes à Rouen, pour donner aux voyageurs le temps de dîner; et Séverine s'était empressée d'envoyer une dépêche à son mari, en le prévenant qu'elle ne rentrerait au Havre que par l'express du lendemain soir. Toute une nuit à être avec Jacques, la première qu'ils passeraient ensemble, dans une chambre close, libres d'eux-mêmes, sans crainte d'y être dérangés!

Comme on venait de quitter Mantes, Pecqueux avait eu une idée. Sa femme, la mère Victoire, était à l'hôpital depuis huit jours, pour une foulure grave du pied, à la suite d'une chute; et, lui ayant en ville un autre lit où coucher, ainsi qu'il le disait en ricanant, il avait trouvé d'offrir leur chambre à madame Roubaud : elle y serait beaucoup mieux que dans un hôtel du voisinage, elle pourrait y rester jusqu'au lendemain soir, comme chez elle. Tout de suite, Jacques s'était rendu compte du côté pratique de l'arrangement, d'autant plus qu'il ne savait où mener la jeune femme. Et, sous la marquise, parmi le flot des voyageurs débarquant enfin, lorsqu'elle s'approcha de la machine, il lui conseilla d'accepter, en lui tendant la clef que le chauffeur lui avait remise.

Mais elle hésitait, refusait, gênée par le sourire gaillard de celui-ci, qui savait sûrement.

« Non, non, j'ai une cousine. Elle me mettra bien un matelas par terre.

— Acceptez donc, finit par dire Pecqueux, de son air de noceur bon enfant. Le lit est tendre, allez! et il est grand, on y coucherait quatre! »

Jacques la regardait, si pressant, qu'elle prit la clef. Il s'était penché, il lui avait soufflé à voix très basse :

« Attends-moi. »

Séverine n'avait qu'à remonter un bout de la rue d'Amsterdam et à tourner dans l'impasse; mais la neige était si glissante, qu'elle dut marcher avec de grandes précautions. Elle eut la chance de trouver la maison ouverte encore, elle monta l'escalier, sans être vue de la concierge, enfoncée dans une partie de dominos avec une voisine; et, au quatrième, elle ouvrit la porte, la referma si doucement, que nul voisin, à coup sûr, ne pouvait la soupçonner là. Pourtant, en passant sur le palier du troisième, elle avait très distinctement entendu des rires, des chants, chez les Dauvergne : sans doute une des petites réceptions des deux sœurs, qui faisaient ainsi de la musique avec des amies, une fois par semaine. Et, maintenant que Séverine avait refermé la porte, dans les ténèbres lourdes de la pièce, elle percevait encore, à travers le plancher, la gaieté vive de toute cette jeunesse. Un instant, l'obscurité lui parut complète; et elle tressaillit, lorsque le coucou, au milieu du noir, se mit à sonner onze heures, à coups profonds, d'une voix qu'elle reconnaissait. Puis, ses yeux s'habituèrent, les deux fenêtres se découpèrent en deux carrés pâles, éclairant le plafond du reflet de la neige. Déjà, elle s'orientait, cherchait sur le buffet les allumettes, dans un coin où elle se souvenait de les avoir vues. Mais elle eut plus de peine à trouver une bougie; enfin, elle en découvrit un bout, au fond d'un tiroir; et, l'ayant

allumé, la pièce s'éclaira, elle y jeta un regard inquiet
et rapide, comme pour voir si elle y était bien seule.
Elle reconnaissait chaque chose, la table ronde où
elle avait déjeuné avec son mari, le lit drapé de
cotonnade rouge, au bord duquel il l'avait abattue
d'un coup de poing. C'était bien là, rien n'avait été
changé dans la chambre, depuis dix mois qu'elle n'y
était venue.

Lentement, Séverine ôta son chapeau. Mais,
comme elle allait aussi enlever son manteau, elle
grelotta. On gelait dans cette chambre. Près du poêle,
dans une petite caisse, il y avait du charbon et du
menu bois. Tout de suite, sans se dévêtir davantage,
l'idée lui vint d'allumer du feu; et cela l'amusa, fut
une distraction au malaise qu'elle avait éprouvé
d'abord. Ce ménage qu'elle faisait d'une nuit
d'amour, cette pensée qu'ils auraient bien chaud tous
les deux, la rendit à la joie tendre de leur escapade :
depuis si longtemps, sans espoir de jamais l'obtenir,
ils rêvaient une nuit pareille! Lorsque le poêle ronfla,
elle s'ingénia à d'autres préparatifs, rangea les chaises
à sa guise, chercha des draps blancs et refit complètement le lit, ce qui lui donna un vrai mal, car il était
en effet très large. Son ennui fut de ne rien trouver à
manger ni à boire, dans le buffet : sans doute, depuis
trois jours qu'il était le maître, Pecqueux avait balayé
jusqu'aux miettes, sur les planches. C'était comme
pour la lumière, il n'y avait que ce bout de bougie,
mais, quand on se couche, on n'a pas besoin de voir
clair. Et, ayant très chaud maintenant, animée, elle
s'arrêta au milieu de la pièce, donnant un coup d'œil,
pour s'assurer que rien ne manquait.

Puis, comme elle s'étonnait que Jacques ne fût pas
là encore, un coup de sifflet l'attira près d'une des
fenêtres. C'était le train de onze heures vingt, un
direct pour Le Havre, qui partait. En bas, le vaste
champ, la tranchée qui va de la gare au tunnel des

Batignolles, n'était plus qu'une nappe de neige, où
l'on distinguait seulement l'éventail des rails, aux
branches noires. Les machines, les wagons des
garages faisaient des amoncellements blancs, comme
endormis sous de l'hermine. Et, entre les vitrages
immaculés des grandes marquises et les charpentes
du pont de l'Europe, bordées de guipures, les
maisons de la rue de Rome, en face, se voyaient
malgré la nuit, sales, brouillées de jaune, au milieu de
tout ce blanc. Le direct du Havre apparut, rampant
et sombre, avec son fanal d'avant, qui trouait les
ténèbres d'une flamme vive; et elle le regarda
disparaître sous le pont, tandis que les trois feux
d'arrière ensanglantaient la neige. Quand elle se
retourna vers la chambre, un court frisson la reprit :
était-elle vraiment bien seule? il lui avait semblé
sentir un souffle ardent lui chauffer la nuque, le
frôlement d'un geste brutal venait de passer sur sa
chair, à travers son vêtement. Ses yeux élargis firent
de nouveau le tour de la pièce. Non, personne.

A quoi Jacques s'amusait-il donc, pour s'attarder
ainsi? Dix minutes encore se passèrent. Un léger
grattement, un bruit d'ongles égratignant du bois,
l'inquiéta. Puis, elle comprit, elle courut ouvrir.
C'était lui, avec une bouteille de malaga et un gâteau.

Toute secouée de rires, d'un mouvement emporté
de caresse, elle se pendit à son cou.

« Oh! es-tu mignon! Tu y as songé! »

Mais lui, vivement, la fit taire.

« Chut! chut! »

Alors, elle baissa la voix, croyant qu'il était
poursuivi par la concierge. Non, il avait eu la chance,
comme il allait sonner, de voir la porte s'ouvrir pour
une dame et sa fille, qui descendaient de chez les
Dauvergne sans doute; et il avait pu monter sans que
personne s'en doutât. Seulement, là, sur le palier, il
venait d'apercevoir, par une porte entrebâillée, la

marchande de journaux qui terminait un petit savon-
nage, dans une cuvette.

« Ne faisons pas de bruit, veux-tu ? Parlons doucement. »

Elle répondit en le serrant entre ses bras, d'une
étreinte passionnée, et en lui couvrant le visage de
baisers muets. Cela l'égayait, de jouer au mystère, de
ne plus chuchoter que très bas.

« Oui, oui, tu vas voir : on ne nous entendra pas
plus que deux petites souris. »

Et elle mit la table avec toutes sortes de précautions, deux assiettes, deux verres, deux couteaux,
s'arrêtant avec une envie d'éclater de rire, dès qu'un
objet sonnait, posé trop vite.

Lui, qui la regardait faire, amusé aussi, reprit à
demi-voix :

« J'ai pensé que tu aurais faim.

— Mais je meurs ! On a si mal dîné à Rouen !

— Dis donc alors, si je redescendais chercher un
poulet ?

— Ah ! non, pour que tu ne puisses plus remonter !... Non, non, c'est assez du gâteau. »

Tout de suite, ils s'assirent côte à côte, presque sur
la même chaise, et le gâteau fut partagé, mangé avec
une gaminerie d'amoureux. Elle se plaignait d'avoir
soif, elle but coup sur coup deux verres de malaga, ce
qui acheva de faire monter le sang à ses joues. Le
poêle rougissait derrière leur dos, ils en sentaient
l'ardent frisson. Mais, comme il lui posait sur la
nuque des baisers trop bruyants, elle l'arrêta à son
tour.

« Chut ! chut ! »

Elle lui faisait signe d'écouter ; et, dans le silence, ils
entendirent de nouveau monter, de chez les Dauvergne, un branle sourd, rythmé par un bruit de
musique : ces demoiselles venaient d'organiser une
sauterie. A côté, la marchande de journaux jetait,

dans le plomb du palier, l'eau savonneuse de sa cuvette. Elle referma sa porte, la danse en bas cessa un instant, il n'y eut plus, au-dehors, sous la fenêtre, dans l'étouffement de la neige, qu'un roulement sourd, le départ d'un train, qui semblait pleurer à faibles coups de sifflet.

« Un train d'Auteuil, murmura-t-il. Minuit moins dix. »

Puis, d'une voix de caresse, légère comme un souffle :

« Au dodo, chérie, veux-tu ? »

Elle ne répondit pas, reprise par le passé dans sa fièvre heureuse, revivant malgré elle les heures qu'elle avait vécues là, avec son mari. N'était-ce pas le déjeuner d'autrefois qui se continuait par ce gâteau, mangé sur la même table, au milieu des mêmes bruits ? Une excitation croissante se dégageait des choses, les souvenirs la débordaient, jamais encore elle n'avait éprouvé un si cuisant besoin de tout dire à son amant, de se livrer toute. Elle en avait comme le désir physique, qu'elle ne distinguait plus de son désir sensuel ; et il lui semblait qu'elle lui appartiendrait davantage, qu'elle y épuiserait la joie d'être à lui, si elle se confessait à son oreille, dans un embrassement. Les faits s'évoquaient, son mari était là, elle tourna la tête, en s'imaginant qu'elle venait de voir sa courte main velue passer par-dessus son épaule pour prendre le couteau.

« Veux-tu ? chérie, au dodo ! » répéta Jacques.

Elle frissonna, en sentant les lèvres du jeune homme qui écrasaient les siennes, comme si, une fois de plus, il eût voulu y sceller l'aveu. Et, muette, elle se leva, se dévêtit rapidement, se coula sous la couverture, sans même relever ses jupes, traînant sur le parquet. Lui, non plus, ne rangea rien : la table resta avec la débandade du couvert, tandis que le bout de bougie achevait de brûler, la flamme déjà vacillante. Et, lorsque, à son tour, déshabillé, il se couche, ce fut un brusque enlacement, une possession emportée, qui les étouffa tous les deux, hors d'haleine. Dans l'air mort de la chambre, pendant que la musique continuait en bas, il n'y eut pas un cri, pas un bruit, rien qu'un grand tressaillement éperdu, un spasme profond jusqu'à l'évanouissement.

Jacques, déjà, ne reconnaissait plus en Séverine la femme des premiers rendez-vous, si douce, si passive, avec la limpidité de ses yeux bleus. Elle semblait s'être passionnée chaque jour, sous le casque sombre de ses cheveux noirs; et il l'avait sentie peu à peu s'éveiller, dans ses bras, de cette longue virginité froide, dont ni les pratiques séniles de Grandmorin, ni la brutalité conjugale de Roubaud n'avaient pu la tirer. La créature d'amour, simplement docile autrefois, aimait à cette heure, et se donnait sans réserve, et gardait du plaisir une reconnaissance brûlante. Elle en était arrivée à une violente passion, à de l'adoration pour cet homme qui lui avait révélé ses sens. C'était ce grand bonheur, de le tenir enfin à elle, librement, de le garder contre sa gorge, lié de ses deux bras, qui venait ainsi de serrer ses dents, à ne pas laisser échapper un soupir.

Quand ils rouvrirent les yeux, lui, le premier, s'étonna.

« Tiens! la bougie s'est éteinte. »

Elle eut un léger mouvement, comme pour dire qu'elle s'en moquait bien. Puis, avec un rire étouffé :

« J'ai été sage, hein?

— Oh! oui, personne n'a entendu... Deux vraies petites souris! »

Lorsqu'ils se furent recouchés, elle le reprit tout de suite dans ses bras, se pelotonna contre lui, enfonça le nez dans son cou. Et, soupirant d'aise :

« Mon Dieu! qu'on est bien! »

Ils ne parlèrent plus. La chambre était noire, on

distinguait à peine les carrés pâles des deux fenêtres ;
et il n'y avait, au plafond, qu'un rayon du poêle, une
tache ronde et sanglante. Ils la regardaient tous les
deux, les yeux grands ouverts. Les bruits de musique
avaient cessé, des portes battaient, toute la maison
tombait à la paix lourde du sommeil. En bas, le train
de Caen qui arrivait, ébranla les plaques tournantes,
dont les chocs assourdis montaient à peine, comme
très lointains.

Mais, à tenir ainsi Jacques, bientôt Séverine brûla
de nouveau. Et, avec le désir, se réveilla en elle le
besoin de l'aveu. Depuis de si longues semaines, il la
tourmentait ! La tache ronde, au plafond, s'élargissait, semblait s'étendre comme une tache de sang. Ses
yeux s'hallucinaient à la regarder, les choses autour
du lit reprenaient des voix, contaient l'histoire tout
haut. Elle sentait les mots lui en monter aux lèvres,
avec l'onde nerveuse qui soulevait sa chair. Comme
cela serait bon, de ne plus rien cacher, de se fondre
en lui tout entière !

« Tu ne sais pas, chéri... »

Jacques, qui, lui non plus, ne quittait pas du
regard la tache saignante, entendait bien ce qu'elle
allait dire. Contre lui, dans ce corps délicat noué à
son corps, il venait de suivre le flot montant de cette
chose obscure, énorme, à laquelle tous deux pensaient, sans jamais en parler. Jusque-là, il l'avait fait
taire, craignant le frisson précurseur de son mal de
jadis, tremblant que cela ne changeât leur existence,
de causer de sang entre eux. Mais, cette fois, il était
sans force, même pour pencher la tête et lui fermer la
bouche d'un baiser, tellement une langueur délicieuse
l'avait envahi, dans ce lit tiède, aux bras souples de
cette femme. Il crut que c'était fait, qu'elle dirait
tout. Aussi fut-il soulagé de son attente anxieuse,
lorsqu'elle parut se troubler, hésiter, puis reculer et
dire :

« Tu ne sais pas, chéri, mon mari se doute que je couche avec toi. »

A la dernière seconde, sans qu'elle l'eût voulu, c'était le souvenir de la nuit d'auparavant, au Havre, qui sortait de ses lèvres, au lieu de l'aveu.

« Oh! tu crois? murmura-t-il, incrédule. Il a l'air si gentil. Il m'a encore tendu la main ce matin.

— Je t'assure qu'il sait tout. En ce moment, il doit se dire que nous sommes comme ça, l'un dans l'autre, à nous aimer! J'ai des preuves. »

Elle se tut, le serra plus étroitement, d'une étreinte où le bonheur de la possession s'aiguisait de rancune. Puis, après une rêverie frémissante :

« Oh! je le hais, je le hais! »

Jacques fut surpris. Lui, n'en voulait aucunement à Roubaud. Il le trouvait très accommodant.

« Tiens! pourquoi donc? demanda-t-il. Il ne nous gêne guère. »

Elle ne répondit point, elle répéta :

« Je le hais... Maintenant, rien qu'à le sentir à côté de moi, c'est un supplice. Ah! si je pouvais, comme je me sauverais, comme je resterais avec toi! »

A son tour, touché de cet élan d'ardente tendresse, il la ramena davantage, l'eut contre sa chair, de ses pieds à son épaule, toute sienne. Mais, de nouveau, blottie de la sorte, sans presque détacher les lèvres collées à son cou, elle dit doucement :

« C'est que tu ne sais pas, chéri... »

C'était l'aveu qui revenait, fatal, inévitable. Et, cette fois, il en eut la nette conscience, rien au monde ne le retarderait, car il montait en elle du désir éperdu d'être reprise et possédée. On n'entendait plus un souffle dans la maison, la marchande de journaux elle-même devait dormir profondément. Au-dehors, Paris sous la neige n'avait pas un roulement de voiture, enseveli, drapé de silence; et le dernier train du Havre, qui était parti à minuit vingt, paraissait

avoir emporté la vie dernière de la gare. Le poêle ne
ronflait plus, le feu achevait de se consumer en
braise, avivant encore la tache rouge du plafond,
arrondie là-haut comme un œil d'épouvante. Il faisait
si chaud, qu'une brume lourde, étouffante, semblait
peser sur le lit, où tous deux, pâmés, confondaient
leurs membres.

« Chéri, c'est que tu ne sais pas... »

Alors, il parla lui aussi, irrésistiblement.

« Si, si, je sais.

— Non, tu te doutes peut-être, mais tu ne peux
pas savoir.

— Je sais qu'il a fait ça pour l'héritage. »

Elle eut un mouvement, un petit rire nerveux
involontaire.

« Ah! oui, l'héritage! »

Et tout bas, si bas, qu'un insecte de nuit frôlant les
vitres aurait bourdonné plus haut, elle conta son
enfance chez le président Grandmorin, voulut mentir, ne pas confesser ses rapports avec celui-ci, puis
céda à la nécessité de la franchise, trouva un
soulagement, un plaisir presque, en disant tout. Son
murmure léger, dès lors, coula, intarissable.

« Imagine-toi, c'était ici, dans cette chambre, en
février dernier, tu te rappelles, au moment de son
affaire avec le sous-préfet... Nous avions déjeuné,
très gentiment, comme nous venons de souper, là sur
cette table. Naturellement, il ne savait rien, je n'étais
pas allée lui conter l'histoire... Et voilà qu'à propos
d'une bague, un ancien cadeau, à propos de rien, je
ne sais comment il s'est fait qu'il a tout compris...
Ah! mon chéri, non, non, tu ne peux pas te figurer de
quelle façon il m'a traitée! »

Elle frémissait, il sentait ses petites mains qui
s'étaient crispées sur sa peau nue.

« D'un coup de poing, il m'a abattue par terre... Et
puis, il m'a traînée par les cheveux... Et puis, il levait

son talon sur ma figure, comme s'il voulait l'écraser... Non! vois-tu, tant que je vivrai, je me souvien-
drai de ça... Encore les coups, mon Dieu! Mais si je
te répétais toutes les questions qu'il m'a faites, enfin
ce qu'il m'a forcée à lui raconter! Tu vois, je suis
franche, puisque je t'avoue les choses, lorsque rien,
n'est-ce pas? ne m'oblige à te les dire. Eh bien!
jamais je n'oserai te donner même une simple idée
des sales questions auxquelles il m'a fallu répondre,
car il m'aurait assommée, c'est certain... Sans doute,
il m'aimait, il a dû avoir un gros chagrin en
apprenant tout ça; et j'accorde que j'aurais agi plus
honnêtement, si je l'avais prévenu avant le mariage.
Seulement, il faut comprendre. C'était ancien, c'était
oublié. Il n'y a qu'un vrai sauvage pour se rendre
ainsi fou de jalousie... Voyons, toi, mon chéri, est-ce
que tu vas ne plus m'aimer, parce que tu sais ça
maintenant? »

Jacques n'avait pas bougé, inerte, réfléchissant,
entre ces bras de femme qui se resserraient à son cou,
à ses reins, ainsi que des nœuds de couleuvres vives. Il
était très surpris, le soupçon d'une pareille histoire ne
lui étant jamais venu. Comme tout se compliquait,
lorsque le testament aurait suffi à expliquer si bien
les choses! Du reste, il aimait mieux ça, la certitude
que le ménage n'avait pas tué pour de l'argent le
soulageait d'un mépris, dont il avait parfois la
conscience brouillée, même sous les baisers de
Séverine.

« Moi, ne plus t'aimer, pourquoi?... Je me moque
de ton passé. Ce sont des affaires qui ne me
regardent pas... Tu es la femme de Roubaud, tu as
bien pu être celle d'un autre. »

Il y eut un silence. Tous deux s'étreignaient à
s'étouffer, et il sentait sa gorge ronde, gonflée et
dure, dans son flanc.

« Ah! tu as été la maîtresse de ce vieux. Tout de même, c'est drôle. »

Mais elle se traîna le long de lui, jusqu'à sa bouche, balbutiant dans un baiser :

« Il n'y a que toi que j'aime, jamais je n'ai aimé que toi... Oh! les autres, si tu savais! Avec eux, vois-tu, je n'ai pas seulement appris ce que ça pouvait être; tandis que toi, mon chéri, tu me rends si heureuse! »

Elle l'enflammait de ses caresses, s'offrant, le voulant, le reprenant de ses mains égarées. Et, pour ne pas céder tout de suite, lui qui brûlait comme elle, il dut la retenir, à pleins bras.

« Non, non, attends, tout à l'heure... Et, alors, ce vieux? »

Très bas, dans une secousse de tout son être, elle avoua :

« Oui, nous l'avons tué. »

Le frisson du désir se perdait dans cet autre frisson de mort, revenu en elle. C'était, comme au fond de toute volupté, une agonie qui recommençait. Un instant, elle resta suffoquée par une sensation ralentie de vertige. Puis, le nez de nouveau dans le cou de son amant, du même léger souffle :

« Il m'a fait écrire au président de partir par l'express, en même temps que nous, et de ne se montrer qu'à Rouen... Moi, je tremblais dans mon coin, éperdue en songeant au malheur où nous allions. Et il y avait, en face de moi, une femme en noir qui ne disait rien et qui me faisait grand-peur. Je ne la voyais même pas, je m'imaginais qu'elle lisait clairement dans nos crânes, qu'elle savait très bien ce que nous voulions faire... C'est ainsi que se sont passées les deux heures, de Paris à Rouen. Je n'ai pas dit un mot, je n'ai pas remué, fermant les yeux, pour faire croire que je dormais. A mon côté, je le sentais, immobile lui aussi, et ce qui m'épouvantait, c'était de connaître les choses terribles qu'il roulait dans sa tête, sans pouvoir deviner exactement ce qu'il avait résolu de faire... Ah! quel voyage, avec ce flot tourbillonnant de pensées, au milieu des coups de sifflet, des cahots et du grondement des roues! »

Jacques, qui avait sa bouche dans l'épaisse toison odorante de sa chevelure, la baisait, à intervalles réguliers, de longs baisers inconscients.

« Mais, puisque vous n'étiez pas dans le même compartiment, comment avez-vous fait pour le tuer?

— Attends, tu vas comprendre... C'était le plan de mon mari. Il est vrai que, s'il a réussi, c'est bien le hasard qui l'a voulu... A Rouen, il y avait dix minutes d'arrêt. Nous sommes descendus, il m'a forcée de marcher jusqu'au coupé du président, d'un air de gens qui se dégourdissent les jambes. Et là, il a affecté la surprise, en le voyant à la portière, comme s'il eût ignoré qu'il fût dans le train. Sur le quai, on se bousculait, un flot de monde prenait d'assaut les secondes classes, à cause d'une fête qui avait lieu au Havre, le lendemain. Lorsqu'on a commencé à refermer les portières, c'est le président lui-même qui nous a demandé de monter avec lui. Moi, j'ai balbutié, j'ai parlé de notre valise; mais il se récriait, il disait qu'on ne nous la volerait certainement pas, que nous pourrions retourner dans notre compartiment, à Barentin, puisqu'il descendait là. Un instant, mon mari, inquiet, parut vouloir courir la chercher. A cette minute, le conducteur sifflait, et il se décida, me poussa dans le coupé, monta, referma la portière et la glace. Comment ne nous a-t-on pas vus? C'est ce que je ne puis m'expliquer encore. Beaucoup de gens couraient, les employés perdaient la tête, enfin il ne s'est pas trouvé un témoin ayant vu clair. Et le train, lentement, quitta la gare. »

Elle se tut quelques secondes, revivant la scène. Sans qu'elle en eût conscience, dans l'abandon de ses

membres, un tic agitait sa cuisse gauche, la frottait
d'un mouvement rythmique contre un genou du
jeune homme.

« Ah! le premier moment, dans ce coupé, lorsque
j'ai senti le sol fuir! J'étais comme étourdie, je n'ai
pensé d'abord qu'à notre valise : de quelle façon la
ravoir? et n'allait-elle pas nous vendre, si nous la
laissions là-bas? Tout cela me paraissait stupide,
impossible, un meurtre de cauchemar imaginé par un
enfant, qu'il faudrait être fou pour mettre à exécution. Dès le lendemain, nous serions arrêtés, convain-
cus. Aussi essayai-je de me rassurer, en me disant que
mon mari reculerait, que cela ne serait pas, ne
pouvait pas être. Mais non, rien qu'à le voir causer
avec le président, je comprenais que sa résolution
restait immuable et farouche. Pourtant, il était très
calme, il parlait même avec gaieté, de son air
habituel ; et ce devait être dans son clair regard seul,
fixé par moments sur moi, que je lisais l'obstination
de sa volonté. Il le tuerait, à un kilomètre encore, à
deux peut-être, au point juste qu'il avait fixé, et que
j'ignorais : cela était certain, cela éclatait jusque dans
les coups d'œil tranquilles dont il enveloppait l'autre,
celui qui, tout à l'heure, ne serait plus. Je ne disais
rien, j'avais un grand tremblement intérieur que je
m'efforçais de cacher, en affectant de sourire, dès
qu'on me regardait. Pourquoi, alors, n'ai-je pas
même songé à empêcher tout ça? Ce n'est que plus
tard, lorsque j'ai voulu comprendre, que je me suis
étonnée de ne m'être pas mise à crier par la portière,
ou de ne pas avoir tiré le bouton d'alarme. En ce
moment-là, j'étais comme paralysée, je me sentais
radicalement impuissante. Sans doute mon mari me
semblait dans son droit ; et, puisque je te dis tout,
chéri, il faut bien que je confesse aussi cela : j'étais
malgré moi, de tout mon être, avec lui contre l'autre,
parce que les deux m'avaient eue, n'est-ce pas? et que

lui était jeune, tandis que l'autre, oh! les caresses de l'autre... Enfin, est-ce qu'on sait? On fait des choses qu'on ne croirait jamais pouvoir faire. Quand je pense que je n'oserais pas saigner un poulet! Ah! cette sensation de nuit de tempête, ah! ce noir épouvantable qui hurlait au fond de moi! »

Et cette créature frêle, si mince entre ses bras, Jacques la trouvait maintenant impénétrable, sans fond, de cette profondeur noire dont elle parlait. Il avait beau la nouer à lui plus étroitement, il n'entrait pas en elle. Une fièvre le prenait, à ce récit de meurtre, bégayé dans leur étreinte.

« Dis-moi, l'as-tu donc aidé à tuer le vieux?

— J'étais dans un coin, continua-t-elle sans répondre. Mon mari me séparait du président, qui occupait l'autre coin. Ils causaient ensemble des élections prochaines... Par moments, je voyais mon mari se pencher, jeter un coup d'œil au-dehors, pour s'assurer où nous étions, comme pris d'impatience... Chaque fois, je suivais son regard, je me rendais compte aussi du chemin parcouru. La nuit était pâle, les masses noires des arbres défilaient furieusement. Et toujours ce grondement des roues que jamais je n'ai entendu pareil, un affreux tumulte de voix enragées et gémissantes, des plaintes lugubres de bêtes hurlant à la mort! A toute vitesse, le train courait... Brusquement, il y a eu des clartés, un écho répercuté du train entre les bâtiments d'une gare. Nous étions à Maromme, déjà à deux lieues et demie de Rouen. Encore Malaunay, et puis Barentin. Où donc la chose allait-elle se faire? Faudrait-il attendre la dernière minute? Je n'avais plus conscience du temps ni des distances, je m'abandonnais, ainsi que la pierre qui tombe, à cette chute assourdissante au travers des ténèbres, lorsque, en traversant Malaunay, tout d'un coup je compris : la chose se ferait dans le tunnel, à un kilomètre de là... Je me tournai

vers mon mari, nos yeux se rencontrèrent : oui, dans
le tunnel, encore deux minutes.. Le train courait,
l'embranchement de Dieppe fut dépassé, j'aperçus
l'aiguilleur à son poste. Il y a là des coteaux, où j'ai
cru voir distinctement des hommes, les bras levés, qui
nous chargeaient d'injures. Puis, la machine siffla
longuement : c'était l'entrée du tunnel... Et, lorsque
le train s'y engouffra, oh! quel retentissement sous
cette voûte basse! tu sais, ces bruits de fer remué,
pareils à des volées de marteau sur l'enclume, et que
moi, à cette seconde d'affolement, je transformais en
roulements de tonnerre. »

Elle grelottait, elle s'interrompit pour dire d'une
voix changée, presque rieuse :

« Est-ce bête, hein? chéri, d'en avoir encore froid
dans les os. J'ai pourtant bien chaud, là, avec toi, et
je suis si contente!... Et puis, tu sais, il n'y a plus rien
du tout à craindre : l'affaire est classée, sans compter
que les gros bonnets du gouvernement ont encore
moins envie que nous de tirer ça au clair.. Oh! j'ai
compris, je suis tranquille. »

Puis, elle ajouta, en riant tout à fait :

« Par exemple toi, tu peux te vanter de nous avoir
fait une jolie peur!... Et dis-moi donc, ça m'a
toujours intriguée : au juste, qu'avais-tu vu?

— Mais ce que j'ai dit chez le juge, rien de plus :
un homme qui en égorgeait un autre... Vous étiez si
drôles avec moi, que j'avais fini par me douter. Un
instant, j'avais même reconnu ton mari... Ce n'est
que plus tard, pourtant, que j'ai été absolument
certain... »

Elle l'interrompit gaiement.

« Oui, dans le square, le jour où je t'ai dit non, tu
te rappelles? la première fois que nous nous sommes
trouvés seuls à Paris... Est-ce singulier! Je te disais
que ce n'était pas nous, et je savais parfaitement que
tu entendais le contraire. N'est-ce pas, c'était comme

si je t'avais tout raconté?... Oh! chéri, j'y ai songé souvent, et je crois bien, vois-tu, que c'est depuis ce jour-là que je t'aime. »

Ils eurent un élan, une pression où ils semblèrent se fondre. Et elle reprit :

« Sous le tunnel, le train courait... Il est très long, le tunnel. On reste là-dessous trois minutes. J'ai bien cru que nous y avions roulé une heure... Le président ne causait plus, à cause du bruit assourdissant de ferraille remuée. Et mon mari, à ce dernier moment, devait avoir une défaillance, car il ne bougeait toujours pas. Je voyais seulement, sous la clarté dansante de la lampe, ses oreilles devenir violettes... Allait-il donc attendre d'être de nouveau en rase campagne? La chose était désormais pour moi si fatale, si inévitable, que je n'avais qu'un désir : ne plus souffrir à ce point de l'attente, être débarrassée. Pourquoi donc ne le tuait-il pas, puisqu'il le fallait? J'aurais pris le couteau pour en finir, tant j'étais exaspérée de peur et de souffrance... Il me regarda. J'avais sans doute ça sur la figure. Et, tout d'un coup, il se rua, saisit aux épaules le président, qui s'était tourné du côté de la portière. Celui-ci, effaré, se dégagea d'une secousse instinctive, allongea le bras vers le bouton d'alarme, juste au-dessus de sa tête[27]. Il le toucha, fut repris par l'autre et abattu sur la banquette, d'une telle poussée, qu'il s'y trouva comme plié en deux. Sa bouche ouverte de stupeur et d'épouvante lâchait des cris confus, étouffés dans le vacarme; tandis que j'entendais distinctement mon mari répéter le mot : Cochon! cochon! cochon! d'une voix sifflante, qui s'enrageait. Mais le bruit tomba, le train sortait du tunnel, la campagne pâle reparut, avec les arbres noirs qui défilaient... Moi, j'étais restée dans mon coin, raidie, collée contre le drap du dossier, le plus loin possible. Combien la lutte dura-t-elle? Quelques secondes à peine. Et il me

semblait qu'elle n'en finissait plus, que tous les
voyageurs maintenant écoutaient les cris, que les
arbres nous voyaient. Mon mari, qui tenait son
couteau ouvert, ne pouvait frapper, repoussé à coups
de pied, trébuchant sur le plancher mouvant de la
voiture. Il faillit tomber sur les genoux, et le train
courait, nous emportait à toute vitesse, pendant que
la machine sifflait, à l'approche du passage à niveau
de la Croix-de-Maufras... C'est alors que, sans que
j'aie pu ensuite me souvenir comment cela s'est fait,
je me suis jetée sur les jambes de l'homme qui se
débattait. Oui, je me suis laissée tomber ainsi qu'un
paquet, lui écrasant les jambes de tout mon poids,
pour qu'il ne les remuât plus. Et je n'ai rien vu, mais
j'ai tout senti : le choc du couteau dans la gorge, la
longue secousse du corps, la mort qui est venue en
trois hoquets, avec un déroulement d'horloge qu'on a
cassée... Oh! ce frisson d'agonie dont j'ai encore
l'écho dans les membres! »

Jacques, avide, voulut l'interrompre pour la questionner. Mais, à présent, elle avait hâte de finir.

« Non, attends... Comme je me relevais, nous
passions à toute vapeur devant la Croix-de-Maufras.
J'ai aperçu distinctement la façade close de la
maison, puis le poste du garde-barrière. Encore
quatre kilomètres, cinq minutes au plus, avant d'être
à Barentin... Le corps était plié sur la banquette, le
sang coulait en mare épaisse. Et mon mari, debout,
hébété, balancé par les cahots du train, regardait, en
essuyant le couteau avec son mouchoir. Cela a duré
une minute, sans que ni l'un ni l'autre nous fissions
rien pour notre salut... Si nous gardions ce corps
avec nous, si nous restions là, on allait tout découvrir
peut-être, à l'arrêt de Barentin... Mais il avait remis
le couteau dans sa poche, il semblait s'éveiller. Je l'ai
vu qui fouillait le corps, prenait la montre, l'argent,
tout ce qu'il trouvait ; et, ayant ouvert la portière, il

s'efforça de le pousser sur la voie, sans le saisir à pleins bras, de peur du sang. " Aide-moi donc! Pousse avec moi. " Je n'essayai même pas, je ne sentais plus mes membres. " Nom de Dieu! veux-tu bien pousser avec moi! " La tête, sortie la première, pendait jusqu'au marchepied, tandis que le tronc, roulé en boule, refusait de passer. Et le train courait... Enfin, sous une poussée plus forte, le cadavre bascula, disparut dans le grondement des roues. " Ah! le cochon, c'est donc fini! " Puis, il ramassa la couverture, la jeta aussi. Il n'y avait plus que nous deux, debout, avec la mare de sang sur la banquette, où nous n'osions pas nous asseoir... La portière battait toujours, grande ouverte, et je ne compris pas d'abord, anéantie, affolée, lorsque je vis mon mari descendre, disparaître à son tour. Il revint. " Allons, vite, suis-moi, si tu ne veux pas qu'on nous coupe le cou! " Je ne bougeais pas, il s'impatientait.

« " Viens donc, nom de Dieu! notre compartiment est vide, nous y retournons. " Vide, notre compartiment, il y était donc allé? La femme en noir, celle qui ne parlait pas, qu'on ne voyait pas, était-il bien certain qu'elle ne fût pas restée dans un coin?... " Veux-tu venir, ou je te fous sur la voie comme l'autre! " Il était remonté, il me poussait, brutal, fou. Et je me trouvai dehors, sur le marchepied, les deux mains cramponnées à la tringle de cuivre. Lui, descendu derrière moi, avait refermé soigneusement la portière. " Va donc, va donc! " Mais je n'osais pas, emportée dans le vertige de la course, flagellée par le vent qui soufflait en tempête. Mes cheveux se dénouèrent, je croyais que mes doigts raidis allaient laisser échapper la tringle. " Va donc, nom de Dieu! " Il me poussait toujours, je dus marcher, lâchant une main après l'autre, me collant contre les voitures, au milieu du tourbillon de mes jupes, dont le claquement me liait les jambes. Déjà, au loin, après une courbe, on apercevait les lumières de la station de Barentin. La machine se mit à siffler. " Va donc, nom de Dieu! " Oh! ce bruit d'enfer, cette trépidation violente dans laquelle je marchais! Il me semblait qu'un orage m'avait prise, me roulait comme une paille, pour aller, là-bas, m'écraser contre un mur. Derrière mon dos, la campagne fuyait, les arbres me suivaient d'un galop enragé, tournant sur eux-mêmes, tordus, jetant chacun une plainte brève, au passage. A l'extrémité du wagon, lorsqu'il me fallut enjamber pour atteindre le marchepied du wagon suivant et saisir l'autre tringle, je m'arrêtai, à bout de courage. Jamais je n'aurais la force. " Va donc, nom de Dieu! " Il était sur moi, il me poussait, et je fermai les yeux, et je ne sais comment je continuai à avancer, par la seule force de l'instinct, ainsi qu'une bête qui a planté ses griffes et qui ne veut pas tomber. Comment aussi ne nous a-t-on pas vus? Nous avons passé devant trois voitures, dont une, de deuxième classe, était absolument bondée. Je me souviens des têtes rangées à la file, sous la clarté de la lampe; je crois que je les reconnaîtrais, si je les rencontrais un jour : celle d'un gros homme avec des favoris rouges, celles surtout de deux jeunes filles, qui se sont penchées en riant. " Va donc, nom de Dieu! Va donc, nom de Dieu! " Et je ne sais plus, les lumières de Barentin se rapprochaient, la machine sifflait, ma dernière sensation a été d'être traînée, charriée, enlevée par les cheveux. Mon mari a dû m'empoigner, ouvrir la portière par-dessus mes épaules, me jeter au fond du compartiment. Haletante, j'étais à demi évanouie dans un coin, lorsque nous nous sommes arrêtés: et je l'ai entendu, sans faire un mouvement, qui échangeait quelques mots avec le chef de gare de Barentin. Puis, le train reparti, il est tombé sur la banquette, épuisé lui-même. Jusqu'au Havre, nous n'avons pas rouvert la bouche... Oh! je le hais, je le hais, vois-tu, pour toutes ces abominations qu'il m'a fait souffrir! et toi, je t'aime, mon chéri, toi qui me donnes tant de bonheur! »

Chez Séverine, après la montée ardente de ce long récit, ce cri était comme l'épanouissement même de son besoin de joie, dans l'exécration de ses souvenirs. Mais Jacques, qu'elle avait bouleversé et qui brûlait comme elle, la retint encore.

« Non, non, attends... Et tu étais aplatie sur ses jambes, et tu l'as senti mourir? »

En lui, l'inconnu se réveillait, une onde farouche montait des entrailles, envahissait la tête d'une vision rouge. Il était repris de la curiosité du meurtre.

« Et alors, le couteau, tu as senti le couteau entrer?

— Oui, un coup sourd.

— Ah! un coup sourd... Pas un déchirement, tu es sûre?

— Non, non, rien qu'un choc.

— Et, ensuite, il a eu une secousse, hein?

— Oui, trois secousses, oh! d'un bout à l'autre de son corps, si longues, que je les ai suivies jusque dans ses pieds.

— Des secousses qui le raidissaient, n'est-ce pas?

— Oui, la première très forte, les deux autres plus faibles.

— Et il est mort, et à toi qu'est-ce que ça t'a fait, de le sentir mourir comme ça, d'un coup de couteau?

— A moi, oh! je ne sais pas.

— Tu ne sais pas, pourquoi mens-tu? Dis-moi, dis-moi ce que ça t'a fait, bien franchement... De la peine?

— Non non, pas de la peine!

— Du plaisir?

— Du plaisir, ah! non, pas du plaisir!

— Quoi donc, mon amour? Je t'en prie, dis-moi tout... Si tu savais... Dis-moi ce qu'on éprouve.

— Mon Dieu! est-ce qu'on peut dire ça?... C'est affreux, ça vous emporte, oh! si loin, si loin! J'ai plus vécu dans cette minute-là que dans toute ma vie passée. »

Les dents serrées, n'ayant plus qu'un bégaiement, Jacques cette fois l'avait prise; et Séverine aussi le prenait. Ils se possédèrent, retrouvant l'amour au fond de la mort, dans la même volupté douloureuse des bêtes qui s'éventrent pendant le rut. Leur souffle rauque, seul, s'entendit. Au plafond, le reflet saignant avait disparu; et, le poêle éteint, la chambre commençait à se glacer, dans le grand froid du dehors. Pas une voix ne montait de Paris ouaté de neige. Un instant, des ronflements étaient venus de chez la marchande de journaux, à côté. Puis, tout s'était abîmé au gouffre noir de la maison endormie.

Jacques, qui avait gardé Séverine dans ses bras, la sentit tout de suite qui cédait à un sommeil invincible, comme foudroyée. Le voyage, l'attente prolongée chez les Misard, cette nuit de fièvre, l'accablaient. Elle bégaya un bonsoir enfantin, elle dormait déjà, d'un souffle égal. Le coucou venait de sonner trois heures.

Et, pendant près d'une heure encore, Jacques la garda sur son bras gauche, qui, peu à peu, s'engourdissait. Lui, ne pouvait fermer les yeux, qu'une main invisible, obstinément, semblait rouvrir dans les ténèbres. Maintenant, il ne distinguait plus rien de la chambre, noyée de nuit, où tout avait sombré, le poêle, les meubles, les murs; et il fallait qu'il se tournât, pour retrouver les deux carrés pâles des fenêtres, immobiles, d'une légèreté de rêve. Malgré sa fatigue écrasante, une activité cérébrale prodigieuse le tenait vibrant, dévidant sans cesse le même écheveau d'idées. Chaque fois que, par un effort de volonté, il croyait glisser au sommeil, la même hantise recommençait, les mêmes images défilaient, éveillant les mêmes sensations. Et ce qui se déroulait ainsi, avec une régularité mécanique, pendant que ses yeux fixes et grands ouverts s'emplissaient d'ombre, c'était le meurtre, détail à détail. Toujours il renaissait, identique, envahissant, affolant. Le couteau entrait dans la gorge d'un choc sourd, le corps avait trois longues secousses, la vie s'en allait en un flot de sang tiède, un flot rouge qu'il croyait sentir lui couler sur les mains. Vingt fois, trente fois, le couteau entra, le corps s'agita. Cela devenait énorme, l'étouffait, débordait, faisait éclater la nuit. Oh! donner un coup de couteau pareil, contenter ce lointain désir, savoir ce qu'on éprouve, goûter cette minute où l'on vit davantage que dans toute une existence!

Comme son étouffement augmentait, Jacques pensa que le poids de Séverine sur son bras l'empêchait seul de dormir. Doucement, il se dégagea, la posa près de lui, sans l'éveiller. D'abord soulagé, il respira plus à l'aise, croyant que le sommeil allait venir enfin. Mais, malgré son effort, les invisibles doigts rouvrirent ses paupières; et, dans le noir, le meurtre reparut en traits sanglants, le couteau entra, le corps s'agita. Une pluie rouge rayait les ténèbres, la plaie de la gorge, démesurée, bâillait comme une entaille faite à la hache. Alors, il ne lutta plus, resta sur le dos, en proie à cette vision obstinée. Il entendait en lui le labeur décuplé du cerveau, un grondement de toute la machine. Cela venait de très loin, de sa jeunesse. Pourtant, il s'était cru guéri, car ce désir était mort depuis des mois, avec la possession de cette femme; et voilà que jamais il ne l'avait ressenti si intense, sous l'évocation de ce meurtre, que, tout à l'heure, serrée contre sa chair, liée à ses membres, elle lui chuchotait. Il s'était écarté, il évitait qu'elle ne le touchât, brûlé par le moindre contact de sa peau. Une chaleur insupportable montait le long de son échine, comme si le matelas, sous ses reins, se fût changé en brasier. Des picotements, des pointes de feu lui trouaient la nuque. Un moment, il essaya de sortir ses mains de la couverture; mais tout de suite elles se glaçaient, lui donnaient un frisson. La peur le prit de ses mains, et il les rentra, les joignit d'abord sur son ventre, finit par les glisser, par les écraser sous ses fesses, les emprisonnant là, comme s'il eût redouté quelque abomination de leur part, un acte qu'il ne voudrait pas et qu'il commettrait quand même.

Chaque fois que le coucou sonnait, Jacques comptait les coups. Quatre heures, cinq heures, six heures. Il aspirait après le jour, il espérait que l'aube chasserait ce cauchemar. Aussi, maintenant, se tournait-il vers les fenêtres, guettant les vitres. Mais il n'y avait toujours là que le vague reflet de la neige. A cinq heures moins un quart, avec un retard de quarante minutes seulement, il avait entendu arriver le direct du Havre, ce qui prouvait que la circulation devait être rétablie. Et ce ne fut pas avant sept heures passées, qu'il vit blanchir les vitres, une pâleur laiteuse, très lente. Enfin, la chambre s'éclaira, de cette lumière confuse où les meubles semblaient flotter. Le poêle reparut, l'armoire, le buffet. Il ne pouvait toujours fermer les paupières, ses yeux au contraire s'irritaient, dans un besoin de voir. Tout de suite, avant même qu'il fît assez clair, il avait plutôt deviné qu'aperçu, sur la table, le couteau dont il s'était servi, le soir, pour couper le gâteau. Il ne voyait plus que ce couteau, un petit couteau à bout pointu. Le jour qui grandissait, toute la lumière blanche des deux fenêtres n'entrait maintenant que pour se refléter dans cette mince lame. Et la terreur de ses mains les lui fit enfoncer davantage sous son corps, car il les sentait bien qui s'agitaient, révoltées, plus fortes que son vouloir. Est-ce qu'elles allaient cesser de lui appartenir? Des mains qui lui vien-

draient d'un autre, des mains léguées par quelque
ancêtre, au temps où l'homme, dans les bois,
étranglait les bêtes!

Pour ne plus voir le couteau, Jacques se tourna
vers Séverine. Elle dormait très calme, avec un
souffle d'enfant, dans sa grosse fatigue. Ses lourds
cheveux noirs, dénoués, lui faisaient un oreiller
sombre, coulant jusqu'aux épaules; et, sous le menton, entre les boucles, on apercevait sa gorge, d'une
délicatesse de lait, à peine rosée. Il la regarda comme
s'il ne la connaissait point. Il l'adorait cependant, il
emportait partout son image, dans un désir d'elle,
qui, souvent, l'angoissait, même lorsqu'il conduisait
sa machine; à ce point, qu'un jour il s'était éveillé,
comme d'un rêve, au moment où il passait une
station à toute vapeur, malgré les signaux. Mais la
vue de cette gorge blanche le prenait tout entier,
d'une fascination soudaine, inexorable; et, en lui,
avec une horreur consciente encore, il sentait grandir
l'impérieux besoin d'aller chercher le couteau, sur la
table, de revenir l'enfoncer jusqu'au manche, dans
cette chair de femme. Il entendait le choc sourd de la
lame qui entrait, il voyait le corps sursauter par trois
fois, puis la mort le raidir, sous un flot rouge.
Luttant, voulant s'arracher de cette hantise, il perdait
à chaque seconde un peu de sa volonté, comme
submergé par l'idée fixe, à ce bord extrême où,
vaincu, l'on cède aux poussées de l'instinct. Tout se
brouilla, ses mains révoltées, victorieuses de son
effort à les cacher, se dénouèrent, s'échappèrent. Et il
comprit si bien que, désormais, il n'était plus leur
maître, et qu'elles allaient brutalement se satisfaire,
s'il continuait à regarder Séverine, qu'il mit ses
dernières forces à se jeter hors du lit, roulant par
terre ainsi qu'un homme ivre. Là, il se ramassa, faillit
tomber de nouveau, en s'embarrassant les pieds
parmi les jupes restées sur le parquet. Il chancelait,

cherchait ses vêtements d'un geste égaré, avec la pensée unique de s'habiller vite, de prendre le couteau et de descendre tuer une autre femme, dans la rue. Cette fois, son désir le torturait trop, il fallait qu'il en tuât une. Il ne trouvait plus son pantalon, le toucha à trois reprises, avant de savoir qu'il le tenait. Ses souliers à mettre lui donnèrent un mal infini. Bien qu'il fît grand jour maintenant, la chambre lui paraissait pleine de fumée rousse, une aube de brouillard glacial où tout se noyait. Il grelottait de fièvre, et il était habillé enfin, il avait pris le couteau, en le cachant dans sa manche, certain d'en tuer une, la première qu'il rencontrerait sur le trottoir, lorsqu'un froissement de linge, un soupir prolongé qui venait du lit, l'arrêta, cloué près de la table, pâlissant.

C'était Séverine qui s'éveillait.

« Quoi donc, chéri, tu sors déjà? »

Il ne répondait pas, il ne la regardait pas, espérant qu'elle se rendormirait.

« Où vas-tu donc, chéri?

— Rien, balbutia-t-il, une affaire de service... Dors, je vais revenir. »

Alors, elle eut des mots confus, reprise de torpeur, les yeux déjà refermés.

« Oh! j'ai sommeil, j'ai sommeil... Viens m'embrasser, chéri. »

Mais il ne bougeait pas, car il savait que, s'il retournait, avec ce couteau dans la main, s'il la revoyait seulement, si fine, si jolie, en sa nudité et son désordre, c'en était fait de la volonté qui le raidissait là, près d'elle. Malgré lui, sa main se lèverait, lui planterait le couteau dans le cou.

« Chéri, viens m'embrasser... »

Sa voix s'éteignait, elle se rendormit, très douce, avec un murmure de caresse. Et, lui, éperdu, ouvrit la porte, s'enfuit.

Il était huit heures, lorsque Jacques se trouva sur le

trottoir de la rue d'Amsterdam. La neige n'avait pas
encore été balayée, on entendait à peine le piétine-
ment des rares passants. Tout de suite, il avait aperçu
une vieille femme; mais elle tournait le coin de la rue
de Londres, il ne la suivit pas. Des hommes le
coudoyèrent, il descendit vers la place du Havre, en
serrant le couteau, dont la pointe relevée disparaissait sous sa manche. Comme une fillette d'environ
quatorze ans sortait d'une maison d'en face, il
traversa la chaussée; et il n'arriva que pour la voir
entrer, à côté, dans une boulangerie. Son impatience
était telle, qu'il n'attendit pas, cherchant plus loin,
continuant à descendre. Depuis qu'il avait quitté la
chambre, avec ce couteau, ce n'était plus lui qui
agissait, mais l'autre, celui qu'il avait senti si fré-
quemment s'agiter au fond de son être, cet inconnu
venu de très loin, brûlé de la soif héréditaire du
meurtre. Il avait tué jadis, il voulait tuer encore. Et
les choses, autour de Jacques, n'étaient plus que dans
un rêve, car il les voyait à travers son idée fixe. Sa vie
de chaque jour se trouvait comme abolie, il marchait
en somnambule, sans mémoire du passé, sans pré-
voyance de l'avenir, tout à l'obsession de son besoin.
Dans son corps qui allait, sa personnalité était
absente. Deux femmes qui le frôlèrent en le devan-
çant, lui firent précipiter sa marche; et il les
rattrapait, lorsqu'un homme les arrêta. Tous trois
riaient, causaient. Cet homme le dérangeant, il se mit
à suivre une autre femme qui passait, chétive et
noire, l'air pauvre sous un mince châle. Elle avançait
à petits pas, vers quelque besogne exécrée sans doute,
dure et payée chichement, car elle n'avait pas de
hâte, la face désespérément triste. Lui non plus,
maintenant qu'il en tenait une, ne se pressait point,
attendant de choisir l'endroit, pour la frapper à
l'aise. Sans doute, elle s'aperçut que ce garçon la
suivait, et ses yeux se tournèrent vers lui, avec un

navrement indicible, étonnée qu'on pût vouloir
d'elle. Déjà, elle l'avait mené au milieu de la rue du
Havre, elle se retourna deux fois encore, l'empêchant
à chaque fois de lui planter dans la gorge le couteau,
qu'il sortait de sa manche. Elle avait des yeux de
misère, si implorants! Là-bas, lorsqu'elle descendrait
du trottoir, il frapperait. Et, brusquement, il fit un
crochet, en se mettant à la poursuite d'une autre
femme, qui marchait en sens inverse. Cela sans
raison, sans volonté, parce qu'elle passait à cette
minute, et que c'était ainsi.

Jacques, derrière elle, revint vers la gare. Celle-ci,
très vive, marchait d'un petit pas sonore; et elle était
adorablement jolie, vingt ans au plus, grasse déjà,
blonde, avec de beaux yeux de gaieté qui riaient à la
vie. Elle ne remarqua même pas qu'un homme la
suivait; elle devait être pressée, car elle gravit
lestement le perron de la cour du Havre, monta dans
la grande salle, qu'elle longea en courant presque,
pour se précipiter vers les guichets de la ligne de
ceinture. Et, comme elle demandait un billet de
première classe pour Auteuil, Jacques en prit également un, l'accompagna à travers les salles d'attente,
sur le quai, jusque dans le compartiment, où il
s'installa, à côté d'elle. Le train, tout de suite, partit.

« J'ai le temps, pensait-il, je la tuerai sous un
tunnel. »

Mais, en face d'eux, une vieille dame, la seule
personne qui fût montée, venait de reconnaître la
jeune femme.

« Comment, c'est vous! Où allez-vous donc, de si
bonne heure? »

L'autre éclata d'un bon rire, avec un geste de
comique désespoir.

« Dire qu'on ne peut rien faire sans être rencon-
trée! J'espère que vous n'irez pas me vendre... C'est
demain la fête de mon mari, et dès qu'il a été sorti

pour ses affaires, j'ai pris ma course, je vais à Auteuil chez un horticulteur, où il a vu une orchidée dont il a une envie folle... Une surprise, vous comprenez. »

La vieille dame hochait la tête, d'un air de bienveillance attendrie.

« Et bébé va bien?

— La petite, oh! un vrai charme... Vous savez que je l'ai sevrée il y a huit jours. Il faut la voir manger sa soupe... Nous nous portons tous trop bien, c'est scandaleux. »

Elle riait plus haut, montrant ses dents blanches, entre le sang pur de ses lèvres. Et Jacques, qui s'était mis à sa droite, le couteau au poing, caché derrière sa cuisse, se disait qu'il serait très bien pour frapper. Il n'avait qu'à lever le bras et à faire demi-tour, pour l'avoir à sa main. Mais, sous le tunnel des Batignolles, l'idée des brides du chapeau l'arrêta.

« Il y a là, songeait-il, un nœud qui va me gêner. Je veux être sûr. »

Les deux femmes continuaient à causer gaiement.

« Alors, je vois que vous êtes heureuse.

— Heureuse, ah! si je pouvais dire! C'est un rêve que je fais... Il y a deux ans, je n'étais rien du tout. Vous vous rappelez, on ne s'amusait guère chez ma tante; et pas un sou de dot... Quand il venait, lui, je tremblais, tant je m'étais mise à l'aimer. Mais il était si beau, si riche... Et il est à moi, il est mon mari, et nous avons bébé à nous deux! Je vous dis que c'est trop! »

En étudiant le nœud des brides, Jacques venait de constater qu'il y avait dessous, attaché à un velours noir, un gros médaillon d'or; et il calculait tout.

« Je l'empoignerai au cou de la main gauche, et j'écarterai le médaillon en lui renversant la tête, pour avoir la gorge nue. »

Le train s'arrêtait, repartait à chaque minute. De

courts tunnels s'étaient succédé, a Courcelles, à Neuilly. Tout a l'heure, une seconde suffirait.

« Vous êtes allée à la mer, cet été? reprit la vieille dame.

— Oui, en Bretagne, six semaines, au fond d'un trou perdu, un paradis. Puis, nous avons passé septembre dans le Poitou, chez mon beau-père, qui possède par là de grands bois.

— Et ne devez-vous pas vous installer dans le Midi pour l'hiver?

— Si, nous serons à Cannes vers le 15... La maison est louée. Un bout de jardin délicieux, la mer en face. Nous avons envoyé là-bas quelqu'un qui installe tout, pour nous recevoir... Ce n'est pas que nous soyons frileux, ni l'un ni l'autre; mais cela est si bon, le soleil!... Puis, nous serons de retour en mars. L'année prochaine, nous resterons à Paris. Dans deux ans, lorsque bébé sera grande fille, nous voyagerons. Est-ce que je sais, moi! c'est toujours fête! »

Elle débordait d'une telle félicité, que, cédant à son besoin d'expansion, elle se tourna vers Jacques, vers cet inconnu, pour lui sourire. Dans ce mouvement, le nœud des brides se déplaça, le médaillon s'écarta, le cou apparut, vermeil, avec une fossette légère, que l'ombre dorait.

Les doigts de Jacques s'étaient raidis sur le manche du couteau, pendant qu'il prenait une résolution irrévocable.

« C'est là, à cette place, que je frapperai. Oui, tout à l'heure, sous le tunnel, avant Passy. »

Mais, à la station du Trocadéro, un employé monta, qui, le connaissant, se mit à lui parler du service, d'un vol de charbon dont on venait de convaincre un mécanicien et son chauffeur. Et, à partir de ce moment, tout se brouilla, il ne put jamais, plus tard, rétablir les faits, exactement. Les

rires avaient continué, un rayonnement de bonheur
tel, qu'il en était comme pénètre et assoupi. Peut-être
était-il allé jusqu'à Auteuil, avec les deux femmes,
seulement, il ne se rappelait pas qu'elles y fussent
descendues. Lui-même avait fini par se trouver au
bord de la Seine, sans s'expliquer comment. Ce dont
il gardait la sensation très nette, c'était d'avoir jeté,
du haut de la berge, le couteau, resté dans sa
manche, à son poing. Puis, il ne savait plus, hébété,
absent de son être, d'où l'autre s'en était allé aussi,
avec le couteau. Il devait avoir marché pendant des
heures, par les rues et les places, au hasard de son
corps. Des gens, des maisons, défilaient, très pâles.
Sans doute il était entré quelque part, manger au
fond d'une salle pleine de monde, car il revoyait
distinctement des assiettes blanches. Il avait aussi
l'impression persistante d'une affiche rouge, sur une
boutique fermée. Et tout sombrait ensuite à un
gouffre noir, à un néant, où il n'y avait plus ni temps
ni espace, où il gisait inerte, depuis des siècles peut-
être.

Lorsqu'il revint à lui, Jacques était dans son étroite
chambre de la rue Cardinet, tombé en travers de son
lit, tout habillé. L'instinct l'avait ramené là, ainsi
qu'un chien fourbu qui se traîne à sa niche. D'ailleurs, il ne se souvenait ni d'avoir monté l'escalier ni
de s'être endormi. Il s'éveillait d'un sommeil de
plomb, effaré de rentrer brusquement en possession
de lui-même, comme après un évanouissement profond. Peut-être avait-il dormi trois heures, peut-être
trois jours. Et, tout d'un coup, la mémoire lui revint :
la nuit passée avec Séverine, l'aveu du meurtre, son
départ de bête carnassière, en quête de sang. Il
n'avait plus été en lui, il s'y retrouvait, avec la
stupeur des choses qui s'étaient faites en dehors de
son vouloir. Puis, le souvenir que la jeune femme
l'attendait, le mit debout, d'un saut. Il regarda

sa montre, vit qu'il était quatre heures déjà ; et, la tête
vide, très calme comme après une forte saignée, il se
hâta de retourner à l'impasse d'Amsterdam.

Jusqu'à midi, Séverine avait dormi profondément.
Ensuite, réveillée, surprise de ne pas le voir là encore,
elle avait rallumé le poêle ; et, vêtue enfin, mourant
d'inanition, elle s'était décidée, vers deux heures, à
descendre manger dans un restaurant du voisinage.
Lorsque Jacques parut, elle venait de remonter, après
avoir fait quelques courses.

« Oh ! mon chéri, que j'étais inquiète ! »

Et elle s'était pendue à son cou, elle le regardait de
tout près, dans les yeux.

« Qu'est-il donc arrivé ? »

Lui, épuisé, la chair froide, la rassurait tranquillement, sans un trouble.

« Mais rien, une corvée embêtante. Quand ils vous
tiennent, ils ne vous lâchent plus. »

Alors, baissant la voix, elle se fit humble, câline.

« Figure-toi que je m'imaginais... Oh ! une vilaine
idée qui me causait une peine !... Oui, je me disais que
peut-être, après ce que je t'avais avoué, tu n'allais
plus vouloir de moi... Et voilà que je t'ai cru parti
pour ne pas revenir, jamais, jamais ! »

Les larmes la gagnaient, elle éclata en sanglots, en
le serrant éperdument entre ses bras.

« Ah ! mon chéri, si tu savais, comme j'ai besoin
qu'on soit gentil avec moi !... Aime-moi, aime-moi
bien, parce que, vois-tu, il n'y a que ton amour qui
puisse me faire oublier... Maintenant que je t'ai dit
tous mes malheurs, n'est-ce pas ? il ne faut pas me
quitter, oh ! je t'en conjure ! »

Jacques était envahi par cet attendrissement. Une
détente invincible l'amollissait peu à peu. Il bégaya :

« Non, non, je t'aime, n'aie pas peur. »

Et, débordé, il pleura aussi, sous la fatalité de ce
mal abominable qui venait de le reprendre, dont

jamais il ne guérirait. C'était une honte, un désespoir sans bornes.

« Aime-moi, aime-moi bien aussi, oh! de toute ta force, car j'en ai autant besoin que toi! »

Elle frissonna, voulut savoir.

« Tu as des chagrins, il faut me les dire.

— Non, non, pas des chagrins, des choses qui n'existent pas, des tristesses qui me rendent horriblement malheureux, sans qu'il soit même possible d'en causer. »

Tous deux s'étreignirent, confondirent l'affreuse mélancolie de leur peine. C'était une infinie souffrance, sans oubli possible, sans pardon. Ils pleuraient, et ils sentaient sur eux les forces aveugles de la vie, faite de lutte et de mort.

« Allons, dit Jacques, en se dégageant, il est l'heure de songer au départ... Ce soir, tu seras au Havre. »

Séverine, sombre, les regards perdus, murmura, après un silence :

« Encore, si j'étais libre, si mon mari n'était plus là!... Ah! comme nous oublierions vite! »

Il eut un geste violent, il pensa tout haut.

« Nous ne pouvons pourtant pas le tuer. »

Fixement, elle le regarda, et lui tressaillit, étonné d'avoir dit cette chose, à laquelle il n'avait jamais songé. Puisqu'il voulait tuer, pourquoi donc ne le tuait-il pas, cet homme gênant? Et, comme il la quittait enfin, pour courir au dépôt, elle le reprit entre ses bras, le couvrit de baisers.

« Oh! mon chéri, aime-moi bien. Je t'aimerai plus fort, plus fort encore... Va, nous serons heureux. »

IX

Au Havre, dès les jours suivants, Jacques et
Séverine se montrèrent d'une grande prudence, pris
d'inquiétude. Puisque Roubaud savait tout, n'allait-il
pas les guetter, les surprendre, pour se venger d'eux,
dans un éclat? Ils se rappelaient ses emportements
jaloux d'autrefois, ses brutalités d'ancien homme
d'équipe, tapant à poings fermés. Et, justement, il
leur semblait, à le voir, si lourd, si muet, avec ses
yeux troubles, qu'il devait méditer quelque farouche
sournoiserie, un guet-apens, où il les tiendrait en sa
puissance. Aussi, pendant le premier mois, ne se
virent-ils qu'avec mille précautions, toujours en
alerte.

Roubaud, cependant, de plus en plus, s'absentait.
Peut-être ne disparaissait-il ainsi que pour revenir à
l'improviste et les trouver aux bras l'un de l'autre.
Mais cette crainte ne se réalisait pas. Au contraire,
ses absences se prolongeaient à un tel point, qu'il
n'était plus jamais là, s'échappant dès qu'il était
libre, ne rentrant qu'à la minute précise où le service le
réclamait. Les semaines de jour, il trouvait le moyen,
à dix heures, de déjeuner en cinq minutes, puis de ne
pas reparaître avant onze heures et demie; et, le soir,
à cinq heures, lorsque son collègue descendait le
remplacer, il filait, souvent pour la nuit entière. A
peine prenait-il quelques heures de sommeil. Il en

était de même des semaines de nuit, libre alors dès
cinq heures du matin, mangeant et dormant dehors
sans doute, en tout cas ne revenant qu'à cinq heures
du soir. Longtemps, dans ce désarroi, il avait gardé
une ponctualité d'employé modèle, toujours présent
à la minute exacte, si éreinté parfois, qu'il ne tenait
pas sur les jambes, mais debout pourtant, consciencieux à sa besogne. Puis, maintenant, des trous se
produisaient. Deux fois déjà, l'autre sous-chef, Moulin, avait dû l'attendre une heure; même, un matin,
après le déjeuner, apprenant qu'il ne reparaissait pas,
il était venu le suppléer, en brave homme, pour lui
éviter une réprimande. Et tout le service de Roubaud
commençait ainsi à se ressentir de cette désorganisation lente. Le jour, ce n'était plus l'homme actif,
n'expédiant ou ne recevant un train qu'après avoir
tout vu par ses yeux, consignant les moindres faits
dans son rapport au chef de gare, dur aux autres et à
lui-même. La nuit, il s'endormait d'un sommeil de
plomb, au fond du grand fauteuil de son bureau.
Éveillé, il semblait sommeiller encore, allait et venait
sur le quai, les mains croisées derrière le dos, donnait
d'une voix blanche les ordres, dont il ne vérifiait pas
l'exécution. Tout marchait quand même, par la force
acquise de l'habitude, sauf un tamponnement dû à
une négligence de sa part, un train de voyageurs
lancé sur une voie de garage. Ses collègues, simplement, s'égayaient, en contant qu'il faisait la noce.

La vérité était que Roubaud, à présent, vivait au
premier étage du café du Commerce, dans la petite
salle écartée, devenue peu à peu un tripot. On
racontait que des femmes s'y rendaient, chaque nuit;
mais on n'y en aurait trouvé réellement qu'une, la
maîtresse d'un capitaine en retraite, âgée d'au moins
quarante ans, joueuse enragée elle-même, sans sexe.
Le sous-chef ne satisfaisait là que la morne passion
du jeu, éveillée en lui, au lendemain du meurtre, par le

hasard d'une partie de piquet, grandie ensuite et
changée en une habitude impérieuse, pour l'absolue
distraction, l'anéantissement qu'elle lui procurait.
Elle l'avait possédé jusqu'à chasser le désir de la
femme, chez ce mâle brutal ; elle le tenait désormais
tout entier, comme l'assouvissement unique, où il se
contentait. Ce n'était pas que le remords l'eût jamais
tourmenté du besoin de l'oubli ; mais, dans la
secousse dont se détraquait son ménage, au milieu de
son existence gâtée, il avait trouvé la consolation,
l'étourdissement de bonheur égoïste, qu'il pouvait
goûter seul ; et tout sombrait maintenant, au fond de
cette passion, qui achevait de le désorganiser. L'alcool
ne lui aurait pas donné des heures plus légères, plus
rapides, affranchies à ce point. Il était dégagé du souci
même de la vie, il lui semblait vivre avec une intensité
extraordinaire, mais ailleurs, désintéressé, sans que
plus rien le touchât des ennuis dont jadis il crevait de
rage. Et il se portait fort bien, en dehors de la fatigue
des nuits passées ; il engraissait même, d'une graisse
lourde et jaune, les paupières pesantes sur ses yeux
troubles. Quand il rentrait, avec la lenteur de ses
gestes ensommeillés, il n'apportait plus, chez lui, sur
toutes choses, qu'une souveraine indifférence.

La nuit où Roubaud était revenu prendre les trois
cents francs d'or, sous le parquet, il voulait payer
M. Cauche, le commissaire de surveillance, à la suite
de plusieurs pertes successives. Celui-ci, vieux joueur,
avait un beau sang-froid, qui le rendait redoutable.
D'ailleurs, il disait ne jouer que pour son plaisir, il
était tenu par ses fonctions de magistrat à garder les
apparences de l'ancien militaire, resté garçon et
vivant au café, en habitué tranquille : ce qui ne
l'empêchait pas de battre souvent les cartes la soirée
entière, et de ramasser tout l'argent des autres. Des
bruits avaient circulé, on l'accusait aussi d'être si
inexact à son poste, qu'il était question de le forcer à

se démettre. Mais les choses traînaient, il y avait si peu de besogne, pourquoi exiger plus de zèle ? Et il se contentait toujours de paraître un instant sur les quais de la gare, où chacun le saluait.

Trois semaines plus tard, Roubaud dut encore près de quatre cents francs à M. Cauche. Il avait expliqué que l'héritage fait par sa femme les mettait fort à leur aise ; mais il ajoutait en riant que celle-ci gardait les clefs de la caisse, ce qui excusait sa lenteur à payer ses dettes de jeu. Puis, un matin qu'il était seul, harcelé, il souleva de nouveau la frise et prit dans la cachette un billet de mille francs. Il tremblait de tous ses membres, il n'avait pas éprouvé une émotion pareille, la nuit des pièces d'or : sans doute, ce n'était encore là pour lui qu'un appoint de hasard, tandis que le vol commençait, avec ce billet. Un malaise lui hérissait la chair, lorsqu'il songeait à cet argent sacré, auquel il s'était promis de ne toucher jamais. Autrefois, il jurait de mourir plutôt de faim, et il y touchait pourtant, et il n'aurait pu dire comment s'en étaient allés ses scrupules, un peu chaque jour sans doute, dans la lente fermentation du meurtre. Au fond du trou, il croyait avoir senti une humidité, quelque chose de mou et de nauséabond, dont il eut horreur. Vivement, il replaça la frise, en refaisant le serment de se couper le poing, plutôt que de la déplacer encore. Sa femme ne l'avait pas vu, il respira, soulagé, but un grand verre d'eau pour se remettre. Maintenant, son cœur battait d'allégresse, à l'idée de sa dette payée et de toute cette somme, qu'il jouerait.

Mais, lorsqu'il fallut changer le billet, l'angoisse de Roubaud recommença. Jadis, il était brave, il se serait livré, s'il n'avait pas commis la bêtise de mêler sa femme à l'affaire ; tandis que, à présent, la seule pensée des gendarmes lui donnait une sueur froide. Il avait beau savoir que la justice ne possédait pas les

numeros des billets disparus, et que, d'ailleurs, le
procès dormait, à jamais enterré dans les cartons de
classement : une épouvante le prenait, dès qu'il
projetait d'entrer quelque part, pour demander de la
monnaie. Pendant cinq jours, il garda le billet sur lui,
et c'était une continuelle habitude, un besoin de le
tâter, de le déplacer, de ne pas s'en séparer, la nuit. Il
bâtissait des plans très compliqués, se heurtait
toujours à des craintes imprévues. D'abord, il avait
cherché dans la gare : pourquoi un collègue, chargé
d'une recette, ne le lui prendrait-il pas? Puis, cela lui
ayant paru extrêmement dangereux, il avait imaginé
d'aller à l'autre bout du Havre, sans sa casquette
d'uniforme, acheter n'importe quoi. Seulement, ne
s'étonnerait-on pas de le voir, pour un petit objet,
remuer une si grosse somme? Et il s'était arrêté à ce
moyen, de donner le billet au bureau de tabac du
cours Napoléon, où il entrait chaque jour : n'était-ce
pas le plus simple? On savait bien qu'il avait hérité,
la buraliste ne pouvait avoir de surprise. Il marcha
jusqu'à la porte, se sentit défaillir et descendit vers le
bassin Vauban, pour s'exciter au courage. Après une
demi-heure de promenade, il revint, sans se décider
encore. Et, le soir, au café du Commerce, comme
M. Cauche était là, une bravade brusque lui fit tirer
le billet de sa poche, en priant la patronne de le lui
changer; mais elle n'avait pas de monnaie, elle dut
envoyer un garçon le porter au bureau de tabac.
Même on plaisanta sur le billet, qui semblait tout
neuf, bien qu'il fût daté de dix ans. Le commissaire
de surveillance l'avait pris, et il le retournait, en
disant que celui-là, pour sûr, avait dormi au fond de
quelque trou; ce qui jeta la maîtresse du capitaine
retraité dans une histoire interminable de fortune
cachée, puis retrouvée, sous le marbre d'une commode.

Des semaines s'écoulèrent, et cet argent que

Roubaud avait dans les mains, achevait d'enfiévrer
sa passion. Ce n'était pas qu'il jouât gros jeu, mais
une déveine le poursuivait, si constante, si noire, que
les petites pertes de chaque jour, additionnées,
arrivaient à se chiffrer par de grosses sommes. Vers
la fin du mois, il se retrouva sans un sou, devant déjà
sur parole quelques louis, malade de ne plus oser
toucher une carte. Pourtant, il lutta, faillit s'aliter.
L'idée des neuf billets qui dormaient là, sous le
parquet de sa salle à manger, tournait chez lui à une
obsession de chaque minute : il les voyait à travers le
bois, il les sentait chauffer ses semelles. Dire que, s'il
avait voulu, il en aurait pris un encore! Mais, c'était
bien juré cette fois, il aurait plutôt mis sa main dans
le feu que de fouiller de nouveau. Et, un soir, comme
Séverine s'était endormie de bonne heure, il souleva
la frise, cédant avec rage, éperdu d'une telle tristesse,
que ses yeux s'emplissaient de larmes. A quoi bon
résister ainsi? Ce ne serait que de la souffrance
inutile, car il comprenait qu'il les prendrait maintenant jusqu'au dernier, un à un.

Le lendemain matin, Séverine remarqua, par
hasard, une écorchure toute fraîche, à une arête de la
frise. Elle se baissa, constata les traces d'une pesée.
Évidemment, son mari continuait à prendre de
l'argent. Et elle s'étonna du mouvement de colère qui
l'emportait, car elle n'était pas intéressée d'habitude;
sans compter qu'elle aussi se croyait résolue à mourir
de faim, plutôt que de toucher à ces billets tachés de
sang. Mais n'étaient-ils pas à elle autant qu'à lui?
pourquoi en disposait-il, en se cachant, en évitant
même de la consulter? Jusqu'au diner, elle fut
tourmentée du besoin d'une certitude, et elle aurait à
son tour déplacé la frise, pour voir, si elle n'avait
senti un petit souffle froid dans ses cheveux, à la
pensée de fouiller là toute seule. Le mort n'allait-il
pas se lever de ce trou? Cette peur d'enfant lui rendit

la salle à manger si désagréable, qu'elle emporta son ouvrage et s'enferma dans sa chambre.

Puis, le soir, comme tous deux mangeaient en silence un reste de ragoût, une nouvelle irritation la souleva, en le voyant jeter des coups d'œil involontaires dans l'angle du parquet.

« Tu en as repris, hein? » demanda-t-elle brusquement.

Il leva la tête, étonné.

« De quoi donc?

— Oh! ne fais pas l'innocent, tu me comprends bien... Mais écoute : je ne veux pas que tu en reprennes, parce que ce n'est pas plus à toi qu'à moi, et que cela me rend malade, de savoir que tu y touches. »

D'habitude, il évitait les querelles. La vie commune n'était plus que le contact obligé de deux êtres liés l'un à l'autre, passant des journées entières sans échanger une parole, allant et venant côte à côte, comme étrangers désormais, indifférents et solitaires. Aussi se contenta-t-il de hausser les épaules, refusant toute explication.

Mais elle était très excitée, elle entendait en finir avec la question de cet argent caché là, dont elle souffrait depuis le jour du crime.

« Je veux que tu me répondes... Ose me dire que tu n'y as pas touché.

— Qu'est-ce que ça te fiche?

— Ça me fiche que ça me retourne. Aujourd'hui encore, j'ai eu peur, je n'ai pas pu rester ici. Toutes les fois que tu remues ça, j'en ai pour trois nuits à faire des rêves affreux... Nous n'en parlons jamais. Alors, reste tranquille, ne me force pas à en parler. »

Il la contemplait de ses gros yeux fixes, il répéta lourdement :

« Qu'est-ce que ça te fiche que j'y touche, si je ne

te force pas à y toucher? C'est pour moi, ça me
regarde »

Elle eut un geste violent, qu'elle réprima. Puis,
bouleversée, avec un visage de souffrance et de
dégoût :

« Ah! tiens! je ne te comprends pas... Tu étais un
honnête homme pourtant. Oui, tu n'aurais jamais
pris un sou à personne... Et ce que tu as fait, ça
pourrait se pardonner, car tu étais fou, comme tu
m'avais rendue folle moi-même... Mais cet argent,
ah! cet argent abominable, qui ne devait plus exister
pour toi, et que tu voles sou à sou, pour ton plaisir..
Qu'est-ce qui se passe donc, comment peux-tu être
descendu si bas? »

Il l'écoutait, et, dans une minute de lucidité, il
s'étonna aussi d'en être arrivé au vol. Les phases de
la lente démoralisation s'effaçaient, il ne pouvait
renouer ce que le meurtre avait tranché autour de lui,
il ne s'expliquait plus comment une autre existence,
presque un nouvel être, avait commencé, avec son
ménage détruit, sa femme écartée et hostile. Tout de
suite, d'ailleurs, l'irréparable le reprit, il eut un geste,
comme pour se débarrasser des réflexions impor-
tunes.

« Quand on s'embête chez soi, grogna-t-il, on va se
distraire dehors. Puisque tu ne m'aimes plus...

— Oh! non, je ne t'aime plus. »

Il la regarda, donna un coup de poing sur la table,
la face envahie d'un flot de sang.

« Alors, fous-moi la paix! Est-ce que je t'empêche
de t'amuser? est-ce que je te juge?... Il y a bien des
choses qu'un honnête homme ferait à ma place, et
que je ne fais pas. D'abord, je devrais te flanquer à la
porte, avec mon pied au derrière. Ensuite, je ne
volerais peut-être pas. »

Elle était devenue toute pâle, car elle aussi avait
souvent pensé que, lorsqu'un homme, un jaloux, est

ravagé par un mal intérieur, au point de tolérer un amant à sa femme, il y a là l'indice d'une gangrène morale, à marche envahissante, tuant les autres scrupules, désorganisant la conscience entière. Mais elle se débattait, elle refusait d'être responsable. Et, balbutiante, elle cria :

« Je te défends de toucher à l'argent. »

Il avait fini de manger. Tranquillement, il plia sa serviette, puis se leva, en disant d'un air goguenard :

« Si c'est ça que tu veux, nous allons partager. »

Déjà, il se baissait, comme pour soulever la frise. Elle dut se précipiter, poser le pied sur le parquet.

« Non, non! Tu sais que j'aimerais mieux mourir... N'ouvre pas ça. Non, non! pas devant moi! »

Séverine, ce soir-là, devait se rencontrer avec Jacques, derrière la gare des marchandises. Lorsqu'elle revint, après minuit, la scène de la soirée s'évoqua, et elle s'enferma à double tour, dans sa chambre. Roubaud était de service de nuit, elle ne craignait même pas qu'il rentrât se coucher, ainsi que cela arrivait rarement. Mais, la couverture au menton, la lampe laissée en veilleuse, elle ne put s'endormir. Pourquoi avait-elle refusé de partager? Et elle ne retrouvait plus si vive la révolte de son honnêteté, à l'idée de profiter de cet argent. N'avait-elle pas accepté le legs de la Croix-de-Maufras? Elle pouvait bien prendre l'argent aussi. Puis, le frisson revenait. Non, non, jamais! L'argent, elle l'aurait pris; ce qu'elle n'osait toucher, sans crainte d'en avoir les doigts brûlés, c'était cet argent volé sur un mort, l'abominable argent du meurtre. Elle se calmait de nouveau, elle raisonnait : ce n'était pas pour le dépenser qu'elle l'aurait pris; au contraire, elle l'aurait caché ailleurs, enterré dans un endroit connu d'elle seule, où il aurait dormi l'éternité; et, à cette heure, ce serait toujours une moitié de la somme sauvée des mains de son mari. Il ne triompherait pas en gardant le tout, il n'irait pas jouer ce qui lui appartenait, à elle. Lorsque la pendule sonna trois heures, elle regrettait mortellement d'avoir refusé le partage. Une pensée lui venait bien, confuse, lointaine encore : se lever, fouiller sous le parquet, pour que lui n'eût plus rien. Seulement, un tel froid la glaçait qu'elle ne voulait pas y songer. Prendre tout, garder tout, sans qu'il osât même se plaindre! Et ce projet, peu à peu, s'imposait à elle, tandis qu'une volonté, plus forte que sa résistance, grandissait, des profondeurs inconscientes de son être. Elle ne voulait pas, et elle sauta brusquement du lit, car elle ne pouvait faire autrement. Elle haussa la mèche de la lampe, elle passa dans la salle à manger.

Dès lors, Séverine ne trembla plus. Ses terreurs s'en étaient allées, elle procéda froidement, avec des gestes lents et précis de somnambule. Elle dut chercher le tisonnier, qui servait à soulever la frise. Quand le trou fut découvert, comme elle voyait mal, elle approcha la lampe. Mais une stupeur la cloua, penchée, immobile : le trou était vide. Évidemment, pendant qu'elle courait à son rendez-vous, Roubaud était remonté, travaillé, avant elle, de la même envie : prendre tout, garder tout; et, d'un coup, il avait empoché les billets, pas un ne restait. Elle s'agenouilla, elle n'apercevait, au fond, que la montre et la chaîne, dont l'or luisait dans la poussière des lambourdes. Une rage froide la tint là un instant, raidie, demi-nue, répétant tout haut, à vingt reprises :

« Voleur! voleur! voleur! »

Puis, d'un mouvement furieux, elle empoigna la montre, tandis qu'une grosse araignée noire, dérangée, fuyait le long du plâtre. A coups de talon, elle replaça la frise, et elle revint se coucher, posant la lampe sur la table de nuit. Quand elle eut chaud, elle regarda la montre, qu'elle tenait dans son poing fermé, la retourna, l'examina longuement. Sur le boîtier, les deux initiales du président, entrelacées, l'intéressaient. A l'intérieur, elle lut le numéro 2516, un chiffre de fabrication. C'était un bijou fort dangereux à garder, car la justice connaissait ce chiffre. Mais, dans sa colère de n'avoir pu sauver que ça, elle n'avait plus peur. Même elle sentait que c'en était fini de ses cauchemars, maintenant qu'il n'y avait plus de cadavre sous son parquet. Enfin, elle marcherait tranquille chez elle, où elle voudrait. Elle glissa la montre à son chevet, éteignit la lampe et s'endormit.

Le lendemain, Jacques, qui avait un congé, devait attendre que Roubaud fût parti s'installer au café du Commerce, selon son habitude, et monter alors déjeuner avec elle. Parfois, lorsqu'ils osaient, ils faisaient cette partie. Et, ce jour-là, en mangeant, frémissante encore, elle lui parla de l'argent, lui conta comment elle avait trouvé la cachette vide. Sa rancune contre son mari ne s'apaisait pas, le même cri revenait, incessant :

« Voleur ! voleur ! voleur ! »

Puis, elle apporta la montre, elle voulut absolument la donner à Jacques, malgré la répugnance qu'il montrait.

« Comprends donc, mon chéri, personne n'ira la chercher chez toi. Si je la garde, il me la prendra encore. Et ça, vois-tu, j'aimerais mieux lui laisser arracher un lambeau de ma chair... Non, il a eu trop. Je n'en voulais pas, de cet argent. Il me faisait horreur, jamais je n'en aurais dépensé un sou. Mais est-ce qu'il avait le droit d'en profiter, lui ? Oh ! je le hais ! »

Elle pleurait, elle insistait, avec de telles supplications, que le jeune homme finit par mettre la montre dans la poche de son gilet.

Une heure se passa, et Jacques avait gardé Séverine sur ses genoux, à moitié dévêtue encore. Elle se renversait contre son épaule, un bras à son cou, dans une caresse alanguie, lorsque Roubaud, qui avait une clef, entra. D'un saut brusque, elle fut debout. Mais c'était le flagrant délit, inutile de nier. Le mari s'était arrêté net, ne pouvant passer outre, tandis que l'amant restait assis, stupéfié. Alors, elle ne s'embarrassa même pas dans une explication quelconque, elle s'avança et répéta rageusement :

« Voleur ! voleur ! voleur ! »

Une seconde, Roubaud hésita. Puis, avec le haussement d'épaules dont il écartait tout maintenant, il entra dans la chambre, prit un calepin de service, qu'il y avait oublié. Mais elle le poursuivait, l'accablait.

« Tu as fouillé, ose donc dire que tu n'as pas fouillé... Et tu as tout pris, voleur ! voleur ! voleur ! »

Sans une parole, il traversa la salle à manger. A la porte seulement, il se retourna, l'enveloppa de son morne regard.

« Fous-moi la paix, hein ! »

Et il partit, la porte ne claqua même pas. Il ne semblait pas avoir vu, il n'avait fait aucune allusion à cet amant qui était là.

Au bout d'un grand silence, Séverine se tourna vers Jacques.

« Crois-tu ! »

Celui-ci, qui n'avait pas dit un mot, se leva enfin. Et il donna son opinion.

« C'est un homme fini. »

Tous deux en tombèrent d'accord. A leur surprise de l'amant toléré, après l'amant assassiné, succédait un dégoût pour le mari complaisant. Quand un homme en arrive là, il est dans la boue, il peut rouler à tous les ruisseaux.

Dès ce jour, Séverine et Jacques eurent liberté entière. Ils en usèrent sans se soucier davantage de Roubaud. Mais, à présent que le mari ne les inquiétait plus, leur grand souci fut l'espionnage de madame Lebleu, la voisine, toujours aux aguets. Certainement, elle se doutait de quelque chose. Jacques avait beau étouffer le bruit de ses pas, à chacune de ses visites, il voyait la porte d'en face s'entrebâiller imperceptiblement, tandis que, par la fente, un œil le dévisageait. Cela devenait intolérable, il n'osait plus monter; car, s'il se risquait, on le savait là, une oreille venait se coller à la serrure; de sorte qu'il n'était pas possible de s'embrasser, ni même de causer librement. Et ce fut alors que Séverine, exaspérée devant ce nouvel obstacle à sa passion, reprit contre les Lebleu son ancienne campagne pour avoir leur logement. Il était notoire que, de tous temps, le sous-chef l'avait occupé. Mais ce n'était plus la vue superbe, les fenêtres donnant sur la cour du départ et sur les hauteurs d'Ingouville, qui la tentait. L'unique raison de son désir, qu'elle ne disait pas, était que le logement avait une seconde entrée, une porte ouvrant sur un escalier de service. Jacques pourrait monter et s'en aller par là, sans que madame Lebleu soupçonnât même ses visites. Enfin, ils seraient libres.

La bataille fut terrible. Cette question, qui avait déjà passionné tout le corridor, se réveilla, s'envenima d'heure en heure. Madame Lebleu, menacée, se défendait désespérément, certaine d'en mourir, si on l'enfermait dans le noir logement du derrière, barré par le faîtage de la marquise, d'une tristesse de cachot. Comment voulait-on qu'elle vécût au fond de ce trou, elle habituée à sa chambre si claire, ouverte sur le vaste horizon, égayée du continuel mouvement des voyageurs? Et ses jambes lui défendaient toute promenade, elle n'aurait plus jamais que la vue d'un toit de zinc, autant la tuer tout de suite. Malheureusement, ce n'étaient là que des raisons sentimentales, et elle était bien forcée d'avouer qu'elle tenait le

logement de l'ancien sous-chef, le prédécesseur de
Roubaud, qui, célibataire, le lui avait cédé par
galanterie ; même il devait exister une lettre de son
mari s'engageant à le rendre, si un nouveau sous-chef
le réclamait. Comme on n'avait pas retrouvé la lettre
encore, elle en niait l'existence. A mesure que sa
cause se gâtait, elle se faisait plus violente, plus
agressive. Un moment, elle avait tâché de mettre avec
elle, en la compromettant, la femme de Moulin,
l'autre sous-chef, qui avait vu, disait-elle, des
hommes embrasser madame Roubaud, dans l'escalier ; et Moulin s'était fâché, car sa femme, une douce
et très insignifiante créature, qu'on ne rencontrait
jamais, jurait en pleurant n'avoir rien vu et n'avoir
rien dit. Pendant huit jours, ce commérage souffla la
tempête, d'un bout à l'autre du corridor. Mais la
grande faute de madame Lebleu, celle qui devait
entraîner sa défaite, était toujours d'irriter mademoiselle Guichon, la buraliste, par son espionnage
entêté : c'était une manie, l'idée fixe que celle-ci allait
chaque nuit retrouver le chef de gare, le besoin de la
surprendre, devenu maladif, d'autant plus aigu, que
depuis deux ans elle l'épiait, sans avoir absolument
rien surpris, pas un souffle. Et elle était certaine
qu'ils couchaient ensemble, ça la rendait folle. Aussi
Mademoiselle Guichon, furieuse de ne pouvoir rentrer ni sortir sans être épiée, poussait-elle maintenant
à ce qu'on la reléguât sur la cour : un logement les
séparerait, elle ne l'aurait plus au moins en face
d'elle, ne serait plus forcée de passer devant sa porte.
Il devenait évident que M. Dabadie, le chef de gare,
jusqu'ici désintéressé dans la lutte, prenait parti
contre les Lebleu chaque jour davantage ; ce qui était
un signe grave.

Des querelles encore compliquèrent la situation.
Philomène, qui apportait maintenant ses œufs frais à
Séverine, se montrait très insolente, chaque fois

qu'elle rencontrait madame Lebleu ; et, comme celle-
ci laissait exprès sa porte ouverte, pour ennuyer tout
le monde, c'étaient continuellement, au passage, des
paroles désagréables entre les deux femmes. Cette
intimité de Séverine et de Philomène en étant venue à
des confidences, la dernière avait fini par faire les
commissions de Jacques près de sa maîtresse, lorsqu'il n'osait monter lui-même. Elle arrivait avec ses
œufs, changeait les rendez-vous, disait pourquoi il
avait dû être prudent la veille, racontait l'heure qu'il
était resté chez elle, à causer. Jacques parfois,
lorsqu'un obstacle l'arrêtait, s'oubliait volontiers
ainsi dans la petite maison de Sauvagnat, le chef du
dépôt. Il y suivait son chauffeur Pecqueux, comme si,
par un besoin de s'étourdir, il redoutait de vivre
toute une soirée seul. Même, quand le chauffeur
disparaissait, en bordée dans les cabarets de mate-
lots, il entrait chez Philomène, la chargeait d'un mot
à dire, s'asseyait, ne partait plus. Et elle, peu à peu,
mêlée à cet amour, s'attendrissait, car elle n'avait
connu, jusque-là, que des amants brutaux. Les petites
mains, les façons polies de ce garçon si triste, qui
avait l'air très doux, lui semblaient des friandises
auxquelles elle n'avait pas mordu encore. Avec
Pecqueux, c'était maintenant le ménage, des saoule-
ries, plus de rudesses que de caresses ; tandis que,
lorsqu'elle portait une parole gentille du mécanicien
à la femme du sous-chef, elle en goûtait, pour elle-
même, le goût délicat de fruit défendu. Un jour, elle
lui fit ses confidences, se plaignit du chauffeur, un
sournois, disait-elle, sous son air de rire, très capable
d'un mauvais coup, les jours où il était ivre. Il
remarqua qu'elle soignait davantage son grand corps
brûlé de maigre cavale, désirable malgré tout, avec
ses beaux yeux de passion, buvant moins, tenant la
maison moins sale. Son frère Sauvagnat, ayant un
soir entendu une voix d'homme, était entré la main

haute, pour la corriger; mais, en reconnaissant le garçon qui causait avec elle, il avait simplement offert une bouteille de cidre. Jacques, bien reçu, guéri là de son frisson, paraissait s'y plaire. Aussi Philomène montrait-elle une amitié de plus en plus vive pour Séverine, s'emportant contre madame Lebleu, qu'elle traitait partout de vieille gueuse.

Une nuit qu'elle avait rencontré les deux amants derrière son petit jardin, elle les accompagna dans l'ombre, jusqu'à la remise, où ils se cachaient d'habitude.

« Ah bien! vous êtes trop bonne. Puisque le logement est à vous, c'est moi qui l'en tirerais par les cheveux... Tapez donc dessus! »

Mais Jacques n'était pas pour un éclat.

« Non, non, monsieur Dabadie s'en occupe, il vaut mieux attendre que les choses se fassent régulièrement.

— Avant la fin du mois, déclara Séverine, je coucherai dans sa chambre, et nous pourrons nous y voir à toute heure. »

Malgré les ténèbres, Philomène l'avait sentie, qui, à cet espoir, serrait le bras de son amant d'une pression tendre. Et elle les laissa pour rentrer chez elle. Mais, cachée dans l'ombre, à trente pas, elle s'arrêta, se retourna. Cela lui causait une grosse émotion, de les savoir ensemble. Elle n'était pas jalouse pourtant, elle avait le besoin ignorant d'aimer et d'être aimée ainsi.

Jacques, chaque jour, s'assombrissait davantage. A deux reprises, pouvant voir Séverine, il avait inventé des prétextes; et, s'il s'attardait parfois chez les Sauvagnat, c'était également pour l'éviter. Il l'aimait pourtant toujours, d'un désir exaspéré qui n'avait fait que s'accroître. Mais, dans ses bras, maintenant, l'affreux mal le reprenait, un tel vertige, qu'il s'en dégageait vite, glacé, terrifié de n'être plus lui, de

sentir la bête prête à mordre. Il avait tâché de se
rejeter dans la fatigue des longs parcours, sollicitant
des corvées supplémentaires, passant des douze
heures debout sur sa machine, le corps brisé par la
trépidation, les poumons brûlés par le vent. Ses
camarades, eux, se plaignaient de ce dur métier de
mécanicien, qui, disaient-ils, en vingt années, mangeait un homme ; lui, aurait voulu être mangé tout de
suite, il ne tombait jamais assez de lassitude, il n'était
heureux que lorsque la Lison l'emportait, ne pensant
plus, n'ayant plus que des yeux pour voir les signaux.
A l'arrivée, le sommeil le foudroyait, sans qu'il eût
même le temps de se débarbouiller. Seulement, avec
le réveil, revenait le tourment de l'idée fixe. Il avait
également essayé de se reprendre de tendresse pour la
Lison, passant de nouveau des heures à la nettoyer,
exigeant de Pecqueux des aciers luisant comme de
l'argent. Les inspecteurs, qui, en route, montaient
près de lui, le félicitaient. Il hochait la tête, restait
mécontent ; car, lui, savait bien que sa machine,
depuis l'arrêt dans la neige, n'était plus la bien
portante, la vaillante d'autrefois. Sans doute, dans la
réparation des pistons et des tiroirs, elle avait perdu
de son âme, ce mystérieux équilibre de vie, dû au
hasard du montage. Il en souffrait, cette déchéance
tournait à une amertume chagrine, au point qu'il
poursuivait ses supérieurs de plaintes déraisonnables,
demandant des réparations inutiles, imaginant des
améliorations impraticables. On les lui refusait, il en
devenait plus sombre, convaincu que la Lison était
très malade et qu'il n'y avait désormais rien à faire de
propre avec elle. Sa tendresse s'en décourageait : à
quoi bon aimer, puisqu'il tuerait tout ce qu'il
aimerait ? Et il apportait à sa maîtresse cette rage
d'amour désespérée, que ne pouvait user ni la
souffrance ni la fatigue.

Séverine l'avait bien senti changer, et elle se

désolait elle aussi, croyant qu'il s'attristait à cause d'elle, depuis qu'il savait. Lorsqu'elle le voyait frémir à son cou, éviter son baiser d'un brusque recul, n'était-ce pas qu'il se souvenait et qu'elle lui faisait horreur? Jamais elle n'avait osé remettre la conversation sur ces choses. Elle se repentait d'avoir parlé, surprise de l'emportement de son aveu, dans ce lit étranger, où ils avaient brûlé tous deux, ne se souvenant même plus de son lointain besoin de confidence, comme satisfaite aujourd'hui de l'avoir avec elle, au fond de ce secret. Et elle l'aimait, elle le désirait certainement davantage, depuis qu'il n'ignorait plus rien. C'était une passion insatiable, la femme enfin éveillée, une créature faite uniquement pour la caresse, tout entière amante, et qui n'était point mère. Elle ne vivait plus que par Jacques, elle ne mentait pas, lorsqu'elle disait son effort pour se fondre en lui, car elle n'avait qu'un rêve, qu'il l'emportât, qu'il la gardât dans sa chair. Très douce toujours, très passive, ne tenant son plaisir que de lui, elle aurait voulu des sommeils de chatte sur ses genoux, du matin au soir. De l'affreux drame, elle avait simplement gardé l'étonnement d'y avoir été mêlée; de même qu'elle semblait être restée vierge et candide, au sortir des souillures de sa jeunesse. Cela était loin, elle souriait, elle n'aurait pas même eu de colère contre son mari, s'il ne l'avait pas gênée. Mais son exécration pour cet homme augmentait, à mesure que grandissait sa passion, son besoin de l'autre. Maintenant que l'autre savait et qu'il l'avait absoute, c'était lui le maître, celui qu'elle suivrait, qui pouvait disposer d'elle comme de sa chose. Elle s'était fait donner son portrait, une carte photographique; et elle couchait avec, elle s'endormait, la bouche collée sur l'image, très malheureuse depuis qu'elle le voyait malheureux, sans arriver à deviner au juste ce dont il souffrait ainsi.

Cependant, leurs rendez-vous continuaient au-dehors, en attendant qu'ils pussent se voir tranquillement chez elle, dans le nouveau logement conquis. L'hiver finissait, le mois de février était très doux. Ils prolongeaient leurs promenades, marchaient pendant des heures, à travers les terrains vagues de la gare ; car lui évitait de s'arrêter, et lorsqu'elle se pendait à ses épaules, qu'il était forcé de s'asseoir et de la posséder, il exigeait que ce fût sans lumière, dans sa terreur de frapper, s'il apercevait un coin de sa peau nue : tant qu'il ne verrait pas, il résisterait peut-être. A Paris, où elle le suivait toujours, chaque vendredi, il fermait soigneusement les rideaux, en racontant que la pleine clarté lui coupait son plaisir. Ce voyage hebdomadaire, elle le faisait maintenant sans même donner d'explication à son mari. Pour les voisins, l'ancien prétexte, son mal au genou, servait ; et elle disait aussi qu'elle allait embrasser sa nourrice, la mère Victoire, dont la convalescence traînait à l'hôpital. Tous deux encore y prenaient une grande distraction, lui très attentif ce jour-là à la bonne conduite de sa machine, elle ravie de le voir moins sombre, amusée elle-même par le trajet, bien qu'elle commençât à connaître les moindres coteaux, les moindres bouquets d'arbres du parcours. Du Havre à Motteville, c'étaient des prairies, des champs plats, coupés de haies vives, plantés de pommiers ; et, jusqu'à Rouen ensuite, le pays se bossuait, désert. Après Rouen, la Seine se déroulait. On la traversait à Sotteville, à Oissel, à Pont-de-l'Arche ; puis, au travers des vastes plaines, sans cesse elle reparaissait, largement déployée. Dès Gaillon, on ne la quittait plus, elle coulait à gauche, ralentie entre ses rives basses, bordée de peupliers et de saules. On filait à flanc de coteau, on ne l'abandonnait à Bonnières, que pour la retrouver brusquement à Rosny, au sortir du tunnel de Rolleboise. Elle était comme la compagne amicale du voyage. Trois fois encore, on la franchissait, avant l'arrivée. Et c'était Mantes et son clocher dans les arbres, Triel avec les taches blanches de ses plâtrières, Poissy que l'on coupait en plein cœur, les deux murailles vertes de la forêt de Saint-Germain, les talus de Colombes débordant de lilas, la banlieue enfin, Paris deviné, aperçu du pont d'Asnières, l'Arc de triomphe lointain, au-dessus des constructions lépreuses, hérissées de cheminées d'usine. La machine s'engouffrait sous les Batignolles, on débarquait dans la gare retentissante; et, jusqu'au soir, ils s'appartenaient, ils étaient libres. Au retour, il faisait nuit, elle fermait les yeux, revivait son bonheur. Mais, le matin comme le soir, chaque fois qu'elle passait à la Croix-de-Maufras, elle avançait la tête, jetait un coup d'œil prudent, sans se montrer, certaine de trouver là, devant la barrière, Flore debout, présentant le drapeau dans sa gaine, enveloppant le train de son regard de flamme.

Depuis que cette fille, le jour de la neige, les avait vus s'embrasser, Jacques avait averti Séverine de se méfier d'elle. Il n'ignorait plus de quelle passion d'enfant sauvage elle le poursuivait, du fond de sa jeunesse, et il la sentait jalouse, d'une énergie virile, d'une rancune débridée et meurtrière. D'autre part, elle devait connaître beaucoup de choses, car il se rappelait son allusion aux rapports du président avec une demoiselle, que personne ne soupçonnait, qu'il avait mariée. Si elle savait cela, elle avait sûrement deviné le crime : sans doute allait-elle parler, écrire, se venger par une dénonciation. Mais les journées, les semaines s'étaient écoulées, et rien ne se produisait, il ne la trouvait toujours que plantée à son poste, au bord de la voie, avec son drapeau, raidie. Du plus loin qu'elle apercevait la machine, il avait sur lui la sensation de ses yeux ardents. Elle le voyait malgré la fumée, le prenait tout entier, l'accompagnait dans

l'éclair de la vitesse, au milieu du tonnerre des roues.
Et le train, en même temps, était sondé, transpercé,
visité, de la première à la dernière voiture. Toujours,
elle découvrait l'autre, la rivale, que maintenant elle
savait là, chaque vendredi. L'autre avait beau
n'avancer qu'un peu la tête, par un besoin impérieux
de voir : elle était vue, leurs regards à toutes deux se
croisaient comme des épées. Déjà le train fuyait,
dévorant, et il y en avait une qui restait par terre,
impuissante à le suivre, dans la rage de ce bonheur
qu'il emportait. Elle semblait grandir, Jacques la
retrouvait plus haute, à chaque voyage, inquiet
désormais de ce qu'elle ne faisait rien, se demandant
quel projet allait mûrir dans cette grande fille
sombre, dont il ne pouvait éviter l'immobile apparition.

Un employé aussi, Henri Dauvergne, le conducteur-chef, gênait Séverine et Jacques. Il avait justement la conduite de ce train du vendredi, et il se
montrait d'une amabilité importune pour la jeune
femme. S'étant aperçu de sa liaison avec le mécanicien, il se disait que son tour viendrait peut-être. Au
départ du Havre, les matins qu'il était de service,
Roubaud en ricanait, tellement les attentions d'Henri
devenaient claires : il réservait tout un compartiment
pour elle, il l'installait, tâtait la bouillotte. Un jour
même, le mari, qui continuait tranquillement de
parler à Jacques, lui avait montré, d'un clignement
d'yeux, le manège du jeune homme, comme pour lui
demander s'il tolérait ça. D'ailleurs, dans les
querelles, il accusait carrément sa femme de coucher
avec les deux. Elle s'était imaginé un instant que
Jacques le croyait et que, de là, venaient ses
tristesses. Au milieu d'une crise de sanglots, elle avait
protesté de son innocence, en lui disant de la tuer, si
elle était infidèle. Alors, il avait plaisanté, très pâle,

l'embrassant, lui répondant qu'il la savait honnête et qu'il espérait bien ne jamais tuer personne.

Mais les premières soirées de mars furent affreuses, ils durent interrompre leurs rendez-vous; et les voyages à Paris, les quelques heures de liberté, cherchées si loin, ne suffisaient plus à Séverine. C'était, en elle, un besoin grandissant d'avoir Jacques à elle, tout à elle, de vivre ensemble, les jours, les nuits, sans jamais plus se quitter. Son exécration pour son mari s'aggravait, la simple présence de cet homme la jetait dans une excitation maladive, intolérable. Si docile, d'une complaisance de femme tendre, elle s'irritait dès qu'il s'agissait de lui, s'emportait au moindre obstacle qu'il mettait à ses volontés. Alors, il semblait que l'ombre de ses cheveux noirs assombrissait le bleu limpide de ses yeux. Elle devenait farouche, elle l'accusait d'avoir gâté son existence, à ce point que la vie était désormais impossible, côte à côte. N'était-ce pas lui qui avait tout fait? Si plus rien n'existait de leur ménage, si elle avait un amant, n'était-ce pas sa faute? La tranquillité pesante où elle le voyait, le coup d'œil indifférent dont il accueillait ses colères, son dos rond, son ventre élargi, toute cette graisse morne qui ressemblait à du bonheur, achevait de l'exaspérer, elle qui souffrait. Rompre, s'éloigner, aller recommencer de vivre ailleurs, elle ne songeait plus qu'à cela. Oh! recommencer, faire surtout que le passé ne fût pas, recommencer la vie avant toutes ces abominations, se retrouver telle qu'elle était à quinze ans, et aimer, et être aimée, et vivre comme elle rêvait de vivre alors! Pendant huit jours, elle caressa un projet de fuite: elle partait avec Jacques, ils se cachaient en Belgique, ils s'y installaient en jeune ménage laborieux. Mais elle ne lui en parla même pas, tout de suite des empêchements s'étaient produits, l'irrégularité de la situation, le tremblement

continuel où ils seraient, surtout l'ennui de laisser à
son mari sa fortune, l'argent, la Croix-de-Maufras.
Par une donation au dernier vivant, ils s'étaient tout
légué; et elle se trouvait en sa puissance, dans cette
tutelle légale de la femme, qui liait ses mains. Plutôt
que de partir en abandonnant un sou, elle aurait
préféré mourir là. Un jour qu'il remonta, livide, dire
qu'en traversant devant une locomotive, il avait senti
le tampon lui effleurer le coude, elle songea que, s'il
était mort, elle serait libre. Elle le regardait de ses
grands yeux fixes : pourquoi donc ne mourait-il pas,
puisqu'elle ne l'aimait plus, et qu'il gênait tout le
monde, maintenant?

Dès lors, le rêve de Séverine changea. Roubaud
était mort d'accident, et elle partait avec Jacques
pour l'Amérique. Mais ils étaient mariés, ils avaient
vendu la Croix-de-Maufras, réalisé toute la fortune.
Derrière eux, ils ne laissaient aucune crainte. S'ils
s'expatriaient, c'était pour renaître, aux bras l'un de
l'autre. Là-bas, rien ne serait plus de ce qu'elle
voulait oublier, elle pourrait croire que la vie était
neuve. Puisqu'elle s'était trompée, elle reprendrait au
commencement l'expérience du bonheur. Lui, trouverait bien une occupation; elle-même entreprendrait
quelque chose; ce serait la fortune, des enfants sans
doute, une existence nouvelle de travail et de félicité.
Dès qu'elle était seule, le matin au lit, la journée en
brodant, elle retombait dans cette imagination, la
corrigeait, l'élargissait, y ajoutait sans cesse des
détails heureux, finissait par se croire comblée de joie
et de biens. Elle, qui autrefois sortait si rarement,
avait à cette heure la passion d'aller voir les
paquebots partir : elle descendait sur la jetée, s'ac-
coudait, suivait la fumée du navire jusqu'à ce qu'elle
se fût confondue avec les brumes du large; et elle se
dédoublait, se croyait sur le pont avec Jacques, déjà
loin de France, en route pour le paradis rêvé.

Un soir du milieu de mars, le jeune homme, s'étant risqué à monter la voir chez elle, lui conta qu'il venait d'amener de Paris, dans son train, un de ses anciens camarades d'école, qui partait pour New York, exploiter une invention nouvelle, une machine à fabriquer des boutons ; et, comme il lui fallait un associé, un mécanicien, il lui avait même offert de le prendre avec lui. Oh ! une affaire superbe, qui ne nécessiterait guère qu'un apport d'une trentaine de mille francs, et où il y avait peut-être des millions à gagner. Il disait cela pour causer simplement, ajoutant d'ailleurs qu'il avait, bien entendu, refusé l'offre. Cependant, il en restait le cœur un peu gros, car il est dur tout de même de renoncer à la fortune, quand elle se présente.

Séverine l'écoutait, debout, les regards perdus. N'était-ce pas son rêve qui allait se réaliser ?

« Ah ! murmura-t-elle enfin, nous partirions demain... »

Il leva la tête, surpris.

« Comment, nous partirions ?

— Oui, s'il était mort. »

Elle n'avait pas nommé Roubaud, ne le désignant que d'un mouvement du menton. Mais il avait compris, il eut un geste vague pour dire que, par malheur, il n'était pas mort.

« Nous partirions, reprit-elle de sa voix lente et profonde, nous serions si heureux, là-bas ! Les trente mille francs, je les aurais en vendant la propriété ; et j'aurais encore de quoi nous installer... Toi, tu ferais valoir tout ça ; moi, j'arrangerais un petit intérieur, où nous nous aimerions de toute notre force... Oh ! ce serait bon, ce serait si bon ! »

Et elle ajouta très bas :

« Loin de tout souvenir, rien que des jours nouveaux devant nous ! »

Il était envahi d'une grande douceur, leurs mains

se joignirent, se serrèrent instinctivement, et ni l'un ni l'autre ne causait plus, absorbés tous deux en cet espoir. Puis, ce fut elle encore qui parla.

« Tu devrais quand même revoir ton ami avant son départ, et le prier de ne pas prendre un associé sans te prévenir. »

De nouveau, il s'étonnait.

« Pourquoi donc?

— Mon Dieu! est-ce qu'on sait? L'autre jour, avec cette locomotive, une seconde de plus, et j'étais libre... On est vivant le matin n'est-ce pas? on est mort le soir. »

Elle le regardait fixement, elle répéta :

« Ah! s'il était mort!

— Tu ne veux pourtant pas que je le tue? » demanda-t-il, en essayant de sourire.

A trois reprises, elle dit non; mais ses yeux disaient oui, ses yeux de femme tendre, toute à l'inexorable cruauté de sa passion. Puisqu'il en avait tué un autre, pourquoi ne l'aurait-on pas tué? Cela venait de pousser en elle, brusquement, comme une conséquence, une fin nécessaire. Le tuer et s'en aller, rien de si simple. Lui mort, tout finirait, elle pourrait tout recommencer. Déjà, elle ne voyait plus d'autre dénouement possible, sa résolution était prise, absolue; tandis que, d'un branle léger, elle continuait à dire non, n'ayant pas le courage de sa violence.

Lui, adossé au buffet, affectait toujours de sourire. Il venait d'apercevoir le couteau, qui traînait là.

« Si tu veux que je le tue, il faut que tu me donnes le couteau... J'ai déjà la montre, ça me fera un petit musée. »

Il riait plus fort. Elle répondit gravement :

« Prends le couteau. »

Et, lorsqu'il l'eut mis dans sa poche, comme pour pousser la plaisanterie jusqu'au bout, il l'embrassa.

« Eh bien! maintenant, bonsoir... Je vais tout de

suite voir mon ami, je lui dirai d'attendre... Samedi, s'il ne pleut pas, viens donc me rejoindre derrière la maison des Sauvagnat. Hein? c'est entendu... Et sois tranquille, nous ne tuerons personne, c'est pour rire. »

Cependant, malgré l'heure tardive, Jacques descendit vers le port, pour trouver, à l'hôtel où il devait coucher, le camarade qui partait le lendemain. Il lui parla d'un héritage possible, demanda quinze jours, avant de lui donner une réponse définitive. Puis, en revenant vers la gare, par les grandes avenues noires, il songea, s'étonna de sa démarche. Avait-il donc résolu de tuer Roubaud, puisqu'il disposait déjà de sa femme et de son argent? Non, certes, il n'avait rien décidé, il ne se précautionnait sans doute ainsi, que dans le cas où il se déciderait. Mais le souvenir de Séverine s'évoqua, la pression brûlante de sa main, son regard fixe qui disait oui, lorsque sa bouche disait non. Évidemment, elle voulait qu'il tuât l'autre. Il fut pris d'un grand trouble, qu'allait-il faire?

Rentré rue François-Mazeline, couché près de Pecqueux, qui ronflait, Jacques ne put dormir. Malgré lui, son cerveau travaillait sur cette idée de meurtre, ce canevas d'un drame qu'il arrangeait, dont il calculait les plus lointaines conséquences. Il cherchait, il discutait les raisons pour, les raisons contre. En somme, à la réflexion, froidement, sans fièvre aucune, toutes étaient pour. Roubaud n'était-il pas l'unique obstacle à son bonheur? Lui mort, il épousait Séverine qu'il adorait, il ne se cachait plus, la possédait à jamais, tout entière. Puis, il y avait l'argent, une fortune. Il quittait son dur métier, devenait patron à son tour, dans cette Amérique, dont il entendait les camarades causer comme d'un pays où les mécaniciens remuaient l'or à la pelle. Son existence nouvelle, là-bas, se déroulait en un rêve :

une femme qui l'aimait passionnément, des millions à
gagner tout de suite, la vie large, l'ambition illimitée,
ce qu'il voudrait. Et, pour réaliser ce rêve, rien qu'un
geste à faire, rien qu'un homme à supprimer, la bête,
la plante qui gêne la marche, et qu'on écrase. Il
n'était pas même intéressant, cet homme, engraissé,
alourdi à cette heure, enfoncé dans cet amour stupide
du jeu, où sombraient ses anciennes énergies. Pourquoi l'épargner? Aucune circonstance, absolument
aucune ne plaidait en sa faveur. Tout le condamnait,
puisque, en réponse à chaque question, l'intérêt des
autres était qu'il mourût. Hésiter serait imbécile et
lâche.

Mais Jacques, dont le dos brûlait, et qui s'était mis
sur le ventre, se retourna d'un bond, dans le sursaut
d'une pensée, vague jusque-là, brusquement si aiguë,
qu'il l'avait sentie comme une pointe, en son crâne.
Lui, qui dès l'enfance, voulait tuer, qui était ravagé
jusqu'à la torture par l'horreur de cette idée fixe,
pourquoi donc ne tuait-il pas Roubaud? Peut-être,
sur cette victime choisie, assouvirait-il à jamais son
besoin de meurtre; et, de la sorte, il ne ferait pas
seulement une bonne affaire, il serait en outre guéri.
Guéri, mon Dieu! ne plus avoir ce frisson du sang,
pouvoir posséder Séverine, sans cet éveil farouche de
l'ancien mâle, emportant à son cou les femelles
éventrées! Une sueur l'inonda, il se vit le couteau au
poing, frappant à la gorge Roubaud, comme celui-ci
avait frappé le président, et satisfait, et rassasié, à
mesure que la plaie saignait sur ses mains. Il le
tuerait, il était résolu, puisque là était la guérison, la
femme adorée, la fortune. A en tuer un, s'il devait
tuer, c'était celui-là qu'il tuerait, sachant au moins ce
qu'il faisait, raisonnablement, par intérêt et par
logique.

Cette décision prise, comme trois heures du matin
venaient de sonner, Jacques tâcha de dormir. Il

perdait déjà connaissance, lorsqu'une secousse profonde le souleva, le fit asseoir dans son lit, étouffant.
Tuer cet homme, mon Dieu! en avait-il le droit?
Quand une mouche l'importunait, il la broyait d'une
tape. Un jour qu'un chat s'était embarrassé dans ses
jambes, il lui avait cassé les reins d'un coup de pied,
sans le vouloir il est vrai. Mais cet homme, son
semblable! Il dut reprendre tout son raisonnement,
pour se prouver son droit au meurtre, le droit des
forts que gênent les faibles, et qui les mangent.
C'était lui, à cette heure, que la femme de l'autre
aimait, et elle-même voulait être libre de l'épouser, de
lui apporter son bien. Il ne faisait qu'écarter l'obstacle, simplement. Est-ce que, dans les bois, si deux
loups se rencontrent, lorsqu'une louve est là, le plus
solide ne se débarrasse pas de l'autre, d'un coup de
gueule? Et, anciennement, quand les hommes s'abri-
taient, comme les loups, au fond des cavernes, est-ce
que la femme désirée n'était pas à celui de la bande
qui la pouvait conquérir, dans le sang des rivaux?
Alors, puisque c'était la loi de la vie, on devait y
obéir, en dehors des scrupules qu'on avait inventés
plus tard, pour vivre ensemble. Peu à peu, son droit
lui sembla absolu, il sentit renaître sa résolution
entière : dès le lendemain, il choisirait le lieu et
l'heure, il préparerait l'acte. Le mieux, sans doute,
serait de poignarder Roubaud la nuit, dans la gare,
pendant une de ses rondes, de façon à faire croire
que des maraudeurs, surpris, l'avaient tué. Là-bas,
derrière les tas de charbon, il savait un bon endroit,
si l'on pouvait l'y attirer. Malgré son effort pour
s'endormir, maintenant il arrangeait la scène, discutait où il se placerait, comment il frapperait, afin de
l'étendre raide; et, sourdement, invinciblement, tandis qu'il descendait aux plus petits détails, sa
répugnance revenait, une protestation intérieure qui
le souleva de nouveau tout entier. Non, non, il ne

frapperait pas! Cela lui paraissait monstrueux, inexé-
cutable, impossible. En lui, l'homme civilisé se
révoltait, la force acquise de l'éducation, le lent et
indestructible échafaudage des idées transmises. On
ne devait pas tuer, il avait sucé cela avec le lait des
générations ; son cerveau affiné, meublé de scrupules,
repoussait le meurtre avec horreur, dès qu'il se
mettait à le raisonner. Oui, tuer dans un besoin, dans
un emportement de l'instinct ! Mais tuer en le
voulant, par calcul et par intérêt, non, jamais, jamais
il ne pourrait !

Le jour naissait, lorsque Jacques parvint à s'assoupir, et d'une somnolence si légère, que le débat
continuait confusément en lui, abominable. Les
journées qui suivirent furent les plus douloureuses de
son existence. Il évitait Séverine, il lui avait fait dire
de ne pas se trouver au rendez-vous du samedi,
craignant ses yeux. Mais, le lundi, il dut la revoir ; et,
comme il le redoutait, ses grands yeux bleus, si doux,
si profonds, l'emplirent d'angoisse. Elle ne parla pas
de cela, elle n'eut pas un geste, pas une parole pour le
pousser. Seulement, ses yeux n'étaient pleins que de
la chose, l'interrogeaient, le suppliaient. Il ne savait
comment en éviter l'impatience et le reproche,
toujours il les retrouvait fixés sur les siens, avec
l'étonnement qu'il pût hésiter à être heureux. Quand
il la quitta, il l'embrassa, d'une étreinte brusque,
pour lui faire entendre qu'il était résolu. Il l'était en
effet, il le fut jusqu'au bas de l'escalier, retomba dans
la lutte de sa conscience. Lorsqu'il la revit, le
surlendemain, il avait la pâleur confuse, le regard
furtif d'un lâche, qui recule devant un acte nécessaire. Elle éclata en sanglots, sans rien dire, pleurant
à son cou, horriblement malheureuse ; et lui, bouleversé, débordait du mépris de lui-même. Il fallait en
finir.

« Jeudi, là-bas, veux-tu? demanda-t-elle à voix basse.

— Oui, jeudi, je t'attendrai. »

Ce jeudi-là, la nuit fut très noire, un ciel sans étoiles, opaque et sourd, chargé des brumes de la mer. Comme d'habitude, Jacques, arrivé le premier, debout derrière la maison des Sauvagnat, guetta la venue de Séverine. Mais les ténèbres étaient si épaisses, et elle accourait d'un pas si léger, qu'il tressaillit, frôlé par elle, sans l'avoir aperçue. Déjà, elle était dans ses bras, inquiète de le sentir tremblant.

« Je t'ai fait peur, murmura-t-elle.

— Non, non, je t'attendais... Marchons, personne ne peut nous voir. »

Et, les bras liés à la taille, doucement, ils se promenèrent par les terrains vagues. De ce côté du dépôt, les becs de gaz étaient rares; certains enfoncements d'ombre en manquaient tout à fait; tandis qu'ils pullulaient au loin, vers la gare, pareils à des étincelles vives.

Longtemps, ils allèrent ainsi, sans une parole. Elle avait posé la tête à son épaule, elle la haussait parfois, le baisait au menton; et, se penchant, il lui rendait ce baiser sur la tempe, à la racine des cheveux. Le coup grave et unique d'une heure du matin venait de sonner aux églises lointaines. S'ils ne parlaient pas, c'était qu'ils s'entendaient penser, dans leur étreinte. Ils ne pensaient qu'à cela, ils ne pouvaient plus être ensemble, sans en être obsédés. Le débat continuait, à quoi bon dire tout haut des mots inutiles, puisqu'il fallait agir? Lorsqu'elle se haussait contre lui, pour une caresse, elle sentait le couteau, bossuant la poche du pantalon. Était-ce donc qu'il fût résolu?

Mais ses pensées la débordaient, ses lèvres s'ouvrirent, d'un souffle à peine distinct.

« Tout à l'heure, il est remonté, je ne savais pas pourquoi... Puis, je l'ai vu prendre son revolver, qu'il avait oublié... C'est, à coup sûr, qu'il va faire une ronde. »

Le silence retomba, et vingt pas plus loin seulement, il dit à son tour :

« Des maraudeurs, la nuit dernière, ont enlevé du plomb par ici... Il viendra tout à l'heure, c'est certain. »

Alors, elle eut un petit frémissement, et tous deux redevinrent muets, marchant d'un pas ralenti. Un doute l'avait prise : était-ce bien le couteau qui renflait sa poche? A deux reprises, elle le baisa, pour mieux se rendre compte. Puis, comme, à se frotter ainsi, le long de sa jambe, elle restait incertaine, elle laissa pendre sa main, tâta en le baisant encore. C'était bien le couteau. Mais lui, ayant compris, l'avait brusquement étouffée sur sa poitrine; et il lui bégaya à l'oreille :

« Il va venir, tu seras libre. »

Le meurtre était décidé, il leur sembla qu'ils ne marchaient plus, qu'une force étrangère les portait au ras du sol. Leurs sens avaient pris subitement une acuité extrême, le toucher surtout, car leurs mains l'une dans l'autre s'endolorissaient, le moindre effleurement de leurs lèvres devenait pareil à un coup d'ongle. Ils entendaient aussi les bruits qui se perdaient tout à l'heure, le roulement, le souffle lointain des machines, des chocs assourdis, des pas errants, au fond des ténèbres. Et ils voyaient la nuit, ils distinguaient les taches noires des choses, comme si un brouillard s'en était allé de leurs paupières : une chauve-souris passa, dont ils purent suivre les crochets brusques. Au coin d'un tas de charbon, ils s'étaient arrêtés, immobiles, les oreilles et les yeux aux aguets, dans une tension de tout leur être. Maintenant, ils chuchotaient.

« N'as-tu pas entendu, là-bas, un cri d'appel?

— Non, c'est un wagon qu'on remise.

— Mais là, sur notre gauche, quelqu'un marche. Le sable a crié.

— Non, non, des rats courent dans les tas, le charbon déboule. »

Des minutes s'écoulèrent. Soudain, ce fut elle qui l'étreignit plus fort.

« Le voici.

— Où donc? je ne vois rien.

— Il a tourné le hangar de la petite vitesse, il vient droit à nous... Tiens! son ombre qui passe sur le mur blanc!

— Tu crois, ce point sombre... Il est donc seul?

— Oui, seul, il est seul. »

Et, à ce moment décisif, elle se jeta éperdument à son cou, elle colla sa bouche ardente contre la sienne. Ce fut un baiser de chair vive, prolongé, où elle aurait voulu lui donner de son sang. Comme elle l'aimait et comme elle exécrait l'autre! Ah! si elle avait osé, déjà vingt fois elle-même aurait fait la besogne, pour lui en éviter l'horreur; mais ses mains défaillaient, elle se sentait trop douce, il fallait la poigne d'un homme. Et ce baiser qui n'en finissait pas, c'était tout ce qu'elle pouvait lui souffler de son courage, la possession pleine qu'elle lui promettait, la communion de son corps. Au loin, une machine sifflait, jetant à la nuit une plainte de mélancolique détresse; à coups réguliers, on entendait un fracas, le choc d'un marteau géant, venu on ne savait d'où; tandis que les brumes, montées de la mer, mettaient au ciel le défilé d'un chaos en marche, dont les déchirures errantes semblaient par moments éteindre les étincelles vives des becs de gaz. Lorsqu'elle ôta sa bouche enfin, elle n'avait plus rien à elle, tout entière elle crut être passée en lui.

D'un geste prompt, il avait déjà ouvert le couteau.
Mais il eut un juron étouffé.

« Nom de Dieu ! c'est fichu encore, il s'en va ! »

C'était vrai, l'ombre mouvante, après s'être approchée d'eux, à une cinquantaine de pas, venait de tourner à gauche et s'éloignait, du pas régulier d'un surveillant de nuit, que rien n'inquiète.

Alors, elle le poussa,

« Va, va donc ! »

Et tous deux partirent, lui devant, elle dans ses talons, tous deux filèrent, se glissèrent derrière l'homme, en chasse, évitant le bruit. Un instant, au coin des ateliers de réparation, ils le perdirent de vue ; puis, comme ils coupaient court en traversant une voie de garage, ils le retrouvèrent, à vingt pas au plus. Ils durent profiter des moindres bouts de mur pour s'abriter, un simple faux pas les aurait trahis.

« Nous ne l'aurons pas, gronda-t-il, sourdement. S'il atteint le poste de l'aiguilleur, il s'échappe. »

Elle, toujours, répétait dans son cou :

« Va, va donc ! »

A cette minute, par ces vastes terrains plats, noyés de ténèbres, au milieu de cette désolation nocturne d'une grande gare, il était résolu, comme dans la solitude complice d'un coupe-gorge. Et, tout en hâtant furtivement le pas, il s'excitait, se raisonnait encore, se donnait les arguments qui allaient faire de ce meurtre une action sage, légitime, logiquement débattue et décidée. C'était bien un droit qu'il exerçait, le droit même de vie, puisque ce sang d'un autre était indispensable à son existence même. Rien que ce couteau à enfoncer, et il avait conquis le bonheur.

« Nous ne l'aurons pas, nous ne l'aurons pas, répéta-t-il furieusement, en voyant l'ombre dépasser le poste de l'aiguilleur. C'est fichu, le voilà qui file. »

Mais, de sa main nerveuse, brusquement elle l'empoigna au bras, l'immobilisa contre elle.

« Vois, il revient! »

Roubaud, en effet, revenait. Il avait tourné à droite, puis il redescendit. Peut-être, derrière son dos, avait-il eu la sensation vague des meurtriers lancés sur sa piste. Pourtant, il continuait à marcher de son pas tranquille, en gardien consciencieux, qui ne veut pas rentrer, sans avoir donné son coup d'œil partout.

Arrêtés net dans leur course, Jacques et Séverine ne bougeaient plus. Le hasard les avait plantés à l'angle même d'un tas de charbon. Ils s'y adossèrent, semblèrent y entrer, l'échine collée au mur noir, confondus, perdus dans cette mare d'encre: Ils étaient sans souffle.

Et Jacques regardait Roubaud venir droit à eux. Trente mètres à peine les séparaient, chaque pas diminuait la distance, régulièrement, rythmé comme par le balancier inexorable du destin. Encore vingt pas, encore dix pas : il l'aurait devant lui, il lèverait le bras de cette façon, lui planterait le couteau dans la gorge, en tirant de droite à gauche, pour étouffer le cri. Les secondes lui semblaient interminables, un tel flot de pensées traversait le vide de son crâne, que la mesure du temps en était abolie. Toutes les raisons qui le déterminaient défilèrent une fois de plus, il revit nettement le meurtre, les causes et les conséquences. Encore cinq pas. Sa résolution, tendue à se rompre, restait inébranlable. Il voulait tuer, il savait pourquoi il tuerait.

Mais, à deux pas, à un pas, ce fut une débâcle. Tout croula en lui, d'un coup. Non, non! il ne tuerait point, il ne pouvait tuer ainsi cet homme sans défense. Le raisonnement ne ferait jamais le meurtre, il fallait l'instinct de mordre, le saut qui jette sur la proie, la faim ou la passion qui la déchire. Qu'importait si la conscience n'était faite que des idées

transmises par une lente hérédité de justice! Il ne se
sentait pas le droit de tuer, et il avait beau faire, il
n'arrivait pas à se persuader qu'il pouvait le prendre.

Roubaud, tranquillement, passa. Son coude ef-
fleura les deux autres dans le charbon. Une haleine
les eût décelés; mais ils restèrent comme morts. Le
bras ne se leva point, n'enfonça point le couteau.
Rien ne fit frémir les ténèbres épaisses, pas même un
frisson. Déjà, il était loin, à dix pas, qu'immobiles
encore, le dos cloué au tas noir, tous deux demeuraient sans souffle, dans l'épouvante de cet homme
seul, désarmé, qui venait de les frôler, d'une marche
si paisible.

Jacques eut un sanglot étouffé de rage et de honte.

« Je ne peux pas! Je ne peux pas! »

Il voulut reprendre Séverine, s'appuyer à elle, dans
un besoin d'être excusé, consolé. Sans dire une
parole, elle s'échappa. Il avait allongé les mains,
n'avait senti que sa jupe glisser entre ses doigts; et il
entendait seulement sa fuite légère. En vain, il la
poursuivit un instant, car cette brusque disparition
achevait de le bouleverser. Était-elle donc si fâchée
de sa faiblesse? Le méprisait-elle? La prudence
l'empêcha de la rejoindre. Mais, quand il se retrouva
seul dans ces vastes terrains plats, tachés des petites
larmes jaunes du gaz, un affreux désespoir le prit, il
se hâta d'en sortir, d'aller abîmer sa tête au fond de
son oreiller, pour y anéantir l'abomination de son
existence.

Ce fut une dizaine de jours plus tard, vers la fin de
mars, que les Roubaud triomphèrent enfin des
Lebleu. L'administration avait reconnu juste leur
demande, appuyée par M. Dabadie : d'autant plus
que la fameuse lettre du caissier, s'engageant à rendre
le logement, si un nouveau sous-chef le réclamait,
venait d'être retrouvée par mademoiselle Guichon,
en cherchant d'anciens comptes dans les archives de

la gare. Et, tout de suite, madame Lebleu, exaspérée
de sa défaite, parla de déménager : puisqu'on voulait
sa mort, autant valait-il en finir sans attendre.
Pendant trois jours, ce déménagement mémorable
enfiévra le couloir. La petite madame Moulin elle-
même, si effacée, qu'on ne voyait jamais ni entrer ni
sortir, s'y compromit, en portant la table à ouvrage
de Séverine d'un logement dans l'autre. Mais Philomène surtout souffla la discorde, venue là pour aider
dès la première heure, faisant les paquets, bousculant
les meubles, envahissant le logement du devant,
avant que la locataire l'eût quitté ; et ce fut elle qui
l'en expulsa, au milieu de la débandade des deux
mobiliers, mêlés, confondus, dans le transbordement.
Elle en était arrivée à montrer, pour Jacques et pour
tout ce qu'il aimait, un tel zèle, que Pecqueux,
étonné, pris de soupçon, lui avait demandé de son
mauvais air sournois, son air d'ivrogne vindicatif, si
c'était à cette heure qu'elle couchait avec son
mécanicien, en l'avertissant qu'il leur réglerait leur
compte à tous les deux, le jour où il les surprendrait.
Son coup de cœur pour le jeune homme en avait
grandi, elle se faisait leur servante, à lui et à sa
maîtresse, dans l'espoir de l'avoir aussi un peu à elle,
en se mettant entre eux. Lorsqu'elle eut emporté la
dernière chaise, les portes battirent. Puis, ayant
aperçu un tabouret oublié par la caissière, elle
rouvrit, le jeta à travers le corridor. C'était fini.

Alors, lentement, l'existence reprit son train monotone. Pendant que madame Lebleu, sur le derrière,
clouée par ses rhumatismes au fond de son fauteuil,
se mourait d'ennui, avec de grosses larmes dans les
yeux, à ne plus voir que le zinc de la marquise
barrant le ciel, Séverine travaillait à son interminable
couvre-pied, installée près d'une des fenêtres du
devant. Elle avait, sous elle, l'agitation gaie de la
cour du départ, le continuel flot des piétons et des

voitures; déjà, le printemps hâtif verdissait les bourgeons des grands arbres, au bord des trottoirs; et, au-delà, les coteaux lointains d'Ingouville déroulaient leurs pentes boisées, qui piquaient les taches blanches des maisons de campagne. Mais elle s'étonnait de prendre si peu de plaisir à réaliser enfin ce rêve, être là, dans ce logement convoité, avoir devant soi de l'espace, du jour, du soleil. Même, comme sa femme de ménage, la mère Simon, grognait, furieuse de ne pas retrouver ses habitudes, elle en était impatientée, elle regrettait par moments son ancien trou, ainsi qu'elle disait, où la saleté se voyait moins. Roubaud, lui, avait simplement laissé faire. Il ne semblait pas savoir qu'il eût changé de niche: souvent encore il se trompait, ne s'apercevait de sa méprise que lorsque sa nouvelle clef n'entrait pas dans l'ancienne serrure. D'ailleurs, il s'absentait de plus en plus, la désorganisation continuait. Un instant, cependant, il parut se ranimer, sous le réveil de ses idées politiques; non qu'elles fussent très nettes, très ardentes; mais il gardait à cœur son affaire avec le sous-préfet, qui avait failli lui coûter son emploi. Depuis que l'Empire, ébranlé par les élections générales, traversait une crise terrible, il triomphait, il répétait que ces gens-là ne seraient pas toujours les maîtres. Un avertissement amical de M. Dabadie, prévenu par mademoiselle Guichon, devant laquelle le propos révolutionnaire avait été tenu, suffit du reste à le calmer. Puisque le couloir était tranquille et que l'on vivait d'accord, maintenant que madame Lebleu s'affaiblissait, tuée de tristesse, pourquoi des ennuis nouveaux, avec les affaires du gouvernement? Il eut un simple geste, il s'en moquait bien de la politique, comme de tout! Et, plus gras chaque jour, sans un remords, il s'en allait de son pas alourdi, le dos indifférent.

Entre Jacques et Séverine, la gêne avait grandi,

depuis qu'ils pouvaient se rencontrer à toute heure.
Plus rien ne les empêchait d'être heureux, il la
montait voir par l'autre escalier, quand il lui plaisait,
sans crainte d'être espionné; et le logement leur
appartenait, il aurait couché là, s'il en avait eu
l'audace. Mais c'était l'irréalisé, l'acte voulu, consenti
par eux deux, qu'il n'accomplissait pas et dont la
pensée, désormais, mettait entre eux un malaise, un
mur infranchissable. Lui, qui apportait la honte de sa
faiblesse, la trouvait chaque fois plus sombre, malade
d'inutile attente. Leurs lèvres ne se cherchaient même
plus, car cette demi-possession, ils l'avaient épuisée;
c'était tout le bonheur qu'ils voulaient, le départ, le
mariage là-bas, l'autre vie.

Un soir, Jacques trouva Séverine en larmes; et,
lorsqu'elle l'aperçut, elle ne s'arrêta pas, elle sanglota
plus fort, pendue à son cou. Déjà elle avait pleuré
ainsi, mais il l'apaisait d'une étreinte; tandis que, sur
son cœur, il la sentait cette fois ravagée d'un
désespoir grandissant, à mesure qu'il la pressait
davantage. Il fut bouleversé, il finit par lui prendre la
tête entre ses deux mains; et, la regardant de tout
près, au fond de ses yeux noyés, il jura, comprenant
bien que, si elle se désespérait ainsi, c'était d'être
femme, de ne point oser frapper elle-même, dans sa
douceur passive.

« Pardonne-moi, attends encore... Je te le jure,
bientôt, dès que je pourrai. »

Tout de suite, elle avait collé sa bouche à la sienne,
comme pour sceller ce serment, et ils eurent un de ces
baisers profonds, où ils se confondaient, dans la
communion de leur chair.

X

Tante Phasie était morte, le jeudi soir, à neuf heures, dans une dernière convulsion ; et, vainement, Misard, qui attendait près de son lit, avait essayé de lui fermer les paupières : les yeux obstinés restaient ouverts, la tête s'était raidie, penchée un peu sur l'épaule, comme pour regarder dans la chambre, tandis qu'un retrait des lèvres semblait les retrousser d'un rire goguenard. Une seule chandelle brûlait, plantée au coin d'une table, près d'elle. Et les trains qui, depuis neuf heures, passaient là, à toute vitesse, dans l'ignorance de cette morte tiède encore, l'ébranlaient une seconde, sous la flamme vacillante de la chandelle.

Tout de suite, Misard, pour se débarrasser de Flore, l'envoya déclarer le décès à Doinville. Elle ne pouvait pas être de retour avant onze heures, il avait deux heures devant lui. Tranquillement, il se coupa d'abord un morceau de pain, car il se sentait le ventre vide, n'ayant pas dîné, à cause de cette agonie qui n'en finissait plus. Et il mangeait debout, allant et venant, rangeant les choses. Des quintes de toux l'arrêtaient, plié en deux, à moitié mort lui-même, si maigre, si chétif, avec ses cheveux décolorés, qu'il ne paraissait pas devoir jouir longtemps de sa victoire. N'importe, il l'avait mangée, cette gaillarde, cette grande et belle femme, comme l'insecte mange le chêne ; elle était sur le dos, finie, réduite à rien, et lui durait encore. Mais une idée le fit s'agenouiller, afin de prendre sous le lit une terrine, où se trouvait un reste d'eau de son, préparée pour un lavement : depuis qu'elle se doutait du coup, ce n'était plus dans le sel, c'était dans ses lavements qu'il mettait de la mort aux rats[28] ; et, trop bête, ne se méfiant pas de ce côté-là, elle l'avait avalée tout de même, pour de bon cette fois-ci. Dès qu'il eut vidé la terrine dehors, il rentra, lava avec une éponge le carreau de la chambre, souillé de taches. Aussi pourquoi s'était-elle obstinée ? Elle avait voulu faire la maligne, tant pis ! Lorsque, dans un ménage, on joue à qui enterrera l'autre, sans mettre le monde dans la dispute, on ouvre l'œil. Il en ricanait comme d'une bonne histoire, de la drogue avalée si innocemment par en bas, quand elle surveillait avec tant de soin ce qui entrait par en haut. A ce moment, un express qui passa, enveloppa la maison basse d'un tel souffle de tempête, que, malgré l'habitude, il se tourna vers la fenêtre, en tressaillant. Ah ! oui, ce continuel flot, ce monde venu de partout, qui ne savait rien de ce qu'il écrasait en route, qui s'en moquait, tant il était pressé d'aller au diable ! Et, derrière le train, dans le lourd silence, il rencontra les yeux grands ouverts de la morte, dont les prunelles fixes semblaient suivre chacun de ses mouvements, pendant que le coin retroussé des lèvres riait.

Misard, si flegmatique, fut pris d'un petit mouve- ment de colère. Il entendait bien, elle lui disait : Cherche ! cherche ! Mais sûrement qu'elle ne les emportait pas avec elle, ses mille francs ; et, mainte- nant qu'elle n'y était plus, il finirait par les trouver. Est-ce qu'elle n'aurait pas dû les donner de bon cœur ? Ça aurait évité tous ces ennuis. Les yeux partout le suivaient. Cherche ! cherche ! Cette chambre, où il n'avait point osé fouiller, tant qu'elle y avait vécu, il la parcourait du regard. Dans l'armoire, d'abord : il prit les clefs sous le traversin, bouleversa les planches chargées de linge, vida les deux tiroirs, les enleva même, pour voir s'il n'y avait pas de cachette. Non, rien! Ensuite, il songea à la table de nuit. Il en décolla le marbre, le retourna, inutilement. Derrière la glace de la cheminée, une mince glace de foire, fixée par deux clous, il pratiqua aussi un sondage, glissa une règle plate, ne retira qu'un floconnement noir de poussière. Cherche! cherche! Alors, pour échapper aux yeux grands ouverts qu'il sentait sur lui, il se mit à quatre pattes, tapant le carreau à légers coups de poing, écoutant si quelque résonance ne lui révélerait pas un vide. Plusieurs carreaux étaient descellés, il les arracha. Rien, toujours rien! Lorsqu'il fut debout de nouveau, les yeux le reprirent, il se tourna, voulut planter son regard dans le regard fixe de la morte; tandis que, du coin de ses lèvres retroussées, elle accentuait son terrible rire. Il n'en doutait plus, elle se moquait de lui. Cherche! cherche! La fièvre le gagnait, il s'approcha d'elle, envahi d'un soupçon, d'une idée sacrilège, qui pâlissait encore sa face blême. Pourquoi avait-il cru que, sûrement, elle ne les emportait pas, ses mille francs? Peut-être bien tout de même qu'elle les emportait. Et il osa la découvrir, la dévêtir, il la visita, chercha à tous les plis de ses membres, puisqu'elle lui disait de chercher. Sous elle, derrière sa nuque, derrière ses reins, il chercha. Le lit fut bouleversé, il enfonça son bras jusqu'à l'épaule dans la paillasse. Il ne trouva rien. Cherche! cherche! Et la tête, retombée sur l'oreiller en désordre, le regardait toujours de ses prunelles goguenardes.

Comme Misard, furieux et tremblant, tâchait d'arranger le lit, Flore rentra, de retour de Doinville.

« Ce sera pour après-demain samedi, onze heures. »

Elle parlait de l'enterrement. Mais, d'un coup d'œil, elle avait compris à quelle besogne Misard s'était essoufflé, pendant son absence. Elle eut un geste d'indifférence dédaigneuse.

« Laissez donc, vous ne les trouverez pas. »

Il s'imagina qu'elle aussi le bravait. Et, s'avançant, les dents serrées :

« Elle te les a donnés, tu sais où ils sont. »

L'idée que sa mère avait pu donner ses mille francs à quelqu'un, même à elle, sa fille, lui fit hausser les épaules.

« Ah! ouitche! donnés... Donnés à la terre, oui!... Tenez, ils sont par là, vous pouvez chercher. »

Et, d'un geste large, elle indiqua la maison entière, le jardin avec son puits, la ligne ferrée, toute la vaste campagne. Oui, par là, au fond d'un trou, quelque part où jamais plus personne ne les découvrirait. Puis, pendant que, hors de lui, anxieux, il se remettait à bousculer les meubles, à taper dans les murs, sans se gêner devant elle, la jeune fille, debout près de la fenêtre, continua à demi-voix :

« Oh! il fait doux dehors, la belle nuit... J'ai marché vite, les étoiles éclairent comme en plein jour... Demain, quel beau temps, au lever du soleil! »

Un instant, Flore resta devant la fenêtre, les yeux dans cette campagne sereine, attendrie par les premières tiédeurs d'avril, et dont elle revenait songeuse, souffrant davantage de la plaie avivée de son tourment. Mais, lorsqu'elle entendit Misard quitter la chambre et s'acharner dans les pièces voisines, elle s'approcha du lit à son tour, elle s'assit, les regards sur sa mère. Au coin de la table, la chandelle brûlait toujours, d'une flamme haute et immobile. Un train passa, qui secoua la maison.

La résolution de Flore était de rester la nuit là, et

elle réfléchissait. D'abord, la vue de la morte la tira de son idée fixe, de la chose qui la hantait, qu'elle avait débattue sous les étoiles, dans la paix des ténèbres, tout le long de la route de Doinville. Une surprise, maintenant, endormait sa souffrance : pourquoi n'avait-elle pas eu plus de chagrin, à la mort de sa mère? et pourquoi, à cette heure encore, ne pleurait-elle pas? Elle l'aimait pourtant bien, malgré sa sauvagerie de grande fille muette, s'échappant sans cesse, battant les champs, dès qu'elle n'était pas de service. Vingt fois, pendant la dernière crise qui devait la tuer, elle était venue s'asseoir là, pour la supplier de faire appeler un médecin; car elle se doutait du coup de Misard, elle espérait que la peur l'arrêterait. Mais elle n'avait jamais obtenu de la malade qu'un « non » furieux, comme si cette dernière eût mis l'orgueil de la lutte à n'accepter de secours de personne, certaine quand même de la victoire, puisqu'elle emporterait l'argent; et, alors, elle n'intervenait point, reprise elle-même de son mal, disparaissant, galopant pour oublier. C'était cela, certainement, qui lui barrait le cœur : lorsqu'on a un trop gros chagrin, il n'y a plus de place pour un autre; sa mère était partie, elle la voyait là, détruite, si pâle, sans pouvoir être plus triste, en dépit de son effort. Appeler les gendarmes, dénoncer Misard, à quoi bon, puisque tout allait crouler? Et, peu à peu, invinciblement, bien que son regard restât fixé sur la morte, elle cessa de l'apercevoir, elle retourna à sa vision intérieure, reconquise tout entière par l'idée qui lui avait planté son clou dans le crâne, n'ayant plus que la sensation de la secousse profonde des trains, dont le passage, pour elle, sonnait les heures.

Depuis un instant, au loin, grondait l'approche d'un omnibus de Paris. Lorsque la machine enfin passa devant la fenêtre, avec son fanal, ce fut, dans la chambre, un éclair, un coup d'incendie.

« Une heure dix-huit, pensa-t-elle. Encore sept heures. Ce matin, à huit heures seize, ils passeront. »

Chaque semaine, depuis des mois, cette attente l'obsédait. Elle savait que, le vendredi matin, l'express, conduit par Jacques, emmenait aussi Séverine à Paris ; et elle ne vivait plus, dans une torture jalouse, que pour les guetter, les voir, se dire qu'ils allaient se posséder librement, là-bas. Oh! ce train qui fuyait, cette abominable sensation de ne pouvoir s'accrocher au dernier wagon, afin d'être emportée elle aussi! Il lui semblait que toutes ces roues lui coupaient le cœur. Elle avait tant souffert, qu'un soir elle s'était cachée, voulant écrire à la justice ; car ce serait fini, si elle pouvait faire arrêter cette femme ; et elle qui avait surpris autrefois ses saletés avec le président Grandmorin, se doutait qu'en apprenant ça aux juges, elle la livrait. Mais, la plume à la main, jamais elle ne put tourner la chose. Et puis, est-ce que la justice l'écouterait? Tout ce beau monde devait s'entendre. Peut-être bien que ce serait elle qu'on mettrait en prison, comme on y avait mis Cabuche. Non! elle voulait se venger, elle se vengerait seule, sans avoir besoin de personne. Ce n'était même pas une pensée de vengeance, ainsi qu'elle en entendait parler, la pensée de faire du mal pour se guérir du sien ; c'était un besoin d'en finir, de culbuter tout, comme si le tonnerre les eût balayés. Elle était très fière, plus forte et plus belle que l'autre, convaincue de son bon droit à être aimée ; et, quand elle s'en allait solitaire, par les sentiers de ce pays de loups, avec son lourd casque de cheveux blonds, toujours nus, elle aurait voulu la tenir, l'autre, pour vider leur querelle au coin d'un bois, comme deux guerrières ennemies. Jamais encore un homme ne l'avait touchée, elle battait les mâles ; et c'était sa force invincible, elle serait victorieuse.

La semaine d'auparavant, l'idée brusque s'était

plantée, enfoncée en elle, comme sous un coup de
marteau venu elle ne savait d'où : les tuer, pour qu'ils
ne passent plus, qu'ils n'aillent plus là-bas ensemble.
Elle ne raisonnait pas, elle obéissait à l'instinct
sauvage de détruire. Quand une épine restait dans sa
chair, elle l'en arrachait, elle aurait coupé le doigt.
Les tuer, les tuer la première fois qu'ils passeraient ;
et, pour cela, culbuter le train, traîner une poutre sur
la voie, arracher un rail, enfin, tout casser, tout
engloutir. Lui, certainement, sur sa machine, y
resterait, les membres aplatis ; la femme, toujours
dans la première voiture, pour être plus près, n'en
pouvait réchapper ; quant aux autres, à ce flot
continuel de monde, elle n'y songeait seulement pas.
Ce n'était personne, est-ce qu'elle les connaissait ? Et
cet écrasement d'un train, ce sacrifice de tant de vies,
devenait l'obsession de chacune de ses heures,
l'unique catastrophe, assez large, assez profonde de
sang et de douleur humaine, pour qu'elle y pût
baigner son cœur énorme, gonflé de larmes.

Pourtant, le vendredi matin, elle avait faibli,
n'ayant pas encore décidé à quel endroit, ni de quelle
façon elle enlèverait un rail. Mais, le soir, n'étant
plus de service, elle eut une idée, elle s'en alla, par le
tunnel, rôder jusqu'à la bifurcation de Dieppe.
C'était une de ses promenades, ce souterrain long
d'une grande demi-lieue, cette avenue voûtée, toute
droite, où elle avait l'émotion des trains roulant sur
elle, avec leur fanal aveuglant : chaque fois, elle
manquait de s'y faire broyer, et ce devait être ce péril
qui l'y attirait, dans un besoin de bravade. Mais, ce
soir-là, après avoir échappé à la surveillance du
gardien et s'être avancée jusqu'au milieu du tunnel,
en tenant la gauche, de façon à être certaine que tout
train arrivant de face passerait à sa droite, elle avait
eu l'imprudence de se retourner, justement pour
suivre les lanternes d'un train allant au Havre ; et,

quand elle s'était remise en marche, un faux pas
l'ayant de nouveau fait virer sur elle-même, elle
n'avait plus su de quel côté les feux rouges venaient
de disparaître. Malgré son courage, étourdie encore
par le vacarme des roues, elle s'était arrêtée, les
mains froides, ses cheveux nus soulevés d'un souffle
d'épouvante. Maintenant, lorsqu'un autre train passerait, elle s'imaginait qu'elle ne saurait plus s'il était
montant ou descendant, elle se jetterait à droite ou à
gauche, et serait coupée au petit bonheur. D'un
effort, elle tâchait de retenir sa raison, de se souvenir,
de discuter. Puis, tout d'un coup, la terreur l'avait
emportée, au hasard, droit devant elle, dans un galop
furieux. Non, non! elle ne voulait pas être tuée, avant
d'avoir tué les deux autres! Ses pieds s'embarras-
saient dans les rails, elle glissait, tombait, courait
plus fort. C'était la folie du tunnel, les murs qui
semblaient se resserrer pour l'étreindre, la voûte qui
répercutait des bruits imaginaires, des voix de
menace, des grondements formidables. A chaque
instant, elle tournait la tête, croyant sentir sur son
cou l'haleine brûlante d'une machine. Deux fois, une
subite certitude qu'elle se trompait, qu'elle serait tuée
du côté où elle fuyait, lui avait fait, d'un bond,
changer la direction de sa course. Et elle galopait,
elle galopait, lorsque, devant elle, au loin, avait paru
une étoile, un œil rond et flambant, qui grandissait.
Mais elle s'était bandée contre l'irrésistible envie de
retourner encore sur ses pas. L'œil devenait un
brasier, une gueule de four dévorante. Aveuglée, elle
avait sauté à gauche, sans savoir; et le train passait,
comme un tonnerre, en ne la souffletant que de son
vent de tempête. Cinq minutes après, elle sortait du
côté de Malaunay, saine et sauve [29].

Il était neuf heures, encore quelques minutes, et
l'express de Paris serait là. Tout de suite, elle avait
continué, d'un pas de promenade, jusqu'à la bifurca-

tion de Dieppe, à deux cents mètres, examinant la
voie, cherchant si quelque circonstance ne pouvait la
servir. Justement, sur la voie de Dieppe, en réparation, stationnait un train de ballast, que son ami Ozil
venait d'y aiguiller ; et, dans une illumination subite,
elle trouva, arrêta un plan : empêcher simplement
l'aiguilleur de remettre l'aiguille sur la voie du Havre,
de sorte que l'express irait se briser contre le train de
ballast. Cet Ozil, depuis le jour où il s'était rué sur
elle, ivre de désir, et où elle lui avait à demi fendu le
crâne d'un coup de bâton, elle lui gardait de l'amitié,
aimait à lui rendre ainsi des visites imprévues, à
travers le tunnel, en chèvre échappée de sa montagne.
Ancien militaire, très maigre et peu bavard, tout à la
consigne, il n'avait pas encore une négligence à se
reprocher, l'œil ouvert de jour et de nuit. Seulement,
cette sauvage, qui l'avait battu, forte comme un
garçon, lui retournait la chair, rien que d'un appel de
son petit doigt. Bien qu'il eût quatorze ans de plus
qu'elle, il la voulait, et s'était juré de l'avoir, en
patientant, en étant aimable, puisque la violence
n'avait pas réussi. Aussi, cette nuit-là, dans l'ombre,
lorsqu'elle s'était approchée de son poste, l'appelant
au-dehors, l'avait-il rejointe, oubliant tout. Elle
l'étourdissait, l'emmenait vers la campagne, lui
contait des histoires compliquées, que sa mère était
malade, qu'elle ne resterait pas à la Croix-de-
Maufras, si elle la perdait. Son oreille, au loin,
guettait le grondement de l'express, quittant Malaunay, s'approchant à toute vapeur. Et, quand elle
l'avait senti là, elle s'était retournée, pour voir. Mais
elle n'avait pas songé aux nouveaux appareils d'en-
clenchement : la machine, en s'engageant sur la voie
de Dieppe, venait, d'elle-même, de mettre le signal à
l'arrêt ; et le mécanicien avait eu le temps d'arrêter, à
quelques pas du train de ballast. Ozil, avec le cri d'un
homme qui s'éveille sous l'effondrement d'une mai-

son, regagnait son poste en courant; tandis qu'elle,
raidie, immobile, suivait, du fond des ténèbres, la
manœuvre nécessitée par l'accident. Deux jours
après, l'aiguilleur, déplacé, était venu lui faire ses
adieux, ne soupçonnant rien, la suppliant de le
rejoindre, dès qu'elle n'aurait plus sa mère. Allons! le
coup était manqué, il fallait trouver autre chose.

A ce moment, sous ce souvenir évoqué, la brume
de rêverie qui obscurcissait le regard de Flore, s'en
alla; et, de nouveau, elle aperçut la morte, éclairée
par la flamme jaune de la chandelle. Sa mère n'était
plus, devait-elle donc partir, épouser Ozil qui la
voulait, qui la rendrait heureuse peut-être? Tout son
être se souleva. Non, non! si elle était assez lâche
pour laisser vivre les deux autres, et pour vivre elle-
même, elle aurait préféré battre les routes, se louer
comme servante, plutôt que d'être à un homme qu'elle
n'aimait pas. Et un bruit inaccoutumé lui ayant fait
prêter l'oreille, elle comprit que Misard, avec une
pioche, était en train de fouiller le sol battu de la
cuisine : il s'enrageait à la recherche du magot, il
aurait éventré la maison. Pourtant, elle ne voulait pas
rester avec celui-là non plus. Qu'allait-elle faire? Une
rafale souffla, les murs tremblèrent, et sur le visage
blanc de la morte, passa un reflet de fournaise,
ensanglantant les yeux ouverts et le rictus ironique
des lèvres. C'était le dernier omnibus de Paris, avec
sa lourde et lente machine.

Flore avait tourné la tête, regardé les étoiles qui
luisaient, dans la sérénité de la nuit printanière.

« Trois heures dix. Encore cinq heures, et ils
passeront. »

Elle recommencerait, elle souffrait trop. Les voir,
les voir ainsi chaque semaine aller à l'amour, cela
était au-dessus de ses forces. Maintenant qu'elle était
certaine de ne jamais posséder Jacques à elle seule,
elle préférait qu'il ne fût plus, qu'il n'y eût plus rien.

Et cette lugubre chambre où elle veillait l'enveloppait
de deuil, sous un besoin grandissant de l'anéantissement de tout. Puisqu'il ne restait personne qui
l'aimât, les autres pouvaient bien partir avec sa mère.
Des morts, il y en aurait encore, et encore, et on les
emporterait tous d'un coup. Sa sœur était morte, sa
mère était morte, son amour était mort : quoi faire?
être seule, rester ou partir, seule toujours, lorsqu'ils
seraient deux, les autres. Non, non! que tout croulât
plutôt, que la mort, qui était là, dans cette chambre
fumeuse, soufflât sur la voie et balayât le monde!

Alors, décidée après ce long débat, elle discuta le
meilleur moyen de mettre son projet à exécution. Et
elle en revint à l'idée d'enlever un rail. C'était le
moyen le plus sûr, le plus pratique, d'une exécution
facile : rien qu'à chasser les coussinets avec un
marteau, puis à faire sauter le rail des traverses. Elle
avait les outils, personne ne la verrait, dans ce pays
désert. Le bon endroit à choisir était certainement,
après la tranchée, en allant vers Barentin, la courbe
qui traversait un vallon, sur un remblai de sept ou
huit mètres : là, le déraillement devenait certain, la
culbute serait effroyable. Mais le calcul des heures
qui l'occupa ensuite, la laissa anxieuse. Sur la voie
montante, avant l'express du Havre, qui passait à
huit heures seize, il n'y avait qu'un train omnibus à
sept heures cinquante-cinq. Cela lui donnait donc
vingt minutes pour faire le travail, ce qui suffisait.
Seulement, entre les trains réglementaires, on lançait
souvent des trains de marchandises imprévus, surtout
aux époques des grands arrivages. Et quel risque
inutile alors! Comment savoir à l'avance si ce serait
bien l'express qui viendrait se briser là? Longtemps,
elle roula les probabilités dans sa tête. Il faisait nuit
encore, une chandelle brûlait toujours, noyée de suif,
avec une haute mèche charbonnée, qu'elle ne mou-
chait plus.

Comme justement un train de marchandises arrivait, venant de Rouen, Misard rentra. Il avait les mains pleines de terre, ayant fouillé le bûcher; et il était haletant, éperdu de ses recherches vaines, si enfiévré d'impuissante rage, qu'il se remit à chercher sous les meubles, dans la cheminée, partout. Le train interminable n'en finissait pas, avec le fracas régulier de ses grosses roues, dont chaque secousse agitait la morte dans son lit. Et, lui, en allongeant le bras pour décrocher un petit tableau pendu au mur, rencontra encore les yeux ouverts qui le suivaient, tandis que les lèvres remuaient, avec leur rire.

Il devint blême, il grelotta, bégayant dans une colère épouvantée :

« Oui, oui, cherche! cherche!... Va, je les trouverai, nom de Dieu! quand je devrais retourner chaque pierre de la maison et chaque motte de terre du pays! »

Le train noir était passé, d'une lenteur écrasante dans les ténèbres, et la morte, redevenue immobile, regardait toujours son mari, si railleuse, si certaine de vaincre, qu'il disparut de nouveau, en laissant la porte ouverte.

Flore, distraite dans ses réflexions, s'était levée. Elle referma la porte, pour que cet homme ne revînt pas déranger sa mère. Et elle s'étonna de s'entendre dire tout haut :

« Dix minutes auparavant, ce sera bien. »

En effet, elle aurait le temps en dix minutes. Si, dix minutes avant l'express, aucun train n'était signalé, elle pouvait se mettre à la besogne. Dès lors, la chose étant réglée, certaine, son anxiété tomba, elle fut très calme.

Vers cinq heures, le jour se leva, une aube fraîche, d'une limpidité pure. Malgré le petit froid vif, elle ouvrit la fenêtre toute grande, et la délicieuse matinée entra dans la chambre lugubre, pleine d'une fumée et d'une odeur de mort. Le soleil était encore sous l'horizon, derrière une colline couronnée d'arbres; mais il parut, vermeil, ruisselant sur les pentes, inondant les chemins creux, dans la gaieté vivante de la terre, à chaque printemps nouveau. Elle ne s'était pas trompée, la veille : il ferait beau, ce matin-là, un de ces temps de jeunesse et de radieuse santé, où l'on aime vivre. Dans ce pays désert, parmi les continuels coteaux, coupés de vallons étroits, qu'il serait bon de s'en aller le long des sentiers de chèvre, à sa libre fantaisie! Et, lorsqu'elle se retourna, rentrant dans la chambre, elle fut surprise de voir la chandelle, comme éteinte, ne plus tacher le grand jour que d'une larme pâle. La morte semblait maintenant regarder sur la voie, où les trains continuaient à se croiser, sans même remarquer cette lueur pâlie de cierge, près de ce corps.

Au jour seulement, Flore reprenait son service. Et elle ne quitta la chambre que pour l'omnibus de Paris, à six heures douze. Misard, lui aussi, à six heures, venait de remplacer son collègue, le stationnaire de nuit. Ce fut à son appel de trompe qu'elle vint se planter devant la barrière, le drapeau à la main. Un instant, elle suivit le train des yeux.

« Encore deux heures », pensa-t-elle tout haut.

Sa mère n'avait plus besoin de personne. Désormais, elle éprouvait une invincible répugnance à rentrer dans la chambre. C'était fini, elle l'avait embrassée, elle pouvait disposer de son existence et de celle des autres. D'habitude, entre les trains, elle s'échappait, disparaissait; mais, ce matin-là, un intérêt semblait la tenir à son poste, près de la barrière, sur un banc, une simple planche qui se trouvait au bord de la voie. Le soleil montait à l'horizon, une tiède averse d'or tombait dans l'air pur; et elle ne remuait pas, baignée de cette douceur, au milieu de la vaste campagne, toute frissonnante de la sève d'avril. Un moment, elle s'était intéressée à Misard, dans sa cabane de planches, à l'autre bord de la ligne, visiblement agité, hors de sa somnolence habituelle : il sortait, rentrait, manœuvrait ses appareils d'une main nerveuse, avec de continuels coups d'œil vers la maison, comme si son esprit y fût demeuré, à chercher toujours. Puis, elle l'avait oublié, ne le sachant même plus là. Elle était toute à l'attente, absorbée, la face muette et rigide, les yeux fixés au bout de la voie, du côté de Barentin. Et, là-bas, dans la gaieté du soleil, devait se lever pour elle une vision, où s'acharnait la sauvagerie têtue de son regard.

Les minutes s'écoulèrent, Flore ne bougeait pas. Enfin, lorsque, à sept heures cinquante-cinq, Misard, de deux sons de trompe, signala l'omnibus du Havre, sur la voie montante, elle se leva, ferma la barrière et se planta devant, le drapeau au poing. Déjà, au loin, le train se perdait, après avoir secoué le sol ; et on l'entendit s'engouffrer dans le tunnel, où le bruit cessa. Elle n'était pas retournée sur le banc, elle demeurait debout, à compter de nouveau les minutes. Si, dans dix minutes, aucun train de marchandises n'était signalé, elle courrait là-bas, au-delà de la tranchée, faire sauter un rail. Elle était très calme, la poitrine seulement serrée, comme sous le poids énorme de l'acte. D'ailleurs, à ce dernier moment, la pensée que Jacques et Séverine approchaient, qu'ils passeraient là encore, allant à l'amour, si elle ne les arrêtait pas, suffisait à la raidir, aveugle et sourde, dans sa résolution, sans que le débat même recommençât en elle : c'était l'irrévocable, le coup de patte de la louve qui casse les reins au passage. Elle ne voyait toujours, dans l'égoïsme de sa vengeance, que les deux corps mutilés, sans se préoccuper de la foule, du flot de monde qui défilait devant elle, depuis des années, inconnu. Des morts, du sang, le soleil en

serait caché peut-être, ce soleil dont la gaieté tendre
l'irritait.

Encore deux minutes, encore une, et elle allait
partir, elle partait, lorsque de sourds cahots, sur la
route de Bécourt, l'arrêtèrent. Une voiture, un
fardier sans doute. On lui demanderait le passage, il
lui faudrait ouvrir la barrière, causer, rester là :
impossible d'agir, le coup serait manqué. Et elle eut
un geste d'enragée insouciance, elle prit sa course,
lâchant son poste, abandonnant la voiture et le
conducteur, qui se débrouillerait. Mais un fouet
claqua dans l'air matinal, une voix cria gaiement :

« Eh! Flore! »

C'était Cabuche. Elle fut clouée au sol, arrêtée dès
son premier élan, devant la barrière même.

«. Quoi donc? continua-t-il, tu dors encore, par ce
beau soleil? Vite, que je passe avant l'express! »

En elle, un écroulement se faisait. Le coup était
manqué, les deux autres iraient à leur bonheur, sans
qu'elle trouvât rien pour les briser là. Et, tandis
qu'elle ouvrait lentement la vieille barrière à demi
pourrie, dont les ferrures grinçaient dans leur rouille,
elle cherchait furieusement un obstacle, quelque
chose qu'elle pût jeter en travers de la voie, désespérée à ce point, qu'elle s'y serait allongée elle-même, si
elle s'était crue d'os assez durs pour faire sauter la
machine hors des rails. Mais ses regards venaient de
tomber sur le fardier, l'épaisse et basse voiture,
chargée de deux blocs de pierre, que cinq vigoureux
chevaux avaient de la peine à traîner. Énormes, hauts
et larges, d'une masse géante à barrer la route, ces
blocs s'offraient à elle; et ils éveillèrent, dans ses
yeux, une brusque convoitise, un désir fou de les
prendre, de les poser là. La barrière était grande
ouverte, les cinq bêtes suantes, soufflantes, attendaient.

« Qu'as-tu, ce matin? reprit Cabuche. Tu as l'air tout drôle. »

Alors, Flore parla :

« Ma mère est morte hier soir. »

Il eut un cri de douloureuse amitié. Posant son fouet, il lui serra les mains dans les siennes.

« Oh! ma pauvre Flore! Il fallait s'y attendre depuis longtemps, mais c'est si dur tout de même!... Alors, elle est là, je veux la voir, car nous aurions fini par nous entendre, sans le malheur qui est arrivé. »

Doucement, il marcha avec elle jusqu'à la maison. Sur le seuil, pourtant, il eut un regard vers ses chevaux. D'une phrase, elle le rassura.

« Pas de danger qu'ils bougent! Et puis, l'express est loin. »

Elle mentait. De son oreille exercée, dans le frisson tiède de la campagne, elle venait d'entendre l'express quitter la station de Barentin. Encore cinq minutes, et il serait là, il déboucherait de la tranchée, à cent mètres du passage à niveau. Tandis que le carrier, debout dans la chambre de la morte, s'oubliait, songeant à Louisette, très ému, elle, restée dehors, devant la fenêtre, continuait d'écouter, au loin, le souffle régulier de la machine de plus en plus proche. Brusquement, l'idée de Misard lui vint : il devait la voir, il l'empêcherait; et elle eut un coup à la poitrine, lorsque, s'étant tournée, elle ne l'aperçut pas à son poste. De l'autre côté de la maison, elle le retrouva, qui fouillait la terre, sous la margelle du puits, n'ayant pu résister à sa folie de recherches, pris sans doute de la certitude subite que le magot était là : tout à sa passion, aveugle, sourd, il fouillait, il fouillait. Et ce fut, pour elle, l'excitation dernière. Les choses elles-mêmes le voulaient. Un des chevaux se mit à hennir, tandis que la machine, au-delà de la tranchée, soufflait très haut, en personne pressée qui accourt.

« Je vas les faire tenir tranquilles, dit Flore à Cabuche. N'aie pas peur. »

Elle s'élança, prit le premier cheval par le mors, tira, de toute sa force décuplée de lutteuse. Les chevaux se raidirent, un instant, le fardier, lourd de son énorme charge, oscilla sans démarrer ; mais, comme si elle se fût attelée elle-même, en bête de renfort, il s'ébranla, s'engagea sur la voie. Et il était en plein sur les rails, lorsque l'express, là-bas, à cent mètres, déboucha de la tranchée. Alors, pour immobiliser le fardier, de crainte qu'il ne traversât, elle retint l'attelage, dans une brusque secousse, d'un effort surhumain, dont ses membres craquèrent. Elle qui avait sa légende, dont on racontait des traits de force extraordinaires, un wagon lancé sur une pente, arrêté à la course, une charrette poussée, sauvée d'un train, elle faisait aujourd'hui cette chose, elle maintenait, de sa poigne de fer, les cinq chevaux, cabrés et hennissants dans l'instinct du péril.

Ce furent à peine dix secondes d'une terreur sans fin. Les deux pierres géantes semblaient barrer l'horizon. Avec ses cuivres clairs, ses aciers luisants, la machine glissait, arrivait de sa marche douce et foudroyante, sous la pluie d'or de la belle matinée. L'inévitable était là, rien au monde ne pouvait plus empêcher l'écrasement. Et l'attente durait.

Misard, revenu d'un bond à son poste, hurla, les bras en l'air, agitant les poings, dans la volonté folle de prévenir et d'arrêter le train. Sorti de la maison au bruit des roues et des hennissements, Cabuche s'était rué, hurlant lui aussi, pour faire avancer les bêtes. Mais Flore, qui venait de se jeter de côté, le retint, ce qui le sauva. Il croyait qu'elle n'avait pas eu la force de maîtriser ses chevaux, que c'étaient eux qui l'avaient traînée. Et il s'accusait, il sanglotait, dans un râle de terreur désespérée ; tandis qu'elle, immobile, grandie, les paupières élargies et brûlantes, regardait. Au moment même où le poitrail de la machine allait toucher les blocs, lorsqu'il lui restait un mètre peut-être à parcourir, pendant ce temps inappréciable, elle vit très nettement Jacques, la main sur le volant du changement de marche. Il s'était tourné, leurs yeux se rencontrèrent dans un regard, qu'elle trouva démesurément long.

Ce matin-là, Jacques avait souri à Séverine, quand elle était descendue sur le quai, au Havre, pour l'express, ainsi que chaque semaine. A quoi bon se gâter la vie de cauchemars? Pourquoi ne pas profiter des jours heureux, lorsqu'il s'en présentait? Tout finirait par s'arranger peut-être. Et il était résolu à goûter au moins la joie de cette journée, faisant des projets, rêvant de déjeuner avec elle au restaurant. Aussi, comme elle lui jetait un coup d'œil désolé, parce qu'il n'y avait pas de wagon de première en tête, et qu'elle était forcée de se mettre loin de lui, à la queue, avait-il voulu la consoler en lui souriant si gaiement. On arriverait toujours ensemble, on se rattraperait, là-bas, d'avoir été séparés. Même, après s'être penché pour la voir monter dans un compartiment, tout au bout, il avait poussé la belle humeur jusqu'à plaisanter le conducteur-chef, Henri Dauvergne, qu'il savait amoureux d'elle. La semaine précédente, il s'était imaginé que celui-ci s'enhardissait et qu'elle l'encourageait, par un besoin de distraction, voulant échapper à l'existence atroce qu'elle s'était faite. Roubaud le disait bien, elle finirait par coucher avec ce jeune homme, sans plaisir, dans l'unique envie de recommencer autre chose. Et Jacques avait demandé à Henri pour qui donc, la veille, caché derrière un des ormes de la cour du départ, il envoyait des baisers en l'air; ce qui avait fait éclater d'un gros rire Pecqueux, en train de charger le foyer de la Lison, fumante, prête à partir.

Du Havre à Barentin, l'express avait marché à sa

vitesse réglementaire, sans incident ; et ce fut Henri qui, le premier, du haut de sa cabine de vigie, au sortir de la tranchée, signala le fardier en travers de la voie. Le fourgon de tête se trouvait bondé de bagages, car le train, très chargé, amenait tout un arrivage de voyageurs, débarqués la veille d'un paquebot. A l'étroit, au milieu de cet entassement de malles et de valises, que faisait danser la trépidation, le conducteur-chef était debout à son bureau, classant des feuilles ; tandis que la petite bouteille d'encre, accrochée à un clou, se balançait, elle aussi, d'un mouvement continu. Après les stations où il déposait des bagages, il avait pour quatre ou cinq minutes d'écritures. Deux voyageurs étant descendus à Barentin, il venait donc de mettre ses papiers en ordre, lorsque, montant s'asseoir dans sa vigie, il donna, en arrière et en avant, selon son habitude, un coup d'œil sur la voie. Il restait là, assis dans cette guérite vitrée, toutes ses heures libres, en surveillance. Le tender lui cachait le mécanicien ; mais, grâce à son poste élevé, il voyait souvent plus loin et plus vite que celui-ci. Aussi le train tournait-il encore, dans la tranchée, qu'il aperçut, là-bas, l'obstacle. Sa surprise fut telle, qu'il douta un instant, effaré, paralysé. Il y eut quelques secondes perdues, le train filait déjà hors de la tranchée, et un grand cri montait de la machine, lorsqu'il se décida à tirer la corde de la cloche d'alarme, dont le bout pendant devant lui.

Jacques, à ce moment suprême, la main sur le volant du changement de marche, regardait sans voir, dans une minute d'absence. Il songeait à des choses confuses et lointaines, d'où l'image de Séverine elle-même s'était évanouie. Le branle fou de la cloche, le hurlement de Pecqueux, derrière lui, le réveillèrent. Pecqueux, qui avait haussé la tige du cendrier, mécontent du tirage, venait de voir, en se penchant

pour s'assurer de la vitesse. Et Jacques, d'une pâleur
de mort, vit tout, comprit tout, le fardier en travers,
la machine lancée, l'épouvantable choc, tout cela
avec une netteté si aiguë, qu'il distingua jusqu'au
grain des deux pierres, tandis qu'il avait déjà dans les
os la secousse de l'écrasement. C'était l'inévitable.
Violemment, il avait tourné le volant du changement
de marche, fermé le régulateur, serré le frein. Il
faisait machine arrière, il s'était pendu, d'une main
inconsciente, au bouton du sifflet, dans la volonté
impuissante et furieuse d'avertir, d'écarter la barri-
cade géante, là-bas. Mais, au milieu de cet affreux
sifflement de détresse qui déchirait l'air, la Lison
n'obéissait pas, allait quand même, à peine ralentie.
Elle n'était plus la docile d'autrefois, depuis qu'elle
avait perdu dans la neige sa bonne vaporisation, son
démarrage si aisé, devenue quinteuse et revêche
maintenant, en femme vieillie, dont un coup de froid
a détruit la poitrine. Elle soufflait, se cabrait sous le
frein, allait, allait toujours, dans l'entêtement alourdi
de sa masse. Pecqueux, fou de peur, sauta. Jacques,
raidi à son poste, la main droite crispée sur le
changement de marche, l'autre restée au sifflet, sans
qu'il le sût, attendait. Et la Lison, fumante, souf-
flante, dans ce rugissement aigu qui ne cessait pas,
vint taper contre le fardier, du poids énorme des
treize wagons qu'elle traînait.

  Alors, à vingt mètres d'eux, du bord de la voie où
l'épouvante les clouait, Misard et Cabuche les bras
en l'air, Flore les yeux béants, virent cette chose
effrayante : le train se dresser debout, sept wagons
monter les uns sur les autres, puis retomber avec un
abominable craquement, en une débâcle informe de
débris. Les trois premiers étaient réduits en miettes,
les quatre autres ne faisaient plus qu'une montagne,
un enchevêtrement de toitures défoncées, de roues
brisées, de portières, de chaînes, de tampons, au

milieu de morceaux de vitre [30]. Et, surtout, l'on avait
entendu le broiement de la machine contre les
pierres, un écrasement sourd terminé en un cri
d'agonie. La Lison, éventrée, culbutait à gauche, par-
dessus le fardier; tandis que les pierres, fendues,
volaient en éclats, comme sous un coup de mine, et
que, des cinq chevaux, quatre, roulés, traînés, étaient
tués net. La queue du train, six wagons encore,
intacts, s'étaient arrêtés, sans même sortir des rails.

Mais des cris montèrent, des appels dont les mots
se perdaient en hurlements inarticulés de bête.

« A moi! au secours!... Oh! mon Dieu! je meurs!
au secours! au secours! »

On n'entendait plus, on ne voyait plus. La Lison,
renversée sur les reins, le ventre ouvert, perdait sa
vapeur, par les robinets arrachés, les tuyaux crevés,
en des souffles qui grondaient, pareils à des râles
furieux de géante. Une haleine blanche en sortait,
inépuisable, roulant d'épais tourbillons au ras du sol;
pendant que, du foyer, les braises tombées, rouges
comme le sang même de ses entrailles, ajoutaient
leurs fumées noires. La cheminée, dans la violence du
choc, était entrée en terre; à l'endroit où il avait
porté, le châssis s'était rompu, faussant les deux
longerons; et, les roues en l'air, semblable à une
cavale monstrueuse, décousue par quelque formidable coup de corne, la Lison montrait ses bielles
tordues, ses cylindres cassés, ses tiroirs et leurs
excentriques écrasés, toute une affreuse plaie bâillant
au plein air, par où l'âme continuait de sortir, avec
un fracas d'enragé désespoir. Justement, près d'elle,
le cheval qui n'était pas mort, gisait lui aussi, les
deux pieds de devant emportés, perdant également
ses entrailles par une déchirure de son ventre. A sa
tête droite, raidie dans un spasme d'atroce douleur,
on le voyait râler, d'un hennissement terrible, dont

rien n'arrivait à l'oreille, au milieu du tonnerre de la machine agonisante.

Les cris s'étranglèrent, inentendus, perdus, envolés.

« Sauvez-moi! tuez-moi!... Je souffre trop, tuez-moi! tuez-moi donc! »

Dans ce tumulte assourdissant, cette fumée aveuglante, les portières des voitures restées intactes venaient de s'ouvrir, et une déroute de voyageurs se ruait au-dehors. Ils tombaient sur la voie, se ramassaient, se débattaient à coups de pied, à coups de poing. Puis, dès qu'ils sentaient la terre solide, la campagne libre devant eux, ils s'enfuyaient au galop, sautaient la haie vive, coupaient à travers champs, cédant à l'unique instinct d'être loin du danger, loin, très loin. Des femmes, des hommes, hurlant, se perdirent au fond des bois [31].

Piétinée, ses cheveux défaits et sa robe en loques, Séverine avait fini par se dégager; et elle ne fuyait pas, elle galopait vers la machine grondante, lorsqu'elle se trouva en face de Pecqueux.

« Jacques, Jacques! il est sauvé, n'est-ce pas? »

Le chauffeur, qui, par un miracle, ne s'était pas même foulé un membre, accourait lui aussi, le cœur serré d'un remords, à l'idée que son mécanicien se trouvait là-dessous. On avait tant voyagé, tant peiné ensemble, sous la continuelle fatigue des grands vents! Et leur machine, leur pauvre machine, la bonne amie si aimée de leur ménage à trois, qui était là sur le dos, à rendre tout le souffle de sa poitrine, par ses poumons crevés!

« J'ai sauté, bégaya-t-il, je ne sais rien, rien du tout... Courons, courons vite! »

Sur le quai, ils se heurtèrent contre Flore, qui les regardait venir. Elle n'avait pas bougé encore, dans la stupeur de l'acte accompli, de ce massacre qu'elle avait fait. C'était fini, c'était bien; et il n'y avait en elle que le soulagement d'un besoin, sans une pitié

pour le mal des autres, qu'elle ne voyait même pas.
Mais, lorsqu'elle reconnut Séverine, ses yeux s'agran-
dirent démesurément, une ombre d'affreuse souffrance noircit son visage pâle. Et quoi? elle vivait,
cette femme, lorsque lui certainement était mort!
Dans cette douleur aiguë de son amour assassiné, ce
coup de couteau qu'elle s'était donné en plein cœur,
elle eut la brusque conscience de l'abomination de
son crime. Elle avait fait ça, elle l'avait tué, elle avait
tué tout ce monde! Un grand cri déchira sa gorge,
elle tordait ses bras, elle courait follement.

« Jacques, oh! Jacques... Il est là, il a été lancé en
arrière, je l'ai vu... Jacques, Jacques! »

La Lison râlait moins haut, d'une plainte rauque
qui s'affaiblissait, et dans laquelle, maintenant, on
entendait croître, de plus en plus déchirante, la
clameur des blessés. Seulement, la fumée restait
épaisse, l'énorme tas de débris d'où sortaient ces voix
de torture et de terreur, semblait enveloppé d'une
poussière noire, immobile dans le soleil. Que faire?
par où commencer? comment arriver jusqu'à ces
malheureux?

« Jacques! criait toujours Flore. Je vous dis qu'il
m'a regardée et qu'il a été jeté par là, sous le tender...
Accourez donc! aidez-moi donc! »

Déjà, Cabuche et Misard venaient de relever
Henri, le conducteur-chef, qui, à la dernière seconde,
avait sauté lui aussi. Il s'était démis le pied, ils
l'assirent par terre, contre la haie, d'où, hébété, muet,
il regarda le sauvetage, sans paraître souffrir.

« Cabuche, viens donc m'aider, je te dis que
Jacques est là-dessous! »

Le carrier n'entendait pas, courait à d'autres
blessés, emportait une jeune femme dont les jambes
pendaient, cassées aux cuisses.

Et ce fut Séverine qui se précipita, à l'appel de
Flore.

« Jacques, Jacques!... Où donc? Je vous aiderai.

— C'est ça, aidez-moi, vous! »

Leurs mains se rencontrèrent, elles tiraient ensemble sur une roue brisée. Mais les doigts délicats de l'une n'arrivaient à rien, tandis que l'autre, avec sa forte poigne, abattait les obstacles.

« Attention! » dit Pecqueux, qui se mettait, lui aussi, à la besogne.

D'un mouvement brusque, il avait arrêté Séverine, au moment où elle allait marcher sur un bras, coupé à l'épaule, encore vêtu d'une manche de drap bleu. Elle eut un recul d'horreur. Pourtant, elle ne reconnaissait pas la manche : c'était un bras inconnu, roulé là, d'un corps qu'on retrouverait autre part sans doute [32]. Et elle en resta si tremblante, qu'elle en fut comme paralysée, pleurante et debout, à regarder travailler les autres, incapable seulement d'enlever les éclats de vitre, où les mains se coupaient.

Alors, le sauvetage des mourants, la recherche des morts furent pleins d'angoisse et de danger, car le feu de la machine s'était communiqué à des pièces de bois, et il fallut, pour éteindre ce commencement d'incendie, jeter de la terre à la pelle. Pendant qu'on courait à Barentin demander du secours, et qu'une dépêche partait pour Rouen, le déblaiement s'organisait le plus activement possible, tous les bras s'y mettaient, d'un grand courage. Beaucoup des fuyards étaient revenus, honteux de leur panique. Mais on avançait avec d'infinies précautions, chaque débris à enlever demandait des soins, car on craignait d'achever les malheureux ensevelis, s'il se produisait des éboulements. Des blessés émergeaient du tas, engagés jusqu'à la poitrine, serrés là comme dans un étau, et hurlant. On travailla un quart d'heure à en délivrer un, qui ne se plaignait pas, d'une pâleur de linge, disant qu'il n'avait rien, qu'il ne souffrait de rien; et, quand on l'eut sorti, il n'avait plus de jambes, il

expira tout de suite, sans avoir su ni senti cette
mutilation horrible, dans le saisissement de sa peur.
Toute une famille fut retirée d'une voiture de
seconde, où le feu s'était mis : le père et la mère
étaient blessés aux genoux, la grand-mère avait un
bras cassé; mais eux non plus ne sentaient pas leur
mal, sanglotant, appelant leur petite fille, disparue
dans l'écrasement, une blondine de trois ans à peine,
qu'on retrouva sous un lambeau de toiture, saine et
sauve, la mine amusée et souriante. Une autre fillette,
couverte de sang, celle-ci, ses pauvres petites mains
broyées, qu'on avait portée à l'écart, en attendant de
découvrir ses parents, demeurait solitaire et inconnue, si étouffée, qu'elle ne disait pas un mot, la face
seulement convulsée en un masque d'indicible terreur, dès qu'on l'approchait. On ne pouvait ouvrir les
portières dont le choc avait tordu les ferrures, il
fallait descendre dans les compartiments par les
glaces brisées. Déjà quatre cadavres étaient rangés
côte à côte, au bord de la voie. Une dizaine de
blessés, étendus par terre, près des morts, attendaient, sans un médecin pour les panser, sans un
secours. Et le déblaiement commençait à peine, on
ramassait une nouvelle victime sous chaque
décombre, le tas ne semblait pas diminuer, tout
ruisselant et palpitant de cette boucherie humaine.

« Quand je vous dis que Jacques est là-dessous!
répétait Flore, se soulageant à ce cri obstiné qu'elle
jetait sans raison, comme la plainte même de son
désespoir. Il appelle, tenez, tenez! écoutez! »

Le tender se trouvait engagé sous les wagons, qui,
montés les uns par-dessus les autres, s'étaient ensuite
écroulés sur lui; et, en effet, depuis que la machine
râlait moins haut, on entendait une grosse voix
d'homme rugir au fond de l'éboulement. A mesure
qu'on avançait, la clameur de cette voix d'agonie
devenait plus haute, d'une douleur si énorme, que les

travailleurs ne pouvaient plus la supporter, pleurant
et criant eux-mêmes. Puis, enfin, comme ils tenaient
l'homme, dont ils venaient de dégager les jambes et
qu'ils tiraient à eux, le rugissement de souffrance
cessa. L'homme était mort.

« Non, dit Flore, ce n'est pas lui. C'est plus au
fond, il est là-dessous. »

Et, de ses bras de guerrière, elle soulevait des
roues, les rejetait au loin, elle tordait le zinc des
toitures, brisait des portières, arrachait des bouts de
chaîne. Et, dès qu'elle tombait sur un mort ou sur un
blessé, elle appelait, pour qu'on l'en débarrassât, ne
voulant pas lâcher une seconde ses fouilles enragées.

Derrière elle, Cabuche, Pecqueux, Misard travail-
laient, tandis que Séverine, défaillante à rester ainsi
debout, sans rien pouvoir faire, venait de s'asseoir
sur la banquette défoncée d'un wagon. Mais Misard,
repris de son flegme, doux et indifférent, s'évitait les
grosses fatigues, aidait surtout à transporter les
corps. Et lui, ainsi que Flore, regardaient les
cadavres, comme s'ils espéraient les reconnaître, au
milieu de la cohue des milliers et des milliers de
visages, qui, en dix années, avaient défilé devant eux,
à toute vapeur, en ne leur laissant que le souvenir
confus d'une foule, apportée, emportée dans un
éclair. Non! ce n'était toujours que le flot inconnu du
monde en marche; la mort brutale, accidentelle,
restait anonyme, comme la vie pressée, dont le galop
passait là, allant à l'avenir; et ils ne pouvaient mettre
aucun nom, aucun renseignement précis, sur les têtes
labourées par l'horreur de ces misérables, tombés en
route, piétinés, écrasés, pareils à ces soldats dont les
corps comblent les trous, devant la charge d'une
armée montant à l'assaut. Pourtant, Flore crut en
retrouver un à qui elle avait parlé, le jour du train
perdu dans la neige : cet Américain, dont elle finissait
par connaître familièrement le profil, sans savoir ni

son nom, ni rien de lui et des siens. Misard le porta avec les autres morts, venus on ne savait d'où, arrêtés là en se rendant on ne savait à quel endroit.

Puis, il y eut encore un spectacle déchirant. Dans la caisse renversée d'un compartiment de première classe, on venait de découvrir un jeune ménage, des nouveaux mariés sans doute, jetés l'un contre l'autre, si malheureusement, que la femme, sous elle, écrasait l'homme, sans qu'elle pût faire un mouvement, pour le soulager. Lui, étouffait, râlait déjà ; tandis qu'elle, la bouche libre, suppliait éperdument qu'on se hâtât, épouvantée, le cœur arraché, à sentir qu'elle le tuait. Et, lorsqu'on les eut délivrés l'un et l'autre, ce fut elle qui, tout d'un coup, rendit l'âme, le flanc troué par un tampon. Et l'homme, revenu à lui, clamait de douleur, agenouillé près d'elle, dont les yeux restaient pleins de larmes.

Maintenant, il y avait douze morts, plus de trente blessés. Mais on arrivait à dégager le tender ; et Flore, de temps à autre, s'arrêtait, plongeait sa tête parmi les bois éclatés, les fers tordus, fouillant ardemment des yeux, pour voir si elle n'apercevait pas le mécanicien. Brusquement, elle jeta un grand cri.

« Je le vois, il est là-dessous... Tenez! c'est son bras, avec sa veste de laine bleue... Et il ne bouge pas, il ne souffle pas... »

Elle s'était redressée, elle jura comme un homme.

« Mais, nom de Dieu! dépêchez-vous donc, tirez-le donc de là-dessous! »

Des deux mains, elle tâchait d'arracher un plancher de voiture, que d'autres débris l'empêchaient de tirer à elle. Alors, elle courut, elle revint avec la hache qui servait, chez les Misard, à fendre le bois ; et, la brandissant, ainsi qu'un bûcheron brandit sa cognée au milieu d'une forêt de chênes, elle attaqua le plancher d'une volée furieuse. On s'était écarté, on

la laissait faire, en lui criant de prendre garde. Mais il
n'y avait plus d'autre blessé que le mécanicien, à
l'abri lui-même sous un enchevêtrement d'essieux et
de roues. D'ailleurs, elle n'écoutait pas, soulevée
dans un élan, sûr de lui, irrésistible. Elle abattait le
bois, chacun de ses coups tranchait un obstacle. Avec
ses cheveux blonds envolés, son corsage arraché qui
montrait ses bras nus, elle était comme une terrible
faucheuse s'ouvrant une trouée parmi cette destruction qu'elle avait faite. Un dernier coup, qui porta
sur un essieu, cassa en deux le fer de la hache. Et,
aidée des autres, elle écarta les roues qui avaient
protégé le jeune homme d'un écrasement certain, elle
fut la première à le saisir, à l'emporter entre ses bras.

« Jacques, Jacques!... Il respire, il vit. Ah! mon
Dieu, il vit... Je savais bien que je l'avais vu tomber
et qu'il était là! »

Séverine, éperdue, la suivait. A elles deux, elles le
déposèrent au pied de la haie, près d'Henri, qui,
stupéfié, regardait toujours, sans avoir l'air de
comprendre où il était et ce qu'on faisait autour de
lui. Pecqueux, qui s'était approché, restait debout
devant son mécanicien, bouleversé de le voir dans un
si fichu état; tandis que les deux femmes, agenouil-
lées maintenant, l'une à droite, l'autre à gauche,
soutenaient la tête du malheureux, en épiant avec
angoisse les moindres frissons de son visage.

Enfin, Jacques ouvrit les paupières. Ses regards
troubles se portèrent sur elles, tour à tour, sans qu'il
parût les reconnaître. Elles ne lui importaient pas. Mais
ses yeux ayant rencontré, à quelques mètres, la
machine qui expirait, s'effarèrent d'abord, puis se
fixèrent, vacillants d'une émotion croissante. Elle, la
Lison, il la reconnaissait bien, et elle lui rappelait tout,
les deux pierres en travers de la voie, l'abominable
secousse, ce broiement qu'il avait senti à la fois en
elle et en lui, dont lui ressuscitait, tandis qu'elle,

sûrement, allait en mourir. Elle n'était point coupable de s'être montrée rétive ; car, depuis sa maladie contractée dans la neige, il n'y avait pas de sa faute, si elle était moins alerte ; sans compter que l'âge arrive, qui alourdit les membres et durcit les jointures. Aussi lui pardonnait-il volontiers, débordé d'un gros chagrin, à la voir blessée à mort, en agonie. La pauvre Lison n'en avait plus que pour quelques minutes. Elle se refroidissait, les braises de son foyer tombaient en cendre, le souffle qui s'était échappé si violemment de ses flancs ouverts, s'achevait en une petite plainte d'enfant qui pleure. Souillée de terre et de bave, elle toujours si luisante, vautrée sur le dos, dans une mare noire de charbon, elle avait la fin tragique d'une bête de luxe qu'un accident foudroie en pleine rue. Un instant, on avait pu voir, par ses entrailles crevées, fonctionner ses organes, les pistons battre comme deux cœurs jumeaux, la vapeur circuler dans les tiroirs comme le sang de ses veines ; mais, pareilles à des bras convulsifs, les bielles n'avaient plus que des tressaillements, les révoltes dernières de la vie ; et son âme s'en allait avec la force qui la faisait vivante, cette haleine immense dont elle ne parvenait pas à se vider toute. La géante éventrée s'apaisa encore, s'endormit peu à peu d'un sommeil très doux, finit par se taire. Elle était morte. Et le tas de fer, d'acier et de cuivre, qu'elle laissait là, ce colosse broyé, avec son tronc fendu, ses membres épars, ses organes meurtris, mis au plein jour, prenait l'affreuse tristesse d'un cadavre humain, énorme, de tout un monde qui avait vécu et d'où la vie venait d'être arrachée, dans la douleur.

Alors, Jacques, ayant compris que la Lison n'était plus, referma les yeux avec le désir de mourir lui aussi, si faible d'ailleurs, qu'il croyait être emporté dans le dernier petit souffle de la machine ; et, de ses paupières closes, des larmes lentes coulaient mainte-

nant, inondant ses joues. C'en fut trop pour Pecqueux, qui était resté là, immobile, la gorge serrée.
Leur bonne amie mourait, et voilà que son mécanicien voulait la suivre. C'était donc fini, leur ménage à
trois? Finis, les voyages, où, montés sur son dos, ils
faisaient des cent lieues, sans échanger une parole,
s'entendant quand même si bien tous les trois, qu'ils
n'avaient pas besoin de faire un signe pour se
comprendre! Ah! la pauvre Lison, si douce dans sa
force, si belle quand elle luisait au soleil! Et
Pecqueux, qui pourtant n'avait pas bu, éclata en
sanglots violents, dont les hoquets secouaient son
grand corps, sans qu'il pût les retenir.

Séverine et Flore, elles aussi, se désespéraient,
inquiètes de ce nouvel évanouissement de Jacques.
La dernière courut chez elle, revint avec de l'eau-de-
vie camphrée, se mit à le frictionner, pour faire
quelque chose. Mais les deux femmes, dans leur
angoisse, étaient exaspérées encore par l'agonie
interminable du cheval qui, seul des cinq, survivait, les
deux pieds de devant emportés. Il gisait près d'elles,
il avait un hennissement continu, un cri presque
humain, si retentissant et d'une si effroyable douleur,
que deux des blessés, gagnés par la contagion,
s'étaient mis à hurler eux aussi, ainsi que des bêtes.
Jamais cri de mort n'avait déchiré l'air avec cette
plainte profonde, inoubliable, qui glaçait le sang. La
torture devenait atroce, des voix tremblantes de pitié
et de colère s'emportaient, suppliaient qu'on l'ache-
vât, ce misérable cheval qui souffrait tant, et dont
le râle sans fin, maintenant que la machine était
morte, restait comme la lamentation dernière de la
catastrophe. Alors, Pecqueux, toujours sanglotant,
ramassa la hache au fer brisé, puis, d'un seul coup en
plein crâne, l'abattit. Et, sur le champ de massacre, le
silence tomba.

Les secours, enfin, arrivaient, après deux heures

d'attente. Dans le choc de la rencontre, les voitures avaient toutes été lancées sur la gauche, de sorte que le déblaiement de la voie descendante allait pouvoir se faire en quelques heures. Un train de trois wagons, conduit par une machine-pilote, venait d'amener de Rouen le chef de cabinet du préfet, le procureur impérial, des ingénieurs et des médecins de la Compagnie, tout un flot de personnages effarés et empressés; tandis que le chef de gare de Barentin, M. Bessière, était déjà là, avec une équipe, attaquant les débris. Une agitation, un énervement extraordinaire régnait dans ce coin de pays perdu, si désert et si muet d'habitude. Les voyageurs sains et saufs gardaient, de la frénésie de leur panique, un besoin fébrile de mouvement : les uns cherchaient des voitures, terrifiés à l'idée de remonter en wagon; les autres, voyant qu'on ne trouverait pas même une brouette, s'inquiétaient déjà de savoir où ils mangeraient, où ils coucheraient; et tous réclamaient un bureau de télégraphe, plusieurs partaient à pied pour Barentin, emportant des dépêches. Pendant que les autorités, aidées de l'administration, commençaient une enquête, les médecins procédaient en hâte au pansement des blessés. Beaucoup s'étaient évanouis, au milieu de mares de sang. D'autres, sous les pinces et les aiguilles, se plaignaient d'une voix faible. Il y avait, en somme, quinze morts et trente-deux voyageurs atteints grièvement. En attendant que leur identité pût être établie, les morts étaient restés par terre, rangés le long de la haie, le visage au ciel. Seul, un petit substitut, un jeune homme blond et rose, qui faisait du zèle, s'occupait d'eux, fouillait leurs poches, pour voir si des papiers, des cartes, des lettres, ne lui permettraient pas de les étiqueter chacun d'un nom et d'une adresse. Cependant, autour de lui, un cercle béant se formait; car, bien qu'il n'y eût pas de maison, à près d'une lieue à la ronde, des curieux étaient arrivés, on ne savait d'où, une trentaine d'hommes, de femmes, d'enfants, qui gênaient, sans aider à rien. Et, la poussière noire, le voile de fumée et de vapeur qui enveloppait tout, s'étant dissipé, la radieuse matinée d'avril triomphait au-dessus du champ de massacre, baignant de la pluie douce et gaie de son clair soleil les mourants et les morts, la Lison éventrée, le désastre des décombres entassés, que déblayait l'équipe des travailleurs, pareils à des insectes réparant les ravages d'un coup de pied donné par un passant distrait, dans leur fourmilière.

Jacques était toujours évanoui, et Séverine avait arrêté un médecin au passage, suppliante. Celui-ci venait d'examiner le jeune homme, sans lui trouver aucune blessure apparente; mais il craignait des lésions intérieures, car de minces filets de sang apparaissaient aux lèvres. Ne pouvant se prononcer encore, il conseillait d'emporter le blessé au plus tôt et de l'installer dans un lit, en évitant les secousses.

Sous les mains qui le palpaient, Jacques de nouveau avait ouvert les yeux, avec un léger cri de souffrance; et, cette fois, il reconnut Séverine, il bégaya, dans son égarement :

« Emmène-moi, emmène-moi! »

Flore s'était penchée. Mais, ayant tourné la tête, il la reconnut, elle aussi. Ses regards exprimèrent une épouvante d'enfant, il se rejeta vers Séverine, dans un recul de haine et d'horreur.

« Emmène-moi, tout de suite, tout de suite! »

Alors, elle lui demanda, en le tutoyant de même, seule avec lui, car cette fille ne comptait plus :

« A la Croix-de-Maufras, veux-tu?... Si ça ne te contrarie pas, c'est là en face, nous serons chez nous. »

Et il accepta, tremblant toujours, les yeux sur l'autre.

« Où tu voudras, tout de suite! »

Immobile, Flore avait blêmi, sous ce regard d'exécration terrifiée. Ainsi, dans ce carnage d'inconnus et d'innocents, elle n'était arrivée à les tuer ni l'un ni l'autre : la femme en sortait sans une égratignure; lui, maintenant, en réchapperait peut-être; et elle n'avait de la sorte réussi qu'à les rapprocher, à les jeter ensemble, seul à seule, au fond de cette maison solitaire. Elle les y vit installés, l'amant guéri, convalescent, la maîtresse aux petits soins, payée de ses veilles par de continuelles caresses, tous les deux prolongeant loin du monde, dans une liberté absolue, cette lune de miel de la catastrophe. Un grand froid la glaçait, elle regardait les morts, elle avait tué pour rien.

A ce moment, dans ce coup d'œil jeté à la tuerie, Flore aperçut Misard et Cabuche, que des messieurs interrogeaient, la justice pour sûr. En effet, le procureur impérial et le chef du cabinet du préfet tâchaient de comprendre comment cette voiture de carrier s'était trouvée ainsi en travers de la voie. Misard soutenait qu'il n'avait pas quitté son poste, tout en ne pouvant donner aucun renseignement précis : il ne savait réellement rien, il prétendait qu'il tournait le dos, occupé à ses appareils. Quant à Cabuche, bouleversé encore, il racontait une longue histoire confuse, pourquoi il avait eu le tort de lâcher ses chevaux, désireux de voir la morte, et de quelle façon les chevaux étaient partis tout seuls, et comment la jeune fille n'avait pu les arrêter. Il s'embrouillait, recommençait, sans parvenir à se faire comprendre.

Un sauvage besoin de liberté fit battre de nouveau le sang glacé de Flore. Elle voulait être libre d'elle-même, libre de réfléchir et de prendre un parti, n'ayant jamais eu besoin de personne pour être dans le vrai chemin. A quoi bon attendre qu'on l'ennuyât avec des questions, qu'on l'arrêtât peut-être? Car, en dehors du crime, il y avait eu une faute de service, on la rendrait responsable. Cependant, elle restait, retenue là, tant que Jacques y serait lui-même.

Séverine venait de tant prier Pecqueux, que celui-ci s'était enfin procuré un brancard ; et il reparut avec un camarade, pour emporter le blessé. Le médecin avait également décidé la jeune femme à accepter chez elle le conducteur-chef, Henri, qui ne semblait souffrir que d'une commotion au cerveau, hébété. On le transporterait après l'autre.

Et, comme Séverine se penchait pour déboutonner le col de Jacques, qui le gênait, elle le baisa sur les yeux, ouvertement, voulant lui donner le courage de supporter le transport.

« N'aie pas peur, nous serons heureux. »

Souriant, il la baisa à son tour. Et ce fut, pour Flore, le déchirement suprême, ce qui l'arrachait de lui, à jamais. Il lui semblait que son sang, à elle aussi, coulait à flots, maintenant, d'une inguérissable blessure. Lorsqu'on l'emporta, elle prit la fuite. Mais, en passant devant la maison basse, elle aperçut, par les vitres de la fenêtre, la chambre de mort, avec la tache pâle de la chandelle qui brûlait dans le plein jour, près du corps de sa mère. Pendant l'accident, la morte était restée seule, la tête à demi tournée, les yeux grands ouverts, la lèvre tordue, comme si elle eût regardé se broyer et mourir tout ce monde qu'elle ne connaissait pas.

Flore galopa, tourna tout de suite au coude que faisait la route de Doinville, puis se lança à gauche, parmi les broussailles. Elle connaissait chaque recoin du pays, elle défiait bien dès lors les gendarmes de la prendre, si on les lançait à sa poursuite. Aussi cessa-t-elle brusquement de courir, continuant à petits pas, s'en allant à une cachette où elle aimait se terrer dans ses jours tristes, une excavation au-dessus du tunnel. Elle leva les yeux, vit au soleil qu'il était midi. Quand elle fut dans son trou, elle s'allongea sur la roche dure, elle resta immobile, les mains nouées derrière la nuque, à réfléchir. Alors, seulement, un vide affreux se produisit en elle, la sensation d'être morte déjà lui engourdissait peu à peu les membres. Ce n'était pas le remords d'avoir tué inutilement tout ce monde, car elle devait faire un effort pour en retrouver le regret et l'horreur. Mais, elle en était certaine maintenant, Jacques l'avait vue retenir les chevaux ; et elle venait de le comprendre, à son recul, il avait pour elle la répulsion terrifiée qu'on a pour les monstres. Jamais il n'oublierait. D'ailleurs, lorsqu'on manque les gens, il faut ne pas se manquer soi-même. Tout à l'heure, elle se tuerait. Elle n'avait aucun autre espoir, elle en sentait davantage la nécessité absolue, depuis qu'elle était là, à se calmer et à raisonner. La fatigue, un anéantissement de tout son être, l'empêchait seul de se relever pour chercher une arme et mourir. Et, cependant, du fond de l'invincible somnolence qui la prenait, montait encore l'amour de la vie, le besoin du bonheur, un rêve dernier d'être heureuse elle aussi, puisqu'elle laissait les deux autres à la félicité de vivre ensemble, libres. Pourquoi n'attendait-elle pas la nuit et ne courait-elle pas rejoindre Ozil, qui l'adorait, qui saurait bien la défendre ? Ses idées devenaient douces et confuses, elle s'endormit, d'un sommeil noir, sans rêves.

Lorsque Flore se réveilla, la nuit s'était faite, profonde. Étourdie, elle tâta autour d'elle, se souvint tout d'un coup, en sentant le roc nu, où elle était couchée. Et ce fut, comme au choc de la foudre, la nécessité implacable : il fallait mourir. Il semblait que la douceur lâche, cette défaillance devant la vie possible encore, s'en était allée avec la fatigue. Non, non ! la mort seule était bonne. Elle ne pouvait vivre dans tout ce sang, le cœur arraché, exécrée du seul homme qu'elle avait voulu et qui était à une autre. Maintenant qu'elle en avait la force, il fallait mourir.

Flore se leva, sortit du trou de roches. Elle n'hésita pas, car elle venait de trouver d'instinct où elle devait aller. D'un nouveau regard au ciel, vers les étoiles, elle sut qu'il était près de neuf heures. Comme elle arrivait à la ligne du chemin de fer, un train passa, à grande vitesse, sur la voie descendante, ce qui parut lui faire plaisir : tout irait bien, on avait évidemment déblayé cette voie, tandis que l'autre était sans doute encore obstruée, car la circulation n'y semblait pas rétablie. Dès lors, elle suivit la haie vive, au milieu du grand silence de ce pays sauvage. Rien ne pressait, il n'y aurait plus de train avant l'express de Paris, qui ne serait là qu'à neuf heures vingt-cinq ; et elle longeait toujours la haie à petits pas, dans l'ombre épaisse, très calme, comme si elle eût fait une de ses promenades habituelles, par les sentiers déserts. Pourtant, avant d'arriver au tunnel, elle franchit la haie, elle continua d'avancer sur la voie même, de son pas de flânerie, marchant à la rencontre de l'express. Il lui fallut ruser, pour n'être pas vue du gardien, ainsi qu'elle s'y prenait d'ordinaire, chaque fois qu'elle rendait visite à Ozil, là-bas, à l'autre bout. Et, dans le tunnel, elle marcha encore, toujours, toujours en avant. Mais ce n'était plus comme l'autre semaine, elle n'avait plus peur, si elle se retournait, de perdre la notion exacte du sens où elle allait. La folie du tunnel ne battait point sous son crâne, ce coup de folie où sombrent les choses, le temps et l'espace, au milieu du tonnerre des bruits et de l'écrasement de la voûte. Que lui importait ! Elle ne raisonnait pas, ne pensait même pas, n'avait qu'une résolution fixe : marcher, marcher devant elle, tant qu'elle ne rencontrerait pas le train, et marcher encore, droit au fanal, dès qu'elle le verrait flamber dans la nuit.

Flore s'étonna cependant, car elle croyait aller ainsi depuis des heures. Comme c'était loin, cette mort qu'elle voulait! L'idée qu'elle ne la trouverait pas, qu'elle cheminerait des lieues et des lieues, sans se heurter contre elle, la désespéra un moment. Ses pieds se lassaient, serait-elle donc obligée de s'asseoir, de l'attendre, couchée en travers des rails? Mais cela lui paraissait indigne, elle avait le besoin de marcher jusqu'au bout, de mourir toute droite, par un instinct de vierge et de guerrière. Et ce fut, en elle, un réveil d'énergie, une nouvelle poussée en avant, lorsqu'elle aperçut, très lointain, le fanal de l'express, pareil à une petite étoile, scintillante et unique au fond d'un ciel d'encre. Le train n'était pas encore sous la voûte, aucun bruit ne l'annonçait, il n'y avait que ce feu si vif, si gai, grandissant peu à peu. Redressée dans sa haute taille souple de statue, balancée sur ses fortes jambes, elle avançait maintenant d'un pas allongé, sans courir pourtant, comme à l'approche d'une amie, à qui elle voulait épargner un bout du chemin. Mais le train venait d'entrer dans le tunnel, l'effroyable grondement approchait, ébranlant la terre d'un souffle de tempête, tandis que l'étoile était devenue un œil énorme, toujours grandissant, jaillissant comme de l'orbite des ténèbres. Alors, sous l'empire d'un sentiment inexpliqué, peut-être pour n'être que seule à mourir, elle vida ses poches, sans cesser sa marche d'obstination héroïque, posa tout un paquet au bord de la voie, un mouchoir, des clefs, de la ficelle, deux couteaux; même elle enleva le fichu noué sur son cou, laissa son corsage dégrafé, à moitié arraché. L'œil se changeait en un brasier, en une gueule de four vomissant l'incendie, le souffle du monstre arrivait, humide et chaud déjà, dans ce roulement de tonnerre, de plus

en plus assourdissant. Et elle marchait toujours, elle
se dirigeait droit à cette fournaise, pour ne pas
manquer la machine, fascinée ainsi qu'un insecte de
nuit, qu'une flamme attire. Et, dans l'épouvantable
choc, dans l'embrassade, elle se redressa encore,
comme si, soulevée par une dernière révolte de
lutteuse, elle eût voulu étreindre le colosse, et le
terrasser. Sa tête avait porté en plein dans le fanal,
qui s'éteignit.

Ce ne fut que plus d'une heure après qu'on vint
ramasser le cadavre de Flore. Le mécanicien avait
bien vu cette grande figure pâle marcher contre la
machine, d'une étrangeté effrayante d'apparition,
sous le jet de clarté vive qui l'inondait ; et, lorsque
brusquement, la lanterne éteinte, le train s'était
trouvé dans une obscurité profonde, roulant avec son
bruit de foudre, il avait frémi, en sentant passer la
mort. Au sortir du tunnel, il s'était efforcé de crier
l'accident au gardien. Mais, à Barentin seulement, il
avait pu raconter que quelqu'un venait de se faire
couper, là-bas : c'était certainement une femme ; des
cheveux, mêlés à des débris de crâne, restaient collés
encore à la vitre brisée du fanal. Et, quand les
hommes envoyés à la recherche du corps le découvrirent, ils furent saisis de le voir si blanc, d'une
blancheur de marbre. Il gisait sur la voie montante,
projeté là par la violence du choc, la tête en bouillie,
les membres sans une égratignure, à moitié dévêtu,
d'une beauté admirable, dans la pureté et la force.
Silencieusement, les hommes l'enveloppèrent. Ils
l'avaient reconnue. Elle s'était sûrement fait tuer,
folle, pour échapper à la responsabilité terrible qui
pesait sur elle.

Dès minuit, le cadavre de Flore, dans la petite
maison basse, reposa à côté du cadavre de sa mère.
On avait mis par terre un matelas, et rallumé une
chandelle, entre elles deux. Phasie, la tête penchée

toujours, avec le rire affreux de sa bouche tordue, semblait maintenant regarder sa fille, de ses grands yeux fixes; tandis que, dans la solitude, au milieu du profond silence, on entendait de tous côtés la sourde besogne, l'effort haletant de Misard, qui s'était remis à ses fouilles. Et, aux intervalles réglementaires, les trains passaient, se croisaient sur les deux voies, la circulation venant d'être complètement rétablie. Ils passaient inexorables, avec leur toute-puissance mécanique, indifférents, ignorants de ces drames et de ces crimes. Qu'importaient les inconnus de la foule tombés en route, écrasés sous les roues! On avait emporté les morts, lavé le sang, et l'on repartait pour là-bas, à l'avenir.

XI

C'était dans la grande chambre à coucher de la
Croix-de-Maufras, la chambre tendue de damas
rouge, dont les deux hautes fenêtres donnaient sur la
ligne du chemin de fer, à quelques mètres. Du lit, un
vieux lit à colonnes, placé en face, on voyait les trains
passer. Et, depuis des années, on n'y avait pas enlevé
un objet, pas dérangé un meuble.

Séverine avait fait monter dans cette pièce Jacques
blessé, évanoui; tandis qu'on laissait Henri Dauvergne au rez-de-chaussée, dans une autre chambre à
coucher, plus petite. Elle gardait pour elle-même une
chambre voisine de celle de Jacques, dont le palier
seul la séparait. En deux heures, l'installation fut
suffisamment confortable, car la maison était restée
toute montée, il y avait jusqu'à du linge au fond des
armoires. Un tablier noué par-dessus sa robe, Séverine se trouvait changée en infirmière, après avoir
télégraphié simplement à Roubaud qu'il n'eût pas à
l'attendre, qu'elle demeurerait là sans doute quelques
jours, pour soigner des blessés, recueillis chez eux.

Et, dès le lendemain, le médecin avait cru pouvoir
répondre de Jacques, même en huit jours il comptait
le remettre sur pied : un véritable miracle, à peine de
légers désordres intérieurs. Mais il recommandait les
plus grands soins, l'immobilité la plus absolue. Aussi,
lorsque le malade ouvrit les yeux, Séverine, qui le

veillait comme un enfant, le supplia-t-elle d'être
gentil, de lui obéir en toute chose. Lui, très faible
encore, promit d'un signe de tête. Il avait toute sa
lucidité, il reconnaissait cette chambre, décrite par
elle, la nuit de ses aveux : la chambre rouge, où, dès
seize ans et demi, elle avait cédé aux violences du
président Grandmorin. C'était bien le lit qu'il occupait maintenant, c'étaient les fenêtres par lesquelles,
sans même lever la tête, il regardait filer les trains,
dans le brusque ébranlement de la maison tout
entière. Et, cette maison, il la sentait à son entour,
telle qu'il l'avait vue si souvent, lorsque lui-même
passait là, emporté sur sa machine. Il la revoyait,
plantée de biais au bord de la voie, dans sa détresse
et dans l'abandon de ses volets clos, rendue, depuis
qu'elle était à vendre, plus lamentable et plus louche
par l'immense écriteau, qui ajoutait à la mélancolie
du jardin, obstrué de ronces. Il se rappelait l'affreuse
tristesse qu'il éprouvait chaque fois, le malaise dont
elle le hantait, comme si elle se dressait à cette place
pour le malheur de son existence. Aujourd'hui,
couché dans cette chambre, si faible, il croyait
comprendre, car ce ne pouvait être que cela : il allait
sûrement y mourir.

Dès qu'elle l'avait vu en état de l'entendre,
Séverine s'était empressée de le rassurer, en lui disant
à l'oreille, pendant qu'elle remontait la couverture :

« Ne t'inquiète pas, j'ai vidé tes poches, j'ai pris la
montre. »

Il la regardait, les yeux élargis, faisant un effort de
mémoire.

« La montre... Ah! oui, la montre.

— On aurait pu te fouiller. Et je l'ai cachée parmi
des affaires à moi. N'aie pas peur. »

Il la remercia d'un serrement de main. En tournant
la tête, il avait aperçu, sur la table, le couteau, trouvé
également dans une de ses poches. Lui, seulement,

n'était pas à cacher : un couteau comme tous les autres.

Mais, le lendemain déjà, Jacques était plus fort, et il se reprit à espérer qu'il ne mourrait pas là. Il avait eu un véritable plaisir à reconnaître, près de lui, Cabuche, s'empressant, assourdissant sur le parquet ses pas lourds de colosse ; car, depuis l'accident, le carrier n'avait pas quitté Séverine, comme emporté lui aussi dans un ardent besoin de dévouement : il lâchait son travail, revenait chaque matin l'aider aux gros travaux du ménage, la servait en chien fidèle, les yeux fixés sur les siens. Ainsi qu'il le disait, c'était une rude femme, malgré son air mince. On pouvait bien faire quelque chose pour elle, qui faisait tant pour les autres. Et les deux amants s'habituaient à lui, se tutoyaient, s'embrassaient même, sans se gêner, lorsqu'il traversait la chambre discrètement, en effaçant le plus possible son grand corps.

Jacques, cependant, s'étonnait des fréquentes absences de Séverine. Le premier jour, pour obéir au médecin, elle lui avait caché la présence d'Henri, en bas, sentant bien de quelle douceur apaisante lui serait l'idée d'une absolue solitude.

« Nous sommes seuls, n'est-ce pas ?

— Oui, mon chéri, seuls, tout à fait seuls... Dors tranquille. »

Seulement, elle disparaissait à chaque minute, et dès le lendemain, il avait entendu, au rez-de-chaussée, des bruits de pas, des chuchotements. Puis, le jour suivant, ce fut toute une gaieté étouffée, des rires clairs, deux voix jeunes et fraîches qui ne cessaient point.

« Qu'y a-t-il ? qui est-ce ?... Nous ne sommes donc pas seuls ?

— Eh bien ! non, mon chéri, il y a en bas, juste sous ta chambre, un autre blessé que j'ai dû recueillir.

Ah!... Qui donc?

Henri, tu sais, le conducteur-chef?

Henri... Ah!

Et, ce matin, ses sœurs sont arrivées. Ce sont elles que tu entends, elles rient de tout... Comme il va beaucoup mieux, elles repartiront ce soir, à cause de leur père qui ne peut se passer d'elles; et Henri restera deux ou trois jours encore, pour se remettre complètement... Imagine-toi, il a sauté, lui, et rien de cassé; seulement, il était comme idiot; mais c'est revenu. »

Jacques se taisait, fixait sur elle un regard si long, qu'elle ajouta :

« Tu comprends? s'il n'était pas là, on pourrait jaser de nous deux... Tant que je ne suis pas seule avec toi, mon mari n'a rien à dire, j'ai un bon prétexte pour rester ici. Tu comprends?

— Oui, oui, c'est très bien. »

Et, jusqu'au soir, Jacques écouta les rires des petites Dauvergne, qu'il se souvenait d'avoir entendus, à Paris, monter ainsi de l'étage inférieur, dans la chambre où Séverine s'était confessée, entre ses bras. Puis, la paix se fit, il ne distingua plus que le pas léger de cette dernière, allant de lui à l'autre blessé. La porte d'en bas se refermait, la maison tombait à un silence profond. Deux fois, ayant très soif, il dut taper avec une chaise sur le plancher, pour qu'elle remontât. Et, quand elle reparaissait, elle était souriante, très empressée, expliquant qu'elle n'en finissait pas, parce qu'il fallait entretenir sur la tête d'Henri des compresses d'eau glacée.

Dès le quatrième jour, Jacques put se lever et passer deux heures dans un fauteuil, devant la fenêtre. En se penchant un peu, il apercevait l'étroit jardin, que le chemin de fer avait coupé, clos d'un mur bas, envahi d'églantiers aux fleurs pâles. Et il se rappelait la nuit où il s'était haussé, pour regarder

par-dessus le mur, il revoyait le terrain assez vaste, de
l'autre côté de la maison, fermé seulement d'une haie
vive, cette haie qu'il avait franchie, et derrière
laquelle il s'était heurté à Flore, assise au seuil de la
petite serre en ruine, en train de démêler des cordes
volées, à coups de ciseaux. Ah! l'abominable nuit,
toute pleine de l'épouvante de son mal! Cette Flore,
avec sa taille haute et souple de guerrière blonde, ses
yeux flambants, fixés droit dans les siens, l'obsédait,
depuis que le souvenir lui revenait, de plus en plus
net. D'abord, il n'avait pas ouvert la bouche de
l'accident, et personne autour de lui n'en parlait, par
prudence. Mais chaque détail se réveillait, il reconstruisait tout, il ne songeait qu'à cela, d'un effort si
continu, que, maintenant, à la fenêtre, son occupation unique était de rechercher les traces, de guetter
les acteurs de la catastrophe. Pourquoi donc ne la
voyait-il plus, elle, à son poste de garde-barrière, le
drapeau au poing? Il n'osait poser la question, cela
aggravait le malaise que lui causait cette maison
lugubre, qui lui semblait toute peuplée de spectres.

Un matin pourtant, comme Cabuche était là,
aidant Séverine, il finit par se décider.

« Et Flore, elle est malade? »

Le carrier, saisi, ne comprit pas un geste de la
jeune femme, crut qu'elle lui ordonnait de parler.

« La pauvre Flore, elle est morte! »

Jacques les regardait, frémissant, et il fallut bien
alors lui tout dire. A eux deux, ils lui contèrent le
suicide de la jeune fille, comment elle s'était fait
couper, sous le tunnel. On avait retardé l'enterrement
de la mère jusqu'au soir, pour emmener la fille en
même temps; et elles dormaient côte à côte, dans le
petit cimetière de Doinville, où elles étaient allées
rejoindre la première partie, la cadette, cette douce et
malheureuse Louisette, emportée elle aussi violemment, toute souillée de sang et de boue. Trois

misérables, de celles qui tombent en route et qu'on écrase, disparues, comme balayées par le vent terrible de ces trains qui passaient !

« Morte, mon Dieu ! répéta très bas Jacques, ma pauvre tante Phasie, et Flore, et Louisette ! »

Au nom de cette dernière, Cabuche, qui aidait Séverine à pousser le lit, leva instinctivement les yeux sur elle, troublé par le souvenir de sa tendresse d'autrefois, dans la passion naissante dont il était envahi, sans défense, en être tendre et borné, en bon chien qui se donne dès la première caresse. Mais la jeune femme, au courant de ses tragiques amours, restait grave, le regardait avec des yeux de sympathie ; et il en fut très touché ; et, sa main ayant, sans le vouloir, effleuré la sienne, en lui passant les oreillers, il suffoqua, il répondit d'une voix bégayante à Jacques qui l'interrogeait.

« On l'accusait donc d'avoir provoqué l'accident ?

— Oh ! non, non... Seulement, c'était sa faute, vous comprenez bien. »

En phrases coupées, il dit ce qu'il savait. Lui, n'avait rien vu, car il était dans la maison, quand les chevaux avaient marché, amenant le fardier en travers de la voie. C'était bien là son sourd remords, ces messieurs de la justice le lui avaient reproché durement : on ne quittait pas ses bêtes, l'effroyable malheur ne serait pas arrivé, s'il était resté avec elles. L'enquête avait donc abouti à une simple négligence de la part de Flore ; et, comme elle s'était punie elle-même, atrocement, l'affaire en demeurait là, on ne déplaçait même pas Misard, qui, de son air humble et déférent, s'était tiré d'embarras, en chargeant la morte : elle n'en faisait jamais qu'à sa tête, il devait sortir à chaque minute de son poste pour fermer la barrière. D'ailleurs, la Compagnie n'avait pu qu'établir, ce matin-là, la parfaite correction de son service ; et, en attendant qu'il se remariât, elle venait de l'autoriser à prendre avec lui, pour garder la barrière, une vieille femme du voisinage, la Ducloux, une ancienne servante d'auberge, qui vivait de gains louches, amassés autrefois.

Lorsque Cabuche quitta la chambre, Jacques retint Séverine du regard. Il était très pâle.

« Tu sais bien que c'est Flore qui a tiré les chevaux et qui a barré la voie, avec les pierres. »

Séverine blêmit à son tour.

« Chéri, qu'est-ce que tu racontes!... Tu as la fièvre, il faut te recoucher.

— Non, non, ce n'est pas un cauchemar... Tu entends? je l'ai vue, comme je te vois. Elle tenait les bêtes, elle empêchait le fardier d'avancer, avec sa poigne solide. »

Alors, la jeune femme défaillit sur une chaise, en face de lui, les jambes cassées.

« Mon Dieu! mon Dieu! ça me fait peur... C'est monstrueux, je ne vais plus en dormir.

— Parbleu! continua-t-il, la chose est claire, elle a tenté de nous tuer tous les deux, dans le tas... Depuis longtemps, elle me voulait, et elle était jalouse. Avec ça, une tête détraquée, des idées de l'autre monde... Tant de meurtres d'un coup, toute une foule dans du sang! Ah! la bougresse! »

Ses yeux s'élargissaient, un tic nerveux tirait ses lèvres; et il se tut, et ils continuèrent à se regarder, toute une grande minute. Puis, s'arrachant aux visions abominables qui s'évoquaient entre eux, il reprit à demi-voix :

« Ah! elle est morte, c'est donc ça qu'elle revient! Depuis que j'ai repris connaissance, il me semble toujours qu'elle est là. Ce matin encore, je me suis retourné, en la croyant au chevet de mon lit... Elle est morte et nous vivons. Pourvu qu'elle ne se venge pas, maintenant! »

Séverine frissonna.

« Tais-toi, tais-toi donc! Tu me rendras folle. »

Et elle sortit, Jacques l'entendit qui descendait près de l'autre blessé. Lui, resté à la fenêtre, s'oublia de nouveau à examiner la voie, la petite maison du garde-barrière, avec son grand puits, le poste de cantonnement, cette étroite baraque de planches, où Misard semblait sommeiller, dans sa régulière et monotone besogne. Ces choses l'absorbaient mainte-nant pendant des heures, comme à la recherche d'un problème qu'il ne pouvait résoudre, et dont la solution pourtant importait à son salut.

Ce Misard, il ne se lassait pas de le regarder, cet être chétif, doux et blême, continuellement secoué d'une petite toux mauvaise, et qui avait empoisonné sa femme, et qui était venu à bout de cette gaillarde, en insecte rongeur, entêté à sa passion. Sûrement, depuis des années, il n'avait pas eu d'autre idée dans la tête, de jour et de nuit, pendant les douze interminables heures de son service. A chaque tintement électrique qui lui annonçait un train, sonner de la trompe; puis, le train passé, la voie fermée, pousser un bouton pour l'annoncer au poste suivant, en pousser un autre pour rendre la voie libre au poste précédent : c'étaient là des mouvements simplement mécaniques, qui avaient fini par entrer comme des habitudes de corps dans sa vie végétative. Illettré, obtus, il ne lisait jamais, il restait les mains ballantes, les yeux perdus et vagues, entre les appels de ses appareils. Presque toujours assis dans sa guérite, il n'y prenait d'autre distraction que d'y déjeuner le plus longuement possible. Ensuite, il retombait à son hébétude, le crâne vide, sans une pensée, tourmenté surtout de terribles somnolences, s'endormant parfois les yeux ouverts. La nuit, s'il ne voulait pas succomber à cette irrésistible torpeur, il lui fallait se lever, marcher, les jambes molles, ainsi qu'un homme ivre. Et c'était ainsi que la lutte avec sa femme, ce sourd combat pour les mille francs cachés, à qui les aurait après la mort de l'autre, devait avoir été, durant des mois et des mois, l'unique réflexion, dans ce cerveau engourdi d'homme solitaire. Quand il sonnait de la trompe, quand il manœuvrait ses signaux, veillant en automate à la sécurité de tant de vies, il songeait au poison ; et, quand il attendait, les bras inertes, les yeux vacillants de sommeil, il y songeait encore. Rien au-delà : il la tuerait, il chercherait, c'était lui qui aurait l'argent.

Aujourd'hui, Jacques s'étonnait de le trouver le même. On tuait donc sans secousse, et la vie continuait. Après la fièvre des premières fouilles, Misard, en effet, venait de retomber à son flegme, d'une douceur sournoise d'être fragile qui craint les chocs. Au fond, il avait eu beau la manger, sa femme triomphait quand même ; car il restait battu, il retournait la maison, sans rien découvrir, pas un centime ; et ses regards seuls, des regards inquiets et fureteurs, disaient sa préoccupation, dans sa face terreuse. Continuellement, il revoyait les yeux grands ouverts de la morte, le rire affreux de ses lèvres, qui répétaient : « Cherche ! cherche ! » Il cherchait, il ne pouvait maintenant donner à sa cervelle une minute de repos ; sans relâche, elle travaillait, travaillait, en quête de l'endroit où le magot était enfoui, reprenant l'examen des cachettes possibles, rejetant celles qu'il avait fouillées déjà, s'allumant de fièvre dès qu'il en imaginait une nouvelle, brûlé alors d'une telle hâte qu'il lâchait tout pour y courir, inutilement : supplice intolérable à la longue, torture vengeresse, sorte d'insomnie cérébrale qui le tenait éveillé, stupide et réfléchissant malgré lui, sous le tic-tac d'horloge de l'idée fixe. Quand il soufflait dans sa trompe, une fois pour les trains descendants, deux fois pour les trains montants, il cherchait ; quand il obéissait aux sonneries, quand il poussait les boutons de ses appareils, fermant, ouvrant la voie, il cherchait ; sans cesse, il cherchait, cherchait éperdument, le jour, pendant ses longues attentes, alourdi d'oisiveté, la nuit, tourmenté de sommeil, comme exilé au bout du monde, dans le silence de la grande campagne noire. Et la Ducloux, la femme qui, à présent, gardait la barrière, travaillée du désir de se faire épouser, était aux petits soins, inquiète de ce que jamais plus il ne fermait l'œil.

Une nuit, Jacques, qui commençait à faire quelques pas dans sa chambre, s'étant levé et approché de la fenêtre, vit une lanterne aller et venir chez Misard : sûrement, l'homme cherchait. Mais, la nuit suivante, comme le convalescent guettait de nouveau, il eut l'étonnement de reconnaître Cabuche, dans une grande forme sombre, debout sur la route, sous la fenêtre de la pièce voisine, où dormait Séverine. Et cela, sans qu'il sût pourquoi, au lieu de l'irriter, l'emplit de commisération et de tristesse : un malheureux encore, cette grande brute, plantée là, ainsi qu'une bête affolée et fidèle. Vraiment, Séverine, si mince, pas belle lorsqu'on la détaillait, était donc d'un charme bien puissant, avec ses cheveux d'encre et ses pâles yeux de pervenche, pour que les sauvages eux-mêmes, les colosses bornés, eussent ainsi la chair prise, jusqu'à passer les nuits à sa porte, en petits garçons tremblants ! Il se rappela des faits, l'empressement du carrier à l'aider, les regards de servitude dont il s'offrait à elle. Oui, certainement, Cabuche l'aimait, la désirait. Et, le lendemain, l'ayant surveillé, il le vit qui ramassait furtivement une épingle à cheveux, tombée de son chignon, en faisant le lit, et qui la gardait dans son poing, pour ne pas la rendre. Jacques songeait à son propre tourment, tout ce qu'il avait souffert du désir, tout ce qui revenait en lui de trouble et d'effrayant, avec la santé.

Deux jours encore se passèrent, la semaine s'achevait, et ainsi que le médecin l'avait prévu, les blessés allaient pouvoir reprendre leur service. Un matin, le mécanicien, étant à la fenêtre, vit passer, sur une machine toute neuve, son chauffeur Pecqueux, qui le salua de la main, comme s'il l'appelait. Mais il n'avait aucune hâte, un réveil de passion le retenait là, une sorte d'attente anxieuse de ce qui devait se produire. Le jour même, en bas, il entendit de nouveau les rires frais et jeunes, une gaieté de grandes filles, emplissant la triste demeure du tapage d'un pensionnat en récréation. Il avait reconnu les petites Dauvergne. Il n'en parla point à Séverine, qui, d'ailleurs, la journée entière, s'échappa, sans pouvoir rester cinq minutes près de lui. Puis, le soir, la maison tomba à un silence de mort. Et, comme, l'air grave, un peu pâle, elle s'attardait dans sa chambre, il la regarda fixement, il lui demanda :

« Alors, il est parti, ses sœurs l'ont emmené ? »

Elle répondit d'une voix brève :

« Oui.

— Et nous sommes seuls enfin, tout à fait seuls ?

— Oui, tout à fait seuls... Demain, il faudra nous quitter, je retournerai au Havre. C'est fini, de camper dans ce désert. »

Lui, continuait à la regarder, d'un air souriant et gêné. Pourtant il se décida :

« Tu regrettes qu'il soit parti, hein ? »

Et, comme elle tressaillait, en voulant protester, il l'arrêta.

« Ce n'est pas une querelle que je te cherche. Tu vois bien que je ne suis pas jaloux. Un jour, tu m'as dit de te tuer, si tu m'étais infidèle, et, n'est-ce pas ? je n'ai point l'air d'un amant qui songe à tuer sa maîtresse... Mais, vraiment, tu ne bougeais plus d'en bas. Impossible de t'avoir à moi une minute. J'ai fini par me rappeler ce que disait ton mari, que tu coucherais un beau soir avec ce garçon, sans plaisir, uniquement pour recommencer autre chose. »

Elle avait cessé de se débattre, elle répéta à deux reprises, lentement :

« Recommencer, recommencer... »

Puis, dans un élan d'irrésistible franchise :

« Eh bìen! écoute, c'est vrai... Nous pouvons nous dire tout, nous autres. Il y a assez de choses qui nous lient... Depuis des mois, il me poursuivait, cet homme. Il savait que j'étais à toi, il pensait que ça ne me coûterait pas davantage d'être à lui. Et, quand je l'ai retrouvé en bas, il m'a parlé encore, il m'a répété qu'il m'aimait à en mourir, l'air si pénétré de reconnaissance pour les soins que je lui donnais, avec une telle douceur de tendresse, que, c'est vrai, j'ai fait un moment le rêve de l'aimer aussi, de recommencer autre chose, quelque chose de meilleur, de très doux... Oui, quelque chose sans plaisir peut-être, mais qui m'aurait calmée... »

Elle s'interrompit, hésita avant de continuer.

« Car, devant nous deux, maintenant, c'est barré, nous n'irons pas plus loin... Notre rêve de départ, cet espoir d'être riches et heureux, là-bas, en Amérique, toute cette félicité qui dépendait de toi, elle est impossible, puisque tu n'as pas pu... Oh! je ne te reproche rien, il vaut même mieux que la chose ne se soit pas faite; mais je veux te faire comprendre qu'avec toi je n'ai plus rien à attendre : demain sera comme hier, les mêmes ennuis, les mêmes tourments. »

Il la laissait parler, il ne la questionna qu'en la voyant se taire.

« Et c'est pour ça que tu as couché avec l'autre? »

Elle avait fait quelques pas dans la chambre, elle revint, haussa les épaules.

« Non, je n'ai pas couché avec lui, et je te le dis simplement, et tu me crois, j'en suis sûre, parce que

désormais nous n'avons pas à nous mentir... Non, je
n'ai pas pu, pas davantage que tu n'as pu toi-même,
pour l'autre affaire. Hein? ça t'étonne qu'une femme
ne puisse se donner à un homme, quand elle raisonne
le cas, en trouvant qu'elle y aurait intérêt. Moi-
même, je n'en pensais pas si long, ça ne m'avait
jamais coûté d'être gentille, je veux dire de faire ce
plaisir à mon mari ou à toi, quand je vous voyais
m'aimer si fort. Eh bien! je n'ai pas pu, cette fois-là.
Il m'a baisé les mains, pas même les lèvres, je te le
jure. Il m'attend à Paris, plus tard, parce que je le
voyais si malheureux, que je n'ai pas voulu le
désespérer. »

Elle avait raison, Jacques la croyait, il voyait bien
qu'elle ne mentait pas. Et il était repris d'une
angoisse, le trouble affreux de son désir grandissait, à
penser qu'il était maintenant enfermé seul avec elle,
loin du monde, dans la flamme rallumée de leur
passion. Il voulut s'échapper, il s'écria :

« Mais l'autre encore, il y en a un autre, ce
Cabuche! »

Un brusque mouvement la ramena de nouveau.

« Ah! tu t'es aperçu, tu sais cela aussi... Oui, c'est
vrai, il y a celui-là encore. Je me demande ce qu'ils
ont tous... Celui-là ne m'a jamais dit un mot. Mais je
le vois bien qui se tord les bras, quand nous nous
embrassons. Il m'entend te tutoyer, il pleure dans les
coins. Et puis, il me vole tout, des affaires à moi, des
gants, jusqu'à des mouchoirs qui disparaissent, qu'il
emporte là-bas, dans sa caverne, comme des trésors...
Seulement, tu ne vas pas t'imaginer que je suis
capable de céder à ce sauvage. Il est trop gros, il me
ferait peur. D'ailleurs, il ne demande rien... Non,
non, ces grandes brutes, quand c'est timide, ça meurt
d'amour, sans rien exiger. Tu pourrais me laisser un
mois à sa garde, il ne me toucherait pas du bout des

doigts, pas plus qu'il n'avait touché à Louisette, ça, j'en réponds aujourd'hui. »

A ce souvenir, leurs regards se rencontrèrent, un silence régna. Les choses du passé s'évoquaient, leur rencontre chez le juge d'instruction, à Rouen, puis leur premier voyage à Paris, si doux, et leurs amours, au Havre, et tout ce qui avait suivi, de bon et de terrible. Elle se rapprocha, elle était si près de lui, qu'il sentait la tiédeur de son haleine.

« Non, non, encore moins avec celui-là qu'avec l'autre. Avec personne, entends-tu, parce que je ne pourrais pas... Et veux-tu savoir pourquoi? Va, je le sens à cette heure, je suis sûre de ne pas me tromper : c'est parce que tu m'as prise tout entière. Il n'y a pas d'autre mot : oui, prise, comme on prend quelque chose des deux mains, qu'on l'emporte, qu'on en dispose à chaque minute, ainsi que d'un objet à soi. Avant toi, je n'ai été à personne. Je suis tienne et je resterai tienne, même si tu ne le veux pas, même si je ne le veux pas moi-même... Ça, je ne saurais l'expliquer. Nous nous sommes rencontrés ainsi. Avec les autres, ça me fait peur, ça me répugne; tandis que toi, tu as fait de ça un plaisir délicieux, un vrai bonheur du ciel... Ah! je n'aime que toi, je ne peux plus aimer que toi! »

Elle avançait les bras, pour l'avoir à elle, dans une étreinte, pour poser la tête à son épaule, la bouche à ses lèvres. Mais il lui avait saisi les mains, il la retenait, éperdu, terrifié de sentir l'ancien frisson remonter de ses membres, avec le sang qui lui battait le crâne. C'était la sonnerie d'oreilles, les coups de marteau, la clameur de foule de ses grandes crises d'autrefois. Depuis quelque temps, il ne pouvait plus la posséder en plein jour ni même à la clarté d'une bougie, dans la peur de devenir fou, s'il voyait. Et une lampe était là, qui les éclairait vivement tous deux; et, s'il tremblait ainsi, s'il commençait à s'enrager, ce devait être qu'il apercevait la rondeur blanche de sa gorge, par le col dégrafé de la robe de chambre.

Suppliante, brûlante, elle continua :

« Notre existence a beau être barrée, tant pis! Si je n'attends de toi rien de nouveau, si je sais que demain ramènera pour nous les mêmes ennuis et les mêmes tourments, ça m'est égal, je n'ai pas autre chose à faire que de traîner ma vie et de souffrir avec toi. Nous allons retourner au Havre, ça ira comme ça voudra, pourvu que je t'aie ainsi une heure, de temps à autre... Voici trois nuits que je ne dors plus, torturée dans ma chambre, là, de l'autre côté du palier, par le besoin de venir te rejoindre. Tu avais été si souffrant, tu me semblais si sombre, que je n'osais pas... Mais, dis, garde-moi, ce soir. Tu verras comme ce sera gentil, je me ferai toute petite, pour ne pas te gêner. Et puis, songe que c'est la dernière nuit... On est au bout de la terre, dans cette maison. Écoute, pas un souffle, pas une âme. Personne ne peut venir, nous sommes seuls, si absolument seuls, que personne ne le saurait, si nous mourions aux bras l'un de l'autre. »

Déjà, dans la fureur de son désir de possession, exalté par ses caresses, Jacques, n'ayant pas d'arme, avançait les doigts pour étrangler Séverine, lorsque, d'elle-même, elle céda à l'habitude prise, se tourna et éteignit la lampe. Alors, il l'emporta, ils se couchèrent. Ce fut une de leurs plus ardentes nuits d'amour, la meilleure, la seule où ils se sentirent confondus, disparus l'un dans l'autre. Brisés de ce bonheur, anéantis au point de ne plus sentir leur corps, ils ne s'endormirent pourtant pas, ils restèrent liés d'une étreinte. Et, comme pendant la nuit des aveux, à Paris, dans la chambre de la mère Victoire, lui l'écoutait, silencieux, tandis qu'elle, la bouche collée à son oreille, chuchotait très bas des paroles sans fin. Peut-être, ce soir-là, avait-elle sentit la mort passer sur sa nuque, avant d'éteindre la lampe. Jusqu'à ce jour, elle était demeurée souriante, inconsciente, sous la continuelle menace de meurtre, aux bras de son amant. Mais elle venait d'en avoir le petit frisson froid, et c'était cette épouvante inexpliquée qui la nouait si étroitement à cette poitrine d'homme, dans un besoin de protection. Son léger souffle était comme le don même de sa personne.

« Oh! mon chéri, si tu avais pu, que nous aurions été heureux, là-bas...! Non, non, je ne te demande plus de faire ce que tu ne peux pas faire; seulement, je regrette tant notre rêve!... J'ai eu peur, tout à l'heure. Je ne sais pas, il me semble que quelque chose me menace. C'est un enfantillage sans doute : à chaque minute, je me retourne, comme si quelqu'un était là, prêt à me frapper... Et je n'ai que toi, mon chéri, pour me défendre. Toute ma joie dépend de toi, tu es maintenant ma seule raison de vivre. »

Sans répondre, il la serra davantage, mettant dans cette pression ce qu'il ne disait point : son émotion, son désir sincère d'être bon pour elle, l'amour violent qu'elle n'avait pas cessé de lui inspirer. Et il avait encore voulu la tuer, ce soir-là; car, si elle ne s'était pas tournée, pour éteindre la lampe, il l'aurait étranglée, c'était certain. Jamais il ne guérirait, les crises revenaient au hasard des faits, sans qu'il pût même en découvrir, en discuter les causes. Ainsi, pourquoi ce soir-là, lorsqu'il la retrouvait fidèle, d'une passion élargie et confiante? Était-ce donc que plus elle l'aimait, plus il la voulait posséder, jusqu'à la détruire, dans ces ténèbres effrayantes de l'égoïsme du mâle? L'avoir comme la terre, morte!

« Dis, mon chéri, pourquoi donc ai-je peur? Sais-tu, toi, quelque chose qui me menace?

— Non, non, sois tranquille, rien ne te menace.

— C'est que tout mon corps tremble, par

moments. Il y a, derrière moi, un continuel danger, que je ne vois pas, mais que je sens bien... Pourquoi donc ai-je peur?

— Non, non, n'aie pas peur... Je t'aime, je ne laisserai personne te faire du mal... Vois, comme cela est bon, d'être ainsi, l'un dans l'autre! »

Il y eut un silence, délicieux.

« Ah! mon chéri, continua-t-elle de son petit souffle de caresse, des nuits et des nuits encore, toutes pareilles à celle-ci, des nuits sans fin où nous serions comme ça, à ne faire qu'un... Tu sais, nous vendrions cette maison, nous partirions avec l'argent, pour rejoindre en Amérique ton ami, qui t'attend toujours... Pas un jour je ne me couche, sans arranger notre vie là-bas... Et, tous les soirs, ce serait comme ce soir. Tu me prendrais, je serais à toi, nous finirions par nous endormir aux bras l'un de l'autre... Mais tu ne peux pas, je le sais. Si je t'en parle, ce n'est pas pour te faire de la peine, c'est parce que ça me sort du cœur, malgré moi. »

Une décision brusque, qu'il avait déjà prise si souvent, envahit Jacques : tuer Roubaud, pour ne pas la tuer, elle. Cette fois, comme les autres, il crut en avoir la volonté absolue, inébranlable.

« Je n'ai pas pu, murmura-t-il à son tour, mais je pourrai. Ne te l'ai-je pas promis? »

Elle protesta, faiblement.

« Non, ne promets pas, je t'en prie... Nous en sommes malades après, quand le courage t'a manqué... Et puis, c'est affreux, il ne faut pas, non, non! il ne faut pas.

— Si, tu le sais bien, il le faut, au contraire. C'est parce qu'il le faut, que j'en trouverai la force... Je voulais t'en parler, et nous allons en parler, puisque nous sommes là, seuls, tranquilles à ne pas voir nous-mêmes la couleur de nos paroles. »

Déjà, elle se résignait, soupirante, le cœur gonflé,

battant à si grands coups, qu'il le sentait battre contre son propre cœur.

« Oh! mon Dieu! tant que ça ne devait pas se faire, je le désirais... Mais, à présent que ça devient sérieux, je ne vais plus vivre. »

Et ils se turent, il y eut un nouveau silence, sous le poids lourd de cette résolution. Autour d'eux, ils sentaient le désert, la désolation de ce pays farouche. Ils avaient très chaud, les membres moites, enlacés, fondus ensemble.

Puis, comme, d'une caresse errante, il lui mettait des baisers au cou, sous le menton, ce fut elle qui reprit son léger murmure.

« Il faudrait qu'il vînt ici... Oui, je pourrais l'appeler, sous un prétexte. Je ne sais pas lequel. Nous verrons plus tard... Alors, n'est-ce pas? tu l'attendrais, tu te cacherais; et ça irait tout seul, car on est certain de n'être pas dérangé, ici... Hein? c'est ça qu'il faut faire. »

Docile, tandis que ses lèvres descendaient du menton à la gorge, il se contenta de répondre :

« Oui, oui. »

Mais, elle, très réfléchie, pesait chaque détail; et, au fur et à mesure que le plan se développait dans sa tête, elle le discutait et l'améliorait.

« Seulement, mon chéri, ce serait trop bête de ne pas prendre nos précautions. Si nous devions nous faire arrêter le lendemain, j'aimerais mieux rester comme nous sommes... Vois-tu, j'ai lu ça, je ne me rappelle plus où, dans un roman bien sûr; le mieux serait de faire croire à un suicide... Il est si drôle depuis quelque temps, si détraqué et si sombre, que ça ne surprendrait personne, d'apprendre brusquement qu'il est venu ici pour se tuer... Mais, voilà, il s'agirait de trouver le moyen, d'arranger la chose, de façon que l'idée de suicide fût acceptable... N'est-ce pas?

— Oui, sans doute. »

Elle cherchait, suffoquée un peu, parce qu'il lui ramassait la gorge sous ses lèvres, pour la baiser toute.

« Hein? quelque chose qui cacherait la trace... Dis donc, c'est une idée! Si, par exemple, il avait ça au cou, nous n'aurions qu'à le prendre et à le porter, à nous deux, là, en travers de la voie. Comprends-tu? nous lui mettrions le cou sur un rail, de manière à ce que le premier train le décapitât. On pourrait chercher ensuite, quand il aurait tout ça écrasé : plus de trou, plus rien!... Est-ce que ça va, dis?

— Oui, ça va, c'est très bien. »

Tous deux s'animaient, elle était presque gaie et fière d'avoir de l'imagination. A une caresse plus vive, elle fut parcourue d'un frémissement.

« Non, laisse-moi, attends un peu... Car, mon chéri, j'y songe, ça ne va pas encore. Si tu restes ici avec moi, le suicide quand même semblera louche. Il faut que tu partes. Entends-tu? demain, tu partiras, mais d'une façon ouverte, devant Cabuche, devant Misard, pour que ton départ soit bien établi. Tu prendras le train à Barentin, tu descendras à Rouen, sous un prétexte; puis, dès que la nuit sera tombée, tu reviendras, je te ferai entrer par-derrière. Il n'y a que quatre lieues, tu peux être de retour en moins de trois heures... Cette fois, tout est réglé. C'est fait, si tu le veux.

— Oui, je le veux, c'est fait. »

Lui-même, maintenant, réfléchissait, ne la baisait plus, inerte. Et il y eut encore un silence, pendant qu'ils demeuraient ainsi, sans bouger, aux bras l'un de l'autre, comme anéantis dans l'acte futur, arrêté, certain désormais. Puis, lentement, la sensation de leurs deux corps leur revint, et ils s'étouffaient d'une étreinte grandissante, lorsqu'elle s'arrêta, les bras dénoués.

« Eh bien! et le prétexte pour le faire venir ici? Il ne pourra toujours prendre que le train de huit heures du soir, après son service, et il n'arrivera pas avant dix heures : ça vaut mieux... Tiens! justement, cet acquéreur pour la maison, dont Misard m'a parlé, et qui doit visiter après-demain matin! Voilà, je vais télégraphier à mon mari, en me levant, que sa présence est absolument nécessaire. Il sera là demain soir. Toi, tu partiras dans l'après-midi, et tu pourras être de retour avant qu'il arrive. Il fera nuit, pas de lune, rien qui nous gêne... Tout s'arrange parfaitement.

— Oui, parfaitement. »

Et, cette fois, emportés jusqu'à l'évanouissement, ils s'aimèrent. Lorsqu'ils s'endormirent enfin, au fond du grand silence, en se tenant encore à pleins bras, il ne faisait pas jour, la pointe de l'aube commençait à blanchir les ténèbres qui les avaient cachés l'un à l'autre, comme enveloppés d'un manteau noir. Lui, jusqu'à dix heures, dormit d'un sommeil écrasé, sans un rêve; et, quand il ouvrit les yeux, il était seul, elle s'habillait dans sa chambre, de l'autre côté du palier. Une nappe de clair soleil entrait par la fenêtre, incendiant les rideaux rouges du lit, les tentures rouges des murs, tout ce rouge dont flambait la pièce; tandis que la maison tremblait du tonnerre d'un train, qui venait de passer. Ce devait être ce train qui l'avait réveillé. Ébloui, il regarda le soleil, le ruissellement rouge où il était; puis, il se souvint : c'était décidé, c'était la nuit prochaine qu'il tuerait, lorsque ce grand soleil aurait disparu.

Les choses se passèrent, ce jour-là, ainsi que les avaient arrêtées Séverine et Jacques. Elle, avant le déjeuner, pria Misard de porter à Doinville la dépêche pour son mari; et, vers trois heures, comme Cabuche était là, lui, ouvertement, fit ses préparatifs

de départ. Même, comme il partait, pour prendre à
Barentin le train de quatre heures quatorze, le carrier
l'accompagna, par désœuvrement, par le sourd
besoin qui le rapprochait de lui, heureux de retrouver
chez l'amant un peu de la femme qu'il désirait. A
Rouen, où Jacques arriva à cinq heures moins vingt,
il descendit, près de la gare, dans une auberge que
tenait une de ses payses. Le lendemain, il parlait de
voir des camarades, avant d'aller à Paris reprendre
son service. Mais il se dit très fatigué, ayant trop
présumé de ses forces ; et, dès six heures, il se retira
pour dormir, dans une chambre qu'il s'était fait
donner au rez-de-chaussée, avec une fenêtre qui
s'ouvrait sur une ruelle déserte. Dix minutes plus
tard, il était en route pour la Croix-de-Maufras,
après avoir enjambé cette fenêtre, sans être vu, en
ayant bien soin de repousser le volet, de façon à
pouvoir rentrer par là, secrètement.

Ce fut seulement à neuf heures un quart que
Jacques se retrouva devant la maison solitaire,
plantée de biais au bord de la voie, dans la détresse
de son abandon. La nuit était très noire, pas une
lueur n'éclairait la façade hermétiquement close. Et il
eut encore au cœur le choc douloureux, ce coup
d'affreuse tristesse, qui était comme le pressentiment
du malheur dont l'inévitable échéance l'attendait là.
Ainsi que cela était convenu avec Séverine, il jeta
trois petits cailloux dans le volet de la chambre
rouge ; puis, il passa derrière la maison, où une porte,
silencieusement, finit par s'ouvrir. L'ayant refermée
derrière lui, il suivit des pas légers qui montaient
l'escalier, à tâtons. Mais, en haut, à la lueur de la
grosse lampe brûlant sur le coin d'une table, quand
il aperçut le lit déjà défait, les vêtements de la jeune
femme jetés en travers d'une chaise, et elle-même en
chemise, les jambes nues, coiffée pour la nuit, avec

ses cheveux épais, noués très haut, dégageant le cou,
il resta immobile de surprise.

« Comment! tu t'es couchée?

— Sans doute, ça vaut beaucoup mieux... Une
idée qui m'est venue. Tu comprends, quand il
arrivera et que je descendrai lui ouvrir comme ça, il
se méfiera encore moins. Je lui raconterai que j'ai été
prise de migraine. Déjà Misard croit que je suis
souffrante. Ça me permettra de dire que je n'ai pas
quitté cette chambre, lorsque demain matin on le
retrouvera, lui, en bas, sur la voie. »

Mais Jacques frémissait, s'emportait.

« Non, non, habille-toi... Il faut que tu sois
debout. Tu ne peux pas rester comme ça. »

Elle s'était mise à sourire, étonnée.

« Pourquoi donc, mon chéri? Ne t'inquiète pas, je
t'assure que je n'ai pas froid du tout... Tiens! vois
donc si j'ai chaud! »

D'un mouvement câlin, elle s'approchait pour se
pendre à lui de ses bras nus, levant sa gorge ronde,
que découvrait la chemise, glissée sur une épaule. Et,
comme il se reculait, dans une irritation croissante,
elle se fit docile.

« Ne te fâche pas, je vais me refourrer dans le lit.
Tu n'auras plus peur que je prenne du mal. »

Lorsqu'elle fut recouchée, le drap au menton, il
parut en effet se calmer un peu. D'ailleurs, elle
continuait de parler d'un air tranquille, elle lui
expliquait comment elle avait arrangé les choses dans
sa tête.

« Dès qu'il frappera, je descendrai lui ouvrir.
D'abord, j'avais l'idée de le laisser monter jusqu'ici,
où tu l'aurais attendu. Mais, pour le redescendre, ça
aurait compliqué encore; et puis, dans cette chambre,
c'est du parquet, tandis que le vestibule est dallé, ce
qui me permettra de laver aisément, s'il y a des
taches... Même, en me déshabillant tout à l'heure, je

songeais à un roman, où l'auteur raconte qu'un homme, pour en tuer un autre, s'était mis tout nu. Tu comprends? on se lave après, on n'a pas sur ses vêtements une seule éclaboussure... Hein! si tu te déshabillais toi aussi, si nous enlevions nos chemises? »

Effaré, il la regarda. Mais elle avait sa figure douce, ses yeux clairs de petite fille, simplement préoccupée de la bonne conduite de l'affaire, pour la réussite. Tout cela se passait dans sa tête. Lui, à cette évocation de leurs deux nudités, sous l'éclaboussement du meurtre, était repris, secoué jusqu'aux os, du frisson abominable.

« Non, non!... Comme des sauvages, alors. Pourquoi pas lui manger le cœur? Tu le détestes donc bien? »

La face de Séverine s'était brusquement assombrie. Cette question la rejetait, de ses préparatifs de ménagère prudente, dans l'horreur de l'acte. Des larmes noyèrent ses yeux.

« J'ai trop souffert depuis quelques mois, je ne puis guère l'aimer. Cent fois, je l'ai dit : tout, plutôt que de rester avec cet homme une semaine encore. Mais, tu as raison, c'est affreux d'en venir là, il faut vraiment que nous ayons l'envie d'être heureux ensemble... Enfin, nous descendrons sans lumière. Tu te mettras derrière la porte, et quand je l'aurai ouverte et qu'il sera entré, tu feras comme tu voudras... Moi, si je m'en occupe, c'est pour t'aider, c'est pour que tu n'aies pas le souci à toi seul. J'arrange ça le mieux que je peux. »

Devant la table, il s'était arrêté, en voyant le couteau, l'arme qui avait déjà servi au mari lui-même, et qu'elle venait de mettre évidemment là, pour qu'il l'en frappât à son tour. Grand ouvert, le couteau luisait sous la lampe. Il le prit, l'examina. Elle se taisait, regardant elle aussi. Puisqu'il le tenait, il était inutile de lui en parler. Et elle ne continua que lorsqu'il l'eut reposé sur la table.

« N'est-ce pas? mon chéri, ce n'est pas moi qui te pousse. Il en est temps encore, va-t'en, si tu ne peux pas. »

Mais, d'un geste violent, il s'entêtait.

« Est-ce que tu me prends pour un lâche? Cette fois, c'est fait, c'est juré! »

A ce moment, la maison fut ébranlée par le tonnerre d'un train, qui passait en coup de foudre, si près de la chambre, qu'il semblait la traverser de son grondement; et il ajouta :

« Voici son train, le direct de Paris. Il est descendu à Barentin, il sera ici dans une demi-heure. »

Et ni Jacques ni Séverine ne parlèrent plus, un long silence régna. Là-bas, ils voyaient cet homme qui s'avançait, par les sentiers étroits, à travers la nuit noire. Lui, mécaniquement, s'était mis à marcher aussi dans la chambre, comme s'il eût compté les pas de l'autre, que chaque enjambée rapprochait un peu. Encore un, encore un; et, au dernier, il serait embusqué derrière la porte du vestibule, il lui planterait le couteau dans le cou, dès qu'il entrerait. Elle, le drap toujours au menton, couchée sur le dos, avec ses grands yeux fixes, le regardait aller et venir, l'esprit bercé par la cadence de sa marche, qui lui arrivait comme un écho des pas lointains, là-bas. Sans cesse un autre après un autre, rien ne les arrêterait plus. Quand il y en aurait assez, elle sauterait du lit, descendrait ouvrir, pieds nus, sans lumière. « C'est toi, mon ami, entre donc, je me suis couchée. » Et il ne répondrait même pas, il tomberait dans l'obscurité, la gorge ouverte.

De nouveau, un train passa, un descendant celui-ci, l'omnibus qui croisait le direct devant la Croix-de-Maufras, à cinq minutes de distance. Jacques s'était arrêté, surpris. Cinq minutes seulement! Comme ce

serait long, d'attendre une demi-heure! Un besoin de
mouvement le poussait, il se remit à aller d'un bout
de la chambre à l'autre. Il s'interrogeait déjà, inquiet,
pareil à ces mâles qu'un accident nerveux frappe
dans leur virilité : pourrait-il? Il connaissait bien, en
lui, la marche du phénomène, pour l'avoir suivie à
plus de dix reprises : d'abord, une certitude, une
résolution absolue de tuer; puis, une oppression au
creux de la poitrine, un refroidissement des pieds et
des mains; et, d'un coup, la défaillance, l'inutilité de
la volonté sur les muscles devenus inertes. Afin de
s'exciter par le raisonnement, il se répétait ce qu'il
s'était dit tant de fois : son intérêt à supprimer cet
homme, la fortune qui l'attendait en Amérique, la
possession de la femme qu'il aimait. Le pis était que,
tout à l'heure, en trouvant cette dernière demi-nue,
il avait bien cru l'affaire manquée encore; car il
cessait de s'appartenir, dès que reparaissait son
ancien frisson. Un instant, il venait de trembler
devant la tentation trop forte, elle qui s'offrait, et ce
couteau ouvert, qui était là. Mais, maintenant, il
restait solide, bandé vers l'effort. Il pourrait. Et il
continuait d'attendre l'homme, battant la chambre,
de la porte à la fenêtre, passant à chaque tour près
du lit, qu'il ne voulait point voir.

Séverine, dans ce lit, où ils s'étaient aimés pendant
les heures brûlantes et noires de la nuit précédente,
ne bougeait toujours pas. La tête immobile sur
l'oreiller, elle le suivait d'un va-et-vient du regard,
anxieuse elle aussi, agitée de la crainte que, cette
nuit-là encore, il n'osât point. En finir, recommencer,
elle ne voulait que cela, au fond de son inconscience
de femme d'amour, complaisante à l'homme, toute à
celui qui la tenait, sans cœur pour l'autre qu'elle
n'avait jamais désiré. On s'en débarrassait, puisqu'il
gênait, rien n'était plus naturel; et elle devait
réfléchir, pour s'émouvoir de l'abomination du cri-

me : dès que l'image du sang, des complications
horribles s'effaçait de nouveau, elle retombait à son
calme souriant, avec son visage d'innocence, tendre et
docile. Cependant, elle, qui croyait bien connaître
Jacques, s'étonnait. Il avait sa tête ronde de beau
garçon, ses cheveux frisés, ses moustaches très noires,
ses yeux bruns diamantés d'or, mais sa mâchoire
inférieure avançait tellement, dans une sorte de coup
de gueule, qu'il s'en trouvait défiguré. En passant
près d'elle, il venait de la regarder, comme malgré
lui, et l'éclat de ses yeux s'était terni d'une fumée
rousse, tandis qu'il se rejetait en arrière, d'un recul de
tout son corps. Qu'avait-il donc à l'éviter? Était-ce
que son courage, une fois de plus, l'abandonnait?
Depuis quelque temps, dans l'ignorance du continuel
danger de mort où elle était avec lui, elle expliquait la
peur sans cause, instinctive, qu'elle éprouvait, par le
pressentiment d'une rupture prochaine. Brusquement, elle eut la conviction que, si, tout à l'heure, il
ne pouvait frapper, il fuirait pour ne plus jamais
revenir. Alors, elle décida qu'il tuerait, qu'elle saurait
lui en donner la force, s'il en était besoin. A ce
moment, un nouveau train passait, un train de
marchandises interminable, dont la queue de wagons
semblait rouler depuis une éternité, dans le silence
lourd de la chambre. Et, soulevée sur un coude, elle
attendait que cette secousse d'ouragan se fût perdue
au loin, au fond de la campagne endormie :

« Encore un quart d'heure, dit Jacques tout haut.
Il a dépassé le bois de Bécourt, il est à moitié route.
Ah! que c'est long! »

Mais, comme il revenait vers la fenêtre, il trouva,
debout devant le lit, Séverine en chemise.

« Si nous descendions avec la lampe, expliqua-
t-elle. Tu verrais l'endroit, tu te placerais, je te
montrerais comment j'ouvrirai la porte et quel
mouvement tu auras à faire. »

Lui, tremblant, reculait.

« Non, non! pas la lampe!

— Écoute donc, nous la cacherons ensuite. Il faut pourtant se rendre compte.

— Non, non! recouche-toi! »

Elle n'obéissait pas, elle marchait sur lui, au contraire, avec le sourire invincible et despotique de la femme qui se sait toute-puissante par le désir. Quand elle le tiendrait dans ses bras, il céderait à sa chair, il ferait ce qu'elle voudrait. Et elle continuait de parler, d'une voix de caresse, pour le vaincre.

« Voyons, mon chéri, qu'as-tu? On dirait que tu as peur de moi. Dès que je m'approche, tu sembles m'éviter. Et si tu savais, en ce moment, comme j'ai besoin de m'appuyer à toi, de sentir que tu es là, que nous sommes bien d'accord, pour toujours, toujours, entends-tu! »

Elle avait fini par l'acculer à la table, et il ne pouvait la fuir davantage, il la regardait, dans la vive clarté de la lampe. Jamais il ne l'avait vue ainsi, la chemise ouverte, coiffée si haut, qu'elle était toute nue, le cou nu, les seins nus. Il étouffait, luttant, déjà emporté, étourdi par le flot de son sang, dans l'abominable frisson. Et il se souvenait que le couteau était là, derrière lui, sur la table : il le sentait, il n'avait qu'à allonger la main.

D'un effort, il parvint encore à bégayer :

« Recouche-toi, je t'en supplie. »

Mais elle ne s'y trompait pas : c'était la trop grande envie d'elle qui le faisait ainsi trembler. Elle-même en avait une sorte d'orgueil. Pourquoi lui aurait-elle obéi, puisqu'elle voulait être aimée, ce soir-là, autant qu'il pouvait l'aimer, jusqu'à en être fou? D'une souplesse câline, elle se rapprochait toujours, était sur lui.

« Dis, embrasse-moi... Embrasse-moi bien fort, comme tu m'aimes. Cela nous donnera du courage...

Ah! oui, du courage, nous en avons besoin! Il faut s'aimer autrement que les autres, plus que tous les autres, pour faire ce que nous allons faire... Embrasse-moi de tout ton cœur, de toute ton âme. »

Étranglé, il ne soufflait plus. Une clameur de foule, dans son crâne, l'empêchait d'entendre; tandis que des morsures de feu, derrière les oreilles, lui trouaient la tête, gagnaient ses bras, ses jambes, le chassaient de son propre corps, sous le galop de l'autre, la bête envahissante. Ses mains n'allaient plus être à lui, dans l'ivresse trop forte de cette nudité de femme. Les seins nus s'écrasaient contre ses vêtements, le cou nu se tendait, si blanc, si délicat, d'une irrésistible tentation; et l'odeur chaude et âpre, souveraine, achevait de le jeter à un furieux vertige, un balancement sans fin, où sombrait sa volonté, arrachée, anéantie.

« Embrasse-moi, mon chéri, pendant que nous avons une minute encore... Tu sais qu'il va être là. Maintenant, s'il a marché vite, d'une seconde à l'autre, il peut frapper... Puisque tu ne veux pas que nous descendions, rappelle-toi bien : moi, j'ouvrirai; toi, tu seras derrière la porte; et n'attends pas, tout de suite, oh! tout de suite, pour en finir... Je t'aime tant, nous serons si heureux! Lui, n'est qu'un mauvais homme qui m'a fait souffrir, qui est l'unique obstacle à notre bonheur... Embrasse-moi, oh! si fort, si fort! Embrasse-moi comme si tu me mangeais, pour qu'il ne reste plus rien de moi en dehors de toi! »

Jacques, sans se retourner, de sa main droite, tâtonnante en arrière, avait pris le couteau. Et, un instant, il resta ainsi, à le serrer dans son poing. Était-ce sa soif qui était revenue, de venger des offenses très anciennes, dont il aurait perdu l'exacte mémoire, cette rancune amassée de mâle en mâle, depuis la première tromperie au fond des cavernes? Il

fixait sur Séverine ses yeux fous, il n'avait plus que
le besoin de la jeter morte sur son dos, ainsi qu'une
proie qu'on arrache aux autres. La porte d'épouvante
s'ouvrait sur ce gouffre noir du sexe, l'amour jusque
dans la mort, détruire pour posséder davantage.

« Embrasse-moi, embrasse-moi... »

Elle renversait son visage soumis, d'une tendresse
suppliante, découvrait son cou nu, à l'attache volup-
tueuse de la gorge. Et lui, voyant cette chair blanche,
comme dans un éclat d'incendie, leva le poing, armé
du couteau. Mais elle avait aperçu l'éclair de la lame,
elle se rejeta en arrière, béante de surprise et de
terreur.

« Jacques, Jacques... Moi, mon Dieu! Pourquoi?
pourquoi? »

Les dents serrées, il ne disait pas un mot, il la
poursuivait. Une courte lutte la ramena près du lit.
Elle reculait, hagarde, sans défense, la chemise
arrachée.

« Pourquoi? mon Dieu! pourquoi? »

Et il abattit le poing, et le couteau lui cloua la
question dans la gorge. En frappant, il avait retourné
l'arme, par un effroyable besoin de la main qui se
contentait : le même coup que pour le président
Grandmorin, à la même place, avec la même rage.
Avait-elle crié? il ne le sut jamais. A cette seconde,
passait l'express de Paris, si violent, si rapide, que le
plancher en trembla; et elle était morte, comme
foudroyée dans cette tempête.

Immobile, Jacques maintenant la regardait, allongée à ses pieds, devant le lit. Le train se perdait au
loin, il la regardait dans le lourd silence de la
chambre rouge. Au milieu de ces tentures rouges, de
ces rideaux rouges, par terre, elle saignait beaucoup,
d'un flot rouge qui ruisselait entre les seins, s'épan-
dait sur le ventre, jusqu'à une cuisse, d'où il
retombait en grosses gouttes sur le parquet. La

chemise, à moitié fendue, en était trempée. Jamais il n'aurait cru qu'elle avait tant de sang. Et ce qui le retenait, hanté, c'était le masque d'abominable terreur que prenait, dans la mort, cette face de femme jolie, douce, si docile. Les cheveux noirs s'étaient dressés, un casque d'horreur, sombre comme la ñuit. Les yeux de pervenche, élargis démesurément, questionnaient encore, éperdus, terrifiés du mystère. Pourquoi, pourquoi l'avait-il assassinée? Et elle venait d'être broyée, emportée dans la fatalité du meurtre, en inconsciente que la vie avait roulée de la boue dans le sang, tendre et innocente quand même, sans qu'elle eût jamais compris.

Mais Jacques s'étonna. Il entendait un reniflement de bête, grognement de sanglier, rugissement de lion ; et il se tranquillisa, c'était lui qui soufflait. Enfin, enfin! il s'était donc contenté, il avait tué! Oui, il avait fait ça. Une joie effrénée, une jouissance énorme le soulevait, dans la pleine satisfaction de l'éternel désir. Il en éprouvait une surprise d'orgueil, un grandissement de sa souveraineté de mâle. La femme, il l'avait tuée, il la possédait, comme il désirait depuis si longtemps la posséder, tout entière, jusqu'à l'anéantir. Elle n'était plus, elle ne serait jamais plus à personne. Et un souvenir aigu lui revenait, celui de l'autre assassiné, le cadavre du président Grandmorin, qu'il avait vu, par la nuit terrible, à cinq cents mètres de là. Ce corps délicat, si blanc, rayé de rouge, c'était la même loque humaine, le pantin cassé, la chiffe molle, qu'un coup de couteau fait d'une créature. Oui, c'était ça. Il avait tué, et il y avait ça par terre. Comme l'autre, elle venait de culbuter, mais sur le dos, les jambes écartées, le bras gauche replié sous le flanc, le droit tordu, à demi arraché de l'épaule. N'était-ce pas cette nuit-là que, le cœur battant à grands coups, il s'était juré d'oser à son tour, dans un prurit de meurtre qui s'exaspérait comme une concupiscence, au spectacle de l'homme égorgé? Ah! n'être pas lâche, se satisfaire, enfoncer le couteau! Obscurément, cela avait germé, avait grandi en lui; pas une heure, depuis un an, sans qu'il eût marché vers l'inévitable; même au cou de cette femme, sous ses baisers, le sourd travail s'achevait; et les deux meurtres s'étaient rejoints, l'un n'était-il pas la logique de l'autre?

Un vacarme d'écroulement, une secousse du plancher tirèrent Jacques de la contemplation béante où il restait, en face de la morte. Les portes volaient-elles en éclat? Étaient-ce des gens pour l'arrêter? Il regarda, ne retrouva autour de lui que la solitude sourde et muette. Ah! oui, un train encore! Et cet homme qui allait frapper en bas, cet homme qu'il voulait tuer! Il l'avait oublié complètement. S'il ne regrettait rien, déjà il se jugeait imbécile. Quoi? que s'était-il passé? La femme qu'il aimait, dont il était aimé passionnément, gisait sur le parquet, la gorge ouverte; tandis que le mari, l'obstacle à son bonheur, vivait encore, avançait toujours, pas à pas, dans les ténèbres. Cet homme que, depuis des mois, épargnaient les scrupules de son éducation, les idées d'humanité lentement acquises et transmises, il n'avait pu l'attendre; et, au mépris de son intérêt, il venait d'être emporté par l'hérédité de violence, par ce besoin de meurtre qui, dans les forêts premières, jetait la bête sur la bête. Est-ce qu'on tue par raisonnement! On ne tue que sous l'impulsion du sang et des nerfs, un reste des anciennes luttes, la nécessité de vivre et la joie d'être fort. Il n'avait plus qu'une lassitude rassasiée, il s'effarait, cherchait à comprendre, sans trouver autre chose, au fond même de sa passion satisfaite, que l'étonnement et l'amère tristesse de l'irréparable. La vue de la malheureuse, qui le regardait toujours, avec son interrogation terrifiée, lui devenait atroce. Il voulut détourner les

yeux, il eut la sensation brusque qu'une autre figure
blanche se dressait au pied du lit. Était-ce donc un
dédoublement de la morte? Puis, il reconnut Flore.
Elle était revenue, pendant qu'il avait la fièvre, après
l'accident. Sans doute, elle triomphait, vengée à cette
heure. Une épouvante le glaça, il se demanda ce qu'il
faisait, à s'attarder ainsi, dans cette chambre. Il avait
tué, il était gorgé, repu, ivre de l'effroyable vin du
crime. Et il trébucha dans le couteau resté par terre,
et il s'enfuit, descendit en roulant l'escalier, ouvrit la
grande porte du perron comme si la petite porte
n'eût pas été assez large, se lança dehors, dans la nuit
d'encre, où son galop se perdit, furieux. Il ne s'était
pas retourné, la maison louche, plantée de biais au
bord de la voie, restait ouverte et désolée derrière lui,
dans son abandon de mort.

Cabuche, cette nuit-là comme les autres, avait
franchi la haie du terrain, rôdant sous la fenêtre de
Séverine. Il savait bien que Roubaud était attendu, il
ne s'étonnait pas de la lumière qui filtrait par la fente
d'un volet. Mais cet homme bondissant du perron, ce
galop enragé de bête s'éloignant dans la campagne,
venaient de le clouer de surprise. Et il n'était déjà
plus temps de se mettre à la poursuite du fuyard, le
carrier restait effaré, plein d'inquiétude et d'hésitation devant la porte ouverte, bâillant sur le grand
trou noir du vestibule. Qu'arrivait-il donc? Devait-il
entrer? Le lourd silence, l'immobilité absolue, pendant que cette lampe continuait à brûler, là-haut, lui
serraient le cœur d'une angoisse croissante.

Enfin, Cabuche se décida, monta à tâtons. Devant
la porte de la chambre, laissée ouverte elle aussi, il
s'arrêta de nouveau. Dans la clarté tranquille, il lui
semblait voir de loin un tas de jupons, devant le lit.
Sans doute Séverine était déshabillée. Doucement, il
appela, pris de trouble, les veines battant à grands
coups. Puis, il aperçut le sang, il comprit, s'élança,

avec un terrible cri qui sortait de son cœur déchiré.
Mon Dieu! c'était elle, assassinée, jetée là, dans sa
nudité pitoyable. Il crut qu'elle râlait encore, il avait
un tel désespoir, une honte si douloureuse, à la voir
agoniser toute nue, qu'il la saisit d'un élan fraternel,
à pleins bras, la souleva, la posa sur le lit, dont il
rejeta le drap, pour la couvrir. Mais, dans cette
étreinte, l'unique tendresse entre eux, il s'était couvert de sang, les deux mains, la poitrine. Il ruisselait
de son sang. Et, à cette minute, il vit que Roubaud et
Misard étaient là. Ils venaient, eux également, de se
décider à monter, en trouvant toutes les portes
ouvertes. Le mari arrivait en retard, pour s'être
arrêté à causer avec le garde-barrière, qui l'avait
ensuite accompagné, en continuant la conversation.
Tous deux, stupides, regardaient Cabuche, dont les
mains saignaient comme celles d'un boucher.

« Le même coup que pour le président », finit par
dire Misard, en examinant la blessure.

Roubaud hocha la tête sans répondre, sans pouvoir détacher ses regards de Séverine, de ce masque
d'abominable terreur, les cheveux noirs dressés sur le
front, les yeux bleus démesurément élargis, qui
demandaient pourquoi.

XII

Trois mois plus tard, par une tiède nuit de juin, Jacques conduisait l'express du Havre, parti de Paris à six heures trente. Sa nouvelle machine, la machine 608, toute neuve, dont il avait le pucelage, disait-il, et qu'il commençait à bien connaître, n'était pas commode, rétive, fantasque, ainsi que ces jeunes cavales qu'il faut dompter par l'usure, avant qu'elles se résignent au harnais. Il jurait souvent contre elle, regrettant la Lison; il devait la surveiller de près, la main toujours sur le volant du changement de marche. Mais, cette nuit-là, le ciel était d'une douceur si délicieuse, qu'il se sentait porté à l'indulgence, la laissant galoper un peu à sa fantaisie, heureux lui-même de respirer largement. Jamais il ne s'était mieux porté, sans remords, l'air soulagé, dans une grande paix heureuse.

Lui qui ne parlait jamais en route, plaisanta Pecqueux, qu'on lui avait laissé pour chauffeur.

« Quoi donc? vous ouvrez l'œil comme un homme qui n'a bu que de l'eau. »

Pecqueux, en effet, contre son habitude, semblait à jeun et très sombre. Il répondit d'une voix dure :

« Faut ouvrir l'œil, quand on veut voir clair. »

Défiant, Jacques le regarda, en homme dont la conscience n'est point nette. La semaine précédente, il s'était laissé aller aux bras de la maîtresse du

camarade, cette terrible Philomène, qui, depuis longtemps, se frottait à lui, comme une maigre chatte
amoureuse. Et il n'y avait pas eu là seulement une
minute de curiosité sensuelle, il cédait surtout au
désir de faire une expérience : était-il définitivement
guéri, maintenant qu'il avait contenté son affreux
besoin? Celle-là, pourrait-il la posséder, sans lui
planter un couteau dans la gorge? Deux fois déjà, il
l'avait eue, et rien, pas un malaise, pas un frisson. Sa
grande joie, son air apaisé et riant devait venir, même
à son insu, du bonheur de n'être plus qu'un homme
comme les autres.

Pecqueux ayant ouvert le foyer de la machine,
pour mettre du charbon, il l'arrêta.

« Non, non, ne la poussez pas trop, elle va bien. »

Alors, le chauffeur grogna de mauvaises paroles.

« Ah! ouitche! bien... Une jolie farceuse, une belle
saloperie!... Quand je pense qu'on tapait sur l'autre,
la vieille, qui était si docile!... Cette gourgandine-ci,
ça ne vaut pas un coup de pied au cul. »

Jacques, pour ne pas avoir à se fâcher, évitait de
répondre. Mais il sentait bien que l'ancien ménage à
trois n'était plus; car la bonne amitié, entre lui, le
camarade et la machine, s'en était allée, à la mort de
la Lison. Maintenant, on se querellait pour un rien,
pour un écrou trop serré, pour une pelletée de
charbon mise de travers. Et il se promettait d'être
prudent avec Philomène, ne voulant pas en arriver à
une guerre ouverte, sur cet étroit plancher mouvant
qui les emportait, lui et son chauffeur. Tant que
Pecqueux, par reconnaissance de n'être point bous-
culé, de pouvoir faire de petits sommes et d'achever
les paniers de provisions, s'était fait son chien
obéissant, dévoué jusqu'à étrangler le monde, tous
deux avaient vécu en frères, silencieux dans le danger
quotidien, n'ayant pas besoin de paroles pour s'entendre. Mais cela allait devenir un enfer, si l'on ne se

convenait plus, toujours côte à côte, secoués ensemble, pendant qu'on se mangerait. Justement, la Compagnie avait dû, la semaine précédente, séparer le mécanicien et le chauffeur de l'express de Cherbourg, parce que, désunis à cause d'une femme, le premier brutalisait le second qui n'obéissait plus : des coups, de vraies batailles en route, dans l'oubli complet de la queue de voyageurs roulant derrière eux, à toute vitesse.

Deux fois encore, Pecqueux rouvrit le foyer, y jeta du charbon, par désobéissance, cherchant une dispute sans doute ; et Jacques feignit de ne pas s'en apercevoir, l'air tout à la manœuvre, avec l'unique précaution chaque fois de tourner le volant de l'injecteur, pour diminuer la pression. Il faisait si doux, le petit vent frais de la marche était si bon, dans la chaude nuit de juillet ! A onze heures cinq, lorsque l'express arriva au Havre, les deux hommes firent la toilette de la machine d'un air de bon accord, comme autrefois.

Mais, au moment où ils quittaient le dépôt pour aller se coucher rue François-Mazeline, une voix les appela.

« On est donc bien pressé ? Entrez une minute ! »

C'était Philomène, qui, du seuil de la maison de son frère, devait guetter Jacques. Elle avait eu un mouvement de contrariété vive, en apercevant Pecqueux ; et elle ne se décidait à les héler ensemble, que pour le plaisir de causer au moins avec son nouvel ami, quitte à subir la présence de l'ancien.

« Fiche-nous la paix, hein ! gronda Pecqueux. Tu nous embêtes, nous avons sommeil.

— Est-il aimable ! reprit gaiement Philomène. Mais monsieur Jacques n'est pas comme toi, il prendrait tout de même un petit verre... N'est-ce pas, monsieur Jacques ? »

Le mécanicien allait refuser, par prudence, quand

le chauffeur, brusquement, accepta, cédant à l'idée de les guetter et de se faire une certitude. Ils entrèrent dans la cuisine, ils s'assirent devant la table, où elle avait posé des verres et une bouteille d'eau-de-vie, en reprenant à voix plus basse :

« Faut tâcher de ne pas faire trop de bruit, parce que mon frère dort, là-haut, et qu'il n'aime guère que je reçoive du monde. »

Puis, comme elle les servait, tout de suite elle ajouta :

« A propos, vous savez que la mère Lebleu est claquée, ce matin... Oh! ça, je l'avais dit : ça la tuera, si on la met dans ce logement du derrière, une vraie prison. Elle a encore duré quatre mois, à se manger le sang de ne plus rien voir que du zinc... Et ce qui l'a achevée, dès qu'il lui est devenu impossible de bouger de son fauteuil, ç'a été sûrement de ne plus pouvoir espionner mademoiselle Guichon et monsieur Daba-die, une habitude qu'elle avait prise. Oui, elle s'est enragée de n'avoir jamais rien surpris entre eux, elle en est morte. »

Philomène s'arrêta, avala une gorgée d'eau-de-vie; et, avec un rire :

« Sans doute qu'ils couchent ensemble. Seulement, ils sont si malins! Ni vu ni connu, je t'embrouille!... Je crois tout de même que la petite madame Moulin les a vus un soir. Mais pas de danger qu'elle cause, celle-là : elle est trop bête, et d'ailleurs son mari, le sous-chef... »

De nouveau, elle s'interrompit pour s'écrier :

« Dites donc, c'est la semaine prochaine que ça se juge, à Rouen, l'affaire des Roubaud. »

Jusque-là, Jacques et Pecqueux l'avaient écoutée, sans placer un mot. Le dernier la trouvait simplement bien bavarde; jamais, avec lui, elle ne faisait tant de frais de conversation; et il ne la quittait pas des yeux, peu à peu échauffé de jalousie, à la voir ainsi s'exciter devant son chef.

« Oui, répondit le mécanicien d'un air de parfaite tranquillité, j'ai reçu la citation. »

Philomène se rapprocha, heureuse de le frôler du coude.

« Moi aussi, je suis témoin... Ah! monsieur Jacques, lorsqu'on m'a interrogée à propos de vous, car vous savez qu'on a voulu connaître la vraie vérité sur vos rapports avec cette pauvre dame; oui, lorsqu'on m'a interrogée, j'ai dit au juge : « Mais, monsieur, il l'adorait, c'est impossible qu'il lui ait fait du mal! » N'est-ce pas? Je vous avais vus ensemble, moi, j'étais bien placée pour en parler.

— Oh! dit le jeune homme avec un geste d'indifférence, je n'étais pas inquiet, je pouvais donner, heure par heure, l'emploi de mon temps... Si la Compagnie m'a gardé, c'est qu'il n'y avait pas le plus petit reproche à me faire. »

Un silence régna, tous trois burent lentement.

« Ça fait frémir, reprit Philomène. Cette bête féroce, ce Cabuche qu'on a arrêté, encore tout couvert du sang de la pauvre dame! Faut-il qu'il y ait des hommes idiots! Tuer une femme parce qu'on a envie d'elle, comme si ça les avançait à quelque chose, quand la femme n'est plus là!... Et ce que je n'oublierai jamais de la vie, voyez-vous, c'est lorsque monsieur Cauche, là-bas, sur le quai, est venu arrêter aussi monsieur Roubaud. J'y étais. Vous savez que ça s'est passé huit jours après seulement, lorsque monsieur Roubaud, au lendemain de l'enterrement de sa femme, avait repris son service d'un air tranquille. Alors donc, monsieur Cauche lui a tapé sur l'épaule, en disant qu'il avait l'ordre de l'emmener en prison. Vous pensez! eux qui ne se quittaient point, qui jouaient ensemble, les nuits entières! Mais, quand on est commissaire, n'est-ce pas? on mènerait

son père et sa mère à la guillotine, puisque c'est le
métier qui veut ça. Il s'en fiche bien, monsieur
Cauche! Je l'ai encore aperçu au café du Commerce,
tantôt, qui battait les cartes, sans plus s'inquiéter de
son ami que du grand Turc! »

Pecqueux, les dents serrées, allongea un coup de
poing sur la table.

« Tonnerre de Dieu! si j'étais à la place de ce cocu
de Roubaud!... Vous couchiez avec sa femme, vous.
Un autre la lui tue. Et voilà qu'on l'envoie aux
assises... Non, c'est à crever de rage!

— Mais, grande bête, s'écria Philomène, puisqu'on l'accuse d'avoir poussé l'autre à le débarrasser
de sa femme, oui, pour des affaires d'argent, est-ce
que je sais! Il paraît qu'on a retrouvé chez Cabuche
la montre du président Grandmorin : vous vous rappelez, le monsieur qu'on a assassiné en wagon, il y a
dix-huit mois. Alors, on a raccroché ce mauvais coup
avec le mauvais coup de l'autre jour, toute une
histoire, une vraie bouteille à l'encre. Moi, je ne peux
pas vous expliquer, mais c'était sur le journal, il y en
avait bien deux colonnes. »

Distrait, Jacques ne semblait pas même écouter. Il
murmura :

« A quoi bon s'en casser la tête, est-ce que ça nous
regarde?... Si la justice ne sait pas ce qu'elle fait, ce
n'est pas nous qui le saurons. »

Puis, il ajouta, les yeux perdus au loin, les joues
envahies de pâleur :

« Dans tout cela, il n'y a que cette pauvre femme...
Ah! la pauvre, la pauvre femme!

— Moi, conclut violemment Pecqueux, moi qui en
ai une, de femme, si quelqu'un s'avisait de la toucher,
je commencerais par les étrangler tous les deux.
Après, on pourrait bien me couper le cou, ça me
serait égal. »

Il y eut un nouveau silence. Philomène, qui

remplissait une seconde fois les petits verres, affecta
de hausser les épaules, en ricanant. Mais elle était
toute bouleversée au fond, elle l'étudiait d'un regard
oblique. Il se négligeait beaucoup, très sale, en
guenilles, depuis que la mère Victoire, devenue
impotente à la suite de sa fracture, avait dû lâcher
son poste de la salubrité et se faire admettre dans un
hospice. Elle n'était plus là, tolérante et maternelle,
pour lui glisser des pièces blanches, pour le raccom-
moder, ne voulant pas que l'autre, celle du Havre,
l'accusât de tenir mal leur homme. Et Philomène,
séduite par l'air mignon et propre de Jacques, faisait
la dégoûtée.

« C'est ta femme de Paris que tu étranglerais?
demanda-t-elle par bravade. Pas de danger qu'on te
l'enlève, celle-là!

— Celle-là ou une autre! » gronda-t-il.

Mais déjà elle trinquait, d'un air de plaisanterie.

« A ta santé, tiens! Et apporte-moi ton linge, pour
que je le fasse laver et repriser, car, vraiment, tu ne
nous fais plus honneur, ni à l'une ni à l'autre... A
votre santé, monsieur Jacques! »

Comme s'il fût sorti d'un songe, Jacques tressaillit.
Dans l'absence complète de remords, dans ce soulagement, ce bien-être physique où il vivait depuis le
meurtre, Séverine passait ainsi parfois, apitoyant
jusqu'aux larmes l'homme doux qui était en lui. Et il
trinqua, en disant précipitamment, pour cacher son
trouble :

« Vous savez que nous allons avoir la guerre?

— Pas possible! s'écria Philomène. Avec qui
donc?

— Mais avec les Prussiens... Oui, à cause d'un
prince de chez eux qui veut être roi en Espagne. Hier,
à la Chambre, il n'a été question que de cette
histoire. »

Alors, elle se désola.

« Ah bien! ça va être drôle! Ils nous ont déjà assez embêtés, avec leurs élections, leur plébiscite et leurs émeutes, à Paris!... Si l'on se bat, dites, est-ce qu'on prendra tous les hommes?

— Oh! nous autres, nous sommes garés, on ne peut pas désorganiser les chemins de fer... Seulement, ce qu'on nous bousculerait, à cause du transport des troupes et des approvisionnements! Enfin, si ça arrive, il faudra bien faire son devoir. »

Et, sur ce mot, il se leva, en voyant qu'elle avait fini par glisser une de ses jambes sous les siennes, et que Pecqueux s'en apercevait, le sang au visage, serrant déjà les poings.

« Allons nous coucher, il est temps.

— Oui, ça vaudra mieux », bégaya le chauffeur.

Il avait empoigné le bras de Philomène, il le serrait à le briser. Elle retint un cri de douleur, elle se contenta de souffler à l'oreille du mécanicien, pendant que l'autre achevait rageusement son petit verre :

« Méfie-toi, c'est une vraie brute, quand il a bu. »

Mais, dans l'escalier, des pas lourds descendaient; et elle s'effara.

« Mon frère!... Filez vite, filez vite! »

Les deux hommes n'étaient pas à vingt pas de la maison, qu'ils entendirent des gifles, suivies de hurlements. Elle recevait une abominable correction, comme une petite fille prise en faute, le nez dans un pot de confitures. Le mécanicien s'était arrêté, prêt à la secourir. Mais il fut retenu par le chauffeur.

« Quoi? est-ce que ça vous regarde, vous?... Ah! la nom de Dieu de garce! s'il pouvait l'assommer! »

Rue François-Mazeline, Jacques et Pecqueux se couchèrent, sans échanger une parole. Les deux lits se touchaient presque, dans l'étroite chambre; et, longtemps, ils restèrent éveillés, les yeux ouverts, chacun à écouter la respiration de l'autre.

C'était le lundi que devaient commencer, à Rouen, les débats de l'affaire Roubaud. Il y avait là un triomphe pour le juge d'instruction Denizet, car on ne tarissait pas d'éloges, dans le monde judiciaire, sur la façon dont il venait de mener à bien cette affaire compliquée et obscure : un chef-d'œuvre de fine analyse, disait-on, une reconstitution logique de la vérité, une création véritable, en un mot.

D'abord, dès qu'il se fut transporté sur les lieux, à la Croix-de-Maufras, quelques heures après le meurtre de Séverine, M. Denizet fit arrêter Cabuche. Tout désignait ouvertement celui-ci, le sang dont il ruisselait, les dépositions accablantes de Roubaud et de Misard, qui racontaient de quelle manière ils l'avaient surpris, avec le cadavre, seul, éperdu. Interrogé, pressé de dire pourquoi et comment il se trouvait dans cette chambre, le carrier bégaya une histoire, que le juge accueillit d'un haussement d'épaules, tellement elle lui parut niaise et classique. Il l'attendait, cette histoire, toujours la même, de l'assassin imaginaire, du coupable inventé, dont le vrai coupable disait avoir entendu la fuite, au travers de la campagne noire. Ce loup-garou était loin, n'est-ce pas? s'il courait toujours. D'ailleurs, lorsqu'on lui demanda ce qu'il faisait devant la maison, à pareille heure, Cabuche se troubla, refusa de répondre, finit par déclarer qu'il se promenait. C'était enfantin, comment croire à cet inconnu mystérieux, assassinant, se sauvant, laissant toutes les portes ouvertes, sans avoir fouillé un meuble ni emporté même un mouchoir? D'où serait-il venu? Pourquoi aurait-il tué? Le juge, cependant, dès le début de son enquête, ayant su la liaison de la victime et de Jacques, s'inquiéta de l'emploi du temps de ce dernier; mais, outre que l'accusé lui-même reconnaissait avoir accompagné Jacques à Barentin, pour le train de quatre heures quatorze, l'aubergiste de Rouen jurait

ses grands dieux que le jeune homme, couché tout de
suite après son dîner, était seulement sorti de sa
chambre le lendemain, vers sept heures. Et puis, un
amant n'égorge pas sans raison une maîtresse qu'il
adore, avec laquelle il n'a jamais eu l'ombre d'une
querelle. Ce serait absurde. Non! non! il n'y avait
qu'un assassin possible, un assassin évident, le repris
de justice trouvé là, les mains rouges, le couteau à ses
pieds, cette bête brute qui faisait à la justice des
contes à dormir debout.

Mais, arrivé à ce point, malgré sa conviction,
malgré son flair qui, disait-il, le renseignait mieux
que les preuves, M. Denizet éprouva un instant
d'embarras. Dans une première perquisition, faite à
la masure du prévenu, en pleine forêt de Bécourt, on
n'avait absolument rien découvert. Le vol n'ayant pu
être établi, il fallait trouver un autre motif au crime.
Brusquement, au hasard d'un interrogatoire, Misard
le mit sur la voie, en racontant qu'il avait vu, une
nuit, Cabuche escalader le mur de la propriété, pour
regarder, par la fenêtre de la chambre, madame Roubaud qui se couchait. Questionné à son tour, Jacques
dit tranquillement ce qu'il savait, la muette adoration
du carrier, le désir ardent dont il la poursuivait,
toujours dans ses jupes, à la servir. Aucun doute
n'était donc plus permis : seule, une passion bestiale
l'avait poussé; et tout se reconstruisait très bien,
l'homme revenant par la porte dont il pouvait avoir
une clef, la laissant même ouverte dans son trouble,
puis la lutte qui avait amené le meurtre, enfin le viol
interrompu seulement par l'arrivée du mari. Pourtant, une objection dernière se présenta, car il était
singulier que l'homme, sachant cette arrivée immi-
nente, eût choisi justement l'heure où le mari pouvait
le surprendre; mais, à bien réfléchir, cela se retournait contre le prévenu, achevait de l'accabler, en
établissant qu'il devait avoir agi sous l'empire d'une

crise suprême du désir, affolé par cette pensée que, s'il ne profitait pas de la minute où Séverine était seule encore, dans cette maison isolée, jamais plus il ne l'aurait, puisqu'elle partait le lendemain. Dès ce moment, la conviction du juge fut complète, inébranlable.

Harcelé d'interrogatoires, pris et repris dans l'écheveau savant des questions, insoucieux des pièges qui lui étaient tendus, Cabuche s'obstinait à sa version première. Il passait sur la route, il respirait l'air frais de la nuit, lorsqu'un individu l'avait frôlé en galopant, et d'une telle course, au fond des ténèbres, qu'il ne pouvait même dire de quel côté il fuyait. Alors, saisi d'inquiétude, ayant jeté un coup d'œil sur la maison, il s'était aperçu que la porte en était restée grande ouverte. Et il avait fini par se décider à monter, et il avait trouvé la morte, chaude encore, qui le regardait de ses larges yeux, si bien que, pour la mettre sur le lit, la croyant vivante, il s'était empli de sang. Il ne savait que ça, il ne répétait que ça, jamais il ne variait d'un détail, ayant l'air de s'enfermer dans une histoire arrêtée d'avance. Lorsqu'on cherchait à l'en faire sortir, il s'effarait, gardait le silence, en homme borné qui ne comprenait plus. La première fois que M. Denizet l'avait interrogé sur la passion dont il brûlait pour la victime, il était devenu très rouge, ainsi qu'un tout jeune garçon à qui l'on reproche sa première tendresse ; et il avait nié, il s'était défendu d'avoir rêvé de coucher avec cette dame, comme d'une chose très vilaine, inavouable, une chose délicate et mystérieuse aussi, enfouie au plus profond de son cœur, dont il ne devait l'aveu à personne. Non, non ! il ne l'aimait pas, il ne la voulait pas, on ne le ferait jamais causer de ce qui lui semblait être une profanation, maintenant qu'elle était morte. Mais cet entêtement à ne pas convenir d'un fait que plusieurs témoins affirmaient, tournait encore contre lui. Naturellement, d'après la version de l'accusation, il avait intérêt à cacher le désir furieux où il était de cette malheureuse, qu'il devait égorger pour s'assouvir. Et, quand le juge, réunissant toutes les preuves, voulant lui arracher la vérité en frappant le coup décisif, lui avait jeté à la face ce meurtre et ce viol, il était entré dans une rage folle de protestation. Lui, la tuer pour l'avoir! lui, qui la respectait comme une sainte! Les gendarmes, rappelés, avaient dû le maintenir, tandis qu'il parlait d'étrangler toute la sacrée boutique. Un gredin des plus dangereux en somme, sournois, mais dont la violence éclatait quand même, avouant pour lui les crimes qu'il niait.

L'instruction en était là, le prévenu entrait en fureur, criait que c'était l'autre, le fuyard mystérieux, chaque fois qu'on revenait à l'assassinat, lorsque M. Denizet fit une trouvaille, qui transforma l'affaire, en décupla soudain l'importance. Comme il le disait, il flairait des vérités; aussi voulut-il, par une sorte de pressentiment, procéder lui-même à une perquisition nouvelle, dans la masure de Cabuche; et il y découvrit, simplement derrière une poutre, une cachette où se trouvaient des mouchoirs et des gants de femme, sous lesquels était une montre d'or, qu'il reconnut tout de suite, avec un grand saisissement de joie : c'était la montre du président Grandmorin, tant cherchée par lui autrefois, une forte montre aux deux initiales entrelacées, portant à l'intérieur du boîtier le chiffre de fabrication 2516. Il en reçut le coup de foudre, tout s'illumina, le passé se reliait au présent, les faits qu'il rattachait l'enchantaient par leur logique. Mais les conséquences allaient porter si loin, que, sans parler de la montre d'abord, il interrogea Cabuche sur les gants et les mouchoirs. Celui-ci, un instant, eut l'aveu aux lèvres : oui, il l'adorait, oui, il la désirait, jusqu'à baiser les robes qu'elle avait portées, jusqu'à ramasser, à voler derrière elle tout ce qui tombait de sa personne, des bouts de lacets, des agrafes, des épingles. Puis, une honte, une pudeur invincible, le fit se taire. Et, lorsque le juge, se décidant, lui mit la montre sous les yeux, il la regarda d'un air ahuri. Il se souvenait bien : cette montre, il avait eu la surprise de la trouver nouée dans le coin d'un mouchoir, pris sous un traversin, emporté chez lui comme une proie; ensuite, elle était restée là, pendant qu'il se creusait la tête, à chercher de quelle façon la rendre. Seulement, à quoi bon raconter cela? Il faudrait confesser ses autres vols, ces chiffons, ce linge qui sentait bon, dont il était si honteux. Déjà on ne croyait rien de ce qu'il disait. D'ailleurs, lui-même commençait à ne plus comprendre, tout se brouillait dans son crâne d'homme simple, il entrait en plein cauchemar. Et il ne s'emportait même plus, à l'accusation de meurtre; il restait hébété, il répétait à chaque question qu'il ne savait pas. Pour les gants et les mouchoirs, il ne savait pas. Pour la montre, il ne savait pas. On l'embêtait, on n'avait qu'à le laisser tranquille et à le guillotiner tout de suite.

M. Denizet, le lendemain, fit arrêter Roubaud. Il avait lancé le mandat, fort de sa toute-puissance, dans une de ces minutes d'inspiration où il croyait au génie de sa perspicacité, avant même d'avoir, contre le sous-chef, des charges suffisantes. Malgré de nombreuses obscurités encore, il devinait dans cet homme le pivot, la source de la double affaire; et il triompha tout de suite, lorsqu'il eut saisi la donation au dernier vivant que Roubaud et Séverine s'étaient faite devant maître Colin, notaire au Havre, huit jours après être rentrés en possession de la Croix-de-Maufras. Dès lors, l'histoire entière se reconstruisit dans son crâne, avec une certitude de raisonnement, une force d'évidence, qui donna à son échafaudage d'accusation une solidité si indestructible, que la

vérité elle-même aurait semblé moins vraie, entachée
de plus de fantaisie et d'illogisme. Roubaud était un
lâche, qui, à deux reprises, n'osant tuer lui-même,
s'était servi du bras de Cabuche, cette bête violente.
La première fois, ayant hâte d'hériter du président
Grandmorin, dont il connaissait le testament,
sachant d'autre part la rancune du carrier contre
celui-ci, il l'avait poussé à Rouen dans le coupé,
après lui avoir mis le couteau au poing. Puis, les dix
mille francs partagés, les deux complices ne se
seraient peut-être jamais revus, si le meurtre ne
devait engendrer le meurtre. Et c'était ici que le juge
avait montré cette profondeur de psychologie criminelle, qu'on admirait tant ; car il le déclarait aujour-
d'hui, jamais il n'avait cessé de surveiller Cabuche, sa
conviction était que le premier assassinat en amène-
rait mathématiquement un second. Dix-huit mois
venaient de suffire : le ménage des Roubaud s'était
gâté, le mari avait mangé les cinq mille francs au
jeu, la femme en était arrivée à prendre un amant,
pour se distraire. Sans doute elle refusait de vendre
la Croix-de-Maufras, de crainte qu'il n'en dissipât
l'argent ; peut-être, dans leurs continuelles disputes.
menaçait-elle de le livrer à la justice. En tout cas, de
nombreux témoignages établissaient l'absolue désunion des deux époux ; et là, enfin, la conséquence
lointaine du premier crime s'était produite : Cabuche
reparaissait avec ses appétits de brute, le mari dans
l'ombre lui remettait le couteau au poing, pour
s'assurer définitivement la propriété de cette maison
maudite, qui avait déjà coûté une vie humaine. Telle
était la vérité, l'aveuglante vérité, tout y aboutissait :
la montre trouvée chez le carrier, surtout les deux
cadavres, frappés du même coup à la gorge, par la
même main, avec la même arme, ce couteau ramassé
dans la chambre. Pourtant, sur ce dernier point,
l'accusation émettait un doute, la blessure du pré-

sident paraissant avoir été faite par une lame plus petite et plus tranchante.

Roubaud, d'abord, répondit par oui et par non, de l'air somnolent et alourdi qu'il avait maintenant. Il ne semblait pas étonné de son arrestation, tout lui était devenu égal, dans la lente désorganisation de son être. Pour le faire causer, on lui avait donné un gardien à demeure, avec lequel il jouait aux cartes du matin au soir ; et il était parfaitement heureux. D'ailleurs, il restait convaincu de la culpabilité de Cabuche : lui seul pouvait être l'assassin. Interrogé sur Jacques, il avait haussé les épaules en riant, montrant ainsi qu'il connaissait les rapports du mécanicien et de Séverine. Mais, lorsque M. Denizet, après l'avoir tâté, finit par développer son système, le poussant, le foudroyant de sa complicité, s'efforçant de lui arracher un aveu, dans le saisissement de se voir découvert, il était devenu très circonspect. Que lui racontait-on là ? Ce n'était plus lui, c'était le carrier qui avait tué le président, comme il avait tué Séverine ; et, les deux fois, c'était pourtant lui le coupable, puisque l'autre frappait pour son compte et à sa place. Cette aventure compliquée le stupéfiait, l'emplissait de méfiance : sûrement, on lui tendait un piège, on mentait pour le forcer à confesser sa part de meurtre, le premier crime. Dès son arrestation, il s'était bien douté que la vieille histoire repoussait. Confronté avec Cabuche, il déclara ne pas le connaître. Seulement, comme il répétait qu'il l'avait trouvé rouge de sang, sur le point de violer sa victime, le carrier s'emporta, et une scène violente, d'une confusion extrême, vint encore embrouiller les choses. Trois jours se passèrent, le juge multipliait les interrogatoires, certain que les deux complices s'entendaient pour lui jouer la comédie de leur hostilité. Roubaud, très las, avait pris le parti de ne plus répondre, lorsque, tout d'un coup, dans une minute

d'impatience, voulant en finir, cédant à un sourd
besoin qui le travaillait depuis des mois, il lâcha la
vérité, rien que la vérité, toute la vérité.

Ce jour-là, justement, M. Denizet luttait de
finesse, assis à son bureau, voilant ses yeux de ses
lourdes paupières, tandis que ses lèvres mobiles
s'amincissaient, dans un effort de sagacité. Il s'épuisait depuis une heure en ruses savantes, avec ce
prévenu épaissi, envahi d'une mauvaise graisse jaune,
qu'il jugeait d'une astuce très déliée, sous cette
pesante enveloppe. Et il crut l'avoir traqué pas à pas,
enlacé de toutes parts, pris au piège enfin, quand
l'autre, avec un geste d'homme poussé à bout, s'écria
qu'il en avait assez, qu'il préférait avouer, pour
qu'on ne le tourmentât pas davantage. Puisque,
quand même, on le voulait coupable, qu'il le fût au
moins des vraies choses qu'il avait faites. Mais, à
mesure qu'il contait l'histoire, sa femme souillée
toute jeune par Grandmorin, sa rage de jalousie en
apprenant ces ordures, et comment il avait tué, et
pourquoi il avait pris les dix mille francs, les
paupières du juge se relevaient, dans un froncement
de doute, tandis qu'une incrédulité irrésistible, l'incrédulité professionnelle, distendait sa bouche, en
une moue goguenarde. Il souriait tout à fait, lorsque
l'accusé se tut. Le gaillard était encore plus fort qu'il
ne pensait : prendre le premier meurtre pour lui, en
faire un crime purement passionnel, se laver ainsi de
toute préméditation de vol, surtout de toute complicité dans l'assassinat de Séverine, c'était certes une
manœuvre hardie, qui indiquait une intelligence, une
volonté peu communes. Seulement, cela ne tenait pas
debout.

« Voyons, Roubaud, il ne faut pas nous croire des
enfants... Vous prétendez alors que vous étiez jaloux,
ce serait dans un transport de jalousie que vous
auriez tué ?

— Certainement.

— Et, si nous admettons ce que vous racontez, vous auriez épousé votre femme, en ne sachant rien de ses rapports avec le président... Est-ce vraisemblable ? Tout au contraire prouverait, dans votre cas, la spéculation offerte, discutée, acceptée. On vous donne une jeune fille élevée comme une demoiselle, on la dote, son protecteur devient le vôtre, vous n'ignorez pas qu'il lui laisse une maison de campagne par testament, et vous prétendez que vous ne vous doutiez de rien, absolument de rien ! Allons donc, vous saviez tout, autrement votre mariage ne s'explique plus... D'ailleurs, la constatation d'un simple fait suffit à vous confondre. Vous n'êtes pas jaloux, osez dire encore que vous êtes jaloux.

— Je dis la vérité, j'ai tué dans une rage de jalousie.

— Alors, après avoir tué le président pour des rapports anciens, vagues, et que vous inventez du reste, expliquez-moi comment vous avez pu tolérer un amant à votre femme, oui, ce Jacques Lantier, un gaillard solide, celui-là ! Tout le monde m'a parlé de cette liaison, vous-même ne m'avez pas caché que vous la connaissiez... Vous les laissiez libres d'aller ensemble, pourquoi ? »

Affaissé, les yeux troubles, Roubaud regardait fixement le vide, sans trouver une explication. Il finit par bégayer :

« Je ne sais pas... J'ai tué l'autre, je n'ai pas tué celui-ci.

— Ne me dites donc plus que vous êtes un jaloux qui se venge, et je ne vous conseille pas de répéter ce roman à messieurs les jurés, car ils en hausseraient les épaules... Croyez-moi, changez de système, la vérité seule vous sauverait. »

Dès ce moment, plus Roubaud s'entêta à la dire, cette vérité, plus il fut convaincu de mensonge. Tout, d'ailleurs, tournait contre lui, à ce point que son ancien interrogatoire, lors de la première enquête, qui aurait dû appuyer sa nouvelle version, puisqu'il y avait dénoncé Cabuche, devint au contraire la preuve d'une entente extraordinairement habile entre eux. Le juge raffinait la psychologie de l'affaire, avec un véritable amour du métier. Jamais, disait-il, il n'était descendu si à fond de la nature humaine ; et c'était de la divination plus que de l'observation, car il se flattait d'être de l'école des juges voyeurs et fascinateurs, ceux qui d'un coup d'œil démontent un homme. Les preuves, du reste, ne manquaient plus, un ensemble écrasant. Désormais, l'instruction avait une base solide, la certitude éclatait éblouissante, comme la lumière du soleil.

Et ce qui accrut encore la gloire de M. Denizet, ce fut qu'il apporta la double affaire d'un bloc, après l'avoir reconstituée patiemment, dans le secret le plus profond. Depuis le succès bruyant du plébiscite, une fièvre ne cessait d'agiter le pays, pareille à ce vertige qui précède et annonce les grandes catastrophes. C'était, dans la société de cette fin d'Empire, dans la politique, dans la presse surtout, une continuelle inquiétude, une exaltation où la joie elle-même prenait une violence maladive. Aussi, lorsque après l'assassinat d'une femme, au fond de cette maison isolée de la Croix-de-Maufras, on apprit par quel coup de génie le juge d'instruction de Rouen venait d'exhumer la vieille affaire Grandmorin et de la relier au nouveau crime, y eut-il une explosion de triomphe parmi les journaux officieux. De temps à autre, en effet, reparaissaient encore, dans les feuilles de l'opposition, les plaisanteries sur l'assassin légendaire, introuvable, cette invention de la police, mise en avant pour cacher les turpitudes de certains grands personnages compromis. Et la réponse allait être décisive, l'assassin et son complice étaient

arrêtés, la mémoire du président Grandmorin sorti-
rait intacte de l'aventure. Les polémiques recommen-
cèrent, l'émotion grandit de jour en jour, à Rouen et
à Paris. En dehors de ce roman atroce qui hantait les
imaginations, on se passionnait, comme si la vérité
enfin découverte, irréfutable, devait consoler l'État.
Pendant toute une semaine, la presse déborda de
détails.

Mandé à Paris, M. Denizet se présenta rue du
Rocher, au domicile personnel du secrétaire général,
M. Camy-Lamotte. Il le trouva debout, au milieu de
son cabinet sévère, le visage amaigri, fatigué davantage; car il déclinait, envahi d'une tristesse dans son
scepticisme, comme s'il eût pressenti, sous cet éclat
d'apothéose, l'écroulement prochain du régime qu'il
servait. Depuis deux jours, il était en proie à une
lutte intérieure, ne sachant encore quel usage il ferait
de la lettre de Séverine, qu'il avait gardée, cette lettre
qui aurait ruiné tout le système de l'accusation, en
appuyant la version de Roubaud d'une preuve
irrécusable. Personne au monde ne la connaissait, il
pouvait la détruire. Mais, la veille, l'empereur lui
avait dit qu'il exigeait, cette fois, que la justice suivît
son cours, en dehors de toute influence, même si son
gouvernement devait en souffrir : un simple cri
d'honnêteté, peut-être la superstition qu'un seul acte
injuste, après l'acclamation du pays, changerait le
destin. Et, si le secrétaire général n'avait pas pour lui
de scrupules de conscience, ayant réduit les affaires
de ce monde à une simple question de mécanique, il
était troublé de l'ordre reçu, il se demandait s'il
devait aimer son maître jusqu'au point de lui
désobéir.

Tout de suite, M. Denizet triompha.

« Eh bien! mon flair ne m'avait pas trompé, c'était
ce Cabuche qui avait frappé le président... Seulement, je l'accorde, l'autre piste aussi contenait un

peu de la vérité, et je sentais moi-même que le cas de Roubaud restait louche... Enfin, nous les tenons tous les deux. »

M. Camy-Lamotte le regardait fixement, de ses yeux pâles.

« Alors, tous les faits du dossier qu'on m'a transmis sont prouvés, et votre conviction est absolue?

— Absolue, aucune hésitation possible... Tout s'enchaîne, je ne me souviens pas d'une affaire, où, malgré les apparentes complications, le crime ait suivi une marche plus logique, plus aisée à déterminer d'avance.

— Mais Roubaud proteste, prend le premier meurtre pour lui, raconte une histoire, sa femme déflorée, lui affolé de jalousie, tuant dans une crise de rage aveugle. Les feuilles de l'opposition racontent toutes cela.

— Oh! elles le racontent comme un commérage, en n'osant elles-mêmes y croire. Jaloux, ce Roubaud qui facilitait les rendez-vous de sa femme avec un amant! Ah! il peut, en pleines assises, répéter ce conte, il n'arrivera pas à soulever le scandale cherché!... S'il apportait quelque preuve encore! Mais il ne produit rien. Il parle bien de la lettre qu'il prétend avoir fait écrire à sa femme et qu'on aurait dû trouver dans les papiers de la victime... Vous, monsieur le Secrétaire général, qui avez classé ces papiers, vous l'auriez trouvée, n'est-ce pas? »

M. Camy-Lamotte ne répondit point. C'était vrai, le scandale allait être enterré enfin, avec le système du juge : personne ne croirait Roubaud, la mémoire du président serait lavée des soupçons abominables, l'Empire bénéficierait de cette réhabilitation tapageuse d'une de ses créatures. Et, d'ailleurs, puisque ce Roubaud se reconnaissait coupable, qu'importait à l'idée de justice qu'il fût condamné pour une version

ou pour l'autre! Il y avait bien Cabuche; mais, si
celui-ci n'avait pas trempé dans le premier meurtre, il
semblait être réellement l'auteur du second. Puis,
mon Dieu! la justice, quelle illusion dernière! Vouloir être juste, n'était-ce pas un leurre, quand la vérité
est si obstruée de broussailles? Il valait mieux être
sage, étayer d'un coup d'épaule cette société finis-
sante qui menaçait ruine.

« N'est-ce pas? répéta M. Denizet, vous ne l'avez
pas trouvée, cette lettre? »

De nouveau, M. Camy-Lamotte leva les yeux sur
lui; et tranquillement, seul maître de la situation,
prenant pour sa conscience le remords qui avait
inquiété l'empereur, il répondit :

« Je n'ai absolument rien trouvé. »

Ensuite, souriant, très aimable, il combla le juge
d'éloges. A peine un pli léger des lèvres indiquait-il
une invincible ironie. Jamais une instruction n'avait
été menée avec tant de pénétration; et, c'était chose
décidée en haut lieu, on l'appellerait comme conseiller à Paris, après les vacances. Il le reconduisit ainsi
jusque sur le palier.

« Vous seul avez vu clair, c'est vraiment admirable... Et, du moment que la vérité parle, il n'y a
rien qui la puisse arrêter, ni l'intérêt des personnes, ni
même la raison d'État... Marchez, que l'affaire suive
son cours, quelles qu'en soient les conséquences.

— Le devoir de la magistrature est là tout entier »,
conclut M. Denizet, qui salua et partit, rayonnant.

Lorsqu'il fut seul, M. Camy-Lamotte alluma
d'abord une bougie; puis, il alla prendre, dans le
tiroir où il l'avait classée, la lettre de Séverine. La
bougie brûlait très haute, il déplia la lettre, voulut en
relire les deux lignes; et le souvenir s'évoqua de cette
criminelle délicate, aux yeux de pervenche, qui l'avait
remué jadis d'une si tendre sympathie. Maintenant,
elle était morte, il la revoyait tragique. Qui savait le

secret qu'elle avait dû emporter ? Certes, oui, une illusion, la vérité, la justice ! Il ne restait pour lui, de cette femme inconnue et charmante, que le désir d'une minute dont elle l'avait effleuré et qu'il n'avait pas satisfait. Et, comme il approchait la lettre de la bougie, et qu'elle flambait, il fut pris d'une grande tristesse, d'un pressentiment de malheur : à quoi bon détruire cette preuve, charger sa conscience de cette action, si le destin était que l'Empire fût balayé, ainsi que la pincée de cendre noire, tombée de ses doigts ?

En moins d'une semaine, M. Denizet termina l'instruction. Il trouvait dans la Compagnie de l'Ouest une bonne volonté extrême, tous les documents désirables, tous les témoignages utiles ; car elle aussi souhaitait vivement d'en finir, avec cette déplorable histoire d'un de ses employés, qui, remontant à travers les rouages compliqués de son organisme, avait failli ébranler jusqu'à son conseil d'administration. Il fallait au plus vite couper le membre gangrené. Aussi, de nouveau, défilèrent dans le cabinet du juge le personnel de la gare du Havre, M. Dabadie, Moulin et les autres, qui donnèrent des détails désastreux sur la mauvaise conduite de Roubaud ; puis, le chef de gare de Barentin, M. Bessière, ainsi que plusieurs employés de Rouen, dont les dépositions avaient une importance décisive, relativement au premier meurtre ; puis, M. Vandorpe, le chef de gare de Paris, le stationnaire Misard et le conducteur-chef Henri Dauvergne, ces deux derniers très affirmatifs sur les complaisances conjugales du prévenu. Même Henri, que Séverine avait soigné à la Croix-de-Maufras, racontait qu'un soir, affaibli encore, il croyait avoir entendu les voix de Roubaud et de Cabuche se concertant devant sa fenêtre ; ce qui expliquait bien des choses et renversait le système des deux accusés, lesquels prétendaient ne pas se connaître. Dans tout le personnel de la Compagnie, un cri de réprobation s'était élevé, on plaignait les malheureuses victimes, cette pauvre jeune femme dont la faute avait tant d'excuses, ce vieillard si honorable, aujourd'hui lavé des vilaines histoires qui couraient sur son compte.

Mais le nouveau procès avait surtout réveillé des passions vives dans la famille Grandmorin, et de ce côté, si M. Denizet trouvait encore une aide puissante, il dut batailler pour sauvegarder l'intégrité de son instruction. Les Lachesnaye chantaient victoire, car ils avaient toujours affirmé la culpabilité de Roubaud, exaspérés du legs de la Croix-de-Maufras, saignant d'avarice. Aussi, dans le retour de l'affaire, ne voyaient-ils qu'une occasion d'attaquer le testament ; et, comme il n'existait qu'un moyen d'obtenir la révocation du legs, celui de frapper Séverine de la déchéance d'ingratitude, ils acceptaient en partie la version de Roubaud, la femme complice, l'aidant à tuer, non point pour se venger d'une infamie imaginaire, mais pour le voler ; de sorte que le juge entra en conflit avec eux, avec Berthe surtout, très âpre contre l'assassinée, son ancienne amie, qu'elle chargeait abominablement, et que lui défendait, s'échauffant, s'emportant, dès qu'on touchait à son chef-d'œuvre, cet édifice de logique, si bien construit, comme il le déclarait lui-même d'un air d'orgueil, que, si l'on en déplaçait une seule pièce, tout croulait. Il y eut, à ce propos, dans son cabinet, une scène très vive entre les Lachesnaye et madame Bonnehon. Celle-ci, favorable aux Roubaud jadis, avait dû abandonner le mari ; mais elle continuait de soutenir la femme, par une sorte de complicité tendre, très tolérante au charme et à l'amour, toute bouleversée de ce romanesque tragique, éclaboussé de sang. Elle fut très nette, pleine du dédain de l'argent. Sa nièce n'avait-elle pas honte de revenir sur cette question de l'héritage ? Séverine coupable, n'étaient-ce pas les

prétendus aveux de Roubaud à accepter entièrement,
la mémoire du président salie de nouveau? La vérité,
si l'instruction ne l'avait pas si ingénieusement établie,
il aurait fallu l'inventer, pour l'honneur de la famille.
Et elle parla avec un peu d'amertume de la société de
Rouen, où l'affaire faisait tant de bruit, cette société
sur laquelle elle ne régnait plus, maintenant que l'âge
venait et qu'elle perdait jusqu'à son opulente beauté
blonde de déesse vieillie. Oui, la veille encore, chez
madame Leboucq, la femme du conseiller, cette
grande brune élégante qui la détrônait, on avait
chuchoté les anecdotes gaillardes, l'aventure de Louisette, tout ce qu'inventait la malignité publique. A ce
moment, M. Denizet étant intervenu, pour lui
apprendre que M. Leboucq siégerait comme assesseur aux prochaines assises, les Lachesnaye se turent,
ayant l'air de céder, pris d'inquiétude. Mais
madame Bonnehon les rassura, certaine que la justice
ferait son devoir : les assises seraient présidées par
son vieil ami, M. Desbazeilles, à qui ses rhumatismes
ne permettaient que le souvenir, et le second assesseur devait être M. Chaumette, le père du jeune
substitut qu'elle protégeait. Elle était donc tranquille,
bien qu'un mélancolique sourire eût paru sur ses
lèvres, en nommant le dernier, dont on voyait depuis
quelque temps le fils chez madame Leboucq, où elle
l'envoyait elle-même, pour ne pas entraver son
avenir.

Lorsque le fameux procès vint enfin, le bruit d'une
guerre prochaine, l'agitation qui gagnait la France
entière, nuisirent beaucoup au retentissement des
débats. Rouen n'en passa pas moins trois jours dans
la·fièvre, on s'écrasait aux portes de la salle, les
places réservées étaient envahies par des dames de la
ville. Jamais l'ancien palais des ducs de Normandie
n'avait vu une telle affluence de monde, depuis son
aménagement en palais de justice. C'était aux der-

niers jours de juin, des après-midi chauds et ensoleil-
lés, dont la clarté vive allumait les vitraux des dix
fenêtres, inondant de lumière les boiseries de chêne,
le calvaire de pierre blanche qui se détachait au fond
sur la tenture rouge semée d'abeilles, le célèbre
plafond du temps de Louis XII, avec ses compartiments de bois sculptés et dorés, d'un vieil or très
doux. On étouffait déjà, avant que l'audience fût
ouverte. Des femmes se haussaient pour voir, sur la
table des pièces à conviction, la montre de Grandmorin, la chemise tachée de sang de Séverine et le
couteau qui avait servi aux deux meurtres. Le
défenseur de Cabuche, un avocat venu de Paris, était
également très regardé. Aux bancs du jury, s'ali-
gnaient douze Rouennais, sanglés dans des redin-
gotes noires, épais et graves. Et, lorsque la cour
entra, il se produisit une telle poussée, dans le public
debout, que le président, tout de suite, dut menacer
de faire évacuer la salle.

Enfin, les débats étaient ouverts, les jurés prêtèrent
serment, et l'appel des témoins agita de nouveau la
foule d'un frémissement de curiosité : aux noms de
madame Bonnehon et de M. de Lachesnaye, les têtes
ondulèrent ; mais Jacques, surtout, passionna les
dames, qui le suivirent des yeux. D'ailleurs, depuis
que les accusés étaient là, chacun entre deux gendarmes, des regards ne les quittaient pas, des
appréciations s'échangeaient. On leur trouvait l'air
féroce et bas, deux bandits. Roubaud, avec son
veston de couleur sombre, cravaté en monsieur qui se
néglige, surprenait par son air vieilli, sa face hébétée
et crevant de graisse. Quant à Cabuche, il était bien
tel qu'on se l'imaginait, vêtu d'une longue blouse
bleue, le type même de l'assassin, des poings
énormes, des mâchoires de carnassier, enfin un de ces
gaillards qu'il ne fait pas bon rencontrer au coin d'un
bois. Et les interrogatoires confirmèrent cette mau-

vaise impression, certaines réponses soulevèrent de violents murmures. A toutes les questions du président, Cabuche répondit qu'il ne savait pas : il ne savait pas comment la montre était chez lui, il ne savait pas pourquoi il avait laissé fuir le véritable assassin; et il s'en tenait à son histoire de cet inconnu mystérieux, dont il disait avoir entendu le galop au fond des ténèbres. Puis, interrogé sur sa passion bestiale pour sa malheureuse victime, il s'était mis à bégayer, dans une si brusque et si violente colère, que les deux gendarmes l'avaient empoigné par les bras : non, non! il ne l'aimait point, il ne la désirait point, c'étaient des menteries, il aurait cru la salir, rien qu'à la vouloir, elle qui était une dame, tandis que lui avait fait de la prison et vivait en sauvage! Ensuite, calmé, il était tombé dans un silence morne, ne lâchant que des monosyllabes, indifférent à la condamnation qui pouvait le frapper. De même, Roubaud s'en tint à ce que l'accusation appelait son système : il raconta comment et pourquoi il avait tué Grandmorin, il nia toute participation à l'assassinat de sa femme; mais il le faisait en phrases hachées, presque incohérentes, avec des pertes subites de mémoire, les yeux si troubles, la voix si empâtée, qu'il semblait par moments chercher et inventer les détails. Et, le président le poussant, lui démontrant les absurdités de son récit, il finit par hausser les épaules, il refusa de répondre : à quoi bon dire la vérité, puisque c'était le mensonge qui était logique? Cette attitude de dédain agressif à l'égard de la justice, lui fit le plus grand tort. On remarqua aussi le profond désintéressement où les deux accusés étaient l'un de l'autre, comme une preuve d'entente préalable, tout un plan habile, suivi avec une extraordinaire force de volonté. Ils prétendaient ne pas se connaître, ils se chargeaient même, uniquement pour dérouter le tribunal. Quand les interroga-

toires furent terminés, l'affaire était jugée, tellement
le président les avait menés avec adresse, de façon
que Roubaud et Cabuche, culbutant dans les pièges
tendus, parussent s'être livrés eux-mêmes. Ce jour-là,
on entendit encore quelques témoins, sans importance. La chaleur était devenue si insupportable, vers
cinq heures, que deux dames s'évanouirent.

Mais, le lendemain, la grosse émotion fut pour
l'audition de certains témoins. Madame Bonnehon
eut un véritable succès de distinction et de tact. On
écouta avec intérêt les employés de la Compagnie,
M. Vandorpe, M. Bessière, M. Dabadie, M. Cauche
surtout, ce dernier très prolixe, qui conta comment il
connaissait beaucoup Roubaud, ayant souvent fait
avec lui sa partie, au café du Commerce. Henri
Dauvergne répéta son témoignage accablant, la
presque certitude où il était d'avoir, dans la somnolence de la fièvre, entendu les voix sourdes des deux
accusés, qui se concertaient ; et, interrogé sur Séverine, il se montra très discret, fit comprendre qu'il
l'avait aimée, mais que la sachant à un autre, il s'était
effacé loyalement. Aussi, lorsque cet autre, Jacques
Lantier, fut introduit enfin, un bourdonnement
monta de la foule, des personnes se levèrent pour le
mieux voir, il y eut même, parmi les jurés, un
mouvement passionné d'attention. Jacques, très tranquille, s'était des deux mains appuyé à la barre des
témoins, du geste professionnel dont il avait l'habitude, lorsqu'il conduisait sa machine. Cette comparu-
tion qui aurait dû le troubler profondément, le
laissait dans une entière lucidité d'esprit, comme si
rien de l'affaire ne le regardât. Il allait déposer en
étranger, en innocent ; depuis le crime, pas un frisson
ne lui était venu, il ne songeait même pas à ces
choses, la mémoire abolie, les organes dans un état
d'équilibre, de santé parfaite ; là encore, à cette barre,
il n'avait ni remords ni scrupules, d'une absolue

inconscience. Tout de suite, il avait regardé Roubaud
et Cabuche, de ses yeux clairs. Le premier, il le savait
coupable, il lui adressa un léger signe de tête, un
salut discret, sans songer qu'ouvertement aujourd'hui
il était l'amant de sa femme. Puis, il sourit au second,
l'innocent, dont il aurait dû occuper la place, sur ce
banc : une bonne bête au fond, sous son air de
bandit, un gaillard qu'il avait vu au travail, dont il
avait serré la main. Et, plein d'aisance il déposa, il
répondit en petites phrases nettes aux questions du
président, qui, après l'avoir interrogé sans mesure sur
ses rapports avec la victime, lui fit raconter son
départ de la Croix-de-Maufras, quelques heures
avant le meurtre, comment il était allé prendre le
train à Barentin, comment il avait couché à Rouen.
Cabuche et Roubaud l'écoutaient, confirmaient ses
réponses par leur attitude ; et, à cette minute, entre
ces trois hommes, monta une indicible tristesse. Un
silence de mort s'était fait dans la salle, une émotion
venue ils ne savaient d'où serra un instant les jurés à
la gorge : c'était la vérité qui passait, muette. A la
question du président désirant savoir ce qu'il pensait
de l'inconnu évanoui dans les ténèbres, dont le
carrier parlait, Jacques se contenta de hocher la tête,
comme s'il n'avait pas voulu accabler un accusé. Et
un fait alors se produisit, qui acheva de bouleverser
l'auditoire. Des pleurs parurent dans les yeux de
Jacques, débordèrent, ruisselèrent sur ses joues. Ainsi
qu'il l'avait revue déjà, Séverine venait de s'évoquer,
la misérable assassinée dont il avait emporté l'image,
avec ses yeux bleus élargis démesurément, ses
cheveux noirs droits sur son front, comme un casque
d'épouvante. Il l'adorait encore, une pitié immense
l'avait pris, et il la pleurait à grandes larmes, dans
l'inconscience de son crime, oubliant où il était,
parmi cette foule. Des dames, gagnées par l'attendrissement, sanglotèrent. On trouva extrêmement

touchante cette douleur de l'amant, lorsque le mari restait les yeux secs. Le président ayant demandé à la défense si elle n'avait aucune question à poser au témoin, les avocats remercièrent, tandis que les accusés hébétés accompagnaient du regard Jacques, qui retournait s'asseoir, au milieu de la sympathie générale.

La troisième audience fut prise tout entière par le réquisitoire du procureur impérial et par les plaidoiries des avocats. D'abord, le président avait présenté un résumé de l'affaire, où, sous une affectation d'impartialité absolue, les charges de l'accusation étaient aggravées. Le procureur impérial, ensuite, ne parut pas jouir de tous ses moyens : il avait d'habitude plus de conviction, une éloquence moins vide. On mit cela sur le compte de la chaleur, qui était vraiment accablante. Au contraire, le défenseur de Cabuche, l'avocat de Paris, fit grand plaisir, sans convaincre. Le défenseur de Roubaud, un membre distingué du barreau de Rouen, tira également tout le parti qu'il put de sa mauvaise cause. Fatigué, le ministère public ne répliqua même pas. Et, lorsque le jury passa dans la salle des délibérations, il n'était que six heures, le plein jour entrait encore par les dix fenêtres, un dernier rayon allumait les armes des villes de Normandie, qui en décorent les impostes. Un grand bruit de voix monta sous l'antique plafond doré, des poussées d'impatience ébranlèrent la grille de fer, séparant les places réservées du public debout. Mais le silence redevint religieux, dès que le jury et la cour reparurent. Le verdict admettait des circonstances atténuantes, le tribunal condamna les deux hommes aux travaux forcés à perpétuité. Et ce fut une vive surprise, la foule s'écoula en tumulte, quelques sifflets se firent entendre, comme au théâtre.

Dans tout Rouen, le soir même, on parlait de cette

condamnation, avec des commentaires sans fin.
Selon l'avis général, c'était un échec pour madame
Bonnehon et pour les Lachesnaye. Une condamnation à mort, seule, semblait-il, aurait satisfait la
famille ; et, sûrement, des influences adverses avaient
agi. Déjà, on nommait tout bas madame Leboucq,
qui comptait parmi les jurés trois ou quatre de ses
fidèles. L'attitude de son mari, comme assesseur,
n'avait sans doute rien offert d'incorrect ; pourtant,
on croyait s'être aperçu que, ni l'autre assesseur,
M. Chaumette, ni même le président, M. Desbazeilles, ne s'étaient sentis les maîtres des débats,
autant qu'ils l'auraient voulu. Peut-être, simplement,
le jury, pris de scrupules, venait-il, en accordant des
circonstances atténuantes, de céder au malaise de ce
doute qui avait un moment traversé la salle, le vol
silencieux de la mélancolique vérité. Au demeurant,
l'affaire restait le triomphe du juge d'instruction,
M. Denizet, dont rien n'avait pu entamer le chef-
d'œuvre ; car la famille elle-même perdit beaucoup de
sympathies, lorsque le bruit courut que, pour ravoir
la Croix-de-Maufras, M. de Lachesnaye, contrairement à la jurisprudence, parlait d'intenter une action
en révocation, malgré la mort du donataire, ce qui
étonnait de la part d'un magistrat.

Au sortir du Palais, Jacques fut rejoint par
Philomène, qui était restée comme témoin ; et elle ne
le lâcha plus, le retenant, tâchant de passer cette nuit-
là avec lui, à Rouen. Il ne devait reprendre son
service que le lendemain, il voulut bien la garder à
dîner, dans l'auberge où il prétendait avoir dormi la
nuit du crime, près de la gare ; mais il ne coucherait
pas, il était absolument forcé de rentrer à Paris, par
le train de minuit cinquante.

« Tu ne sais pas, raconta-t-elle, comme elle se
dirigeait à son bras vers l'auberge, je jurerais que,
tout à l'heure, j'ai vu quelqu'un de notre connais-

sance... Oui, Pecqueux, qui me répétait encore, l'autre
jour, qu'il ne ficherait pas les pieds à Rouen, pour
l'affaire... Un moment, je me suis retournée, et un
homme, dont je n'ai aperçu que le dos, a filé au
milieu de la foule... »

Le mécanicien l'interrompit, en haussant les
épaules.

« Pecqueux est à Paris, en train de nocer, trop
heureux des vacances que mon congé lui procure.

— C'est possible... N'importe, méfions-nous, car
c'est bien la plus sale rosse, quand il rage. »

Elle se pressa contre lui, elle ajouta, avec un coup
d'œil en arrière :

« Et celui-là qui nous suit, tu le connais?

— Oui, ne t'inquiète pas... Il a peut-être bien
quelque chose à me demander. »

C'était Misard, qui, en effet, depuis la rue des
Juifs, les accompagnait à distance. Il avait déposé, lui
aussi, d'un air ensommeillé; et il était resté, rôdant
autour de Jacques, sans se résoudre à lui poser une
question, qu'il avait visiblement sur les lèvres.
Lorsque le couple eut disparu dans l'auberge, il y
entra à son tour, il se fit servir un verre de vin.

« Tiens, c'est vous, Misard! s'écria le mécanicien.
Et, avec votre nouvelle femme, ça va?

— Oui, oui, grogna le stationnaire. Ah! la bougresse, elle m'a bien fichu dedans. Hein? je vous ai
conté ça, à mon autre voyage ici. »

Jacques s'égayait beaucoup de cette histoire. La
Ducloux, l'ancienne servante louche que Misard
avait prise pour garder la barrière, s'était vite
aperçue, à le voir fouiller les coins, qu'il devait
chercher un magot, caché par sa défunte; et une idée
de génie lui était venue, pour se faire épouser, celle
de lui laisser entendre, par des réticences, par de
petits rires, qu'elle l'avait trouvé, elle. D'abord, il
avait failli l'étrangler; puis, songeant que les mille

francs lui échapperaient encore, s'il la supprimait comme l'autre, avant de les avoir, il était devenu très câlin, très gentil ; mais elle le repoussait, elle ne voulait même plus qu'il la touchât : non, non, quand elle serait sa femme, il aurait tout, elle et l'argent en plus. Et il l'avait épousée, et elle s'était moquée, en le traitant de trop bête, croyant tout ce qu'on lui racontait. Le beau, c'était que, mise au courant, s'allumant elle-même à la contagion de sa fièvre, elle cherchait désormais avec lui, aussi enragée. Ah! ces mille francs introuvables, ils les dénicheraient bien un jour, maintenant qu'ils étaient deux! Ils cherchaient, ils cherchaient.

« Alors, toujours rien ? demanda Jacques goguenard. Elle ne vous aide donc pas, la Ducloux ? »

Misard le regarda fixement ; et il parla enfin.

« Vous savez où ils sont, dites-le-moi. »

Mais le mécanicien se fâchait.

« Je ne sais rien du tout, tante Phasie ne m'a rien donné, vous n'allez pas m'accuser de vol, peut-être !

— Oh! elle ne vous a rien donné : ça, c'est bien sûr... Vous voyez que j'en suis malade. Si vous savez où ils sont, dites-le-moi.

— Eh! allez vous faire fiche! Prenez garde que je ne cause trop... Voyez donc dans la boîte à sel, s'ils y sont. »

Blême, les yeux ardents, Misard continuait à le regarder. Il eut comme une brusque illumination.

« Dans la boîte à sel, tiens! c'est vrai. Il y a, sous le tiroir, une cachette où je n'ai pas fouillé. »

Et il se hâta de payer son verre de vin, et il courut au chemin de fer, voir s'il pourrait encore prendre le train de sept heures dix. Là-bas, dans la petite maison basse, éternellement il chercherait.

Le soir, après le dîner, en attendant le train de minuit cinquante, Philomène voulut emmener Jacques, par des ruelles noires, jusqu'à la campagne prochaine. Il faisait très lourd, une nuit de juillet, ardente et sans lune, qui lui gonflait la gorge de gros soupirs, presque pendue à son cou. Deux fois, ayant cru entendre des pas derrière eux, elle s'était retournée, sans apercevoir personne, tant les ténèbres étaient épaisses. Lui, souffrait beaucoup de cette nuit d'orage. Dans son tranquille équilibre, cette santé parfaite dont il jouissait depuis le meurtre, il avait senti tout à l'heure, à table, un lointain malaise revenir, chaque fois que cette femme l'avait effleuré de ses mains errantes. La fatigue sans doute, un énervement causé par la pesanteur de l'air. Maintenant, l'angoisse du désir renaissait plus vive, pleine d'une sourde épouvante, à la tenir ainsi, contre son corps. Cependant, il était bien guéri, l'expérience était faite, puisqu'il l'avait déjà possédée, la chair calme, pour se rendre compte. Son excitation devint telle, que la peur d'une crise l'aurait fait se dégager de ses bras, si l'ombre qui la noyait ne l'avait rassuré; car jamais, même aux pires jours de son mal, il n'aurait frappé sans voir. Et, tout d'un coup, comme ils passaient près d'un talus gazonné, dans un chemin désert, et qu'elle l'y entraînait, s'allongeant, le besoin monstrueux le reprit, il fut emporté par une rage, il chercha parmi l'herbe une arme, une pierre, pour lui en écraser la tête. D'une secousse, il s'était relevé, et il fuyait déjà, éperdu, et il entendit une voix d'homme, des jurons, toute une bataille.

« Ah! garce, j'ai attendu jusqu'au bout, j'ai voulu être sûr!

— Ce n'est pas vrai, lâche-moi!

— Ah! ce n'est pas vrai! Il peut courir, l'autre! je sais qui c'est, je le rattraperai bien!... Tiens! garce, dis encore que ce n'est pas vrai! »

Jacques galopait dans la nuit, non pour fuir Pecqueux, qu'il venait de reconnaître; mais il se fuyait lui-même, fou de douleur.

Eh quoi! un meurtre n'avait pas suffi, il n'était pas rassasié du sang de Séverine, ainsi qu'il le croyait, le matin encore? Voilà qu'il recommençait. Une autre, et puis une autre, et puis toujours une autre! Dès qu'il se serait repu, après quelques semaines de torpeur, sa faim effroyable se réveillerait, il lui faudrait sans cesse de la chair de femme pour la satisfaire. Même, à présent, il n'avait pas besoin de la voir, cette chair de séduction : rien qu'à la sentir tiède dans ses bras, il cédait au rut du crime, en mâle farouche qui éventre les femelles. C'était fini de vivre, il n'y avait plus devant lui que cette nuit profonde, d'un désespoir sans bornes, où il fuyait.

Quelques jours se passèrent. Jacques avait repris son service, évitant les camarades, retombé dans sa sauvagerie anxieuse d'autrefois. La guerre venait d'être déclarée, après d'orageuses séances à la Chambre; et il y avait déjà eu un petit combat d'avant-poste, heureux, disait-on. Depuis une semaine, les transports de troupes écrasaient de fatigue le personnel des chemins de fer. Les services réguliers étaient détraqués, de continuels trains imprévus amenaient des retards considérables; sans compter qu'on avait réquisitionné les meilleurs mécaniciens, pour activer la concentration des corps d'armée. Et ce fut ainsi qu'un soir, au Havre, Jacques, au lieu de son express habituel, eut à conduire un train énorme, dix-huit wagons, absolument bondés de soldats.

Ce soir-là, Pecqueux arriva au dépôt très ivre. Le lendemain du jour où il avait surpris Philomène et Jacques, il était remonté sur la machine 608, comme chauffeur, avec ce dernier; et, depuis ce temps, il ne faisait aucune allusion, assombri, ayant l'air de ne point oser regarder son chef. Mais celui-ci le sentait de plus en plus révolté, refusant d'obéir, l'accueillant d'un grognement sourd, dès qu'il lui donnait un ordre. Ils avaient fini par cesser complètement de se parler. Cette tôle mouvante, ce petit pont qui les emportait autrefois, si unis, n'était plus à cette heure que la planche étroite et dangereuse où se heurtait leur rivalité. La haine grandissait, ils en étaient à se dévorer dans ces quelques pieds carrés, filant à toute vitesse, et d'où les aurait précipités la moindre secousse. Et, ce soir-là, en voyant Pecqueux ivre, Jacques se méfia; car il le savait trop sournois pour se fâcher à jeun, le vin seul déchaînait en lui la brute.

Le train qui devait partir vers six heures, fut retardé. Il était nuit déjà, lorsqu'on embarqua les soldats comme des moutons, dans des wagons à bestiaux. On avait simplement cloué des planches en guise de banquettes, on les empilait là-dedans, par escouades, bourrant les voitures au-delà du possible; si bien qu'ils s'y trouvaient assis les uns sur les autres, quelques-uns debout, serrés à ne pas remuer un bras. Dès leur arrivée à Paris, un autre train les attendait, pour les diriger sur le Rhin. Ils étaient déjà écrasés de fatigue, dans l'ahurissement du départ. Mais, comme on leur avait distribué de l'eau-de-vie, et que beaucoup s'étaient répandus chez les débitants du voisinage, ils avaient une gaieté échauffée et brutale, très rouges, les yeux hors de la tête. Et, dès que le train s'ébranla, sortant de la gare, ils se mirent à chanter.

Jacques, tout de suite, regarda le ciel, dont une vapeur d'orage cachait les étoiles. La nuit serait très sombre, pas un souffle n'agitait l'air brûlant; et le vent de la course, toujours si frais, semblait tiède. A l'horizon noir, il n'y avait d'autres feux que les étincelles vives des signaux. Il augmenta la pression pour franchir la grande rampe d'Harfleur à Saint-Romain. Malgré l'étude qu'il faisait d'elle depuis des semaines, il n'était pas maître encore de la machine 608, trop neuve, dont les caprices, les écarts de jeunesse le surprenaient. Cette nuit-là, particulièrement, il la sentait rétive, fantasque, prête à s'emballer pour quelques morceaux de charbon de trop. Aussi, la main sur le volant du changement de marche, surveillait-il le feu, de plus en plus inquiet des allures de son chauffeur. La petite lampe qui éclairait le niveau d'eau, laissait la plate-forme dans une pénombre, que la porte du foyer, rougie, rendait violâtre. Il distinguait mal Pecqueux, il avait eu aux jambes, à deux reprises, la sensation d'un frôlement, comme si des doigts se fussent exercés à le prendre là. Mais ce n'était sans doute qu'une maladresse d'ivrogne, car il l'entendait, dans le bruit, ricaner très haut, casser son charbon à coups de marteau exagérés, se battre avec la pelle. Toutes les minutes, il ouvrait la porte, jetait du combustible sur la grille, en quantité déraisonnable.

« Assez »! cria Jacques.

L'autre affecta de ne pas comprendre, continua à enfourner des pelletées coup sur coup; et, comme le mécanicien lui empoignait le bras, il se tourna, menaçant, tenant enfin la querelle qu'il cherchait, dans la fureur montante de son ivresse.

« Touche pas, ou je cogne!... Ça m'amuse, moi, qu'on aille vite! »

Le train, maintenant, roulait, à toute vitesse, sur le plateau qui va de Bolbec à Motteville. Il devait filer d'un trait à Paris, sans arrêt aucun, sauf aux points marqués pour prendre de l'eau. L'énorme masse, les dix-huit wagons, chargés, bondés de bétail humain, traversaient la campagne noire, dans un grondement continu. Et ces hommes qu'on charriait au massacre, chantaient, chantaient à tue-tête, d'une clameur si haute, qu'elle dominait le bruit des roues.

Jacques, du pied, avait refermé la porte. Puis, manœuvrant l'injecteur, se contenant encore :

« Il y a trop de feu... Dormez, si vous êtes saoul. »

Immédiatement, Pecqueux rouvrit, s'acharna à remettre du charbon, comme s'il eût voulu faire sauter la machine. C'était la révolte, les ordres méconnus, la passion exaspérée qui ne tenait plus compte de toutes ces vies humaines. Et, Jacques s'étant penché pour abaisser lui-même la tige du cendrier, de façon à diminuer au moins le tirage, le chauffeur le saisit brusquement à bras-le-corps, tâcha de le pousser, de le jeter sur la voie, d'une violente secousse.

« Gredin, c'était donc ça!... N'est-ce pas? Tu dirais que je suis tombé, bougre de sournois! »

Il s'était rattrapé à un des bords du tender, et ils glissèrent tous deux, la lutte continua sur le petit pont de tôle, qui dansait violemment. Les dents serrées, ils ne parlaient plus, ils s'efforçaient l'un l'autre de se précipiter par l'étroite ouverture, qu'une barre de fer seule fermait. Mais ce n'était point commode, la machine dévorante roulait toujours ; et Barentin fut dépassé, et le train s'engouffra dans le tunnel de Malaunay, qu'ils se tenaient encore étroitement, vautrés dans le charbon, tapant de la tête contre les parois du récipient d'eau, évitant la porte rougie du foyer, où se grillaient leurs jambes, chaque fois qu'ils les allongeaient.

Un instant, Jacques songea que, s'il pouvait se relever, il fermerait le régulateur, appellerait au secours, pour qu'on le débarrassât de ce fou furieux, enragé d'ivresse et de jalousie. Il s'affaiblissait, plus petit, désespérait de trouver maintenant la force de le précipiter, vaincu déjà, sentant passer dans ses cheveux la terreur de la chute. Comme il faisait un suprême effort, la main tâtonnante, l'autre comprit, se raidit sur les reins, le souleva ainsi qu'un enfant.

« Ah! tu veux arrêter... Ah! tu m'as pris ma femme... Va, va, faut que tu y passes! »

La machine roulait, roulait, le train venait de

sortir du tunnel à grand fracas, et il continuait sa course, au travers de la campagne vide et sombre. La station de Malaunay fut franchie, dans un tel coup de vent, que le sous-chef, debout sur le quai, ne vit même pas ces deux hommes, en train de se dévorer, pendant que la foudre les emportait.

Mais Pecqueux, d'un dernier élan, précipita Jacques; et celui-ci, sentant le vide, éperdu, se cramponna à son cou, si étroitement, qu'il l'entraîna. Il y eut deux cris terribles, qui se confondirent, qui se perdirent. Les deux hommes, tombés ensemble, entraînés sous les roues par la réaction de la vitesse, furent coupés, hachés, dans leur étreinte, dans cette effroyable embrassade, eux qui avaient si longtemps vécu en frères. On les retrouva sans tête, sans pieds, deux troncs sanglants qui se serraient encore, comme pour s'étouffer [33].

Et la machine, libre de toute direction, roulait, roulait toujours. Enfin, la rétive, la fantasque, pouvait céder à la fougue de sa jeunesse, ainsi qu'une cavale indomptée encore, échappée des mains du gardien, galopant par la campagne rase. La chaudière était pourvue d'eau, le charbon dont le foyer venait d'être rempli, s'embrasait; et pendant la première demi-heure, la pression monta follement, la vitesse devint effrayante. Sans doute, le conducteur-chef, cédant à la fatigue, s'était endormi. Les soldats, dont l'ivresse augmentait, à être ainsi entassés, subitement s'égayèrent de cette course violente, chantèrent plus fort. On traversa Maromme, en coup de foudre. Il n'y avait plus de sifflet, à l'approche des signaux, au passage des gares. C'était le galop tout droit, la bête qui fonçait tête basse et muette, parmi les obstacles. Elle roulait, roulait sans fin, comme affolée de plus en plus par le bruit strident de son haleine [34].

A Rouen, on devait prendre de l'eau; et l'épouvante glaça la gare, lorsqu'elle vit passer, dans un vertige de fumée et de flamme, ce train fou, cette machine sans mécanicien ni chauffeur, ces wagons à bestiaux emplis de troupiers qui hurlaient des refrains patriotiques. Ils allaient à la guerre, c'était pour être plus vite là-bas, sur les bords du Rhin. Les employés étaient restés béants, agitant les bras. Tout de suite, le cri fut général : jamais ce train débridé, abandonné à lui-même, ne traverserait sans encombre la gare de Sotteville, toujours barrée par des manœuvres, obstruée de voitures et de machines, comme tous les grands dépôts. Et l'on se précipita au télégraphe, on prévint. Justement, là-bas, un train de marchandises qui occupait la voie, put être refoulé sous une remise. Déjà, au loin, le roulement du monstre échappé s'entendait. Il s'était rué dans les deux tunnels qui avoisinent Rouen, il arrivait de son galop furieux, comme une force prodigieuse et irrésistible que rien ne pouvait plus arrêter. Et la gare de Sotteville fut brûlée, il fila au milieu des obstacles sans rien accrocher, il se replongea dans les ténèbres, où son grondement peu à peu s'éteignit.

Mais, maintenant, tous les appareils télégraphiques de la ligne tintaient, tous les cœurs battaient, à la nouvelle du train fantôme qu'on venait de voir passer à Rouen et à Sotteville. On tremblait de peur : un express qui se trouvait en avant, allait sûrement être rattrapé. Lui, ainsi qu'un sanglier dans une futaie, continuait sa course, sans tenir compte ni des feux rouges, ni des pétards. Il faillit se broyer, à Oissel, contre une machine-pilote ; il terrifia Pont-de-l'Arche, car sa vitesse ne semblait pas se ralentir. De nouveau, disparu, il roulait, il roulait, dans la nuit noire, on ne savait où, là-bas.

Qu'importaient les victimes que la machine écrasait en chemin ! N'allait-elle pas quand même à l'avenir, insoucieuse du sang répandu ? Sans conducteur, au milieu des ténèbres, en bête aveugle et sourde qu'on aurait lâchée parmi la mort, elle roulait, elle roulait, chargée de cette chair à canon, de ces soldats, déjà hébétés de fatigue, et ivres, qui chantaient.

DOSSIER

VIE D'ÉMILE ZOLA

I. L'ENFANCE ET L'ADOLESCENCE EN PROVENCE. 1840-1858

Émile Zola naît à Paris le 2 avril 1840, au 10 de la rue Saint-Joseph. Il est le fils d'un ingénieur civil d'origine vénitienne, François Zola (né en 1795 et installé en France après des travaux en Italie et en Autriche, et un séjour, en qualité d'officier, dans la Légion étrangère), et d'une jeune beauceronne, fille d'un artisan vitrier et d'une couturière : Émilie Aubert, née en 1819.

En 1843, les Zola s'installent à Aix-en-Provence. L'ingénieur François Zola, qui a depuis plusieurs années un bureau à Marseille, va construire un barrage tout près d'Aix, dans les gorges de l'Infernet (sur le territoire du Tholonet) et un canal pour l'alimentation en eau potable de la ville d'Aix. Il crée une Société, avec plusieurs commanditaires parisiens. Les parents d'Émilie Aubert, Louis et Henriette Aubert, viennent rejoindre leurs enfants à Aix. Émile Zola fera au moins deux voyages à Paris, l'un en 1845, l'autre en 1846.

François Zola, constructeur et homme d'affaires, est créateur, entreprenant, énergique. Il a proposé à Thiers les plans d'une fortification de Paris, à la ville de Marseille ceux d'un nouveau port. Le barrage de l'Infernet sera sa première grande réalisation en France. C'est un pionnier de la politique des grands travaux. Il touche au succès, lorsque la maladie l'abat. Le 27 mars 1847, il meurt à Marseille d'une pneumonie contractée sur le chantier du barrage. C'est le malheur et la ruine pour sa famille. Émilie Zola, spoliée par d'habiles spéculateurs, lutte sans succès, dans d'interminables litiges, pour sauver quelque argent. Les Zola, appauvris, doivent emprunter pour vivre; ils changent plusieurs fois de domicile; certains créanciers oubliés relanceront l'écrivain vingt ans plus tard, lorsqu'il aura atteint la célébrité.

Émilie Zola et sa mère veulent cependant donner à l'enfant une éducation de bonne famille. Il reçoit une instruction religieuse : en 1848, il est élève de la pension Notre-Dame, où il a pour camarades Marius Roux et Philippe Solari. Le premier devenu journaliste et le second sculpteur, ils resteront ses amis jusqu'à la fin du siècle. Les Zola traversent sans dommage les événements politiques de la période 1848-1851. En octobre 1852, Zola entre en huitième au collège Bourbon, comme pensionnaire. En 1853, il saute une classe et devient élève demi-pensionnaire de sixième. C'est au collège Bourbon que Zola fait la connaissance d'un autre duo de camarades : Jean-Baptistin Baille, fils d'un aubergiste, et Paul Cézanne, fils d'un banquier, tous deux plus avancés que lui d'un an et d'une classe. En 1854, ils assistent au défilé des troupes partant pour la Crimée. Dans les *Nouveaux Contes à Ninon,* vingt ans plus tard, Zola racontera les souvenirs de sa vie de collégien provençal. Au collège, en quatrième, puis en troisième (section latin-sciences), il remporte des succès. Il joue de la clarinette dans la fanfare du collège, assiste aux cérémonies de la Fête-Dieu, s'enthousiasme pour Hugo et Musset, va applaudir au théâtre les drames romantiques, et, l'été venu, nage et chasse dans la campagne provençale avec Baille et Cézanne. Il se lie avec d'autres jeunes gens de la bourgeoisie d'Aix, Marguery, de Julienne d'Arc, Marquezi, Houchard. De toute cette jeunesse, lui, le plus pauvre, sera le seul à quitter la Provence pour « monter » à Paris. Déjà, il accumule les manuscrits : des vers, surtout, mais aussi un roman sur les croisades, et une comédie de potache en trois actes et en vers, *Enfoncé, le pion!* La plupart de ces premiers écrits ont disparu. Ils portaient sans doute la marque du lyrisme romantique. De la littérature contemporaine, Leconte de Lisle, Gautier, Nerval, Baudelaire, Balzac, Zola ne sait encore à peu près rien.

Le 16 novembre 1857, sa grand-mère, Henriette Aubert, meurt. Émilie Zola part pour Paris, à la recherche de soutiens. Quelques semaines plus tard, en février 1858, Zola la rejoint, avec son grand-père Louis Aubert. C'est l'adieu à la Provence — et à l'insouciance. La famille loue un petit appartement dans un quartier alors très modeste, au 63 de la rue Monsieur-le-Prince. Le 1er mars, Émile entre en seconde au lycée Saint-Louis, sur la recommandation d'un ami de son père, avocat au Conseil d'État, Alexandre Labot.

II. LA VIE DE BOHÈME. 1858-1862

Alors commence une longue et riche correspondance entre Zola et ses amis aixois. Seules ont été conservées ses lettres à Baille, le polytechnicien, et à Cézanne, le peintre. Les résultats scolaires de Zola deviennent décevants. Il garde la nostalgie de la Provence. Il ne s'intéresse vraiment qu'à la littérature française, enseignée par Pierre Levasseur, futur historien de renom. Dans le courant de l'été 1858, il passe plusieurs semaines à Aix. De retour en octobre, il tombe gravement malade : peut-être la fièvre typhoïde. Les souvenirs de cette maladie lui inspireront quinze ans plus tard une partie de *La Faute de l'abbé Mouret*. Guéri, il retourne au lycée Saint-Louis, en rhétorique. En janvier 1859, les Zola habitent 241 rue Saint-Jacques, encore plus près de la banlieue sud. Émile Zola compose des vers en hommage à son père, qui paraissent dans *La Provence* (17 février 1859). Il découvre, au Carnaval, la fête nocturne dans Paris, le bal de l'Opéra. En juin, c'est l'effervescence des batailles contre l'Autriche, l'enthousiasme pour la cause italienne. Zola ne parvient ni à l'application de certains de ses condisciples, déjà préparés pour les carrières que l'Empire offre aux fils de la bourgeoisie parisienne, ni à la futilité des autres, qui serviront plus ou moins de modèles au jeune Maxime, dans *La Curée*. Pauvre, à demi étranger, déraciné, poète, idéaliste dans un monde qu'il juge cynique, il n'est pas heureux. Le 4 août 1859, il échoue au baccalauréat. Après des vacances à Aix (et des amours platoniques avec une jeune fille qu'il baptise l'Aérienne), c'est un nouvel échec, à Marseille, en novembre. Il abandonne ses études.

En 1860, son grand-père, Louis Aubert, meurt. Zola cherche du travail. La protection d'Alexandre Labot lui vaut une place d'employé à l'administration des Docks de Paris. Il y reste deux mois. Il échappe à l'ennui de la semaine par de longues randonnées dominicales, dans les villages de la banlieue, à Saint-Cloud, à Vincennes, à Vitry. Les Zola demeurent 35 rue Saint-Victor, où il a, pour lui seul, une mansarde au septième étage. Là, il reçoit de nouveaux amis, le peintre Chaillan, Georges Pajot, et des Provençaux installés comme lui à Paris. Poèmes (*Paolo*), proverbes (*Perrette*), nouvelles (*Un coup de vent*), lettres à Baille et à Cézanne : il écrit, lit les classiques, Michelet, George Sand, Shakespeare, admire Jean Goujon et Greuze. L'été venu, il quitte les Docks, se retrouve sans travail, et sans ressources. Il doit renoncer à l'idée d'aller passer à Aix les premières semaines de l'automne.

L'hiver 1860-1861 lui est très dur. On ne sait pas grand-chose de ces six mois. Zola s'enfonce dans le spleen. Il a une liaison malheureuse avec une fille galante, Berthe (qu'il transposera dans *La Confession de Claude,* commencé dès 1862 et publié en 1865). En février, il habite au 24 de la rue Neuve-Saint-Étienne-du-Mont, dans un hôtel garni. Cézanne, tant attendu, le rejoint en avril 1861. Ensemble, ils visitent le Salon de Peinture, les académies où travaillent les rapins. Zola cherche toujours un emploi, en vain, avec une amertume et un désarroi croissants. Il lit Molière et Montaigne, mais aussi Victor de Laprade. Il mène apparemment la vie de bohème. C'est la fin des soliloques idéalistes, le début des regards sur la grande ville, et sur les paysages de plein air — à la manière de ses amis peintres qui cherchent le « motif ». Mais l'œuvre a toujours un temps de retard sur l'expérience : il écrit encore des vers, sans plus guère croire à son talent poétique (*L'Aérienne*). La fin de l'enfance approche. L'attente durera encore tout un hiver, dans le froid, l'oisiveté, le malaise. Le 7 décembre 1861, à la mairie du Ve arrondissement, il réclame, en qualité de fils d'étranger, né en France, la nationalité française. Bénéficiant d'un tirage au sort favorable, il est libéré du service militaire.

III. L'ÉDITION. 1862-1865

Le 1er mars 1862, Émile Zola entre à la librairie Hachette, à 100 F par mois, comme employé au bureau des expéditions, où il fait des paquets, puis au bureau de la publicité. Il découvre le monde du livre, de l'intérieur. Il habite alors 11 rue Soufflot. En avril, on le trouve 7 impasse Saint-Dominique. Se détournant désormais de la poésie, il écrit trois contes en août-septembre (trois des futurs *Contes à Ninon*). Louis Hachette s'intéresse à lui, et lui confie les tâches de ce qu'on appellerait aujourd'hui un attaché de presse. Le 31 octobre, il est naturalisé français. Nouveau déménagement : le voilà, à la fin de l'année, au 62 rue de la Pépinière, près de la barrière d'Enfer (aujourd'hui rue Daguerre). En juillet 1863, il habite avec sa mère un appartement de trois pièces 7 rue des Feuillantines.

Il s'enhardit. Ses fonctions le font entrer en contact avec les journaux et les revues, avec les écrivains liés à la librairie Hachette. L'année 1863 est celle de ses véritables premiers pas dans la presse : un proverbe en vers, *Perrette*, est refusé par *La Revue des Deux Mondes*, en février, mais deux contes paraissent dans la *Revue du Mois*, à Lille, en avril et en octobre ; en décembre, il collabore au *Journal populaire de Lille*. Conteur, chroniqueur, critique : ce sera sa marque propre, dans le journalisme de la fin du second Empire.

Son départ, dans la double carrière de l'édition et des lettres, semble bien pris. En juin 1864, devenu chef de la publicité à la librairie Hachette, à 200 F par mois, Zola s'installe avec sa mère 278 rue Saint-Jacques. Il lit Stendhal et Flaubert, fait le compte rendu, pour la *Revue de l'Instruction publique*, des conférences de la rue de la Paix sur Le Sage, Shakespeare, Aristophane, La Bruyère, Molière. Ces conférences sont un foyer de l'opposition libérale à l'Empire. Il affirme sa sympathie littéraire pour le réalisme. Il collabore au *Journal populaire de Lille*, à *L'Écho du Nord*, à *La Nouvelle Revue de Paris*, à *L'Entracte*. Le cercle de ses relations littéraires s'élargit. Il remporte « sa première victoire » avec la publication des *Contes à Ninon*, en décembre, chez Albert Lacroix, l'éditeur de Hugo. Un mois plus tard, il va demeurer 142 boulevard Montparnasse.

L'année 1865 accentue ce mouvement. Il est désormais chroniqueur régulier du *Petit Journal*, du *Salut public de Lyon*. On trouve sa signature dans *La Vie parisienne, La Revue française, Le Figaro, Le Grand Journal*, etc. En novembre, paraît son premier roman, *La Confession de*

Claude. Il écrit deux pièces de théâtre, *La Laide* et *Madeleine*. Il a pris de l'assurance et de la confiance. Il a su exploiter à fond ses fonctions dans l'édition. Il travaille avec acharnement ; c'est au-delà de ses dix heures quotidiennes chez Hachette qu'il doit trouver le temps d'écrire. Ses articles, à eux seuls, lui rapportent 200 F par mois. Ce n'est plus tout à fait la pauvreté. Il a rencontré Gabrielle-Alexandrine Meley, qui est devenue sa maîtresse en mars et dont il ne se séparera plus. Il va prendre tous ses risques, en abandonnant la librairie pour ne plus vivre que de sa plume.

IV. LE JOURNALISME LITTÉRAIRE. 1866-1868

Le 31 janvier 1866, Zola quitte la librairie Hachette. Depuis trois mois, son nom commençait à faire quelque tapage : *La Confession de Claude* a déclenché une enquête du procureur de la République ; une aigre polémique a opposé Zola à Barbey d'Aurevilly et au journal *Le Nain jaune*. Le successeur de Louis Hachette (mort en juillet 1864) a besoin d'un chef de publicité plus discret. Zola, de son côté, pense que le moment est venu de conquérir une complète disponibilité. La librairie Hachette lui commande trois ouvrages (qu'il n'écrira pas) ; la séparation semble se faire à l'amiable. Zola, le 1er février, devient courriériste littéraire de *L'Événement*, journal fondé par Hippolyte de Villemessant. Il conserve sa collaboration au *Salut public de Lyon*. Il écrit un roman-feuilleton pour *L'Événement* : *Le Vœu d'une morte* ; il donne une grande étude sur Taine à *La Revue contemporaine*, des contes à *L'Illustration*. Il proclame son admiration pour les Goncourt, pour Balzac, pour Flaubert. Son *Salon* dans *L'Événement* fait scandale : il loue Manet et Courbet, et éreinte la peinture académique. Il publie coup sur coup *Mon Salon* (juin), *Mes Haines*, recueil des principales études littéraires du *Salut public*, *Le Vœu d'une morte* (novembre). Avec Cézanne, le peintre Guillemet, et quelques autres, il découvre Bennecourt, sur les bords de la Seine, au-delà de Mantes, et y fait plusieurs séjours. A Paris, il habite avec Alexandrine Meley, rue de l'École-de-médecine, puis 10 rue de Vaugirard. Il écrit des lettres sereines, optimistes.

Mais l'année, fort bien commencée, se termine dans la

gêne. L'année 1867 n'est pas plus favorable. *L'Événement* a été supprimé le 15 novembre; *Le Salut public,* après novembre, se passe des services de Zola; *Le Figaro,* devenu quotidien pour se substituer à *L'Evénement,* ne publie que de loin en loin, en 1867, des textes de Zola : des portraits littéraires, des tableaux parisiens, des études critiques. En janvier 1867, Zola affirme encore une fois hautement son estime pour Manet, dans *La Revue du XIXᵉ siècle.* Il rencontre au Café Guerbois, grande-rue des Batignolles, les peintres de la nouvelle école (les futurs Impressionnistes) : Manet, Pissarro, Monet, bientôt Renoir, Fantin-Latour, Bazille, avec l'écrivain Duranty. Quelques textes ici et là (dans *La Situation,* et dans *La Rue* de Vallès) ne le préservent pas du manque d'argent. Alexandrine fait des bandes pour la librairie Hachette. C'est une année noire. Mais c'est aussi l'année où Zola écrit son premier chef-d'œuvre, *Thérèse Raquin,* qui paraît en décembre. En même temps, il publie un roman-feuilleton dans *Le Messager de Provence : Les Mystères de Marseille.* Une adaptation de ce roman pour la scène, due à Zola et à Roux, sera jouée à Marseille en octobre.

En avril 1867, les Zola se sont installés sur la rive droite, 1 rue Moncey (aujourd'hui rue Dautancourt), aux Batignolles. En avril 1868, ils vont habiter 23 rue Truffaut. Zola écrit *Madeleine Férat,* qui paraîtra en feuilleton dans *L'Événement illustré,* où il a également publié un nouveau *Salon* et de nombreuses chroniques. Il connaît encore des périodes difficiles. A partir de juin, il collabore à *La Tribune,* un des journaux de l'opposition républicaine nés de la loi du 11 mai 1868 sur la libéralisation de la presse. En novembre, il noue des relations amicales avec les Goncourt. Il correspond avec Taine, avec Sainte-Beuve. C'est l'époque où il lit des ouvrages sur l'hérédité, sur la physiologie, et où il jette les premières idées, les premiers projets de l'*Histoire d'une famille,* en dix volumes. Il cherche à s'engager pour un long terme chez un éditeur, qui assurerait sa sécurité matérielle et lui permettrait de construire à loisir une grande œuvre, conforme à ses intuitions « naturalistes » : l'analyse, psychologique, physiologique et sociale, est pour lui la forme moderne du roman.

v. LE JOURNALISME POLITIQUE. 1869-1871

L'opposition à l'Empire s'enhardit. Zola multiplie les causeries polémiques dans *La Tribune,* puis dans *Le Rappel,* journal fondé par les proches de Victor Hugo. En même temps, il donne un courrier bibliographique au *Gaulois.* L'*Histoire d'une famille* commencera au coup d'État du 2 décembre 1851, et sera pour une part la peinture satirique des groupes sociaux qui ont trouvé profit dans le régime de Napoléon III. Zola écrit le premier roman du cycle, *La Fortune des Rougon,* et prépare le second, *La Curée,* cependant qu'éclatent des troubles en province (chez les mineurs de La Ricamarie et d'Aubin) et à Paris (juin-octobre 1869). Zola s'est installé 14 rue de La Condamine, toujours dans le quartier des Batignolles. Il y accueille un jeune Aixois, Paul Alexis, qui deviendra son plus fidèle ami. L'éditeur Albert Lacroix accepte le plan des *Rougon-Macquart,* avec un contrat de cinq cents francs par mois pour l'auteur.

1870 compromet cette sécurité retrouvée. Le 31 mai, Zola a épousé Alexandrine Meley. Il continue à fréquenter Bennecourt, et à publier de vigoureux pamphlets contre l'Empire. Il collabore au *Rappel* (qui se passera de ses services après un article jugé par trop élogieux pour Balzac, le 13 mai) et à *La Cloche,* autre journal républicain. Mais le 19 juillet éclate la guerre entre la France et la Prusse. Le 4 septembre, deux jours après la défaite de Sedan, l'Empire s'effondre. L'événement sauve Zola des poursuites judiciaires que lui valait son article du 5 août, plus antibonapartiste que jamais. La publication de *La Fortune des Rougon,* qui paraissait depuis le 28 juin dans *Le Siècle,* est interrompue depuis le 10 août. Le 7 septembre, les Zola quittent Paris pour Marseille, afin d'échapper au siège.

Zola espère du gouvernement de la Défense nationale un poste de sous-préfet, récompensant son passage dans les journaux républicains. Il échoue, malgré l'appui — assez mou — des amis politiques de Gambetta. A Marseille, il fonde avec Marius Roux un journal éphémère, *La Marseillaise.* Le 11 décembre, il part seul pour Bordeaux, où siège une Délégation du Gouvernement. Un membre de la

Délégation, Glais-Bizoin, le prend comme secrétaire. Sa femme et sa mère le rejoignent. Après l'armistice du 28 janvier 1871, une Assemblée nationale est élue (le 8 février). Elle siège à Bordeaux. Zola propose à *La Cloche,* et obtient, de devenir son chroniqueur parlementaire ; il fera le même travail pour *Le Sémaphore de Marseille.* Le voilà aux avant-postes de l'observation politique. Le 14 mars, il rentre à Paris, car l'Assemblée siège désormais à Versailles. Pendant la Commune, du 18 mars au 28 mai, il réside d'abord à Paris, puis, à partir du 10 mai, à Bennecourt : sa collaboration à *La Cloche,* journal républicain modéré, suspendu à partir du 19 avril, l'a rendu suspect à la Commune. De retour à Paris, il assiste avec consternation à la répression versaillaise, à l'instauration de « l'ordre moral ». La publication de *La Curée,* qui paraît en feuilleton dans *La Cloche,* est interrompue le 5 novembre sur intervention du Parquet. Après avoir été éloigné par la Commune, Zola est désormais surveillé par la république conservatrice.

VI. LA CONQUÊTE DU SUCCÈS. 1872-1877

Zola se partage entre ses chroniques parlementaires et son œuvre littéraire. Il quitte *La Cloche* à la fin de 1872, mais conserve sa collaboration régulière au *Sémaphore de Marseille* jusqu'en février 1877, y publiant surtout, après 1872, des articles sur l'actualité parisienne. Un article vivement polémique contre la majorité monarchiste, dans *Le Corsaire,* en décembre, lui interdit la presse parisienne jusqu'en 1876 (sauf une brève série de critiques dramatiques dans *L'Avenir national,* en 1873). Il noue en 1872 des relations amicales avec Flaubert, Daudet, Tourgueniev. L'éditeur Georges Charpentier réédite *La Curée* et *La Fortune des Rougon,* et prend le relais de Lacroix, avec les mêmes conditions : un versement mensuel de cinq cents francs. *Le Ventre de Paris* paraît en 1873, l'année où Mac-Mahon est élu président de la République, évinçant Thiers. En juillet 1873, Zola tente sa chance au théâtre, avec *Thérèse Raquin* : échec. En 1874, il en va de même pour *Les Héritiers Rabourdin,* tandis que paraissent *La Conquête de Plassans* et les *Nouveaux Contes à Ninon.* Les Zola vont habiter au 21 rue Saint-Georges (aujourd'hui rue des Apennins). Par Manet, Zola noue amitié avec Mallarmé, par Flaubert avec Maupassant. Il suit avec sympathie les expositions impressionnistes, en 1874, 1876, 1877. Après *La Faute de l'abbé Mouret*, en 1875, il reçoit la visite admirative de J. K. Huysmans, de Henry Céard, puis de Léon Hennique. L'éditeur Charpentier lui assure désormais des droits proportionnels aux ventes. Cette année, les Zola prennent leurs vacances à la mer (à Saint-Aubin, en Normandie).

Zola collabore maintenant à une revue mensuelle de Saint-Pétersbourg, *Le Messager de l'Europe. Son Excellence Eugène Rougon* paraît en 1876. A partir d'avril 1876, *Le Bien public,* journal républicain, lui ouvre une revue dramatique et littéraire hebdomadaire, et publie en feuilleton *L'Assommoir.* La publication fait scandale; elle devra s'achever dans une revue, *La République des lettres.* Le roman, en janvier 1877, fait enfin de Zola l'écrivain le plus lu et le plus discuté de Paris. Il amplifie son succès avec ses campagnes en faveur du naturalisme, et ses éreintements des pièces à la mode : théâtre académique, drames historiques et pièces de boulevard. Les Zola, maintenant à l'aise, s'installent en avril 23 rue de Boulogne (aujourd'hui rue Ballu), et passent près de six mois (de mai à octobre) dans un village de pêcheurs près de Marseille, à l'Estaque. En octobre 1877, Mac-Mahon ayant dissous une assemblée où les républicains étaient majoritaires depuis un an, ceux-ci remportent les élections qui suivent. Trois mois plus tard, Mac-Mahon se soumet. La république parlementaire est enfin solidement instaurée. Et de même, la fortune privée et littéraire de Zola. Coïncidence significative, où se lit l'émergence politique, idéologique, esthétique, d'une nouvelle bourgeoisie.

VII. LE CHEF D'ÉCOLE :
DE « L'ASSOMMOIR » À « GERMINAL ».
1877-1885

Le 28 mai 1878, avec les droits d'auteur de *L'Assommoir,* Zola acquiert une maison à Médan, au bord de la Seine, à une quarantaine de kilomètres à l'ouest de Paris (pour 9 000 F). Il y passera chaque année l'été et l'automne et fera agrandir la demeure dès 1880. Maupassant lui apporte un bateau, baptisé Nana, du nom de l'héroïne du roman que prépare Zola. En avril, a paru *Une page d'amour*. En juillet, *Le Voltaire* se substitue au *Bien public*, mais Zola y conserve sa chronique hebdomadaire. Il envoie au *Messager de l'Europe* de longs articles de reportages (sur l'Exposition universelle), de souvenirs, d'analyses sociales, de théorie littéraire. En mai, il fait jouer *Le Bouton de Rose*, un vaudeville, au Palais-Royal : c'est un four. Mais une adaptation de *L'Assommoir*, en 1879, fait les beaux soirs de l'Ambigu. On commente, on discute, on chansonne et on caricature ses sujets, ses personnages et ses thèses naturalistes. Celles-ci culminent dans la publication, en 1880, du *Roman expérimental*. Par ce titre, Zola rattache délibérément son inspiration idéologique au courant de la pensée scientiste et positiviste, tandis que son œuvre puise dans des thèmes mythiques permanents : thèmes de vie, la nature et l'homme en travail, le rut, la gésine, la germination, la fécondité ; thèmes de mort, l'écroulement, la dissolution, le meurtre, la bêtise, la stérilité, l'agonie, l'absurdité, avec leurs fantasmes : la machine, la bête, le sang, l'or, l'alcool, la fournaise, l'enfant qu'on tue, la femme-refuge et la femme-gouffre. Ainsi Nana, la « Mouche d'Or », dont Flaubert dit en 1880 qu' « elle tourne au mythe sans cesser d'être une femme ».

La critique académique est ahurie et scandalisée. Zola, en réponse, l'étrille dans ses articles du *Voltaire*, puis du *Figaro* (1880-1881). *Les Soirées de Médan*, en avril 1880, (avec Alexis, Céard, Huysmans, Hennique et Maupassant) font de Médan le symbole du naturalisme. Puis Zola abandonne le journalisme. En 1880, il a perdu deux amis : Duranty et Flaubert, et, le 17 octobre, sa mère. Ces disparitions lui causent un profond ébranlement affectif, dont *La Joie de vivre*, en 1884, porte la trace. Il passe mal la quarantaine. L'œuvre continue, cependant, comme une drogue ; en 1881, trois recueils critiques (*Les Romanciers naturalistes*, *Le Naturalisme au théâtre*, *Documents littéraires*) ; en 1882, *Une campagne*, recueil des articles du *Figaro*, et un roman au vitriol sur les mœurs de la bourgeoisie, *Pot-Bouille* ; en 1883, *Au Bonheur des dames*. A Paris et à Médan, les Zola reçoivent leurs amis, Daudet,

Goncourt, Charpentier, Céard, Alexis, Huysmans, Cézanne. Ils passent l'été au bord de la mer, à Grand-Camp en 1881, à Bénodet en 1883. Du 23 février au 3 mars 1884, Zola enquête à Anzin, dans les mines de charbon, en pleine grève, pour son « roman ouvrier » : *Germinal* paraît en 1885, cinq ans après le retour des Communards exilés, trois ans après la formation du parti ouvrier de Jules Guesde, un an après la légalisation des syndicats. C'est le sommet des *Rougon-Macquart,* une œuvre où convergent le génie narratif et la puissance prophétique, et à laquelle aucun roman contemporain ne peut se mesurer. Zola rejoint Balzac, Stendhal, Flaubert. Il faudra, désormais, attendre Proust.

VIII. LA FIN DES ROUGON.
DE « L'ŒUVRE » AU « DOCTEUR PASCAL ».
1886-1893

Rentré d'un séjour au Mont-Dore (août 1885), Zola mène campagne contre la censure, qui a interdit l'adaptation de *Germinal* au théâtre (septembre-octobre 1885). La pièce ne sera jouée qu'en avril 1888, au Châtelet : trop longue, elle échouera. *L'Œuvre,* roman sur les peintres et sur la création artistique, est achevé en février 1886. Cézanne, qui croit s'être reconnu dans le personnage de Claude Lantier, cesse toute relation suivie avec Zola. La demeure de Médan s'agrandit ; Zola est un propriétaire heureux et gourmand ; il prend de l'embonpoint. Du 3 mai au 11 mai 1886, il voyage en Beauce pour préparer *La Terre,* dont il voudrait faire pour les paysans ce que *Germinal* a été pour les ouvriers. *La Terre,* achevé en août 1887, soulève de nouvelles polémiques. Anatole France parle des « géorgiques de l'ordure » ; cinq jeunes écrivains de l'entourage de Goncourt (Bonnetain, Descaves, Rosny, etc.) publient un manifeste où ils affirment renier le naturalisme de Zola. Celui-ci passe des vacances paisibles à Royan et, malicieusement, commence à préparer un roman mystique et faussement « convenable », *Le Rêve.*

Il lui reste quatre romans à écrire pour clore le cycle des *Rougon.* Il n'en sera même pas détourné par la révolution qui bouleverse sa vie privée en 1888. Il s'éprend d'une jeune lingère bourguignonne engagée par Alexandrine Zola, et en fait sa maîtresse, en décembre. Jeanne Rozerot lui donnera deux enfants, Denise, en 1889, et Jacques en 1891. Ce sont pour lui, dorénavant, les contraintes d'une double vie, qu'il réussit à vivre dans la dignité et à préserver des ragots, et qu'Alexandrine, après une crise douloureuse, acceptera. Il mincit, découvre à cinquante ans les joies de la paternité, retrouve l'énergie fougueuse de sa jeunesse. *La Bête humaine* (1890) n'en est pas moins un roman noir, hanté par des visions de violence. En septembre 1889, les Zola s'installent dans leur dernier domicile, 21 bis rue de Bruxelles, près de la place Clichy, que Zola, un peu plus tard, photographiera sous tous les angles, avec beaucoup d'autres paysages parisiens. La photographie le passionne; il devient un excellent preneur de vues et un très bon technicien.

Le 1er mai 1890, il pose pour la première fois sa candidature à l'Académie française. Il échouera toujours, en dépit de sa persévérance; il ne sera jamais que président de la Société des gens de lettres (1891), où il travaillera sérieusement à la protection des droits des écrivains. En 1891, paraît *L'Argent,* roman sur la Bourse et les grandes affaires. En avril 1891, Zola refait, de Châlons à Sedan, le chemin qu'avait suivi en 1870 l'armée de Châlons, avant d'être écrasée à Sedan. En juin, on joue à l'Opéra-Comique *Le Rêve,* sur une musique d'Alfred Bruneau. Zola se tourne vers le théâtre lyrique et écrit des livrets originaux, que Bruneau, devenu un fidèle de Médan, met en musique : *L'Attaque du moulin* (1893), *Lazare* (1894), *Messidor* (1897), etc. *La Débâcle* paraît en 1892. En août-septembre, les Zola voyagent à Lourdes, en Provence, en Italie : premier contact avec l'univers des *Trois Villes.* La dernière ligne du *Docteur Pascal* est écrite le 15 mai 1893. Le 21 juin, un grand banquet littéraire célèbre l'achèvement des *Rougon-Macquart;* le 13 juillet, Zola, chevalier depuis 1888, est fait officier de la Légion d'honneur. En septembre, il est l'invité d'honneur du congrès international de la Presse, à Londres. Mais l'Académie française lui préfère José Maria de Heredia. Heureusement pour son visage futur, il n'a pas tout à fait conquis tous les honneurs...

IX. DE L' « HISTOIRE D'UNE FAMILLE »
AU CYCLE DE LA CITÉ.
« LES TROIS VILLES. »
1894-1898

Pendant que Zola terminait *Les Rougon-Macquart,* c'était, à Lourdes le grand marché des miracles, à Rome l'encyclique de Léon XIII sur les conflits sociaux, et à Paris, mêlés, le ralliement catholique à la République modérée de Jules Méline, le scandale de Panama, les attentats anarchistes. Une fin du siècle travaillée par l'inquiétude sociale, le nationalisme, le renouveau mystique, le malaise des foules... Zola reprend partiellement le schéma qui lui a réussi dans *Les Rougon-Macquart :* une même famille suivie de roman en roman (mais sans les multiples ramifications des Rougon-Macquart). Le prêtre Pierre Froment sera successivement le héros de *Lourdes* (1894), de *Rome* (1896) et de *Paris* (1898). Les Zola ont séjourné à Rome en 1894. Zola a été fasciné par les contrastes entre les ruines du monde antique, le baroque, la toute-puissance de la Rome papale, et la fièvre de spéculations et de plaisirs de la capitale civile. Il s'est retrouvé dans Michel-Ange. Il n'a pas rendu visite à ses lointains cousins de Vénétie...

En 1895-1896, il reprend sa plume de journaliste, pour une *Nouvelle Campagne* dans *Le Figaro :* dix-huit articles, parmi lesquels un article malheureux sur l'art moderne, et un article prémonitoire sur l'antisémitisme. *Paris,* en 1898, tentera d'interpréter les tares de la république parlementaire, l'inhumanité de la cité moderne, l'exaltation anarchiste.

X. DE L'AFFAIRE DREYFUS
AUX « QUATRE ÉVANGILES ».
1898-1902

Le capitaine Alfred Dreyfus a été condamné en décembre 1894 à la déportation perpétuelle à l'île du Diable, pour avoir prétendument livré des renseignements à l'Allemagne. En 1896, le colonel Picquart a découvert le vrai coupable (le commandant Esterházy). Mais ce n'est qu'à la fin de 1897 que Zola, convaincu, par Leblois, Bernard Lazare, Scheurer-Kestner, de l'innocence de Dreyfus, va mettre son nom et son talent au service du condamné. *J'Accuse* (Lettre au président de la République), publié le 13 janvier 1898 dans *L'Aurore,* journal de Clemenceau, enflamme l'opinion. L'affaire Dreyfus est désormais au centre du débat politique, contre le vœu des pouvoirs et du parlement. Elle oppose le courant nationaliste et militariste à la gauche radicale et socialiste, la libre pensée à l'intégrisme catholique, les partisans du droit à ceux de l'ordre et de la raison d'État. Zola, injurié de toutes les manières par les lignes d'extrême droite, inculpé de diffamation à l'égard des officiers qu'il a dénoncés pour forfaiture, est jugé par la cour d'assises de Paris du 7 au 23 février 1898 et condamné à un an de prison et 3 000 F d'amende. Le jugement, cassé le 2 avril, est confirmé par la cour de Versailles le 18 juillet 1898, par défaut. Sur le conseil de ses défenseurs (Labori, Albert Clemenceau) et de ses amis (l'éditeur Fasquelle, Alfred Bruneau, Fernand Desmoulins, Octave Mirbeau), Zola s'exile en Angleterre. C'est un nouveau bouleversement dans sa vie. L'écrivain paisible, honoré, fortuné, est devenu un combattant traqué, clandestin. D'Angleterre, il écrit des lettres à la fois attristées et confiantes à Alexandrine, à Jeanne Rozerot, à ses amis. Son action a déclenché un mouvement irréversible. Le 31 août 1898, le commandant Henry, principal accusateur de Dreyfus, est convaincu de faux et se suicide. Le dossier d'Alfred Dreyfus est porté devant la Cour de cassation, qui, le 3 juin, rend un arrêt de révision du procès de 1894. Les défenseurs de Dreyfus triomphent. Zola, le 5 juin, rentre en France, affrontant ouvertement le gouvernement, qui renonce à le faire poursuivre. En septembre 1899, Dreyfus, ramené en France, est de nouveau jugé, de nouveau condamné par des officiers qui se refusent à perdre la face, et aussitôt gracié. Il sera réhabilité et réintégré dans l'armée en 1906. La défaite des adversaires de Dreyfus et de Zola, en dépit de la politique d'apaisement menée par Waldeck-Rousseau, entraînera la victoire de la gauche radicale aux élections de 1902, et une diminution sensible du rôle des congrégations religieuses et des ligues nationalistes.

En Angleterre, Zola a écrit *Fécondité,* qui paraît en 1899. C'est le premier des *Quatre Évangiles,* son dernier cycle, où il cherche à deviner, à travers le destin de la lignée issue de Pierre Froment, ce que sera la société du siècle à venir; romans longs et touffus, où passent les rêves et les mythes laïques, scientistes et socialisants de 1900. *Travail* paraît en 1901; *Vérité,* directement inspiré par l'Affaire, sera publié en 1903, après la mort de Zola. *Justice* est resté à l'état de notes préparatoires.

Après son retour, Zola intervient plusieurs fois dans *L'Aurore* pour hâter la réhabilitation d'Alfred Dreyfus. En 1900, il réalise un reportage photographique de l'Exposition universelle. Pour le reste, c'est de nouveau une vie familiale doublement partagée, entre Alexandrine et Jeanne, entre Paris et Médan. De nombreuses photos le montrent entouré de ses amis à Médan, ou de ses enfants dans la demeure de Jeanne à Verneuil, ou en cycliste sur les routes de campagne. Il s'est retiré à l'écart du mouvement politique et esthétique. Son vieil ami Paul Alexis meurt en 1901. Maupassant est mort en 1893, Goncourt en 1896, Daudet en 1897. Il est le dernier survivant des dîners naturalistes.

Pas pour longtemps. Dans la nuit du 28 au 29 septembre 1902, au retour de Médan, Alexandrine et ·Émile Zola sont asphyxiés par une cheminée qui tire mal. Seule Alexandrine est ranimée. Accident? Malveillance? Zola recevait souvent des menaces de mort. L'enquête conclut à l'accident, sans certitude. Cinquante ans plus tard, un entrepreneur, sans laisser publier son nom, avouera à un journaliste avoir bouché la cheminée de Zola, « pour lui faire une farce ». Zola mort pour la Justice, titre de sa dernière œuvre? Ce n'est pas invraisemblable.

Le 5 octobre 1902, le peuple de Paris, auquel s'est jointe une délégation des mineurs de Denain, lui fait un cortège de funérailles comme on n'en avait pas vu depuis la mort de Victor Hugo. Le 4 juin 1908, son corps sera porté au Panthéon. Plus tard, selon les vicissitudes politiques et idéologiques, l'État l'honorera ou l'oubliera. Il reste une figure plus aimée à gauche qu'à droite. Le peuple n'a jamais cessé de le lire. La critique moderne a découvert son œuvre, qu'on étudie maintenant à l'égal des classiques.

Henri Mitterand.

NOTICE

LES ORIGINES

Dès 1868, parmi les dix romans qu'il prévoit pour son « Histoire d'une famille », Zola fait une place au « roman judiciaire », avec pour personnage principal un membre de la souche bâtarde (qui figurera aux côtés de l'ouvrier, du militaire et de la lorette). En 1869 le projet s'est précisé : « *Un roman qui aura pour cadre le monde judiciaire et pour héros Étienne Lantier, troisième enfant du ménage d'ouvriers.* »

La presse de l'époque se plaît aux comptes rendus de cours d'assises, aux faits divers sanglants. Zola lui-même a commenté le procès de trois empoisonneuses marseillaises (dans *La Tribune* du 13 décembre 1868). Le crime est à ses yeux une maladie — maladie du criminel : « *le besoin de tuer* », mais aussi maladie de la société. « *Les romanciers physiologistes,* écrit-il, *ne font... que ce que la justice fait en rendant publique la discussion des grands crimes : ils élargissent les plaies pour y enfoncer le fer rouge.* »

Après 1871, la liste des romans s'allonge. Zola a toujours en réserve « *le roman judiciaire* ». Mais, dès 1878 — installé depuis peu à Médan, en bordure de la ligne Paris-Le Havre, il imagine un nouveau sujet : « *Une grande gare où se croiseront dix voies, et sur chaque ligne se poursuivra un épisode (...) et tout le roman aura la couleur des lieux et l'on y entendra comme un accompagnement musical, la trépidation de cette vie précipitée, et l'on y verra l'amour en wagon, l'accident sous le tunnel, l'effort de la locomotive, la collision, le choc, le*

désastre, la fuite, tout ce monde noir, enfumé et bruyant »
(d'après Edmondo de Amicis, *Souvenirs de Paris*, Milan,
1879). « *L'accident sous le tunnel* » rappelle un cauchemar
familier d'Émile Zola, celui qu'on retrouve dans *La Faute de
l'abbé Mouret*, « La Mort d'Olivier Bécaille », *Germinal* :
l'agonie de l'enterré vivant. Les deux projets demeurent
distincts, selon les confidences de Zola à Paul Alexis en 1882,
à Louis Desprez et à Edmond de Goncourt en 1884 : d'un
côté un roman sur les chemins de fer, avec « Étienne
Lantier », de l'autre un « livre sur le crime », avec un des fils
de Lantier (l'amant de Gervaise). Zola, au fil de ses lectures,
réunit quelques coupures de presse, en particulier des récits
de tamponnement et de faits divers criminels. Le plus célèbre
de ces derniers est en septembre 1888 la série des exploits de
Jack l'Éventreur, à Londres.

Ni l'un ni l'autre de ces deux sujets n'est original. Le
roman et la peinture se sont déjà intéressés au pittoresque
ferroviaire. Huysmans a décrit la gare Montparnasse dans
Les Sœurs Vatard (1879), Claude Monet a consacré à la gare
Saint-Lazare plusieurs toiles, à propos desquelles Zola
écrivait : « *On y entend le grondement des trains qui s'engouf-
frent ; on y voit des débordements de fumée qui roulent sous les
vastes hangars... Nos artistes doivent trouver la poésie des
gares comme leurs pères ont trouvé celle des forêts et des
fleuves* » (*Le Sémaphore de Marseille*, 19 avril 1877).

Quant au crime, c'était déjà, dès 1867, le thème central de
Thérèse Raquin. En 1885, a paru la traduction française de
Crime et châtiment, de Dostoïevski. *La Bête humaine* en
prendra le contre-pied théorique. Il n'y a pas de droit au
crime, la thèse de Raskolnikov est fausse ; il n'y a qu'une
source organique, atavique, pathologique, du crime, qui est
un acte de folie. La réflexion de Zola s'alimentera aux
ouvrages de criminologie et de sociologie du meurtre qui
paraissent entre 1885 et 1888 : *L'Homme criminel*, de César
Lombroso, et *La Criminalité comparée* de Gabriel Tarde.
Plus qu'une folie individuelle héréditaire, selon l'explication
de Lombroso, le crime est pour Tarde une monstruosité qui
dénote une régression dans le passé de l'espèce humaine
entière, une résurgence de la bestialité archaïque.

Pourquoi Zola s'est-il résolu à fondre les deux sujets ? Sans
doute parce qu'il avait irrévocablement arrêté le cycle des

Rougon-Macquart à vingt volumes. Or il avait « *réservé une case* », selon une lettre au critique hollandais Van Santen Kolff (12 septembre 1890), pour un « *roman sur la Bourse* », s'ajoutant à deux sujets depuis longtemps médités, le « *roman militaire* » et le « *roman scientifique* ». Seize œuvres avaient déjà paru. Il fallait donc faire du chemin de fer un décor, et du crime un motif d'intrigue, au sein du même roman. Ce fut décidé dès novembre 1888.

LA PRÉPARATION ET LA RÉDACTION

L'*Ébauche* de *La Bête humaine,* préparée vers cette époque, privilégie d'abord le thème criminel : « *Un drame violent à donner le cauchemar à tout Paris.* » Momentanément, Zola reprend le personnage d'Étienne Lantier, dont il avait déjà fait le héros de *Germinal.* Étienne deviendrait ici « *employé dans un chemin de fer* », et finirait par succomber à « *la folie homicide* ». Des liens se nouent peu à peu, selon la démarche métonymique propre aux ébauches de Zola : un personnage en appelle un autre, un sujet fait surgir des lieux, des parcours d'un lieu à l'autre (la gare, la ligne), qui à leur tour engendrent des personnages (les employés, les voyageurs)... L'intrigue policière et judiciaire fournit ses magistrats, ses bourgeois aisés. Une femme fera le lien entre les deux mondes. Le mari trompé (monde ferroviaire) tuera l'amant (riche bourgeois) dans un train en marche. Le témoin du meurtre (le mécanicien Lantier) devient à son tour l'amant de la femme; il finira par la tuer, accomplissant l'acte qu'il avait vu, avec le couteau du premier meurtre.

Zola s'attache aux lieux privilégiés de l'action, où se passeront quelques « épisodes typiques » : le train en marche, le train bloqué dans la neige, la gare, la maison du crime final. Il resserre la trame, règle le caractère des personnages. Ainsi la femme : « *Une femme tendre, bonne, calme, faite pour vivre d'affection et de soumission, avec un fond de sensualité (...) Un type à rester dans la mémoire, une blonde rousse avec des yeux noirs, une bouche rouge, petite en cœur, l'air tendre et candide, un peu poupin.* » Il construit la logique des épisodes, invente les détails judiciaires de l'intrigue, et développe le motif symbolique : la confrontation entre la civilisation moderne, fondée sur l'échange, la circulation du savoir, des idées, des produits, et la barbarie ancestrale, qui tue instinctivement. De là, le titre du roman, *La Bête humaine,* préfiguré dans une remarque des dernières pages de l'*Ébauche :* « *Le chemin de fer comme fond, le progrès qui passe devant la bête humaine déchaînée.* »

Dès le 27 novembre 1888, Zola confie à Van Santen Kolff : « *Il est peu à croire que le héros de mon prochain roman... soit Étienne Lantier. Je vais sans doute être obligé de créer un personnage que j'ajouterai plus tard à l'arbre généalogique.* » Il venait de se rendre compte — de façon bizarrement tardive — qu'il ne lui était pas possible de transformer le porte-parole et le guide des foules de *Germinal* (malgré l'accès de violence qui l'a conduit à tuer Chaval) en tueur de femmes, en incarnation de la Bête aveugle. Étienne Lantier disparaît et cède la place à un troisième fils de Gervaise Macquart inventé pour les besoins de la cause : Jacques Lantier, mécanicien au chemin de fer de l'Ouest, né en 1843.

À partir de décembre 1888, la liaison de Zola avec Jeanne Rozerot bouleverse sa vie et ferme le dossier de *La Bête humaine,* momentanément. Il ne commencera son enquête documentaire qu'en février 1889. Son principal informateur est alors l'ingénieur Pol Lefèvre, sous-directeur du Mouvement à la Compagnie de l'Ouest. Il lit un livre de l'ingénieur, qui décrit en détail l'ensemble des matériels et des techniques ferroviaires. Il rencontre et interroge Lefèvre plusieurs fois, entre le 15 février et le 15 avril 1889; il note souvenirs et anecdotes, s'informe sur le travail des cheminots, visite la gare Saint-Lazare. Il trouve dans tout cela des idées de scènes et de descriptions, qui donneront au roman à la fois son vraisemblable et son pittoresque techniques. Il fait un voyage au Havre — en compagnie de Jeanne Rozerot. Un vieil employé lui décrit l'aspect de la gare du Havre en 1869. Il visite le Palais de Justice de Rouen. Ses notes de voyage restituent un reportage très impressionniste, à la Monet, sur l'agitation de la gare au moment des départs.

Cette connaissance, progressivement enrichie, des chemins de fer, amène Zola à préciser la fonction de certains personnages (le sous-chef de gare Roubaud, par exemple), et de certains lieux (l'appartement qui domine la gare Saint-Lazare). La population du roman s'organise, avec les noms des personnages, leur fiche de caractère et de rôle. Un plan général se dessine : l'action ira de février 1869 à juillet 1870. Lorsque Zola a achevé le premier plan détaillé, il n'a pas encore trouvé son dénouement. Celui-ci surgira de la lecture ou de la relecture d'un article ancien du *Gaulois* (12 mars 1886). L'auteur y racontait l'histoire d'un chauffeur de locomotive, qui, jaloux de son mécanicien, l'avait jeté sur la voie en pleine vitesse, et avait été entraîné dans la chute. Le train, privé de pilotes, empli de soldats insouciants, poursuivant à toute vitesse sa route dans la nuit, deviendra ainsi, dans l'épilogue de *La Bête humaine,* « *l'image de la France* » à la veille de Sedan.

Le 15 avril 1889, Zola arrive tard à la répétition de sa *Madeleine,* pièce en trois actes que monte Antoine au Théâtre-Libre. C'est qu'il a fait dans la journée le trajet de Paris à Mantes sur une locomotive, accompagné d'un ingénieur. La « *trépidation lui a cassé les jambes* ». Les notes qu'il a prises (*Mon Voyage*) décrivent les manœuvres de conduite, les habitudes du mécanicien et du chauffeur, les perspectives de la voie, les secousses de la machine, le tonnerre et le coup de vent des trains qu'on croise, le vacarme des ponts et des aiguillages. Cette expérience vécue, cette échappée de la sensation vers les choses, si rapide qu'elle soit, équilibrera une action dont tous les protagonistes, au mépris du vraisemblable, sont des meurtriers.

Il ne restait plus à Zola qu'à arranger, dans le second plan détaillé, la part du récit et celle du dialogue, les déplacements des personnages, quelques ajustements narratifs. Pour écrire, il alla s'installer à Médan. Il commença le 5 mai 1889, le lendemain de son arrivée. Le 6 juin, ayant achevé le premier chapitre, il écrivit à son correspondant hollandais : « *C'est en somme l'histoire de plusieurs crimes, dont l'un central. Je suis très content de la construction du plan, qui est peut-être le plus ouvragé que j'aie fait, je veux dire celui dont les diverses parties se commandent avec le plus de complication et de logique. L'originalité est que l'histoire se passe d'un bout à l'autre sur la ligne de chemin de fer de l'Ouest, de Paris au Havre. On y entend un continuel grondement de trains : c'est le progrès qui passe, allant au vingtième siècle, et cela au milieu d'un abominable drame, mystérieux, ignoré de tous. La bête humaine sous la civilisation.* » Le 22 juin, dans une autre lettre, il justifie la fusion des deux sujets primitifs : d'une part, la place lui manquait, d'autre part, il avait « *déjà un peu abusé des machines, dans* Germinal », et c'est pourquoi il avait réduit le chemin de fer à « *n'être plus qu'un cadre* ». En fait, il avait trouvé une solution élégante et neuve à un pur problème de construction narrative : la voie de chemin de fer n'est-elle pas l'espace romanesque idéal, pour une action qui doit se déplacer, se passer en plusieurs lieux à la fois, et faire se croiser au même endroit plusieurs épisodes différents ? Zola expose fort bien ces données, en professionnel averti, qui n'est pas tout à fait dupe des théories naturalistes : le roman « *se passe surtout au Havre, puis à Paris, puis à Rouen, et enfin dans un poste de cantonnement au sortir du tunnel de Malaunay, avant la station de Barentin. Le choix de ce poste m'a été imposé par l'intrigue même de l'œuvre. Il faut que certaines scènes se passent là, parce qu'elles ne peuvent pas se passer ailleurs.* » Le récit d'abord...

En septembre, les Zola s'installèrent dans leur nouvel appartement du 21 bis de la rue de Bruxelles. La désignation du romancier comme membre du jury aux Assises de la Seine lui fit perdre une semaine de travail. Peut-être cette nouvelle expérience — non volontaire, semble-t-il — influença-t-elle la rédaction du dernier chapitre, qui décrit les débats d'un procès au Palais de Justice de Rouen.

La Bête humaine devait être publié en feuilleton dans *La Vie populaire,* qui avait offert à Zola vingt mille francs. La première livraison parut le 14 novembre ; la dernière le 2 mars 1890. La rédaction était achevée depuis le 18 janvier. *La Bête humaine* parut en librairie dans la première semaine de mars.

Anatole France ne craignit pas d'évoquer Homère, à la fois pour les dénombrements descriptifs et pour les symboles. « Cet homme est un poète. Son génie, grand et simple, crée des symboles. Il fait naître des mythes nouveaux. Les Grecs avaient créé la Dryade, il a créé la Lison : ces deux créations se valent et sont toutes deux immortelles. Il est le grand lyrique de ce temps. » Dans *Le Figaro* du 8 mars 1890, Jules Lemaître développa la même idée, avec plus de précision : « M. Zola étudie le plus effrayant et le plus mystérieux de ces instincts primordiaux : l'instinct de la destruction et du meurtre et son obscure corrélation avec l'instinct amoureux. Il est le poète du fond ténébreux de l'homme, et c'est son œuvre entière qui devrait porter ce titre : *La Bête humaine*... Je ne crois pas avoir jamais vu, sur l'éternel hymen de l'amour et de la mort, de pages plus frissonnantes d'horreur et de mystère. » A cette observation en quelque sorte préfreudienne, il ajoutait la mention du thème sur lequel Zola avait lui-même le plus insisté : « Nous-mêmes, chrétiens, civilisés, lettrés, artistes, nous avons des mouvements de haine ou d'amour, de concupiscence ou de colère, qui viennent pour ainsi dire de plus loin que nous ; et nous ne savons pas toujours à quoi nous obéissons... C'est une épopée préhistorique sous la forme d'une histoire d'aujourd'hui. »

D'autres critiques relevaient les aspects mélodramatiques de l'intrigue (Paul Ginisty, dans le *Gil Blas* du 15 mars). Armand de Pontmartin, dans la royaliste *Gazette de France* (23 mars), reprenait son éternel refrain sur « le bourbier pornographique » où « se vautrent » les héros de Zola, et qui « s'accorde admirablement avec le règne de la République jacobine ». Mais la plupart s'arrêtaient, comme Lemaître, sur le thème des fatalités ataviques. Loin de les choquer (à part l'incorrigible Pontmartin), ce thème les rassurait plutôt. Installer le mal au plus profond de l'espèce humaine, en faire une résurgence des temps lointains où, comme l'écrivait René Doumic (*Le Moniteur universel*, 14 mars), « l'homme primitif parcourait les forêts, assouvissant au hasard ses besoins de brute sanguinaire » — n'était-ce pas réfuter l'enseignement détestable de Rousseau et de sa descendance, pour qui le malheur et le crime sont des acquis de la vie sociale, de l'histoire ? *La Bête humaine*, pour toutes sortes de raisons, aurait pu être très mal accueilli par la critique (qu'il serait pléonastique, pour l'époque, de qualifier de bourgeoise). Mais celle-ci, plus ou moins consciemment, comparait *La Bête humaine* à *Germinal* : à tout prendre, les difformités de la nature inquiètent moins que les transformations de l'histoire.

LE TEXTE

Le manuscrit et le dossier préparatoire :

— Manuscrit autographe : Bibliothèque nationale, département des Manuscrits, Nouvelles acquisitions françaises, n° 10272 (f°s 1 à 417) et 10273 (f°s 418 à 733).

— Dossier préparatoire : Bibliothèque nationale, département des Manuscrits, Nouvelles acquisitions françaises, n° 10274 (f°s 1 à 677). Ce dossier comporte notamment une *Ébauche,* un *Plan général,* deux séries de *Plans détaillés,* des coupures de presse, des notes sur les chemins de fer (*Notes Lefèvre*), des notes sur la ligne Paris-Le Havre, des notes sur la magistrature, et deux séries de notes sur les personnages du roman.

La publication en feuilleton :

La Bête humaine parut dans l'hebdomadaire illustré *La Vie populaire,* du 14 novembre 1889 au 2 mars 1890.

Les principales éditions :

— L'édition originale, 1 vol., in-18, 419 p., Paris, Librairie Charpentier et Cie, 3,50 fr. Bibliothèque Charpentier. (Avec 30 exemplaires sur papier du Japon et 250 exemplaires sur papier de Hollande, tous numérotés.)

— L'édition Bernouard, en 1928, avec des notes et commentaire de Maurice Le Blond.

— L'édition Rencontre (Lausanne, 1961), avec une préface d'Henri Guillemin.

— L'édition de la Bibliothèque de la Pléiade (*Les Rougon-Macquart,* tome IV, Paris, éditions Gallimard, 1966), avec une étude et des notes d'Henri Mitterand. C'est le texte de cette édition que nous reprenons ici.

— L'édition du Cercle du Livre Précieux (*Œuvres complètes* de Zola, tome VI, Paris, 1967, sous la direction d'Henri Mitterand), avec une préface de Gilles Deleuze.

— L'édition de l'Intégrale (*Les Rougon-Macquart,*

tome V, Paris, éditions du Seuil, 1970), avec une introduction de Pierre Cogny.

— L'édition Garnier-Flammarion (Paris, 1972), avec une introduction de Robert A. Jouanny.

BIBLIOGRAPHIE

Ouvrages ayant servi de sources à Zola :

— F. Dostoïevski. *Crime et châtiment,* traduction de Victor Derely, Paris, 1885.
— Pol Lefèvre et G. Cerbelaud. *Les Chemins de fer,* Paris, 1889.
— César Lombroso. *L'Homme criminel. Criminel né. Fou moral. Épileptique. Étude anthropologique et médico-légale,* Paris, 1887.
— Gabriel Tarde. *La Criminalité comparée,* Paris, 1886.
— Maître Z..., *Le Dossier de la magistrature,* Paris, 1879.

Articles ayant servi de source à Zola :

Zola consulta notamment *Le Figaro* du 6 septembre 1881 (sur la catastrophe ferroviaire de Charenton); *La Gazette des tribunaux* du 15 janvier 1886 et *Le Temps* des 15 et 16 janvier 1886 (sur l'assassinat du Préfet de l'Eure); *Le Figaro* du 12 mars 1886, *Le Gaulois* des 12, 13 et 19 mars 1886, *Le Temps* des 12, 13 et 14 mars 1886, sur l'accident ferroviaire de Cabbé-Roquebrune; les journaux parisiens du 5 février 1889, sur l'accident de La Hulpe-Groenendael; et peut-être *Le Temps* du 12 août et des 2, 10, 14, 20 et 25 septembre 1888, sur les méfaits de « Jack l'Éventreur » à Londres.

Ouvrages sur La Bête humaine :

Antoinette Jagmetti. « *La Bête humaine* » *d'Émile Zola : Étude de stylistique critique*, Genève et Lille, Droz, 1955.

Martin Kanes. *Zola's* « *La Bête humaine* ». *A study in Literary Creation*, Berkeley and Los Angeles, University of California Press, 1962.

Marc Baroli. *Le Train dans la littérature française*, Paris, 1963 (pp. 207 à 266).

Jean Borie. *Zola et les mythes, ou De la nausée au salut*, Paris, éditions du Seuil, 1971 (pp. 13 à 40 et 41 à 124).

Choix d'articles :

César Lombroso. « *La Bête humaine* et l'anthropologie criminelle », *La Revue des revues*, IV-V, 1892, pp. 260-264.

Albert Duluc : « Émile Zola et le monde du chemin de fer », *La Vie du rail*, 3, 10, 17, 24 novembre, 1er décembre 1952.

A. Bronson Feldman. « Zola and the Riddle of Sadism », *American Imago*, vol. XIII, 1956, pp. 415-425.

J. H. Matthews. « The Railway in Zola's *La Bête humaine* », *Symposium*, printemps 1960, pp. 53-59.

Elliott-M. Grant. « L'Affaire Poinsot-Jud, Mérimée et Zola », *Les Cahiers naturalistes*, n° 23, 1963, pp. 313-315.

J. W. Scott. « Réalisme et réalité dans *La Bête humaine*. Zola et les chemins de fer », *Revue d'histoire littéraire de la France*, oct.-déc. 1963, pp. 635-643.

Auguste Dezalay. « Le Thème du souterrain chez Zola », *Europe*, avril-mai 1968, pp. 110-121.

David Baguley. « Image et symbole : la tache rouge dans l'œuvre de Zola », *Les Cahiers naturalistes*, n° 39, 1970, pp. 36-41.

NOTES

Page 32.

1. La carrière de Roubaud reproduit le modèle proposé par Pol Lefèvre. Ce dernier avait fourni des données générales :

« Les chefs de gare. *Un chef de gare fait ordinairement tout son chemin sur place. Il sort du régiment sans instruction, s'en fait une plus tard, petite. Il est élève facteur mixte, pas classé, et enregistre les colis, les porte au train. Puis, on le classe, il devient facteur mixte, puis facteur-chef, puis chef de petite gare ou sous-chef de grande, et chef enfin. A 40 ans, il épouse une petite bourgeoise plus jeune que lui. A 45 ans, il peut avoir 3 000 fr. — Un chef de gare ne peut pas quitter sa gare sans autorisation. Son appartement est là, au-dessus de sa gare, ou parfois dans un bâtiment voisin. Il doit être marié. On l'appelle parfois à Paris pour le gronder.* »

Page 36.

2. La mention de cet épisode apparaît dans les *Notes Lefèvre* à la suite des indications relatives à la journée du chef de gare de Dieppe :

« *La raison pour laquelle on mande Roubaud à Paris est un manque d'égard pour le sous-préfet. Lui peut être républicain. Mêler cela à l'écroulement du Second Empire, en 69. C'est, à Paris, le chef de l'exploitation qui le réprimande. Il lui envoie un permis de Paris pour venir, car les chefs de gare voyagent en 1re classe à l'aide de permis envoyés de Paris.* [...] »

Page 37.

3. La carrière de Grandmorin est imaginée grâce aux informations fournies à Zola par son ami Gabriel Thyébaut, sur le déroulement type d'une carrière de magistrat riche et influent.

Page 42.

4. Le nom de Maufras rappelle plusieurs noms de lieux de la région de Malaunay et de Barentin, sur la ligne de Rouen : on trouve là en effet une côte Malfer, un hameau d'Enfer, un hameau de Maupas. — Quant au nom de Doinville, il est construit sur le radical-*ville*, du latin *villa*, le domaine, fréquent en Normandie.

Page 44.

5. L'attention de l'auteur est ici incertaine. L'heure du départ de ce train varie d'une page à l'autre : ici quatre heures vingt-cinq, quelques pages plus loin (page 57) cinq heures vingt...

Page 62.

6. Zola a mêlé ici les informations que lui a fournies l'ingénieur Pol Lefèvre sur les manœuvres du départ, et les observations qu'il a faites lui-même à la gare Saint-Lazare. Son personnage est à la fois un homme de métier et un voyageur. La technicité peut donc se concilier avec l'impressionnisme. Voici quelques-unes des notes que Zola avait prises :

« Paris-Départ du train de 6 h 30. *Fin février. Le jour vient de tomber. Nuit noire, une gare toute noire. Les becs de gaz alignés sur les trottoirs des quais ; et les becs de gaz fixés dans les façades des bâtiments. Des espaces très sombres, en somme peu éclairés, surtout en 69. Le reflet vague des becs de gaz dans les vitres de la marquise. Peu de feux de couleur, quelques petites lanternes rouges des signaux ronds, mais perdus : comment peut-on s'y reconnaître. Les feux verts très rares, les feux jaunes sur les voies de service. Les lanternes portées à la main et qui dansent, mais peu vues. Voilà à peu près pour les lumières, si l'on ajoute le grand feu blanc, à l'avant de la locomotive, et les trois feux rouges à l'arrière, la grosse lanterne centrale, et les deux lanternes pendues à droite et à gauche [...] Les bruits. [...] Des coups de trompe de tous les côtés, deux je crois pour les trains montant. Comment fait-on pour s'y reconnaître. Les coups de sifflet des locomotives pour les manœuvres. Tout un langage. Elles parlent, demandent, répondent [...]. Les cris des employés les ordres donnés à voix haute, se perdant dans le grand air Le souffle des locomotives qui arrivent ou qui partent. Les bruits spéciaux des plaques tournantes. Le choc des wagons qu'on attelle, le choc des tampons. Le roulement des chariots de bagages. — Et encore toutes sortes de bruits épars, dans le grand air, des bruits vagues qui montent des rails au milieu du grondement lointain de Paris — Sous le pont de l'Europe, le roulement continu des fiacres, au-dessus.*

Page 63.

7. Zola a placé la demeure de la Croix-de-Maufras et la maison du garde-barrière non loin de Barentin. Ainsi elles se trouvent au débouché du tunnel qui s'ouvre à 1,300 km au-delà de Malaunay, et, après 2,200 km de parcours, débouche à 5,500 km en deçà de Barentin. De plus, les personnages, par la gare de Barentin, ont une communication commode avec Le Havre et Paris.

Page 64.

8. L'aspect vallonné, accidenté, broussailleux du paysage qui s'étend entre Malaunay et Barentin avait frappé Zola pendant son voyage au Havre. Il lui avait paru pouvoir fournir un décor approprié aux scènes qu'il imaginait.

Page 65.

9. On retrouve ici certains développements de Lombroso (*L'Homme criminel. Étude anthropologique et médico-légale*, Paris, Alcan, 1887) sur la physionomie type du « criminel-né ».

Page 68.

10. Avec les gardes-barrières, les cantonniers et les stationnaires, les piqueurs sont les employés qui ont la charge d'entretenir et de surveiller la voie. Zola a noté dans son dossier : « *Il y a un piqueur par district de 7 à 8 km, et il y a*

un chef de section pour 40 à 50 km. Ce sont eux qui vont à pied, qui visitent les maisons [des gardes-barrières] *et engrossent les femmes.* »

Page 86.

11. Zola emprunte cette idée à *L'Homme criminel* de Lombroso, pour qui « les crimes les plus affreux... ont un point de départ physiologique, atavique, dans des instincts animaux qui... renaissent tout à coup sous l'influence de certaines circonstances ».

Page 88.

12. Toutes ces informations, y compris sur les traitements et les primes, sont tirées des *Notes* où Zola a consigné les informations qui lui avaient été fournies par l'ingénieur Pol Lefèvre.

Page 97.

13. C'est Gabriel Thyébaut, « le juriste des Rougon-Macquart », ami de Céard, de Hennique et de Zola, qui a fourni les informations judiciaires à l'aide desquelles Zola a imaginé la marche de l'instruction après la découverte du crime.

Page 99.

14. En réalité, la ligne de Montivilliers n'existait que depuis 1878, alors que l'action du roman est censée se passer en 1869-1870 (J. W. Scott, *art. cité*).

Page 100.

15. En 1869, l'express ayant quitté Paris à 18 h 30 arrivait au Havre à 23 h 25 (J. W. Scott, *art. cité*).

Page 103.

16. L'ancienne gare du Havre avait été remplacée en 1884. Zola dut se faire expliquer quel était l'état de la gare vingt ans plus tôt.

17. Le texte donne ici une image assez exacte de ce quartier du Havre à la fin du XIXᵉ siècle. Il y avait là une rue Roubeau, à laquelle Zola a peut-être emprunté le nom du mari de Séverine.

Page 105.

18. Zola avait d'abord pensé à situer l'action a Dieppe, et Pol Lefèvre lui avait expliqué le service d'un chef de gare à Dieppe. Les *Notes Lefèvre* se sont croisées avec les renseignements obtenus un peu plus tard ur la gare du Havre.

Page 117.

19. Pol Lefèvre a ainsi expliqué à Zola le rôle de ce personnage :

Le commissaire de surveillance administrative :

« *Il y en a un au Havre. Il dépend du ministère des Travaux Publics. Il est à demeure à la gare et y a un bureau. Sa fonction est la surveillance des chemins de fer pour la sécurité de la circulation des trains; mais, en même temps, il est officier de police judiciaire, et il est appelé à faire les constatations légales. Il a une casquette noire avec 4 galons d'argent. C'est d'ordinaire un ancien officier retraité [...]. Pour les constatations du wagon, il adressera un rapport d'enquête à son ingénieur du contrôle (à Paris) [...] Mais le juge d'instruction, s'il veut aller plus vite, s'adressera directement au commissaire de surveillance qui lui communiquera son rapport.* »

Page 129.

20. Nous serions donc en mars 1869. Zola évite de dater l'action. Mais les débats auxquels le texte fait allusion avaient eu lieu pendant la session du Corps législatif ouverte le 18 janvier 1869 et close le 28 avril. Les élections législatives eurent lieu les 23 et 24 mai.

Page 130.

21. A partir des informations fournies par Gabriel Thyébaut, Zola a établi la carrière type d'un juge d'instruction « *Fils d'un gros éleveur normand, il n'entre qu'assez tard dans la magistrature* » et « *y a avancé assez lentement, à cause de son origine* ». Zola fait de même pour le rôle du secrétaire général : « *En 1869, il y avait au ministère de la Justice un Secrétaire général du Ministère qui avait notamment la haute main sur le personnel; c'est lui qui préparait les mouvements, les nominations, les avancements (...). C'était un personnage*

considérable, qui avait des relations avec les Tuileries, et venait immédiatement après le Ministre. »

Page 183.

22. Ici encore, Zola doit beaucoup à un scénario proposé par Gabriel Thyébaut :

« *Interviennent alors les influences qui font arrêter l'instruction et* classer l'affaire *(terme consacré), M. Kamy-Lamotte, Secrétaire général du Ministère de la Justice, est l'ami de Grandmorin [...] Kamy-Lamotte qui sait que Grandmorin a fait épouser à Roubaud Séverine après que celle-ci a été sa maîtresse, flaire la vengeance du mari, il peut faire faire par la Préfecture de Police qui envoie des agents de la Sûreté discrets au Havre, une instruction secrète ; (on apprend que Roubaud a quitté Paris le jour du crime, qu'il est arrivé au Havre dans la nuit, que les jours suivants, sa femme et lui ont eu l'air préoccupés, que certaines paroles leur sont échappées, que Roubaud porte une égratignure à la joue, etc.). Kamy-Lamotte fait part de sa certitude au ministre, qui reçoit l'ordre des Tuileries d'étouffer l'affaire, d'autant plus que même en laissant suivre l'instruction par Cabuche, on arrivera aussi à constater que Grandmorin a eu une vilaine histoire avec la fiancée dudit Cabuche. Donc Kamy-Lamotte [...] fait venir à Paris le juge d'instruction de Rouen et lui laisse entendre qu'il s'agit d'arriver à un* non-lieu *(terme consacré : non-lieu de poursuivre davantage). Le juge entrevoit quelque histoire et comprend à demi-mot ; il laisse entendre qu'il serait heureux d'être décoré, ou bien Kamy-Lamotte lui dit qu'on songe à lui pour la décoration. Bref, le juge regagne Rouen et déclarant que les preuves contre Cabuche ne sont pas convaincantes, il rend à son profit une ordonnance de non-lieu, qui le fait mettre en liberté. »*

Page 196.

23. L'attachement du mécanicien à sa machine est ici relevé d'après les *Notes Lefèvre* et les observations que Zola a faites lui-même sur la machine qui le conduisait de Paris à Mantes, le 15 avril 1889.

Page 200.

24. Voici la dernière partie des notes intitulées *Mon*

voyage, et rédigées par Zola après son expérience du 15 avril 1889. L'écrivain a pénétré avec une intuition très rapide un univers qui lui était tout à fait étranger. L'acuité des sensations enrichit la pertinence des observations techniques :

« *Mon impression sur la locomotive. D'abord une grande trépidation, de la fatigue dans les jambes et un ahurissement à la longue produit par les secousses. La tête semble se vider. A droite et à gauche, les champs ne défilent pas plus vite que vus d'une portière de wagon. Il y a seulement plus d'air, plus d'espace, le vaste ciel sur la tête, la campagne vue d'un coup. D'ailleurs, le mécanicien ne regarde guère que devant lui ; à peine, de temps à autre un coup d'œil jeté à droite ou à gauche. L'impression des longues lignes droites. Les courbes qui cachent la voie, puis une partie droite, allant à l'infini, se perdant ; et là-bas un train arrivant, très petit, grandissant : on peut croire qu'il arrive sur la même ligne, que tout va se briser ; puis, il passe dans un tonnerre, dans un coup de vent très fort. Les tunnels, la porte ronde et béante qu'ils présentent. Quand ils sont en ligne droite comme le tunnel des Batignolles on voit la percée du jour au bout, on distingue si le tunnel est vide. Le bruit, lorsqu'on passe sur un pont de fer, ou sous un pont de maçonnerie, ou près d'un édifice, ce qui fait un engouffrement de vent. Le soubresaut au passage des aiguilles. Par le grand vent, le train éprouve une résistance, il faut marcher plus rude. Et les impressions de nuit, la lanterne éclairant trois cents mètres de voie, un reflet sur les ponts au loin, sur les arbres, sur les maisons à droite et à gauche. Le coup de lumière saignante quand on ouvre la porte du foyer, le rayon lumineux enflammé qui traverse l'espace, la fumée blanche qui semble y brûler. Enfin, tout.* »

Page 219.

25. Ces notations sont empruntées aux renseignements de Pol Lefèvre sur le service de nuit d'un sous-chef de gare.

Page 253.

26. Dans son livre (*Les Chemins de fer*, Paris, Quantin, 1889), Pol Lefèvre avait évoqué les difficultés provoquées par la neige pendant l'hiver 1879-1880. Il raconta d'autre part à

Zola une aventure dont il avait été un des acteurs :
« Le train dans la neige. — *Hiver de 79-80. Lefèvre et un
ingénieur partent de Paris sur une locomotive. La neige
tombant très forte à Rouen, Lefèvre propose de retirer le
cendrier sous la machine ; mais on ne l'écoute pas, et ils ne
prennent comme précaution que des pelles de bois, dans le
fourgon. Il avait aussi demandé de doubler l'attelage, de mettre
deux machines. Non. A Malaunay, le tirage commence, la
machine se ralentit, et s'arrête. Ils descendent, déblaient avec
les pelles, démontent le cendrier avec peine, le retirent avec
plus de peine, le traînent et le jettent sur le côté de la voie. Les
roues coupent la neige, mais la masse du cendrier, au milieu,
fait obstacle. Ils remontent, ils repartent. On fait machine
arrière, on fonce dans le tas à plusieurs reprises. Déjà les
voyageurs s'étaient remis aux portières ; interrogations, effarement. Après Yvetot, nouveau ralentissement, la machine
souffle, finit par s'arrêter petit à petit ; et impossible d'avancer
et impossible de reculer, lorsqu'on veut faire machine arrière.
Impossible de démarrer. Cette machine immobilisée, comme
glacée, comme perdant peu à peu le souffle, et morte,
immobile, envahie par le froid. Il y avait, sur la voie, 80 cm de
neige. Un tas un peu plus gros devant. La neige tombant
toujours, le train s'ensevelissait peu à peu, se recouvrait. Cela à
la tombée du jour, pour l'effet ; puis, la nuit. L'effarement des
voyageurs, les cris, les interrogations aux portières. On les
empêche de descendre. Ceux qui descendraient, de la neige
jusqu'au ventre. Dans les fossés, à droite et à gauche, un
mètre cinquante de neige. Pourtant, on se met au travail.
Lefèvre, l'ingénieur, le mécanicien, le chauffeur, et les 3 conducteurs prennent les pelles et déblaient. Mais cette fois pas
moyen. Quand on essaie de reculer, rien ne bouge. Épouvante
des voyageurs. Lefèvre court à la prochaine station. Quatre
kilomètres dans la neige. En route, il rencontre des troupiers en
train de déblayer avec des pelles de bois. Il les envoie, ils se
mettent à déblayer. Lui est allé à la station, où il y avait des
trains en panne. Il revient avec une machine. Et avec les deux
machines, on fonce sur la neige, on finit par passer. »*

Page 293.

27. En réalité, le premier système de signaux d'alarme

n'est apparu qu'en 1882, sur les trains de la Compagnie de l'Ouest (J. W. Scott, *art. cité*).

Page 350.

28. Cette forme d'empoisonnement chronique, à l'aide d'arsenic blanc, a été décrite à Zola par son ami le docteur Gouverné, à qui il avait écrit, le 3 juin 1889 : « *J'ai besoin qu'un gredin de paysan empoisonne sa femme, d'une façon lente et facile.* »

Page 356.

29. Une coupure de presse (sans lieu ni date), qui figure dans le dossier préparatoire de *La Bête humaine,* raconte la crise d'affolement qui a saisi un ingénieur au milieu d'un tunnel non éclairé :

« Éperdu, droit devant lui, l'ingénieur prend sa course [...] Il bondit sur les traverses et sur les rails, tombe deux fois, se relève, se cogne au mur, allant toujours plus vite, sentant haleter derrière lui le train qui va le rattraper. Finalement, émergeant du tunnel, il tombe littéralement dans les bras du garde auquel il avait, dix minutes auparavant, demandé l'heure des trains et qui n'en pouvait croire ses yeux de le voir revenir dans cet état et à cette allure. »

Page 369.

30. Le dossier du roman contient plusieurs récits d'accidents de chemin de fer, tirés des journaux : accident de Charenton, en septembre 1881, accident de Cabbé-Roquebrune, le 11 mars 1886, accident de la Hulpe-Groenendael (Belgique), le 3 février 1889. A Charenton un rapide avait tamponné un train direct arrêté anormalement dans la gare : dix-huit voyageurs étaient morts sur le coup. Entre Cabbé-Roquebrune et Monte-Carlo, un train parti de Nice et un train parti de Menton, lancés à la rencontre l'un de l'autre, s'étaient mutuellement broyés. Entre Groenendael et la Hulpe, sur la ligne de Bruxelles à Namur, un express avait déraillé et s'était jeté contre la culée d'un viaduc. La lecture des articles consacrés à ces accidents laisse sur l'impression que la sécurité des voyageurs n'était pas à cette époque la première préoccupation des Compagnies : les reporters et les chroniqueurs déplorent notamment le mauvais fonctionne-

ment des signaux et des freins, le surmenage du personnel, l'inefficacité des moyens de prévention, la lenteur des secours, dont ils donnent de nombreux exemples.

L'accident de *La Bête humaine* n'est ni un tamponnement ni un déraillement. Mais Zola s'est beaucoup inspiré des reportages relatifs à l'accident de Cabbé-Roquebrune, en y joignant quelques détails empruntés à celui de la Hulpe. Sur les neuf coupures de presse consacrées aux accidents et conservées dans le Ms. 10 274, six concernent celui de Cabbé-Roquebrune. A Cabbé-Roquebrune, le mécanicien du train de Nice, après avoir renversé la vapeur, avait sauté avec le chauffeur sur la voie. Tous les deux avaient été sauvés.

Page 370.

31. Ce détail est emprunté aux détails de l'accident survenu entre La Hulpe et Groenendael.

Page 372.

32. Ces éléments sont également repris des reportages sur l'accident de La Hulpe.

Page 460.

33. Ce dernier épisode a été suggéré à Zola par la lecture de l'article intitulé « En wagon », signé Ignotus, et publié dans *Le Gaulois,* le 12 mars 1886, après la catastrophe de Cabbé-Roquebrune. Le journaliste reproduit les anecdotes que lui a contées un mécanicien, et, parmi elles, « la légende du chauffeur qui, pour se venger de son mécanicien, amant de sa femme, l'a poussé tout à coup sur la voie, quand, selon l'habitude, on se penche pour regarder ». « Le mécanicien entraînant dans sa chute son assassin. On ne sait ce qu'est devenu le train... » Ignotus concluait : « J'aime mieux retenir de mon causeur les documents plus certains et surtout la preuve exacte que la plupart des accidents sont dus à l'insuffisance d'un personnel surmené! » Zola, pour l'épisode final de son livre, a préféré garder la légende.

34. Zola avait demandé à Pol Lefèvre ce qu'il adviendrait d'un train ayant perdu son mécanicien et son chauffeur. Le train, répondit Lefèvre, accroîtrait d'abord sa vitesse, puis celle-ci diminuerait, et la machine finirait par s'arrêter, faute de feu, au bout d'une demi-heure ou de trois quarts d'heure.

Du reste, le conducteur-chef s'apercevrait sans doute de ce qui se passe, et il serrerait son frein, de même que le conducteur d'arrière — à moins que l'un et l'autre ne sommeillent. « En tout cas, on peut avoir une demi-heure de course folle dans la nuit », avec tous les dangers que cela comporte dans le passage des gares. La réponse de Lefèvre est plutôt rassurante. Mais le document est ici franchement altéré pour les besoins du symbole.

Impression Bussière à Saint-Amand (Cher),
le 7 octobre 1982.
Dépôt légal : octobre 1982.
1ᵉʳ dépôt légal dans la collection : septembre 1977.
Numéro d'imprimeur : 2393.

ISBN 2-07-036948-X./Imprimé en France.